新编21世纪中国语言文学系列教材

中国现当代文学作品精读

杨联芬 张洁宇 主编

Intensive Reading of Modern and Contemporary Chinese Literature

中国人民大学出版社
·北京·

撰稿人（按姓氏音序排列）

黄　平　黄子平　李　今　李　双

梁　鸿　刘慧英　宋声泉　孙民乐

王家新　邢　洋　严　靖　杨联芬

杨庆祥　杨晓帆　姚　丹　张洁宇

内容简介

本书共11编凡40章。1~9编以单篇（册）作品为精读对象，文体为小说、散文和戏剧；10~11编为诗歌专题，在精读代表性诗人诗作的同时，动态呈现新诗发展史脉络。

本书打破文学史常规体例，以文本为中心，注重个案分析，讲求原著阅读的“精”与“深”。选取的文本和议题，或在文学史上具“原点”意义，或体现重要的文学思潮、文学史征候，或着眼于某一文学主题的流变历史，以此为纲，形成相互独立却有所呼应的单元组合，整体上形成对现当代中国文学历史走向与艺术思潮的观照与反省。本书各章作者均为在相关领域内卓有建树的学者，内容充分体现出经典选文与前沿研究的结合。同时，由于各章相对独立与完整，可令读者在理解文学作品的同时领会学术论文的写作，既研习分析作品，又激发学术思维。本书广泛适用于汉语言文学专业本科生、中国现当代文学专业硕士研究生的专业学习，以及高等院校通识教育课程，同时也可为爱好文学与写作的广大读者提供文学鉴赏的引导。

作者简介

杨联芬　中国人民大学首批杰出学者特聘教授。著有《晚清至五四：中国文学现代性的发生》（专著）、《浪漫的中国：性别视角下激进主义思潮与文学（1890—1940）》（专著）、《孙犁：革命文学中的“多余人”》（论文）、《“恋爱”之发生与现代文学观念变迁》（论文）等，专著入选国家哲学社会科学成果文库，多次获得教育部高等学校科学研究优秀成果奖、北京市哲学社会科学优秀成果奖。

张洁宇　中国人民大学文学院教授。著有《荒原上的丁香：20世纪30年代北平“前线诗人”诗歌研究》《图本郁达夫传》《独醒者与他的灯：鲁迅<野草>细读与研究》《民国时期新诗论稿》《历史的诗意：中国现代文学与诗学论稿》等专著。

目录

第九编
先锋与寻根

第十编
“新诗”的创造

第十一编
当代诗歌：见证与愉悦

第一编

“人”的发现

第1章

《狂人日记》：鲁迅那代人的醒和怕

1918年5月，《狂人日记》发表于《新青年》第4卷第5号，距今已经超过一百年了。作为中国现代文学的奠基之作，《狂人日记》以石破天惊的方式发出了现代中国的第一声“呐喊”，被誉为文学的“人权宣言”。因为这样的历史地位和影响，对它的阐释和析读百年来从未中止，尽管在不同时代和文化语境中的解读存在差异，但在总体的认识评价上始终保持着一致。一方面，它在思想意义上“暴露家族制度和礼教的弊害”①，揭示封建伦理的“吃人”本质，以“救救孩子”的呐喊开启了那场以掀翻吃人筵席为理想的思想运动；另一方面，它以“新奇可怪”的艺术效果开创了现代短篇小说的审美方式，在其“异样的风格”中给人带来“一种痛快的刺戟”，“犹如久处黑暗的人们骤然看见了耀眼的阳光”，“感着不可言喻的悲哀的愉快”。②

多年来，较多引起讨论乃至争论的还是狂人的形象。比如：他究竟是真疯还是佯狂？是独醒还是被诬？他最终的“赴某地候补”，究竟是病愈还是自暴自弃？……对这些问题的不同理解不仅丰富和加深着对于鲁迅的理解，同时也体现出不同时期不同研究者的认识角度与关注焦点的不同，构成了一部独特的“狂人”研究史。时至今日，这部经典文本仍具有强大的吸引力，召唤着新的讨论与新的阐释。

一

曾有学者提出，“狂人的主导心理特征是恐怖和发现”③，并且，“狂人的恐惧和发现→

---

① 鲁迅．《中国新文学大系·小说二集》导言//赵家璧，主编．中国新文学大系：第四集．上海：良友图书公司，1935：2.

② 沈雁冰．读《呐喊》．文学周报，1923（91）．（1923年10月8日）

③ 汪晖．反抗绝望．石家庄：河北教育出版社，2000：199.

夏瑜的奋斗和悲哀→N先生的失望和愤激→吕纬甫的颓唐和自责→疯子的幽愤和决绝→魏连殳的孤独和复仇，以及《伤逝》在象征意义上表述的‘新的生路自然还很多’，‘然而我还没有知道跨进那里去的第一步的方法’的绝处逢生的希望和彷徨，这是历史‘中间物’在社会变革过程中间断与不间断相统一的完整心理过程，它构成了《呐喊》《彷徨》的一条内在感情线索”[①]。这条线索虽然可能过于清晰完整了，但它确实在一定程度上贯穿了鲁迅笔下一系列相关的小说人物，解释了他们的联系，总结了他们的命运；同时，也通过这些人物的命运呈现了鲁迅本人的思想发展和内在逻辑；甚而可以说，这里还反映着鲁迅那一代人共同的处境与思考。

既然狂人是这个链条上的第一个形象，所以还是回到起点，谈谈他的“恐怖和发现”。这里，我更愿用原文中频繁出现的“怕”和“醒”来概括。与“恐怖和发现”相比，“怕”与“醒”也许更接近感性的层面，更有生理性、肉身性的特征，它们更像是出于本能，之后在理性的逐步加强中慢慢变为自觉。换句话说，怕和醒正是觉悟的开始，也是在这个意义上说，狂人的形象是有一个发展变化过程的，确乎不能等同于一名已经成熟自觉的战士。

此外还须强调的是，“怕”和“醒”之间有着密切的关联，二者甚至是互为因果的。醒是怕的开始，怕是醒的表现。也正是这种既醒且怕、越理智就越惊惶的状态，构成了常人眼中的“狂”。

日记的第一则就是从“醒”和“怕”开始的：

> 今天晚上，很好的月光。
>
> 我不见他，已是三十多年；今天见了，精神分外爽快。才知道以前的三十多年，全是发昏；然而须十分小心。不然，那赵家的狗，何以看我两眼呢？
>
> 我怕得有理。[②]

这是精妙的起笔。第一句的感叹看似与正常人无异，但到了第二句，“狂人”形象就现身了。三十多年不见月光，这当然是昏话和胡说，但这显然也是一语双关，即如严家炎先生所言：“奇异的感觉，不正常的推理，完全是狂人的一派疯话！然而，其中有些话语又隐含着象征、双关的意义。‘月光’，就不仅指现实的月色，也是光明的象征。狂人见了它，感到‘精神分外爽快’，‘才知道以前的三十多年，全是发昏’；这里就暗寓着主人公告别过去‘发昏’的生活而有所觉醒之意。”[③] 确实，“觉今是而昨非”是“醒”的最直接表现，豁然开朗的“爽快”也是初醒者精神解放的第一感受。但是紧接着，狂人立刻就说出了“然而”，也就是说，与爽快相伴随的——几乎是直觉性的——他感到了“怕”。而且他知道，他“怕得有理”。这个怕并不是怯懦的恐惧，而是清醒的直觉，因为觉醒于蒙昧的庸众之中，他知道他必将被视为异类，因而也必将在尚未得到改变的旧秩序中遭到迫害。

在第二则日记中，“怕”出现的频率更高了。先是在别人的“眼色”里看到了危险，看到赵贵翁和“一路上的人”都“似乎怕我，似乎想害我”，于是在各种阴谋虚伪的凶相中，“我便从头直冷到脚跟”。与第一则日记中的“怕”相比，这时的怕已经不是出于直

---

① 汪晖．反抗绝望．石家庄：河北教育出版社，2000：202.

② 鲁迅．狂人日记//鲁迅全集：第1卷．北京：人民文学出版社，2005：444.

③ 严家炎．论《狂人日记》的创作方法//论鲁迅的复调小说．上海：上海教育出版社，2002：101.

觉，而是源于观察和分析。狂人通过对周围人的眼色、脸色、议论、笑容的观察，极力想要破解人们的心思，他甚至通过大声地质问、自以为是的推理来寻找答案，虽然并没有什么结论，只得到了“这真教我怕，教我纳罕而且伤心”的感慨。

但值得注意的是，狂人在“从头直冷到脚跟”的同时，却也说出了“我可不怕，仍旧走我的路”。这并不是自相矛盾，而显示了他的“怕”与怯懦的不同。正因为这已不再是直觉的怕而是理性的清醒，所以在看穿了人们的诡计和把戏、预见到可能的加害的同时，反而激发了狂人的勇气。

也就是说，第一、二则日记中的“怕”，正暗中表现了“醒”的过程。这“醒”正是由“怕”体现出来的，而且，从直觉的怕到理智的怕，已经说明了醒的程度正在加强。于是，在第三则日记里，“醒”代替“怕”，变成了主角：

> 晚上总是睡不着。凡事须得研究，才会明白。①

生理意义上的“醒”确实表现为“睡不着”，而在双关的意义上说，思想上的觉醒也必然让人不会再甘于堕回蒙昧的状态中去。在之前观察和分析的基础之上，醒来的狂人开始自觉地“研究”（“研究”这一明显带有现代性色彩的词语无疑再次强调了其理性自觉的意义）。他研究的目标是那些原本不假思索的“凡事”，而他所谓的“明白”，也就是要打破“从来如此”与不假思索的老例，对这些“凡事”给出新的、理性的判断。

正是在“横竖睡不着”的清醒状态里，狂人的“研究”得出了最为重要的结论，那就是：在歪歪斜斜没有年代的历史的字缝里，他看到“满本都写着两个字是‘吃人’!”。而且，在不断研究中，他不仅“明白”了历史的“吃人”本质，更看到了满纸“仁义道德”的虚伪，也开始“晓得他们的方法”，包括他自己将要被逼、被诬甚至被吃的可能。也正是经过清醒的观察和研究，狂人的心理发生了重要变化，逐渐由感性的“怕”变为了理性的“不怕”。

狂人最初的怕是本能的、直觉的，是由生命意识的苏醒所带来的对死亡的恐惧。这种怕，也曾出现在鲁迅其他的作品中，比如，在《阿Q正传》的结尾：

> 阿Q于是再看那些喝彩的人们。
>
> 这刹那中，他的思想又仿佛旋风似的在脑里一回旋了。四年之前，他曾在山脚下遇见一只饿狼，永是不近不远的跟定他，要吃他的肉。他那时吓得几乎要死，幸而手里有一柄斫柴刀，才得仗这壮了胆，支持到未庄；可是永远记得那狼眼睛，又凶又怯，闪闪的像两颗鬼火，似乎远远的来穿透了他的皮肉。而这回他又看见从来没有见过的更可怕的眼睛，又钝又锋利，不但已经咀嚼了他的话，并且还要咀嚼他皮肉外的东西，永是不远不近的跟他走。
>
> 这些眼睛们似乎连成一气，已经在那里咬他的灵魂。
>
> “救命，……”
>
> 然而阿Q没有说。他早就两眼发黑，耳朵里嗡的一声，觉得全身仿佛微尘似的迸散了。②

---

① 鲁迅．狂人日记//鲁迅全集：第1卷．北京：人民文学出版社，2005：445.

② 鲁迅．阿Q正传//鲁迅全集：第1卷．北京：人民文学出版社，2005：551-552.

临死之际的阿Q终于懂得害怕了。这一段回旋在他脑里的“思想”实在是很不“阿Q”，从写作上说甚至有痕迹太露之嫌，但也正是这硬来的一笔用一种“怕”和一句未及出口的“救命”写出了阿Q在最后时刻似乎要“醒”来的可能。

阿Q最后的怕与狂人最初的怕是相似的，怕死与喊救命，都是求生意识的表现，是他们人生中第一次对“生”与“活”的自觉。与之不同的是那些在前启蒙状态中懵懂地生、糊涂地死的人们，他们当然也并不想死，但对死亡本身却也谈不上什么恐惧。比如顺从父命服食人血馒头的华小栓，连吃“药”也不过是他听天由命的一部分而已。再比如认真思忖过死的问题的祥林嫂，与其说她怕死，倒不如说她只是畏惧在阴间被劈成两半。甚而，相较于人世的冷漠，祥林嫂倒是愿意赴死的。小说之所以模糊了祥林嫂的死因，就是作者对她可能死于自尽的暗示。因而，对比之下，狂人对死亡的恐惧是强烈的，但这并不等于怯懦，而是一种对生命的自觉。

有意味的是，狂人的这个“怕”却在一步一步“醒”来的过程中变为了“不怕”。他一再说到的“我不怕”“我有勇气”，正是来自求生与启蒙精神所催生出来的勇敢力量。换句话说，狂人因为醒所以怕，却也因为怕死和求生而越发自觉地要求彻底觉醒。因而，面对“吃人的”“一伙”，他越来越“勇气百倍”，“偏要问”“偏要说”，偏要发出他质询、控诉、警劝的声音。最终，他在清醒与勇气之中终于看到了“一条门槛，一个关头”，那就是从“说不能”开始，即对“从来如此”的一切，发出第一个否定的声音：“不能!”狂人相信，“跨过这一步”，一切便会不同，“将来是容不得吃人的人，活在世上”。①

日记的语言虽然是凌乱破碎的，但狂人的逻辑其实相当清晰。在以往的研究中，对狂人形象的分析大多集中于其狂态掩盖之下的微言大义与当头棒喝，而忽略了其心理和思想的变化过程。事实上，作者在此埋伏着一条思想发展的线索，通过狂人的“醒”的加深与“怕”的减弱，精微地写出了一个启蒙和觉醒的过程。认识到这个过程，我们或可不必再争论他是真疯还是佯狂，因为他既非普通的疯子，也不是被诬的战士，而是一个一步一步觉醒过来的“真的人”。

二

《狂人日记》就像是鲁迅小说——乃至中国现代文学——的一篇总序，涉及和提出了一些根本性的问题，有关这些问题的思考延伸在鲁迅本人以及他人后来的相关作品中，历史地形成了某种系统，在每个问题上都延展出更多的思想探讨和文本实绩。在这个意义上说，狂人形象的意义也超越了其作为个体的意义，而成为某种思想或某些问题的承载者。在狂人的身后，在鲁迅日渐深入的思考中，又陆续出现了一批类似的人物形象，共同承载起对这些问题的思考。在这个人物系列中，就包括了夏瑜（《药》）、N先生（《头发的故事》）、吕纬甫（《在酒楼上》）、疯子（《长明灯》）、魏连殳（《孤独者》），以及实有其人的范爱农（《范爱农》）。

---

① 鲁迅．狂人日记//鲁迅全集：第1卷．北京：人民文学出版社，2005：452-453.

这几个人物当然并不都是“狂人”，但都多少有些迥于常人的行状。夏瑜面临就义之际“还要劝牢头造反”，被打之后还要说打人者可怜，“简直是发了疯了”。[①] N先生“本来脾气有点乖张，时常生些无谓的气，说些不通世故的话”[②]。吕纬甫也曾有“到城隍庙里去拔掉神像的胡子的时候，连日议论些改革中国的方法以至于打起来的时候”[③]。范爱农也是“离奇”，“回到故乡之后，又受着轻蔑，排斥，迫害，几乎无地可容”[④]。最明显的是疯子和魏连殳，直然就是乡人眼中令人忧惧的“大害”和“异类”。

值得注意的是，鲁迅对这些人物的描写已与《狂人日记》的写法有所不同，虽然仍以某些独异的言行来表现他们超拔独醒的状态，却都不再将之呈现为病状。即便是吉光屯里的“疯子”，在叙述者的眼中其实也全无病态：

> 他也还如平常一样，黄的方脸和蓝布破大衫，只在浓眉底下的大而且长的眼睛中，略带些异样的光闪，看人就许多工夫不眨眼，并且总含着悲愤疑惧的神情。短的头发上粘着两片稻草叶，那该是孩子暗暗地从背后给他放上去的，因为他们向他头上一看之后，就都缩了颈子，笑着将舌头很快地一伸。[⑤]

从这段描写中丝毫看不出这是一个疯子，相反，这更像是一个清醒的觉醒者，甚而更进一步，是一位清醒并且已付诸实践的战士——虽然是个单枪匹马、找不到斗争方式的失败的战士。他“悲愤疑惧”的神情说明了他的觉醒，他眼里“异样的光闪”可以理解为理性的光芒，他看人不眨眼的方式也可以理解为犀利与洞察，而唯一可被视为失常的头发上的稻草叶，其实只是小孩子恶作剧的结果。

如果说“狂人”至少在表面上看起来还存在真疯的可能，那么，到《长明灯》中，这个“疯子”就纯粹是被庸众和看客所误解甚至诬害的了。鲁迅在写法上的变化体现着思考重心的变化，就是说，在对觉醒本身和过程的强调之外，他更多地关注于觉醒者与未启蒙的庸众之间的隔膜与冲突，以及——也是最重要的——觉醒之后的出路问题。

在《狂人日记》中，对狂人后来出路的交代是模糊的，因而这也引起了最多的争论。文言小序中的交代是：“然已早愈，赴某地候补矣”。也就是说，狂人恢复了“正常”，回到正常人的正常社会秩序之中去了。对此，以往的争论中有人认为这是一种“投降”，也有人为之辩护说只是普通的任职，不带有鲜明的倾向。[⑥] 无论如何有一点是毫无疑问的，那就是他至少看起来是病愈了，赴任也总算是狂态的结束。但是当然，对这个问题的深究还是会引发不同的理解，即：他究竟是恢复了常态？还是隐埋了内心？这是他的堕落或投降？还是他的自暴自弃？抑或又是在隐忍之中继续苦闷的探索？要回答这些问题，必须回到鲁迅的思想之中，讨论他的构思中包含着怎样的意蕴。而要想弄清他的意图，就还需要结合他笔下其他相关的人物形象，不仅弄清鲁迅在《狂人日记》写作当时的思考，也追问他在日后创作中对这个问题的深化。

---

① 鲁迅．药//鲁迅全集：第1卷．北京：人民文学出版社，2005：469.

② 鲁迅．头发的故事//鲁迅全集：第1卷．北京：人民文学出版社，2005：484.

③ 鲁迅．在酒楼上//鲁迅全集：第2卷．北京：人民文学出版社，2005：29.

④ 鲁迅．范爱农//鲁迅全集：第2卷．北京：人民文学出版社，2005：322－323.

⑤ 鲁迅．长明灯//鲁迅全集：第2卷．北京：人民文学出版社，2005：61－62.

⑥ 严家炎．《狂人日记》的思想和艺术//论鲁迅的复调小说．上海：上海教育出版社，2002：13.

最具有参考价值的就是“孤独者”魏连殳。这是一个早就以“古怪”和“异样”闻名的“异类”，虽然不算狂人，但其行状样貌也多少与常人有异。比如他“两眼在黑气里闪闪地发光”的样子，他“对人总是爱理不理的，却常喜欢管别人的闲事”的态度，还有他独身的原则、对祖产的另类安排，以及对小孩子的特别态度等等，都是常人所无法理解的。特别是他在祖母大殓的仪式上，虽然看似墨守成规，但在众人拜哭时不落一滴泪，继而又在所有人都安静了之后发出长嚎般的痛哭，“像一匹受伤的狼，当深夜在旷野中嗥叫，惨伤里夹杂着愤怒和悲哀”①。其言行的种种出人意料，都是“老例上所没有”，因而显得无比特异、迥乎常人。

但是，在鲁迅的笔下，魏连殳并不是一个疯子，他的独异源自他的经历，更源自他的觉醒。他外出游学、离家多年，早已成为一个以新式科学（动物学）为业的新型知识分子，无法回到原有的社会秩序之中。《孤独者》强调的并非魏连殳是如何的怪，而是这个怪人到底有多么的孤独。换句话说，重要的是这个已经醒来的狂人是如何在梦醒之后走投无路，最终选择了一条看似荒唐其实惨伤的绝路。

魏连殳命运中最大的戏剧性转折就是他从学界失业之后，走投无路最终从政，“做了杜师长的顾问”。鲁迅的妙笔对于这个突发的转折和特殊的经历给予了浓墨重彩的描绘，借大良们的祖母之口，写出了世人眼中魏连殳的变化：“自从交运之后，人就和先前两样了，脸也抬高起来，气昂昂的。对人也不再那么迂。”“不肯积蓄一点，水似的化钱。……譬如买东西，今天买进，明天又卖出，弄破，真不知道是怎么一回事。待到死了下来，什么也没有，都糟掉了。”“他就是胡闹，不想办一点正经事。”而这些看似荒唐的异状，在魏连殳本人字字血泪的信中，早已做出了解释：

> “……我已经躬行我先前所憎恶，所反对的一切，拒斥我先前所崇仰，所主张的一切了。我已经真的失败，——然而我胜利了。
>
> …………
>
> “……这里有新的宾客，新的馈赠，新的颂扬，新的钻营，新的磕头和打拱，新的打牌和猜拳，新的冷眼和恶心，新的失眠和吐血……。
>
> …………
>
> “……现在忘记我罢；我现在已经‘好’了。”②

魏连殳的自暴自弃源于彻底的绝望，他终于在这条自己选定的死路上迅速走完了余生。他并不是自甘堕落，事实上，一直到死他都没有真正变为旧秩序的一分子，他在棺材里仍是“很不妥帖地躺着”，“在不妥帖的衣冠中，安静地躺着，合了眼，闭着嘴，口角间仿佛含着冰冷的微笑，冷笑着这可笑的死尸”。可以说，魏连殳至死都是清醒的，这个结局是他在没有选择中的选择。从魏连殳的身上，我们似乎看到狂人“赴某地候补”的某种可能，那些在《狂人日记》里也许未及想到和写到的部分，似乎在《孤独者》里得到了延续。或许，正是因为被当作疯子囚禁让狂人忍无可忍，所以他以赴任候补的方式逃离故乡，也或许会以同样的方式走上自我毁灭的道路。我们虽然不能说《孤独者》就是《狂人

---

① 鲁迅．孤独者//鲁迅全集：第2卷．北京：人民文学出版社，2005：90-91.

② 鲁迅．孤独者//鲁迅全集：第2卷．北京：人民文学出版社，2005：104.

日记》的续写，但至少可以说，在魏连殳的身上，鲁迅在继续着对狂人的出路的思索。而且，在亲身经历了五四落潮和知识分子阵营的分化之后，1925 年的鲁迅比起 1918 年发出第一声呐喊的时候，只会增添了更多的悲愤和无奈，因而，他对于启蒙者出路的探索必然已超过了对于觉醒本身的关注。

与魏连殳殊途同归的还有鲁迅的好友范爱农。在鲁迅的笔下，范爱农是一个比鲁迅更清醒更深刻的觉醒者，这一点从他们在东京为是否因徐锡麟被杀而给政府发电报的争论当中就已可以看出。但就是这个更清醒更深刻的范爱农，同样逃不出走投无路的困境。从学界失业之后“什么事也没得做”，终于也没有人“愿意多听他的牢骚”，只能在孤独绝望中郁郁而终。范爱农的尸体“是在菱荡里找到的，直立着”。作为深知他的挚友，鲁迅“疑心他是自杀”，并且相信“这是极其可靠的，虽然并无证据”。[①] 范爱农最终的“直立”姿态，让人很容易联想到魏连殳“很不妥帖”地躺在棺中的样子，前者的宁折不弯，后者的格格不入，似乎都是其生前性格与精神的最好象征。

综观狂人形象系列中的人物，大体可以分为三种结局。第一类就是夏瑜和疯子这一类，他们结局的性质应该属于牺牲。虽然疯子被囚禁在社庙里一时或未有性命之危，但一来这种关押几乎等同于戕害，大概难有重见天日的希望；二来，小说中两次出现小孩子用苇叶“对他瞄准着，将樱桃似的小口一张，道：‘吧！’”[②]，这无疑是一种强烈的暗示，预示着疯子终会被他所想要唤醒的人们杀害的结局。第二类则是魏连殳、范爱农式的结局，是典型的“梦醒了无路可以走”[③] 的悲剧，他们在走投无路的情况下清醒地选择了绝路，他们的自我毁灭并不是因为怯懦，而是源于绝望。而第三类狂人，就是 N 先生和吕纬甫这一类，他们幽愤、颓唐但仍不甘堕落，也并未完全麻木，只是他们看不到出路，所以也几乎无从做出选择，找不到行动的方式和方向。

说到底，这三种结局其实都算不上是出路。而这无路可走的真实状态，就是鲁迅在狂人“醒”来之后提出来的比“醒”本身更加沉重的问题。当初，在钱玄同动员鲁迅写作的时候，鲁迅曾以“铁屋子”的寓言征问过他这位激进的朋友：

> 假如一间铁屋子，是绝无窗户而万难破毁的，里面有许多熟睡的人们，不久都要闷死了，然而是从昏睡入死灭，并不感到就死的悲哀。现在你大嚷起来，惊起了较为清醒的几个人，使这不幸的少数者来受无可挽救的临终的苦楚，你倒以为对得起他们么？[④]

虽然最终因为“不能以我之必无的证明，来折服了他之所谓可有”的希望，鲁迅答应钱玄同开始为《新青年》做文章，但事后看来，这个疑问始终没有被他淡忘。在鲁迅的笔下，从一开始出现的就是那几个“较为清醒的”“不幸的少数者”，而他们在他的笔下，无不受着“无可挽救的临终的苦楚”，且最终还是不可避免地走入死灭。这并非是鲁迅冷酷无情，而是作为思考和写作者的他也并没有寻到出路，他没有办法为笔下的人物预设一个

---

① 鲁迅．范爱农//鲁迅全集：第 1 卷．北京：人民文学出版社，2005：327.

② 鲁迅．长明灯//鲁迅全集：第 2 卷．北京：人民文学出版社，2005：62，68.

③ 鲁迅．娜拉走后怎样//鲁迅全集：第 1 卷．北京：人民文学出版社，2005：166.

④ 鲁迅．自序//鲁迅全集：第 1 卷．北京：人民文学出版社，2005：441.

完满的结局，因此他选择用清醒的笔写出这无路可走的痛苦。

三

醒过来的狂人不会再盲目地怕死，但会变得苦闷幽愤，忧惧“梦醒了无路可以走”的下场。其实，这何尝不是鲁迅本人的一种“怕”呢。作为一个启蒙思想者，对于启蒙本身他始终心怀忧虑，有关“铁屋子”的讨论就已充分说明了这一点。鲁迅从一开始就担心的是：如果找不到出路和方向，单纯的“启蒙”是否反倒更加对不起那些清醒而不幸的人们？

在《范爱农》里，鲁迅的笔下就流溢着明显的内疚。虽然范爱农并不是因他而“醒”，但后来范爱农确实把新生的希望寄托在了他的身上。当鲁迅在文中写到，听说范爱农时常说起“也许明天就收到一个电报，拆开来一看，是鲁迅来叫我的”，他的负疚之情确实是无比沉重的。无论这是不是小说笔法，无论范爱农是否真的时常说这样的话，鲁迅这样写就已经充分说明了他的内心。这不仅是个人情感上的痛惜和无奈，同时也是对于启蒙以后寻路之难的深切感慨，更是一个清醒的启蒙主义者对于自身责任的严肃反思。

这种愧疚和不安也同样出现在《孤独者》中。与《范爱农》不同，《孤独者》和《在酒楼上》都是虚构的故事，但即便如此，在魏连殳和吕纬甫的故事里，也有一个很像鲁迅本人的“我”存在。这个人物的存在，是作者审视的需要，也是小说叙事的需要，更是故事情节本身对于一个同路搀扶的朋友的心理需要。对于魏连殳，“我”同样是内疚而无力的：“当日一口承当的答话，后来常常为自己听见，眼前也同时浮出连殳的相貌，而且吞吞吐吐地说道‘我还得活几天’。”但是，“我”同样没能帮上魏连殳任何忙，这无奈的结果让“我”连在静夜的独思中也会想起“连殳的眼睛”，时时唤起“我”的不安。在收到他最后一封信之后，“他的面貌却总是逐渐模胡，然而又似乎和我日加密切起来，往往无端感到一种连自己也莫明其妙的不安和极轻微的震颤”。这种不安和愧疚和《范爱农》如出一辙，简直成为鲁迅心中一种无法摆脱的情绪。这种情绪，甚至还出现在以爱情故事为伪装的《伤逝》之中：作为子君的启蒙者，涓生最后却无力对醒过来的子君负起更大的责任，甚至对她的毁灭也完全束手无策，他沉重而复杂的愧疚和悔恨充盈在文本之中，同另外几篇小说中的“我”一样，永远无法得到解脱。

这是鲁迅的醒和怕，也是他的难与痛。在看到了三种同为绝境的结果之后，鲁迅做出了他的选择。他或许是绝望的，但他仍须有所行动来克服他的绝望，所以，他没有像吕纬甫们一样沉默地兜圈子，而是选择了行动。于是在几个故事的结尾，我们看到某种惊人的相似：

> 我们一同走出店门，他所住的旅馆和我的方向正相反，就在门口分别了。我独自向着自己的旅馆走，寒风和雪片扑在脸上，倒觉得很爽快。见天色已是黄

昏，和屋宇和街道都织在密雪的纯白而不定的罗网里。[①]（《在酒楼上》）

我快步走着，仿佛要从一种沉重的东西中冲出，但是不能够。耳朵中有什么挣扎着，久之，久之，终于挣扎出来了，隐约像是长嗥，像一匹受伤的狼，当深夜在旷野中嗥叫，惨伤里夹杂着愤怒和悲哀。

我的心地就轻松起来，坦然地在潮湿的石路上走，月光底下。[②]（《孤独者》）

我要向着新的生路跨进第一步去，我要将真实深深地藏在心的创伤中，默默地前行，用遗忘和说谎做我的前导……。[③]（《伤逝》）

故事的结尾都落在"我""走"的动作上，而且，这个"走"都因为带有"从一种沉重的东西中冲出"的愿望，变得甚至有些"爽快"、"轻松"和"坦然"。如果不考虑这里的象征意义，恐怕难以理解这种轻松爽快的感受，比如在《孤独者》中，如何能在痛失好友之后立即产生"轻松""坦然"之感？这确实是一直以来文本解读中的一个难题，但或许也正是由此把握鲁迅思想的一个关键所在。"爽快"也好、"轻松"也罢，与吕纬甫或魏连殳的悲剧无关，而完完全全是对"我"而言的。"我"与他们，本是同处困境，也并看不到比他们有更好结局的可能，但是，正因为"我"还能"走"、也还在"走"，即便是在雪色中或是月光下，即便是一条似有若无的潮湿的泥路，但只要走着，绝望或许就能得到克服。就像鲁迅在《故乡》结尾处那个脍炙人口的名句：

我想：希望是本无所谓有，无所谓无的。这正如地上的路；其实地上本没有路，走的人多了，也便成了路。[④]

这个名句其实也是鲁迅本人对于当年"铁屋子"之问的自我解答，更是他后来一切写作与思考的一个出发点。从《呐喊》到《彷徨》，从《狂人日记》到《孤独者》，前后将近十年的时间里，鲁迅确乎用自己的思考与写作"走"出了一条堪称伟大的道路。1927 年，身在广州的鲁迅曾再次提到《狂人日记》，他说："总而言之，现在倘再发那些四平八稳的'救救孩子'似的议论，连我自己听去，也觉得空空洞洞了。"[⑤] 这是他十年之后在更加严峻的现实中对当年的思想启蒙所做的又一次反思，此时，他更加深刻地认识到，启蒙之后不仅有更漫长的道路，而且需要更加实际的行动和斗争。在"大夜弥天"的高压专制下，如果知识分子只满足于呼吁和冷嘲，而不以更大更坚韧的热情寻求出路，那么他们的议论终将沦为空洞的废话。——这是鲁迅在不断反思与实践中得出的结论，而他本人也由此朝向更残酷的"实生活""走"去。

（张洁宇 撰）

---

① 鲁迅．在酒楼上//鲁迅全集：第 2 卷．北京：人民文学出版社，2005：34.
② 鲁迅．孤独者//鲁迅全集：第 2 卷．北京：人民文学出版社，2005：110.
③ 鲁迅．伤逝//鲁迅全集：第 2 卷．北京：人民文学出版社，2005：133.
④ 鲁迅．故乡//鲁迅全集：第 1 卷．北京：人民文学出版社，2005：510.
⑤ 鲁迅．答有恒先生//鲁迅全集：第 3 卷．北京：人民文学出版社，2005：476－477.

拓展与思考

本章涉及数篇鲁迅的相关作品，如《在酒楼上》《长明灯》《孤独者》《范爱农》等，它们在主题和人物形象等方面都与《狂人日记》有所关联。将这类作品参照着阅读，不仅可以看到鲁迅自1918年至1927年之间的思想轨迹，同时更可看到他在五四时期共同的启蒙主题之外有着怎样清醒的思考与反省。与很多同时期的作家相比，鲁迅对于启蒙的困境与局限、启蒙之后的道路，以及启蒙者的长期使命等问题都有着更为独到深刻的认识与理解，这需要读者结合其同时期的相关作品才能更好地领会。

1. 为更好地理解鲁迅在短篇小说艺术方面的观念与实践，建议阅读以下文本：

《〈呐喊〉自序》（《呐喊》），《〈自选集〉自序》（《南腔北调集》），《我怎么做起小说来》（《南腔北调集》），《英译本〈短篇小说选集〉自序》（《集外集拾遗》），《〈呐喊〉捷克译本序言》（《且介亭杂文末编》），《俄文译本〈阿Q正传〉序及著者自叙传略》（《集外集》），《〈阿Q正传〉的成因》（《华盖集续编》），《答〈戏〉周刊编者信》（《且介亭杂文》），《寄〈戏〉周刊编者信》（《且介亭杂文》），《〈出关〉的“关”》（《且介亭杂文末编》）。

2. 结合阅读可进一步思考以下问题：

（1）鲁迅的小说都是短篇，你认为这体现了他怎样的文学观念和小说观念？

（2）在取材和人物形象塑造方面，鲁迅追求高度的凝练和典型的塑造。结合文本发现和理解这些特征，并思考他这样做的思想基础。

第2章
《潘金莲》：女性的发现

五四被称为“人的发现”的时代。郁达夫曾这样说：“五四运动的最大的成功，第一要算是‘个人’的发现。从前的人，是为君而存在，为道而存在，为父母而存在的，现在的人才晓得为自我而存在了。”[①] 因此，新文学以“人的文学”自我命名。

“人的发现”，导致“女人的发现”。女性作为人类的一半，却在人类历史中长期处于屈从地位，作为男性的附属物而存在。从人的发现，到女人的发现，欧洲经历了几百年时间，而在20世纪中国，这两个阶段合二为一，女性主义与人道主义、个人主义共时出现。20世纪初晚清启蒙运动中，以兴女学、不缠足为具体诉求的女性解放话题，因其“开启民智”和“强国保种”的民族主义目标而止于“国民”身份的觉醒。五四时期，女性与性别平等问题，超越了民族主义，落实为“个人”。因此，基于“个人主义”理念书写和表现的女性主义，构成五四新文学一道特殊的风景线，并随着新文学创作进入常态化而成为新文学的某种传统。值得注意的是，采取性别视角观察女性问题，以女性主义立场叙事的，在现代作家中有相当部分是男性。这与女性主义思潮在中国兴起的过程有某种对应。

中国现代文学史上，不乏将古典名著进行改编或演绎的创作，这类作品，旨趣大都不在忠实再现原著，而是以现代精神审视和评价原著、表达现代人的情感与价值观，故风格上，往往有解构意味。这类作品，对于那些家喻户晓的故事和人物，往往进行另类的描写，直观地表现了现代文学之“现代”含义。欧阳予倩的《潘金莲》便是其中较早的一篇作品。

---

① 郁达夫．《中国新文学大系·散文二集》导言//赵家璧，主编．中国新文学大系：第七集．上海：良友图书公司，1935：5.

一

欧阳予倩的《潘金莲》，故事采自家喻户晓的古典名著《水浒传》。现代文学史上，取材《水浒传》而以新文化眼光进行重述的，还有施蛰存的小说《石秀》。

《水浒传》在讲述英雄好汉打家劫舍、扶弱抑强故事之时，嵌入了几出“红颜祸水”的戏份，如宋江怒杀阎婆惜，武松斗杀西门庆、处死潘金莲，杨雄、石秀虐杀潘巧云等，而潘金莲、潘巧云，年轻貌美，因出轨而招致杀身之祸。《水浒传》对这一系列女性形象的塑造及表现，除了一以贯之的暴力美学、鉴赏杀戮以外，还体现了鲜明的父权道德观。潘金莲的形象，便被定格为“淫妇”，伴随着《水浒传》而流传，不断被各种艺术重述和再现。

潘金莲的故事，既在《水浒传》中构成梁山好汉武松的“前史”，又是一个自成因果的完整故事，情节中包含了通俗文学作品最常见的戏剧性元素，如通奸、谋杀、侦查、复仇等，因而成为《水浒传》中最吸引人、被后世重述最多的故事。潘金莲既是谋杀亲夫的“淫妇”，又是情节的主要推动者，因此后世的改写，均以她为核心人物展开。

明代兰陵笑笑生所著《金瓶梅》，是潘金莲、西门庆的最早“转世”故事。不过，《金瓶梅》不但改写了《水浒传》的复仇结局——潘、西门二人不但未死，反而正式做起了夫妻——而且以此为起端另起炉灶，讲述了另一个故事，因此算不上对《水浒传》的改写，只是借用了其中两个人物作为新故事的端由而已。但欧阳予倩的《潘金莲》，尽管虚构颇多，却仍然是以《水浒传》基本人物关系和故事为核心进行的重构。1986 年魏明伦创作的荒诞川剧《潘金莲》，1990 年代香港作家李碧华创作的小说《潘金莲的前世今生》，也是依据《水浒传》原著的基本人物关系和故事进行的改写，只不过虚构的比重更大，改写的细节更多。魏明伦以潘金莲的悲剧触碰“离婚难”问题；李碧华的小说，则不仅仅关涉女性地位和性道德的“横切面”，而且表现了一整段中国社会大变动导致的社会伦理和精神变迁。

作为现代文学中较早的改写，欧阳予倩剧本对《水浒传》故事的重构，体现了鲜明的五四精神。

潘金莲的故事，出现在《水浒传》第二十四回至二十六回。二十三回，“景阳冈武松打虎”轰动阳谷县城，武松因而受到县太爷嘉奖，被封了个“都头”小官留下。不意在街头遇到阔别一年多的亲哥哥武大郎，方知武大因娶回一个老婆，而被一帮无赖欺负，无法在故乡清河县继续居住，遂迁至阳谷。潘金莲的故事便从这里开始。

第二十四回“王婆贪贿说风情　郓哥不忿闹茶肆”，写武松与哥哥在阳谷县意外相逢后，随哥哥家去，拜见了嫂嫂潘金莲，并搬来与哥嫂同住。潘金莲本是一大户人家使女，因拒绝主人张大户收房做妾，遭到报复，被张大户倒贴钱将她嫁给武大郎。见到武松，潘金莲芳心荡漾，头一次见面便以语言撩拨他，但武松刚正冷峻，毫无反应。对潘金莲的一再挑逗，武松严词拒绝，随后离开哥哥家搬回县衙住。不久，潘金莲被生药铺老板西门庆看上，在茶肆老板娘王婆的撺掇下，西门庆设局引金莲入彀，二人勾搭成奸。第二十五回“王婆计啜西门庆　淫妇药鸩武大郎”，写潘金莲与西门庆在王婆家频繁约会，奸情被卖梨小贩郓哥发现，郓哥遂告以武大。武大前往捉奸，却被狗急跳墙的西门庆当胸一脚踢成重伤。随后，西门庆唆使潘金莲在武大的药中下毒，使他一命呜呼。第二十六回“郓哥大闹

授官厅　武松斗杀西门庆”，写武松从外地出差回来，被哥哥的蹊跷暴亡震惊，遂明察暗访，查明了真相。在告禀官厅却被贪贿知县拒绝受理后，武松在哥哥家私设公堂，当着一干证人和众邻居的面，杀了潘金莲，又杀了西门庆，为哥哥复了仇。

那么，欧阳予倩所写的《潘金莲》，对原著做了哪些改写呢？

二

欧阳予倩的《潘金莲》共五幕。小说原著中潘与西门勾搭、药鸩武大等重大事件，在剧中退为背景，戏剧的主要情节，变成了谋杀案发生后，面对即将到来的惩处和张大户的利诱，潘金莲做出的选择。

第一幕，情节伊始，谋杀案已然发生。原著中武松围绕命案展开的调查和惩处，尽管仍保留在剧情中，然而原著中一笔带过的张大户，则作为主要人物走上前台，成为第一、第二幕中的重要角色。这一增加，改变了原著的基调，赋予了重塑潘金莲的空间。

第一幕场所，是张大户家的花厅，显眼处有一个鱼缸，与张大户在一起的是他的若干婢妾。这一幕，除了再现张想强占潘金莲而被拒绝的历史（通过人物对话）为原著所有外，其他日常细节，均为欧阳予倩的再创造。他通过正面描写张大户，还原了一个以男权为中心的等级社会。在这一幕，张大户对姬妾们说：“男人养女人就像养金鱼似的……不过是好玩罢了。”[①] “男人只要有钱有势，什么女人弄不着？女人要没有男人宠爱就完了！所以我养着你们，就好比是行善做好事。”当他听闻武大死讯并猜到是金莲所害后，立即要何九和王婆带话给金莲：只要她依从他，他就帮她脱罪。第一幕至第二幕，情节重心是谋杀案后张大户的游说与潘金莲的严词拒绝。这一情节设置，一方面显示了权势者如何跋扈，张大户竟可操纵断案；另一方面与这权力对应的，是潘金莲决不屈从。潘金莲宁愿被凌迟处死，也不接受张大户的说项，“回心转意”被他收房。这个选择，令王婆和高升难以理解，用高升的话说，潘金莲是一个无法理喻、“不识抬举”的“臭丫头”（《潘金莲》第二幕）。这一凭空添加的事件和细节，尽管完全出自改写者的想象，却并非凭空杜撰，在原著中确有依据。

原著二十四回，在交代潘金莲的身世时，小说这样写道：

> 那清河县里有个大户人家，有个使女，小名唤作潘金莲，年方二十余，颇有些颜色。因为那个大户要缠她，这女使只是去告主人婆，意下不肯依从。那个大户以此记恨于心，却倒赔些房奁，不要武大一文钱，白白地嫁与他。

这寥寥几行，含义极为丰富，基本勾勒出潘金莲的品性。潘金莲作为使女，竟拒绝主人张大户的勾引，她没有像欧阳剧中第一幕一众争宠的姬妾，甘心于玩物地位。潘金莲为何“不肯依从”，原著不著一字，可潜在的可能，却足够读者驰骋想象，这叙事的留白，成为欧阳予倩虚构情节的着力点和拓展空间。正是潘金莲的“不识抬举”，让张大户恼羞成怒，给予了她最险恶的报复——将她嫁给武大郎。他不但不按习俗收武大彩礼，反倒“陪些房奁”，把金莲“白白嫁与他”。这一反常的举动，暗含了多少令人悲哀和同情的现

① 本章所引《潘金莲》，皆出自新东方书店 1928 年版。

实。这十来个字，把张大户内心的歹毒和潘金莲处境的悲惨，悉数呈现。欧阳予倩的重写，便是针对潘金莲个性中可贵的率真及其悲惨命运，挖掘她堕落、变态的根源。

原著说，武大与武松虽一母所生，可相貌性情却大相径庭：武松相貌堂堂，英俊健壮；大郎却“身不满五尺，面目生得狰狞”，被当地人戏称为“三寸丁，穀树皮”。三寸丁，形容其矮小，武大很可能是侏儒；“穀树”是一种落叶乔木，皮厚、色黑而粗糙，以此形容武大的容貌，可见其一定十分丑陋，以致看起来“狰狞”。张大户以这样的恶毒行为惩罚潘金莲，让她生不如死，痛苦终生。

传统中国旧习，婢妾地位形同物品，没有任何尊严与法律权利，主人可以随意买卖。而结婚制度中，男子可纳妾嫖妓，女子却必须遵循三从四德，若犯有通奸之罪，则夫家可以任意处置。原著对金莲的不幸婚姻一笔带过，并未表现出同情；浓墨重彩之处，全是她如何出轨、如何通奸、如何杀人、如何被凌迟处死。这些关乎隐私、奸情、仇杀的叙述，历来是大众审美的趣味所在。而为迎合俗众，也为凸显叙述者“劝善惩恶”之道德立场，《水浒传》一开始，便煞有介事地通过“诗曰”，重复红颜误国的陈词滥调，将潘金莲的美貌与她的罪恶进行本质化连接——“酒色端能误邦国，由来美色陷忠良。纣因妲己宗祧失，吴为西施社稷亡。”（第二十四回）由此可见，《水浒传》隐含的作者和说书人，对潘金莲的命运并不同情，而对她的悲惨结局，抱着观赏的态度。欧阳予倩的重述，就从颠覆这一“红颜祸水”的叙述开始，塑造了一个现代的潘金莲形象，戏剧冲突的核心，被设置为谋杀案后她对命运的选择。

欧阳予倩剧第二幕，西门庆将游说的高升打跑后，得意地对潘金莲道：“还见过比我强的人吗？”金莲却说：“你要遇见那打虎的武松，你就没有命了！”西门庆不以为然道：“论他的家财，论他的势力，论他的人品，论他的武艺，哪一样比得上我？”金莲的回答是：“不错，论他的势力，比不上你；家财，更比不上你；要论人品武艺，他可比你高强百倍。”小说中，潘金莲爱慕武松，仅仅因其一表人才；而在欧阳予倩剧中，她的爱慕，不仅仅是一般的性吸引，更有对他“是个铮铮铁汉”的敬仰。第三幕在武大家，金莲独对武松，就武大之死，二人有一番对话，这些对话，只有较少部分与小说原著相似，更多的部分，是欧阳予倩的添加。譬如武松不肯追随权势中天的高俅，拒绝其笼络（这是虚构），让金莲感佩不已，她的心与他相通，那就是认同正义，宁折不弯。武松说若向奸党妥协、谄媚，“明珠暗投，那就不如死！”，引起金莲共鸣：“你也知道明珠暗投不如死？可知道男女都是一样的！”在此，金莲爱慕武松，实有内在精神的契合。然而可惜的是，武松到底只是一个“个性很强，旧伦理观念很深的勇侠少年”，他的“抑强扶弱”，从不包含深受男权欺凌的女性；他认为“礼义纲常是万年不变的”，他心中“害人的淫妇”罪同“杀人的强盗”，不值得同情。面对思想僵化、对女性缺乏理解的武松，金莲言辞激烈，揭穿男权社会的本质：“本来，一个男人要折磨一个女人，许多男人都帮忙；乖乖儿让男人折磨死的，才都是贞洁烈女。受折磨不死的，就是淫妇。不愿意受男人折磨的女人就是罪人。怪不得叔叔是吃衙门饭的，也跟县太爷一样，只会说一面的理。”《水浒传》中的潘金莲，除了施展情欲的场合，基本都无言语描写。在第二十六回武松私设公堂审讯之时，潘金莲除“从实招说”外，并无其他言辞，她“见势不好，却待要叫”，便被武松“脑揪倒来”，“扯开胸脯衣服，说时迟，那时快，把尖刀去胸前只一剜……”后面的文字，是《水浒传》最擅长的血淋淋杀戮。潘金莲在人世的最后声音，是“招供”；而作为罪人，她的死，无论武松怎样处置，都是伸张正义。欧阳予倩改变了原著中这个情节高潮场面所含有的复仇的快感和惩戒的恐怖，他在武松即将行刑的时刻，增添了潘金莲“拿命和你（武松）说话”的大段表白，她要把这个悲剧的缘由和实质，向武松，向众人说清楚。她告诉武松，“归根究底，害你哥哥的人，就是张大户”。“我本是张家丫头，那张大户见我有几分姿色，就硬要拿我收房。我不肯，他就恼羞成怒……仗着他有钱有势的绅士，故意把我嫁给一个又丑、又矮、又脏、又没出息、又讨厌，阳谷县里第一个不成形的武大。人心是肉做的，我哪里受得了这样的委屈？可是我明知世界上的人，没有一个肯帮女人说话，就只好是嫁鸡随鸡，嫁狗随狗！可想不到又来了一个害你哥哥的人！”（第五幕）她说，第二个害武大的人，就是武松。面对潘金莲的第二个指控，剧中人物和读者（观众），都会感到心惊和疑惑。原著中的“从实招说”，被欧阳予倩替换成了她对武松，对整个悲剧真相的坦荡揭露。她对武松说：“你们是同胞兄弟，怎么你哥哥那样丑陋，你这样英俊？怎么你哥哥那样不成器，没出息，你就连老虎都打得死？我是地狱里头的人，见了你，好比见了太阳一样！我想夫妻不相配，拆开了再配过，又有甚么要紧？倘若是我和你能在一处，岂不是美满姻缘，便好同偕到老？”她追忆了她爱武松的整个过程，将武松的拒绝，解释为“你因为想教人家称赞你是个英雄，是个圣贤，是个君子，就把你的青春断送了！”。这虽超出了原著的情节，却也符合逻辑。为使戏剧冲突更加紧张，剧本添加了武大郎大男子主义的细节，他在被武松告诫之后，不但像小说所写那样监视妻子，还“摆丈夫的架子”，这令她“想要自尽”。潘金莲与西门庆的关系，在小说中是典型的偷腥，纯粹的肉欲；而在剧中，西门庆的温存，给了金莲暂时苟活的欲望，“何况他还有几分像你（武松）”。不过，她敬爱武松，而对西门庆只是出于“可怜”。她之所以堕落为“心甘情愿”做西门庆的“玩意儿”，是因“我一生一世，除了遇见西门庆，便连作人玩意儿的福气都没有！”。这些倾诉，也是控诉；悲愤的道白，将潘金莲犯罪的根源揭示得清清楚楚。倘若她有支配自己的权利，有离婚的自由，哪里还会偷情乃至谋杀呢。

情节最后，潘金莲在武松刀刃下的剖白，使该剧的情节与情绪都达到高潮：

> **武松**　谁容你多说，今天我只要替哥哥报仇！老实对你说：西门庆已经被我杀了。……像你这种女人，就死在九泉之下，我哥哥也不愿见你，你还是跟西门庆去罢！（举起刀）
>
> **金莲**　（举起双手）啊，西门庆被你杀了，可见我的眼力不错！二郎，可是你说叫我跟西门庆去……这句话真伤我的心！我今生今世不能和你在一处，来生来世我变头牛剥了我的皮给你做靴子！变条蚕子，吐出丝来给你做衣裳。你杀我，我还是爱你！（张开两条胳膊想起来抱武松，用很热情的眼神盯着他。）

潘金莲坦然向死的告白，死不瞑目的悲哀，使武松在手起刀落的瞬间，嘴里发出了含混的“我……我”。幕落之前的这一场景，使原著中的快意复仇，不再是酣畅淋漓的了。

三

欧阳予倩通过浪漫化的情节，重述潘金莲故事，塑造了一位个性鲜明、敢于挑战父权秩序的烈女子。剧中的潘金莲，与其说是原著形象的复活，不如说是被欧阳予倩赋予了现代精神的新生命。

《水浒传》在情节叙述和人物形象刻画上所达到的艺术成就，不但如金圣叹所说，古典小说几乎“无出其右者”，即便在现代小说中，也少有超过它的。然而现代作家仍然要批判它，原因何在？主要就在于这部小说所秉持和传达的价值观，是礼教社会的，是父权制等级主义的，即新文学否定的“旧道德”。《水浒传》的情节与人物塑造，往往体现出对父权等级制度的自觉维护，这与人道主义价值观形成冲突。

小说中武松用私刑杀害潘金莲、西门庆后，前去县衙自首。但他的复仇，因符合民意与现行道德，故知县假造供状将他无罪释放，赢得皆大欢喜结局。毛泽东曾评《水浒传》“只反贪官，不反皇帝”，《水浒传》中的英雄，并非真正离经叛道者，他们并不反对现行制度，不反对正统道德，这部“强盗书”，因其道德规训符合官方意识形态，故历来不曾遭遇毁禁，在民间也一直保持相当旺盛的生命力。

欧阳予倩的《潘金莲》，从人道主义出发，体现了鲜明的女性主义立场。《水浒传》中的女性大致有两类：一类是潘金莲、潘巧云式的“红颜祸水”，她们淫荡、不义，因而都活该被杀；另一类是梁山泊的女英雄，如孙二娘、扈三娘，她们像男人一样五大三粗，武艺高强，地位远高于“红颜祸水”型。然而，一涉及个人权利，“女英雄”的附属地位立即显形。扈三娘那样一个驰骋江湖、有胆有识的泼辣女子，只因“大哥”一句话，就乖乖嫁给丑陋猥琐的王矮虎。无论江湖女豪杰，还是寻常小家碧玉，在《水浒传》中莫不完全处于父权支配下，这部小说的叙述，因之充满了“厌女”倾向。

“厌女症”（misogyny）虽是西方女性主义的理论概念，却揭示了人类社会普遍存在的父权意识，它是父权制社会长期的、根深蒂固的对女性的诋毁、贬低和虐待。即便在潘金莲时代过去很久的今天，仍不时闪现厌女症的幽灵。《水浒传》二十四回开头对潘金莲的肖像的描写：“眉似初春柳叶，常含着雨恨云愁；脸如三月桃花，暗藏着风情月意。纤腰袅娜，拘束的燕懒莺慵……”将女人作为纯粹的欲望对象，看似夸赞，实则物化。这种男权视角的陈词滥调，不仅是《水浒传》也是古代小说常见的手法，充斥在女性描写中。《水浒传》的叙述，充斥着对女性的贬低。如二十四回，在西门庆与王婆设局算计潘金莲时，金莲尚蒙在鼓里，叙述者便急不可耐地对她出轨进行预言，“有诗为证”的技法使那些充满偏见和歧视的推测，变成“真理”般的断言：“水性从来是女流，背夫常与外人偷。”明明是西门庆主动勾引，叙述者却将罪名归咎于潘金莲。西门庆固然也是《水浒传》中违背礼教纲常的否定性形象，但原著对他的批判，显然没有对潘金莲那么重，那么憎恶。

欧阳予倩曾说，他写《潘金莲》，“既不是有甚么主张，也不是存心替潘金莲翻案。不过一个女子，当了奴婢，既不能拒绝主人的强奸，又不能反抗主人的逼嫁，尽管有姿色有聪明有志气有理性，只好隐藏起来，尽量的让人蹂躏。除掉忍气吞声把青春断送，没有办法”[①]。这平淡委婉的论述，不啻鲁迅在《狂人日记》中发出的振聋发聩质疑：“从来如此便对吗？”欧阳予倩对潘金莲的重写，体现了五四新文学的主要倾向，面对司空见惯的传统生活现象，从人道的角度，发出质问。从人性角度揭示潘金莲堕落与犯罪的原因，因此

---

① 欧阳予倩．自序//潘金莲：初版本．上海：新东方书店，1928：2－3.

批判的锋芒，也不再单方面指向犯罪的女性，而是指向导致其犯罪的父权制社会及其道德。原著充斥的为道德而杀人的描写与赞美，在欧阳予倩的重述中，受到严厉审视与批判。对比原著，潘金莲和武松在欧阳的剧本中，获得了完全不同的道德评价：潘金莲从一个十恶不赦的淫妇，还原为“一个个性很强的聪明伶俐的女子”，而勇侠少年武松，却仗着“旧伦理观念”大开杀戒，使原著竭力赞美的“扶弱抑强”，在“人”的光辉烛照下，大打折扣。

《潘金莲》写于革命风云来临的时代，却秉持理性与常识，聚焦女性处境，继续新文学的“辟人荒”。

（杨联芬 撰）

拓展与思考

1. 阅读魏明伦同名荒诞剧《潘金莲》，比较八十年代社会环境、离婚问题与五四时期的异同，分析潘金莲故事在此时被重写的意义。

2. 香港作家李碧华创作了小说《潘金莲的前世今生》，请阅读该小说，看看她如何在市场化经济及中国当代特殊的政治与历史背景下，思考和表现女性的主体地位问题，从而借潘金莲故事进行文学想象。

3. 在中国现代文学中，有不少秉持女性立场、叙述性别问题、表现女性权利的创作出自男性作家之手。请联系这个现象，思考女性主义立场与作家性别的关系。

第3章

《石秀》：情欲的现代言说

《石秀》发表于《小说月报》1931年第22卷第2期，收入施蛰存第二个小说集《将军底头》，是他探索“创作的新蹊径”的代表作。

自1929年出版《上元灯》广受好评之后，已经写了六七年小说的施蛰存才对写作有进一步的信心。他立志道：“我想写一点更好的作品出来，我想在创作上独自去走一条新的路径。”①

所谓的“新的路径”是什么呢？“新”是相对于《江干集》《上元灯》两个集子而言的。这两个集子大都写江南市镇市民的生活及心理，对经验的倚赖较重。施蛰存试图寻求一种超越现实经验的写法。这时候席卷文坛的是普罗文艺，时代潮流冲击下的施蛰存写了《阿秀》《花》这两个短篇，但自觉失败，与主流格格不入，就不再继续。除了继续城镇男女故事的书写，他还将注意力转移至古事题材方面。第一篇是写圣僧的《鸠摩罗什》，第二篇是更为成功的写英雄好汉的《石秀》。施蛰存对古代人物情欲世界的言说，显示了三十年代海派现代性的先锋一面。

一

《石秀》取材于《水浒传》第四十四回“锦豹子小径逢戴宗　病关索长街遇石秀”后半回，第四十五回“杨雄醉骂潘巧云　石秀智杀裴如海”，以及第四十六回“病关索大闹翠屏山　拼命三火烧祝家店”前半回。原著相关语段约七千字，改写后的《石秀》成为一篇两万余字的小说。

① 施蛰存．我的创作生活之历程//灯下集．上海：开明书店，1937：79.

施蛰存的改写首先体现在内容篇幅方面，他对原著做了外科手术般的处理。作为训诫意味甚浓的小说，《水浒传》有相当笔墨指向两个主题：一是强调色戒，二是丑化和尚。前者如四十四回对潘巧云出场的“有诗为证”、四十六回开头的“诗曰”；后者如四十五回开头的“偈曰”、裴如海出场的描写。“但凡世上的人情，惟和尚色情最紧”，和尚与偷情的相关性被一再强调，这一思想贯穿故事的始终，占据了相当篇幅。这种点评式的介入写法推动着情节的发展，在话本小说中是比较常见的。

《石秀》则取消了这些俗套的笔法，改以更为简洁、冷静的第三者视角，而非全知全能的视角。小说没有直接叙述的部分包括：杨家做法事、报恩寺裴潘偷情、杨雄醉酒吐真言及潘巧云口诬石秀。省去不讲的部分则有石秀与潘公的误会等。这些处理对作者思想主旨的凸显大有裨益。《水浒传》原文的叙事重心是潘裴通奸、杨石智杀二事，《石秀》则以石秀为主角，叙述其对潘巧云的情欲心理。施蛰存对原著中与主旨无关的内容进行了大刀阔斧的砍斫。

叙事手法方面，《水浒传》是顺叙，《石秀》则是倒叙加顺叙。这也对应着叙事为主和心理描写为主两种不同的写法。为了彰显讲故事的技艺，传统话本小说极为重视情节，而对心理有所忽视，《水浒传》亦然。《石秀》则以填补空白的方式将小说的人物活动（包括心理活动）进行了充分的延展，使得小说的密度更大，人物性格更为饱满。

比如，《水浒传》对于石秀在杨雄家住下的头一宿，只用了寥寥数字：“收拾一间空房，教叔叔安歇。话休絮烦。”而新小说《石秀》恰恰是从这一习见的“话休絮烦”之处下笔，以将近四千字的笔墨，细细书写石秀躺在床上翻来覆去、浮想联翩的思绪：

> 却说石秀这一晚在杨雄家里歇宿了，兀自的翻来覆去睡不着……
>
> 躺在床上留心看着这个好像很神秘的晃动着的火焰，石秀心里便不禁给勾引起一大片不尽的思潮了……
>
> 猛可地，石秀又想起了神行太保递给他的十两纹银……
>
> 可是，正如他的脾气的急躁一样，他的思想真也变换得忒快。好似学习了某种新的学问似的，石秀忽然又悟到了一个主意……
>
> 思绪暂时沉静了下去之后，渐渐地又集中到杨雄身上……① (《石秀》，251～252 页)

不仅如此，作者让初入杨家的石秀的眼睛“看”起来，仔细巡视，端详他睡的床、潘家的摆设、女性的装扮等等。正是这些“看”，触及了他的性欲最敏感的部分。

再如，《石秀》创造性地设置了石秀三见潘巧云的情节，表现主人公曲折幽深的性心理活动。

第一次是杨雄带着拜见，让潘巧云认识结拜兄弟。石秀所见的潘巧云是美丽性感的，这一见成为石秀当晚浮想联翩的原因之一。这一安排拉开了小说表现的主题（情欲）的序幕，也为石秀的命运与性格的展开埋下了伏笔。

第二次是翌日早晨，在杨雄不在家之际，寂寞无聊的石秀与潘巧云有一番对谈。后者制造暧昧契机，以言语挑逗石秀。石秀则欲拒还迎，感受着被挑逗的紧张刺激。不过，他

---

① 本章所引《石秀》，均引自《小说月报》1931 年第 22 卷第 2 期。以下只标页码，不再注释。

一方面为潘的美貌和言行“神魂震荡，目定口呆”（258页），另一方面则因为眼前人是兄长妻而感到“一重沉哀的失望”（258页），这构成石秀的矛盾心理。

第三次是几个月后的一个午后，石秀恍惚“走进了潘巧云正在那儿坐着叫迎儿捶腿的那间耳房了”（260页）。此时的石秀，已经知晓潘巧云勾栏出身这一经历，因而更新了对潘的认识和幻想：“这一次的情热，却比第一次看见了潘巧云而生的情热更猛烈了。石秀甚至下意识地有了‘虽然杨雄是自己的义兄，究竟也不是什么了不得的关系，便爱上了他的浑家又有甚打紧’的思想。”（259页）于是，这一次的石秀不仅主动，而且自信，志在必得。不过，欲望炽热的石秀，一见到潘巧云，又变得紧张无措，“嘴里含满了一口粘腻的唾沫。这唾沫，石秀是曾几次想咽下去，而终于咽不下；几次想吐出来，而终于吐不出来的”（260页）。无情而必然的结果是，“猛一转眼，恰巧在那美妇人的背后，浮雕着回纹的茶几上，冷静地安置着那一条杨雄的皂色头巾，讽刺地给石秀瞥见了”（261页）。杨雄以一种特殊的在场方式击碎了石秀的幻想，也击碎了他的实践的机会，“爱欲的苦闷和烈焰所织成了的魔网，都全部毁灭了”（261页）。

小说的另一个重要的情节，也是《水浒传》所没有的，即石秀的勾栏体验。小说一再呈现石秀欲望的炽热与行动的无能的对峙。除了内在的道德束缚，外在的经验缺乏也是一重要原因。怀着这些复杂的心情，石秀走进了勾栏。他下意识地对一个长得像潘巧云的娼女产生好感。勾栏一夜的情节处于小说结构的重要关节点。它凝聚了石秀所有的性心理，并且是以参差的、对照的、多镜像的手法呈现出来的。石秀在娼女身上感受二十岁的潘巧云的样子，以这种方式重现高冷的性幻想对象的过去，从而将他与潘巧云的关系扯平，克服自己的实际行动的无能。不仅如此，石秀眼中的娼女还综合了他一生所遇见过的三个女人的镜像——小巷少女、娼女、潘巧云，分别代表了三类女子——纯洁的少女、年少的妓女、少妇。在恍惚中，娼女的脚给予石秀的强烈的性暗示，是他性心理进一步成熟的体现。

勾栏体验既强化了石秀对女人的认识，也使其性幻想与杀戮心理联结起来。妓女不小心被水果刀割破食指而流血的环节，构成性幻想世界中的重要隐喻。这一隐喻在其后来一系列的杀人中都有细致的展示：

> 诧异着这样的女人的血之奇丽，又目击着她皱着眉头的痛苦相，石秀觉得对于女性的爱欲，尤其在胸中高潮着了。这是从来所没有看见过的艳迹啊！（264页）

勾栏一夜之后，英雄的石秀和凡人的石秀合为一体了。确切地说，是英雄的一面压抑了凡人的一面了。从街头巷尾的打抱不平到水泊梁山的替天行道，石秀的英雄越做越大，但凡人的一面即将走到终点。“在任何男子身上，怕决不会有这样美丽的血，及其所构成的使人怜爱和满足的表象罢”（264页），翠屏山之后的血再也没有这么丰富的意义了。

施蛰存对人物内心世界的深掘细写可谓纤毫毕现。为了达到最佳艺术效果，小说结构的谨严与刻画的细腻相得益彰，情节设置的取舍和创造显示了与《水浒传》原文的根本区别。简单平淡的叙事的同时，加以繁复的心理填充，生出人物内心世界和人与人关系的惊涛骇浪。

《水浒传》中的人物，大都属于福斯特《小说面面观》中所说的“扁平人物”，性格较为单一，石秀亦不例外。而《石秀》中的石秀，则非如此：他既有路见不平拔刀相助的直接粗率，也有浮想翩翩犹豫不决的缜密多思；既有胆怯谨慎的一面，也有色胆包天的一面；既爱潘巧云，亦恨潘巧云。他的性格和气质是不断被唤醒的。他是施蛰存借由现代主义的意识流、蒙太奇、梦境解析等手法，加之现代人文观念塑造出来的圆形人物。

二

差不多和《石秀》同时，施蛰存还发表了普罗小说《阿秀》，和以现代都市的颓废萎靡为书写对象的《在巴黎大戏院》《魔道》。左翼批评家楼适夷著文称赞了施蛰存自认为失败的《阿秀》，却对另两篇给予严厉批评："这两篇作品所代表着的，乃是一种生活解消文学的倾向，在作者的心目之中，光瞧崩坏的黑暗的一面，他始终看不见另一个在地底抬起头来的面层……只是张着有闲的眼，从这崩坏中发见新奇的美，用这种新奇的美，他们填补自己的空虚。"[①]

面对这一批评，一向在政治上谨小慎微的施蛰存，两年后才写了《我的创作生活之历程》进行低调的反对：

> 因了适夷先生在《文艺新闻》上发表的夸张的批评，直到今天，使我还顶着一个新感觉主义者的头衔。我想，这是不十分确实的。……我知道我的小说不过是应用了一些 Freudism（原注：弗罗乙特的心理分析学说）的心理小说而已。[②]

约半个世纪后，他又旧事重提："楼适夷同志熟悉日本现代文学，他大约当时也多看这一派的作品，因此他把我列入新感觉派。我不反对，不否认，但觉得我和日本的新感觉派还有些不同。因为我写的还是以封建社会小市民为主，而日本的新感觉派所写的是资本主义大都市里的男男女女。"[③] 考虑到三十年代上海文坛左翼的强势，施蛰存的表态和自辩，有自我保护的意思。不过，他在"写什么"与"怎么写"的关系上，依然是侧重后者的：

> 有人在我这几篇小说中检讨普罗意识，又有人说我是目的在提倡民族主义，我觉得这样下去，说不定连我自己也要怀疑起它们的方法和目的来了。因此，我以为索性趁此机会说明一下，好让人家不再在这些没干系的小说上架起扩大镜来。[④]

无论题材如何变化，他一以贯之的依然是心理分析手法。而其中最有特色、占据最核心地位的则是性心理。正如他自己所说："至于《石秀》一篇，我是只用力在描写一种性欲心理。"[⑤] 这是与各种政治方面的主义无关的。

同时代的大部分作家倾心于普罗文艺理论，施蛰存却对精神分析学说情有独钟。在

---

① 适夷．施蛰存的新感觉主义——读了《在巴黎大戏院》与《魔道》之后．文艺新闻，1931（33）．（1931 年 10 月 26 日）

② 施蛰存．我的创作生活之历程//灯下集．上海：开明书店，1937：80－81.

③ 《施蛰存致吴福辉信》（1982 年 6 月 13 日），引自：吴福辉．施蛰存对"新感觉派"身份的有限认同．汉语言文学研究，2010，1（3）.

④ 施蛰存．《将军底头》自序．上海：新中国书局，1932.

⑤ 施蛰存．《将军底头》自序．上海：新中国书局，1932.

1930年之前，他就广泛阅读了弗洛伊德，对弗氏的精神分析学说，尤其是其中的人格学说和梦的解析极为熟稔。他还翻译了以心理分析闻名的奥地利作家显尼志勒（又译“施尼茨勒”）的《妇女三部曲》《生之恋》《薄命的戴丽莎》等作品，详细揣摩了其艺术技法。对他们的借鉴、消化和吸收，构成施蛰存所谓“新的路径”的理论自信。

“二重人格”说是不少学者探讨施蛰存心理分析小说时的共同焦点。苏雪林从正面角度认为，施蛰存小说充满“二重人格的冲突，普通心理学上自我分裂，灵肉冲突，和一切心理上的纷乱矛盾”①。严家炎则以为“二重人格”的理论是“一种荒唐的见解，也是弗洛伊德学说深深地打着资产阶级烙印的地方”，以此为理论依据的《石秀》，“将古人现代化、弗洛伊德化……石秀几乎完全成了一个现代资产阶级的色情狂和变态心理者”。②

无论正面肯定还是负面评价，都基于一种对立统一思维，包括人性与兽性、文明与野蛮、道德与欲望等。这一思维固然深化了对人物性格的认识，但未能从更高层面认识施蛰存心理小说的现代意义。

必须注意到施蛰存这一段对施尼茨勒的概述：

> 施尼茨勒的作品可以说全都是以性爱为主题的。……但是他描写性爱并不是描写这一事实或说行为，他大概都是注意在性心理分析。……或者有人会说他是有意地受了弗洛伊德的影响的，但弗洛伊德的理论之被证实在文艺上，使欧洲现代文艺因此而特辟一个新的蹊径，以致后来甚至在英国会产生了劳伦斯和乔也斯这样的心理分析的大家，确是应该归功于他的。③

施蛰存正是怀着这一认识来写《石秀》的——正如“弗洛伊德的理论之被证实在文艺上，使欧洲现代文艺因此而特辟一个新的蹊径”，他也在三十年代的中国开辟了一条新路。

在《石秀》中，Freudism首先清晰地体现为弗氏的人格三结构说（“本我”“自我”“超我”）。“本我”存在于潜意识中，主要由人的本能欲望构成，遵循的是快乐原则，追求发泄与满足；“自我”遵循现实原则，根据现实环境理智和审慎地言行；“超我”遵循道德原则，受社会因素主导，能强有力地压抑“本我”的欲望和超越现实的困难。人格结构之间是相互冲突的。

施蛰存笔下的石秀的三重人格冲突相当显著。童男子石秀的本我苦闷最为强大，即性欲之被唤起却无法得到满足。自我层面的石秀，又是一个底层出身的柴夫和屠夫，其生存境遇和社会阶层处处影响言语和行为，也导致其本我的性欲表达的困难。然而，石秀身上最有力量的却是超我部分。小说中，出现了三次“武士”，九次“英雄”，这是对石秀身份和气质的显著说明。因此，贯穿小说的三重人格的冲突，最为凸显的线索是超我的道德力量与本我的性欲热情的交织和斗争，是他对潘巧云的情欲与“凡是义兄的东西，做兄弟的是不能有据为己有的希望的”（254页）这种道义思想的纠结。这种纠结也是一种平衡，它维持了一种道德与欲望的均势。“嫉妒戴着正义的面具在石秀的失望了的热情的心中起着作用”（262页）的结果，是他用第一次进勾栏宿妓来转移受压抑的情欲，完成其性经验的

---

① 苏雪林．心理小说家施蛰存//中国二三十年代作家：第二版．台北：纯文学出版社，1986：381.

② 严家炎．新感觉派小说选．北京：人民文学出版社，1985：32.

③ 施蛰存．《薄命的戴丽莎》译者序//施蛰存全集：第四卷．上海：华东师范大学出版社，2011：1325-1326.

补足和本我的部分满足。

打破这一平衡的，是他偶然撞见潘巧云与裴如海私通一事。（这一部分的改写再次凸显施蛰存“现代”小说家的意识和素质——《水浒传》用了一万余字，施蛰存仅以四五百字叙述这一桥段，这一处理大大推进了叙事的速度。）既然贯穿小说的是石秀的情欲挣扎，那么只有他亲眼所见的潘巧云偷情才能最大限度地激发其超我的道德力量，刺激其采取行动。一方面，因为潘巧云的私通，杨雄对潘巧云便不再是占有的丈夫关系，石秀嫉妒心不再，和杨雄平起平坐了；另一方面，潘巧云和裴如海，一个勾栏出身的淫妇，一个和尚，同属被自己所鄙视的阶层，石秀对潘的性欲就一定程度转移了。这一转移的部分，化为了杀欲。

弗洛伊德提出的“力比多”（libido）不是生殖意义上的性，而是泛指一切身体器官的快感，作为一种本能，是人所有心理现象发生的驱动力。弗氏认为，如果一个人的性欲望没有得到满足，力比多的对象贯彻就会产生偏差，从而催生变态的爱恋。当力比多受阻，主体的理性能力又有限的话，欲望就常常以其他方式宣泄出来。勾栏少女的食指流血，激起石秀的力比多心理高潮——这是石秀的欲望第一次得到满足。施蛰存对这一细节用笔甚详：

> 在任何男子身上，怕决不会有这样美丽的血，及其所构成的使人怜爱和满足的表象罢。石秀——这热情过度地沸腾着的青年武士，猛然地将她的正在拂拭着创口的右手指挪开了，让一缕血的红丝，继续地从这小小的创口里吐出来。（264 页）

这一段上承石秀欲望由压抑到激发，又下启其后的杀戮行为的自然性。性欲得到转移，而杀欲即将拉开序幕。不过，杀欲亦可视作性欲的某种升华。以打杀解决问题是更本质的力比多冲突的表现。杀人后的石秀，闻着清晨“寒风中吹入鼻子的血腥气”，看着手中握着的“青光射眼的尖刀”，有了“天下一切事情，杀人是最最愉快的”这样的感觉：

> 石秀终于默认着自己是爱恋着这个美艳的女人潘巧云的。不过以前是抱着“因为爱她，所以想睡她”的思想，而现在的石秀却猛烈地升起了“因为爱她，所以要杀她”这种奇妙的思想了。这就是因为石秀觉得最愉快的是杀人，所以睡一个女人，在石秀是以为决不及杀一个女人那样的愉快了。（269 页）

欲望的转移并不等于欲望的埋没。潜藏于石秀内心的对潘巧云的爱恋，只是以别一方式呈现罢了。

杀戮游戏的高潮发生于翠屏山。这一部分又几乎是施蛰存的重写。增添的四百余字，主要涵盖三部分内容。一是石秀之“思”，即他的心理活动。如“石秀故意这样说”“石秀正盼候着这样的吩咐”“不禁又像杀却了头陀和尚之后那样的烦躁和疯狂起来”“觉得反而异常的安逸、和平”（272～273 页）。这部分显示石秀心思之缜密，远胜于刽子手杨雄。二是石秀之“行”，即他的行为活动。如“上前一步，先把潘巧云发髻上的簪儿钗儿卸了下来，再把里里外外的衣裳全给剥了下来。但并不是用着什么狂暴的手势，在石秀这是取着与那一夜在勾栏里临睡的时候给那个娼女解衣裳时一样的手势。石秀屡次故意地碰着了潘巧云的肌肤”（272 页），表现石秀享受杀人的乐趣和过程。三是石秀之“视”，即他眼睛所审视、品鉴的迎儿、潘巧云的身体，以及潘临死前求饶的情景。经此种种，欲望宣泄得到的快感超过了得不到的挣扎。

最后，《石秀》中多次出现“昏昏然”“半梦半醒”等提示读者的关键词。这些词揭露了石秀所处的状态是介乎现实与梦境之间的。无论是对潘巧云的性幻想，还是对勾栏歌妓的观看，以及杀戮头陀和尚，都发生于他心思恍惚之际。这一点可以部分说明弗洛伊德梦的解析学说对施蛰存小说情境营造的影响。

三

砍柴为生的石秀，本处于社会底层。进入杨家之后，虽然是杨雄的义弟，通过参与肉铺经营也有些许积蓄，但究竟属于蓟州城的中下层市民。但在故事的发展中，石秀是正面人物乃至所有人物中始终占据主导地位的。除了武艺高强、胆大心细等能力素质因素，还有什么是石秀更坚固有利的心理与思想武器呢？这就是伦理道德观念。

石秀的伦理观包含两个部分。首先是家庭出身的“清白”。虽是牛羊贩子（商人）出身，但石秀十分珍视自己出身的“本分”。所以，戴宗试图招揽他梁山入伙时，他是婉拒的。当晚躺在杨家回忆、思考此事时，虽然有一点动心（“这个年轻的武士石秀不由的幻想着那些在梁山水泊里等待着他的一切名誉、富有和英雄的事业。”），但很快：

> 啐！那戴宗杨林这两个东西，简直地说得天花乱坠，想骗我石秀入伙，帮同他们去干打家劫舍的不义的勾当。须知我石秀虽则贫贱，也有着清清白白的祖宗家世，难道一时竟熬不住这一点点的苦楚，自愿上山入伙，给祖宗丢脸不成？（252页）

其次是两性关系上的观念，包括“妇道”“贞操”“朋友妻不可欺”等。这一观念直接指挥着他的行动，包括面对潘巧云的性欲的控制，以及对潘裴偷情的惩罚等。

出身观念潜在地影响人物命运的发展。《石秀》的结尾与《水浒传》一样，都是石秀鼓动、引导杨雄共上梁山。这与小说开头部分形成一种辩证的对比。戴宗劝导石秀上山时，石秀的弱者的敏感是强烈的——戴宗赠送花银，在戴宗是“英雄惜英雄”之举，但在石秀视为一种施舍。进入杨家、成为潘公的合伙人，石秀则心安理得，因为自觉有恩于杨雄。而为杨雄锄奸，在本我欲望方面得到宣泄的同时，自我方面也最大限度地、全面地展现了石秀的能力和气概。惩杀奸人，让他名望迅速增长，成为好汉石秀上梁山的投名状。

相较而言，杨雄是粗心、少主见的人。杨、石关系中，石秀反客为主。重大的决断，都是石秀在决定或推动。他提醒杨雄切勿酒后失言，还出了将潘巧云骗至翠屏山对质的主意。可以说，小说主要是通过石秀的“思”“行”“视”来完成的。杨雄与石秀的关系，起始是杨雄为公家人，石秀是无业者，终末是二者地位变为平等，都成为无家的江湖人。

假如说《水浒传》中的石秀是急公好义的英雄，那么其“公”和“义”体现在何处呢？路见不平，拔刀相助。诚然，石秀的行为意在维护当时社会的伦理道德秩序，但这终究是一种个人行为。这一行为并不具有公共正义的意义，具有的是江湖义气的意义。石秀、杨雄的杀戮行为与“起义”“替天行道”的私、公区别还是较为明显的。

无论是情欲、锄奸还是最后投奔梁山，其行为的根本属性是个人的。这正是施蛰存创作《石秀》及其他几部以古事为题材小说的出发点。他聚焦和深挖的是人物身上的个人性。他们的道德，也首先表现为一种私德。人性首先是潜藏于每个个体的，而非在社会中集体呈现的。兄弟情义、江湖义气、礼教规范这三重力量形塑了石秀。与它们相抗拒的欲望并不落下风。这构成了一个完整丰满的石秀。

这是一个不同于外部现实世界的心灵世界。鲁迅论及陀思妥耶夫斯基时说："在甚深的灵魂中，无所谓'残酷'，更无所谓'慈悲'；但将这灵魂显示于人的，是'在高的意义上的写实主义者'。"[①] 这一"高的意义上的写实主义"是符合《石秀》的创作原则的。

四

《石秀》中，出现三次"少年"、两次"青年"、三次"武士"、九次"英雄"（其中直接描述石秀的二次、描述杨雄的四次）。庶几可以从这些身份名词看出作者对人物的态度。小说中石秀的"英雄好汉"身份，是让位于"青年"（或"少年"）和"武士"的。"青年""少年"意味着血气方刚，情欲蓬勃；"武士"的行动特征则是快意恩仇，有仇必报。无论作为何者，都具非理性特征。二者的结合体，构成这种非理性的人物类型的典型。

《水浒传》中的英雄，大都是压抑或扼杀情欲的"武士"。情欲作为被压抑和扼杀的对象，在书中的形象是负面的，这一点在武松、宋江、李逵、鲁智深身上都有显现。施蛰存小说则加入了"情"这一维度，从而拓展了人性的宽度和深度。小说巧妙地让二十八岁的石秀和二十六岁的潘巧云年轻化（身体的和心理的），也通过各种直接说明或间接暗示呈现石秀"未曾触碰过女人"这一事实——有意思的是，《水浒传》中的众好汉，有着和石秀一样缺乏性经验的人生经历的占据多数。

"拼命三郎"，大约是水浒好汉绰号中流传得最广的之一了。《水浒传》用浓墨重彩介绍了石秀的出场和绰号由来：

> ……戴宗、杨林看了，暗暗地喝采道："端的是好汉！此乃路见不平，拔刀相助，真壮士也！"有诗为证：
>
> 路见不平真可怒，拔刀相助是英雄。
>
> 那堪石秀真豪杰，慷慨相投入伙中。
>
> 戴宗问道："壮士高姓大名？贵乡何处？"那汉答道："小人姓石名秀，祖贯是金陵建康府人氏。自小学得些枪棒在身，一生执意，路见不平，但要去相助，人都唤小弟作拼命三郎……"

虽说石秀号称"拼命三郎"，但故事里丢掉性命的不是石秀，而是头陀、裴如海、潘巧云和迎儿四人，即通奸者及其助手。而且，其中智力的运用是远胜于身体性命的豁出的（排座次时，石秀星号"天慧星"）。所以有学者曾提出异议，指出"拼命三郎"一词在《诚斋乐府》和《宣和遗事》等书中都写作"拼命二郎"。这一结构是与"短命二郎"（阮小五）近似的。"短命二郎"不是自己命短，而是像死神二郎神一样让敌人短命。"拼命"之"拼"有捐弃、豁出去之意，也可以解释为让别人短命、断命。

---

① 鲁迅．《穷人》小引//鲁迅全集：第7卷．北京：人民文学出版社，2005：106.

《石秀》的主角没变，但故事的主题已经转换为情欲。石秀对潘巧云的情欲，说是施蛰存创造出来的并不为过。由于道德（顾及兄弟情分）、礼法（潘为有夫之妇）、性格弱点（出身卑微、不善言辞）和情感弱点（缺乏接触异性经验），石秀的情欲迟迟难以化为行动。但正是因为这些原因，他的想象性心理就最大限度地生长着、膨胀着。施蛰存的创造合乎现实人情。

这一情欲的源头与作者一再强调的“少年”或“青年”石秀的身份密切相关。二十八岁之前的石秀应该是有自然性欲的（数次回忆他在小巷遇见的丁香姑娘），但由于生计所迫，这种性欲缺乏条件释放。街头与杨雄的相遇，改变了石秀，这才有小说开头石秀对人生无常之感浮想翩翩。进入杨雄家生活之后，街头的石秀开始家庭生活。安稳了，有固定收入了，遇见潘巧云，近距离接触女性（潘、迎儿和勾栏妓女）就是自然而然的事了。而故事的最后，则是不再是童男子的石秀走出家庭，走向江湖。

五

欲望是现代主义文学的基本主题之一。施蛰存运用精神分析手法，重写了国人熟知的水浒故事，以大量的心理描写表现两性关系中的“力比多”现象，从意识与潜意识两个范畴，营造主人公的心灵世界。施蛰存的写作意识和实践对五四文学精神既有继承，又有推进和深化。

五四知识分子对《水浒传》评价颇低。鲁迅在研讨明代拟宋市人小说时，认为其价值不高：“宋市人小说，虽亦间参训喻，然主意则在述市井间事，用以娱心；及明人拟作末流，乃诰诫连篇，喧而夺主，且多艳称荣遇，回护士人，故形式仅存而精神与宋迥异矣。”①

五四运动形成了现代文学重人生、重现实的传统。但人道主义之“人”，起初是偏重于个人的，因而与个人主义契合，产生巨大的能量和影响。“五卅”和大革命之后，个人主义让位于集体主义，作家的人道主义关怀转移至劳苦大众。社会现实成为新的书写对象和主题。

基于这一语境，施蛰存在两个方面贡献巨大：一是他对心灵世界的深入探寻，从小说内倾化维度看，开创了中国现代派的先河；二是他对小说技法的精益求精，在主题先行、轻视技巧的三十年代上海文坛尤为难能可贵。

在三十年代，书写社会（外部世界）的左翼文学，与书写人心（内部世界）的“新感觉派”或曰“心理分析派”，构成两支相颉颃又相促进的势力。无论是外向还是内倾，都可视作现代文学分别从宽度广度和深度密度推进到新的阶段。五四“人的文学”的传统，到了三十年代，一方面是“个人”与他人（社会）联结而产生左翼文学，另一方面是人对自我世界的深入观照而产生“新感觉派小说”（和现代派诗歌）。两股力量一起构成了三十年代文学的独特风景，标示了现代文学的成熟。

（严靖 撰）

① 鲁迅．中国小说史略//鲁迅全集：第 9 卷．北京：人民文学出版社，2005：209.

拓展与思考

1. 中国现代文学史上有一类历史题材（或称本事改写）作品，如鲁迅《故事新编》、欧阳予倩《潘金莲》、冯至《伍子胥》、汪曾祺《聊斋新义》等。试比较这些作品改写的初衷、方法、意义的不同，从中思考施蛰存《石秀》的特点。

2. 施蛰存在《现代·发刊词》中写道："《现代》中的诗是诗，而且是纯然的现代诗，它们是现代人在现代生活中感受的现代情绪。"这话是针对现代诗而言的，是否也适用于现代派的小说？

3. 同为现代派小说代表作家，施蛰存的写作风格与穆时英、刘呐鸥有何不同？以上海为代表的现代都市是否是现代派产生的必需土壤？

第 二 编

“家”的破碎

第4章

《北京人》：诅咒之祝福

1940 年深秋，因中日战争而流徙西南、偏居四川江安的曹禺，在宁静忧伤的氛围中，开始创作剧本《北京人》。1941 年 10 月 24 日，三幕话剧《北京人》在重庆抗建堂首演，演出持续了两轮，场场满座。此后，在延安、上海、贵州、香港、上饶等地都有不同剧社上演该剧，亦广受欢迎。八十多年以来，这部作品被公认为曹禺的杰作。对此剧的评价虽经历过一些变化，但基本评价是一致的，《北京人》乃“一曲封建主义的挽歌”，是对封建家族制度对人性戕害的细腻书写。不过，这首挽歌是怎么唱的，仍然有可阐释的空间。[①] 首先，从文化态度而言，曹禺对“封建文化”并非断然弃绝，而是告别中有眷恋，对由这种文化熏陶出来的人物怀有深切的同情。因而本章首先探讨曹禺所眷恋的“封建文化”意指所向，其“挽歌”包含着怎样的诅咒与赞美；进而探讨这一内涵和“现代中国”之间的关系。其次，探讨《北京人》的政治内涵。该剧写于 1940 年秋，首演于 1941 年秋，大的时代背景是中国抗日战争正进入艰难的相持阶段。作品一出现，就有人批评作家不关心政治，即便后来为之辩护的，也认为作品没有什么政治指向。然而，原始“北京人”的象征性是有其政治指向的。具体到《北京人》的人物刻画，作者以不同类型的人物来象征不同的精神状态和行动能力，《北京人》在艺术上是否那么圆熟，对人物人性的刻画是现实主义的还是象征主义的，这些都是值得进一步讨论的。

一

话剧《北京人》写的是北京城里一个衰相渐露的“贵胄之家”，在中秋节前后一个月

---

① 三幕话剧《北京人》的版本情况大致如下：1941 年 12 月《北京人》剧本由文化生活出版社初版，至 1950 年出到第 10 版。本章在讨论《北京人》写作的基本内涵以及作者的写作动机时，为了更接近历史，使用初版本。1949 年之后，《北京人》的修改比较多，本章对比分析作家修改的基本状况和原因时，也会用到 1949 年之后的版本。

内发生的巨大变故。第一幕是中秋节。第二幕是当天晚上。第三幕是一个月后。地点都是安排在曾家的小花厅里。这间花厅摆设“尽量保持当年的气派，一点也不觉得寒伧”。曾家祖上敬德公精明强干，“惨淡经营”创下了一份家业；当其鼎盛之时，不是“三品以上的顶戴花翎”，进不了曾家的门。这个贵胄之家一脉单传，现在家里的老太爷曾皓，是敬德公的独子。而曾文清，是曾皓的独子。文清又有一个独子曾霆，三个男人都有点“金玉其外，败絮其中”的公子哥儿风格——“自小到大都是仰赖祖宗留下来的这点福气，吃住不生问题”。文清、曾霆和妻子关系紧张，要么因为妻子的能干强硬要么因为没有共同语言，或者二者兼而有之。家中寄居的姨表妹愫方，长年照顾曾皓，文化素养高，与文清心气相通。十七岁的曾霆懵懵懂懂，虽已结婚却对妻子毫无爱的感觉，因而也可以说重复着父亲无爱婚姻的人生轨迹。曾家独苗单传的三个男人都活得压抑混沌，而女人们则活得清醒明白，当然这种明白又具有不同个性和人格特点。自私的曾思懿强悍精明，总为他人着想的愫方外柔内刚，逆来顺受的瑞贞实则颇为勇敢果断。

时移势易，由于子弟没有谋生能力，目下曾家乡下的田产、城里的房产卖得差不多了，连一家人住的大院子，也不得不把大客厅和西厢房出租以维持大家庭的日用。这个封闭压抑的大家庭，由于对外出租而打开了一角与外界联系的空间，而这空间也就搅动了他们死水一般的平静生活。租客是一对父女，遵循的生活伦理与曾家截然不同。父亲袁任敢是研究远古人类的学者，女儿袁圆是个无拘无束没大没小的疯丫头。袁氏父女的行为和观念冲击着曾家，袁圆的大胆活泼吸引了曾霆，使他模糊迸发出爱意。最后袁氏父女协助愫方和瑞贞离开了曾家，而原本被大家期望出去“创一番事业”的文清在出外奔波、流浪一个月以后，回到家中，吞鸦片黯然离世。这一天正好是曾皓的生日。曾家欠着隔壁“开纱厂的暴发户”杜家的债，杜家早就盯上曾皓“漆了十五年”“有一百多道漆”的寿木，曾皓死活不给，但最后棺材还是被抬走抵债了。儿子已死，自己看作命根子的棺材又被抬走，作为日常生活和精神依靠的愫方也悄然离去，在生日的第二天，醒来独自面对这一人走家败局面的曾皓，大约也很难安度晚年了。

《北京人》还别出心裁地安排了一个“北京人”——“在袁任敢学术勘察队里一个修理卡车的巨人”。这人力大无穷，但他是个哑巴。在第一幕里用拳头赶走了来曾家催债的棺材铺的商人。在剧中经常以“巨影”的形象出现在幕布上，提醒观众他的存在。袁任敢对原始“北京人”有研究，他赞美“北京人”的敢爱敢恨的快意人生。但作家设定的这个原始北京人意象和现实版的“北京人”之间是有龃龉的，下文会详细分析。

以上是《北京人》的基本情节。

二

《北京人》是对士大夫文化的忧伤动人的挽歌。曹禺于此文化熟悉浸染，然而他又是五四之子，鲁迅《狂人日记》“礼教吃人”的批判意识，也必然渗透于认识中。这样，在他的描写中，就弥漫着一种矛盾的心态。一方面，“历史理智”要求他批判封建文化；而另一方面，“情感爱好”又使他赞美和爱惜他笔下被封建文化戕害的人物。

这个文化最令他感动与欣赏的，大约是那种优美的人性与“生活艺术化”的状态。这种状态恰如落日余晖，在他所描写的曾家的日常生活里隐现。曾家“家运旺盛”的一点痕迹，保留在作为主景的小花厅里。这儿集中着“家世的光辉和祖宗的遗爱”，栋梁上都还闪烁着“往日的金碧辉煌”。小花厅摆有“半月式的紫檀木桌”，桌上有书、金鱼缸，墙上则挂着“装裱颇古”的“董其昌的行书条幅”和“一张素锦套着的七弦琴”，地上“白底蓝花仿明瓷的大口瓷缸”里面则“斜插了十几轴画”。紫檀木桌、古书、金鱼、行书条幅、七弦琴、画作，这些都透出浓浓的书卷气，氤氲着优雅宁静的古典情调，而不是官宦人家的飞扬跋扈，或者商贾人家的纸醉金迷。

大致可以推想，这是一个文人之家，敬德公当年当是以进士及第得任文官官职的。曾皓，年轻时曾经“意气轩昂，每日逐花问柳，养雀听歌，过着公子哥儿的太平年月”，这种雅兴也是文官家庭才会培育出来的。而最有“生活艺术化”特点的，则是曾皓的儿子曾文清。曹禺对文清的外表与性格的描写，可以见出明显的欣赏与肯定。他“清俊飘逸”“语音清虚”“行动飘然”，“聪颖，眉宇间蕴藏着灵气”，性格“温厚可亲”，谈吐“风趣不凡”，文清从外形到性格都是清新脱俗温柔淳厚的。文清身上有曹禺所体认到的“士大夫文化”的美。这个文化的美表现为“生活艺术化”——不是将“艺术”降低到为“生活”服务的“艺术生活化”，而是将生活活成“艺术”：“下棋，赋诗，作画，很自然地在他的生活里占了很多的时间”。这种“艺术的生活”自然而悠闲：“春天放风筝，夏夜游北海，秋天逛西山看红叶，冬天早晨在霁雪时的窗下作画。”

然而，青少年时代过着理想的“艺术化生活”的文清，中年的他，却活成了“一个生命的空壳”，“一半成了精神上的瘫痪”。这是令人扼腕叹息的。曹禺直接把原因归结为“这是一个士大夫家庭的子弟，染受了过度的腐烂的北平士大夫文化的结果”。这句总括性的解释，把文清的自我衰亡归结为“封建士大夫”文化的腐蚀，在当时的历史语境中，是很容易得到理解的。这是“后五四”的时代，封建礼教吃人的观念已经深入人心。但是这么优美的文化，是如何腐化了文清呢？现年三十六，正当壮年的文清“懒于动作，懒于思想，懒于用心，懒于说话，懒于举步，懒于起床，懒于见人，懒于做任何严重费力的事情。重重对生活的厌倦和失望甚至使他懒于宣泄心中的苦痛”。曹禺说是“熟烂的士大夫文化”残害了曾文清，让他没有活力，懒于做一切事情。而所谓“懒于做一切事情”，就是缺乏激情，缺乏生的意志和动力。曾文清明明喜爱琴棋书画，明明对各种趣味有着发自内心的主动欣赏，扼杀他的激情和生的意志的，不是“士大夫文化”，而是他对自己的“无能”的认知。这种无能，既是面对剧烈社会变动特别是工商业兴起的无能为力，也是对自己与妻子僵硬关系的无能为力。如果说“文化”的失败，那是这一家男人整体的失败，也不是曾文清一个人的，我们下文再谈；那么就曾文清而言，他的“懒”主要还是源于婚姻的失败。

从某一方面说，的确是“封建礼教”的束缚戕害了曾文清。他和曾思懿的婚姻是不幸的。虽然曾思懿也是来自“书香门第”，但她的兴趣似乎在金钱财物而不在诗词歌赋。她忙于操持整个大家庭，自身又没有太多的文化修养，因而没有时间更没有能力和兴趣陪文清过诗情画意的艺术人生。因此，曾文清婚后的生活是“寂寞的”“麻痹的”。他后来遇到了心气相通的愫方，如果勇敢一些，是有可能挣脱这不幸的婚姻，和自己心仪的人物结合的，但囿于“封建礼教”，他却不敢迈出这一步，因而成了“他的难言之痛”：

> 早年婚后的生活是寂寞的，麻痹的，偶尔在寂寞的空谷中遇见了一枝幽兰，心里不期然而有所憬悟。同声同气的灵魂常在静寞中相通的。他们了解寂寞正如同宿鸟知晓归去。他们在相对无言的沉默中互相获得了哀惜和慰藉，却又生怕泄露出一丝消息，不忍互通款曲。士大夫家庭原是个可怕的梏枷。他们的生活一直是郁结不舒，如同古井里的水。他们只沉默的接受这难以挽回的不幸，在无聊的岁月中全是黑暗同龃龉，想得到一线真正的幸福而不可能。一年年忍哀耐痛的打发着这渺茫无限的寂寞日子，以至于最后他索性自暴自弃，怯弱的沉溺在一种不良的嗜好里来摧毁自己。

婚姻生活滞涩无聊，向往一种心心相印的情爱关系却无法实际展开，更斫伤了他的心志，使他选择了以自我放纵（吸食鸦片）实则自我毁灭的方式来向无望的人生发出抗议。

曾文清的自我毁灭，固然源于婚姻之不幸，但确实和自己在社会中处处感受到的无能也有关系。如果说，琴棋书画诗书礼仪是封建时代士大夫的必备基本技能及个人修养，而在这个已经变化的时代，这些已经产出不了“价值”，没有变现的能力，也就在世俗的眼中成为无用的事物。优美的士大夫文化，是要在一种优裕而有余暇的文化空间里展开的，同时，它是以“非生产性”作为其存在前提的。如果家庭里有别的人能担负起“生产性”的养家糊口的任务，那么文清这样的人就可以有闲暇优游于兴趣爱好中。然而，现在的情况是“家里景况不好，没有一个人能赚钱”。曾文清的“无能感”既是婚姻中的，也是整个兴起中的工商社会给他的。严峻的情况是普遍的。与他同样无能的其实还有他的父亲曾皓和他的儿子曾霆，以及看起来狂傲不羁的妹夫江泰。

曾皓是这样的：“过去一直在家里享用祖上的遗产，过了几十年的舒适日子。偶尔出门作官，补过几次缺，都不久就回到北平闭门纳福。”他的一生比曾文清过得并没有更多的波澜，也只是“偶尔出门”，“作官”似乎也没有什么成就，很快就躲回家里。文清的儿子曾霆，十七岁已婚男人，也是混混沌沌，没有任何主见。最有意思的是咋咋呼呼似乎与文清性格截然相反的曾家女婿江泰，老丈人曾皓一眼洞穿他的实质——“成天想发财，成天的做梦，不懂得一点人情世故，同老大一样，白读书，不知什么害了你”，还直接把文清和江泰说成“你们都是一对”。从曾皓的概括来看，这“一对”至少有两个共同特点：一是“白读书”，二是“一点不懂人情世故”。“白读书”和“不懂人情世故”，是“封建士大夫文化”培育的一类人物的特点（自然不是所有的都是这样无能的[①]），是曾家这种文官出身的人物容易有的特点。

曾家敬德公可能是通过科举考试进士及第的文官，而不是累积事功。曾皓也是早早就卸官回家的。文官类的士大夫，其长处在欣赏而不在创造——“白读书”；其为人特点在狷介而不在活络——“不懂人情世故”。江泰说文清：“他的舌头不但尝得出这茶叶的性情，年龄，出身，做法，他分得出这杯茶用的是山水，江水，井水，雪水还是自来水，烧的是炭火，煤火，或者柴火。”但是“他不会种茶，他不会开茶叶公司，不会做出口生意，

---

① 我们不用举历史上的大儒，如顾炎武、王阳明之类，来说明读书多不一定就没有事功的能力。曹禺的父亲早年也曾经当过师长，后来还入阁黎元洪政府，积累了一定的财富，还是有一定的“实务”能力的。但是整体而言曹父是文人型的。曹禺说自己的父亲“为人胆子很小，又从来没有打过仗，加上他读书较多，倒更像是个文人，四十多岁，他就不做事了，经常找几个诗人在一起吃吃喝喝，写点诗文”。[曹禺．我的生活和创作道路．戏剧论丛，1981 (2).]

就会一样：'喝茶！'"，于是江泰痛苦地发问："喝茶喝得再怎么精，怎么好，还不是喝茶，有什么用？请问，有什么用？"而"会吃"的江泰自己也是一样的："我好吃，我懂得吃，我可以引你到各种顶好的地吃"，"正阳楼的涮羊肉，便宜坊的挂炉鸭，同和居的烤馒头，东兴楼的乌鱼蛋，致美斋的烩鸭条"，"以至于月盛斋的酱羊肉，六必居的酱菜，王致和的臭豆腐，信远斋的酸梅汤，三妙堂的合碗酪，恩元德的包子，沙锅居的白肉，杏花春的花雕，这些个地方没有一个掌柜的我不熟，没有一个掌灶的，跑堂的，站柜台的我不知道"。同样的，他也发出质问："然而有什么用？我不会做菜，我不会开馆子，我不会在人家外国开一个顶大的李鸿章杂碎，赚外国人的钱。我就会吃，就会吃！（不觉谈到自己的痛处，捶胸）我做什么，就失败什么。做官亏款，做生意赔钱，读书对我毫无用处。（痛苦地）我成天住在丈人家里混，好说话，好牢骚，好批评，又好骂人，简直管不住自己，专说人家不爱听的话。"

鲁迅在《狂人日记》中以抽象的方式，探讨了封建文化的"吃人"本质，作为五四之子的曹禺，他的《北京人》一定程度上延续了批判"吃人"的主题。文清的"半瘫痪"，江泰的"我做什么，就失败什么"，表明他们精神被侵蚀而成为被"吃掉"的"无用"的废人。而当他们说自己"无用"的时候，对应的是"不会开茶叶公司"或者"不会开馆子"这样的实务性的商业技能的缺乏，而不是他们不懂得欣赏美、享受美。而当时的大家庭中，不能挣钱，就没有地位。这一点，老而不糊涂的曾皓看得很明白，他意识到"贫穷，对他，一个士大夫家庭中的家长的地位，都成了莫大的威胁"。因此，他在强悍的儿媳曾思懿面前不敢轻易哭穷，以免更被她轻视。文清可能本来就没有想过要挣钱发财，而江泰"成天想发财，成天的做梦"，说明他不是一个不食人间烟火的"理想主义者"，而是一个有着非常强烈的财富占有欲的人，然而他"做官亏款，做生意赔钱"，又目高于顶，寄居丈人家感到丢脸而委屈。没有谋生"赚钱"的能力，这就是浸染封建士大夫文化的文官及其后代的特点。"吃掉"他们的是这种现代世界当中不能"挣钱"养家的无能感。与之形成对比，袁任敢虽不是靠营利性企业吃饭，只是一个科学工作者，但于现代分工当中差可凭借工资养家糊口，付得起房租，因而曾家可以容忍他的怪异，势利的曾思懿也认可他，没有"看不起他"。

这是曹禺写到的士大夫文化与此种文化培育的无能"子孙"。文清和江泰，在性格和人格上都有其可取之处。文清的淳厚、富于才情，江泰的爽直、富于热情，都是这种文化孕育的。而他们的无能，又是如此的"触目惊心"。这里也暗含着曹禺模糊的矛盾，那就是他既爱这种文化（文明），又时刻感受到这种文明的无力。放在当时日军侵华的背景中看，在这样一个盛行"丛林法则"的世界里，这些人无用了，萧条了，凋落了，而曹禺对这种"贤者"（闲人）文化本自有他的钟情的。

三

由此，我们就转向讨论《北京人》的政治性。《北京人》刚刚上演的时候，就遭遇了对其"与抗战无关"的批评。因为它的剧情表面就是一个家庭情感戏，没有外敌的侵略也就没有本土的反抗。但它有一个突兀的形象设计，让人感到它的政治性。这就是"敢爱敢恨，敢死敢生”的远古北京人。1942 年就有有心人注意到曹禺“一意想使古旧的中国冲奔出去”而设计了“不免有空构的感觉”的“猩猩似的野东西”的“北京人”①。《北京人》的写作时间，是中日战争进入相持阶段的 1940 年，中国大片的领土沦陷，身处重庆的曹禺，不能不感受到“亡国”的压力。几乎是同时，在更偏远的昆明，闻一多也发出了不能再做“天阉”的民族的怒吼。对于中国人的品质，闻一多既失望又焦虑。而曹禺，在《北京人》剧本中引入充满原始野蛮暴力的“北京人”，也是为中华民族避免“天阉”指出了一条“力”的道路。

1929 年北京周口店发现第一具原始“北京人”头骨，是中国古人类学发展史上重要的里程碑。这个头骨以一种“中国人”的象征进入曹禺的剧作构思中。而出现在剧本人物列表当中的“北京人”，则是“在袁任敢学术勘察队里一个修理卡车的巨人”，他出现在舞台上的外形，是有着原始人那种野蛮、粗鄙、强悍的特点的：

> 蓦然门开，如一个巨灵自天而降，陡地出现了这个“猩猩似的野东西”。
>
> 他约莫有七尺多高，熊腰虎背，大半裸身，披着半个兽皮，浑身上下毛茸茸的。两眼炯炯发光，嵌在深陷的眼眶内，塌鼻子，大嘴，下巴伸出去犹如人猿，头发也似人猿一样低低压在黑而浓的粗眉上。深褐色的皮肤下，筋肉一粒一粒凸出有如棕色的枣栗。

曹禺描写他“整个是力量”，是“野得可怕的力量”，他的身上藏蓄着“充沛丰满的生命和人类日后无穷的希望”，尤为重要的是“他的巨大的手掌似乎轻轻一扭便可扭断了任何敌人的脖颈”。还通过人类学家袁任敢的口，将“四十万年前的北京人”的个性特征描述为“要杀就杀，要打就打，喝鲜血，吃生肉”，而“不像现在的北京人这么文明”。袁任敢描述中的原始“北京人”勇猛强健，曹禺用一个远古北京人的意象去描绘他所想象和认定的那样一种人的抗争拼搏的战斗精神，敢爱敢恨，敢吃肉，敢喝酒敢打敢骂。在一个想象性的解决的意义上，原始“北京人”富于精神的魅力，因为他果敢，有判断力，活得快活，具有很强的行动力。但是袁任敢的科学勘察队里的这一具有原始北京人特点，看起来非常高大——像一座小山一样，肌肉也十分发达给人一种威慑感的巨人，却是个哑巴。他在舞台上是笨拙的：

> 他是个哑巴，不会说话。
>
> 他脾气有点暴躁，说打人就打人，还是不理他好。
>
> …………
>
> “北京人”了无笑容地端坐在上首，面对观众。
>
> …………
>
> “北京人”慢慢立起，一个巨无霸似的人猿，森然怒视，狺狺然沉重地向外挥手。
>
> …………
>
> “北京人”笨重地跨着巨步，跟着出去。……突然听见外面一掌打在肉堆上的声音，……一片乱糟糟叫喊，咒骂，揍打呼痛的嚣声。

---

① 可参看 1942 年 4 月 27 日《解放日报》的评论。

他的“不会说话”“暴躁”“了无笑容”“笨重”，并非袁任敢口中原始“北京人”充满生机的那一种精神状态。笨拙呆滞而无言沉默的，舞台上实际呈现的机械工人的“北京人”形象，与袁任敢描述的原始“北京人”之间的矛盾，曹禺未必自觉。曹禺用北京人去想象一个焕发的生命力，可是他又用这么具体的一个像“北京人”的工人来象征现在的可能有的北京人。这个矛盾是意味深长的。这个人是考古队里面的机械工①，人自然是内秀的，并不“笨”，然而在外形与言辞表达上确实是“笨重”的。与曾家曾皓、曾文清这一脉的文弱柔和，恰成一种对比，而沟通几乎又是不可能的。从曾家这一面而言，他们把他视为异物，最初面对他的时候是惊悚的。② 机械工版“北京人”的失语与失效体现出来的矛盾或许可以做如下解释。一方面是曹禺认为，类似于原始北京人的那种状态，在现代世界的转型还没有完全成功。从外形与力量而言，机械工人是曹禺认可的，但是他的精神或者他的自我表达还未成型，因而精神性空间还需要建设和充实；另一方面是曹禺的失语，他捕捉到与士大夫文化不同的精神气质，可是他没有办法用这些劳工“北京人”的语言来表达，因为这样的语言和他的这一套士大夫的语言是脱钩的，他还无法用文字还原出来。这两方面的失语，使得从艺术的圆融度来说，这个机械工人“北京人”是与全剧几乎脱节的。曹禺此处的努力部分或者大部分是失败的。这就难怪在1949年之后的版本中，这个工人形象的“北京人”及其相关情节被尽数删去。这一方面有1949年之后如何塑造“工人阶级”形象的问题缠绕，但另一方面1940年“北京人”设计的生硬亦是原因。如果劳工型“北京人”还处在勾勒轮廓阶段，那么，“北京人”的希望又在哪里呢？

胡风曾经非常敏锐地指出：“平面地看，《北京人》是对于封建社会的挽歌和对于一种新的生活的向往。然而，在我们的感受上，作者的挽歌是唱得那么凄伤，那么沉痛，我们可以毫不踌躇地说，有些地方是达到了艺术的境界。但他在挽歌当中终于向往了的那‘一种新的生活’，却使我们感到飘忽、渺茫，好像是在痛苦底重压下面累透了的人底，一个仅仅为了安慰那痛苦的梦。”③ 胡风认为“挽歌”唱得凄伤沉痛而臻于艺术境界，而新的生活却是模糊的，像一个梦。可见，他也没有把劳工型“北京人”当作“新生活”的方向。

旧的“北京人”生活是“阴惨惨死沉沉的气氛包围着你，戕害着你的性灵，麻痹着你的思想，捆绑着你的能力，束缚着你的身心，像坠入一个无底的深渊一样”④。那么，新的释放性灵、无拘束的生活由谁来引领？在1940年写剧本的时候，曹禺似乎指向的是原始北京人。而到了四十年后，他则将愫方作为“一个人应有的样子”来歌颂和肯定。1982年曹禺在谈到《北京人》写作动机时说道：“当时我有一种愿望，人应当像人一样活着，不能像当时许多人一样活着，不能像当时许多人那样活，必须在黑暗中找出一条路子来。”“愫方就是这样一个像人一样活着的人。愫方是《北京人》的主要人物，我是用了全副的力

---

① 剧本的描述是：“这是假扮的，请来给我们研究队画的。他原来是我们队里一个顶好的机器工匠，因为他的体格头骨有点像顶早的‘北京人’”。

② 剧本的描述是：“‘北京人’更野蛮可怖，脸上流着鲜血，跨着巨步，若无其事然地走进来。后面袁圆满面崇拜的神色，跟着这个可怖的英雄。……袁圆（站在椅子上，把‘北京人’的巨臂举起来）我们的‘北京人’打的。‘北京人’转过头，第一次温和地露出狞笑，大家竦然望着他。曾皓痴坐如同得了瘫痪。”

③ 胡风．《北京》速写//胡风书话．北京：北京出版社，1998：56.

④ 华忱之．重读曹禺的《北京人》．成都晚报，1962-05-10.

量，也可以说是用我的心灵塑造成的。”[①] 这段四十年后的话，还是需要审慎对待之。就《北京人》呈现出来的愫方形象，她绝不是像原始“北京人”那样活得痛快淋漓，“要杀就杀，要打就打”。相反，在曾家，面对嫉妒她的曾思懿给予的当面羞辱，愫方一次次地忍气吞声，委曲求全。这不是一种“真正的人的形象”。当然，愫方身上是有很多高尚的品质。曹禺在描述她的时候有很多的赞扬和肯定，一如他对文清。愫方是“温厚而慷慨”，“时常忘却自己的幸福和健康，抚爱着和她同样不幸的人们”；愫方的心灵是“深深埋着丰富的宝藏的”。而她是“哀静”“忧郁”的。她又是无私的，将曾皓、曾文清、曾瑞贞都置于自己之上，以他们的受帮助作为自己活着的理由。比如，她为了文清可以留在曾家做事：“他（文清——引者注）走了，他的父亲我可以替他伺候，他的孩子，我可以替他照料，他爱的字画我管，他爱的鸽子我喂。连他所不喜欢的人我都觉得该体贴，该喜欢，该爱”，“为着他所不爱的也都还是亲近过他的”。她把自己的生活理解成“我们活着就是这么一大段又凄凉又甜蜜的日子啊！叫你想想忍不住要哭，想想又忍不住要笑啊”。这都是一般人很难达到的境界。而且因为内心有这样的为爱人付出的决心，她也会显得倔强：“她并不懦弱，她的固执在她的无尽的耐性中时常倔强地表露出来。”愫方自有她的压抑与耐性，但她似乎并没有昭示出一种新人的方向。如果拘泥于《北京人》内部，是找不到“新人”的，但如果结合曹禺在创作《北京人》前刚创作的《蜕变》，我们会了解到，他的新人就是那个巨型母神“丁大夫”。这才是敢想敢为的新的人，新的女性。

（姚丹 撰）

拓展与思考

1. 曹禺是 1949 年之前与之后都具有重要社会地位和影响力的重要剧作家，也可以说是横贯现当代的最重要剧作家。曹禺剧作的一大特点是在 1949 年后，作家对剧本做出重要修改。建议阅读曹禺《北京人》的不同版本：1941 年生活出版社版，1951 年人民文学出版社版，1962 年人民文学出版社版，1984 年四川文艺出版社版。通过不同版本的对比阅读，思考作家修改的原因。

2.《北京人》写的是中国的家族内部的腐败、衰朽与新生。曹禺在 1940 年代还将巴金的长篇小说《家》改编成话剧《家》。这可以看出曹禺对于“家族”这一叙事的重视。如果说“家是我们的生处，家也是我们的死所”并非激愤之语，那么在《北京人》里面，这样的“家”的特点是如何体现的？曹禺对“家”的态度为什么是既诅咒又眷恋的？

3. 有研究者认为曹禺的《北京人》是“冷静”之作，你如何看待《北京人》的风格特点？这是一部沉静之作，作家十分克制地描写带有中国传统优美风格的人物的悲歌，还是一部与《雷雨》的痉挛式激烈剧情虽然不同，但内部情绪依然十分激烈的剧作？有条件的同学，可以对比不同版本来分析。

① 这是 1982 年 5 月 24 日曹禺与田本相的谈话。（田本相．曹禺传．北京：北京十月文艺出版社，1988.）

第5章

《离婚》：暧昧的复调

五四新文化运动在伦理上的后果之一，是接受教育的青年人因崇尚“恋爱自由”而纷纷与家庭包办的旧式婚姻决裂，“自由离婚”成为“老年思想与青年思想冲突的焦点”[①]。二十年代初报刊对此这样描述：“解放之说风行，男女防闭、家庭专制，悉为新潮流所冲决”[②]，“民间离婚之事，日盛一日”[③]。针对自由离婚“日渐增高的趋势”[④]，一些报刊设立了“离婚问题”专号或专栏[⑤]。三十年代初，离婚率呈大幅上升趋势[⑥]，“解除婚约，别居，离婚，遗弃，或他种家庭解散的事情，已日多一日”，“社会上各界闻人之别居、离婚，乃至重婚者，时有所闻”，[⑦]“离婚”一词已然成为报刊媒介使用频率极高的词，而离婚声明，也成为当时报纸流行的一种新型广告。三四十年代，中国历史上第一个离婚高峰形成。

---

① 参看沈雁冰《离婚与道德问题》，原载于《妇女杂志》1922年4月1日第8卷第4号。

② 剑芙．法律上离婚之限制．申报，1922-12-26：“法制”栏．（为便于理解语义，引文中顿号为引者所加。）

③ 参看《法部限制离婚》，原载于1922年1月12日《新闻报》，引自《妇女杂志》1922年第8卷第4号“离婚问题号”第90页。

④ 参看《发刊旨趣》，原载于《妇女杂志》1922年4月1日第8卷第4号。

⑤ 1922年4月《妇女杂志》推出了该刊自创刊以来的第一个专号“离婚问题号”；不久，《民国日报》副刊《妇女评论》57期也开设“自由离婚号”。

⑥ 参见：吴至信．最近十六年之北平离婚案//李文海．民国时期社会调查丛编婚姻家庭卷．福州：福建教育出版社，2005.；谭纫就．中国离婚的研究．上海：中华基督教女青年会全国协会，1932. 又据上海统计局数据，1930年上海市离婚事件853件，比1929年多208件，一年之内增加32%。[上海市十九年的离婚统计．社会学杂志，1930 (11/12)：202-203.（11、12号双刊）] 1930年新的《民法》“亲属编”颁布（之前一直沿用宣统三年修订的民法），中国法律有史以来第一次在离婚问题上确立男女拥有完全平等的地位，这既是离婚问题日益普遍的现实反映，又是促进离婚率继续上升的条件。

⑦ 吴文藻．《中国离婚的研究》序//谭纫就．中国离婚的研究．上海：中华基督教女青年会全国协会，1932：1，5.

老舍的长篇小说《离婚》，就出版于“自由离婚”正趋高潮的1933年。[①] 这部小说选取了一个“时髦”的话题，描写北平财政所几个科员的离婚危机及家庭纠纷；然而小说所展现的人情物态，却庸常琐碎，与“新思潮”无涉，充满世俗的妥协气氛。与老舍二十年代的小说相似，《离婚》幽默的语言和漫画似夸张的人物描写，使小说具有鲜明的讽刺主调。然而，老舍忠实于日常经验的朴素态度，也使小说在喜剧的喧闹中，隐含着对现实现象难以明断的某种困惑与无奈，透露出老舍在讽刺中产阶级市民庸俗生活时，面对人生意义和新旧文化的判断，内心深处难以厘清的某种矛盾和暧昧。这使小说超越了单纯的讽刺，而呈现某种复调的特征，也使其相对于新文化主流话语关于离婚的叙述，更富有人情味和现实性，也更具有内在的矛盾性，这导致小说文本意蕴更丰富，值得仔细咀嚼。

一

《离婚》主人公老李，其实一点也不老——老舍小说原未明说，但1946年该小说由赵清阁“忠于原作”改写成电影剧本时，明确了老李只有“二十七八岁”[②] ——只是，他像那个时代大多数男子一样，“差不多人人都是还没听到过‘恋爱’这名词，早就已经结婚生子”[③]；而他的夫人，以及同事的那些太太们，也仿佛不曾年轻过，“连一个享受过青春的也没有，都好像一生下来便是三十多岁!”[④] （138页）。老李上过大学，喜欢读书，有些懦弱，却也特立独行，因而不满于缺乏精神生活的庸常现实，尤其不满的，是没有恋爱的婚姻。不过，苦闷归苦闷，他深知自己几乎无力改变现状，除非“根本取消婚姻制度”（138页）。小说中，“离婚”与其说是主人公的具体行动，不如说是人物幻想自我救赎的意志——靠这苦闷的幻想，老李抗拒着“俗气凡庸”，抗拒着变成“常识的结晶”。“离婚”的寓意，因老李这个“苦闷的象征”，而仿佛与“时代”和“理想主义”搭上一点关系。但情节的发展，却一步步滑向心灵生活的反向，无可挽回地胶着于物质的、琐碎的与庸俗的日常。房东太太的儿媳妇马少奶奶，恬淡秀逸而善解人意，使老李“浪漫”的白日梦，有了具体的幻想对象。然而生活与梦想乖违，妻子与同事的太太们结成反离婚的“国际联盟”，而寄托着老李“诗意”幻想的马少奶奶，也与归来的丈夫和好。老李离婚的白日梦彻底破灭，“世界只剩了一团黑气”，“诗中的花是幻象!”（331页）。

“离婚”在整部小说中，作为目的显得茫然，作为现实行动则形同闹剧。小说中另外两对配角，老吴和老邱夫妇，其婚姻天平倾斜，皆因老婆不善。吴太太“虎背熊腰”，“整是一大块四方墩肉”；邱太太“瘦小枯干，一槽上牙全在唇外休息着”，“胸像张干纸板”。（136～137页）这两位太太不但容貌陋劣，而且性情乖张，使作者不无刻薄地干脆以“方墩”和“牙科展览”称呼她们。依张大哥“以婚治国”的婚姻“天平”[⑤] 理论，男人是天平的砝码，婚姻天平的失衡，主要责任在女人——“假如人人有个满意的妻子，世界上决

① 1933年良友图书公司初版。1947年晨光出版公司再版时，增加一篇《新序》，小说文字无改动。

② 老舍，原著．赵清阁，改编．离婚：一．文潮月刊：合订本，1946（2）：1864.

③ 张爱玲．五四遗事//张爱玲文集：第1卷．合肥：安徽文艺出版社，1992：271.

④ 本章所引《离婚》，均引自上海良友图书公司1933年版。以下只标页码，不再注释。

⑤ 初版“天平”作“天秤”。

不会闹共产党；没有共产党自然不会闹共妻。张大哥深信此理。革命青年一结婚，便比老鼠还老实……”（5 页）。张大哥的婚姻天平能够平衡，全赖一个“除了不是男人，一切全和大哥差不多”的张大嫂；张大嫂除了绝对忠诚地夫唱妇随外，还任劳任怨安于“还不如一个老妈子”的家庭“总打杂儿”。（17、32 页）与李太太不同，吴太太泼辣，邱太太文雅，却都不是善主，故吴先生和邱先生，根本不敢提离婚，反而是邱太太动辄以离婚恫吓丈夫。然而讽刺的是，吴先生娶了姨太太，邱先生也偷偷在外面有了人，两位太太却并不离婚。吴太太明白，离了婚，“吃谁去”？最终忍气吞声与姨太太同居一个屋檐下，“左不是混吧，何必呢!”（320 页）。邱太太是大学毕业生，讲涵养、有自尊，曾鼓动方墩太太离婚以保女性的尊严，可事到临头，她自己也只好息事宁人，不愿离婚。“他们极愿把家庭的丑恶用白粉刷抹上，敷衍一下；就是别打破了脸，使大家没面子。”（322 页）《离婚》中邱太太这个角色，受过正规大学教育，获得了文学学士学位，然而除了更有心计，没有任何“新女性”的特性，这使老李觉悟：“原先他以为太太与摩登妇女的差别只是在那点浮浅的教育；现在看清，想拿一点教育补足爱情是不可能的。”（144 页）对于妇女普遍的漫画化的讽刺，使老舍似有某种男权意识。然而，通观老舍的小说创作，这个印象也许是错觉。与老舍小说一贯没有“新旧”二元的观念相似，他的讽刺对象，也没有刻意的性别偏见，他凭着朴素的生活经验和直觉，对“男女”“新旧”一视同仁。尽管他是新文学作家，但从一开始创作，他就将“新”文化的人物，当成讽刺和批判的对象。因此，《离婚》中的张天真，不过是另一个赵子曰；大学毕业的邱太太，也不妨是短篇小说《阳光》中那位新女性的另一次“投胎”。在这些“新”人物身上，看不到新文化价值观念或现代教育所施加的真正影响，“自由”的理念，只是使他们更加自私，追求享乐更无所顾忌而已。

《离婚》通过对这几对公务员夫妇的描写，揭示了婚姻的荒谬与无味，似乎肯定了离婚的必要；而通过太太们对离婚的恐惧，则间接否定了离婚的可能。老李对婚姻的妥协，看起来似乎与“反对离婚”、热心斡旋的张大哥有关，实际与谁都无关——无味的婚姻，与无味的人生一样，逃不脱也离不开；理想的爱情，与自由一样可望而不可即。老李自己也清楚，他的“苦闷并不是由婚姻不得意而来，而是婚姻制度根本就不该要!”（25 页）。在一篇向外国人介绍中国人爱情婚姻的文章中，老舍指出中国人的“爱情与婚姻是毫无关系的”，“一提起爱情，人们往往就想到婚姻；一想到婚姻自然就会联系到家庭……绝对不容许婚姻自由”[①]。如果说老李的想离婚，正是要否定这种与爱情无关的婚姻，则其虚无的性的幻想及幻想的破灭，又无疑指示人们，现实中并无爱情。他曾经以“唯一值得活着的事是天天能遇到机会看一眼东屋（马少奶奶——引者注）那点‘诗意’”自慰，（317 页）可他“自以为是的思考与行动”却“完全搭不上调”；他对“诗意”所做的白日梦，不啻“在一个意义过于泛滥，或根本付之阙如的世界里追寻意义”。[②] 马少奶奶根本就不是他幻想的那种浪漫派，携她“出逃”的念头，也不过是老李安慰苦闷的荒谬遐想而已。只是，如果马同志不回来，则老李这种自欺似的白日梦，可能会一直做下去，像梦境中的一抹曙色，暂时慰藉黑暗的心灵，《离婚》由此传达出一种对婚姻，乃至对现实世界的难以言说

① 王德威．写实主义小说的虚构：茅盾、老舍、沈从文．上海：复旦大学出版社，2011：147，148.

② 王德威．写实主义小说的虚构：茅盾、老舍、沈从文．上海：复旦大学出版社，2011：152.

的悲观情绪。[1] 如果说，老舍小说有一种荒谬的倾向，则《离婚》将其荒谬推到极致。正如王德威所说，“如果写实主义的道德预设是将人间的邪恶点明，也点名，老舍却似乎只是虚应故事；他反而将目标指向一个写实主义无从说清楚、也难以命名的东西”[2]。

二

正如李长之所说，“老舍小说中的人物，差不多是全被讽刺着的”[3]。《离婚》讽刺了包括老李在内的所有人物。但作品的叙述，显然存在着巴赫金式的多重声音。将老李的理想主义与张大哥的凡庸哲学作为对比进行描写，批判妥协苟安的庸俗人生态度，是《离婚》中较突出的价值判断，也是自李长之以来《离婚》阐释的主要视角。然而《离婚》的叙述，客观上存在着不同的声音，呈现了价值的不确定性。“离婚”所涉及的人生形式与意义的判断上，老舍作为隐含的作者，显得不那么坚定；讽刺的价值支点，不但在主要人物之间游移，也在主人公自身游移，并贯穿始终。

> 在北平住了这么些年了，就没在清晨到过这里。猪肉，羊肉，牛肉；鸡，活的死的；鱼，死的活的；各样的菜蔬；猪血与葱皮冻在地上；多少多少条鳝鱼与泥鳅在一汪儿水里乱挤，头上顶着些冰凌，泥鳅的眼睛像要给谁催眠似的瞪着。乱，腥臭，热闹；鱼摊旁边吆喝着腿带子：“带子，带子，买好带子。”剃头的人们还没来，小白布棚已支好，有人正扫昨天剃下的短硬带泥的头发。拔了毛的鸡与活鸡紧临的放着，活着的还在笼内争吵与打鸣儿。贩子掏出一只来，嘎——啊，嘎——没打好价钱，拍的一扔，扔在笼内，半个翅膀掩在笼盖下，嘎！一只大瘦黄狗偷了一挂猪肠，往东跑，被屠户截住，肠子掉在土上，拾起来，照旧挂在铁钩上。广东人，北平人，上海人，各处的人，老幼男女，都在这腥臭污乱的一块地方挤来挤去。
>
> …………
>
> 老李这是头一次来观光，惊异，有趣，使他似乎抓到了些真实。这是生命，吃，什么也吃；人确是为面包而生。面包的不平等是根本的不平等。什么诗意，瞎扯！（43～44页）

生活的趣味，本来是人生诗意的部分。然而老李所秉持的理想主义，却将这些琐屑生活当成人生累赘和形而下的庸俗享乐而加以排斥。故刚刚从生活的原汁原味中感受到愉悦，就被理性喝止而将其否定。

老李接来家眷后，头一次带孩子逛街买东西时，日常生活的温馨、人情与趣味，又一次袭来：

---

① 李玲在《老舍〈离婚〉中的存在追问与人生悲感》一文中指出，缺乏诗意栖居的现实空间，是《离婚》对于存在的悲观之根源。[中国现代文学研究丛刊，2012（6）.]

② 王德威．写实主义小说的虚构：茅盾、老舍、沈从文．上海：复旦大学出版社，2011：151.

③ 李长之．离婚．文学季刊：创刊号，1934（1）：358.

……羊肉白菜馅包子也刚出屉，在灯光下白得像些磁的，可是冒着热气。买了一屉。卖烧饼的好像应该是姓“和”名“气”，老李痛快得手都有点发颤，世界还没到末日！拿出一块钱，唯恐人家嫌找钱麻烦；一点也没有，客客气气的找来铜子与钱票两样，还用报纸给包好，还说，“两搀儿，花着方便。”老李的心比刚出屉的包子还热了。有家庭的快乐，还不限在家庭之内；家庭是快乐的无线广播电台，由此发送出一切快乐的音乐与消息，由北平一直传到南美洲！怨不得张大哥快活！（62页）

还有，在张大哥家吃饭：

自火锅以至葱花没有一件东西不是带着喜气的。老李向来没吃过这么多这么舒服的饭。舒服，他这才佩服了张大哥的生命观，肚子里有油水，生命才有意义。上帝造人把肚子放在中间，生命的中心。他的口腔已被羊肉汤——漂着一层油星和绿香菜叶，好像是一碗想象的，有诗意的，什么动植物合起来的天地精华——给冲得滑腻，言语就像要由滑车往下滚似的。（16页）

感性生命的快乐，愈有诱惑力，愈被理性认为有害和危险，老李便拼命加以抵抗，连进商店门也要踌躇：“你一进去，你就是张大哥第二!”（62页）精神与物质如此对立，家庭与自由如此紧张，生动体现了五四“掊物质而张灵明”理想主义信仰的真诚，也体现了五四个人主义的单纯与偏至。老李对婚姻的厌嫌，固然因为没有爱情，却也是清末和五四“毁家”“废婚”乌托邦理想主义的典型症候，他幻想的爱情，是不涉婚姻、以共同理想为基础的自由的恋爱与结合。然而这样的浪漫，在黄女士（马少奶奶）与马先生的故事中，不是已经演绎过了吗?

三

小说情节中一直隐伏的故事与悬念——马少奶奶的恋爱与婚姻——在小说接近尾声时，由马先生的归来而成为明线，成为老李“浪漫”抒情的巨大讽刺。马少奶奶与马先生的过去——她与马先生自由恋爱、私奔结合，宁愿因此与父母断绝关系——不就是老李幻想的诗意爱情吗；而马少奶奶被弃的现在，不已证明爱情并不可靠，而且也不那么美妙吗?《离婚》的“复调”，正是产生在老李主观感觉与隐含作者的冷眼旁观之间；老李感觉中的投契、相通，皆因暗恋而自以为是；马少奶奶的心，是他无法进入的神秘宇宙。

老舍《离婚》最末一章，马少奶奶的丈夫马克同带着新爱人回家。新中国成立后老舍将此章删去了两页，未删文字也做了大量修改。这些删改的文字，多为闹剧式的讽刺，原本不算好，但老舍在1947年晨光公司再版时，未做任何删改，而这种风格的讽刺文字，他从《猫城记》到《四世同堂》一再使用，因而可以确信老舍并不以为是“败笔”，新中国成立后的大刀阔斧删改，不过是其中对“革命”的冷嘲热讽不合时宜而已。因此，初版的文字，是我们理解老舍三四十年代思想观念的可靠材料。

马克同带着女伴“高同志”回家，满嘴“革命”，自称“马克司的弟弟”，叫马老太太为“妈同志”。他的“浪漫”，不过是“以个人为宇宙中心”。（329页）老舍透过马老太太的眼睛，将“浪漫”与“革命”放在一起讽刺，显然是将革命置于五四浪漫思潮的逻辑延长线上：

> 马老太太是在光绪末年就讲维新的人，可是她的维新的观念只限于那时候的一些，五四以后的事儿她便不大懂了。她明白，开通，相当的精明，有的地方比革命的青年还见得透澈，有的地方她毫不退步的守旧。对于儿女，她尽心的教育，同时又很放任。马与黄的自由结婚，她没加半点干涉。她非常疼爱马少奶奶。可是，儿子又和高同志同居了，老太太不能再原谅。她正和马同志谈这个。儿子要是非要高同志不可呢，老太太愿意自己搬出去另住；马少奶奶愿跟着丈夫或婆婆，随便，儿子要是可以牺牲了高同志呢，高同志马上请出。(326 页)

最后，马克同拗不过母亲，只好牺牲高同志，“高同志提起小竹筐，往外走。马同志并没往外送她。”(328 页) 值得注意的是，1946 年赵清阁将该小说改写成电影剧本，在处理这场戏时，她对高同志出走的细节作了添加——

> 高同志 (提着小皮箱走到大门口，也大声地嚷着。) 我走，我就走！什么稀罕？我还能赖上你们这个腐败的破家不成？我才不在乎呢！我找王同志去。
>
> 马同志 (拉住高同志瞪着眼) 高同志，你不爱我了吗？
>
> 高同志 恋爱自由，你不能强迫我爱你！(说罢夺身而出)[①]

彼时，老舍与赵清阁关系非同一般，而赵清阁在剧本“前言”中也一再声明她的改编是“忠于原著”的，因此，她的添加，完全可以视为是将老舍小说所暗含的立场明朗化。[②]五四激进派主张的“自由恋爱”，推崇苏联模式，在三四十年代革命阵营中被普遍实践为抛弃婚姻契约的浪漫关系。因此，五四的恋爱与离婚思潮，也在革命文化中被推到极致。老舍将马克同设置成革命者，旨在表达其对激进主义的批判。因此这些文字，不但是《离婚》的讽刺性情节场景，也是老舍表达其对“自由离婚”现象之态度的关键材料。如果说老李的离婚冲动，体现的仍然是五四式城市青年知识分子的自由主义理想，那么马克同所代表的“革命”态度，则将这种自由推到极端而成为利己主义。马克同“对于妇女，他要故意的浪漫，妇女的美与妇女的特性一样的使他发迷。对于黄女士，他爱她的美；可是她太老实，太安静，他渐渐的不满意了。对于高女士，他爱她的性格活泼好动敢冒险；可是她又太不美了，太男性了，他渐渐的不满意了。可是，他不能决定要哪个好，他自己说，‘我掉在两块钢板中间！’他也不要解决这个，他以为一男多妻，或是一妻多男，都是可以的，任凭个人的自由，旁人不必过问。况且他既摆脱不开已婚的黄女士，又摆脱不开同居的高同志，而她们俩又似乎不愿遵行他的一男多妻的办法”(327 页)。马克同对革命的认识，与对于女性的认识一样，功利而浅薄。他认为“革命者只须坐汽车到处跑跑，演说几套，喝不少瓶啤酒，而后自己就成了高高在上的同志”。他自己并无本事，故未能享受到特权，因而他的革命派头，就常常用于对普通百姓的恐吓上：“四十以上的都要杀掉！”

---

① 老舍，原著．赵清阁，改编．离婚：五．文潮月刊：合订本，1946 (6)：2209.

② 抗战时期老舍与赵清阁的亲密关系，参见傅光明《书信世界里的赵清阁与老舍》(复旦大学出版社 2012 年)。赵清阁剧本在《文潮月刊》连载时，文本前均置《前言》，声明“本剧是忠于原作的改编，宜于读”。可以推测赵清阁改编的细节，反映的是老舍的思想。

（328 页）革命与五四话语的混同使用，在实现对半瓶子醋式革命者漫画式讽刺的同时，也亮明老舍自己一以贯之的对激进主义的否定态度。

马少奶奶与丈夫妥协，终止了老李都市人生的“诗意”追寻，同时也结束了整部小说的“离婚”悬念。由于小说的复调式叙述，结局的含义并不止于此。老李的返归，与马克同的浪子回头，无意间形成一种互喻关系。“浪漫本是随时的游戏，最好是只管享受片刻，不要结果，更不管结果。可是，老李不能想到一件无结果的事。结果要是使老母亲伤心，不能干!”（330 页）这既是老李对马克同的不肖发出的感慨，也是对自己浪漫激情的及时反省。情节叙述至此，我们有理由推论：即便马少奶奶不与丈夫破镜重圆，老李私奔的幻想能否付诸实践，也已成为问题。马老太太对马少奶奶非常好，宁愿不要儿子，也要马少奶奶，则老李的私奔妄想，对“老母亲”的伤害将是双重的——马老太太和自己的乡下的母亲。小说中一直像背景一样存在的慈祥睿智的马老太太，此时发挥了巨大的叙事功能，她对马克同和高同志“革命”共同体的捣毁不但唤醒了“疯疯癫癫”的儿子，也唤醒了沉迷于白日梦中的老李。而李太太关键时刻给马同志的一记“顶革命的嘴巴”，竟令“马同志似乎决定不反抗”。（329 页）李太太在全篇一直处于被动的、消极的地位，此刻，似乎与马老太太一起代表了“传统”的价值，成了激进理想主义荒谬行为的止损力量。老李置之死地而后生，其梦幻旅程的终点，戏剧性地变成返朴归真的起点。老李的辞职返乡，既是爱情理想败北后的退守，却不妨也可能是另一种诗意人生的开始——脱离城市与官场，回归自然与本我。当然，返归难保不是另一场白日梦，老李的逃离，完全可能是从围城内移到围城外。老舍借张大哥庸俗的预言，为老李的返归田园，留下一个不大不小的阴影，实际上表达的也是作者自己的犹疑。

（杨联芬 撰）

拓展与思考

1922 年，沈雁冰（即茅盾）在《离婚与道德问题》（载《妇女杂志》8 卷 4 号）中说：“离婚问题何以在现今被认为重要？一句话来回答，就是：因为这问题在现今已经成为老年思想与青年思想冲突的焦点。”五四新文化倡导“恋爱自由”以及有恋爱的婚姻，否定传统包办婚姻，引发社会全面的“自由离婚”思潮。是否赞同离婚，成为衡量一个人进步还是保守的标准，正如《妇女杂志》主编章锡琛所说：“自由离婚的是非，近来成了‘新道德’和‘旧道德’的争点。”（瑟庐《罗素与妇女问题》，《妇女杂志》6 卷 11 号，1920 年）因此，离婚在新文化意识形态中，是个人自由的体现，成为新旧道德博弈的焦点。1920—1930 年代，报刊媒体常见离婚广告，更有大量以恋爱、婚姻为主题的自述、通信、报道及诗歌、小说、戏剧。那时，每一桩离婚事件，都具有超越私人领域、成为公共事件进行讨论的意义。

1. 请阅读沈雁冰《离婚与道德问题》，认识“离婚问题”作为五四新文化的具体实践之一，其对于中国现代社会道德与文化面貌的重大影响与意义。

2.《离婚》所呈现的北平城市职员的小家庭，基本上代表了五四以后中国新式家庭的样态，尽管作品中的北方中产阶级与上海及其周边城市的市民文化非常不同。仔细阅读，体会老舍这部小说对于“新”与“旧”的体验和表达具有怎样的独特性。

3.《离婚》这部小说，哪些描写体现了老舍的幽默，隐含了老舍怎样的价值判断？

第6章
《金锁记》："恐怖"的"日常"

通览1943年至1945年张爱玲黄金时期的全部创作，"这些作品从题材看，清一色的是婚姻与家庭。"[①] 其中，颇有代表性的文本是《金锁记》。关于《金锁记》的家庭书写是一个老生常谈的话题。早在1940年代，傅雷已将《金锁记》的旨蕴导向了控诉"中国旧家庭制度下的悲剧"[②]。然而，此说失之笼统，将《金锁记》的家庭书写限在了单一视角，即所谓"旧家庭"。通观全篇，《金锁记》至少涉笔五个家庭：七巧的娘家（曹家）、七巧的婆家（姜家）和分家后各立门户的三家。曹家照常经营着麻油铺，虽结局未知，但从七巧兄嫂的言行推断，应坏不到哪里去。姜家大房和三房里的儿女都进了洋学堂读书，即便命运最堪忧的三房姜季泽"手里还算兜得转"。倘若说"旧家庭"有问题，何以除了七巧家，其他家庭都还正常过活？特别是姜家分立的三门，按说都是同一个旧家庭孵化出来的，为何偏偏七巧家这个最不典型的、最不具备旧家庭传承特征的家庭表现出了最强烈的悲剧性？

一

《金锁记》是从"一切的繁华热闹都已经成了过去"开始写起的，"那两年正忙着换朝代，姜公馆避兵到上海来"。[③] 这一时空安排颇为巧妙，一上来就揭示出时代的变换。姜家何等势力？在北京住的是"深堂大院"，即便搬入上海"最新式洋房"，都嫌不够住；且不说全国各地的房产、田产，能娶到"公侯人家小姐"便暗示了这个家庭的政治地位。然

---

① 陈千里．因性而别：中国现代文学家庭书写新论．天津：南开大学出版社，2013：250.

② 夏志清．中国现代小说史．刘绍铭，等译．杭州：浙江人民出版社，2016：424.

③ 张爱玲．金锁记．杂志，1943，12（2）.（《金锁记》分两期在《杂志》上连载。本章所引《金锁记》的文本，皆取自初刊本。）

而，越是这样的家庭，越是家国一体。国体鼎革，一家一户无力抗拒时代的车轮滚滚而过。故事明处写的是姜家渐趋落败，暗处对应的是旧贵族时代的沉没，而七巧及其子女悲剧的一生看似只是日常，与时代无关，实则正是时代沉沦所碾碎的弃物。

张爱玲黄金期创作的独特性之一便是擅于塑造"软弱的凡人"，去写凡人在时代中的挣扎。这是特别考验作家笔力的。张爱玲在《自己的文章》中说：

> 我的小说里，除了《金锁记》里的曹七巧，全是些不澈底的人物。他们不是英雄，他们可是这时代的广大的负荷者。因为他们虽然不澈底，但究竟是认真的。他们没有悲壮，只有苍凉。悲壮是一种完成，而苍凉则是一种启示。[①]

"澈底的人物"这一定位可以看作张爱玲对七巧形象的心诠。那该如何理解"澈底的人物"？作为"澈底的人物"，七巧的"澈底性"体现在何处？七巧还是不是"时代的广大的负荷者"中的一员？这些问题将是剖析《金锁记》乃至张爱玲黄金期创作的关键。

首先，何谓"澈底"？有一种比较通行的看法是"曹七巧最彻底地承受了旧时代妇女的不幸，最彻底地集中了旧时代妇女的心理重负，也最彻底地将一切不幸与重负报复于她所能报复的一切人"[②]。然而，这一解释显然把"澈底"外在化了。"澈底的人物"应该是说人物内在本性的"澈底"。另有学者称"七巧的'彻底'就是'彻底破坏'"[③]。这里对"彻底"的解读已经推进到曹七巧自身的一面，但"彻底"却是一个副词化的存在，强调的是作为行动层面的"破坏"之"彻底"，也还不是人物主体层面的"彻底"。过往的研究者惯于盯住七巧的"人性扭曲"，认为她受旧家庭的迫害，"一级一级走进没有光的所在"，最终蜕变为害人者。这种将七巧放入二元论的阐释模式似已成通论。但是七巧身上是否存在一以贯之的地方？在变化说之外，能否找到一种偏于本质论的解释路径？倘若只肯定分家前的七巧而否定分家后的七巧，那这一形象还能否称作"澈底"？

"澈底"与"彻底"是一对"异形等义词"。在确立标准词形时，按从俗的原则，前者被后者取代。[④] 但在《新东方杂志》的原刊中，张爱玲本写作"澈底"；后人整理时，被改为"彻底"。"彻"字由"徹"简化而来，本义为"通"。《汉语大词典》释义"彻底"为二，分别是"通透到底。形容深透、完全而无所遗留"和"形容水清见底"[⑤]。不过两个义项本就是关联相通的。"水清见底"的指示更为具体，"通透到底"是推广开来的泛说。基于此判断，张爱玲说七巧是"澈底的人物"，应该指的是她的"通透"，像水清到可以见底的程度。这种"通透"才是曹七巧区别于"金锁世界"里所有人物的根本所在。

七巧的原生家庭相当糟糕，不只是小门小户的问题。从哥哥做主婚姻来看，她很可能自幼失怙，寄人篱下，未嫁时站柜台卖麻油。七巧的哥哥曹大年又是自私寡耻之人。他嘴上说帮着七巧斗姜家，却遭七巧斥骂："我早把你看得透里透——斗得过他们，你到我跟前来邀功要钱，斗不过他们，你往那边一倒。本来见了做官的就魂都没有了，头一缩，死活随我去。"随后，张爱玲写"大年涨红了脸冷笑道"。脸红什么？显然是被七巧看穿了伪

---

① 参看张爱玲《自己的文章》，原载于《新东方杂志》1944年5月第9卷第4、5月号合刊。
② 宋家宏．一级一级走进没有光的所在：曹七巧探．中国现代文学研究丛刊，1988（3）．
③ 止庵．张爱玲的残酷之美．博览群书，2005（7）．
④ 侯敏．异体词的规范问题．语文建设，1992（3）．
⑤ 罗竹风，主编．汉语大词典：第3卷：下．上海：汉语大词典出版社，2001：1091．

装。接着，二人争执了起来。大年说：“路远迢迢赶来看你，倒是我们的不是了！走！我们这就走！凭良心说，我就用你两个钱，也是该的，当初我若贪图财礼，问姜家多要几百两银子，把你卖给他们做姨太太，也就卖了。”先不说这恼羞成怒的嘴脸十分难看，从小说前面交代的姜家老太太“索性聘了来做正头奶奶，好教她死心塌地服侍二爷”的如意算盘看，大年仍旧是在用谎言往自家脸上贴金。而且由“多要几百两银子”的“多”字推敲，七巧这“正头奶奶”的身份也是他哥卖钱的结果。

然而，她最初并没有因为被大年换钱而生气。最终让七巧寒心的是她坐月子看家时哥哥盗窃姜家财物之事。此事是借小双之口暗下说出的，“舅爷脚步儿走得勤了些，就丢了一票东西”。这既表出七巧在姜家的处境，又照应了七巧与哥哥这次见面时说的一长串抱怨话的背景。七巧说：“我只道你这一辈子不打算上门了！你害得我好！你扔崩一走，我可走不了。你也不顾我的死活。……我不说，我可禁不住人家不说。就为你，我气出了一身病在这里。”这时，她嫂子急忙劝解：“是他的不是！是他的不是！姑娘受了委屈了。姑娘受的委屈也不止这一件，好歹忍着罢，总有个出头之日。”张爱玲跟着写道：“她嫂子那句‘姑娘受的委屈也不止这一件’的话却深深打进她心坎儿里去。”这里的“委屈”断非指七巧在婆家受到的委屈，而是她嫂子目击的她在娘家时吃的苦。

可笑的是，这位嫂子并不是真的理解她的人，而只是在讨好她。大年的可恶是写在脸上的，大年媳妇的虚伪是刻在骨子里的。小说里详细写了大年媳妇说的场面话和做的殷勤事。姿态低到了极点，净拣七巧爱听的说：“姑娘近来还抽烟不抽？倒是鸦片烟，平肝导气，比什么药都强。姑娘自己千万保重，我们又不在跟前，谁是个知疼着热的人？”真正“知疼着热的人”会劝至亲抽鸦片吗？真是绝佳的反讽！倘若说这一反讽尚是细节方面，张爱玲还套了一层情节性的反讽：

> 大年夫妇出了姜家的门，她嫂子便道：“我们这位姑奶奶怎么换了个人？没出嫁的时候不过要强些，嘴头上琐碎些，就连后来我们去瞧她，虽是比前暴躁些，也还有个分寸，不似如今疯疯傻傻，说话有一句没一句，就没一点儿得人心的地方。”

“出了姜家的门”，“她嫂子”这“妆”卸得甚快！大年尚会脸红一下，大年媳妇连这一点点的耻辱心恐怕都缺失了。人前人后，心口不一，表演型人格障碍的典范。她说七巧“没出嫁的时候不过要强些，嘴头上琐碎些”，多么轻描淡写；“姑娘受了委屈”的痛心疾首不过是令人作呕的惺惺作态。在大年夫妇的身边长大，七巧“没出嫁的时候”到底经历了什么，可想而知。

七巧的“要强”和嘴头上的“琐碎”正是她主体精神未被压制的表征。七巧的本性应是直觉型的女性，未嫁时在与兄嫂的日常纠葛中更加坚定了她的世界观。哥哥一贯的强词夺理与嫂子阴险的口蜜腹剑也令她对俗人世界的种种话术抱有警惕。强烈的个人意志带给了她穿透假象、击碎谎言的能力。她的自我防御机制是不能接受来自外部世界的欺骗。当她嫂子说出那些虚情假意的场面话，七巧都一一回怼。她嫂子说她“疯疯傻傻，说话有一句没一句”，实际上是为自己被当面揭穿的难堪找补。所幸七巧能将一切迷障看透，否则早就像《狂人日记》里的妹妹一样被“吃”掉。七巧“澈底”的一面已经开始显现，她活得太清醒，也早早洞察了人性的恶。

二

《金锁记》的重头戏是姜家的故事。姜家也是更为恐怖的场所，表面上看波澜不惊，但却无时不在暗流涌动。这类似于张爱玲说的“人们只是感觉日常的一切都有点儿不对，不对到恐怖的程度”。故事开场写了三奶奶陪嫁丫头凤箫与老太太拨给七巧使唤的丫头小双之间的对话。两个丫头言语间的你来我往都透着精明。凤箫很会抓住话里的缝子借机替新嫁来的主子打听事。小双也是高明的引导者，表面上回避又含着试探之意，最终一吐自己的憋闷。二人互有暗示，点到为止，话带机锋，又努力让言谈不露痕迹。就在谈话兴致越发浓郁而有失控危险时，“赵嬷嬷”现身，一句“你们懂得什么”终结了两个丫头的深夜卧谈。就在读者被两个小丫头的机灵吸引的时候，“赵嬷嬷”的话提示了她们不过是这个“深堂大院”最底层的存在。连身份最低的下人都精明如此，都被严丝合缝地纳入姜公馆的秩序之中。

两个丫头对话的场景有着极强的功能性意义。横截面式的切入构成了这篇小说的“现代”特征。同时，这个场景又像极了传统小说里的“楔子”，与后面的故事巧妙配合。大年的盗窃事件即为一例。再如，张爱玲为何特意交代小双“原是老太太跟前的人”？作为使唤丫头，小双何以对主子七巧满是厌恶和鄙夷？“小双”是鄙视网中的一环，预示着姜家从上到下对七巧的态度；也是一个符号，代表着“监视的眼睛”，借贴身丫头的离心，传达了七巧在姜家无可依靠的处境。

毫无疑问，七巧是姜家的众矢之的。她曾对她嫂子诉苦“一家子都往我头上踩，我要是好欺负的，早给作践死了”。这是七巧的矫情还是真话呢？不妨细细品读小说里的第二场戏——凤箫天亮后侍候三奶奶兰仙时聚焦到的情形。在这场戏里，大奶奶玳珍出场了，她来找兰仙一块去给老太太请安，向新弟妹示好拉拢之，又适时地踩了七巧一脚，迫不及待地向新人暗示了七巧抽鸦片的事。张爱玲写道：

> 她把大拇指抵着嘴唇，中间的三个指头握着拳头，小指头翘着，轻轻的“嘘”了两声。兰仙诧异道：“两人都抽这个？”玳珍点头道：“你二哥是过了明路的，她这可是瞒着老太太的，叫我们夹在中间为难，处处还得替她遮盖遮盖，其实老太太有什么不知道？有意的装不晓得，照常的派她差使，零零碎碎给她罪受，无非是不肯让她抽个痛快罢了。其实也是的，年纪轻轻的妇道人家，有什么了不得的心事，要抽这个解闷儿？”

此处笔法甚为高明，让嘴上说着“处处还得替她遮盖遮盖”的玳珍暴露了其心口不一，明明眼下就是在张扬七巧的事。一句“有什么了不得的心事”揭出了她无法与七巧共情的现实。综观全篇，玳珍是一个长袖善舞又伪装性强的人物类型。她不是恶体制的源头，但却是恶体制的维护者和受益人。比起大年媳妇的小人嘴脸，玳珍做的一切看似都还妥帖，分寸拿捏得恰到好处，但这不动声色的“日常”正是“恐怖”之所在。

再看其他人，云泽是当面冲七巧发脾气，说她“平日还不够讨人嫌的?”。季泽心里盘算的是七巧“脾气这样躁”“人缘这样坏，上上下下谁肯代她包涵一点?”。作为姜家名义上的二奶奶，小双这样的下人终究伤不到她的根本，但姜家的统治阶级也全是鄙夷的态度。七巧是被家庭秩序扭曲乃至撕裂的受压抑者。姜家把给她名分当作了莫大的恩典，但根本不能接受她在实际层面的象征意义。他们所希望的是：七巧能够安于命运的安排，自知低人一等就老老实实地顺从。七巧的“罪不可恕”无非是她的生性“要强”和不甘心。七巧所言“我要是好欺负的，早给作践死了”应该是最接近实情的表达。这个“死”，不仅是肉体上的，还可以包含精神方面。

“姜家”确实是一个压迫性极强的“旧家庭”。只是既往研究或否定其封建专制，或批判其男权中心，均是一种宏大叙事的理论观照。这种宏大的追求和张爱玲的气质根底上是背道而驰的。归根到底，“旧家庭”里的男男女女都不是抽象的话语存在，而是活生生的人际关系，是每天都会重来一遍的日常。张爱玲对姜家“恐怖”的渲染更接近于汉娜·阿伦特所强调的与“根本的邪恶”相对照的、产生于肤浅动机的“平庸的邪恶”[①]。

“姜家”最终随着老太太的过世难逃分家的命运。小说里写了七巧的心路历程：“今天是她嫁到姜家来之后一切幻想的集中点。这些年了，她戴着黄金的枷锁，可是连金子的边都啃不到，这以后就不同了。”那么，以七巧为当家人的新家与旧姜家是什么关系呢？从二元论的七巧观来解释是七巧从受害者变身为害人者。所举的例子是七巧害了她的儿媳芝寿和女儿长安。小说临近结尾时也确实总结了七巧的一生，称：“三十年来她戴着黄金的枷。她用那沉重的枷角劈杀了几个人，没死的也送了半条命。”然而，吊诡的是，分家时叙事者说“以后就不同了”，因为七巧掌握了财政大权。何以终其一生一直“戴着黄金的枷”？这要从季泽的登门行骗说起。关于季泽的虚情假意，邵迎建做出过非常精彩到位的剖析，并指出“女性”的七巧死去，取而代之的是一名作为压迫者的“父性”七巧。[②] 确实，经历了季泽意欲欺骗事件后，七巧彻底看透了男女问题，但更重要的是她看清了人生。这件事让她放下了最后一丝残存的对于不切实际的虚幻的希冀。原本就活得十分清醒的她经此一事更加认清了生活的本相——“你自己要晓得当心，谁不想你的钱？”何况这钱还是“她卖掉她的一生换来的几个钱”。

因此，所谓“金锁记”实际上可分为两段：分家前，七巧在姜家时，“戴着黄金的枷锁”指的是被束缚和被压迫；分家后，“戴着黄金的枷”说的是提防钱财的被骗与被夺。同时巧妙照应的是，长白、长安是双重的“戴着黄金的枷锁”的人：一方面，没有独立的经济能力，只能一切听七巧安排；另一方面，作为七巧的孩子，被迫和七巧一起承受着提防钱财被骗的精神重压。然而，七巧对长白、长安的“害”和“姜家”对七巧的“害”完全不可同日而语。前者出于过度的保护欲，近似于基于爱的名义的控制；后者是党同伐异，是高高在上又让人说不出所以的傲慢与欺凌。可是，二者之间又构成了因果关系。后者是七巧世界观的核心来源，因为对世界和人性的不信任，才会对长白、长安过分看护。

最有意味的是，关于七巧“用那沉重的枷角劈杀了几个人”的事，张爱玲的叙事态度是相当暧昧的，留下了颇为丰富的阐释空间。譬如芝寿，本是“袁家的小姐”，为何要屈尊嫁给声名不好的七巧儿子？长白“亲口招供的她媳妇的秘密”究竟是什么？倘若只是小

---

① 有关汉娜·阿伦特对极权主义制度下的邪恶现象的批判，参见《邪恶的两张面孔》。[涂文娟．邪恶的两张面孔：根本的邪恶和平庸的邪恶．伦理学研究，2007（1）.]

② 邵迎建．重读张爱玲《金锁记》．中国现代文学研究丛刊，1996（3）.

两口的房中事，为何叫“她媳妇的秘密”？又为何会“逼得芝寿的母亲脸皮紫涨，也无颜再见女儿，放下牌，乘了包车回去了”？芝寿在婚前到底隐瞒了什么？张爱玲的笔下为何要强调芝寿“戴着蓝眼镜”？在原刊中，有一幅张爱玲专门为芝寿画的配图，因何鲜明地具有女学生的气质？追问这么多，并非要说芝寿最终的死与七巧无关，只是想强调故事冰山之下还潜藏着未知但实存的另外八分之七。再换个角度看，芝寿这一形象的类型意义还在于她构成了七巧形象的背面。在变态家庭里，芝寿的善良与隐忍是不值得提倡的；倘若七巧在姜家时没有坚持她的反抗，结局只会比芝寿更惨。读者看到的是七巧对芝寿的欺负，但姜家人对七巧的打压当数倍于此。

至于所谓长安的悲剧，更可以推敲。人们为长安感到惋惜，主要是认为她错过了与童世舫的姻缘，似乎二人结婚之后，长安就会获得幸福。但这样想，恐怕太过天真，也不符合张爱玲的设计。童世舫与长安的定情从一开始就是一个美丽的错误——他因为遭遇了外国女同学的移情别恋，就“深信妻子还是旧式的好”。对此，小说的叙事话语里有着明显的揶揄之气。长安确实是“旧式”的，甚至连洋学堂都没有念成，不过这位“旧式”女子吸鸦片烟也是实情。

小说最后的高潮戏是七巧背着长安吩咐长白下帖子请童世舫吃便饭。论者惯于谴责七巧葬送了女儿的幸福。但反过来想，这恰恰是七巧为女儿的幸福做的一次试探，她向童世舫说长安抽大烟的历史也大体符合实际。七巧只不过是毫无隐瞒或者略加夸张地在一般人看来不合时宜说真话的时候讲了真话。这时，童世舫的反应是“他的幽娴贞静的中国闺秀是抽鸦片的！他坐了起来，双手托着头，感到了难堪的落寞”。童世舫最初对长安本人的了解非常匮乏，只不过爱上了她古中国闺秀的身份符号。两人解除婚约、“认真的做起朋友来”之后，长安才在世舫面前流露出些许真性情；世舫渐渐发觉“你这人真有意思”，这也说明他之前对长安是抱有错误幻想的。即便因解除婚约，二人关系更近一步了，童世舫仍无法接受长安吸食鸦片的过往。设想，倘若长安一开始就嫁入童家，是否会成为童家的“芝寿”？作为“秘密”携带者，如果吸鸦片的丑事婚后被曝光，长安的命运会不会也像芝寿一样？《金锁记》中常常不乏此类草蛇灰线的伏笔与照应。事实上，小说最后留给长安一个还算光明的结局，“七巧过世以后，长安和长白分了家搬出来住。七巧的女儿是不难解决她自己的问题的”。七巧勉力硬撑了一辈子，留给了长安足够自立的钱，这些钱可以让长安不再背负黄金的枷锁，去选择她自己想过的人生。

三

在《金锁记》的故事世界里，很难说七巧的道德品质最坏，更不是她伤天害理的事干得最多，但她承担了最大的“恨”。“她知道她儿子女儿恨毒了她，她婆家的人恨她，她娘家的人恨她”。追根溯源，在曹七巧的身上，有一种对于“真”的绝对执念。这一执念甚至让她敏感过度，也为此付出了亲情的代价。

与七巧的“真”相对，就是姜家的“伪”。这伪到老太太死后分了家都没有终结，姜季泽还要利用七巧最难设防的软肋去构陷她。查阅原刊，《金锁记》是分两期连载的。这一细节，少为研究界所注意，通常只就情节来断，将分家前后划开故事的两半，这也确实是两个不同的时空。然而，为何张爱玲选择将第一节断在季泽行骗事件未果处？第二节开篇就是“季泽走了”。随后，张爱玲用了较大篇幅写了七巧在季泽走后的失魂落魄与恋恋不舍，并豁然揭示了她的内心冲突：“他不是个好人，她又不是不知道。她要他，就得装糊涂，就得容忍他的坏。她为什么要戳穿他？人生在世，还不就是那么一回事？归根究底，什么是真的？什么是假的？”这是七巧唯一一次自我怀疑，也是唯一一次对“求真”的怀疑。但是很快，七巧就在玻璃窗的上角重重叠叠掩映的街景幻影中开悟：“都是些鬼，多年前的鬼，多年后的没投胎的鬼……什么是真的？什么是假的？”这重复手法的运用表明七巧已经从哀怨中走出来了。张爱玲没有简单依据时空变化来分节，而是以七巧的精神走向这一内在线索来设置连载节点，可谓手段高明。经过自我怀疑而愈加坚定自己所见为真，于是过犹不及，误伤也就在所难免。

至此，可以断言，七巧的“澈底性”就是对“真”的执念。这既有她本性使然，也包含着后天中在被鄙夷和算计的环境里逼迫出或曰强化了的看透假面的能力。整个故事里，七巧最无理取闹的是对待长安婚恋的态度，但她发怒时说：“名为是她三婶给找的人，其实不过是拿她三婶做个幌子。多半是生米煮成了熟饭了，这才挽了三婶出来做媒。大家齐打伙儿糊弄我一个人……糊弄着也好！”这一方面表明了七巧直觉的敏锐，尽管多疑了半步；另一方面解释了七巧震怒的原因，和她感到了“大家齐打伙儿糊弄”有关。

七巧的“澈底性”给她带来巨大的痛苦，倘若糊涂些，她不致如此辛酸，但七巧也明白自己不要强，早被欺负死了。这是一个走不出的悖论。诚然，七巧身上不乏缺点，很多言行也在玩着诈人的虚伪游戏，但这并不影响她是“澈底的人物”。这也正是创作者匠心独具的地方。张爱玲在《自己的文章》中说：“我不把虚伪与真实写成强烈的对照，却是用参差的对照的手法写出现代人的虚伪之中有真实，浮华之中有素朴。”在《金锁记》中，曹七巧是最契合这一创作原则的人物形象。

在“金锁世界”中，七巧的娘家人是典型的小市民。大年夫妇生活在北京城，开着买卖，并非贫寒人家，但唯利是图，不讲人情，竟能为了钱将亲妹妹卖到姜家去侍候废人；欺善怕恶又爱占便宜，嘴上说会帮七巧对付难缠的姜家人，背地里偷盗姜家财物而自顾自逃走，陷还在坐月子的亲妹妹于火炕；明明自己理亏，却总为自己的龌龊找借口，从而合理化自己的行为，甚至反咬一口；即便刚刚口角过，但七巧送了值钱的东西，就“道谢不迭”，毫无尊严可言，脸皮很厚；没有精神追求，得过且过，心胸狭窄，两面性强，当面一套，出了门马上就能换张嘴脸……

姜家人则是集体性的自恋型人格障碍。在他们眼中，七巧不是“人”，而是“物”，是被客体化的利用对象。他们表现出来的言语和行为都是一种伪装，小说里以“玳珍”为典型。出身公侯门庭的她，早已被象征秩序阉割了自我，早早地学会把真实的个性掩藏起来，以之为成熟和体面，把端庄淑德作为人设，实际缺乏容人之量，总有高高在上的心理，看不惯与己不同的类型，特别容易对试图反抗秩序的人抱有敌意，缺乏同情心和同理心，难于共情。小说中，老太太虽未正面出场，但她的出身当与玳珍相仿。可以断言，“玳珍”就是年轻期的“老太太”，她未来控制家庭时，还是要众人早起问安和伺候进膳的。想要他们不去掠夺和压榨他人以及认真反省过度以自我为中心且夸大自我价值感的认知障碍，几乎没有可能。姜家的下人也净是恨人有笑人无、捧高踩低的势利之徒。很难讲小双冷笑说“她也配”时仅仅是因为七巧谈吐没有忌讳，而没有夹杂对同为低贱出身却做了二奶奶的七巧有妒意，另外也或许是产生了可以像主子一样品评人的幻觉，明明同样身处弱势，但脑子中是根深蒂固的统治阶级思想。姜家人面对七巧时，他们是吃人者，将七巧的求生意志污名化为“疯”；但内部彼此之间，又何尝不是互害的状态。姜家人的生存状态是张爱玲最为熟悉的失势旧贵族的生活。

站在七巧的角度，她的想法和做法都有其合理性，或有偏激但颇深刻，刻薄却比俗世的虚与委蛇更近真。然而，她的自保又伤及无辜，造成新的伤害。她不停地向儿女特别是长安提要求，评判他们的对错，试图将自己无法面对的创伤转移到他人的身上。被她误伤的人带着历史的伤痕重新进入下一个恶的循环之中。《金锁记》的最后一句话正是：“三十年前的月亮早已沉下去，三十年前的人也死了，然而三十年前的故事还没完——完不了。”譬如长安，她身上既有很像七巧的一面，又无法完全复制七巧因遭遇不幸而被激发的部分，何况她还是被七巧过分保护起来的。同样是“不澈底的人物”，长安是最具有苍凉气质的，因此，小说里两次用“一个美丽而苍凉的手势”来写她，透着满满的无可奈何的宿命感。

历来总有很多读者去谴责七巧是不合格的母亲，但就七巧的见识和能力来说，她已经从她的世界观出发竭尽所能了。无论是原生家庭，还是嫁入的婆家，都给七巧带来了严重的心灵伤害。她人格的不健全是必然的。企望她能肩起黑暗的闸门放她的孩子们到光明的地方去，无疑是不切实际的。平心而论，古往今来真正做到的人怕也寥寥，又何必苛责曹七巧呢？这大概才是张爱玲的创作魅力之所在——“就事论事，他们也只能如此”。正如《倾城之恋》里，“从腐旧的家庭里走出来的流苏，香港之战的洗礼并不曾将她感化成为革命女性；香港之战影响范柳原，使他转向平实的生活，终于结婚了，但结婚并不使他变为圣人，完全放弃往日的生活习惯与作风”，曹七巧自幼没有被人爱过，也不可能懂得爱人；亦如鲁迅《随感录·二十五》所言“小的时候，不把他当人，大了以后，也做不了人”。就像结婚并不使范柳原变为圣人一样，当了母亲也不能让七巧就此圣化；何况这母亲，七巧还是稀里糊涂地当上的，她说：“真的，连我也不知道这孩子是怎么生出来的！越想越不明白！”关于这种“较近事实的”写法，张爱玲在《自己的文章》中说：

> 我知道我的作品里缺少力，但既然是个写小说的，就只能尽量表现小说里人物的力，不能代替他们创造出力来。而且我相信，他们虽然不过是软弱的凡人，不及英雄有力，但正是这些凡人比英雄更能代表这时代的总量。

在曹七巧的塑造上，张爱玲非常冷静克制，七巧的言行和处事严格地保持在同一个人物逻辑的内部，作者没有替她去“创造出力来”。七巧只能是“软弱的凡人”，只不过她更“澈底”而已。

这样的时代终究是可悲的、不合理的、脆弱不堪的、病态而荒诞的；然而，“时代的广大的负荷者”们却不作深想，戴着假面，在自欺与欺人中浑浑噩噩地苟活于世。即便“澈底”如七巧，她终其一生地维护着自我，但仍逃不掉命运的挤压，个人的挣扎注定是无力的也是无效的。正因如此，时代会“影子似的沉没下去”，这是不可避免的，也是无力挽回的，“人觉得自己是被抛弃了”，于是恶性循环，周而复始。谁该为时代的沉沦负责任？似乎找不到元凶，似乎又都是帮凶。

（宋声泉 撰）

拓展与思考

1943 年，张爱玲横空出世，“所作散见于报章杂志间者甚夥”；1944 年年初被誉为“半年来上海女作家中作品产量最丰富的一位”。此前数年间，她已陆续在《凤藻》《国光》《西风》上发表过多篇习作，但未能暴得大名。直到 1943 年，她在《紫罗兰》《万象》《古今》《杂志》《天地》上刊出《沉香屑：第一炉香》《沉香屑：第二炉香》《心经》《更衣记》《倾城之恋》《金锁记》《封锁》等十余篇小说、散文，扬言“出名要趁早”的张爱玲开始“跻于女作家之列”。时人称之：“其文可观，而无其他女作家之俗套滥调，尤属难得。”

历来对《金锁记》的研究偏于从“男女问题”的表象去解读，傅雷的男性批评家视角虽已被批判，但仍是当下研究者分析《金锁记》的主要话语资源。傅雷观点可详参其《论张爱玲的小说》(《万象》第 3 年第 11 期，1944 年 5 月)。张爱玲《自己的文章》里的答词反倒未被充分重视。该文拟想的主要对话者是署名“迅雨”的傅雷。

1. 如何对读张爱玲的《金锁记》与曹雪芹的《红楼梦》?
2. 如何对读张爱玲的《金锁记》与鲁迅的《狂人日记》?
3. 如何对读张爱玲的《金锁记》及其重写本的《怨女》?
4. 男作家与女作家的家庭书写，可能存在着怎样的差异?

第三编

故乡之“乡”

第7章

《果园城记》：荒原中的诗意

在中国现代乡土文学史上，师陀的名字，一直是和废名、沈从文放在一起的，属“京派作家”的一员。如果往上追溯，废名的“田园小说”一步步形成：这里，是诗意、静美、和谐的乡村世界，人与人之间有着淳朴的人际关系，作者在文本中建构了一种理想的生命存在方式和社会制度模式。这样的“原乡神话”，感动了一代代阅读者。但是，当我们把目光重新投回文本和现代文学的发生背景时，就会发现，在师陀的作品中，有和其他京派作家很不同的地方，这并非他们之间个性或风格的不同，而是作者创作的美学观念和基本的思想指向不同，他并没有止于五四作家包括京派作家普遍的“感伤”情结，尤其是，师陀很少有其他京派作家创造“乌托邦”世界的审美冲动。在他的作品中，看不到任何建构“理想社会”或“理想人性”的可能性，只是无边无际的废墟般的故乡场景和充满悲剧感的生命存在，它渗透着作者强烈的批判意识和一种对个体生命的关注。

而师陀和废名、沈从文之间这些文学观念和美学追求上的不同，在某种意义上恰恰代表现代乡土文学诗性品格的两个发展方向：现代诗性和古典诗性。本章将从解读师陀作品中“异乡”和“故乡”意象开始，分析师陀作品诗性和现代乡土文学中诗性品格的生成、特点以及在现代乡土文学中的意义。

一

“我要走了。”我说。

“你要往哪里去?”

坐在我旁边的P君不明白我这要走的意思。其实我也不过是随便说说，我自己似乎从来就没有想过我究竟要去什么地方。……

我想的有些古怪；我时常这样跟自己说："我要走了。"我要走了，接着我又不得不仍旧埋下头去作事。在那边，在偶然引起我们回忆的平原上，我们的许多亲旧，其中有一部分已经不在世上……[1]

师陀的这些文字，总让人感觉非常奇怪，在充满沉思意味的喃喃自语中，似乎能感受到作者胸中一股受阻的激情，它隐藏于作者心灵深处，无处奔涌。"我要走了"，想回到那"充满尘土的故乡平原上"去，但是，实际上"我"却不能走。在作者的思想深处，找不到自己的归属感，异乡之于他，没有他要寻求的东西；故乡之于他，是一片曾经充满诗意而现在却是无限荒凉的原野，也没有容他灵魂的地方。他无处可去，成了一个永远漂泊的"异乡人"。

五四时期，在中国社会制度发生巨变之际，现代文学家笔下产生这样一批年青的"异乡人"形象，他们从尚未受近代文明冲击、几近原始状态的故乡走出，在乡村、城市、山野踽踽独行，满怀理想、希望和奋斗的决心，却找不到可以实现自己抱负和生命理想的地方。[2] 海德格尔分析"异乡人"的品质："'异乡的'根本上意味着：往别处去，在去某地的途中，与土生土长的东西背道而驰。异乡者先行漫游。但它不是毫无目的、漫无边际的徘徊。异乡者在漫游中寻索一个能够作为漫游者安居于其中的位置。"[3] 这和中国现代文学发生期的知识分子形象有某种神似的地方。

有评论家把五四时代这样一批漫游者称为"跋涉者"[4]，这是一个更具形态意义的称呼，"异乡人"却意味着：在他们的灵魂和思维意识里，有"与土生土长的东西背道而驰"的东西，这就使他们有获得"自我"意识的可能性，他内在具有一种超验性，即以理想的方式看待世界。但是，"异乡人"并不是"漫无目的、毫无边际的"，他和周围环境最大的不同就是：他始终在途中。他是动态的，是思索着的，是一个时而充满激情时而又悲哀、充满虚无感的理想主义者，他的"不确定性"与周围千年未变的常态生活构成一种差异性存在，也只有这样，"异乡人"的存在形象和意义才显现出来。读师陀的作品，我们可以清晰地感受到他的思索的本能，《夏侯杞》式的自言自语，自问自答，他在自我批判中行走，他总是孤独的，也可以说，孤独和沉思是他的形式和内容。一旦失去了这种孤独和漫游的形式，"异乡人"就失去了他的本质意义。在某种意义上，"异乡人"是五四时代具有现代意识的知识分子的雏形。

如果说路翎《财主的儿女们》中的蒋纯祖是纯粹精神的漫游者，他以决裂的态度离开家，走上茫茫的探索之路，路翎从一开始就把他定位到较优越的地位，他的孤独是一种精神和文化上的清醒造成的。师陀笔下的马叔敖则不然，在果园城，他是一位过客，又是一位省亲者。他曾从这里走出，现在，他所观之人之物已经涂上了一个异乡人的色彩，是一个"异乡人"眼中的家乡。可是，他和他们有情感上的牵连，共同拥有这片他所"怀念的

---

① 师陀．《看人集》题记//芦焚散文选集．南京：江苏人民出版社，1981．

② 在鲁迅的作品中，他是那始终往前走的"过客"；在路翎那里，他是始终充满紧张的痛苦和思索的蒋纯祖；而在郁达夫那里，他是苍白、忧郁的"零余者"；在师陀的作品中，则可能是从山间走来的"汉子"，是走进果园城的马叔敖，是一个在异乡的道路上奔波，思维却穿行在故乡的忧郁诗人。

③ 海德格尔．在通向语言的途中．孙周兴，译．北京：商务印书馆，1997：28．

④ 钱理群．试论芦焚的"果园城"世界．信阳师范学院学报，1990（1）．

广大的原野”和过去的时光，因此，马叔敖多了一份对生命和时光流逝的哀伤和更为抽象化的思索。在某种程度上，师陀的“回乡”小说和鲁迅的“回乡”小说有更为相近的气息，都有一种哀伤，温暖的情感的潜流和冰冷的寒意同时袭击着主人公，他们叙述的视角既是“他者”化的，同时又属于自我体验的，具有双重性，所有的批判和不满都是建立在那无法表达的爱和痛之上的。不管是蒋纯祖、马叔敖，还是鲁迅《故乡》中的“我”，他们都是在“回乡”中失望的一群，他们并没有在“故乡”找到精神上的归属感，从“离开—归去—离开”这一归乡模式中，我们感受到的是一群现代知识分子无处可依的境地。他们面临的是“故乡”和“异乡”的双重失落，这决定了他们只能“在途中”，只能永远地行走，没有归宿。而这种荒谬感、孤独感、无归属感以及人与现实之间的疏离感，正是五四时期现代文学“现代性”的重要表现之一。

面对同样“荒谬、孤独”的感受和在“异乡”的“伤感”，现代文学先驱者们在自己的文本中做了不同选择，从而也展现了作家内在不同的社会观、生命观和审美观。和师陀不同，废名和沈从文构筑了一个“故乡”的田园神话，它是古典美学中诗性特征的最高代表，从语言、修辞到作品中所展示的人性美、生命美和社会的和谐美几乎可以说达到了中国文学的极致。这个田园诗般的“故乡”和“小城”——完美的“乌托邦”世界——是作者思考的终结点。在《边城》等一系列作品中，沈从文把他的所有理想、信念和生命的追求给了他的“湘西”，他在那里找到了生命存在的终极价值，也描绘出最具古典色彩的“乌托邦”的中国乡村图景。“湘西”是他思考的终结点和最高的梦想，也是他思维的最大陷阱：他不能再往下设想了。实际上，追求陶渊明“桃花源”式的和谐、美满、朴素的生活方式是几千年来中国知识分子的一个传统，从另一角度讲，也是中国知识分子逃避现实苦难和精神思索的集体无意识的长期沉淀。这种“逃避”带来的最大后果是它可能促使作家慢慢“退守”到那纯美、自然的“田园世界”，把对人性的、生命的美变成一种“把玩”和“自怜”。鲁迅正是从这一角度批判废名的小说：“在一九二五出版的《竹林的故事》里，才见以冲淡为衣，而如著者所说，仍能‘从他们当中理出我的哀愁’的作品。可惜的是大约作者过于珍惜他有限的‘哀愁’了，不久就更加不欲像先前一般的闪露，于是从率直的读者看来，就只见其有意低徊，顾影自怜之态了。”①

和沈从文一样，师陀也以“乡下人”自居，但是，这两个“乡下人”却赋予了“故乡”完全不同的精神特征。师陀不止一次文章中表达他对故乡——中原大地——的复杂感受：“我憎恨那里的人们，却怀念那广大的原野”。换言之，师陀在理智上背叛了他的“故乡”，只是赋予它情感上的永恒意义。应该说，师陀的思维始终没有离开故乡，可以说，他离家乡越远，越久，那片记忆的底色就越浓。刘西渭在《读〈里门拾记〉》里这样说：“他用力给自己增加字汇。他不忌讳方言土语的引用，他要这一切征象他所需要的声音，颜色和形状。”②“他所需要的声音，颜色和形状”恰恰意味着故乡的某些影像，他把这些回忆作为他创作和思索的底色，其实，也是他“在途中”的基本思维背景。即使在《果园城》中，虽然作者在序中声明是以一个异地小城为背景，但是，真正浮现在他脑海中，支

---

① 鲁迅．《中国新文学大系·小说二集》导言//赵家璧，主编．中国新文学大系：第四集．上海：良友图书公司，1935.

② 刘西渭．读《里门拾记》//刘增杰，编．师陀研究资料．北京：北京出版社，1984.

配他写作思想的，还是他故乡的那片土地。“这是我的《果园城》，其中的人物是我习知的人物，事件是我习知的事件，……比如《颜料盒》，有位朋友以为油三妹即另一位朋友的化身，她其实是我小时候一个熟人……”①

但是，在师陀的作品中，“故乡”并不具备独立的意义，它从来都是在“异乡”意识的参照下完成它的形象的，是一个精神上属于“异乡”的人对“故乡”的感受和批判。师陀的思想正是在这两者之间的游移形成的，它们沉淀出作者的思想方式和价值判断，也决定着他写作的色彩和气味。正是因为处在这样一个无根基的、具有反方向作用力的中间地带，处在这样一个情感和理智、“变”和“不变”的历史文化的交叉地带，才使师陀的作品在充满审视意味的同时蕴含着一种绵绵不绝、回旋往复的深沉情感和沉郁的诗意。师陀曾在《老抓传》中这样描述“异乡人”的品格：“他就戴着这镣铐，立在流光的海里，人的海里。岁月逝去了，人也逝去了。他孤立着，永远年青，让邻舍们为着鸡、猫、狗的事去争打。”② 这和鲁迅的《过客》中的形象在精神上是多么相似！他们是作者心目中具象化了的“异乡人”，一个永恒的形象，在逐渐走向没落的“故乡”里，他们却永恒存在，因为他们坚守着自己的孤独和沉思，坚守着自己“异己”的批判本质！

但是，考察师陀的整体创作，又总觉得他的有些小说失去了一个具有独特性的作家的特色，如《结婚》。其实，《结婚》有点像师陀早期的作品《无望村馆主》，用的都是讲故事、说故事的叙述模式，是一种单层结构模式，带有一定的传奇色彩（师陀在写作中长篇小说时，总脱不开乡间说书人的影子，他的语言方式和结构方式都有着乡间书场的特点，实际上，师陀也的确写过一篇文章《说书人》，可以觉察出他们对师陀的影响）。但在《结婚》中，作者的“异乡”感已经消失，失去了真正的批判精神，取而代之的是对人和社会的明朗、决绝的是非判断，《无望村的馆主》里面的“我”——那个在茫茫雪野中跋涉的意象——已经没有了，“异乡人”所独具的忧郁、沉思的气息也没有了，由此，作品也失去了师陀独特的诗性气息。

二

刘西渭评论师陀的作品时认为“诗意是他的第一特征”，“诗是他的衣饰，讽刺是他的皮肉，而人类的同情者，这基本的基本，才是他的心”。③ 从刘西渭的整篇评论文章来看，他这里所说的“诗意”仍然是从古典美学意义上来理解师陀作品中所呈现出的诗性特征，他仅仅把它看作师陀作品的修辞特点，如语言文字的优美、自然风景的精雕细镂等等。其实，简单地用古典美学中的诗性特征“和谐、优美”等词语并不能涵盖师陀作品的美学特征。

师陀的许多作品，常常在最冷静最无情的叙述和批判中，在反向的表达中突然流露自我的情感意识，从而形成一种情感上的“逆转”和情节结构的逆差。如“我不爱我的家

① 师陀．《果园城记》序//果园城记．上海：上海出版公司，1946.
② 师陀．老抓传//黄花苔．上海：良友图书公司，1937.
③ 刘西渭．读《里门拾记》//刘增杰，编．师陀研究资料．北京：北京出版社，1984.

乡，但是我怀念那片广大的原野”，在《老抓传》中，师陀写道：“在那里永远计算着小钱度日，被一条无形的锁链纠缠住，人是苦恼的。要发泄化不开的积郁，于是互相殴打，父与子，夫与妻，同兄弟，同邻舍，同不相干的人；脑袋流了血，在创口上掩一把烟丝：这是我的家乡。”[①] 诸如此类便是典型的师陀式的“逆转”句式。经过新文化思想启蒙的师陀，以一位严厉的文化批判者形象，俯视故乡，无情地揭露了故乡文化的愚昧和荒谬，但是，“这是我的家乡”，这几乎是绝望的呐喊，它流露了师陀隐藏得很深的痛楚，把前面所有冷静的批判都涂上了自我情感色彩，那是一种创伤，是永远无法舍弃的爱恨的交结。这简单的叙述转合形成一种情节和情感上的“逆转”，使文章包含着巨大的悲剧感，而不止于单纯揭露黑暗现实和批判传统文化。师陀非常善于使用这种结构方式，它总是在意料之外的情况下直达作者和读者的情感最深处，让你毫无防备地走进一种本质性的境地，使最丑陋、最无法容忍的故乡乡镇生活场景充满情感气息和诗意的感觉。

我们把师陀作品所蕴含的这种诗意称为“残酷的诗意”，这里所说的“诗意”并非古典美学意义上的“诗意”，不是现实叙述层面的情境描写，不是传统审美观念中的“美”和“和谐”，而是从现代意识层面来讲的，它可能是一种残缺，一种震惊，一种丑陋的展示，却充满着冷静的批判精神和审视意味，它迫使人走向更深的思索和某种具有哲学意味的沉思，由此达到一种思维的澄明境地和诗性气息。这种具有明显的现代意识的现代诗性和沈从文、废名文中的古典诗性特征恰恰构成中国现代乡土文学诗性特征的两个方面。

必须指出的是，这里所说的“现代诗性”并不局限于作家们对社会现实的批判精神和“感时忧国”的情怀，而是更多地指作家对人的存在状况的质疑，这种质疑态度超越于时代的某一阶段；它也没有“古典诗性”所暗指的一个浪漫主义的理想社会和人性的标准，它的思维没有终结点，它和“异乡人”的征程一致，永远在“在途中”，如鲁迅、萧红和其他一些乡土作家都有明显的现代诗性。其实，沈从文和废名等的乡土小说在不同程度上都具有现代诗性的特征，我在这里只是取其主要美学倾向。

那么，究竟是什么使师陀有这样的“残酷的诗意”？它和师陀心中的“异乡人”意识和“故乡情感”之间的矛盾有没有关系？我们再回到师陀的作品中，会发现，师陀的思维始终处在无所不在的矛盾纠缠之中，这矛盾就是“荒原”般荒凉、无情的故乡和他对故乡无法摆脱的情感之间的矛盾。

评论者们都注意到师陀作品中大量的“废墟”“荒原”意象[②]，这也是五四新文学先驱们的所共有的心理背景——荒原意识[③]。和其他乡土作家一样，师陀心中的荒原意识来源于他的漂泊无定的生活，来自他对废墟般的时代景象的感受；但是，就师陀的创作来看，师陀心中的“荒原意识”却更多地来源于他的破败的、被时光遗忘了的家乡原野和生活在其中的“故乡人”的生命状态。在某种程度上，恰恰是这些独特的意象组成了师陀作品独

---

① 师陀．老抓传//黄花苔．上海：良友图书公司，1937.

② 杨义在《中国现代小说史》（第三卷）中写道：“这里蕴涵着师陀式的‘荒原意识’：乡土化作废墟，空气中还回荡着尖厉、村俗而怪诞的鬼魂鸣奏曲……”（人民文学出版社 1986 年版 416 页）；《中国现代文学三十年》（钱理群等著）也提到师陀作品中的“荒村、弃园、废宅”等意象。

③ 赵园在《乡村荒原——对中国现当代小说的一种考察》写道：“由五四新文学发动的，缘于‘外铄’的文化批判的激情，也促成了对于荒原式生存的发现。部分作家有意使用了以荒野式生态、人生寄寓文化思考、文化理想的一套象喻系统。”（赵园．赵园自选集．桂林：广西师范大学出版社，1999.）

特的诗意，这种荒凉的诗意甚至是作者的审美取向。

师陀的故乡——河南杞县，紧靠着九朝古都开封。在二十世纪三四十年代，河南频遭旱涝灾害和战乱的打击，经济极端衰退，古都开封早已失去了帝王气象，非常破败、荒凉，师陀在这片中原大地生活了二十一年。从他的履历我们知道，师陀出生在一个破败的地主家庭，童年时代的他，已经不得不在田野里劳作。另外，青年时代父亲的死、小侄的死和分家等等都给他以打击，这使本来就颇为荒凉的故乡在他眼里更涂上一层忧郁、冷酷的色彩。他的大部分短篇小说、散文都以“故乡”为基本背景，他称“这块地上有毒”[①]，毕四奶用她所能想象到的最恶毒的方式诅咒着——中原大地——这片“有毒”的土地，直至其成为一片荒芜；“魁爷”以极端的专制主义统治着果园城，也抽走了果园城人的灵魂和存在的自主性；荒凉的小车站在上演着千年不变的男人打女人的故事，“空恬的原野上，起了呼喊声，就在这车站下。呼声随即就消失了，沉寂又重锁了这幅天地。但那呼声的尾音却像一声哨子，尖利而且可怕，至今似乎还刺痛人的耳朵。”[②]“沉寂”，这是处于前文明状态下的中国小城，它到处是死一般的寂静，生命在无为地挣扎，甚至连这挣扎似乎也成为一个仪式，而非生命本真的呼救。

即使在那果园城里，那像“云和湖一样展开，装饰了小城”的果园也只是残酷、无情的人生的背景，果园被寂寞地遗忘，人们在这文化的废墟上毫无希望地生活着。我们好像能感受到师陀那“异乡人”的灵魂始终在旷野中游荡，他总在寻找、思索，所发现、所感受到的却始终是生的悲哀和生命逝去的无可挽回的忧伤，目之所及只是一片沼泽满地、无所去从的“荒原”以及无望地挣扎在其中的生命，是广大无边的空虚和寂寞。这是他的哲学观、生命观和文化感受，是他心灵深层的悲剧意识，也是他对中国文化的本源感受。

在这里，“荒原”不仅是师陀对人的生存境遇的感受，也是对我们生活在其中的文化情境的描述，同时，还是他对人的生存体验和生存方式的感悟。自然的生生不息和人类的麻木构成奇异的对照，显示着人类生命存在的荒谬和空虚。但是，从另一角度讲，荒原感的体验恰恰意味着人的主体意识的觉察，它意味着人和社会现实已经疏离开来，并且开始思考自己的处境，这应该是五四新文学作家们具有初步的现代意识的展现，它和师陀的“异乡人”品质是一致的，是中国二十世纪初现代文学先驱者们的基本生命体验和对社会现实的感受。

除开故乡的悲剧生活赋予师陀心灵的故乡景象和独特的情感意味，从地域文化上讲，北方所特有的自然景观，必然影响有着诗人气质的师陀的人文性格。斯达尔夫人在《论文学》中写道：“北方各民族萦怀于心的不是逸乐而是痛苦，他们的想象却因而更加丰富。大自然的景象在他们身上起着强烈的作用。这个大自然，跟它在天气方面所表现的那样，总是阴霾而暗淡。当然，其他种种生活条件也可以使这种趋于忧郁的气质产生种种变化；然而只有这种气质带有民族精神的印记。”[③] 虽然斯达尔夫人所论述的并不是中国的北方，但却是北方所共通的气质。师陀的故乡杞县位于黄河边上，周围是一望无际的沙地和灰色、寥廓的大平原。单调、荒凉的自然景观，如黄花苔般默默生死的人们，贫穷、单一的

① 师陀．毒咒//芦焚短篇小说选集．南昌：江西人民出版社，1983.

② 师陀．这世界//黄花苔．上海：良友图书公司，1937.

③ 斯达尔夫人．论文学．徐继曾，译．北京：人民文学出版社，1986：147.

生活方式，都潜在地影响着师陀性格的发展。师陀文中忧郁的诗意和无处不在的荒原意识正是这片平原赋予的，他的充满着哲学意味的沉思默想也来源于此。师陀也在文中经常提到他的忧郁的根源："这回想给我带来了忧郁，这是生活在无际的平原上所常有的。你就是在这单调的，和平的，静寂的空气中生长的。"① 这种地域文化上的影响给作者创作打上不可磨灭的烙印，也使他的作品不同于沈从文的清丽纯美和郁达夫的纤柔多情。

其实，"忧郁"本身已经使师陀对故乡的"残酷"描写浸染了情感色彩和诗意化特征。这使师陀对"故乡"的认识从理性的批判精神又回到一个大的情感氛围之内，这就是刘西渭所说的师陀的"同情心"。它并非仅仅指一般意义上的可怜别人的遭遇，而是指一种理解力，对处在文化中生命的存在方式的理解力、感受力。在某种程度上，它是五四时期知识分子自我意识觉醒的最初体现，个体生命的存在被放在一个宽广的人类背景之中考察，同时，注入作者自身的激情和体验。我们不由想起萧红《呼兰河传》中的团圆媳妇、冯歪嘴子，想起鲁迅先生笔下的闰土等等很多普通的生命。

因此，在这荒原之上，毕竟还蕴含着作者最初的希望和温柔的怀想，它们时时激起作者活下去的愿望，也使他的空虚最终没有变成绝望。"那里日已将暮，一面的村庄是苍蓝，一面的村庄是晕红，茅屋的顶上升起炊烟，原野是一片静寂。在明亮的辽阔的背景上面，走着小小的阴影……听着这从静寂中来的声音，我想起：休息了，人要休息他一日的勤劳，大地也要休息它一日的勤劳。落日在田野上布满了和平，我感到说不出的温柔，心里便宁静下来。"② 而在《灯》《邮差先生》和其他作品中，师陀也尽力展现了百姓生活温情的一面，尤其是生活中淡淡的温情和人类相互之间的情意。"阳光充足的照到街岸上，屋脊上和墙壁上，整个小城都在寂静的光耀中。他身上要出汗，他心里——假使不为尊重自己的一把年纪跟好胡子，他真想大声哼唱小曲。为此他深深赞叹：这个小城的天气多好。"③ 这温暖、优美、宽广、平和的原野，这平静、安适的生活，与作者文本中反复出现的"荒原、废墟"形成一种对照，它从另一方面体现了师陀的诗化思维，它同样来自对故乡的感受，却是一种阔大的宁静，蕴含着自然界和人类生命的内在生机和希望。

三

无论是鲁迅、萧红、沈从文还是其他一些现代文学的乡土作家，都有意无意地把"民族—故乡—人"作为一个整体链条来考察。是不是只有把"民族"放在"故乡"的背景下，才能使作家更好地体察民族性格的痼疾、社会制度的矛盾、历史叙述的空缺及虚假等等问题，而"人"的意义由于"故乡情感"的浸染才真正蕴含着作者的主观情感和真实的生命体验？但是，最大的分歧也在这里。

上文提到，师陀和沈从文、废名之间的不同在于：当他们在"异乡"感受到一种政治、文化的挤压后，把目光投回"故乡"时，各自对"故乡"进行了不同的"回忆"和

① 师陀．生命的灯//芦焚散文选集．南京：江苏人民出版社，1981.
② 师陀．《落日光》题记//芦焚散文选集．南京：江苏人民出版社，1981.
③ 师陀．邮差先生//小城小说．上海：上海文艺出版社，1997.

"创造"。而这一不同的"回忆"和"创造"恰恰体现了他们之间不同的审美倾向和创作思维，也体现了中国现代乡土文学古典诗性和现代诗性的本质不同。沈从文以一个"乡下人"的固执和顽强意志重新构造了一个"桃花源"地，他把自然、人性、生命、社会等等都归属到文字的"美"和精神世界的"美"之中，"美""和谐"在他的文学道德里高于一切，因此，他才用绮丽的、抒情的笔调写砍头、写性爱，"他对生命本能的惊奇，不因荒诞无道的世路而稍挫"①。那种"故乡般"的归属感、安全感和自由自在的感觉吸引着他，他不愿意再回到丑陋的现实之中。

而在师陀的作品中，我们所感受的却是"故乡"和"异乡"的双重失落。"故乡"丑，人性、人情和生命的丑都达到了一种极致，师陀以他富有冲击力的"残酷"语言给我们叙述出一个丑陋的、令人窒息的故乡场景。可以说，当代文学中的"审丑"意识从师陀那里已经开始。但是，失落并不意味着绝望，"残酷"也不意味着师陀从此开始憎恨生命和"故乡"。永恒不变的"故乡情感"和"故乡意识"使师陀对生命、社会有他自己独特的表达。这里所谓的"故乡情感"是指作家灵魂中一种始终向内转和向后转的思维，它使作家不自觉地把他对社会的批判、对历史的审视以及对生命的体验都沉入自己的生命意识之中，从而一切所观之物都变成了自我生命的观照。它并非局限于作者对故乡的实在感情，而是一种思维的向度。而所谓的"故乡意识"并非单纯地指作家对故乡的怀念，而是指一种思维方式，它意味着作者始终以"故乡情感"看待世界，意味着作者具有怎样冷静的批判也罢，痛斥也罢，最终仍然回归情感层面，它意味着作者始终带着"最令人心碎的激情"热爱着这荒谬的人生。正是这憎恨和绝望之后的思考和热爱，这对人类整体生存的悲天悯人的关怀体现着作者的诗性，从而也把传统的、社会学层面的"诗意"提升到具有现代意义的、形而上的"诗意"层面。

师陀在《果园城记》中所展示的"果园城"文化——处于停滞状态的中国文化性格——是评论家都注意到的，毋庸赘述。这里所关注的是作品的叙述者——马叔敖先生。就叙述者而言，马叔敖作为一个"异乡人"回到果园城这一封闭的空间，是一个自由穿行于作品内外的结构者，以他过去的"印象"来对照小城现在的景象，时光的流逝和生命的可怕变化才更显现出它的意义和形象，为作品提供了反省的可能。在《呼兰河传》中，萧红以童稚的"我"为基本视角，她通过"我"的无知、天真写出生命的大悲剧，反衬出乡村原生态生存方式对人性的摧残，这种"原生态"状态是成年之后、接受了现代思想、远离了故乡的萧红才意识到的。实际上，无论是师陀作品中的"马叔敖"还是萧红作品中的"我"都是观望"故乡"的一双"眼睛"，它把"故乡"从回忆的空间拉到现实空间和历史过程之中，使"故乡"具有阐释的可能性。这双眼睛里面所蕴含的正是无法抹去的故乡情感和故乡意识以及由此而产生的对生命、时代以及文化的感受。

师陀在写《果园城记》时写道，"这小书的主人公是一个我想象中的小城，不是那位马叔敖先生——或是说那位'我'，我不知道他的身份，性格，作为，一句话，我不知道他是谁，他要到何处去。我有意把这小城写成中国一切小城的代表，它在我心目中有生命，有性格，有思想，有见解，有情感，有寿命，象一个活的人。"② 这是一个完全封闭式

---

① 王德威．从头谈起：鲁迅、沈从文与砍头//想象中国的方法．北京：生活·读书·新知三联书店，1998.

② 师陀．《果园城记》序//果园城记．上海：上海出版公司，1946.

的小城：小城所有的人和事最后都归结到城主魁爷那里，他掌握着每个人的生杀大权。葛天民的改革无疾而终，贺文龙的文稿最终还是那几行字，桃红在一年年地绣着嫁妆，但却只能装在箱子里让它发霉，快乐的油三妹自杀，徐立刚被杀，等等，每一个具有生命力的形象都被扼杀。在这些叙述中，只有时间的流程是恒定的，生命在它那里是虚无、可笑的存在，死亡也只是一个偶然的变数。“果园城”成为一个巨大的历史凝固物，以它的“不变”对抗、消融着社会的“变”的因子。《百顺街》里面师陀对民族式的“吃”的描写最能概括这种文化的吞噬力。“屠户将毛都赶不及刮净的猪送到厨房，而厨子也只有工夫请它们去锅里洗一个澡，但一拿到桌上，便什么都不见了，单留着空空的碗盏。”[①]《百顺街》是师陀式讽刺的极致，是中国文化劣根性一次集中、彻底的大亮相。这种毫不留情的横剖面的揭露批判和高度的意象化在师陀作品中并不多。

无所不在的“故乡情感”使师陀对文化揭露并非止于理性的评判，而是对每一个体生命做最细微的体察和思考，由此，师陀作品中有大量的关于生命、死亡、时光的意象。师陀对死亡有独特的感受，他始终质疑人的存在意义和存在方式本身。他在作品中展示了一个生存的“众生相”：各个角落，各个层次的生命方式，弥漫在作品中的始终是挥之不去的虚无感。“当你想到这个人的死，你会觉得奇怪：‘他是为什么生的?’”[②] 作者借“死”写“生”的悲哀，这悲哀使你意识到在这样的文化方式下，人只是在无为地生活，没有创造的可能，更没有生命力可言。“那女仆送上茶来，仍旧是老规矩，每人一只盖碗。”[③] 作者所有的感受，愤怒、无奈、悲哀都蕴含在这“仍旧”中，这不变的“盖碗”使作者对生命存在的荒谬感达到了极致。

在不变的空间意象中，时间产生了它的威力：“时光于是悄悄的过去，即使是在这小城里，世人最不注意的角上，它也不曾停留。”“跟这些人物在一起，我们还想到在夜色模糊中玉墀四周的石栏，一直冲上去的殿角，在空中飞翔的蝙蝠。天下至大，难道还有比这些更使我们难忘，还有比最早种在我们心田上的种子更难拔去的吗?”[④] 其实，作者并不仅仅哀叹生命本身的逝去，还在哀叹与之同时失去的具有生命意味的事物。石栏，殿角和空中飞翔的蝙蝠，它们再现了过去的生活世界，通过它们，生命的过去和现在才能联系起来，这也正是“故乡”的意义所在。

无论是在“果园城”“百顺街”，还是听到“那为寻找爱情却永远失踪了的青年牧人”的故事，生命和时间、历史和文化的悲剧感、虚无感、荒谬感始终萦绕在师陀的意识中。然而，“荒谬就产生于这种人的呼唤和世界不合理的沉默之间的对抗”[⑤]。这句话告诉我们，明白了人生的荒谬和虚无，并不意味着就被动地承受这无望而冰冷的世界，相反，荒谬是“一种在所有激情中最令人心碎的激情”，它的产生使人成为一个“有意识”的人，不是逃遁，而是抗争和热爱。

因此，在师陀的作品中，哪怕是最感伤的场景，我们也会感受到蕴藏着的不妥协精神。“但为这集散文命名的时候，我不取驰名海内的蒲公英，也不取较为新鲜悦目的地丁，

---

① 师陀．百顺街//芦焚短篇小说选集．南昌：江西人民出版社，1983.
② 师陀．同窗//芦焚散文选集．南京：江苏人民出版社，1981.
③ 师陀．果园城//果园城记．上海：上海出版公司，1946.
④ 师陀．说书人//芦焚散文选集．南京：江苏人民出版社，1981.
⑤ 加缪．西西弗的神话．北京：生活·读书·新知三联书店，1998.

取的却是不为世人所知的黄花苔。原因是：我是从乡下来的人，而黄花苔乃暗暗的开，暗暗的败，然后又暗暗的腐烂，不为世人闻问的花。”① 当涉及人的生死时，作者充满难以言说的悲哀和愤怒（如果园城中桃红的命运），因为他所感受到的是每一个体生命的悲剧命运，而这悲剧又是这个时代、社会和这种让人窒息的文化造成的。但是，即使这样，它毕竟还在生存着，还在绽放着自己的生命，这便是它的意义所在。这种平静、自然的生活方式，其实是每一时代作家的“精神还乡”，它是一种哲学意义上的较为理想的存在方式，却也更是一种抗争命运的精神。

其实，无望村的馆主、果园城的魁爷，还有胡凤梧们（《三个小人物》）等等“故乡”人物都是作者所憎恶的，但是，师陀从来不是以控诉的方式写他们，因为他的“大的同情心”始终流淌在他的意识中，那是给予整个人类的同情心，是一种阔大、深沉的宗教般的情怀。因此，读师陀的作品，总觉得有一丝神性的光辉从灰暗的人生场景中透露出来。他是在写他的故乡的小城，是在以一种悲愤的心情写“中国小城的代表”，但是，读他的作品，又决不会局限于他的这一点说明。在本质上，师陀是一个人类主义者，他所看所想的是整个人类的悲剧命运，他有对社会现实的不满，也在他的作品中显示出他的价值取向，但是，在他的生命感受里，每一个生命的荒谬存在、死亡、虚无、无情的时光等等这些悲剧性命题更是他所关注的，这巨大的悲剧意识来源于师陀式的“故乡情感”和“故乡意识”。而在他的后期小说创作中，《马兰》和《结婚》，他的这种意识反而减弱了许多，在一定程度上逐渐失去了师陀式的“同情心”，失去了他的委婉的讽刺，而变成一种仇恨和描述的快意。急于辨别是非，人物过于典型化、漫画化。“假令说，在《请愿正篇》中，作者是以如火如荼的热情来爱世界，爱人生，在《马兰》与《掠影记》中，作者却变得非常冰冷而且酷苛地憎恶他应当憎恶的人物了。”② 这并不是一件好的事情，无论是对于一个作家还是对于一个生活着的普通人而言。失去了“故乡意识”和“故乡情感”的观照，也最终失去他作品最本质的东西和最动人心弦的地方。这也是师陀的后期创作总体上大大逊于他的前期作品的原因之一。

（梁鸿 撰）

拓展与思考

1. 阅读《果园城记》中的《城主》、沈从文的《边城》、苏童的《妻妾成群》，思考在这些作品中“家长”形象之异同，它们呈现出作者对社会文化形态和家族制度怎样的思考。

2. 同被称为“京派小说”，同为以乡村为主题的创作，师陀和沈从文在主题倾向、小说观念上有何不同。

① 师陀．《黄花苔》序//黄花苔．上海：良友图书公司，1937.

② 金丁．论芦焚的《谷》//刘增杰，编．师陀研究资料．北京：北京出版社，1984.

第8章
《青天在上》：另类的乡土情怀

新时期之初，高晓声因写出李顺大、陈奂生而蜚声文坛，被视为传承鲁迅文学精神，并与赵树理有若干可比性的当代乡土作家。不过，高晓声的乡土小说，有一种既独立于五四启蒙，又不同于赵树理问题意识的立场与倾向。1991 年出版的长篇小说《青天在上》，凸显了他的这一独特性，使被遮蔽或误读的“陈奂生”特质有望得到更贴切的诠释，而五四乡土文学的“国民性批判”传统，也可借此进行重新审视。

一

1958 年 3 月，高晓声以“右派分子”身份被遣返故乡劳动改造，在江苏武进县董墅村，度过了二十年。他以自己 1958—1962 年间在董墅的生活为依据，写出了他唯一的长篇小说《青天在上》。

小说开头，写主人公陈文清被省文联扫地出门，押解他的机关秘书许源，与他同一年参加工作，“在一起相处了七八年，一向来也可算得是彼此信得过的老朋友”，然而“陈文清倒霉伊始，许源就没有同他说过话，进过他的卧室，界限划得清清爽爽”；这次“他来带陈文清，也没有跨进陈文清的卧室，好像那一条门槛，就是楚河汉界”。[1] 火车上，许源宁愿站着，也坚辞与文清同坐一条凳。然而，当陈文清回到家乡柳湾村，情形完全不同。乡土社会的人际关系，由亲族和地缘形成，“从熟悉得到信任”是基本伦常[2]，“老一辈的人，亲眼看

---

① 高晓声．青天在上．上海：上海文艺出版社，1991：9，5. 本章所引《青天在上》，皆引自此版本。以下只标页码，不再注释。

② 费孝通．乡土中国．北京：北京出版社，2011：8.

着他长大，抱过他，逗过他，打过他的屁股"，"同一辈的人，都是他的拖鼻涕朋友"，"大队小队的干部，也都是本乡本土人，他们对于文清，都有乡谊族情"（71页）。生产队长姚祥金，体谅他身体不好，从不派文清重活。大队长曹明兴说："乡下不比机关里，社员只考虑种田吃饭，政治不政治弄不懂的，横竖听毛主席的话，跟共产党走就是了。"（113～114页）乡下人不懂理论，只凭常识："什么敌人不敌人，别的不晓得，敌人大家都见过，都是欺压老百姓的人，文清对得上号吗!""所以也并没把文清的罪行当一回事。"（72页）当"陈文清被叫到公社去开了五类分子会议之后，许多人就看出严重性来了"，村里"气氛变得沉重了"，"村子上公开唱反调的人没有了"。但是，他们并不因此就像躲避瘟神一样疏远，而是"总还有些人来"，话虽少了，但"心里边有块疙瘩"，偶尔还有近亲本家替文清抱不平，被人提醒说话当心时，则回敬"老子横竖种田就是了，怕个屌"（72～73页）。重情分、轻原则、目光浅，这是乡土中人普遍的"小农意识"，是现代启蒙的否定物。合作化运动以后，集体经济取代小农经济，然而村落家族世代聚居的生活方式，使固有的伦理、观念和习俗难以同步消亡，具有"超稳定性"，因而才有毛泽东"严重的问题是教育农民"的著名论断。然而乡土意识的"落后"和农民的"不觉悟"，使文清回乡后不但没受歧视，相反，他的失误或困境，如忘写思想汇报，交不出砖（"大跃进"时的摊派）等，都靠乡亲帮其化解。回乡使他感到"离社会远些，靠自然近些"，并有"采菊东篱下，悠然见南山"的感觉。（81页）政治性的惩戒，竟有些精神避难的况味了。这样的感受和描写，在八十年代相同题材小说中，可谓罕见。

乡村生活之所以"自然"，不仅在于人类亲近泥土，更在于人际关系朴素自然，合于"天道"。在这种不根据利害"原则"而基于血亲和地缘关系建立起的共同体中，人与人之间虽有亲疏，但比起城市，却更贴近、真诚、朴素和富于感情。在"大跃进"和公社化之前，乡村生活方式基本保留了传统，在"文革"破"四旧"之前，甚至庙会等古老风习还在民间延续。① 陈文清被遣返时，家族亲人无条件接纳，族人全部动员起来，合力帮他安排生活：在外工作的堂兄闲置的房屋供他使用，继母把家里唯一的大床腾给文清夫妇，弟弟包揽了修缮房屋的全部活计。两个叔叔耀中、耀明，一个有几分乡贤地位，一个忠厚淳朴，关怀文清无微不至。文清夫妇有工资和粮票，比起一贫如洗的乡亲，日子好过不少；又有亲属关照，因而在被城市放逐之后，却意外获得"守拙归园田"的宁静。

陈文清夫妇都患有严重肺结核，需要保证营养。"大跃进"以后物资供应日渐紧张，在供销社工作的堂兄陈云清，"一有可能，便替他们买些荤腥带回来。虽然这些副食品已经越来越紧张，每次能带给他们的不多，但那关切和爱护的心意，金子也买不到"（300～301页）。亏了云清"走后门"，文清夫妇的苦难被延后。云清的热心肠，并不限于直系亲属，他对乡里乡亲，能帮就帮，在村上名声极好。生产队要紧俏的生产资料，找云清就容易买到。柳湾里两个生产队的社员，几乎没有一个不曾请他办过事，连地主顾荣根买不到锄头柄（有时紧张，要分配）找他，他也想办法批给他。（184页）费孝通在概括中国乡土社会结构时说，由于这个结构是以亲属关系为基本形态的人情网络，"攀关系，讲交情"便是人

① 高晓声在散文《寂寞》中说，1964年政府对传统庙会持反对态度，但百姓按捺不住，最后"节日的气氛像地热一样到处冒了出来"。（高晓声．高晓声散文自选集．北京：作家出版社，1999：155.）

际交往的特点。[1] 五四启蒙文学往往批判中国乡土社会这个特点，将其视为严重妨碍社会迈向现代的“劣根性”进行批判。高晓声这部小说，显然不同。

高晓声对故乡的感情，超越了通常的游子怀乡。故乡护佑过他短暂的爱情，埋葬了他的青春，却也是他罹难二十多年间唯一的精神家园和肉体避难所，使他在罹患严重肺结核、切除一叶肺并抽掉四根肋骨之后，竟仍幸运地活下来。某种意义上，《青天在上》也是高晓声对故乡的感恩之作。从其回乡经历看，小说展示的那一段（1958 年初至 1959 年夏），“三年困难”最残酷的一页尚未展开，小说便戛然而止了。在主人公/作者的个人经验中，爱妻像流星一般划过，留下了永恒的创伤，但同时，其苦难人生中最美好温馨的体验，也定格在这一历史瞬间。

二

女主人公周珠平（珠珠）的故事，来自高晓声前妻邹主平的“真人真事”。[2] 珠珠原是小学教员，单纯、善良，因患肺结核长期养病，享受公费医疗，对新社会充满感恩。她天生丽质，“白皮肤极细腻，透明得能看见肌里的殷红；乌金般的眼珠，嵌在蛋清般的眼白间；密密匝匝的发根，被白净的头皮衬得像漾在净水里，清清爽爽，真是秀入肌内，惹看极了。常叫陈文清眼睛不转”（17 页）。她“对于风俗人情，比一般姑娘理解得多。加上生了几年病，深感人世间互相关心和帮助是头等重要的事”（74 页），因而人缘很好。她借钱给人看病，一给就是 5 元；乡邻都知道她慷慨，粮票差不多被借光。珠珠这一集美、善、爱于一身的形象，增添了小说的浪漫情调。

珠珠来到柳湾村的时间是 1958 年仲春，那是“大跃进”运动前夕一个相对安宁的短暂时期。文清夫妇与继母、弟弟四口之家，母慈、子孝、兄友、弟爱；又有叔叔耀中、耀明关照，日子“倒也过得甜蜜而安稳”。那时珠珠“刚住过一阵医院，病灶相对稳定了，出院以来，天气越来越暖和，乡下空气也新鲜，吃食也新鲜”，还有耀明和水清不时从河里捞来的虾、螺、蚌和各种好鱼，珠珠常有生活在童话世界的感觉，为大家准备饭菜时“会有趣地想到自己是不是那个田螺姑娘，或者是下凡来和董永相会的七仙女”（107、108 页）。“有时候她特意去田埂上远远地看文清怎样劳动”，怕别人取笑，便“挽了只菜篮去刈草”。（110 页）她“对生活的要求比文清更低，只要能和文清在一起，相亲相爱，多活几年，就心满意足了”。（80 页）

> 原来人并不需要很多，只这样便可以满足了。多安稳啊，乡下的生活。（110 页）

珠珠最喜欢小叔耀明，而耀明宛如乡土世界“自然”的象征——“手很巧，会种田、会捉鱼、会架黄狼弓、会爬树摸鸟蛋”；“他跟你说鲫鱼为什么叫鲫掐头，鲤鱼为什么叫阴死鬼（老天爷，跳龙门的竟是阴死鬼），鲢鱼为什么叫鲢壳子，鲶鱼装死是为了什么，青

---

① 费孝通．乡土中国．北京：北京出版社，2011：36.

② 高生前说女主角“不是原型，是真人真事”。（曹洁萍，毛定海．高晓声年谱．南京：南京大学出版社，2017：198.）高晓声与前妻邹主平的材料，见《高晓声年谱》53～54、69、74～75、110、192 页。

鱼何以有一个投煞（撞死）的绰号，而最容易上钩的又为什么是凶猛的甲鱼”（84、85页）珠珠跟他一老一少，构成乡村晨昏的诗意图画——

> 每天清早，他牵牛去田埂放青，刚巧是珠珠赶早出门散步呼吸新鲜空气的时候。天天碰到。他们就会在一起走一段路，珠珠还讨过牛绳来握在手里，细细看牛舌头怎样像镰刀一样直接把青草刈进嘴里去。傍晚以前，又要放一趟牛，刚巧又是珠珠散步的时候。所以，人们就常常看到一幅奇特的牧牛图。连画家也想象不出这两个人同时放牧的理由。一个是城市里的漂亮姑娘，一个是笨拙的老农……（85页）

钱中文称赞高是灾难岁月仍保持对自然欣赏和爱的“第一人”，而江南自然之美，“即使在天灾人祸的年月，犹显出秀丽、妩媚的风韵”。① 王彬彬则质疑道：“一部以‘三年困难时期’为背景的小说，却以大量篇幅写晨雾夕照、芦苇翠鸟之美，是有些让人难以思议的。”② 其实，《青天在上》后半部写“大跃进”与大食堂，通过两例与“吃”有关的死亡——陈庭法的撑死，陈耀明的饿死——呈现了现代史荒谬与沉重的一页。其中耀明之死，平淡而悲怆。

1959年秋收后，食堂断粮，陈耀明成了柳湾第一批生“浮肿病”的人。耀明一贫如洗，却将照顾落难侄子侄媳视若天职。平素，“他没有多少话说，有事便做，无事便默默坐在堂屋里，珠珠有做不了的事，一叫便应”（304页）。大饥荒开始后，他来得比以前更勤，却不肯沾光吃一口文清、珠珠省下的米粥。耀明的原型很大程度是高晓声的叔叔，在短篇小说《老清阿叔》中，其善良、忠厚却因懦弱无能而备受歧视的形象，得到细致的刻画。高晓声/陈文清自小时读书起，出入故乡总由这位叔叔划船接送；做了“右派”，叔叔的爱仍无任何改变：“他从小看重文清，相信文清会有出息，这信念至今不变……他是他们最亲近的人。他知道他们现在有许多难处，是一生中落难的时候，只要这个难关过去了，他们就会出头。他总要帮他们渡过这道关。他们是不能够死的。他们死了，他也没有什么指望了。所以他宁愿为了他们能够活下去而自己去死。”（306～307页）在并无宗教信仰的民间，这种不问缘由的爱与忠诚，只存在于以血缘和祖宗崇拜为纽带的宗亲关系中。眼看珠珠一天天衰弱下去，耀明便老去河边、田里，希望能寻觅点鱼虾给她。而他自己，因极度饥饿而“头昏，没有力气”，以致躺在干柴草上“晒太阳”时柴草失火，竟毫无察觉。临死前，耀明身体已虚弱得走路都摇晃了，却仍下水帮人卸网，只因可赚取一条鱼给侄媳补身体。耀明之死，全用白描，令人不忍卒读。由此可见高晓声的现实主义和人道情怀，前后贯通，不曾改变。

《青天在上》描写琐屑的日常，突现的却是人与人之间的关怀与体谅。向珠珠借钱的留弟，曾把看病剩余的钱拿去挥霍，作者却没有将其作为“劣根性”描写，通过珠珠的自省，原谅了这个长期为赤贫所苦的女人；而留弟，在珠珠、文清困窘时，则不由分说慷慨相助。水清的媳妇荣珍，一个开朗的初中生，勤劳自尊，面对权势者的利诱和骚扰，放弃代课老师职位，宁愿下田，也不卖身投靠。充满善与爱的生活细节，点点滴滴，构成了人

① 钱中文．《青天在上》与高晓声文体//王彬彬，编．高晓声研究资料．北京：人民文学出版社，2016：206.

② 王彬彬．高晓声创作论//王彬彬，编．高晓声研究资料．北京：人民文学出版社，2016：31.

物的生活世界，小说也便常常成为表现人间之“善”的温暖叙述。

小说也写到幽暗的人性，如故意在文清公费医疗证上注明“右派分子”的那位县卫生局职员，与文清、珠珠一同休养的极端蔑视知识分子的革命干部吴大荣，“困难时期”保管粮库多吃多占被害的大队刘副书记等，都是那个年代常见的人物，在小说中则往往一笔带过，并不渲染。着墨最多的“反面”形象、公社下派的极左干部王国国，作者对他也不曾脸谱化，只如实写出这类基层官员的颟顸与疯狂。小说更多细节所涉及的，仍然是善良的人事，如对文清宽宏大量的大队长曹明兴，沉稳热忱的公社医院李医生（原型是高晓声父亲的熟人，有一点远亲关系），正直仗义的县医院王大夫，待人真诚谦和的县委下放干部沈廷松等，这些人物着墨不多，却增加了小说的人情味。即便是小说开头那个冷漠的文化干部许源，后来也不肯与“右派”老婆离婚，带着孩子自愿调到老婆劳改农场附近的县中学当副校长。比较二十世纪八十年代张一弓、张贤亮、丛维熙等的同类小说，《青天在上》对现实黑暗的揭露，缺乏戏剧情节，表达相对委婉。这与他置身于一个亲族和睦乡人善良的乡土世界直接相关。

小说结尾，“三年困难”来临，重病的珠珠被单位清退，失去口粮和公费医疗，不久死亡。经过“一大二公”运动，家徒四壁，棺材由床顶板拆下勉强做成，不到一厘米厚，只得钉几根木条做挡子。衣服已无一件像样的（好点的早已拿去换粮食），珠珠最后穿了文清“还算新”的棉衣裤入殓，“横竖姑娘们不爱红装爱武装；时代不同了，男女都一样。珠珠就这样打扮得飒爽英姿去见马克思（如果她可以进入天堂的话）了”（323 页）。高晓声的反讽，强泪为笑，不过是他“包扎”创伤的手段。

《青天在上》虽以第三人称叙述，也不乏历史场景，但与他通常的小说一样，主要采取限制叙事，情节呈线性结构，缺乏戏剧张力，在五四以来新文学所推崇的欧化的“史诗”式长篇叙事美学中，这部长篇的确不够厚重。不过，高晓声因陈奂生形象而获得的“国民性批判”定位，或许才是这部小说被批评家忽略的潜在原因。

三

1979 年至 1980 年，复出的高晓声不但小说数量惊人，而且佳作不断，连续获得全国优秀短篇小说奖。[①] 如果说人们在“漏斗户主”陈奂生身上感受到的是闰土式的辛酸，那么刚吃饱肚子的陈奂生“上城”闹的笑话，则似乎坐实了主人公身上的“阿 Q 相”。于是，高晓声创作在被当代批评界视为延续了一度中断的“鲁迅风”时，他笔下的陈奂生们，也就顺理成章成为五四文学“国民性批判”谱系的当代个案。国民性批判话语对高晓声批评的有效性，近年遭到愈来愈多质疑[②]，但由于这一论述是高晓声被经典化的基本依据，影

① 他分别以《李顺大造屋》和《陈奂生上城》获 1979 年、1980 年全国优秀短篇小说奖。而实际上，1979 年发表的《漏斗户主》影响很大，高晓声本人觉得它获奖更合理。

② 这些论文有：王彬彬：《高晓声创作论》；刘旭：《高晓声的小说及其“国民性话语”——兼谈当代文学史写作》；闫作雷：《从启蒙到政治经济学——高晓声“陈奂生系列”再解读》；赖英晓：《农民的“尊严感”及其表达困境——以“陈奂生系列小说”为中心的考察》；李静：《“上城”的困境——读解“陈奂生系列小说”中的启蒙神话》；杨晓帆：《归来者的位置：“高晓声访美”与〈陈奂生出国〉》。

响延绵至今。

1991年《陈奂生出国》发表，原先似乎清晰的“陈奂生质”[①]，变得有些暧昧不明了。在这部小说中，访美的陈奂生仍然像以前一样土气、执拗而令人忍俊不禁，但文本却明确告诉读者，其种种“不合时宜”的“洋相”，恰是其质朴善良个性的表现，并非令人生厌的“国民性”。旅美华人作家华如梅从陈奂生身上感受到先祖的坚韧和善良，“觉得陈奂生是她久别重逢的骨肉亲人”；她丈夫文柯华爱屋及乌，“钦佩”陈奂生的“为人”。[②] 陈奂生诚笃而朴实，所到之处，得到的都是尊敬和关爱，其无知无畏的言行，也都被笑着谅解。在这篇小说中，高晓声分身为陈奂生与作家辛主平，让陈奂生承担了他的主要部分即性情与精神的部分，使其“诚笃，心思灵动，又怀有好奇心”的可爱淳朴一面尽情展示[③]，这无疑表明了作家本人对陈奂生形象的肯定态度，而表达出与“国民性批判”相左的立场。

通读高晓声的陈奂生系列，不难发现，高晓声对于陈奂生的肯定态度，是一以贯之的，只是八十年代国民性话语对《陈奂生上城》的强势批评，不但引导了读者，也影响了高晓声，使他对该理论话语产生了某种认同和迎合[④]，然而高晓声内心深处对陈奂生的基本定位，一直是趋于“正面”和客观的。1980年他解释陈奂生形象，认为陈与中国大多数农民一样“善良而正直，无锋无芒”，“他们老实得受了损失不知道查究，单纯得受到欺骗会无所觉察；他们甘于付出高额的代价换取极低的生活条件，能够忍受超人的苦难去争得少有的欢乐；他们很少幻想，他们最善务实”[⑤]。如果说“老实得受了损失不知道查究，单纯得受到欺骗会无所觉察”便是值得批判的“国民性”，那么，集体化后按照指令劳作，尤其是经过荒谬不经的“大跃进”，陈奂生们不但彻底失去冒险犯规的冲动，甚至失去对农业常识的自信和判断，那么国民性批判的逻辑，显然难以服人。

陈奂生们的不自信、胆小保守，与层出不穷的乱指挥瞎折腾直接相关。高晓声曾使用“跟跟派”一词与流行的国民性话语呼应，使李顺大、陈奂生们的驯良适应于“奴性”的指摘。然而现实中，在李顺大、陈奂生的时代，“革命”已由暴力反抗权威和秩序，变为对权威和秩序的绝对服从，在农民温饱权利一再任由剥夺的现实面前，“一个卑微的农民，根本就不存在不‘跟跟’的可能”[⑥]，他们除了屈辱地四处借贷，便是逆来顺受，到死也不会反抗。高晓声中篇小说《极其简单的故事》，就写了一个不想“跟”而遭遇更深耻辱的故事：农民陈产丙出于对基层干部长期瞎折腾的反感，对上级布置的修建沼气池运动（这原本是有利于农民的好事，却以极为粗暴的行政命令强制实施）消极应付，结果大队长让他挂上装煤的筐子，背着“顽固分子陈产丙，破坏沼气化运动!”标牌挨村示众，并被要求他边走边不停大喊：“我要烧煤，就是破坏沼气化……”陈产丙原本“是个自尊心极强的人”，“从来就是认真的、严肃的，不喜欢开玩笑，也不欺侮人”，经此游街示众侮辱，

---

① 王干把陈奂生“忠厚本分，不做非分之想，不求非分之财”的核心性格称为“陈奂生质”，呈贬义，认为体现了小农经济影响下不健全人格即奴性人格。[王干．苦涩的“陈奂生质”：高晓声新论之一．小说评论，1988（6）.]

② 高晓声小说选．南京：江苏文艺出版社，2009：388，397.

③ 1981年与高晓声一同访美的许觉民说，“陈奂生在我的心目中，是个可敬的人。陈奂生很诚笃，心思灵动，又怀有好奇心。我觉得高晓声也有着这些特点”。（许觉民．阅读高晓声//高晓声文学研究会．高晓声研究：生平卷．南京：江苏文艺出版社，2014：105.）

④ 高晓声．中国农村里的事情：在密歇根大学的讲演．当代作家评论，2006（2）.

⑤ 高晓声．且说陈奂生//创作谈．广州：花城出版社，1981：12－13.（本文原载《人民文学》1980年第6期）

⑥ 王彬彬．高晓声创作论//王彬彬，编．高晓声研究资料．北京：人民文学出版社，2016：16.

他变得逆来顺受、玩世不恭了。高晓声作为隐含作者忍不住发出这样的议论："这变化是可怕的，一个自信的人失望了，一个认真的人淡漠了，一个勤俭的人懒散了，一个为了保护自己的尊严的人假托在佯狂之中了"[①]。自轻自贱，原非特定民族的"劣根性"，从心理学角度看，"精神胜利法"不过是人类面对无法逃避的羞辱而产生的自我保护行为，其心理动机，恰是尊严。高晓声确实描写了农民的愚昧和卑怯，但"批判"的色彩远逊于替"被侮辱与被损害的"鸣不平。他一开始就强调其与陈奂生们的感情认同："我在农村里不知不觉过了二十二年……我同造屋的李顺大，'漏斗户'主陈奂生，命运相同，呼吸与共；我写他们，是写我的心。与其说我为他俩讲话，倒不如说我在表现自己。"[②] 他甚至否定一种居高临下的启蒙立场："我还要进一步说，我对陈奂生们的感情，绝不是什么同情，而是一种敬仰，一种感激……我能够正常地度过那么艰难困苦的二十多年岁月，主要是从他们身上得到的力量。"[③] 这种"敬仰"，与《系心带》中对"人民"的感激一样，其语言与表达方式不排除与五十年代作家所接受的为工农兵服务、接受再教育的心灵询唤有关，但从高晓声的实际创作看，他对农民的感恩、尊重，一以贯之，出自内心的情感与价值认同，而非"再教育"的结果。

1981年，也就是陈奂生因住旅馆而被批评界视为阿Q再世时，高晓声通过《陈奂生转业》，确证陈奂生的主要特征是质朴善良、勤劳耿直。同年，他发表了一系列赞美"中庸"人格的作品（《好人江坤大》《崔全成》等）。即便是1988年在美国密歇根大学大谈中国农民的奴性/皇权意识时，他仍同时赞美中国农民的坚韧品质，称"这巨大的精神，伟大的力量，常常使我忘记了自己的创痛"，"才活下来"。[④] 他一方面认为陈奂生与李顺大一样做"跟跟派"是中国社会进步的障碍，另一方面却强调陈奂生"一颗心珍贵无比"。[⑤]

陈奂生的"一颗心"是什么呢？忠厚本分，不做非分之想，不求非分之财。这固然有些保守，可叙述者对其"死脑筋"的善意讽刺，却也包含了对其诚实、守信、率真品性的肯定。陈奂生系列小说七篇，原本并非有计划的连续写作，且前后相差12年，社会变迁，物是人非，但这一形象内在的善良和骨气却不曾改变：在苦难的饥馑岁月，穷得"连做年夜饭的米都不会有"的时候，他执念的仍是"宁可没有吃，（债）还是一定要还的"，把"信用"看得比什么都重；[⑥] 因与吴书记的"交情"，他硬被队办企业委派为采购员，拗不过"爱队爱社爱国"之类大道理，老实巴交的陈奂生只得勉强上任，却耻于利用吴书记"走后门"，煎熬中人竟瘦了一圈；厂里按规定发给他六百元奖金，他"好一阵心里不落实"，"村子上的人都羡慕他，谁也没有说他不该拿。陈奂生却比以前更沉默了"。[⑦] 当村里"尖钻货"们拼命往工厂钻时，他却死活不肯再去做"白骨精"吃唐僧（吴书记）肉，硬辞去采购员，回家包地种田。他羡慕别人发大财，却觉得来钱快的活路多少有些"邪气"，

① 高晓声．极其简单的故事//高晓声一九八〇年小说集．北京：人民文学出版社，1981：117.

② 高晓声．也算"经验"//创作谈．广州：花城出版社，1981：4.（本文原载《青春》1979年第2期，12年后出版《陈奂生上城出国记》时，他重复此言。）

③ 高晓声．且说陈奂生//创作谈．广州：花城出版社，1981：14.

④ 高晓声．中国农村里的事情：在密歇根大学的讲演．当代作家评论，2006（2）.

⑤ 高晓声．关于写农民的小说：在斯坦福大学的讲演．当代作家评论，2006（2）.

⑥ 高晓声．"漏斗户"主//高晓声一九八〇年小说集．北京：人民文学出版社，1981：30.

⑦ 高晓声．陈奂生转业//高晓声一九八一年小说集．北京：人民文学出版社，1982：50.

宁愿以不变应万变，做一个安分守己的种田人——“他晓得自己没有本事发大财成大器，能有安安稳稳的温饱日子过就很满足，至于要花多少力换得这种生活就不在乎了。”① 他最大的“死脑筋”，就是靠力气吃饭，不靠钻营发横财。陈奂生的保守，有性格原因，更有历史创伤的心理阴影——小说不止一次写到陈奂生内心多年不散的忧惧：“多少年来，虽然政府也允许社员搞家庭副业，但态度是很严厉的，有点像让囚犯放风的样子，随时可以关进去。目的也只是在社员陷入困境的时候自救，并不允许发家致富。”② 辛苦种田换来的一点钱，他生怕“万一蚀光了”，不敢投资，也舍不得拿去盖房。在陈奂生系列后三篇，高晓声固然“揭示了像陈奂生这样的小生产者依靠小块土地无法致富的现实”，提出了农民“为什么富不起来”这一反思改革的尖锐问题，③ 但他毕竟不是赵树理，无力开药方，也不忍看着“投煞青鱼”的陈奂生因无法享受改革开放成果而重新陷入困境，于是高晓声转向了文化，追寻人的内在精神价值——从《转业》开始，小说越来越表现陈奂生的安贫乐道，以致形成一个与国民性批判话语明显对立的价值体系。陈奂生对富裕的追求，以“心安”为前提，在日渐随商品经济而变化的乡村，他的“不变”显得落寞，却也耐人寻味：

> 去年陈浩松造两间新楼房，买了砖、瓦、水泥、黄沙、石灰、桁条、椽子……要用船运回来，总喊奂生帮忙。奂生只要在家，再忙也会腾出空来。十趟行船，八趟少不了他。等到正式动工，从兴建到落成，前前后后二十四五天，奂生天天都去帮衬，只吃顿饭，不拿工钱……这互助互帮的乡风自古就有，习惯成了自然，谁也不曾计较过吃亏沾光。④

陈奂生秋收前借陈浩松的船用了七天，浩松竟派老婆来收租金，且将一年八十元租来的船，以每天二元的价格租给陈奂生，“按理要十四元，因为是自己人，打八折，共十一元二角，零头不要了”。这情形，“奂生倒呆住了，这事从未听说过，怎么邻舍借用工具还要出租金呢？陈浩松造屋他出的力气不说，光帮他筛石灰，就筛掉自家一面筛子呢”⑤。陈奂生不满的，或作者所要表达的，本质上不是针对“商品经济”行为，而是不公平交易，以及薄情寡义地对老实人的欺负。陈奂生“不想沾光，只求公道”；在吃亏与做人之间，他信服堂兄陈正清（这个人物及名字就是隐喻）的话：“宁可吃亏也不要见钱眼开，做出不干不净的事来。”⑥ 高晓声所推崇的，正是陈奂生身上的这种朴素率真的“仁”和“义”。

只有当物质的“富裕”成为一个社会的“核心价值”并决定其是否值得尊重时，陈奂生的安贫乐道，才会被质疑，而高晓声所要反省和批判的，恰是这种充满工具理性的“价值”观。《出国》中，陈奂生“寻找美国农民”，对现代化农业始终“带一点儿糊涂”，可笑而可爱，透露了高晓声对工业化弊端的隐忧——高效划一的生产与消费，固然大大节省了人力、提高了人的物质享受，但也使人与自然渐行渐远；自然在人类按照功利与效率重

---

① 高晓声．种田大户//高晓声小说选．南京：江苏文艺出版社，2009：365.

② 高晓声．战术//高晓声小说选．南京：江苏文艺出版社，2009：352.

③ 闫作雷．陈奂生为什么富不起来．文学评论，2016（3）.

④ 高晓声．战术//高晓声小说选．南京：江苏文艺出版社，2009：349.

⑤ 高晓声．战术//高晓声小说选．南京：江苏文艺出版社，2009：349－350.

⑥ 高晓声．种田大户//高晓声小说选．南京：江苏文艺出版社，2009：365.

新安排后，愈来愈远离自然而异化。参观自动化养鸡场后，高晓声感叹：“这些鸡已经不是被当做生命的东西，它只是生蛋机器，从生到死，待在笼子里。那么挤，那么闷，却居然能健康地活着下蛋，使人看了，不禁觉得科学也颇可恶。”[①] 相应地，他对家乡经济高速发展后产生的污染、生态破坏忧心忡忡。[②]

高晓声的文化价值观，是人道的，乡土的，而非功利的和“现代化”的。国民性批判理论的局限，除了暗含文化等级论，以及本质化地将专制制度下的普遍人性误解为某一民族特有的“劣根性”外，更在价值论上有奉行社会达尔文主义的弊端。高晓声的小说，很少在价值论上体现进步论，却在追求实质正义上与“传统”达成一致。

（杨联芬 撰）

拓展与思考

1. 阅读严家炎《中国现代小说流派史》、丁帆《中国乡土小说史》，联系本单元细读的几个文本，从流派的角度，谈谈你对“乡土文学”的看法。

2. 阅读高晓声《漏斗户主》《陈奂生上城》和何世光小说《乡场上》，理解乡土文学在1980年代初期的创作特征及其文学史意义。

3. 谈谈高晓声《青天在上》与前期小说的关系。

4. 谈谈你对现代文学“国民性批判”现象的看法。

① 高晓声．寻找美国农民//高晓声散文自选集．北京：作家出版社，1999：254.

② 1999年出版的《高晓声散文自选集》，怀念乡土自然和谈环境污染与生态平衡的文章占大半。

第9章

《人生》：妥协的结局和解放的难度

路遥（1949—1992），陕西省清涧县人，当代作家。1949 年出生于陕北山区一个贫困的农民家庭。1973 年被推荐选拔进入延安大学中文系学习，1976 年毕业，调入陕西省文艺创作研究室《陕西文艺》编辑部。

1980 年发表《惊心动魄的一幕》，获得第一届全国优秀中篇小说奖；1982 年发表中篇小说《人生》，荣获第二届全国优秀中篇小说奖；1984 年《人生》被改编为同名电影（编剧路遥，导演吴天明），上映后引起极大轰动，获第八届大众电影百花奖最佳故事片奖。高加林和刘巧珍成为家喻户晓的人物形象，路遥也因此在文坛赢得了极大的声誉。随后他开始致力于长篇小说《平凡的世界》的写作，这部反映 1980 年代农村改革进程的小说在还没有全部完成时就开始在中央人民广播电台连播，在普通读者群里反响强烈，据说播出后路遥收到了 2 000 多封读者来信。1992 年，路遥因患肝硬化腹水病逝。

一

《人生》的上部里描述过一次“卫生革命”事件：高加林和刘巧珍因为觉得高家村的公共水井太脏，于是从县城里买了一些漂白粉放在里面，以达到清洁的目的，但是这一“讲卫生”的科学行为却没有得到高家村村民的认同，村民反而认为高加林破坏了水源，影响了大家的生活，最后在大队书记高明楼的解释之下才平息了这场风波。从表面上看，“卫生革命”不过是高加林与刘巧珍之间爱情的一个插曲，“卫生革命”发生之时，正是高加林和刘巧珍的爱情处于半地下状态并遭到双方家长反对之时，高加林通过与刘巧珍一起公开骑车去县城的行为，完成了一场小小的爱情“示威”，“对高加林来说，他做出这个决定，是对他所憎恨的农村旧道德观念和庸俗舆论的挑战，也是对傲气十足的‘二能人’的报复和打击"[①]。但从更深层的角度看，"卫生革命"同时也是高加林为了显示其个人主体地位和话语力量，向其生活的环境发起的一次小小挑战。这一挑战的结果并不乐观：村民们发现水井被放了漂白粉以后拒绝饮水，并指责高加林等人的行为。作为最主要的"肇事者"高加林选择了回避，自始至终都没有出现在事件的现场，他的观念通过两类人在现场得到了表达：一是和他一起放漂白粉的几个青年人，但被几位长辈骂了个狗血喷头；另一个是高中毕业生刘巧玲，她用所学的化学知识来解释高加林的科学行为，但是却遭到了一致的嘲笑和奚落。

"卫生革命"就高加林个人而言毫无疑问是失败的，失败的原因大概会有很多，但是高加林不肯面对"群众"是否是其中的一个呢？（小说解释高加林的缺席原因是被父母强行"控制"在家里了，但这并不符合逻辑，因为高加林的父母无论是从心理上还是生理上都不是高加林的"对手"）有意思的是，作为"反面人物"之一的高明楼在"卫生革命"中的行为却比高加林要正面得多，小说对高明楼在"卫生革命"中的形象是这么描写的："两只手叉着粗壮的腰，目光炯炯有神，向井边走出，众人纷纷把路给他让开……气势雄伟的高明楼使得众人一下子便服贴了。大家于是开始急着舀水。"他以实践证明了漂白粉的"科学作用"，与这一行为相比，刘巧玲的知识（同时也是高加林的知识）显得过于观念化而失去了其有效性。如果我们分析高加林的性格，倔强、不服软，那高加林在这一公共事件中的缺席又显得不合情理，如果他及时出现在现场，像一个"五四青年"一样一边发表激情澎湃的演说，一边像高明楼一样"以身试水"，那么是否他就会获得村民的信任，并成功地完成"卫生革命"的使命呢？这种可能性是存在的。因为从小说前面的叙述来看，高加林在村民中还是有一定威望的，以至于连高明楼都不得不对他尊敬几分。从这个意义上说，在"卫生革命"事件中，高加林的缺席和失败是预定的，也可以说是高加林自愿选择了失败，他不愿意去面对他身处的环境以及这个环境中的"群众"。在高加林的眼中，高家村和高家村村民代表的仅仅是愚昧和无知，而且这一愚昧和无知是先验性的，是不可改变的。高加林这种自己选择的"失败"暗示了一种不安的转变，在中国当代小说中，人（尤其是青年人）与自己身边的环境做斗争是一个基本的母题，通过这种叙述，主人公一方面通过发动各种力量参与环境的改变，同时在对外部的改变中也改变作为个体的自我，最终，作为个人的主人公和作为背景的外部环境融为一体，获得一种统一协调的新型主体。[②] 在赵树理的名作《小二黑结婚》中，农村青年小二黑就用这种方式成功地改造了"二诸葛"等老一辈人的观念，通过自我的努力和组织的支持改造了身边的环境并获得个体的幸福。但是在《人生》中，同为农村青年的高加林已经失去了小二黑的这种乐观积极的精神，他对身边的环境充满了怀疑和不信任，而当年给予他巨大精神和制度支持的组织（村委会）已经成为"革命"的反面。这里出现了双重的"异化"。第一重"异化"是环境的异化，可以改造的环境（包括生活在该环境中的人）变成了一个无法激起主体想象和力量的纯粹的客观对象，它完全外在于主体，因此无法与它的"改造者"取得互动。第二重"异化"是制度的异化，曾经代表大多数人（群体）利益的组织制度现在开始异化为

---

① 路遥．人生//路遥精选集．北京：燕山出版社，2006．本章所引《人生》，皆出自此版本。

② 竹内好在《新颖的赵树理文学》一文中对此有非常精彩的论述。（竹内好．新颖的赵树理文学//陈飞，张宁，主编．新文学．郑州：大象出版社，2007.）

特定群体的利益工具（在《人生》中这一群体指的是高明楼、马占胜等人）。在这种情况下，高加林不会成为小二黑，或者说高加林的“失败”显示了一种深刻的精神危机，作为改天换地的主力军的一代青年不得不从外部世界退回到个人世界，他将依照个人的利益而不是整体的利益来行使自己的主动权，并放弃了对集体和社会曾经许诺的使命。

因此，“卫生革命”的失败是必须的，只有通过这种预定的失败，高加林才能强化这样一种观念：既然这个环境、这些群众是如此愚昧不堪，那么作为拥有“现代知识”的我，就只有通过离开、抛弃、背离这个环境才可能获得幸福；既然这个组织制度（村委会）已经完全成为个人牟取私利的工具（关键是无论从能力、经验、威望等角度来看，高加林在短暂的时间内都无法代替高明楼来掌握这个组织），那么，通过“不合法”的手段获得个人的利益也就情有可原。正是这两点，构成了《人生》叙述的主要动力。

二

从小说的一开始，高加林就被塑造为一个与其周围环境格格不入的主体。这种塑造涉及一系列的身体叙事学和精神胜利法。高加林首先是一个讲卫生的人，在“卫生革命”发生之前，小说已经不厌其烦地强调了高加林的这一个人生活习惯，在刘巧珍爱上高加林的众多理由中，有一条就是“又爱讲卫生，衣服不管新旧，常穿得干干净净，浑身的肥皂味”。“卫生与否”成为建构身体的一个重要原则，在这个原则的观照下，高加林和刘巧珍都不像是农村人，“高加林的裸体是健美的。修长的身材，没有体力劳动留下的任何印记，但又很壮实，看得出他进行过规范的体育锻炼”。而刘巧珍给人的直观印象是：“根本不像个农村姑娘。漂亮不必说，装束既不土气，也不俗气。草绿的确良裤子，洗得发白的蓝劳动布上衣。”但接下来的一个细节暴露了这种表象的虚假性，当高加林和刘巧珍第一次接吻后，他可能感觉到了某种不卫生的东西，所以他立即要求刘巧珍以后必须刷牙。高加林或许没有意识到，这种“卫生”和“清洁”不仅仅是一种个人的生活习惯，更是一种身份、道德的标识，“卫生是这些原则的总和，卫生的实行是为了保持个人和社会的健康和道德，破除疾病的根源，使人身心高贵。总的来说，卫生包含了全部的精神和道德的世界”[①]。所以在高家村的村民看来，刷牙“是干部和读书人的派势”，“刷牙”意味着一种更高级的身份，因此刘巧珍的刷牙被认为是试图“僭越”身份而遭到了大家的嘲笑和反对。不过高加林虽然在公共领域的“卫生革命”中失败了，但是在其私人领域，他不仅顽强地保持着其“卫生习惯”，并成功地把刘巧珍“改造”了过来，使其成为“卫生清洁”的一个身体。这种在小说中反复出现的“卫生学”的修辞原则，通过“土与洋”“洁与不洁”等一系列的二元对立的修辞模式，企图“制造”出一种“完美的身体”，把高加林和刘巧珍从众多的“不干不净”的身体中剥离出来，把“身体”的完美与身份的“低贱”以一种非常悖论的形式扭结在一起，从而产生了一种强大的叙事冲动：把“身体”从这种“身份”中抽离出来，为“身体”寻找一个更合适的“身份”。

---

① 罗芙芸．卫生的现代性．向磊，译．南京：江苏人民出版社，2007：153.

与这种完美的“身体”修辞紧密联系在一起的，是对高加林丰富精神世界的强调。显然，在路遥看来，精神世界的丰富首先建立在阅读和写作之上，所以高加林被毫不犹豫命定为一个“文学青年”。这一点值得注意，黄子平在研究四十年代丁玲的《在医院中》时指出了一个事实，那就是书中的主人公大多是文学青年，热爱文学，并通过这种方式来凸显个体的精神世界与外部世界（环境）之间的冲突性。很显然，“文学青年”在这种叙述中代表了一种“异质性”，一种试图脱离规范叙述的力量，因此，在黄子平的研究中，陆萍等文学青年最后被环境治愈意味着一种统一的历史叙述的形成。[①] 事实是，从小二黑开始，文学青年已经逐渐被现代的“祛邪术”赶出了叙事作品的舞台，而在八十年代的文学作品中，我们发现了一个有趣的现象，文学（艺术）青年开始大规模重返并成为文学叙述的中心，从 1978 年到 1985 年，几乎所有重要的文学作品（如《伤痕》《班主任》《波动》《晚霞消失的时候》《人生》《无主题变奏》）中都或多或少地出现了一个文学青年或者具有文学青年气质的人物。这种转变意味着曾经被治愈、消除、整合过的“异质性”开始重新浮出水面，并试图找到自我讲述故事的权力。我们完全可以想象到这种变化的深刻，当小二黑开始在油灯下读《红与黑》《罪与罚》等作品的时候，当他为这些作品中的人物感动并将自我投射其中的时候（在曾经热播的一部电视连续剧《北风那个吹》中，男主人公夜晚为朋友们演讲《红与黑》的故事成为一种具有“仪式性”的精神活动），试想这是一种多么吊诡的历史场景。小二黑变成了高加林，他突然意识到，他的环境、他的阶级身份不是给他带来了精神上的愉悦和信心，而是苦闷和焦虑。为此，高加林只有通过某种“想象”释放个体的精神焦虑，并获得一种自我安慰，在小说中，这种“想象”比比皆是：

> 他受到了感动的时候，就立即产生了一种奇异的激情：他的眼前马上飞动起无数彩色的画面；无数他喜欢的音乐旋律也在耳边响起来；而眼前真正的山、水、大地反倒变得虚幻了……
>
> 他的心躁动不安，又觉得他很难在农村待下去了。可是，别的出路又在哪里呢？……他闭上眼，又不由得想起了无边无垠的平原，繁华热闹的大城市，气势磅礴的火车头，箭一样升入天空的飞机……他常用这种幻想来满足自己的精神需要。

这是一种典型的带有文学青年气质的“臆想症”，在阅读、写作和想象中，高加林成为一个内心世界丰富的、有强烈精神追求的有为青年。既然身体是卫生的、干净的，精神是丰富的、纯洁的，而这么一个“有意思的人”却生活在一个没有意思的环境和人群中，这给人一种极端的不公平的感觉。在高加林是小学代课教师的时候，他的身体和身份虽然不是完美的契合在一起，但是却有协调一致的希望（教师转正）；而当他突然成为一个彻头彻尾的农民的时候，他发现他完全失去了这种可能性。因此，小说以高加林失去代课教师工作为开头，可以说是完全把高加林“逼入”一个绝地，他必然要有十倍的努力去改变他的处境，为其身体和身份的“一致性”而拼搏。在改变自己的处境之前，高加林小心翼翼地维系着这种矛盾和不平衡，他甚至试图通过对“身体”的改造改变自己的身份意识，

---

① 参见黄子平《“灰阑”中的叙述》第八章“病的隐喻和文学生产”。（黄子平．“灰阑”中的叙述．上海：上海文艺出版社，2001.）

也就是为身份重新塑造一个身体，所以他故意穿破衣烂衫，并不顾一切地劳动，在巨大的体力折磨中求得一种自我宽慰，但显然这种并非发自内心的自我改造注定不会获得成功，不过是暂时麻痹了他的身份意识。一旦碰到合适的导火线，立即就会引起歇斯底里的爆发。在小说中，这一爆发的临界点选在高加林到县副食公司淘粪并与张克南的母亲发生冲突的时候：

> 正在他进退两难的时，克南他妈竟然一指头指住他，问："你是哪里的？拉粪都不瞅个时候，专门在这个时候整造人呢！你过来干啥呀？还想吃个人？"
>
> 但克南他妈还气冲冲地说："走远，一身的粪！臭烘烘的！"
>
> 加林一下子恼了。他恶狠狠地对老同学他妈说："我身上是不太干净，不过，我闻见你身上也有一股臭味。"

这是《人生》中写得比较精彩的地方之一。通过这个对话，我们意识到了"毛泽东话语"在八十年代初遇到了非常戏剧性的改写。毛泽东有一段非常有意思的关于身体和身份的辩证叙述：

> 拿未曾改造的知识分子和工人农民比较，就觉得知识分子不干净了，最干净的还是工人农民，尽管他们手是黑的，脚上有牛屎，还是比资产阶级和小资产阶级知识分子都干净。①

但是在这里，评价的标准被逆转，身上有"粪"的农民被再一次指认为不干净的，虽然高加林愤怒地利用隐喻来指责对方也是"臭"的，但事实是，除了一点修辞上的快感，他非常痛苦地意识到这一修辞所指称的现实已经成为过去，农民作为一个阶级的道德和精神优势已经在急剧的社会变革中成为历史。因此，"他心中燃烧着火焰，望着悄然寂静的城市，心里说：我非要来这里不可！我有文化，有知识，我比这里生活的年轻人哪一点差？我为什么要受这样的屈辱呢？"

在一个社会发生结构性转变的时刻，高加林的"自我期许（认同）"和"他人认同"产生了巨大的落差，他所在的环境强迫他认同这种给定的农民身份，而他"完美的身体"和"丰富的精神"又促使他顽强地抵制着这种"认同"，他代表了一个阶级的失落和愤怒，因此他决定从根本上背弃他的阶级，通过孤独的个人努力（不管其是否道德和合法）来重新召唤其"身体"，把身体从以往的身份中剥离出来，从而改变他在历史中的位置。

三

在高加林入城当了通讯干事后，黄亚萍送了他一首诗：

> 我愿你是生着翅膀的大雁，
> 自由地去爱每一片蓝天
> 哪一块土地更适合你的生存，

① 毛泽东．在延安文艺座谈会上的讲话//毛泽东选集：第三卷．北京：人民出版社，1991：851.

你就应该把那里当作你的家园……

黄亚萍送这首诗歌给高加林的目的很明显，是为了鼓励高加林离开刘巧珍，离开刘巧珍的“土地”而来到她的“土地”。虽然从艺术上说，这首诗是比较蹩脚的，但是放到《人生》这部小说中，这首诗可以说恰到好处，甚至起到了“画龙点睛”的作用。这首无名之作算得上是《人生》的“文眼”，它形象地隐喻了高加林不断与自己的环境（土地）剥离，不断寻求自我幸福和自我完成（生存和自由）的努力。上文指出，路遥努力塑造了一个身心完美的健美男性主体，这一主体与他的“没意思”的环境之间发生了剧烈的冲突，而这种冲突解决的方式不是以往的“克服”环境、改造环境，而是“离开”，像一只大雁一样离开决定自己身份和地位的环境，寻找新的栖居地。在《人生》中，这种环境的变迁被描述为一个从农村到城市（县城），从“农民”到“城里人”的命运转换的过程。需要注意的是，在八十年代大量的关于“进城”的叙述中，存在着不同的声音：一种是“知青”的回城，对于这些人来说，回城不过是“返乡”，虽然有些短暂的不适应，但会很快调整过来（如王安忆的《本次列车终点》）；一种是陈奂生式的进城，这种进城其实是“路过”，其目的是通过在城里的活动为自己在乡村更好地生活获得物质资本和精神资本；而第三种就是高加林式的进城（相同的还有《鲁班的子孙》等），进城不仅是物质和精神的双重需要，而且一开始就没有想到回头，是以彻底变成一个城里人为目标，是一场不归路的探险。与前面两种情况不同，知青本来就是城里人，陈奂生压根就没想过要成为城里人，唯有高加林必须完成这样一种可能带来精神分裂的身份意识的彻底转换。为了达成这种目的，高加林不认同他的环境，同时也不认同他的父辈，作为陈奂生、冯幺爸的儿子，“他十几年拼命读书，就是为了不像他父亲一样，一辈子当土地的主人（或者按他的另一种说法是奴隶）”。在父亲和德顺老汉来劝说他的时候，他是这样回答的：“你们有你们的活法，我有我的活法！我不愿意再像你们一样。”如果说把自己从父辈的血统里面“剥离”出来还有某种道德上的优势，对高加林来说并不构成一个问题，那么，真正的难题是，如何把自己从刘巧珍的爱情中“剥离”出来？对于高加林来说，背叛父辈是天经地义的，同时也为中国古老道德所支持，儿子开创超越父辈的生活，一直为中国的传统道德所鼓励。但是，“背叛”一个给予自己爱情和安慰的女性，尤其是在自己落难之时遇见的红颜知己，却一直为道德所不能容忍（中国流传最广的该故事原型就是陈世美，他因为背叛自己的糟糠之妻而身败名裂，性命不保）。而事实是，只要与刘巧珍保持爱情（甚至不是婚姻）关系，高加林就有一半还属于农村，就无法割舍其与农民身份的联系，为了达成这种“转变”的彻底性，他必须从精神和肉体上与刘巧珍一刀两断：如果连这块土地上最美的东西（刘巧珍）都可以放弃，还有什么不能达成呢？这是《人生》故事发展的必然逻辑和高潮之所在，必须通过刘巧珍，高加林才能完成最后的“脱胎换骨”，将自我的完成推向一个极致。

路遥在这里遭遇了极大的矛盾：一方面故事的逻辑发展需要让他做出决断，抛弃刘巧珍；另一方面道德上的自律又使得他犹豫不决。无论是对高加林还是刘巧珍他都倾注了太多的同情和认同，为了使得这种“背叛”更“道德”，更让人好受一点，他不得不悄悄改写了刘巧珍的形象，请看下面三段叙述：

刘立本这个漂亮得像花朵一样的二女子，并不是那种简单的农村姑娘。她虽然没有上过学，但感受和理解事物的能力很强，因此精神方面的追求很不平常。加上她天生的多情，形成了她极为丰富的内心世界。

“加林哥，你不要太熬煎，你这几天瘦了。其实，当农民就当农民，天下农民一茬人哩！不比干部们活得差。咱农村有山有水，空气又好，只要有个合心的家庭，日子会畅快的。”

巧珍看见加林脸上不高兴，马上不说狗皮褥子了。但她一时又不知该说什么，就随口说：“三星已经开了拖拉机，巧玲教上书了，她没考上大学。”

“这些三星都给我说了，我已经知道了。”

“咱们庄的水井修好了！堰子也加高了！”

“嗯……”

“你们家的老母猪下了十二个猪娃，一个被老母猪压死了，还剩下……”

“哎呀，这还要往下说哩？不是剩下十一个了吗？你喝水！”

“是剩下十一个了。可是，第二天又死了一个……”

“哎呀哎呀！你快别说了！”

第一段是小说开篇对刘巧珍的描写，第二段是刘巧珍对高加林的表白之词，从这两段看来，刘巧珍确如小说所写的，心胸和见识都超出了一般的农村女性。但是到了第三段里面，刘巧珍完全变成了一个家长里短的农村妇女，尤其是关于“十二个猪娃”的对话，可以说不仅土气，甚至可以说蠢笨了。实际上，“十二个猪娃”本来就是一个民间笑话来取笑某些傻里傻气的农村媳妇，这种人即使在农村也是很少见的。从整个小说来看，刘巧珍即使无法和高加林进行有效的沟通，但也不至于傻到这种程度，我们发现除了这一次对话以外，刘巧珍在任何时候都是一个头脑冷静、表达有分寸的、有识见懂大体的女性。这其实是一段非常不协调的细节描写，路遥的目的也许是让高加林的背叛更有理由一点，反而更加暴露了高加林背叛的非道德性，路遥（高加林）把自己的“精神”和“地位”上的优越建立在对刘巧珍愚昧、蠢笨的指认的基础上（这种指认带有暴力性和侵略性）。不错，高加林是那个时代的“能人”，但是这种“能人”为了自己的“远大前程”可以无视任何道德和感情的界限，是否也过于残忍？

不管怎么说，通过一系列的背叛，高加林暂时获得了“自由”，找到了自己“幸福的家园”。因此，高加林的“剥离”实际上是另外一种融入，对以往身份和环境的剥离是为了融入新的身份和环境。正因为如此，高加林进城后的生活被无限夸张地美化，他的完美身体在会场、体育馆得到了展示，他的丰富精神在写作、阅读和交流中得到了尽情地释放，他获得包括无名的球迷、路人、食堂售饭员、商场售货员等所有女性的喜爱，他集所有的宠爱于一身，成为八十年代那个小县城的“全民偶像”。当然最疯狂的是县武装部部长的女儿、时尚文艺女青年黄亚萍，她几乎把八十年代能想象到的所有时尚商品（麦乳精、墨镜、风衣、高级牛奶糖、咖啡、可可粉、进口日历全自动手表、三接头皮鞋）都用来包装高加林。相信这是路遥一次最大胆的想象，自此以后，虽然《平凡的世界》中的田改霞父亲已经位至地区书记，行政级别比黄亚萍之父高了好几级，但田改霞也没有黄亚萍那么疯狂和热烈。这么一段节奏迅疾、色彩明快的叙述因为过分的热情而显得像一张漫画，高加林和黄亚萍都在这幅漫画里面被最大限度地夸张放大，而真正小说的背景反而被淡化了，说这是一段不太成功的描写也是可以的。在1984年版的电影《人生》中，不知出于何种目的，这一段场景在电影中没有出现，这样反而显得更加凝重、首尾连贯一些。但是对于路遥来说，这么写或许是他刻意为之，他由此强化了进城对于高加林的重要性，也更加凸显了高加林的种种非道德的行为对于高加林个人的完成而言是多么合理和合法，而且，当这一切被证明不过是一场短暂的历险后，其悲剧色彩就因为这种戏剧性的对比而显得分外强烈。

四

高加林结束了他短暂的个人历险，两手空空地回到了高家村，重新成为一个农民，在小说的结尾，高加林伏在黄土地上，痛苦地呻吟"我的亲人哪"。这种戏剧性的情节为小说的悲剧性增加了砝码：悲剧现在不仅仅属于刘巧珍，她被无情地抛弃并最终栖身于无助的婚姻；也不仅仅属于高加林，他以为他即将获得一切，却在唾手可得之时发现一无所有。他平静地接受了这一切，转身去拥抱自己一次次试图逃离的土地。通过这样一种具有仪式性的场景，路遥为高加林提供了一个忏悔的机会，弥漫在整个小说中的道德焦虑因此得到了完全释放，在高加林热吻土地的一刻，所有的人都原谅了他，道德的焦虑变成了道德的赞美，土地、女性被再一次证明为万能的灵丹妙药，可以治愈一切的精神创伤。路遥显然不愿意让高加林成为一个精神分裂的主人公，任其个人意识无限膨胀而走上性格的极端，因此当他意识到个人的毁灭即将来临之际，他迅速强制性地让高加林回到了土地的怀抱里，并无限夸大了乡土的"治愈"功能。与《红与黑》中的于连、《高老头》中的拉斯蒂涅不同，在这些个体与环境不断搏斗并趋于毁灭的过程中，始终有一种宗教的背景在里面，个人只需要对上帝负责，所以个人的毁灭与否都仅仅是个人的事情，但是对于路遥来说，因为缺少这种宗教性东西，土地就成为另一种宗教，因此高加林重回土地的这样一个结尾，并不能说明高加林的个人意识就没有达到于连等人的剧烈程度[①]，这是一种融合了道德、宗教和美学在内的多重妥协后的结果。

但是需要追问的是，这种回归和治愈就是命定的结局吗？不是这样的，无论是对高加林还是对路遥来说，选择这种回归的结局都是一种权宜之计。对于高加林来说，不管他如何努力，他已经无法回到土地和农村，也无法在农民的身份中安顿自己的身体和意识，实际上，高加林已经回不去了，他的这种回归不过是一种短暂的安歇，他一定会千方百计地寻找另外的道路离开他的土地，再一次走上更疯狂的"进城"之路。对于路遥来说，虽然在1982年他已经意识到了这一代年轻人的人生选择将是一件异常重大的文学、道德、社会事件，但是毫无疑问，他并没有一个清晰的答案提供，虽然他一直很努力以青年导师的形象和语气来规范和引导青年人走"正确"的道路，但是什么是"正确"的道路呢？或者对

① 参见李劼的《高加林论》中的相关叙述。(《当代作家评论》1985年第1期)

路遥本人来说也是一本糊涂账，他显然并不认同高加林这种将个人利益和社会利益对立起来的奋斗之途，但是他又朦胧地意识到了自我意识和个人伦理的确立却是个人获得自由和解放的条件之一，他试图调和个人的解放和他人的解放、社会的解放之间的关系，或者说他试图通过小说美学来调和这个问题，因此他只能用一种暧昧态度来书写高加林的人生故事。而这恰好是《人生》作为小说的迷人之处，因为认识上的不清晰，反而导致了情感上的矛盾丰富，在后来的长篇小说《平凡的世界》中，作为高加林“加强版”的孙少平，虽然保留了高加林强烈的个人性格，但是这种个人性却被路遥塞进宏大的国家改革叙事中去，从而使小说变得概念化和观念化，路遥对人生的规划和引导变得具体清晰起来了，但是小说反而变得乏味了。

高加林的人生之路是路遥和高加林之间达成的一种历史性的调解，同样也是路遥、高加林与他们所处时代的制度、文化所达成的调解，这种调解不过是短暂地缓和了高加林们的精神创伤，但是却隐藏了双重的危机和毁灭。一方面，高加林和他的环境已经产生了一种相互憎恶的情绪，剥离一旦发生过，就会留下伤口，永远都不可能完好如初，整体中的个人和个人意义上的整体曾经是路遥之前的文学所一直努力的目标，而现在，这个目标解体了，小二黑一旦变成了高加林就再也无法回到他以前的背景中去，因此文学只能从社会中退出来，成为个人讲述故事的方式。另一方面，社会背景（制度、文化、道德）也无法支持和鼓励个人利益与家国利益的完全同一性，当九十年代市场改革的大幕拉开，我们惊讶地发现，高加林们可能大多只能以“农民工”的形象进城，并不得不让自己变成一种纯粹的“商品人”服膺于整个国家的资本积累。在这种情况下，人生道路的抉择似乎回到了潘晓提出的那个问题：人生的路呵，怎么越走越窄？只是这一次，文学与社会已经各行其是，再也无法建立有机的联系，因此高加林的人生故事不可重复，他“始”于那个时代，也不得不“死”于那个时代。

（杨庆祥 撰）

拓展与思考

1. 拓展阅读文本：

赵树理：《小二黑结婚》；路遥：《惊心动魄的一幕》《平凡的世界》《早晨从中午开始》。

2. 思考：

(1) 路遥的作品一直是图书馆里的常借书，你是在什么情况下阅读路遥的？他给你带来了何种感受？

(2) 路遥的“现实主义”过时了吗？如果梳理一部中国现代写作中的现实主义流变史，你觉得路遥应该处于文学史的何种位置？

第10章

《透明的红萝卜》：虚实缠绕的乡土叙事

《透明的红萝卜》是莫言早期中篇小说，发表于《中国作家》1985年第2期。此前，他已在《莲池》《长城》等期刊上发表一些短篇，但直到这部作品问世，其创作天赋及瑰丽独特的写作风格方全面崭露。随后，《中国作家》专门组织在京作家、评论家座谈研讨，并在国内引发较大反响。次年，以该小说题目命名的莫言小说集《透明的红萝卜》由作家出版社出版。

《透明的红萝卜》的成功，使莫言进入当代新时期新锐作家行列，他的写作自此进入一段高潮期，受到文坛持续关注。

一

《透明的红萝卜》故事发端于某公社从生产队抽调劳力去加宽一个滞洪闸。小说开头是农村寒冷、潮湿的秋日清晨景象，生产队队长和队员出场时，如同一群动物汇集一处：吃着高粱面饼子的队长，腮帮子像“秋田里搬运粮草的老田鼠一样饱满地鼓着”；老老少少从胡同“涌”出来，汇集到钟下，“眼巴巴”地“一齐瞅着”队长吞咽食物的嘴，[①] 像另一群饥饿的田鼠。对比《山乡巨变》《创业史》等“十七年”农村题材作品，不难发现《透明的红萝卜》中的农村与农民，已完全是另一番面貌。若按《山乡巨变》中朱明书记所说，“合作化运动是农村的一次深刻的革命，个体所有制和集体所有制，旧的生产关系和新的生产关系的这番剧烈尖锐的矛盾，必然波及每一个家庭，深入每一个人的心底”[②]，

① 莫言．透明的红萝卜．中国作家，1985（2）．本章其余小说引文未特别说明，皆出自此版本。

② 周立波．山乡巨变//周立波文集：第3卷．上海：上海文艺出版社，1982：140．

那么《透明的红萝卜》开头所展现的，则是农村集体经济制度的结果：一个破败凋敝的农村和一群饥肠辘辘的“鼠民”。“十七年文学”中那些性格分明的农民形象，到这里只剩一个面目模糊的“木偶”般的群体。

队长作为唯一的发言者，言语虽粗鄙，却基本都是“大实话”：“公社里这些狗娘养的，今日抽两个瓦工，明日调两个木工，几个劳力全被他们给零打碎敲了。”而“根据历史的经验，公社的差事都是糊弄洋鬼子的干活”。这是队长选择黑孩去充小工凑数的直接原因。更重要的是，这些牢骚将人民公社制度下的农村日常呈现出来，为故事发生和发展构建起一个特别的语境。

合作社运动后期及“大跃进”时的人民公社化运动中，土地、耕畜、农具等生产资料被收归公有，农民由政府“组织起来”，实行计划经济、统一调配。社会结构翻天覆地的变化，令原有的社会保障机制不复存在，“要吃有吃、要穿有穿”的“大同”梦只维系了很短时间，便撞碎在残酷的现实面前。鉴于此，1962年中央以《农村人民公社工作条例(修正草案)》(即《农业六十条》)重新规划集体经济发展道路，确立“三级所有，队为基础”的制度安排，生产队取代公社成为基本核算单位，一定程度上克服了此前生产权和分配权严重分离的问题。《农业六十条》作为“公社宪法”，“是人民公社理想与务实原则的奇异混合”，成为“农村里一个根本的制度”①，在中国发挥影响长达二十多年，也涵盖了《透明的红萝卜》故事发生的时间。《农业六十条》虽赋予生产队支配劳动力、大牲畜和农具的权力，公社却仍有权向生产队调用劳动力。即便大牲畜和农具不得抽调，生产队为数不多的劳动力被公社“零打碎敲”后，农业活动仍难免受到影响。队长抱怨的，正是这一问题。另外，《农业六十条》虽允许农民有限度经营部分自留地和家庭副业(小说中也偶有体现)，但主要还是集体劳动，实行工分制。农民劳动主动性和劳动质量往往需要切身利益的支撑，当集体劳动从根本上动摇了这一基础时，农民当然也懂得如何消极应付。工分制无法对个人具体劳动进行细化考量，“紧干慢干，死分不变”，故偷懒、磨洋工者比比皆是，也是小说中人物劳动时的基本状态。

除上述时代背景外，小说中的某些情节，还融汇着作者个人的切身经验：莫言年幼时，确有在桥梁工地给铁匠拉风箱的经历。而且由于饥饿，还从萝卜地里偷了根红萝卜，结果被人抓住，扒掉鞋子，扭送至工地负责人处。他当着所有民工的面，站在毛主席像前向毛主席请罪；回家后又被父亲毒打，最终爷爷来劝阻，事情才算过去。② 这段属于莫言个人的“创伤体验”，并未全部进入作品，更未成为小说的主题。但是，无论时代环境还是个人经验，均构成了这部小说的“底色”。也就是说，小说虽然没有直接处理历史与个人生活，但它们显然作为“潜背景”存在着。③

注意到这点，某些被作者一带而过的情节，便有了特殊意味：小说借黑孩的视角，“看”到公社刘副书记那张“宽阔的嘴巴”，嗅到“阔嘴里喷出了一股酒气”。这不再是简单的贫富差距问题，它呈现出的，是制度造成的阶层分配不公。因为公社本身不从事生产，公社所有生产资料和消费资料都直接取自农民，然而当大多数农民只停留在“基本上

---

① 凌志军．历史不再徘徊．北京：人民出版社，1996：83.

② 莫言．神秘的日本与我的文学历程：在日本驹泽大学的即席演讲．作家，2000(7).

③ 程光炜．颠倒的乡村：再读莫言的《透明的红萝卜》．当代文坛，2011(5).

可以维持人的生命”[①] 的状态，公社刘副主任的“阔嘴”里却喷出酒气，与嚼着高粱面饼子的生产队长，更与眼巴巴盯着队长嘴巴的老老少少形成了强烈反差。尽管《透明的红萝卜》不是以“饥饿”“不平等”为主题的作品，但这些细节还是给小说增添了多义的成分，使它愈发厚重。莫言许多作品都显示出对食物（食物分配背后的不平等）的敏感。饥饿对他来说，曾是一种刻骨铭心的体验。他坦言：“因为吃我曾经丧失过自尊，因为吃我曾经被人像狗一样地凌辱，因为吃我才发奋走上了创作之路”，“我见多了人间的苦难和不公平，我的心中充满了对人类的同情和对不平等社会的愤怒，所以我只能写出这样的小说”。[②] 那段历史生活留下的创伤，即便在小说中做了淡化处理，也仍萦绕于字里行间，为整部小说奠定一种灰暗的基调。因此，《透明的红萝卜》虽有浪漫与先锋的一面，但由于融汇了时代与个人经验，而又具备着沉郁、坚实的内核，在虚实缠绕之中，最终能够落到实处。这或许恰是莫言的乡土叙事独具特色又感人至深的一个原因。

二

小说主人公黑孩是个不说话的孩子，但从小石匠口中得知，黑孩“绝对不是”哑巴：“这孩子可灵性哩，他四五岁时说起话来就象竹筒里晃豌豆，咯崩咯崩脆。可是后来，话越来越少，动不动就象尊小石象一样发呆，谁也不知道他寻想着什么。”黑孩的“失语”，似乎也源自莫言的个人经验。他说：“我从小就不乏说真话的勇气，甚至可以说，说真话是我的天性。但我的勇气和我的天性在我少年时期遭到了挫折和压抑。那是一个一句话说不好就可能带来灾难的时代，我的母亲对我喜欢说话的天性忧心忡忡，她一再告诫我要少说话。”[③] 莫言爱说话的毛病给家人“带来了许多的麻烦”，为此甚至“发誓再也不说话”。[④] 不说话的黑孩，或许正是这一愿望在文本中的投射。但从另一层面来说，黑孩的“失语”，又未尝不是整个阶层话语权缺失的隐喻。而且只有成人处于失语的环境，才会进一步剥夺孩子说话的权利。小说开篇“象一群木偶”的沉默的老老少少，恰是整个农民阶层话语权陷入后天被剥夺状态的写照。

与其他人不同的是，黑孩不说话，甚或关闭与人沟通的渠道，却与乡土自然实现了超验式的交流，并由此生出种种虚实相间的体验：“他听到黄麻地里响着鸟叫般的音乐和音乐般的秋虫鸣唱。逃逸的雾气碰撞着黄麻叶子和深红或是淡绿的茎秆，发出震耳欲聋的声响。蚂蚱剪动翅羽的声音象火车过铁桥”；“他听到了河上传来了一种奇异的声音，很象鱼群在喋喋，声音细微，忽远忽近……他看到了河上有发亮的气体起伏上升，声音就藏在气体里。只要他看着那神奇的气体，美妙的声音就逃跑不了”。人民文学初版本的《金光大道》，封面是一台拖拉机正在农村土地上耕作。这个景象直观地反映出当代文学视野中典型的“乡土之美”：现代化的机器和被耕作后的土地，这是“社会主义新农村”的理想面

---

① 莫言．饥饿和孤独是我创作的财富：在斯坦福大学的演讲//讲故事的人．杭州：浙江文艺出版社，2020：22.

② 莫言．饥饿和孤独是我创作的财富：在斯坦福大学的演讲//讲故事的人．杭州：浙江文艺出版社，2020：22，25.

③ 莫言．我的文学历程：第十七届亚洲文化大奖福冈市民论坛演讲．西部，2007（9）.

④ 莫言．饥饿和孤独是我创作的财富：在斯坦福大学的演讲//讲故事的人．杭州：浙江文艺出版社，2020：23.

貌，乡村本真的自然之美则被取代或压抑。因为充满野味的自然风景意味着落后和僵化，“暴风骤雨”式的“山乡巨变”才是通向未来的“金光大道”。《透明的红萝卜》通过黑孩的体验，重新召回了农村的自然空间，并将它极度放大，以至于雾气碰撞叶子和茎秆可以“震耳欲聋”，蚂蚱剪动翅羽可以像“火车过铁桥”。莫言用虚实结合的方式创造出一个具有“灵性”的黑孩。小说内容层面，黑孩连通了那个在革命浪潮中被人们遗忘的乡土世界；小说写作层面，莫言则将被革命文学压抑的神秘瑰丽的乡土风景带回新时期文学当中。

黑孩在与乡土自然的超验式交流中，仿佛和自然实现了一种共生关系。似乎也正缘于这种共生关系，黑孩具有极强的生命力。当他的手受伤时，执意用土止血，再次暗示出这种微妙的联结——土地能够愈合他的伤口，并给他以滋养。小说中的黑孩有着既是人又超越人的性质，小石匠和菊子说他有“灵性”，莫言在小说外更直接称黑孩为“精灵”[①]。黑孩作为“精灵”，不光行为、体质、感觉超乎常人，甚或有影响他人的能力。菊子被他咬伤时，从地上抓起一把土按在伤口上，和此前她说黑孩用土止伤是“昏了”判若两人，黑孩对菊子的影响分明可见。从现实的角度讲，黑孩对菊子的影响，实际还牵涉到土地观念上的某种转变。

黑孩用土止血的行为，是民间土地崇拜的一种具体表现。农民认为土地具有神性，自然可用来敷伤口，这在民间不算罕见。土地崇拜产生于农民和土地血脉相连的事实。农村土地所有制的巨大变革，彻底改写了农民和土地的关系。“一批怀恋着土地的老年农民渐渐退出了农村的社会生活舞台，公社里成长起来的年轻人对土地没有什么感情，其中的有些人甚至厌恶土地。”[②] 故菊子会说“土里什么脏东西都有!”，小石匠也会“吃惊”地喊土里“有病菌!”。土地在他们眼中不再具有孕育生命、滋养生命的“神性”，而降格为沾满肮脏和病菌之物。用土止血的反应，具象化了他们对土地的态度。菊子行为的前后转变，隐喻着农民和土地关系的重塑。但这种转变因缺乏足够的叙事内驱力，在小说中稍显简单与突兀。农民和土地的关系亦然——颠倒过来的，能否轻易颠倒回去，或者还能否颠倒回去，始终是个疑问。恰如莫言1984年写作《透明的红萝卜》时，正值人民公社在历史中落幕，农民和土地的关系在现实社会中也正发生重塑。历史的后见之明已经告诉我们，人民公社制度的余迹尚存，随后而至的城镇化，却已将这种重塑导向了离传统更遥远的地方。

黑孩用土止血可以从超现实与现实两种角度解读，而他旺盛的生命力同样也有现实的依据。这种依据仍来自莫言的切身经验。莫言曾说：“人在险恶的环境里，也许会焕发出惊人的生命力”，因为“不能适应的都死掉了”；“那时候我们都有惊人的抗寒能力”，村子里总有一些“或者光着屁股或者穿着单薄的破衣烂衫的孩子，在雪地里追逐打闹”；“那时候我们身上几乎没有多少肌肉，我们的胳膊和腿细得像木棍一样”，“我们的脖子细长，似乎挑不住我们沉重的头颅”；“许多在今天看来根本不能入口的东西，在当时却成了我们的美味……那时候我们都练出了一口锋利的牙齿，世界上大概没有我们咬不动的东西”。[③] 对比莫言的自述不难看出，黑孩的形象几乎就是少年莫言的翻版。正因为极度恶劣的生存环

① 莫言．作家一辈子干的一件事：在京都大学的演讲//讲故事的人．杭州：浙江文艺出版社，2020：7.

② 张乐天．自序//告别理想：人民公社制度研究．上海：上海人民出版社，2005：13.

③ 莫言．饥饿和孤独是我创作的财富：在斯坦福大学的演讲//讲故事的人．杭州：浙江文艺出版社，2020：21-22.

境，才令黑孩有了顽强、茁壮的生命；而惊人的生命力，恰恰反映出人们生存超乎想象的艰难。

因此，所谓的“虚实缠绕”，并不只是虚与实的结合，还意味着同一意象，亦可从浪漫想象与现实描摹两种角度加以阐释。多元的阐释空间令文本意蕴超越了作者预设，丰富了其自身的意义层次。

三

《透明的红萝卜》中的老铁匠，是位重要且复杂的人物。某种程度上，老铁匠类似赵园所说的“智慧老人”，“传统社会有关于‘老’的神秘；老人神秘又联系于时间神秘、历史神秘……似乎无此（指“智慧老人”——引者注）不成乡村，亦如没有村头那棵标志性的老树即不成村落”。[①] 尽管匠人不是严格意义上的“乡村角色”（农民），但小说中的老铁匠，却承担着维持乡土社会礼法文明秩序的功能。这种功能，首先见于小石匠和小铁匠第一次正面冲突：小石匠和小铁匠剑拔弩张时，老铁匠适时出现，小石匠“猛然觉得老人那双深深地眍䁖着的眼窝里射出了一股物质，好象暗示着什么，他顿时感到浑身肌肉松弛”。慑服小石匠的“物质”，正是凝结在老铁匠身上的传统乡土秩序，并由此推迟了一场悲剧的上演时间。老铁匠当时哼唱的那句戏文，是传统乡土礼法社会、人伦秩序的文学化表达：

> 恋着你刀马娴熟通晓诗书少年英武，跟着你闯荡江湖风餐露宿吃尽了世上千般苦。

“老铁匠只唱了这一句，声音戛然而止，听得出他把一大截悲怆凄楚的尾音咽进了肚子”。老铁匠咽下的，才是故事的结局。他以自己的“余威”，对乡土秩序做着最后的维护。但他能够预见自己终要退场的命运。所以悲剧只能推迟，却注定会发生。老铁匠不是黑孩那种半人半神式的“精灵”，他的预言能力，是传统乡土文化经验凝结而成的智慧。乡土文化轮回的时间与空间，在老铁匠身上表征为一个圆，漫长的历史经验构成他的智慧，使他具有了预知未来的功能。

老铁匠唱出后半部分戏文，是黑孩、菊子、小石匠、小铁匠聚集在桥洞的那个夜晚——

> 你全不念三载共枕，如云如雨，一片恩情，当作粪土。奴为你夏夜打扇，冬夜暖足，怀中的香瓜，腹中的火炉……你骏马高官，良田千亩，丢弃奴家招赘相府，我我我我是苦命的奴呀……

这段戏文很可能指涉了菊子和小石匠未来关系的走向。小石匠对菊子的爱，到底出于深厚的情感还是由欲望驱动，从文本不得而知。后来菊子被石片所伤，失去一只眼睛时，两人将何去何从，遂成为巨大未知数。戏文似乎暗示菊子难逃被抛弃的命运。而菊子听戏文时的感受，也恰好呼应了这种不祥的预言：她“眼里泪光点点，身心沉浸在老铁匠的歌里，意里。

---

① 赵园．地之子．北京：北京大学出版社，2007：60，61.

老铁匠的瘦脸上焕发出夺目的光彩，她仿佛从那儿发现了自己象歌声一样的未来……”。

戏文更直接指涉的，则是老铁匠自己。“教会徒弟饿死师父”，是技艺传承与技艺谋生之间难以化解的矛盾，也是老铁匠最大的心结。师父授徒时，讲究关键处藏个“扣儿”，徒弟无法掌握技艺的全部要领，师父借此维持自己不可取替的地位。老铁匠从这种历史经验中得到“智慧”，因此向小铁匠传授打铁技巧时，对淬火温度秘而不宣，以致小铁匠学徒三年依旧不成。然而，小铁匠最终狡诈地偷师掌握了淬火的“关节”，老铁匠则在那一刻无情地将钢钻戳向了小铁匠的小臂。老铁匠自己小臂上那个圆圆的深紫色伤疤，似乎暗示着他当年学徒时，也有过一样的行止与遭遇。这种轮回，又剥开了传统乡土人伦秩序中陈腐冷酷的一面。老铁匠作为传统乡土集体经验与人伦秩序的人格化，不再只具有单向度的积极意义。乡土在莫言笔下也因此并非全是诗意与道德，它杂糅着智慧与蒙昧，野蛮与温存，有情与无情。革命的现代化想象与传统的乡土伦理之间，绝对一反一正的二元对立由此不复存在。

但无论如何，整部小说中只有黑孩与老铁匠更近于乡土，而游离于革命话语秩序之外，因此黑孩会对老铁匠产生一种天然的亲近感和归属感。黑孩执意留在桥洞里拉风箱，一方面是被暗红色的火苗吸引，另一方面则可能是希望留在老铁匠身边。这样才能理解为何当菊子出于爱怜要把他带走时，黑孩竟做出咬伤菊子的“反常”举动；也能理解为何老铁匠离去后，黑孩会“象丢了魂一样，动作杂乱，活儿毛草”。老铁匠的远去，和金色的红萝卜消失不见，对黑孩来说可能只是实与虚的一体两面。它们代表着与当时环境不相称之物的退场，黑孩失去了内心慰藉，只能无助又绝望地等待悲剧的到来。

四

“金色的红萝卜”的意象，出现在黑孩、菊子、小石匠、老铁匠、小铁匠齐聚桥洞那一夜。那一夜可能是除老铁匠外，其余几位主要人物最美好的时刻：在温暖的桥洞中，菊子和小石匠享受着刚刚收获的爱情，“她的身体非常自然地歪在小石匠肩上，双手把玩着小石匠那只厚茧重重的大手”，“小石匠怜爱地用胳膊揽住姑娘，那只大手又轻轻地按在姑娘硬梆梆的乳房上”；小铁匠沉浸于窥得淬火奥秘的喜悦中，“手上愉快的感觉完全压倒了臂上的伤痛，那个温度可是绝对的舒适绝对的妙”，因此意气风发、腰挺得笔直，和“败阵公鸡”似的老铁匠截然相对；黑孩则同时享有了他素来缺乏的食物、温暖和关爱。在场的几个人，包括打骂过他的小铁匠，都或多或少给过黑孩某种心理上的慰藉。金色的红萝卜具象化了黑孩、菊子、小石匠、小铁匠等人最美好的时刻，它“晶莹透明，玲珑剔透。透明的、金色的外壳里苞孕着活泼的银色液体”，极度美丽，却又飘忽不定，梦幻和现实纠缠于一处，无从分离。黑孩为金色的红萝卜所吸引，想要伸手捉住它，就像要伸手捉住这个宁静诗意的夜晚，将这段美好时光落在实处。

然而形势至此急转直下。小铁匠因目睹了小石匠和菊子的温存，妒忌与失意令他几近癫狂，于是先黑孩一步，抢到金色的红萝卜，经过一番冲突，最终把它扔进了河里。黑孩始终未能触到这根亦真亦幻的红萝卜。如果说桥洞一夜是整部小说中唯一温暖的亮色，那么消逝在河里的金色的红萝卜，便隐喻着众人短暂的美好时刻就此烟消云散。第二天清晨，老铁匠带着行李落寞地离去。伴随老铁匠的退场，传统乡土秩序的约束力不复存在，故事开始毫无阻碍地朝着悲剧滑落。

从金色的红萝卜被扔进河里开始，黑孩便一直试图重新找回它。直至菊子等人的悲剧发生，短暂炫目的美好时光散尽，黑孩还是没有放弃这种寻找。他跑到萝卜地里，拔起萝卜对着阳光察看，希望再见到那种晶莹剔透的金色光芒。然而萝卜仿佛被“打回原形”，“不剔透也不玲珑，既没有金色光圈，更看不到金色光圈里苞孕着的活泼的银色液体”。作为食物的普通萝卜，此刻对黑孩已无关紧要，他竭力找寻的，是精神层面失落的美好。所以他在一次次失望中，不断拔出新的萝卜，又在一次次失望中，将萝卜丢弃到田里。徒劳与无望在这一重复的举动中被不断强化，昭示着美好的瞬间从此一去不返。

刻意说“‘金色的’红萝卜”，是因为这部小说原名即《金色的红萝卜》。莫言当时在解放军艺术学院文学系学习，完成这部作品后，文学系主任徐怀中将小说名改为《透明的红萝卜》，据说这样使题目“更富有意境和空灵感”。[①] 值得注意的是，“金色”在“十七年”及“文革”时期无疑属于“高频”词，从小说《金色的鱼钩》到《金光大道》，从重新填词的民歌《北京的金山上》到乐曲《金色的炉台》（改编自歌曲《毛主席的光辉把炉台照亮》），人民公社时期，“通向天堂有大路，人民公社是金桥”“人民公社是金桥，通向天堂路一条”“人民公社是金桥，风吹雨打不动摇”等相差无几的口号亦屡见不鲜。“金色”在那个特定的年代，作为带有较强政治隐喻性的意象，既象征着革命的圣洁，又许诺着革命光辉灿烂的前景。“金色的红萝卜”虽不一定具有这种严格的对应关系，但相对于“透明的红萝卜”，它还是提供了另一种阐释的可能，令我们得以超越菊子、小铁匠等人那场“凡俗”的悲剧，去探讨一个理想或梦想幻灭的时代主题。

1950 年前后的土改运动，多数农民从地主和富农那里无偿分得了土地，尽管其中掺杂着很多问题，但大多数农民还是得到了实惠。而农业合作化运动，却要从根本上动摇私有制基础，将农民刚刚分到手的土地重新拿回。在这种情况下，单靠意识形态灌输和强制性的政治权力，似乎难以提供足够的合法性；再者，集体经济制度推进太快，即便先进分子，可能也不完全明白合作化到底是怎么回事。于是，对小农经济会使他们再度陷入贫困的警示、对农业合作化美好生活前景的许诺，实际成为农业合作化运动最主要的合法性依据。1953 年 11 月 16 日，《人民日报》发表社论，称小农经济是不稳定的，农民很可能因自然灾害或劳动力缺少等因素再度陷入贫困，新的阶级分化亦将随之产生；农业合作化、农业的社会主义改造，才是“使农业生产和农民生活逐步地和普遍地提高、使全体农民走向幸福生活的唯一正确的道路”。许诺越具体，农民越能普遍理解并接受，因此“楼上楼下，电灯电话”“耕地不用牛，点灯不用油”等口号广为流传，农村的土墙上画着火车和拖拉机，向农民们描述着一个绚烂瑰丽的神奇世界。但结果却是，农民未能借由公社“金桥”进入宣传中承诺的“天堂”，反被贫困与饥饿拍落在地上。那些具象化的现代之物也只能显现在幻想中，带着一丝怪诞和狰狞。黑孩“在梦中见过一次火车，那是一个独眼的怪物，趴着跑，比马还快，要是站着跑呢?”，这样的梦，正反映出人们在一知半解中，对现代化事物所产生的扭曲与夸张的想象，这是属于那个时代的一种极特别的经验。

“人民公社是天堂”的许诺被“金色的红萝卜”象征化了，带着摄人心魄的梦幻色彩，

---

① 徐怀中，等．有追求才有特色：关于《透明的红萝卜》的对话．中国作家，1985（2）．

尚未触及，便消失不见，只剩砸破的河面上升腾起的沉甸甸的迷雾。在现实的困顿与衰败面前，璀璨的乌托邦梦想被祛魅，无论黑孩拔出多少萝卜，无论怎样将它们举到阳光下端详，都再看不见那种晶莹剔透闪着金光的景象。但从另一角度讲，其实黑孩至此才看到了红萝卜的本真面貌。他的失望与幻灭，很可能是另一种重生的起点。因此当黑孩由于挖萝卜被队长杀气腾腾地殴打、被扒光衣服凌辱后，小说突然耐人寻味地又有了一丝亮色：

赤身裸体的黑孩起初"还好象害羞似地用手捂住小鸡儿，走了几步就松开了手……黑孩钻进了黄麻地，象一条鱼儿游进了大海"。洞悉了红萝卜秘密的黑孩，似乎在现实的屈辱和梦想的幻灭中，一瞬间获得了精神和肉体的双重解放。小说结尾"扑簌簌黄麻叶儿抖，明晃晃秋天阳光照"和赤身裸体的"黑孩"形成极鲜明的对比，构造出一幅类似博尼采（Bonitzer）所说的包含着"反常元素"的自然风景画面。[①] 这个太阳下的黑孩，像无法被吞噬的"剩余"，吸引着读者的注意，将读者从一场美丽却虚无的迷梦中拖回现实世界，预示并合理化着即将上演的奇迹。

（邢洋 撰）

拓展与思考

《透明的红萝卜》作为莫言的成名作，杂糅着文思飞扬的浪漫想象与沉郁厚重的乡土现实，奠定了作家此后写作的基本方向。尽管莫言从不掩饰他受到过福克纳、马尔克斯等西方作家的影响，许多作品飞扬恣肆的风格也获得过不同程度的好评，但从《透明的红萝卜》可以看出，莫言文学创作的底色，始终是他成长的那一片乡土，以及乡土上刻骨铭心的屈辱与磨难。这是进入莫言艺术世界的重要路径，也是他的艺术世界中最沉郁同时也最动人的部分。莫言最好的作品，往往是贴乡土最近的作品；同一作品中最好的部分，也往往是有关乡土的部分。对莫言来说，"先锋"的手法或内容有时虽可锦上添花，但有时也会降低一部作品本能达到的水准。

1. 拓展阅读文本：

周立波：《山乡巨变》；柳青：《创业史》；莫言：《白狗秋千架》《球状闪电》《莫言演讲全编》。

2. 思考：

（1）你对"莫言的短篇一般好于中篇，中篇一般好于长篇"这种观点有何看法？

（2）乡土经验对莫言的创作有哪些意义？和贾平凹、路遥、张炜等乡土作家相比，莫言有何特别之处？

① 博尼采．希区柯克式悬疑//齐泽克，编．穆青，译．不敢问希区柯克的，就问拉康吧．上海：上海人民出版社，2007：26-28.

第四编

反省“现代”

第11章
《离婚》：吊诡的现代性

鲁迅小说《离婚》发表的1925年，正值新文化倡导的“自由离婚”在舆论与现实实践中轰轰烈烈开展之时。相对于鲁迅的其他小说，《离婚》自问世以来，阐释既不充分，理解的歧义也最多，“难读”，是很多研究者共同的感受。①

《离婚》讲述的是爱姑反抗离婚的故事。而这个反抗，在多年的主流鲁迅研究中，一般是作为“反封建”行为进行诠释的。② 在情节层面，主持处理纠纷的七大人、慰老爷，明显被叙述者安排在了“反派”角色的位置上。如果“封建”指的是传统中国皇权制度下的文化与意识形态的话，将七大人、慰老爷看作“封建势力”的代表，并无不妥。七大人炫耀屁塞、吸鼻烟打喷嚏，以及“擦着猪油”一般“团头团脑”的滑稽形象，与鲁迅处理《肥皂》一类作品人物一样，是以白描的手法造成戏剧性的夸张，使对象直接居于文本中被嘲讽和被否定的地位。“高门大户”的慰老爷家，那“有许多东西”令爱姑“不及细看”

---

① 吴组缃说“《离婚》比较难读”［吴组缃．说《离婚》. 中国现代文学研究丛刊，1985（1）］；蓝棣之也认为“《离婚》是鲁迅创作中最难解的一篇作品”［蓝棣之．论鲁迅小说创作的无意识趋向．鲁迅研究动态，1987（8）］。

② 这些误读的主要观点，是认为作品主要表现初步觉醒的民主力量与封建统治阶级斗争。据秦林芳《重读鲁迅〈离婚〉》（1994）介绍，1941年延安署名须旅的《辛亥的女儿——一九二五年的〈离婚〉》是最早的研究专论，奠定了爱姑“反封建”形象的基础，也引导了此后多年占据主流地位的社会政治阐释，即以阶级分析论，从正面将作品解读为萌芽中的民主主义与地主阶级封建势力的冲突，爱姑作为具有觉醒或反抗意识的“辛亥的女儿”，寄予了鲁迅的肯定与同情；她的失败，说明旧民主主义革命的历史局限，反封建革命须由新的阶级和新的革命来完成（吴组缃《说〈离婚〉》）。八十年代中后期，这种分析遭到质疑，爱姑的形象，也由过去认为是争取人权的正面肯定，转而有许多负面的分析。秦林芳继承了自李长之（1936）至王富仁（1985）的启蒙主义视角，从鲁迅的立人思想和国民性批判出发对该作品进行解读，强调爱姑作为“老中国的儿女”，鲁迅的基本态度，与对阿Q一样，哀其不幸而怒其不争，根本上是作为奴性的标本而否定的。蓝棣之教授1987年的《论鲁迅小说创作的无意识趋向》，第一次从私人生活体验出发，解读鲁迅对“离婚”的态度，认为他对爱姑“有些厌恶”。之后一些研究，吸收了蓝说，而更进一步指责爱姑的性格缺陷和奴性意识，认为她虽有反抗，但不但不反封建，相反是要强化自己对礼教的归顺。［罗华．伦理困境与欲望叙事．鲁迅研究月刊，2006（12）］

“只见红青缎子马挂（褂）发闪”的客厅，以令人窒息的威压感，构成象征权势的空间，使泼辣鲁莽的爱姑变得怯懦。而七大人、慰老爷的调解，也就成了一场配合默契的作弊，使原本仗着有理、准备大闹的爱姑，被无声地降伏。结尾时，与出场时桀骜不驯的形象完全不同，心虚懦弱的爱姑如蒙大赦，临末还乖乖地“谢谢慰老爷”。这些喜剧场景，无不充满讽刺，运载的价值判断也是明显的。因此，这篇小说在情节叙事的基本伦理上，鲁迅作为叙述者站在弱者一边的态度，无可怀疑，这也是多年来人们从社会政治维度去解读《离婚》、评判爱姑作为“正面”主角的主要依据。

然而，小说为何取名“离婚”？在“离婚”这个核心事件上，鲁迅究竟要表达什么？

一

吴组缃先生曾指出，以乡下妇女离婚作题材，是鲁迅女性关怀的表现。[①] 周氏兄弟堪称中国新文化运动妇女解放的理论先驱。除了专做妇女研究的三弟周建人，鲁迅的写作，也有相当部分关涉女性问题，他对女性作为等级社会权力阶序中的最底层，充满真挚的同情；对男权文化厌女传统的批判、对女性解放的思考，往往有非同一般的深刻见解。只是，吴组缃先生囿于反封建民主革命的阐释框架，将鲁迅的女性立场，直接解读为小说情节所投射的爱姑的抗争及其失败，由此认为爱姑作为“初具人权思想”的形象，其革命的不彻底，象征着中国旧民主主义革命的失败。[②] 吴先生的解释在肯定鲁迅的“女性主义”立场上不无道理，但具体的解释却不尽贴切。

正如一些研究者指出的，爱姑并不具备人权意识，她认同的“低头进，低头出，一礼不缺”那一套，正是正统的封建礼教。她据此而进行的抗争，本质上争的不是“人权”，只是暂时做稳奴隶的“奴权”[③] ——“我是三茶六礼定来的，花轿抬来的呵！那么容易吗?”“要撇掉我，是不行的。”蓝棣之教授最早从文本中感受到“作者对爱姑离婚案的态度是有些复杂的”，并联系鲁迅自己的婚姻体验及其与许广平的恋爱难题，暗示这篇小说表现了鲁迅潜意识中对于婚姻问题的焦虑与矛盾。[④] 这是一种基于阅读的直觉体验而进行的敏锐细腻的解读，为《离婚》的研究开辟了一个新的维度，启发了后来从私人生活入手解读《离婚》的研究。[⑤] 然而蓝先生对鲁迅所做的心理分析，以及他认为的鲁迅对爱姑离婚的态度，则过于简单：

> 爱姑的婚姻是封建包办婚姻，解除这种既不人道又很脆弱的婚姻，是历史的进步。怎么能够设想，一个具有现代意识并长期在国外生活的青年，一位中国新文化的伟大旗手，一位反对旧文化、旧道德，提倡新文化、新道德的反封建的勇

---

① 吴组缃．说《离婚》．中国现代文学研究丛刊，1985（1）：96.

② 吴组缃．说《离婚》．中国现代文学研究丛刊，1985（1）：97，100.

③ 秦林芳．重读鲁迅《离婚》．中国现代文学研究丛刊，1994（4）：202. 持论接近的，还有顾农《重读鲁迅的〈离婚〉》［名作欣赏，2008（6）］。

④ 蓝棣之．论鲁迅小说创作的无意识趋向．鲁迅研究动态．1987（8）.（《鲁迅研究动态》为《鲁迅研究月刊》前身）

⑤ 罗华．伦理困境与欲望叙事．鲁迅研究月刊，2006（12）.；王兵．解读《离婚》背后的故事．宁夏大学学报，2012（1）.

猛战士，一位对封建礼教恨之入骨的五四运动的先驱者，竟然在二十年代中期还未写一篇赞扬放肆、粗鲁的妇女为维持封建包办婚姻而展开殊死斗争的作品！[①]

蓝先生这里所描述的“离婚”态度，在五四自由离婚思潮中确实占据新文化的主流，也是相当多青年的行为实践。而中年鲁迅以其“历史中间物”自处的心境，态度远远没有这么轻松和单纯。写作《离婚》时，确实正是鲁迅与许广平恋爱、感情炽烈之时，因此，蓝先生所说“从鲁迅与许广平的通信集《两地书》所表明的鲁迅的思想看，我相信他没有必要去写一篇批评‘滥婊子’的小说”固然成立，但反命题“他倒是应该写一篇与此相反的作品”[②]，则陷入非此即彼的二元对立思维。鲁迅写作《离婚》的心理动机，其内在欲望、情感与伦理之间的矛盾与精神困境，罗华《伦理困境与欲望叙事》一文，有比较准确的分析，罗华指出，“离婚”或者“不离婚”，任何一种选择“都有欠缺”“都不会心安理得”。不过，鲁迅的困境和焦虑，更主要是个人自由与人道情怀之间不可解决的矛盾。他固然苦恼于无爱的婚姻，但对“本来也没有罪”的女性之同情，是深切而本体性的。为此他曾自省和自励，“我们既然自觉着人类的道德，良心上不肯犯他们少的老的的罪，又不能责备异性，也只好陪着做一世牺牲，完结了四千年的旧账”。[③] 鲁迅最终的选择，固然对于许广平个人也很不公，然而他和许广平，毕竟可以借个人主义、恋爱至上话语结成合于新道德的爱情同盟，则他们所受的伤害，主要来自同人圈，主要关乎声誉、尊严和学界地位等“身外”的问题；但对离开周家便无法生存的朱安，离婚等于宣布她死刑。在鲁迅深思熟虑，终于不愿再“陪着做一世的牺牲”之后，他所选择的不离婚而与许广平同居，是其一生最后的率性一搏——抛弃惯俗，放弃地位，“报复”同侪，“不问什么事都敢做”。[④] 新女性许广平，也在无可选择的选择中，与乃师兼爱人“携手共艰危”，[⑤] 共同承担了历史的旧账。回到《离婚》的文本，即便鲁迅对爱姑“有些厌恶”[⑥]，小说中的离婚事件，也不宜等同于鲁迅婚姻的投射。将小说情节作为作家传记材料来解读，易陷入简单对应的伦理解读，而丢失作品作为审美形式的整体性含义。[⑦] 我们在阅读中直觉到的《离婚》文本，其审美意味不是单纯的，而是复杂的和深邃的；这种丰富性，与鲁迅本人对于“离婚”问题的复杂体验固然有关，但更直接的，是作者作为外化于作品、掌握叙事全局的创作主体，对人物、事件所持的价值判断并不单纯，各价值判断之间，充满冲突与纠缠。

---

① 蓝棣之．论鲁迅小说创作的无意识趋向．鲁迅研究动态，1987（8）：32.

② 蓝棣之．论鲁迅小说创作的无意识趋向．鲁迅研究动态，1987（8）：33.

③ 鲁迅．随感录四十//鲁迅全集：第1卷．北京：人民文学出版社，1981：322.

④ 鲁迅，景宋．两地书·原信．北京：中国青年出版社，2005：196. 这是鲁迅1926年11月15日在厦门大学致许广平的信。信中与许讨论他“常迟疑于此后所走的路”，提出三种选择，这是破釜沉舟的最后一种。在初版《两地书》中，鲁迅对原信的“倘同人排斥我了，为了生存起见，我便不问什么事都敢做，但不愿失了我的朋友（指许广平——引者注）”，改为“倘连同所谓‘同人’也都从背后枪击我了，为生存和报复起见，我便什么事都敢做，但不愿失了我的朋友”。（鲁迅全集：第11卷．北京：人民文学出版社，1981：200.）正如王得后先生所说，删改不等于不真实，而是两种真实（王得后．《两地书原信版》读后记//鲁迅，景宋．两地书·原信．北京：中国青年出版社，2005：340.）。

⑤ 此为鲁迅赠许广平《芥子园画谱》的题诗“十年携手共艰危”句。

⑥ 蓝棣之．论鲁迅小说创作的无意识趋向．鲁迅研究动态，1987（8）：32.

⑦ 巴赫金在论述文学作品中作者与主人公的关系时强调，作者只有居于作品整体世界的“外在地位”，即保持与主人公的主客体关系，获得作品人物之外的价值支点，审美才能进行。他指出：“如果主人公和作者合而为一，或在共同价值面前完全一致，或作为敌人相互对立，审美事件即告结束，伦理事件即告开始。”（巴赫金文论选．佟景韩，译．北京：中国社会科学出版社，1996：361.）

二

吴组缃先生指出，“离婚”是民国法律的概念，而这篇小说在情节、人物语言，以及离婚方式——不诉诸法院，而由两家父亲和地方绅士仲裁——诸方面，都俨然传统的“休妻”，而非现代的“离婚”。[①] 吴先生所论极是。不过，“离婚”一词，在《世说新语》《晋书》中就已出现，只是律令中一般使用“离”“离异”，“离婚”进入法律用语，是在宣统三年颁布《大清律例·亲属编》时。1930 年《民法亲属编》出台之前，民国一直沿用大清律例。鲁迅这篇小说的情节展开之时，“离婚”一词已盛行于媒介舆论和都市文化，它相对于传统的“出妻”，凸现了女子的权利，即女子与男子一样具有提出离婚的权利，体现了新道德的男女平等。然而，小说所展现的那个江南水乡，那里的生活方式，如“三茶六礼”的结婚礼仪，拆灶械斗、乡绅调停的宗法习俗，俨然一个“不知有汉”的传统乡土社会，与“外面”风生水起的新思潮仿佛全然无关。而爱姑的愤愤不平，亦因其无犯“七出”之条而居然被“出”。因此，“离婚”一词的使用，充满反讽意味，该词所唤起的读者的现代意识，与小说呈现于读者的情节所形成的“词”与“物”的乖离，构成荒谬的喜剧感。

然而，小说叙述的离婚纠纷解决的过程，又并非全然是“旧”的；事件及人物关系所牵涉的道德问题，也非简单和明晰的。传统的出妻，父母/公婆具有绝对权力，无须婚姻当事人同意。而在小说中，这桩纠纷之所以闹了三年还不落局，主要原因就是爱姑“不服”。七大人出面这次，因爱姑临阵怯场妥协，“她自己已经答应”了，慰老爷才赶紧令两家换帖，急忙了结此案。这一细节，透露了沿海乡村社会宁静外表下文化风习的微妙变迁。民初沿用的律例，在离婚问题上，比较过去的法律条款，已有若干现代性突破，最重要的突破是，“离婚需由两造情愿”。“夫妇不相和谐而欲离婚，须经两造之同意。”一方欲离而另一方不愿，“不睦亦不得而行之也”。“除呈诉离婚外，非两愿不可”[②]，强调了当事人的权力，这是以往历史上不曾有的。《离婚》中，整个过程一直由双方父亲出面，这既是传统习俗的遗留，也是现行法律的规定：“青年离婚须经父母允许。凡男子未及三十岁，女子未及二十五岁时，其婚姻既由父母主定，则离婚亦当经其允许然后始行。”[③] 从这个层面看，慰老爷调解这桩离婚案，是比较文明的，体现了吴组缃先生所说近现代东南沿海得风气之先的文化环境。[④] 慰老爷对爱姑说“打官司打到府里，[……] 那时候是，‘公事公办’，那是，……你简直……。”也多半是实情，在新文化自由离婚观念已较普遍的“府”里，爱姑的官司胜算更小。慰老爷的仲裁，包含了对离婚当事人双方责任的认定，“丈夫不对，公婆不喜欢”，因此判施家赔偿、二人离婚（“走散”），则既合乎法律，也合乎人情事理，而并非爱姑所说的“不说人话”。施家赔偿八十大洋（后来追加到九十），依据二十

---

① 吴组缃．说《离婚》．中国现代文学研究丛刊，1985（1）：109.

② 朱思忠．夫妇离婚之法律谭．申报，1921-01-06：“法制”栏.

③ 朱思忠．夫妇离婚之法律谭．申报，1921-01-06：“法制”栏.

④ “爱姑生活的东南沿海地区，商品经济自来特别发达，文化思想本有不同的风貌，而且又靠近不少的名城、商埠和海港。这里的农村容易得风气之先［……］”（吴组缃《说〈离婚〉》，96～97 页）（方括号中省略号为引者所加，后同）。

年代的物价，也是一笔不菲的巨款，[1] 因此庄木三才“眼热”而已暗自妥协，在与爱姑出发前往庞庄时，就带好了婚帖。小说对慰老爷没有专门的刻画，而是通过爱姑的口吻和生活场景两方面来客观描写。在爱姑眼中，慰老爷“不说人话”，没有水平（“不通”），长得也不威严，“不过一个团头团脑的矮子：这种人本村里就很多”，因此“她是不放在眼里的”。爱姑遭遇离婚的不幸，使我们极易按叙述者设定的限制视角看待慰老爷。但小说场景中还有一些较为客观的细节，如：爱姑父女刚“跨进黑油大门”，“便被邀进门房去”喝年糕汤，而“大门后已经坐满着两桌船夫和长年”；纠纷处理完毕，“慰老爷从那没有数过的一叠里取出一点来，交还了‘老畜生’”等。通过这些细节的还原，我们看到慰老爷“善”的一面：他其实是一个讲究礼义，行事有分寸的乡绅。在赔偿的前提下他规劝爱姑接受“和离”，也是解决婚姻矛盾的最理性和现实可行的方案。这场仲裁的丑角，其实主要是七大人，小说出色的讽刺性白描，也主要集中在对七大人形象的刻画上。长期以来的“阶级论”批评视野，易在将二人作为“统治阶级”而囫囵放在一起时，忽略其间细微的差别。不过，慰老爷家权贵满座的客厅，慰老爷与七大人的合谋，则使他最终难逃小说为他安排的否定性位置——这也是咎由自取，他借助七大人说服爱姑的语言方式，使之形同一伙骗子：

> “……要不然，公婆说‘走!’就得走。莫说府里，就是上海北京，就是外洋，都这样。你要不信，他就是刚从北京洋学堂里回来的，自己问他去。”于是转脸向着一个尖下巴的少爷道，“对不对?”
>
> “的的确确。”尖下巴少爷赶忙挺直了身子，必恭必敬地低声说。
>
> “打官司打到府里，难道官府就不会问问七大人么？……”
>
> “九十元！你就是打官司打到皇帝伯伯跟前，也没有这么便宜。这话只有我们的七大人肯说。”

此时，七大人、慰老爷，以及北京读书回来的尖下巴少爷，不但在爱姑眼中面目狰狞，在读者眼中，也以势欺人，很不厚道。

再看爱姑恨之入骨的“老畜生”和“小畜生”，九十元的赔偿，加上给慰老爷的“一叠”调解费，大约不会少于一百元。对于乡村中等人家（以庄木三“沿海三六十八村”人都有些“惧怕”的地位，门当户对的“老畜生”家，大致不下于中等人家），也是一笔沉重的债务。背负沉重的经济压力，“老畜生”和“小畜生”才会半年左右就“分明都见得苍老了”。透过情节叙述最表层的讽刺，我们可以对故事做合理的推测：设若爱姑不是那种得理不饶人的个性，没有“简直闹得六畜不安”，则“小畜生”（如果他并不是新青年）完全可以不必离婚而直接娶进小寡妇。爱姑的闹，不是因为“‘小畜生’姘上了小寡妇”，而是“不要我”。她口口声声“要撇掉我，是不行的”，则如果不“撇掉”她，妻位依旧，她未必就“闹”；即便闹而离婚，她也不能不服（“嫉妒”是“七出”之一条），就不至于这样“闹得他们家败人亡!”。在爱姑看来，她“从十五岁嫁过去做媳妇的时候起”，“低头

---

[1] 据陈明远《文化人的经济生活》的介绍，1920 年以前的物价，大米每斤三分至四分钱，猪肉每斤一角二分，白糖每斤六分，食盐一分至二分，植物食油七分至九分。1920 年代中期以后物价普遍上涨，每斤单价大约是：大米六分二厘，猪肉二角，白糖一角，食盐二分至五分，食油一角五分。《离婚》写于 1925 年，小说的故事，最晚也是发生于 1920 年代上半期。

进，低头出，一礼不缺”，没有触犯“七出”之条，就不该被“出”。因此，秦林芳认为爱姑被弃，是她的“性格”悲剧，[①] 亦不无道理。从人物言语行动看，爱姑性情耿直，缺乏教养，言语粗鲁，她在外人面前口无遮拦指责父亲“看得赔贴的钱有点头昏眼热了”，在她畏惧的七大人面前也敢数落：“就怨我爹连人情世故都不知道，老发昏了。就专凭他们‘老畜生’‘小畜生’摆布；他们会报丧似的急急忙忙钻狗洞，巴结人……”她为自己辩诬，也以脏话“那个‘娘滥十十万人生’的”赌咒发誓。她个性要强，遭受冤枉不会忍气吞声，因而“公婆不喜欢”，也才使“‘老畜生’只知道帮儿子，也不要我”。所以，如果叙述者不再赋予爱姑观看和表达的特权，使她处于与“老畜生”“小畜生”同等的叙述地位，则这个事件的伦理判断，几乎就要颠倒过来——爱姑的个性与习惯，既有悖于她所认同的那套旧道德（“贤淑”“顺从”等），又与新兴的恋爱自由和离婚自由理念格格不入。“小畜生”有私通的过错，但与寡妇恋爱而要求离婚，却是正当的，爱姑没有理由不离婚。而从历史的“后见之明”看，则爱姑式的“拒绝离婚”，几乎就是后来中国社会家庭悲剧中最普遍的形式——当官方对于离婚的态度，不再像慰老爷般明智主张“走散好”，而是千方百计维系已经破裂的婚姻，则爱姑的胜利，一点也不能体现任何意义上的法律或道德的进步。从魏明伦的《潘金莲》，到哈金的《等待》，都真实表现了当代中国在法律与道德都不支持单愿离婚的年代，爱姑式的拒绝离婚，正是令当事人“三败俱伤”的毁灭性死结。以鲁迅的深刻与透彻，他固然同情自由离婚中无辜的旧式妻子，但爱姑式的抗争，也断不是他所同情的妇女争取自由、维护尊严的合法之道。

因此，这篇小说分布在细节中充满悖论的矛盾冲突，“新”与“旧”、善与恶的错综交叠，正义与荒谬的浑然一体，都使文本蕴含的思想与意味，既深切、醇厚，却又难于条分缕析地进行价值的评断。这也许就是鲁迅在恋爱自由与离婚自由新道德环境中所感受到的行动与理论之间剪不断、理还乱的存在的荒谬与理解的隔膜。吴组缃和蓝棣之，都敏锐感受到这篇作品文本丰富的内涵，并做了极富开拓性的研究；但他们的解读，仍囿于较为单向的价值判断。《离婚》在美学上具有一种吊诡性，作者的价值判断，与其面对生活现实和人物行为所产生的伦理及情感的直觉，并没有形成逻辑对应，因而其叙述出现多义性，文本的内涵遂显得幽深、细密而又诡谲。

三

吴组缃先生写于1985年的《说〈离婚〉》，固然存在因时代局限而言不尽意之憾，但他看到《离婚》在意蕴与美学上的深刻性与丰富性，却可谓切中肯綮，启发我们对作品尽可能理解得细一些：

> 《离婚》比较难读，跟他说的“技巧圆熟”“刻画深切”有关。外国的影响我看还是有的，可已经融化在我国传统技法里面，形成了鲁迅的独特的风格。这是所谓“圆熟”的意思。它的要点是：它一心描写情节和场面，把意思都从这些描

---

① 秦林芳．重读鲁迅《离婚》．中国现代文学研究丛刊，1994（4）：201.

写表达出来；不直接说什么爱憎褒贬和解释说明的话。这些场面和情节又经过精心的提炼和安排，彼此映衬着，相互呼应着，有丰富深刻的内容，有多方面的重要意义。这是所谓“深切”的意思。这种作品，短短的篇幅，往往有可惊的又广又深的含义，要读者自己寻思、品味，不能没有嚼烂就囫囵吞下去。它经得起读，多读几遍，认识可以一遍有一遍的不同。[①]

鲁迅依靠老练的叙事，赋予了《离婚》丰富的含义与多元的价值显现，造成文本的复杂样态。而这，恰是现实存在的本来样貌：行动与思想、情感与理性、道德与真理之间，是极其错综复杂的关系。鲁迅并不像写《药》时那样，哪怕违心也要给读者一个明确的判断。在《离婚》这里，他放弃了作者的这份权力，而直接将百味杂陈的生活原汁原味地和盘端出，是非善恶，交予读者自己去体味——这一方面是现实生活本身的荒谬性和悲剧性，减损了他原先尚存的“热情”，另一方面也是他由呐喊助阵回归自省性写作之后，表现出的艺术上的“圆熟”。

（杨联芬 撰）

拓展与思考

1. 仔细分析鲁迅《离婚》的叙述视角，谈谈视角的技巧带给文本的意义。

2. 分析爱姑形象。

3. 联系你所阅读的鲁迅其他小说，谈谈鲁迅小说在审美风格上有怎样的多样性和丰富性。

① 吴组缃．说《离婚》．中国现代文学研究丛刊，1985（1）：93－94．

第12章

《缘缘堂随笔》：温热的玄想

1931年，丰子恺的第一部散文集《缘缘堂随笔》出版，六年之后，《缘缘堂再笔》出版，“缘缘堂”系列散文成为丰子恺散文艺术的代表，也被视为中国现代散文史上的经典。中外批评家都称赞丰子恺的“缘缘堂”散文不仅“对于生活有这样的咀嚼玩味的能力”①，而且“任何琐屑轻微的事物，一到他的笔端，就有一种风韵，殊不可思议”②。

“缘缘堂”之名得自1926年。当时丰子恺住在上海江湾立达学园新建的永义里宿舍中。他在艺术上的老师和引路人弘一法师（李叔同）云游经过，两人商议为寓所取名之事，相约各写一些喜欢的字于小纸片上，团成小球撒在屋内释迦牟尼像前的供桌上，两人取了两枚纸阄，拆开竟然是两个“缘”字，于是丰子恺欣然将寓所命名“缘缘堂”，自称“缘缘堂主人”。丰子恺深爱这个堂号，后来更在家乡石门湾祖屋旁边自建一座真正的“缘缘堂”。这个带有传奇色彩的美谈不仅为中国散文史增添了一道特殊的风景，同时更将这位有着特殊的宗教式修行的文人的思想情感的底色恰切地体现出来。缘缘堂里的书写，包含了一位兼具现代与传统气质的中国文人的日常经验和人生感悟，其隽永的堂号与悠玄的艺术风貌，也体现了丰子恺独特的个人风格与艺术魅力。

丰子恺的确算得上是现代中国知识分子中较为特殊的一类人中的一员。他的身上深深印有传统士绅气质的烙印，对生活抱持一种相应的审美方式和思考角度。毫无疑问，他并不是旧式文人，但也非常明显，他与新文化运动中相对激进的“新青年”或“海归”们相去亦远。丰子恺——还有他的老师李叔同、好友夏丏尊等人一道——成为那个新旧交织的转型时代中别具一格的风景。

---

① 夏丏尊．《子恺漫画》序//丰子恺．子恺漫画．上海：开明书店，1926.

② 谷崎润一郎．读《缘缘堂随笔》//丰子恺．缘缘堂随笔．杭州：浙江文艺出版社，1983：280.

一

读《缘缘堂随笔》首篇首句，扑面而来即是“生活”。《蓊网》一开篇就说：“大娘舅白相了大世界回来。”乡下老人笑说：“上海地方白相真开心！……唉，白相真开心，但是一想起铜钱就不开心。上海地方用铜钱真容易！倘然白相不要铜钱，哈哈哈哈……”这样的场景和对话，大概不止一次地发生于寻常人家，而且甚至是古今如此吧。但是，有心的作者、“爱智”的文人，正是从这样司空见惯的日常生活场景中发现诗意或悟出道理的。就像诗人卞之琳的名篇《断章》——“你站在桥上看风景/看风景人在楼上看你……”，如此常见的画面，被深思的诗人赋予了诗与哲学的意味。丰子恺也是这样的作者，大娘舅的日常感叹在他的笔下，引出了一个隽永的话题：

> 所以倘用估价钱的眼光来看事物，所见的世间就只有钱的一种东西，而更无别的意义，于是一切事物的意义就被减小了。“价钱”，就是使事物与钱发生关系。可知世间其他一切的“关系”，都是足以妨碍事物的本身的存在的真意义的。故我们倘要认识事物的本身的存在的真意义，就非撇去其对于世间的一切关系不可。
>
> 我仿佛看见这世间有一个极大而复杂的网。大大小小的一切事物，都被牢结在这网中，所以我想把握某一种事物的时候，总要牵动无数的线，带出无数的别的事物来，使得本物不能孤独地明晰地显现在我的眼前，因之永远不能看见世界的真相。①

在多思的丰子恺看来：“大娘舅在大世界里，只将其与‘钱’相结的一根线剪断，已能得到满足而归来。”所以他自己也希望学会在生活中“剪网”，“来认识这世界的真相”。在丰子恺的心里，“剪破这‘世网’的剪刀”，就是“艺术”和“宗教”。他的言外之意是，唯有艺术与宗教能超脱世俗的牵绊，为人们带来智慧，来感悟世间万物的本质与“真相”。

《蓊网》典型地体现了丰子恺散文的写法与特征。他的思与他的笔，从日常生活的点滴细节“入”，从抽象玄妙的思想和感悟“出”，在这一入一出之间，完成的正是他特有的“人间味”与“世外音”。可以说，丰子恺的散文多年来雅俗共赏，深受文学者和广大读者的盛赞，其原因之一就在于这种自由出入、形神灵妙的特征，尤其是他以文字在生活与性灵之间构筑起某种微妙而美好的关系，自然、自如，不露痕迹，这不仅是写作技巧的高超，更体现了思维与感悟能力的过人之处。

当然，更重要的还是丰子恺与众不同的趣味和思想。就像《蓊网》中所表达的，如何在日常生活的牵绊中获得某种超越的可能和性灵的解脱？如何在烦扰的世间获得自在和愉悦？如何穿透世间的幻影看到生命的“真相”？这正是丰子恺特殊的追求，是他既不脱离凡世又不囿于俗累，而获得某种特殊的感悟，并将其以艺术——在他而言，包含了写作与绘画——的方式授予世人的最重要的东西。他自己说：“艺术，宗教，就是我想找来剪破

① 本章所引《缘缘堂随笔》内容，皆出自河北教育出版社 1994 年版《缘缘堂随笔·缘缘堂再笔》。

这‘世网’的剪刀罢！”写到这里，他已清楚地表明了自己的文化立场，即以艺术和宗教来抵抗世俗的浸染，以艺术与宗教来纯化日常的人生。

也就是说，在《缘缘堂随笔》的第一篇，丰子恺就鲜明地表达了自己的生活态度与文化立场，并且彰明了其人生与思想的两大础石——艺术与宗教。的确，一个人的生活态度几乎可以说就是他的文化立场。在现代中国，对于生活道路、生活方式的不同选择，往往直接体现了一个人的思想和立场。所以，在这个意义上，观察一个作家、一个知识者的生活态度，并不是区区小事，而可能涉及思想立场的重大问题。

其实，艺术和宗教既是丰子恺剪破世网的剪刀，又恰恰是他关联人间生活的丝线。一方面，他深深契合了五四时期打破旧道德旧文化的基本思路，将艺术与宗教的“无用之用”作为新文化建设的一条正途；另一方面，他又有别于那些投身于新文化实践的知识分子，他在这种若即若离而又不即不离之中，形成了特有的人间哲思，也写出了特有的与之相应的文字，不妨一并称为“温热的玄想”。

即如他在《渐》中所关注的，其实是一个重要的哲学性问题——时间。他说：“使人生圆滑进行的微妙的要素，莫如‘渐’；造物主骗人的手段，也莫如‘渐’。”“这真是大自然的神秘的原则，造物主的微妙的工夫！阴阳潜移，春秋代序，以及物类的衰荣生杀。无不暗合于这法则。”“‘渐’的本质是‘时间’。”“‘渐’的作用，就是用每步相差极微极缓的方法来隐蔽时间的过去与事物的变迁的痕迹，诗人误认其为恒久不变。这真是造物主骗人的一大诡计！”事实上，丰子恺在这里思考的正是很多哲人和文人都极感兴趣的“常”和“变”的问题。丰子恺在“渐”的极微极缓的脚步中，既看到了“变”的真相，也破除了世人对“常”的“误认”。他所举的例子，无论是少年的成长、风景的渐变，还是农夫扛牛的寓言，或钟表看似不动却永远不停的时针，都是日常生活中最普通的经验，而这些经验经过他的编织和辨析，全都指向了生命与时间这样的终极问题。这正是丰子恺特有的方式，用他日常的姿态和眼光，在日常生活的细处和深处悟到抽象的甚至是本源性的道理。而最有意思的又在于，此文结束于布莱克的一首短诗：“一粒沙里看出世界/一朵野花里见天国/在你掌里盛住无限/一时间里便是永劫。”一切从日常生活引起，穿透了宗教性的哲思与玄想，最终却落到艺术的花园里。不离人间，不拘泥于日常，这就是丰子恺的生活态度与文化立场。

二

在《缘缘堂随笔》中，出现最多的题材就是儿童，特别是丰子恺自己的几个稚子。在《儿女》《从孩子得到的启示》《忆儿时》《华瞻的日记》《阿难》等篇章中，他从各个角度写到了与儿童有关的话题。这里包括对儿童纯真心理的描摹和赞美，也有通过儿童行为与心理获得的美与思的启示，还有通过自己儿时的回忆对“昨日之我”进行的反省，等等。同样，在丰子恺著名的漫画系列中，展现儿童情趣与生活的题材也是最常见并且最具特色的部分。关注儿童，尤其是以“儿童本位”的角度表现儿童生活，这正是丰子恺艺术与思想的一大核心。

首先，“儿童的发现”正是五四新文化与“人的文学”观念的重要组成部分。“人”的发现中包含了对平民的发现、对女性的发现，以及对儿童的发现。就像鲁迅在《我们现在怎样做父亲》中所说的："欧美家庭，大抵以幼者弱者为本位，便是最合于这生物学的真理的办法。""觉醒的父母，完全应该是义务的，利他的，牺牲的，很不易做；而在中国尤不易做。中国觉醒的人，为想随顺长者解放幼者，便须一面清结旧账，一面开辟新路。……'自己背着因袭的重担，肩住了黑暗的闸门，放他们到宽阔光明的地方去；此后幸福的度日，合理的做人。'这是一件极伟大的要紧的事，也是一件极困苦艰难的事。"①

丰子恺对儿童的关注，一方面出于作为父亲的感性经验，另一方面则是出于与新文化新思想的共鸣，即如他自己所说："朋友们说我关心儿女。我对于儿女的确关心，在独居中更常有悬念的时候。但我自以为这关心与悬念中，除了本能以外，似乎尚含有一种更强的加味。……我对于儿女的关心与悬念中，有一部分是对于孩子们——普天下的孩子们——的关心与悬念。"这种对于"普天下的孩子们"的感情，不仅包含着如鲁迅所言那样要做"觉醒的父母"，为孩子们建设一个"幸福""合理"的未来；同时，对儿童的看重，也真实地出自一种对成人立场的反省。他说："其明慧的心眼，比大人们所见的完全得多。天地间最健全的心眼，只是孩子们的所有物，世间事物的真相，只有孩子们能最明确，最完全地见到。我比起他们来，真的心眼已经因了世智尘劳而蒙蔽，断丧，是一个可怜的残废者了。""我——我们大人——的举止谨惕，是为了身体手足的筋觉已经受了种种现实的压迫而痉挛了的缘故。孩子们尚保有天赋的健全的身手与真朴活跃的元气，岂像我们的穷屈？揖让、进退、规行、矩步等大人的礼貌，犹如刑具，都是戕贼这天赋的健全的身手的。于是活跃的人逐渐变成了手足麻痹、半身不遂的残废者。残废者要求健全者的举止同他自己一样，何其乖谬！"在丰子恺这里，儿童与成人的关系，不仅体现为鲁迅所谓的"爱"与"平等"，更体现为一种价值判断。儿童所代表的"健全"和"真朴活跃"，在他眼中，正是医治被传统文化束缚扭曲的人性痼疾的良方。

五四时期知识分子对于代际关系与伦理道德的思考，很多落在了父子关系这一焦点上。而从本能的父爱进至理智的平等博爱，其间的重要过渡正是新文化思想中的儿童本位观。他们对于"普天下孩子们"的情感，已完全不同于"幼吾幼以及人之幼"的传统儒家思想，而是一种在重新认识"人"的思想基础之上的价值重估。

丰子恺喜欢捕捉儿童的神情与行止的点滴，在充满情趣的描画中，既表达父爱，又思索人生，这一点同样体现在他的漫画艺术中。在对儿童天真纯洁状态的描摹中，他时时处处都在感悟和反思。比如，在《从孩子得到的启示》中，他写到孩子因不谙世事，以为"逃难"是一种让他们乐此不疲的游戏，作为慈父的丰子恺非但不责备和纠正孩子的这种误解，反而想到"他能撤去世间事物的因果关系的网，看见事物的本身的真相。他是创造者，能赋予生命于一切的事物。他们是'艺术'的国土的主人。唉，我要从他学习！"。这番话虽不无牵强，但确是一个成人放下了自以为成熟圆通的身段，学着从儿童的视角来看取人生，并赞美其视角的。

同样，在《华瞻的日记》中，丰子恺干脆以小孩子的口吻，写出了他对世界的"不理解"。比如对大人逻辑的不理解，对大人作息规律的不满意，对大人看似古怪的行为（如

① 鲁迅．我们现在怎样做父亲//鲁迅全集：第1卷．北京：人民文学出版社，2005：145.

剃头刮脸）的不理解甚至恐惧，等等。他借小孩子之口发出叹息："唉！有谁同情于我的恐怖？有谁为了解这疑惑呢？"客观地说，丰子恺凭借他深博的同情心和对幼儿心理的想象，或许是真的写出了儿童视角中的世界，但更重要的是，他写出的这个世界，是给成年人看的，其目的是希望同为成年人的读者也能放下身段，走入儿童的世界，去领会一种自然纯真的真性情。而反过来说，这也恰恰是一个成年人对于已逝的童真的某种缅怀，是成年人对成人世界的一种不满和抵抗吧。

事实上，类似的题材和观点也常常出现在其他现代作家的笔下。比如诗人林庚和何其芳就都在自己的作品中涉及对"童心"的赞美甚至回归。林庚曾为冰心的孩子创作过一首《秋日的旋风》，完全是以儿童的视角在审视自然世界，无论是"一座一座的塔似的""秋日的旋风"，还是有着"金环的耳朵""红眼睛""一个小尾巴翘动着逃到／极远的地方去"的"野兔子"，这些意象都带有无比天真纯净的童趣，达到了浑然天成的境界。显然，这都是诗人自己童心的体现，读者在体会诗人返归童真的内心世界的同时，也必然深受感染，暂时脱离烦恼的成人世界。

当然，童年是回不去的，对童心的回归正是成人世界的沉重与无奈的另一种体现。这一点，在林庚的《那时》中表现得最为明显。"那时"：

> 空气如此的好，
> 心地明亮和溶；
> 人的娇小
> 宇宙的函容，
> 童年的欣悦，
> 像松一般的常浴着明月；
> 像水一般的常落着灵雨；
> 像通澈的天宇，
> 把心亮在无尘的太空；
> 像一块水晶石放在蓝色的大海中。
>
> 如今想起来像一个不怕蛛网的蝴蝶，
> 像化净了冰再没有什么滞累，
> 像秋风扫尽了苍蝇的粘人与蚊虫嗡嗡的时节，
> 像一个难看的碗可以把它打碎！
> 像一个理发匠修容不合心怀，
> 便把那人头索性割下来！

无须再分析这些诗句表达了怎样清澈透明、无忧无虑的美丽童心，因为诗句本身已经达到了完美。想强调的只是，这种对童年的留恋与回顾，充分体现了诗人对于天真原始的人性的赞颂。因为童年本身就是最接近自然、最具备健康天性的代表。用林庚自己的话来说，"未完全失去了童心"就说明了一个人"尚保持着他生命上的健康"。①

① 参看林庚《熊》，原载于《世界日报·明珠》1936年12月26日第87期。

就像京派作家沈从文所说的那样：

> 因为我活到这世界里有所爱。美丽，清洁，智慧，以及对全人类幸福的幻影，皆永远觉得是一种德性，也因此永远使我对它崇拜和倾心。这点情绪同宗教情绪完全一样。这点情绪促我来写作，不断的写作，没有厌倦，只因为我将在各个作品各种形式里，表现我对于这个道德的努力。①

沈从文的努力，是希望有一天他的理想能够实现并得到理解和认可。用他自己的话说，就是希望“在另外一时，你们少数的少数，会越过那条间隔城乡的深沟，从一个乡下人的作品中，发现一种燃烧的感情，对于人类智慧与美丽永远的倾心，康健诚实的赞颂，以及对愚蠢自私极端憎恶的感情。这种感情且居然能刺激你们，引起你们对人生向上的憧憬，对当前腐烂现实的怀疑”②。

与沈从文、林庚等人一样，丰子恺也是在通过对儿童的理解和认同，表达一种幼者本位和人性天然的观念。同时也带有某种对“往日之我”的回顾和反省。尤为重要的是，兼具教育家身份的丰子恺在对儿童问题的思考中，还融入了教育的理念，其平等、开放、尊重、理解的立场也正是现代教育的核心和基础。

三

以“缘缘堂”系列为代表的丰子恺散文里，充溢着一种独特的“人间味”与“世外情”。无论为文还是作画，艺术家的丰子恺都是自如地出入和游走于生活与艺术之间，既不脱离生活，又不拘泥于生活。就像中国古人所看重的那样，“采菊东篱下，悠然见南山”，既有生活的藩篱，但又有超越的目光。丰子恺作为一个深深染有传统士绅气质的文人，对这样的生活态度与人生哲学，无疑是认同的。

但是值得一提的正是，丰子恺作为第一代新文人，又是以新文化的观念在重写旧士绅的传统的。同时，在他的艺术趣味中，也交融了旧式雅文化与新文学走向民间的审美样式，表现出一种雅俗共赏的特殊风貌。换句话说，丰子恺的人间世外与雅俗共赏，使得他既具有生活味又具有艺术美的情致。读者对他的文或他的画，俗者好其俗得有意，雅者爱其雅得有趣，各自品得了一种既熟悉又陌生的味道。

这种特殊的审美，同样体现在丰子恺多年来广为人赞的漫画中。其轻灵有味，观之既美，念之有思，还有一种穿透了生活却又卸去了生活冗节的透彻。既有扑面而来的直观之美，亦有可供把玩吟味的动人之思。这样说，并不是在否定丰子恺的文学与艺术的高度，也绝不是说他故意以文字和绘画取悦不同的读者。能通雅俗亦是一种境界，丰子恺深谙传统文化与新文化的艺术精髓，故而只有他做出了这样通古今通雅俗的文章和艺术来。

事实上，这也正昭示了丰子恺的艺术观与人生观的调和倾向，甚至可以说，他的艺术昭示了一种艺术化的人生，也体现着一种生活化的艺术品格。

---

① 沈从文．《篱下集》题记//沈从文文集：第 11 卷．广州：花城出版社，1984：34.

② 沈从文．《从文小说习作选》代序//沈从文文集：第 11 卷．广州：花城出版社，1984：46.

宇宙是一大艺术。人何以只知鉴赏书画的小艺术，而不知鉴赏宇宙的大艺术呢？人何以不拿看书画的眼来看宇宙呢？如果拿看书画的眼来看宇宙，必可发见更大的三昧境。宇宙是一个浑然融合的全体，万象都是这全体的多样而统一的诸相。在万象的一点中，必可窥见宇宙的全体；而森罗的万象，只是一个个体。勃雷克的“一粒沙里见世界”，孟子的“万物皆备于我”，就是当作一大艺术而看宇宙的罢！艺术的字画中，没有可以独立存在的一笔。即宇宙间没有可以独立存在的事物。倘不为全体，各个体尽是虚幻而无意义了。那末这个“我”怎样呢？自然不是独立存在的我，应该融入于宇宙全体的大我中，以造成这一大艺术。

这段话可以作为丰子恺的艺术观与人生观来看。他也正是以欣赏艺术的眼光来看待生活万象与日常点滴，并将之视为一种“浑然融合”的艺术品。因而，在丰子恺眼中，世间万象无不可以入文入画，而且生活点滴也无不可以引发玄远的感悟和思想。正是在这个意义上，丰子恺的散文也呼应了现代中国文学对现实生活和“人”的精神高度关注和介入的追求，成为一种既现实又超拔的艺术表达方式。

（张洁宇 撰）

拓展与思考

1. 请选读一篇丰子恺有关儿童主题的散文，与鲁迅的《我们现在怎样做父亲》对照，谈谈两位作者观念的异同。

2. 结合丰子恺的散文，谈谈你对“艺术与生活”和“宗教与人生”的理解。

第13章

《湘行散记》：历史长河中的生命与文化

1934 年，在沈从文的文学生涯中，可谓重要年份：《边城》《从文自传》出版，《湘行散记》诸篇陆续在报刊发表。这三部作品，凸显了沈从文立足现代文坛的主要特色。

三十年代初，沈从文已是著作等身的名作家，然而其小说量多驳杂，描写湘西经验的作品，混在大量都市题材小说中，其独特价值尚未被充分挖掘。《边城》《从文自传》《湘行散记》的问世，使沈从文作为现代文学不可重复的“这一个”形象，即刻清晰起来。[①]

《边城》向来被视为沈从文最富典范意义的小说，也是其作品中传播和影响最广者。然而倘若没有《湘行散记》，《边城》的解读很可能止于一般经验意义上的“原始古朴”“牧歌情调”，《边城》深邃的生命哲学意蕴，沈从文人生体验最幽远的内核，则不见得能被触及。

1934 年元旦，《边城》开始以边写边发的形式在报纸连载。由于母亲病重，1 月 7 日，沈从文踏上了回乡路。从北平乘火车到长沙，再乘汽车到常德转桃源，用了四天时间。然而由桃源去往故乡凤凰，只有水路，上行七八天方能抵达。沈从文这趟返乡，因雨雪天气和少风，走了整整十天。被褥凉薄，风凄水寒，水手们在刺骨严寒中搏力，滩长无风时，还得下水拉纤，工钱仅够果腹。就在这客人为时间焦虑、船只在古河道缓慢行驶的漫长旅途中，沈从文每天“向着河流清算我对于这条河水这个地方的一切旧账”[②]。熟悉的山川、激流、险滩、吊脚楼，熟悉的橹歌、水声和人声，水手的艰辛，妓女的无常，眼前所见与他十几年前离开时几乎一模一样，令他唏嘘不已。他每天给新婚妻子张兆和写信，报告沿途景象。回到北平，他以旅行书简为素材创作散文。1934 年 4 月 1 日，以《鸭窠围的夜》

---

① 持相同看法的学者还有张新颖、刘志荣。

② 沈从文．湘行散记・一九三四年一月十八//沈从文全集：第 11 卷．太原：北岳文艺出版社，2002：252. 本章所引《沈从文全集》，均为此版。

起首，湘西之行的见闻感受，一篇一篇在报刊发表。这些文章，1936年结集为《湘行散记》出版。而他给张兆和的信，则在半个多世纪之后，也结集为《湘行书简》出版。

《湘行散记》是《湘行书简》沉潜和反刍的结果，二者既可对读，文本之间情绪的差异，也透露了沈从文对于湘西的情感和判断在理性审视后的升华或变化。如果说《边城》是一首抒情诗，《湘行散记》则是“史诗”。它不但有“诗”，更有“思”，即沈从文对湘西自然、历史、文化与生命存在的反省、咀嚼，其审美表达的纯度与历史反思的深度，高于他此前几乎全部的创作。他预感这部调动其全部历史记忆和生命感动的作品，将是一部不朽之作。①

一

散文的生命不仅在形式，而且在内蕴。《湘行散记》的美，与其说是语言所决定，不如说来自作者独特的生命体验。

声音，宛如沈从文与故乡的联络暗号。当他在桃源上船，立即被家乡久违的声音感动了。那些声音，除了吊脚楼的人语声，主要便是水声和橹歌，它们曾陪伴了他的青春和成长，然而在多年漂泊中，却已然淡忘。现在，这些声音，立刻唤醒了他的生命记忆——“这是桃源上面简家溪的楼子，全是吊脚楼！可惜写不出声音，多好听的声音！这时有摇橹唱歌声音，有水声，有吊脚楼人语声……还有我喊你的声音，你听不到，你听不到，我的人！”② 每天，他都迫不及待地在信纸上告诉远在北平的妻子：

> 你瞧，这小船多好！你听，水声多幽雅！你听，船那么轧轧响着，它在说话！③

他用蜡笔或钢笔给张兆和画桃源码头的吊脚楼，画江面千帆竞过的场景，画两岸神秘的山峰、优美的村落、突兀的岩石。有形的对象都可以画，然而，“我画得出它的轮廓，但声音、颜色、光，可永远无本领画出了”④。

> 又听到极好的歌声了，真美。这次是小孩子带头的，特别娇，特别美。你若听到，一辈子也忘不了的。简直是诗。简直是最悦耳的音乐。
>
> 三三，这条河上最多的是歌声，麻阳人好像完全是吃歌声长大的。⑤

船行一路，摇橹的歌声一路。他陶醉不已，对夫人说：“我相信你从这纸上也可以听到一种摇橹人歌声的，因为这张纸差不多浸透了好听的歌声！”⑥

---

① 他在1月15日给张兆和的信中对“自己的能力着了一惊”。（沈从文．湘行书简·泊缆子湾//沈从文全集：第11卷，2002：140.）

② 沈从文桃源蜡笔画题字，见《沈从文全集》第11卷第118页。

③ 沈从文．湘行书简·小船上的信//沈从文全集：第11卷．太原：北岳文艺出版社，2002：122.（那一天，是沈从文踏上水路的第一天，给张兆和一共作了三幅画、两封信。）

④ 沈从文．湘行书简·小船上的信//沈从文全集：第11卷．太原：北岳文艺出版社，2002：119.

⑤ 沈从文．湘行书简·河街想象//沈从文全集：第11卷．太原：北岳文艺出版社，2002：133.

⑥ 沈从文．湘行书简·泊曾家河//沈从文全集：第11卷．太原：北岳文艺出版社，2002：125.

> 我小船已泊定，吃了两碗白面当饭，这时正有二十来只大船从上游下行，满江的橹歌，轻重急徐，各不相同又复谐和成韵。夕阳已入山，山头余剩一抹深紫，山城楼门矗立留下一个明朗的轮廓，小船上各处有人语声，小孩吵闹声，炒菜落锅声，船主问讯声。我真感动，我们若想读诗，除了到这里来别无再好地方了。这全是诗。①

橹歌其实起于艰辛的体力劳动，属鲁迅所戏称的“杭唷杭唷派”。但《湘行书简》中的沈从文，刚由都市回乡，只有审美，所感全是亲切。他兴奋地不停给张兆和写信：“在这种光景下听橹歌，你说使人怎么办。听了橹歌无法告给你，你说怎么办……橹歌太好了，我的人，为什么你不同我在一个船上呢?”② “我又听到摇橹人歌声了，好听得很。但越好听就越觉得船上没有你真无意思……”③

声音对于人的记忆来说，因带有情景记忆的功能，比起文字来，更富感性和还原历史的作用。沈从文《湘行散记》的故乡书写，声音意象异常醒目。他与故乡暌隔十余载，是声音首先唤起了他潜藏在生命里的记忆，找回了自己——“这就是我，这就是我！三三，一个人一生最美丽的日子，十五至二十岁，便恰好全在那么情形中过去了，你想想看，这是怎么活下来的!”④

都市的声音，从来为沈从文所排斥，他认为那是都市病的根源，令人睡眠不足、神经衰弱、生命力萎缩。对照其他现代作家，无论是追求都市时尚的现代派作家穆时英、刘呐鸥，还是批判资本主义的左翼作家茅盾，他们对于工业文明、都市“声音”，一般都持欣赏态度。这也是中国现代文学普遍渴望“现代”的反映。机器的轰鸣、汽车的喇叭、舞厅音乐、社交场所鼎沸的人声，在中国现代文学中，常常作为愚昧和没落的“传统”的对立物，茅盾甚至让代表传统的吴老太爷迅速毙命于都市的声音与光色。比起他们，沈从文确实很不“现代”。他欣赏的声音，不是现代的，而是陶渊明式的。他说“在都市住上十年，我还是乡下人……坐在房间里，我的耳朵里永远是响的是拉船人的声音，狗叫声，牛角声音”，他感觉自己“是从另外一个地方来的人”。⑤

当然，沈从文醉心的声音，不只是水声、橹歌、牛角声等本身富有诗性的东西，他还敏感世俗的声音。这些声音，有时是诗意的：“小船上尽长滩之后，到了一个小小水村边，有母鸡生蛋的声音，有人隔河喊人的声音……忽然村中有炮仗声音，有唢呐声音，且有锣声；原来村中人正接媳妇，锣声一起，修船的，放木筏的，划船的，都停止了工作，向锣声起处望去。——多么美丽的一幅画，一首诗!”有时却是残酷的：当黑夜占领全河，在木筏的火光和吊脚楼灯光照不到的地方，在岸上船上人说话声与吊脚楼上妇人唱小曲的声音之外，黑暗中还有一个柔弱的声音——

> 什么人家吊脚楼下有匹小羊叫，固执而且柔和的声音，使人听来觉得忧郁。我心里想着，“这一定是从别处牵来的，另外一个地方，那小畜生的母亲，一定

① 沈从文．湘行书简・到泸溪//沈从文全集：第11卷．太原：北岳文艺出版社，2002：194.

② 沈从文．湘行书简・小船上的信//沈从文全集：第11卷．太原：北岳文艺出版社，2002：121.

③ 沈从文．湘行书简・水手们//沈从文全集：第11卷．太原：北岳文艺出版社，2002：128.

④ 沈从文．湘行书简・夜泊鸭窠围//沈从文全集：第11卷．太原：北岳文艺出版社，2002：153.

⑤ 沈从文．《生命的沫》题记//沈从文全集：第16卷．太原：北岳文艺出版社，2002：306，307.

> 也固执地那么鸣着吧。”算算日子，再过十一天便过年了。“小畜生明不明白只能在这个世界上活过十天八天？”明白也罢，不明白也罢，这小畜生是为了过年而赶来应在这个地方死去的。此后固执而又柔和的声音，将在我耳边永远不会消失。我觉得忧郁起来了。我仿佛触着了这世界上一点东西。看明白了这世界上一点东西，心里软和得很。①

对生命的爱，由爱而滋生的悲悯，就是沈从文内心那个“软和”的东西。当他的船上旅程进行数天之后，他的感受，逐渐由最初的亲切有味，变得忧郁厚重起来。

二

《湘行散记》里另一种有趣味的“声音”，是“野话”（脏话）。

在船上那些天，“三个水手有两个每说一句话中必有个野话字眼儿在前面或后面”，“十九句话中就说了十七个坏字眼儿。仿佛一世的怨愤，皆得借这些野话发泄，方不至于生病似的”。② 脏话，是文明人不屑的“粗话”，而在湘西水手那里，说脏话“像使用符号一样，前后皆很讲究。倘若不用，那么所说正文也就模糊不清了”③。沈从文不用“脏”字，而代之以“野”，消除了对它的道德判断。他向张兆和解释说，水手们大声说野话，既不是骂人，也不是打架，而是“说话”。④ 这种特殊的“说话”方式背后，有不能承受的生命负荷，有都市人无从经验也难以想象和共鸣的生命方式——

> 只见一个水手赤裸着全身向水中跳去，想在水中用肩背之力使船只活动，可是人一下水后，就即刻为水带走了。在浪声哮吼里尚听到岸上人沿岸喊着，水中那一个大约也回答着一些遗嘱之类，过一会，人便不见了。这个滩共有九段。这件事在船上人看来可太平常了。⑤

死亡成为“太平常”，如何不使人抑郁呢。然而抑郁属于读书人，水手船夫这些伧父野人，只能靠野话去解构和抗拒命运的无常与恐惧。

滩多浪险，注定了撑船拉纤是一项高危工作。最难的滩，须靠粗话连篇配合奋力搏击，这滩遂获名“骂娘滩”。骂娘滩河宽水浅，一滩接一滩，水手们必须不停地在白浪里钻进钻出，使出浑身解数，“即或是父子弄船，一面弄船也一面互骂各种野话，方可以把船弄上滩口”⑥。正因为水手过着一种搏命的生活，随时遭遇死亡厄运，因此“船上规矩严，忌讳多”，语言粗鲁，似乎便成为一种补偿。“他们说话就永远得用个粗字眼儿，遇要紧事时，还得在每句话前后皆用野话相衬，事情方做得顺手。这种字眼儿的运用，父子之

---

① 沈从文．湘行散记·鸭窠围的夜//沈从文全集：第11卷．太原：北岳文艺出版社，2002：243.
② 沈从文．湘行书简·水手们//沈从文全集：第11卷．太原：北岳文艺出版社，2002：128.
③ 沈从文．湘行书简·水手们//沈从文全集：第11卷．太原：北岳文艺出版社，2002：128.
④ 沈从文．湘行书简·忆麻阳船//沈从文全集：第11卷．太原：北岳文艺出版社，2002：134.
⑤ 沈从文．湘行散记·一九三四年一月十八//沈从文全集：第11卷．太原：北岳文艺出版社，2002：250.
⑥ 沈从文．湘行散记·一个多情水手与一个多情妇人//沈从文全集：第11卷．太原：北岳文艺出版社，2002：262.

间也免不了。你不要以为这是野人。他们骂野话，可不做野事。人正派得很!”沈从文一再使用“庄严”来形容这些水手们对待生活的态度。在他的很多作品中，他爱强调湘西人与儒家知识体系不兼容，一再讽刺那些被“子曰”“诗云”规训得失去血性的苍白灵魂。他这种姿态，很容易被解读为乡下人的狭隘和自卑。钱锺书《猫》中对有沈从文影子的多产作家曹世昌的讽刺，从根本上说，就体现了“雅正”的钱锺书对“野生”的沈从文，无论在文化还是在人生经验上都存在巨大的隔膜。

如果说水手们的“野话”，产生于苦难生活及险恶命运，那么《一个戴水獭皮帽子的朋友》中的野话，则几乎可以理解为一种地方文化。文章中那个“爱玩字画也爱说野话的人”，是沈从文行伍时期的“老战友”曾芹轩。他“糅合了雅兴与俗趣”，令人看到在湘西这地方，“野”与“文”如何奇妙融汇。他抑制不住赞美自然美景时，这样说：“这野杂种的景致，简直是画!”他品评明代名家绘画时，这样道：“沈石田这狗肏的，强盗一样好大胆的手笔!”在他的语言体系中，脏字成为语气助词，其功能不仅是骂人，也在表达强烈感情。文中这位二十五岁时就遍尝风流、起码有“一百个女人净白的胸膛被他亲近过”的中年商人，与沈从文最像的地方是，他们都是“无师自通”型人才，“平时书读得虽不多，却善于用书，在一种近于奇迹的情形中，这人无师自通，写信办公事时，笔下都很可观。为人性情又随和又不马虎，一切看人来，在他认为是好朋友的，掏出心子不算回事”。与沈从文相似，这位朋友的能耐来自“人生”这部大书。该篇文章最有趣的描写，是他骂底下人时那滔滔不绝的“野话”，在沈从文的耳朵里，比歌声还动听。

沈从文在《一个多情水手与一个多情妇人》中，写过水手之间、老妇人对孙女的呼喊和对话，那些脏话都是“实录”，确实“不雅”。而在这篇，这位天才朋友的野话或许过于“野”，也过于多，写出来不堪入目，因此沈从文并未实录，而采取间接描写手法进行渲染，但我们从作者的津津乐道中，也仿佛“听”到了主人公那超乎想象的铺天盖地的野话：

> 我还不曾遇见过什么学者，比这个朋友更能明了中国格言谚语的用处。他说话全是活的，即便是浑话野话，也莫不各有出处，言之成章。他那言语比喻丰富处，真像是大河流水永无穷尽。在那旅馆中住下，一面听他詈骂用人，一面使我想起在北平城圈里编大辞典的诸先生，为一句话一个字的出处，把《水浒》，《金瓶梅》，《红楼梦》，……以及其他小说翻来翻去，剪破了多少书籍！若果他们能够来到这个旅馆里，故意在天井中撒一泡尿，或装作无心的样子把脏东西从窗口抛出去，或索性当着这旅馆老板面前，作点不守规矩缺少理性的行为。好，等着就是。你听听那作老板的骂出几个希奇古怪字眼儿，你会觉得原来这里还搁下了一本活辞典！①

沈从文屡以乡下人自居，经常宣布在伦理判断上与“文明”人不一样。这篇散文，他刻画的这个满嘴野话、“粗中有细”的“妙人”，就体现了其不合于一般知识分子伦理道统的态度。他对湘西野话的描述，对“泼皮”的欣赏，令人感到他笔下自然流淌出的是一种文野交织、看似粗俗实则脱俗的文化。这样的审美立场，显然不同于五四新文学以现代

---

① 沈从文．湘行散记·一个戴水獭皮帽子的朋友//沈从文全集：第11卷．太原：北岳文艺出版社，2002：230.

“文明”为尺度的审美观。而这恰好是沈从文最独特和有趣的地方。

三

在《从文自传》中，沈从文将人类知识体系称为“小书”，而将天地自然称为“大书”。[①] 他的知识与道德，主要不从“小书”来，尤其不是从中规中矩的学校教育来，而是在天地自然间撒野和观察中习得。关于这个，他在《我读一本小书同时又读一本大书》中，有生动详尽的描述。沈从文所随顺的“自然”，不是现代理性主义认识论中的人这个“主体”的认知对象的“自然”，而是传统中国哲学天人合一观念下的自然，即“人法地，地法天，天法道，道法自然”中的自然。也就是说，天地人之本初原状，本来就三位一体，既包含“自然”，也融合“人事”。

沈从文的童年经验中，人与自然本来就是浑然一体的：“天热时，到下午四点以后，满河中都是赤光光的身体。有些军人好事爱玩，还把小孩子，战马，看家的狗，同一群鸭雏，全部都带到河中来。”[②] 他的家乡，“一切事情保持一种淳朴的习惯，遵从古礼”，官府无为而治，“兵卒纯善如平民，与人无侮无扰。农民勇敢而安分，且莫不敬神守法”[③]。天地不仁，视万物为刍狗，则人间生老病死、优胜劣汰，都不过是天地运行“独立而不改，周行而不殆”的常态而已。生命的存在，便具有天命的意味。这使沈从文对人生苦难的书写，不是激愤和反抗，而是潜蓄着静观、悲悯与宿命。

《湘行散记》所写人物，最常见的有两种：水手与妓女。水手经年漂泊、收入微薄、命运不定，“全是在能够用力时把力气卖给人，到老了就死掉的。他们的希望只是多吃一顿饭，多吃一片肉，拢岸时得了钱，就拿去花到吊脚楼上女人身上去，一回两回，钱完事了，船又应当下行了。天气虽有冷热，这些人生活却永远是一样的”[④]。《桃源与沅州》，主要写这两类人。妓女是桃源县一大产业，“挖空了每个顾客的钱包，维持了许多人的生活，促进地方的繁荣”。官府收“花捐”，妓女的健康和生存却并无保障：“这些人有病本不算一回事，实在病重了，不能作生活挣饭吃，间或就上街走到西药房去打针，六零六三零三扎那么几下，或请走方郎中配副药，朱砂茯苓乱吃一阵，只要支持得下去，总不会坐下来吃白饭。直到病倒了，毫无希望可言了，就叫毛伙用门板抬到那类住在空船中孤身过日子的老妇人身边去，尽她咽最后那一口气……”[⑤]

水手中，有不少是未成年的小孩。他们包揽船上一切杂活，“淘米，烧饭，切菜，洗碗，无事不作”，报酬则是一天两分钱作零用。[⑥]

---

① 沈从文．从文自传·我读一本小书同时又读一本大书//沈从文全集：第13卷．太原：北岳文艺出版社，2002：250.

② 沈从文．从文自传·我上许多课仍然放不下那一本大书//沈从文全集：第13卷．太原：北岳文艺出版社，2002：277.

③ 沈从文．从文自传·我所生长的地方//沈从文全集：第13卷．太原：北岳文艺出版社，2002：244－245.

④ 沈从文．湘行书简·水手们//沈从文全集：第11卷．太原：北岳文艺出版社，2002：128－129.

⑤ 沈从文．湘行散记·桃源与沅州//沈从文全集：第11卷．太原：北岳文艺出版社，2002：234－235.

⑥ 沈从文．湘行散记·桃源与沅州//沈从文全集：第11卷．太原：北岳文艺出版社，2002：236，237.

除了学习看水、看风，记石头，使用篙桨之外，也学习挨打挨骂。尽各种古怪希奇字眼儿成天在耳边响着，好好的保留在记忆里，将来长大时再用它来辱骂别人。上行无风吹，一个人还得负了纤板，曳着一段竹缆，在荒凉河岸小路上拉船前进。小船停泊码头时，又得规规矩矩守船。……一个不小心，闪不知被自己手中竹篙弹入乱石激流中，泅水技术又不在行，淹死了，船主方面写得有字据，生死家长不能过问，掌舵的把死者剩余的衣服交给亲长说明落水情形后，烧几百钱纸手续便清楚了。①

每当写到这些，沈从文便很“忧郁”，而笔底涌出的，往往是“无言的哀戚”——“提到这些时我是很忧郁的，因为我认识他们的哀乐，看他们也依然在那里把日子打发下去，我不知道怎么总有点忧郁。正同读一篇描写西伯利亚方面的农人的作品一样，看到那些文章，使人引起无言的哀戚。”②

沈从文的“无言哀戚”，并非五四启蒙文学的悲天悯人，或革命作家的“寄同情于无产阶级”。他的悲悯，平等中包含对自然、人生、天命的敬意。《湘行散记》以及他的其他小说散文中，在写到这些卑微生命默默承担苦难命运时，他经常使用的词是“庄严”：

看到日夜不断千古长流的河水里的石头和砂子，以及水面腐烂的草木，破碎的船板，使我触着了一个使人感觉惆怅的名词。我想起“历史”。一套用文字写成的历史，除了告给我们一些另一时代另一群人在这地面上相斫相杀的故事以外，我们决不会再多知道一些要知道的事情。但这条河流，却告给了我若干年来若干人类的哀乐！小小灰色的渔船，船舷船顶站满了黑色沉默的鹭鸶，向下游缓缓划去了。石滩上走着脊梁略弯的拉船人。这些东西于历史似乎毫无关系，百年前或百年后皆仿佛同目前一样。他们那么忠实庄严的生活，担负了自己那份命运，为自己，为儿女，继续在这世界中活下去。不问所过的是如何贫贱艰难的日子，却从不逃避为了求生而应有的一切努力。在他们生活爱憎得失里，也依然摊派了哭，笑，吃，喝。对于寒暑的来临，他们便更比其他世界上人感到四时交替的严肃。历史对于他们俨然毫无意义，然而提到他们这点千年不变无可记载的历史，却使人引起无言的哀戚。③

沈从文经常谈到“常”与“变”。卑微的个体生命，对于历史与自然来说无足轻重，然而他们对待命运的态度，却神圣敬畏而呈现出一种难以言说的庄严。两千多年来，这条承载过屈原的河流，经历了多少“城头变幻大王旗”的沧桑变故，而历史长河中的这些人们，却始终坚韧顽强，其淳朴善良的秉性，一直不变。“在这一段长长岁月中，世界上多少民族皆堕落了，衰老了，灭亡了”，“然而这地方的一切，虽在历史中也照样发生不断的杀戮，争夺，以及一到改朝换代时，派人民担负种种不幸命运，死的因此死去，活的被迫留发，剪发，在生活上受朝代种种限制与支配。然而细细一想，这些人根本上又似乎与历史毫无关系。从他们应付生存的方法与排泄感情的娱乐看起来，竟好像今古相同，不分彼

① 沈从文．湘行散记·桃源与沅州//沈从文全集：第11卷．太原：北岳文艺出版社，2002：237-238.
② 沈从文．湘行书简·夜泊鸭窠围//沈从文全集：第11卷．太原：北岳文艺出版社，2002：152.
③ 沈从文．湘行散记·一九三四年一月十八//沈从文全集：第11卷．太原：北岳文艺出版社，2002：252-253.

此。这时节我所眼见的光景，或许就与两千年前屈原所见的完全一样”[①]。沈从文感动不已的“常”和“不变”，在五四新文化主流叙述中，却正是阻碍国家与民族进步的“传统”“惰性”，愚昧麻木的“国民性”。因此沈从文的忧郁，也有与同时代人难以沟通和互相理解的孤独感。不过，他正是从自然天地中撷取力量，去抗拒抵御现实存在的虚无。我们突然感受到在这种忧郁里面，似乎包含了一种不光是作者，更是那一片土地、那一族生民与生俱来的苍凉。这个苍凉的内蕴与意境，在几十年后的当代，甚至也可以在同生于那一带山水人文的作家作品里嗅到。

> 望着汤汤的流水，我心中好像忽然彻悟了一点人生，同时又好像从这条河上，新得到了一点智慧。的的确确，这河水过去给我的是“知识”，如今给我的却是“智慧”。山头一抹淡淡的午后阳光感动我，水底各色圆如棋子的石头也感动我。我心中似乎毫无渣滓，透明烛照，对万汇百物，对拉船人与小小船只，皆都那么爱着！[②]

李健吾评价《边城》时说，它是翠翠唱给二老的情歌。我们也可以说，《湘行散记》是沈从文献给湘西的情歌。它以“大道至简”的朴素语言，创造了“大美不言”的审美境界，同时，指示了读懂“边城”、进入沈从文内心的通幽曲径。

（李双 撰）

拓展与思考

《湘行散记》是沈从文对自我生命中湘西经验的一次回顾，不仅具有颇高审美价值，也是理解诠释沈从文及其创作的重要资料。《湘行散记》是关于湘西自然与人融合的史诗，“声音”的意象，既延续着历史，又象征了湘西文化品格的“文”与“野”。仔细阅读，深入体会沈从文这一书写方式，在中国现代散文创作中的独特性。

1. 如何理解沈从文对湘西人的悲剧命运取静观反省而近于宿命的态度？
2. 了解传统生命哲学观，理解沈从文的生命体验与独特的乡土书写。

① 沈从文．湘行散记·箱子岩//沈从文全集：第11卷．太原：北岳文艺出版社，2002：278.

② 沈从文．湘行散记·一九三四年一月十八//沈从文全集：第11卷．太原：北岳文艺出版社，2002：252.

第14章
《围城》：方鸿渐与钱锺书

《围城》问世之前，中国现代文学，似乎已经完成了它的形态。五四以来的新文学，好像农民起义军开进了德胜门，“主流”一派已经稳稳站定了地位。于是，论功行赏：哪些是开门大师，哪些是中流砥柱，哪些是新进，哪些是异端，哪些对社会激情澎湃，哪些为艺术孤芳自赏，仿佛都有了“公论”。但《围城》不管不顾地径自降临。正如它的作者自幼年时代就“好像有大量多余的兴致没处寄放”[①]，1946年，《围城》在“忧世伤生”[②]里呱呱坠地，要另类地证明自己的存在。半个多世纪中，《围城》的际遇，与它的作者几乎完全一样：先是带给读者意外的惊喜，大受青睐[③]，继而突然消泯三十年，忽又一夜之间洛阳纸贵、老幼争说，几成“显学”。对钱锺书和《围城》来说，可谓在时势之中身不由己，也生不逢时。所幸作者生于忧患，总算终于安详。

在《围城》这样一部特别的小说里，最特别的人物，无疑是百无一用的方鸿渐。这部被夏志清誉为“中国近代文学中最有趣和最用心经营”“可能亦是最伟大”的小说，[④] 方鸿渐形象的成功塑造，实是关键。不过读者喜爱《围城》，却未必理解方鸿渐。

钱锺书与方鸿渐，在籍贯、经历、性情上明显接近，使即便没有“考证癖”“索隐癖”的人，也免不了将小说内外的主人公和作者加以联系。[⑤] 尽管杨绛女士说过这样的话：“锺书把方鸿渐作为故事的中心，常从他的眼里看事，从他的心里感受”，“福楼拜曾说：

---

① 杨绛．记钱锺书与《围城》．长沙：湖南人民出版社，1986：17.

② 钱锺书．围城．上海：晨光出版公司，1949：1. 本章所引《围城》，皆出自此版。以下只标页码，不再注释。

③ 《围城》1946年2月至次年1月，在《文艺复兴》连载；1947年5月晨光出版公司出版单行本，1948年再版，1949年三版。此后匿迹三十多年，直到1980年，才由人民文学出版社再次出版。

④ 夏志清．中国现代小说史．台北：传记文学出版社，1990：447.

⑤ 《围城》甫一出版，读者颇多这种猜疑：“很多女读者写信来打破砂锅，问我是不是书中的男主角，婚姻生活是否如意等等。”（钱锺书语。水晶．侍钱“抛书”杂记//罗思．写在钱锺书边上．上海：文汇出版社，1996：25.）尽管钱锺书否认，水晶依然认为，方鸿渐（乃至赵辛楣）身上，都有钱氏的影子（同上，第26页）。

‘包法利夫人，就是我。’那么，钱锺书照样可说：‘方鸿渐，就是我。’”[①] 但是，她还是费了许多口舌，在《记钱锺书与〈围城〉》里竭力申辩方鸿渐不是钱锺书。钱锺书本人，也在公开场合撇清《围城》是自传[②]。从《围城》问世后一般读者更多从“讽刺”和“否定”的层面理解小说看，我们不难猜测，钱锺书、杨绛夫妇，大概是不愿意受众因嘲笑方鸿渐，而“误读”钱锺书。他们作为“知情”人，出于可理解的私心对作者与人物关系的撇清，对于评价方鸿渐，以及深刻理解《围城》乃至作者，产生了一定的干扰[③]。

其实，讨论钱锺书与方鸿渐的关系，并不在于一定要考索作者是否等于主人公，作品是否钱、杨自传，而是在于：作者以什么样的态度塑造了主人公，以及赋予了方鸿渐怎样的精神内涵。而这之中，必定隐含着作者深刻的思想与体验。

一

方鸿渐的人生经历，简言之：一是偶然地就留了学，这为他认识几位有意思的女性构筑了一个平台；二是因着他所认识的女性，又偶然结识了赵辛楣，然后因为赵辛楣而去内地任教，这就为他性格的展示提供了绝好的场所。

我们先看看与他有关系的几位女性。方鸿渐未曾谋面的未婚妻淑英，是他得以留学的契机。一般人不会去注意这个可怜的因病早逝的女性，大多认为她是小说情节里的一个次要道具。但是，恰恰因为她，方鸿渐的性情才开始展露。方在北平读大学时，就“怨命，怨父亲，发了几天呆”，“壮着胆”给父亲写信，含蓄地要解除应父母之命的婚约。他的举人父亲洞鉴其“托词悲秋”“实为怀春”，威胁要停止寄款，“命汝休学回家”（7页），方只好马上妥协。后来淑英去世，方自己既享自由之乐，也愿意为差点成为岳父的点金银行周经理减去悲哀，于是写去一封慰唁的长信。周一感动，方的留学款就从天而降。在这里，方鸿渐的本性已初露端倪。他喜爱自由，却没有为自由去抗争的勇气，甚至根本就没有那样的企图。如果没有父亲的经济荫蔽，他就只有回老家；没有周的帮助，他也留不成学。他心地是善良的，但却是一种有距离的吝啬的善良。他不愿意伤着别人并知道感谢，所以给周经理的信才“情词深挚”。方鸿渐的这种性格，可以说贯穿了小说全篇。一开始，我们就发现，他似乎命中注定是一个没有别人的呵护就无法生存的人。

与方鸿渐有关系的第二位女性，是穿着太露、有“局部的真理”之称的鲍小姐。方虽然对鲍的行为不检不以为然，但他“也觉得兴奋”（13页）。他对鲍丰满肉体的诱惑半推半就，最终接受了鲍。但方鸿渐的接受是个偶然，不过是一时对肉感的屈从，而且还是带了点真情的屈从。这从他后来看见鲍若无其事地扑向未婚夫而内心作痛就可发见。鲍小姐要的是放荡，她不会呵护方；方要的是“和向随俗”（45页），而不是鲍的完全放纵。或者说，他就是放纵一下，也会很快地自敛。如果没有他同舱的安南人下船这个诱因，方与鲍

---

① 杨绛．记钱锺书与《围城》．长沙：湖南人民出版社，1986：7.

② 水晶．侍钱“抛书”杂记//罗思．写在钱锺书边上．上海：文汇出版社，1996：26.

③ 《围城》问世后，方鸿渐不期然地成为读者嘲笑的对象，连钱也只有顺从读者的这种态度，更多从否定的角度评价方鸿渐。钱氏夫妇的撇清，导致八十年代以来国内的《围城》研究，大多数研究者回避钱锺书与方鸿渐的关系，将方置于钱氏理性否定的客体地位。

说不定就会“发乎情，止乎礼仪”。自然，鲍不是方的可人儿，方不会觉得完全放纵是他的所爱，他消受不起这样的自由，否则他就不会对李梅亭去小镇上嫖土娼那么不齿。于是，鲍就像海里的泡沫，很快在方的心灵里消散了。

与方鸿渐亲密接触的第三位女性，是苏文纨。苏在小说中，是衬托方性格的重要人物。苏文纨与鲍小姐判若霄壤：她文静大方，举止矜持，谈吐高雅，但内心虚荣，工于心计。最重要的是，她有鲍小姐根本没有的对方的呵护，而这是方鸿渐非常需要的——也正因如此，方在不经意中，却与苏愈走愈近。在船上，苏小姐冷观方的失意，不露声色与方拉近了距离，并以“善意的独裁”为方做一些妻子才做的事。（25 页）在上海家中，她轻描淡写地说方大处玩世不恭，小地方反而认真，就让鸿渐解除了对子虚乌有的克莱登大学假博士文凭的“亏心内愧”（45 页）。她喜欢看着赵辛楣和方鸿渐为她而斗，又“担心交战得太猛烈，顷刻就分胜负，二人只剩一人，自己身边就不热闹了”（50～51 页）。在直觉到表妹的威胁后，她故意在唐晓芙面前点一下鲍小姐以预警，又在方鸿渐面前说自己表妹“抓一把男朋友在手里玩弄着”“满肚子鬼主意”以劝诫。（53 页）苏文纨是如此精心地安排着生活，交友、聊天、小聚、写诗，她的未来，以及选择丈夫。她也以同样的精心呵护方鸿渐，使方觉得她就像一张网要罩住他。这样的呵护，方鸿渐当然消受不起；他最终冲破这张网，而代价，则是失去了他真心爱上的女孩——《围城》中作者唯一对其不带半点嘲讽的女性——唐晓芙。方鸿渐少有物质利益上的俗心，即使在买办张吉民家里故意尖刻地赢了钱就走人（这是他少数几次表现勇气和狡黠的细节），他也没有接受苏小姐如此精致生活的心理准备。因为那一切，都太有计划，太理性，也太庸俗，都有违他的自由和率性，他厌憎这样的矫情与伪饰。但是他不会与这些斗，不会正面冲突。他最多选择嘲讽与不屑，或者，他就会怯懦地逃避。

至于唐晓芙，方鸿渐的真爱全在她身上。与唐晓芙交往，方鸿渐露出了他的认真和单纯：“他第一次收到唐小姐的信，临睡时把信看一遍，搁在枕边，中夜一醒，就开电灯看信，看完关灯躺好，想想信里的话，忍不住又开灯再看一遍。”（80 页）唐晓芙活泼、天真、热情、纯洁。像方鸿渐这样“具有无毛两足动物的基本根性”（1 页），还受过鲍小姐诱惑的人，是不配得到她的。更现实的是，就像方鸿渐不容于这个社会一样，唐小姐在这个社会生存也是要有条件的。方鸿渐既没有雄厚的家财，也没有高尚的社会地位，天使般的唐小姐需要的无菌环境到哪里去找？倘若方有财有名，那也必定早被俗世浸淫才能如此，这样的话，唐小姐的真纯又怎么能得到保障呢？所以，唐、方之恋本来就是空中楼阁，可望而不可即。但是，方鸿渐失去的不仅仅是唐小姐。他自此以后，失去了一种可贵的朝气，一种理想和希望。他生活里唯一一位他绝不会挖苦和嘲笑的女性唐晓芙，像闪电般照亮过他的灵魂；然而，在他未来的生活中，永远不会有同样光彩的人重现了。在唐之前，方鸿渐保持了对俗世的自由而敏锐的批判；而唐离去之后，他开始慢慢变得有点随遇而安，锋芒渐颓。

接下来，孙柔嘉闯进了他的生活。如果说苏文纨有大家的富裕与粉饰的雅致孕育出来的智慧，那么孙小姐就有殖民地上海小康人家的精明。在去三间大学的途中，孙柔嘉偷听方鸿渐与赵辛楣的谈话却毫不露痕迹；故意作假说她父亲来信寻问她婚事，把陆子潇的求爱信示于方请拿主意；赵辛楣走后对方柔懦地嗫嚅“只剩我们两个人了”（263 页）；如此等等。孙从恭恭敬敬始终称赵辛楣为“叔叔”，到后来不许方与赵多交往；从开始对方的细致精密、按部就班、稳扎稳打的追求，到回上海后逐渐颐指气使、专横跋扈：我们发现，这是一位理智世俗得可怕的女性。孙知道自己没有苏小姐那样的资本，苏对方鸿渐有无意识的施舍，而孙柔嘉是示弱于外、博取同情的猎捕。方鸿渐因为自己的独立和自由本性离开了苏文纨，但却因为自己的善良与软弱，也许还有那么一点点偶尔的仗义，而接受了孙小姐。他明明清楚地知道孙小姐“妩媚得勉强，不是真实的美丽”（237页），但他还是挽住了孙小姐的胳膊。或许，方鸿渐是绝望了，他精神上依恋的赵辛楣因汪太太事发败逃，他失去了最后一位真诚呵护他，而且他也需要这种呵护的人！这之后，以方鸿渐的性格，一切都变得可以预料。他终于被坚韧顽强、一心想过好俗世小家庭生活的孙柔嘉俘虏。他不习惯生活的琐屑，不习惯生活的茧缚，无法与他的那个家——父母的大家以及自己的小家——和谐。可以说，在《围城》众多女性的眼中，方鸿渐是一个“多余”的人。正如赵辛楣对他的评价，“你不讨厌，可是全无用处”（184页）。

二

杨绛女士为诠释《围城》的主旨，说过这样的话：“围在城里的想逃出去，城外的人想冲进来。对婚姻也罢，职业也罢，人生的愿望大都如此。”[①] 但是，方鸿渐的价值不只是这些。他的际遇大有深意。

方鸿渐确实“不讨厌”：他机智、敏锐，闲适、洒脱，善良而真率，自由而温情。但他的悲剧就在于“全无用处”。1979年钱锺书先生访问美国时，曾经对夏志清说：他对于人生，近处着眼，是乐观的；远处着眼，则是悲观的（“long-term pessimism，short-term optimism”）[②]。这才是对方鸿渐形象内蕴的绝好注脚。“有用”与“无用”，将“真率”的性情与“实际”的人生决然对立起来。“有用”的人，在《围城》里是大多数。眼睛白多黑少，有淫邪之相，不大理会人，六月天穿黑呢西装外套，“对天气也鄙夷不理”（124页），旅途中想占寡妇便宜的训导长李梅亭；买假文凭，将白俄妻子硬说成是美国人，镇定自若，反让方鸿渐怀疑是自己弄错了的历史系主任韩学愈；贪婪、无聊、胆怯，靠官僚亲戚做上中文系主任的汪处厚；像女人一样絮絮叨叨，下作地打小报告的陆子潇。还有，貌似公允实则圆滑世故的“科学老家”高校长；因“鸟里面能唱的都是雄的”而认定“女人做诗，至多是第二流”（85页）的董斜川；浅薄的顾尔谦；粗俗的方家妯娌；如此等等。我们读《围城》，突然发现了这么多“有用”但我们都绝不喜欢的人。是令人讨厌者都进了“城”呢，还是现实社会这个“城”里的人，本来大多是有用而令人讨厌的？

曾有学者评价方鸿渐是“俗物”。的确，方鸿渐不是因为道德的完美，而在俗世显得多余。他的道德是缺省的：意志薄弱，随遇而安。但他不是“俗物”，如果是的话，他就不会生存得这样被动和痛苦。方鸿渐这个“多余”人，是一个寄寓了作者深刻的悲哀与无奈的多余人。在现代文学中，这类既不能苟同世俗，又无力高蹈理想的知识分子，是不少

---

① 孙雄飞．钱锺书和《围城》的改编//罗思．写在钱锺书边上．上海：文汇出版社，1996：175.（这是孙雄飞、黄蜀芹改编《围城》时，杨绛对《围城》内涵所借用的一段文字，被用作电视连续剧《围城》的片头语。）

② 夏志清．重会钱锺书纪实//罗思．写在钱锺书边上．上海：文汇出版社，1996：42.

的——鲁迅笔下的魏连殳，柔石笔下的萧涧秋，巴金笔下的高觉新和汪文宣……就连《围城》中的方遯翁，也实在是一个多余人。与方鸿渐不同，前者是时代的多余人，他们或者没有勇气，或者没有能力，在当世体现自己的价值。他们心有余而力不足，一不留神就处在了社会和主流文化的边缘。比如方遯翁，他就只有靠自欺生存下去，否则他的自尊与敏感会让他一生不安。他就像《围城》里那座明明毫不顶用，却偏偏要响亮地自鸣的钟。方鸿渐的多余，与他们还有不同的地方。他不仅仅是工具理性的多余，不仅仅是一个时代的多余者，而是所有时代的多余者。准确地说，方鸿渐是自由自适人性的多余。[①] 这样的多余，出离了近切的时政，不像其他多余人那样，会带给读者强烈的社会即临感。但是，这样“多余”所启示和包孕的人生悲哀，却悠远久长，具有更丰富更广远的内涵，值得我们细细品味。

方鸿渐从上大学始，就没有什么功利目的。留学时仍然没有，买文凭只为交差，与所有人交往也了无心机。方很睿智，心藏机锋，犀利地把人间俗态尽收眼底，明白所有人丑在何处，以直觉洞悉人生与社会。但他的清醒和睿智，并不包含丝毫要改变这个世界的意图。他不与浊世同流合污，他的独立和清高，都出于天然。他知道人性的所有弱点，却并没有勇气、愿望和意志去改变，当然他也不希望任何人来改变他自己。他愿意在滚滚红尘中，驾一叶扁舟，既随波逐流，又安然无忧；既自由自在，又衣食无虞。在先，承托他这叶扁舟的，有方遯翁，后来甚至有周经理，再后来，还有赵辛楣。但赵辛楣倒了霉，孙柔嘉一把将他拉下了水。方鸿渐也尝试过自己掌握自己的命运。在高松年解聘他的时候，准备做点有骨气的事，可他失败了；报馆的王总编辞职，他激于义愤也辞了职，但从此丢了饭碗。可以想见，要保全自己自由自适的人性，方鸿渐离了别人的呵护，就无路可去。这也正是他无可言说的悲哀。钱锺书的“伤生”，大约也在这里。

在《围城》里，赵辛楣是男性形象中难得没有丑行的一个。作者只在一个地方给了他难堪。他吃方鸿渐的醋，仪态高傲，放言“学哲学跟什么都不学全没两样”（50 页）。可是很快地，他仿佛完全变了个人。赵辛楣有方鸿渐名士式的“扯淡”，幽默，俏皮，但他没有方的懵懂和率性的自由。他靠家世，在世道上混得如鱼得水，左右逢源，然而却不失真纯。他更像一位大侠，知道方人好，也知道方在现实社会里没有使用价值，但他珍惜方的“好”，他知道这样的“好”的另一种不可代替的属人的价值。显然，赵辛楣的性格如果不是分裂的，也是不能持久的。因为如果他真诚认同方的一切，那他在俗世里也会同方一样变得“毫无用处”；如果他不认同，又有什么必要拖着方这个于事无益的累赘呢？赵辛楣到最后也仍然“不讨厌”，他没有像苏小姐那样，一夜之间与“四喜丸子”曹元朗，由象牙之塔走向夹带走私货。他就像暗夜中一烛暖人的灯火，在几千里外的雾都重庆，明灭隐显，解不了近渴地安慰着方鸿渐。只是这灯火也快要被俗世的黑暗吞去了——方鸿渐去了好几封信才盼回来一封，即是征兆。其实，在作者的心里，赵辛楣就是钱锺书心目中的另一个方鸿渐。我们不妨这样猜测：是钱锺书期望赵的性格与人生分裂。我们也不妨这么看：作者将自己喜好的性灵给了方鸿渐，但作者是多么睿智的人，他知道这样的人在现实社会里，只能是惨惨戚戚的结局。作者对人生的悲观，使作品中的方鸿渐，必定因率性而

---

① 杨联芬《中国现代小说导论》（四川大学出版社 2004 年）“钱锺书”一章，有与此相似的观点。

失去自由。所以，他不想方鸿渐那么悲惨，就把好运慷慨给了赵辛楣。那么，比照作者一生的际遇，是不是有一些方赵二人合起来的痕迹呢？

自 1949 年新中国成立后，无论"三反五反""反右"，还是"文革"，诸多政治运动，钱、杨夫妇俩最终都有惊无险。杨绛先生的随笔《将饮茶》、小说《洗澡》，以及近年出版的回忆录《我们仨》，都为我们清晰地勾勒出他们夫妇二人的人生轨迹。1949 年，钱、杨举家从上海北上进京，"手忙脚乱中"，钱锺书已经写好两三万字的长篇小说《百合心》初稿遗失了，他从此"兴致大扫，一直没有再鼓起来"[①]。他的自我解释是"创作才华"已尽，即使有"创作欲望"，也不能再勉强写下去了。[②]《百合心》最终没能问世。《围城》成功所激起的创作激情与自信，就这样很快沉寂下去，不复再现。

事实上，钱氏夫妇进京后，那使钱锺书日写 500 字以自娱的社会环境，已经被彻底摧毁了。即使钱锺书创作才华并未"告罄"，钱、杨二位，也根本别再梦想，一个做"灶下婢"听众，一个做"夜读书"写手，那样的"幸福生活"绝不会重现了。他们的思想，被屡屡"洗澡"还忙不过来，面对旷世未有的政治风云，即使把脑子里所有的中外历史经验疯狂运转起来，也只会在现实中目瞪口呆，找不到答案。这样的社会巨变，实在只能令他们不知所措。如果钱氏要继续创作，以他的明智和心境，那只能是作伪。钱先生放弃了"作伪"，选择了沉默。

而实际上，这样的选择，并不需要钱锺书做多大的人格调整。对钱锺书而言，自由自适，其来有自：他从来就没安心，也不甘心，把自己置身于欲望横流的社会关系中作茧自缚。早年在清华读书时，他可以在课堂上给同学不假思索地随手开列出几十本英文原版的禁书[③]；在牛津读书时，可以看侦探小说看得手舞足蹈[④]；他还可以根据自己的体验，坦然说"十八九岁没有女朋友的男孩"，"心里的污秽有时过于公共厕所"[⑤]（大约指性幻想）。钱锺书习惯于自由，安于自由。自由是他的一种基本人生态度，而他并不刻意去追求。他的"自由"，没有价值判断，没有伦理判断，没有一切俗世的干扰，他享受着，并不去判断这样的享受有什么对与错。1949 年以后一段时间，如果他要继续创作，只有一种可能：放弃他曾经拥有并以自己的创作来体验的、也还想继续保留的这份"自由"。

那么，钱锺书从来"书本里灌注不下"、常常要"洋溢出来"的"痴气"[⑥]（这一点恰好最像方鸿渐），如何释放呢？他选择了远离社会的学问。

钱锺书学问的核心成就完成于 1949 年之后，这在他那一辈学问家中，几乎是独一无二的。杨绛在谈及钱锺书 50—70 年代生活时也曾说过，钱先生在那个年代，完全沉静下来，把西方文化经典著作，从古至今地逐一咀嚼阅读。他的《管锥编》，正是这种阅读结下的硕果，这的确是一个骇人的奇迹。

那么，在那样一个黑暗混乱的年代，谁能保障钱先生做学问的"自由"呢？家学渊源、学贯中西，这是钱与很多同代知识分子相似的；而自然却境界极高的"和向随俗"、

---

① 田蕙兰．钱锺书杨绛研究资料集．武汉：华中师范大学出版社，1997：83.
② 田蕙兰．钱锺书杨绛研究资料集．武汉：华中师范大学出版社，1997：83.
③ 李洪岩．吴组缃畅论钱锺书//罗思．写在钱锺书边上．上海：文汇出版社，1996：124.
④ 杨绛．记钱锺书与《围城》．长沙：湖南人民出版社，1986：33.
⑤ 钱锺书．猫//人・鬼・兽，写在人生边上．福州：海峡文艺出版社，1992：64.
⑥ 杨绛．记钱锺书与《围城》．长沙：湖南人民出版社，1986：34.

与世无争，是他超越同时代绝大多数知识分子的地方。前者使他免于方鸿渐的“志大才疏”[①]、一事无成，因“无用”而遭命运的唾弃。后者，则使他完全不存在要在“新社会”里邀宠的星点意愿，从而避免了多少同行的“内讧”和可能的暗箭。钱先生的人生态度和际遇，他的性格、品位、机敏等，不能不说，与方鸿渐相似的地方很多。在失去“呵护”的时候，方和钱都很无奈，也无辜甚至可怜（钱“逃亡”到北师大小红楼暂居，犯哮喘病差点死去）。方因为“无用”而没被同事当成颇具威胁的死敌，钱因为“不争”而避开了政治对他的青睐。这样看来，方鸿渐真正非功利的自由人生姿态，也在1949年后一段时间部分地“呵护”了钱先生。而且，这样的姿态和思想境界，才使他获得其他人都难以持有的心灵平静，从而完成了皇皇巨著《管锥编》。毛泽东诗歌英文翻译组专家的身份，阴差阳错落地落到钱锺书头上[②]，使之偶然间获得一重令同人艳羡的“呵护”，得以在那险象丛生的政治环境中，安然度过大劫难。这个特殊“身份”，在钱锺书的生活中，起到了小说里“赵辛楣”的作用。我们为什么不可以说，钱锺书的人生历程，其实也是在或隐或显地诠释着他笔下的方鸿渐；而方鸿渐的率真，以及赵辛楣的“好运”，某种意义上合而为一，几乎是钱锺书人生的一种“对象化”呢?

这里，值得一提的是钱锺书那与生俱来的人生态度，即“无为”而自适的人生态度。我们看到，有人也与钱一样“不争”，可是那“不争”，写在脸上，分明是“不屑”，自然，便逃不过“无产阶级专政”的铁拳。钱氏不是这样，他的不争，出诸天然。每遇乱世之风，则谦卑、沉默而柔弱地“不争”。他明白一切，却既没有勇气，也没有产生勇气的兴趣，要把他的“明白”显示出来。钱无意中精致地保护了自己对“自由”的习惯和选择。这样，他就自然免受过多的政治风云的干扰，尽可以躲进心灵的一隅，尽情漫酌世界典籍的美酒，完成《管锥编》。尽管钱氏夫妇也遭受过被造反派按地痛殴的耻辱，杨绛90高龄回忆时，仍痛心不已；但总体而言，他们遭受的屈辱，没有超出那个时代的知识分子遭遇的“共同灾难”的层面。后来，政治相对清明，钱先生也已届“纵心所欲”的年龄，其自由本性，才由“沉默”转入“公开”，重露多年前曾经展示过的凌厉的一面。

晚年钱锺书，面对纷至沓来的荣誉，依然故我，拒绝一切虚荣和邀请，而其拒绝的方法，仍然是方鸿渐式的——例如，说人家开研讨会、纪念会是“招邀不三不四之闲人，谈讲不痛不痒之废话，花费不明不白之冤钱”[③]；被诺贝尔文学奖评委“垂青”，便大谈诺奖评奖的不公及翻译作品的不堪，使人不敢再鼓噪。钱锺书以其固有的睿智，不惜担“刻薄”的恶名，而让名利最终离他远去——实在的，这是钱锺书对其一生自由的最后的呵护。

从小说到生活，钱锺书似乎无时不处于对现实的喜剧态度中。而这喜剧的幽默，其实源自钱锺书对人生乃至人性的深刻的悲观。因此，与其说钱锺书的自由是洒脱的，毋宁说是无奈甚至感伤的。

回到小说，我们看到，《围城》（以及钱氏的短篇小说《猫》），写尽了知识分子的卑琐与虚伪。有人说钱锺书笔下的儒林众生，是“披着知识分子的外衣”，好像还有不披外衣

① 杨绛．记钱锺书与《围城》．长沙：湖南人民出版社，1986：7.

② 这期间，胡乔木作为毛泽东信任的文化官僚，对钱氏夫妇的理解和呵护，对其保持“无为”而无恙的生活，有很大作用。杨绛在《记钱锺书与〈围城〉》《我们仨》等中，皆有记载。

③ 吴忠匡．记钱锺书先生//罗思．写在钱锺书边上．上海：文汇出版社，1996：76.

的“赤子”在。其实，少有了，或者说真的没有了。从高松年到范小姐，在现在和未来，都将俯拾即是。也许，我们自己也正是其中的一员。钱锺书对这些人辛辣、无情的嘲笑背后，潜蓄了多少无助而灰心的无奈呵！而这，才是作者真正绝望的“忧世”。

孙柔嘉这位拉方鸿渐进“城”的人，直到最终，都在努力给方鸿渐所不需要的呵护，她那么执着、专一地维护她的小家，有什么错？方鸿渐，除了“全无用处”外，还有什么错？《围城》里的许许多多人物，以现实社会的生存法则来衡量，又有什么错呢？比如韩学愈，他手无缚鸡之力，你要他为了人性的圆满，而选择自暴其短，从此离开学界，以半百之躯去喝西北风吗？方鸿渐们（包括赵辛楣、唐晓芙），尽可以以自由人性、美好人性的“片面坚持”，来“损害”那些于滚滚红尘中“熙熙而来”“攘攘而往”的“对方的合理性”；韩学愈们也同样可以以方鸿渐的“全无用处”，来剥夺他在现实社会里自在生活的权利。这个真正悲剧性的无法排解的冲突，才是方鸿渐形象的核心价值和魅力。这冲突也才包涵了“深于一切语言、一切啼笑”（342 页）的，对人生无尽的讽刺和感伤——而且，尤其是感伤！

（李双 撰）

拓展与思考

1. 《围城》的意蕴，大半来自主人公方鸿渐形象的塑造，如何理解方鸿渐，是解读《围城》的关键。请联系钱锺书的生平与文字，谈谈钱锺书在方鸿渐形象中寄寓了怎样的理解与同情，并以何种方式表现之。

2. 《围城》善于以喜剧化叙述，表现人生的严肃。其幽默俏皮的语言，却引领读者进入人生悲剧性的意义探寻。细读文本，并联系钱锺书的其他著作，分析“围城”这一意象所蕴含的哲学与审美意义。

3. 在“讽刺”的维度对比钱锺书与鲁迅、老舍，体会并分析《围城》的语言特征。

第五编

“思”与“诗”

第15章
《灯下漫笔》：暗夜里的思想与写作

在鲁迅一生的写作中，数量最大、影响最巨的，无疑是杂文。鲁迅开始大量写作杂文自1918年始，至1936年去世，历时近廿载，出版杂文集《坟》《热风》《华盖集》《华盖集续编》《而已集》《三闲集》《二心集》《南腔北调集》《伪自由书》《准风月谈》《花边文学》《且介亭杂文》《且介亭杂文二集》《且介亭杂文末编》《集外集》《集外集拾遗》《集外集拾遗补编》共17种，构成了折射中国二十世纪二三十年代历史的一部特殊“史诗”，也堪称现代中国知识分子的一部特殊的“心灵史”。特别是自1927年定居上海之后，鲁迅几乎集全部精力于杂文，对于其前广泛涉及的小说、散文、散文诗和学术著作的写作，几乎搁置，以其全部心血致力于杂文的写作，并自觉地将之锻造为中国现代文学史上的一种特具光彩的文体。可以说，与现代短篇小说和现代散文诗一样，杂文也是一种开创于鲁迅之手，并由他亲力推向成熟的现代文学体式。

没有人否认，鲁迅是现代中国最伟大的思想家和文学家之一。如何理解他的思想，如何理解他在文学中的思想的表达，这是一个重要的问题，就像鲁迅自己说过的：“写什么是一个问题，怎么写又是一个问题。”通过文学的“怎么写”去更深刻地理解思想层面上的“写什么”，这甚至直接关系着我们对于现代文学的阅读和阐释方式。在这个意义上，读鲁迅的杂文，读懂他的写法，并通过杂文的特殊美学特征看待现代文学对于历史与现实的介入，是现代文学学习中重要且必要的一课。

一

《灯下漫笔》写于1925年4月29日，初刊于1925年5月1日、22日的《莽原》周刊第2、5期，1927年3月收入北京未名社版《坟》，是鲁迅早期杂文中最有代表性的一篇名作。

1925 年是鲁迅生命中非常重要的一年。从大环境来说，五四高潮已经落尽，曾经并肩战斗的《新青年》阵营内部已经分裂，启蒙前驱们此时“有的高升，有的隐退”，令鲁迅有“两间余一卒，荷戟独彷徨”的苦闷与孤独。在个人生活中，经历了 1923 年的“兄弟失和”，自 1925 年初因《咬文嚼字》和《青年必读书》事件，开始了更感“运交华盖”的一段日子。1925 年春天，“女师大风潮”战斗正酣，鲁迅本人也已受到“新月派”诸绅士的围剿和教育部的非法免职，在愈演愈烈的实际交锋中，鲁迅的情绪、思想、文风都有所发展变化，既延续了《狂人日记》以来的启蒙思路，又不断针对现实问题做出更具体更深刻的回应。《灯下漫笔》就是在这样的背景中产生的。

一般而言，鲁迅的杂文在题目上多有直接、具体和尖锐的针对性和现实感，比如《我们现在怎样做父亲》《论“费厄泼赖”应该缓行》《革命时代的文学》等等，都是直接提出问题，不绕半点圈子。这也是杂文这种主要刊载于现代报刊的文体的一种特殊需要，即要求明确及时地针对现实和吸引读者。像《灯下漫笔》《春末闲谈》《忽然想到》这样的题目，似乎更带有某种散文的特征，体现了五四以来现代散文中“闲话风”之重视交流、“用笔如舌”的自由感和现实情怀。有意思的是，“灯下漫笔”的状态也正像是鲁迅杂文写作状态的写照，事实上，他不仅常常在夜深人静的时候孤独地思考和写作，而且，他也正是在历史的暗夜中坚持清醒与怀疑的理性态度，用笔思考，用文学的方式传达出思想者的声音。

《灯下漫笔》的内容与文风其实都并不泛漫，恰恰相反，这是一篇非常激愤的文字，甚至有一种剑拔弩张的气质。文中最著名的话早已成为家喻户晓的句子：

> 任凭你爱排场的学者们怎样铺张，修史时候设些什么“汉族发祥时代”“汉族发达时代”“汉族中兴时代”的好题目，好意诚然是可感的，但措辞太绕弯子了。有更其直捷了当的说法在这里——
>
> 一、想做奴隶而不得的时代；
>
> 二、暂时做稳了奴隶的时代。
>
> …………
>
> ……而创造这中国历史上未曾有过的第三样时代，则是现在的青年的使命！①

“两个时代”的归纳和对“第三样时代”的呼唤，是《灯下漫笔》一文的核心，也是鲁迅思想中的一个重要基点。看到这样一个精准尖锐的归纳，读者一定会联想到他早于此文七年创作的《狂人日记》：

> 凡事总须研究，才会明白。古来时常吃人，我也还记得，可是不甚清楚。我翻开历史一查，这历史没有年代，歪歪斜斜的每叶上都写着“仁义道德”几个字。我横竖睡不着，仔细看了半夜，才从字缝里看出字来，满本都写着两个字是“吃人”！

两次都是对于“历史”的透辟总结，虽然后者出自小说人物狂人之口，不如杂文直抒

① 本章所引《灯下漫笔》，均出自人民文学出版社 2005 年版《鲁迅全集》第 1 卷。

胸臆的直截了当，但其深刻的思想与如炬的眼光是完全一致的。事实上，就在《灯下漫笔》中，鲁迅仍然沿用了多年前有关“吃人”的隐喻，而且在杂文中，将之处理得更加明确清晰。他说：

> 但我们自己是早已布置妥帖了，有贵贱，有大小，有上下。自己被人凌虐，但也可以凌虐别人；自己被人吃，但也可以吃别人。一级一级的制驭着，不能动弹，也不想动弹了。
>
> …………
>
> ……所谓中国的文明者，其实不过是安排给阔人享用的人肉的筵宴。所谓中国者，其实不过是安排这人肉的筵宴的厨房。

从《狂人日记》起，鲁迅就提出礼教“吃人”的问题，他的矛头始终指向礼教与“所谓中国的文明”。他笔下的“历史”不是笼统空洞的，但也决不局限于具体的朝代与政权，他深刻地认识到，“吃人”的根源在于一整套的封建伦理制度，而这制度不仅是血腥的，同时还虚伪透顶地自我标榜为“仁义道德”。在《灯下漫笔》里，这些问题不仅被更加直接地点出、得到更加深入的剖析，同时还被更新的——1925年的——现实所刺激，承载了更多的问题。

首先，在《狂人日记》中，鲁迅以“吃人”喻指封建伦理对个人精神的扼杀，这里面当然就包含了他最看重的“立人”思想。“立人”思想是以周氏兄弟为代表的五四一代启蒙知识分子的思想基础和核心，《狂人日记》结尾处振聋发聩的“救救孩子”的呼声，也是一次明确的对于“立人”的“呐喊”。但是，在《狂人日记》中，“人”的对立面并没有得到更为明确的指认。换句话说，没有立人的社会，究竟是谁的社会？

这个问题，在《灯下漫笔》中被直截了当地提出来了，那就是：奴隶的社会。也就是说，鲁迅强调的，不是与兽性对立的人性，而是与奴性对立的人性。因而他所说的“第三样时代”，即打破了“做奴隶而不得”和“做稳奴隶”的循环之后的理想，是真正的“人的时代”。

在《灯下漫笔》一文的开始，鲁迅就举了一个具体切己的例子，即民国初年袁世凯称帝之际，社会混乱金融失序的环境中，中交票换银圆的亲身经历。他举这个例子并不一味谴责乱世对人民的肆意欺诈，而是由自己侥幸求安的一念之中看出了一个可怕的问题：“我们极容易变成奴隶，而且变了之后，还万分欢喜。”

这个切实生动的例子引起了一个重大深远的话题，这是鲁迅的妙笔，更是鲁迅思维方式和杂文写作方式的体现。他从来都是把现实与历史、自我与他人结合在一起的，他从不作清高超脱的壁上观，也从不讲与现实无关的空道理，他的自我解剖与社会批评与历史批判总是结合在一起，从现象与细节中看到问题的实质。因而，与他在很多其他作品中一样，他在批判伦理制度的同时，特别注重的是其在人的精神层面造成的恶劣影响，也就是说，他关注的核心在于人的精神病状，挖掘的是奴隶命运和奴隶制度是如何造就了奴才式的品格。比如，《左传》中将人分为十等，以下事上，最下等为“台”，鲁迅由此苦涩而幽默地说：“但是‘台’没有臣，不是太苦了么？无须担心的，有比他更卑的妻，更弱的子在。而且其子也很有希望，他日长大，升而为‘台’，便又有更卑更弱的妻子，供他驱使了。如此连环，各得其所，有敢非议者，其罪名曰不安分！”这也就是他之前所谓“自己被人凌虐，但也可以凌虐别人；自己被人吃，但也可以吃别人”，“因为自己各有奴使别人，吃掉别人的希望，便也就忘却自己同有被奴使被吃掉的将来”。这番话让人不禁联想起《阿 Q 正传》中的经典情节，阿 Q 被赵太爷欺侮之后，也是转而欺侮比他更弱小的小 D 或小尼姑，在泄愤的同时还滋生出卑劣的“九分得意”来。这种又凶又怯的品格，正是鲁迅最为深恶痛疾的精神病症，恐怕，在他自己少年时代“从小康堕入困顿”的途中，就已经对此有切身的感触了。因而当他立志“改变他们的精神”“改进国民的灵魂”的时候，这些问题已经在他的考虑范围之内。

从《狂人日记》到《阿 Q 正传》再到一系列杂文，鲁迅以不同的方式反复讨论着“立人”的问题。立人的使命，要从停止“吃人”开始，以彻底去除精神中的奴性为目标。可以说，对奴隶命运的反抗以及对奴才性格的批判，始终是鲁迅思想与文学中的核心。

其次，写作《灯下漫笔》的 1925 年，不仅是五四落潮的时候，也是民国历史出现问题与转折的时候。1925 年 3 月孙中山逝世，在悼念的同时，不少人也展开了对“民国”历史的回顾和反思。鲁迅是这些反思的声音中最深刻也最痛切者，他开篇从“民国二三年”的时候说起，很明显就有这样的意思。民国建立后十几年中，原有的理念与最初的制度究竟有怎样的落实与实践，这正是新文化运动中需要追问的大问题。在这篇文章中，鲁迅对于民国显然有所批评，最起码，宣布了“共和”的民国却在实质上仍未脱离奴隶的时代，这个判断里就包含了极为沉痛的失望和深刻的批评。他说：

> 现在入了那一种时代，我也不了然。但看国学家的崇奉国粹，文学家的赞叹固有文明，道学家的热心复古，可见于现状都已不满了。然而我们究竟正向着那一条路走呢？百姓是一遇到莫明其妙的战争，稍富的迁进租界，妇孺则避入教堂里去了，因为那些地方都比较的“稳”，暂不至于想做奴隶而不得。总而言之，复古的，避难的，无智愚贤不肖，似乎都已神往于三百年前的太平盛世，就是“暂时做稳了奴隶的时代”了。

“中国固有的精神文明，其实并未为共和二字所埋没，只有满人已经退席，和先前稍不同。”——当鲁迅说到这里的时候，他对民国现状的批判已经力透纸背。这里，既包含了对民国以来政治环境的不满，也包括对帝国主义入侵的愤怒，同时更有对于新文化阵营内部的反思性批评，尤其是对于国粹派、复古派的逆流，表现出清醒深刻的警惕和洞察。

最后，在已有的对于民国现状的批评之中，又特别需要提出的是对于帝国主义侵略的警惕和抵抗，这也是 1925 年前后尤其突出的新状况。在鲁迅这里，无论哪一种奴役的力量，无论被什么人奴役，都是同样值得警惕、同样需要抵抗的。鲁迅具有开放的世界性眼光，但对于侵略性的文化和政治势力，他也从来是敏锐警惕的。他以鹤见佑辅在《北京的魅力》中所举外国人在中国的经历为例，不仅批判了帝国势力的奴役，同时更批判了那些辅助帝国势力的侵略的文化卖国和思想愚昧。他说：

> 但是赞颂中国固有文明的人们多起来了，加之以外国人。我常常想，凡有来到中国的，倘能疾首蹙额而憎恶中国，我敢诚意地捧献我的感谢，因为他一定是不愿意吃中国人的肉的！
>
> ……所谓中国的文明者，其实不过是安排给阔人享用的人肉的筵宴。所谓中国者，其实不过是安排这人肉的筵宴的厨房。不知道而赞颂者是可恕的，否则，

> 此辈当得永远的诅咒！
>
> 外国人中，不知道而赞颂者，是可恕的；占了高位，养尊处优，因此受了蛊惑，昧却灵性而赞叹者，也还可恕的。可是还有两种，其一是以中国人为劣种，只配悉照原来模样，因而故意称赞中国的旧物。其一是愿世间人各不相同以增自己旅行的兴趣，到中国看辫子，到日本看木屐，到高丽看笠子，倘若服饰一样，便索然无味了，因而来反对亚洲的欧化。这些都可憎恶。至于罗素在西湖见轿夫含笑，便赞美中国人，则也许别有意思罢。但是，轿夫如果能对坐轿的人不含笑，中国也早不是现在似的中国了。

鲁迅的见地是清醒而深刻的。在看似“漫笔”和闲谈中，他的思路始终清晰，精确地针对着封建文化与伦理观念中的弊害。

二

离京南下、走向杂文，这是鲁迅在1926至1927年间做出的选择，同时也是他的人生道路与写作生涯的重要转折。

就在1925年的最后一天，鲁迅编定《华盖集》并为之撰写《题记》。这篇重要的文章被学界看作其走向“杂文的自觉”的标志。他说：

> 也有人劝我不要做这样的短评。那好意，我是很感激的，而且也并非不知道创作之可贵。然而要做这样的东西的时候，恐怕也还要做这样的东西，我以为如果艺术之宫里有这么麻烦的禁令，倒不如不进去；还是站在沙漠上，看看飞沙走石，乐则大笑，悲则大叫，愤则大骂，即使被沙砾打得遍身粗糙，头破血流，而时时抚摩自己的凝血，觉得若有花纹，也未必不及跟着中国的文士们去陪莎士比亚吃黄油面包之有趣。
>
> 现在是一年的尽头的深夜，深得这夜将尽了，我的生命，至少是一部分的生命，已经耗费在写这些无聊的东西中，而我所获得的，乃是我自己的灵魂的荒凉和粗糙。但是我并不惧惮这些，也不想遮盖这些，而且实在有些爱他们了，因为这是我转辗而生活于风沙中的瘢痕。凡有自己也觉得在风沙中转辗而生活着的，会知道这意思。

这段话道出了鲁迅对于他自己的杂文及杂文写作的认识。在他看来，杂文绝非“艺术之宫”里的装饰物或艺术品，也不是“文士们”赖以取得桂冠、成就功名的途径。杂文是如他本人那样“在风沙中转辗而生活着”的人们的歌哭和悲欢，是他们“一部分的生命”，是他们在“风沙扑面、虎狼成群”的现实环境中的奋争。换句话说，杂文不是“创作”出来的，而是一种不得不然的生命的表达，所谓“乐则大笑，悲则大叫，愤则大骂”，都是“活人”对于现实做出的真实反应。正如有学者所说：“随同‘杂文的自觉’一同来到的也是对自己人生境遇的自觉；对自己同这个时代的对抗关系的自觉”，“‘杂文的自觉’虽然是一种‘否定的精神’，一种批判、嘲讽和对抗的姿态，但他归根结底是一种对生命的肯定，因为‘世上如果还有真要活下去的人们，就先该敢说、敢笑、敢哭、敢怒、敢骂、敢打，在这可诅咒的地方击退了可诅咒的时代！’这里作为生活和生命迹象出现的是‘执着现在，执着地上的人们’，是他们的‘真的愤怒’。”①

以写作为业的鲁迅，放下“创作”而将生命投入“做这样的东西”中去，这个转变是巨大的，甚至体现了其文学观的改变。就像他在同时期所写下的也曾引起广泛争议的《我的失恋》里所传达的那样，他不再遵循以高雅、尊贵、优美为佳的文学批评标准，面对文坛上备受推崇的“百蝶巾”、“双燕图”、“金表索”和“玫瑰花”，他却报之以“猫头鹰”、“冰糖壶卢”、“发汗药”和“赤练蛇”这样一类不登大雅之堂也不求名留青史的“野草”和杂文。这些不美、不雅、不高贵的作品，追求的完全是另一种价值，它们真挚、现实，与写作者的生命血肉相连，就像“野草”一样，只为“曾经存活”的生命“作证”，而绝不成为地面上的装饰。

在这个意义上，杂文与“野草”一样（甚至更加彻底），都是鲁迅不得不然的写作，这种写作就是鲁迅直接用以完成自我生命的最重要的方式。鲁迅曾将自己的杂文称为“无花的蔷薇”②，蔷薇而无花，即去除了娇艳之态，所剩仅有尖刺而已。他非常自觉地把自己的杂文定位于这样一个拒绝装饰、毫不妥协的“刺”的形象上，难怪他的知己瞿秋白也以“匕首”和“投枪”来强调其锋利尖锐的特征。“无花的蔷薇”与“野草”的一致性在于，它们都体现了鲁迅对于文学审美标准的刷新与革命，它们都不是以“美”和“不朽”为理想的写作，它们追求的都是野草般似弱实强、贴近泥土的生命力量。无论是“野草”式的自省还是“刺”一样的与现实的针锋相对，其本质都是写作者鲁迅用以肯定自我生命并以此生命直接与现实环境相搏击的一种实际行动。这样的写作必然不是随意的、敷衍的、可有可无的，也必然是不具有妥协性和粉饰功能的，它们一方面具有极为重要的历史价值与社会意义，另一方面又因与作者的生活经验和生命体验密切相关，因此最终指归于自身，成为作者本人“活”与战斗的方式。

这并不是要否认或贬低鲁迅作品的社会价值和历史意义，并不是说他的写作仅是一种自我的抒发，这里一再强调其写作与生命的关系就是为了说明，“行”与“活”是如何在鲁迅的写作中获得了实践的可能和意义，这也体现了鲁迅的生命观与文学观之间的独特联系。之所以说它独特，是因为相较于为数并不少的仅将写作视为一种职业、仅将作家身份作为人格面具之一的写作者而言，鲁迅的文学观不仅刷新了审美标准，同时也在一定程度上给出了道德的高度。鲁迅求“真”的文学观是具有某种革命性的。

所以，正是在杂文中，鲁迅终于将“必读书”中被“行”击败的“言”，成功地通过他自己的写作，改造成了“行”本身。“杂文变成了语言中的行动和实践意义上的形式。这种文学自我否定的痕迹，本身又是现代性文学性的实质所在。为了‘活人’，鲁迅可以不要‘作文’，但‘活人’只要活着，就会发出声音，就会哭、笑、怒、骂，就会挣扎和战斗，就会有‘活人的写作’出现。这同鲁迅关于杂文的种种自觉的考虑、表述和实践是一致的。”③ 借用鲁迅自己的话说，杂文的美学就是那“转辗而生活于风沙中的瘢痕”。它

---

① 张旭东．杂文的“自觉”——鲁迅“过渡期”写作的现代性与语言政治：上．文艺理论与批评，2009 (1).

② 《华盖集续编》中有《无花的蔷薇》《无花的蔷薇之二》《无花的蔷薇之三》《新的蔷薇——然而还是无花的》等数篇。

③ 张旭东．杂文的“自觉”——鲁迅“过渡期”写作的现代性与语言政治：上．文艺理论与批评，2009 (1).

的“美”来自“被沙砾打得遍身粗糙，头破血流”的真枪实弹的战斗，它永远不可能被归于优雅的、出世的“美”的类型，而必以其“凝血”的“花纹”成为每个执着于现实的“活人”的生命的“瘢痕”。因此，“鲁迅杂文世界的两极，一是那种体验层面的抵御‘震惊’的消耗战和白刃战，一是一种‘诗史’意识，一种最高意义上的为时代‘立此存照’，为生命留下‘为了忘却的记念’的意识。”[①] 杂文的美学就是“行”与“活”的特殊美学，杂文的写作就是鲁迅以个体生命介入历史的最直接的方式。

这同样也就解释了为什么鲁迅会把一些通信、随感，以及《青年必读书》这样一类看似完全不像“文”的篇章也编入杂文集：就因为其“真”的意义以及它们与作者的生命联系赋予了它们特殊的价值，这个价值的判断取代了对它们是否像是一篇文章的判断，而将之编入集子的行为本身也就是对其作为一篇合格杂文的确认。换句话说，鲁迅是通过“写”与“编”这两个步骤完成了他对杂文美学的确认，这个确认本身就是对于“美”的成规的藐视和颠覆。

应该说，这些已不仅是对杂文这种文体的理解问题，而是更深刻地包含了鲁迅对于文学、写作及其与人生之间关系的看法。鲁迅一生坚持“为人生”的现代文学观，但笼统的“为人生”毕竟不能涵盖鲁迅复杂而独特的文学理想和实践，或许，将“为人生”具化为“活”与“行”的文学观，更能具体呈现出鲁迅“活人的文学”“行动的文学”“反抗绝望的文学”，以及“拒绝忘却的文学”等丰富立体的面向。

事实上，对于鲁迅的人生哲学，学界已有深入的研究。解志熙先生对其思想中的存在主义因素就曾有过精彩的分析，他说：“对于个体的必死性这一不可超越的事实，任何悲观主义和乐观主义的理想都过于简单化，因而都意味着对这一不可逃避的必然性的逃避。鲁迅的真正深刻处在于，他不仅无畏地正视死亡这一必然的境遇，而却进一步从死亡这一本属将来才会发生的事实，回溯人的当前和过去的存在，并据此来筹划人的未来，从而深刻地发掘出了死亡在人的生命存在中的本体意义和创造功能。在鲁迅看来，死亡虽然意味着生命的终结，但是在人的生命存在中，死亡并不是只在最后以终点的形态出现一次，相反，死亡是先行进入并存在于现存在的人的生命之中的。……死亡贯穿于作为现存在的人生‘过客’的全部生命过程中：过去、现在和未来。从这个角度看，死亡对于现存在的人来说就是已经发生、正在发生和将要发生的事。对于现存在的人来说，已经发生的死亡就是他过去的生命。‘过去的生命已经死亡’——鲁迅在《野草》开首就这样说。但鲁迅对此珍惜而并不痛惜，因为虽然死亡是生命的虚无化（否定），但虚无化总是对存在的虚无，所以恰恰是死亡向人证明了他的生命曾经存在过……显然，在这里，死亡有一种使人体验其生命存在，确证其存在价值的功能。也正因为如此，鲁迅会对正在走向死亡的现在持一种积极主动坦然承担的态度……”[②] 的确，鲁迅对生命的肯定是建立在正视死亡的基础之上的，就像他对绝望的反抗是建立在对希望与绝望之为虚妄的认识之上的。因而，他始终强调“行”的意义，就是在破除希望与绝望的二元对立，将之进行某种转化；同样的，“行”也始终被他放置于生死两端之间，面对死亡，将懵然的生理意义上的生命锻造成为真正具有精神意义的“活”。尤为独特的是，鲁迅的生命观并非“生—死”或“生—行—

① 张旭东．杂文的“自觉”——鲁迅“过渡期”写作的现代性与语言政治：上．文艺理论与批评，2009（1）.

② 解志熙．生的执著——存在主义与中国现代文学．北京：人民文学出版社，1999：107－108.

死”的过程，而是“死—行—生”的过程。也就是说，必须以“行”的实践将“过去的生命”以文学（或其他“实有”的方式）确定下来，在不断对死亡的承担中，才能真正认识和体验到原来生命“还非空虚”。在这个意义上说，鲁迅的生命哲学不仅是“向死而生”，同时更是一种“行动”的“向死而生”。

很显然，作为“行”的文学在鲁迅的生命中具有最为重要且无可取代的地位。这不仅因为文学是他认定可以“改造国民灵魂”和“改良这人生”的正确方式，同时对他本人而言，文学也是他用以肯定和完成自我生命的唯一途径。这一点，从与他有着灵魂共鸣的厨川白村的文章中也可以看到。厨川白村在《苦闷的象征》中曾说：“正因为有生的苦闷，也因为有战的苦痛，所以人生才有生的功效。”[①]“生是战斗”，“‘活着’这事，就是反覆着这战斗的苦恼。我们的生活愈不肤浅，愈深，便比照着这深，生命力愈盛，便比照着这盛，这苦恼也不得不愈加其烈。在伏在心的深处的内底生活，即无意识心理的底里，是蓄积着极痛烈而且深刻的许多伤害的。一面经验着这样的苦闷，一面参与着悲惨的战斗，向人生的道路进行的时候，我们就或呻，或叫，或怨嗟，或号泣，而同时也常有自己陶醉在奏凯的欢乐和赞美里的事。这发出来的声音，就是文艺。对于人生，有着极强的爱慕和执著，至于虽然负了重伤，流着血，苦闷着，悲哀着，然而放不下，忘不掉的时候，在这时候，人类所发出来的诅咒，愤激，赞叹，企慕，欢呼的声音，不就是文艺么？”[②] 这样的文艺观，无疑是与鲁迅高度一致的，甚而言之，这种认识上的一致应该正是推动鲁迅亲译《苦闷的象征》的原因。

但是，鲁迅毕竟是鲁迅，他虽博采各种思想资源，最终却必然要结合他本人的现实境遇与生命体验、结合时代历史与现实环境，方才形成他自己的思想与文学。换句话说，他是以自己的生命体验与实践对其思想资源进行了重要的内在转化。因此，无论是存在主义还是厨川白村，都通过了鲁迅的生命体验这一熔炉，成为一种独一无二的思想和表达。在鲁迅这里，文学是生命的痕迹、是“苦闷的象征”，同时也是时代的“立此存照”，文学的两端不仅联结着生死，同时也联结着个人与时代。

与厨川白村的相遇发生在鲁迅文学观念的转型期，而在这个转型之后，鲁迅的文学理念与实践又不断出现新的问题与新的变化（这也恰是因为写作是他的“活”与“行”，所以他的写作不可能停滞和凝固，而必然要随着他生命体验的丰富变化而变化）。1927 年之后，政治形势的变化与革命文学的兴起都深深影响了鲁迅的写作，即如瞿秋白所说的：“正是这期间鲁迅的思想反映着一般被蹂躏被侮辱被欺骗的人们的彷徨和愤激，他才从进化论最终地走到了阶级论，从进取的争求解放的个性主义进到了战斗的改造世界的集体主义。”[③] 与《野草》相比，杂文不再仅仅是“苦闷的象征”，而带有了更强烈的战斗性和革命性，也更具有为时代“立此存照”的“诗史”意义。但同样重要的是，在长期而大量的杂文写作中，鲁迅仍然坚持他独特的写法，即“那种经过私人问题去照耀社会思想和社会现象的笔调”[④]。对此，瞿秋白总结说：“历年的战斗和剧烈的转变给他许多经验和感觉，

---

① 厨川白村．苦闷的象征//瞿秋白，编．鲁迅译文全集：第 2 卷．福州：福建教育出版社，2008：225.
② 厨川白村．苦闷的象征//瞿秋白，编．鲁迅译文全集：第 2 卷．福州：福建教育出版社，2008：237.
③ 何凝．鲁迅杂感选集序言//瞿秋白，编．鲁迅杂感选集．贵阳：贵州教育出版社，2001：111.
④ 何凝．鲁迅杂感选集序言//瞿秋白，编．鲁迅杂感选集．贵阳：贵州教育出版社，2001：115.

经过精炼和融化之后，流露在他的笔端。”[1] 这其实也可以看作对鲁迅写作观念与实践的一种总结。如果将鲁迅的写作不分文体或时期地整体来看，正可看到他是如何在写作中投入自己的现实经验与生命体验，又是如何将写作置于生命与生活的首要位置。无论是富于艺术美的散文诗还是强调斗争性的杂文，究其根本，都是他本人作为“活人”发出的声音和做出的“行动”。在这个意义上，无论是从《野草》到杂文的风格转变，还是杂文内部从《新青年》时期的文明批判、社会批评进而到逐步接近左翼文学潮流的思想发展，都是作者的经历与思想变化的痕迹，其间具有鲜明的一贯性与一致性。把握住这一点，就是把握了鲁迅生命观与文学观的核心问题，也就把握了理解鲁迅思想与写作的钥匙。

（张洁宇 撰）

拓展与思考

1. 提供三种阅读鲁迅杂文的方式，可以选择其中一个你感兴趣的方式，也可以三个方式都试一试，看看能否对你更深入地理解鲁迅的杂文有所帮助。

（1）通读瞿秋白（何凝）编《鲁迅杂感选集》。认真阅读瞿秋白所撰序言，把握他对于鲁迅杂文在思想和文学价值方面的评价，并带着他的观点阅读选集中的文本，看看与你的阅读感受是否一致。

（2）选择一本鲁迅的杂文集，通读一遍，并收集相关资料，了解该杂文集写作的背景。看看能否通过一本杂文集更深入地了解鲁迅在某一时期内的思想与生活。

（3）阅读鲁迅所有杂文集的序跋和题记，看看从中能找到一条怎样的脉络，来整体领会鲁迅杂文的发展。

2. 在充分了解相关历史背景的情况下，重读你以前读过的某一篇杂文，比如《论“费厄泼赖”应该缓行》《论雷峰塔的倒掉》《记念刘和珍君》等。看看在充分了解背景之后对阅读和理解文本有怎样的帮助。

① 何凝．鲁迅杂感选集序言//瞿秋白，编．鲁迅杂感选集．贵阳：贵州教育出版社，2001：117.

第16章

《野草》：“鲁迅的美学”

鲁迅曾说，《野草》里有他“全部的哲学”[①]。这里所谓“哲学”当然并非某种完整的思想体系，而是指其思想中某些重要的、贯穿性的基本问题，比如他以诗性语言道出的“明与暗，生与死，过去与未来”，以及“友与仇，人与兽，爱者与不爱者”[②] 等等。这些范畴正是“鲁迅哲学”的基础和重点，在《野草》里，他以特有的含隐方式对之做出了深刻的思考与表达。本章借用这个说法，在此基础上探讨“鲁迅的美学”——这当然同样并非严格意义上的美学思想或观念，而是包括其文学思想与艺术风格在内的“野草式”的美学特质。

一

散文诗集《野草》是从一句晦涩深奥而又极为精确的“开场白”开始的：

> 当我沉默着的时候，我觉得充实；我将开口，同时感到空虚。[③]

“沉默”中的“充实”与“开口”后的“空虚”，似乎是鲁迅一贯的问题。这里既有对于思想本身的黑暗与复杂状况的坦陈，也有对于表达方式的怀疑和对写作行为本身的追问。可以说，《野草》时期的鲁迅所面临的最大问题，就是如何在从“沉默”到“开口”的过程中，准确地将思想情感转化为文学语言，使之既不丧失原有的丰富、复杂与真实，又能符合文学的审美要求与历史抱负。从“不能写，无从写”到最终“不得不写”，《野

---

① 衣萍．古庙杂谈：五．京报副刊，1925-03-31.

② 鲁迅．题辞//鲁迅全集：第2卷．北京：人民文学出版社，2005：163.

③ 鲁迅．题辞//鲁迅全集：第2卷．北京：人民文学出版社，2005：163.

草》的写作体现了一个艰难的过程，而《野草》本身也正是这个过程所造就的特殊成果。它以极为隐晦含蓄的特殊方式表达了鲁迅思想与内心最深处的真实。同时，《野草》特殊的表达与呈现方式，也是鲁迅有意识进行的一次写作实验。

在这个意义上说，鲁迅选择了散文诗的形式应该是出于深思熟虑的必然。这里既有对于西方现代主义文学的借鉴，更有他内心中巨大矛盾力量的推动。《野草》的出现本身体现出一种不得不写而又不想明说的深刻矛盾，是鲁迅内心挣扎的一个产物，是他在隐藏和表达之间不断拉锯、寻找突破和解脱的一个产物。

《野草》的阅读始终伴随着晦涩、矛盾与紧张。同时，其内容中多次出现的噩梦、死火、坟墓、黑夜、死亡等等意境和意象，也都表露出紧张的情绪。这个紧张是一种具有整体性的东西，它笼罩了《野草》风格多样而多变的诸篇。《野草》中的意象常常是破碎的，情绪也是破碎的，甚至语言也是破碎的，但其整体的意境却相当统一。这意境就是鲁迅在首篇中重点描画的"秋夜"。一个安静但并不宁静的暗夜，月黑风高，秋风萧瑟，黑暗里充满了剑拔弩张的对峙……这就是《野草》的世界，也是鲁迅真实的内在的心灵世界。从《秋夜》开始，每一篇"野草"也都"互为头尾"地形成了一个彼此密切相关的系列，共同完成了为他的生命"作证"的使命。事实上，即便鲁迅不说《野草》里包含了他的全部哲学之类的话，这本小册子也以它的特殊文体特征表达出了他这样的用意。

鲁迅曾说过："写什么是一个问题，怎么写又是一个问题。"① 这说明了他对写作本身的高度自觉，这种自觉就包括了对文体和形式的自觉。值得注意的是，自《秋夜》在《语丝》上发表的那天起，《野草》系列就都以副标题的方式特别注明"野草之＊"，也就是说，在鲁迅同时进行的多样创作中，哪些属于"野草"系列，哪些不属于，在他心中是有所区别的。这个区别，既包含主题方面所谓的"全部的哲学"，也包含了艺术方式上的"特殊美学"。

二

《野草》中有一首非常特别的作品——"拟古的新打油诗"《我的失恋》。这首诗从语言风格上说更像一篇"玩笑之作"，不仅在《野草》中显得非常"另类"，同时也造成了解读上的困难。对于这首诗的入选，很多研究者认为具有某种偶然因素②，但在偶然性之外也有其合理之处——否则就无法解释为什么在编集问题上从不随意的鲁迅在后来编定《野草》时保留了这一篇——那是因为：《我的失恋》其实十分隐晦地体现了鲁迅独特的文学观。

这是一个非常严肃的文学观。鲁迅以恋人之间互赠礼物的贵贱美丑的悬殊，对所有自以为高雅尊贵的文学家们开了一个玩笑：如果说，带着桂冠的诗歌——无论新诗还是旧诗——是"百蝶巾"、"双燕图"、"金表索"和"玫瑰花"那样高雅优美、地位显赫的东西，那么，鲁迅情愿自己的《野草》——以及其他一些作品——就像"猫头鹰"、"冰糖壶

---

① 鲁迅．怎么写：夜记之一//鲁迅全集：第4卷．北京：人民文学出版社，2005：18.

② 孙玉石．现实的与哲学的：重释鲁迅《野草》．上海：上海书店，2001：51－52.

卢”、“发汗药”和“赤练蛇”那样，不登大雅之堂，不求名留青史，但却让人或觉可近，或觉可惊，心有所动。鲁迅在这里颠覆的是古典主义文学的传统价值观念，他以一种革命式的态度将那些被供奉在文学殿堂中的经典价值奚落嘲弄了一番，尤其消解了“美”“优雅”“高贵”“浪漫”“神圣”之类的传统价值。可以说，这是一次文学艺术领域“重新估价一切”的革命。颠覆了旧有的价值，代之而起的则是一个新的、现代的、有关“诗与真”的观念。即以“真”取代了空洞的“美”，以“真”改写了“诗”，以一种与现代生活和现代体验血肉相连的“真实”作为现代意义上的文学的核心价值。

但是，写“真”又谈何容易！在一篇有关“作文”与“立论”的文章中，鲁迅就写出了自己的独特思考。《立论》的风格是轻松幽默的，但其背后的问题却相当严肃和沉重。可以说，这是鲁迅对于自己在写作中的“说”与“不说”的根本性困境的剖露，更是他对于“说什么”和“怎么说”等重大问题的深入思考。

《立论》的故事非常简单。在梦中身为小学生的“我”向老师请教“立论的方法”，老师给“我”讲了一个故事，一个“说谎的得好报，说必然的遭打”的故事，“我”于是对老师说：“我愿意既不谎人，也不遭打。那么，老师，我得怎么说呢?”老师于是给出了一个“哈哈哈”的办法。“谎人”与“哈哈哈”当然都是不“说真话”。前者是“骗”，后者是“瞒”，都是鲁迅所深深嫌恶的，更是他一再强调要在新文学中坚决去除的旧文学遗毒与糟粕。他在写完《立论》之后两周又写了一篇著名的杂文《论睁了眼看》，其中就曾说道：“中国人的不敢正视各方面，用瞒和骗，造出奇妙的逃路来，而自以为正路。在这路上，就证明着国民性的怯弱，懒惰，而又巧滑。”“中国人向来因为不敢正视人生，只好瞒和骗，由此也生出瞒和骗的文艺来，由这文艺，更令中国人更深地陷入瞒和骗的大泽中，甚而至于已经自己不觉得。世界日日改变，我们的作家取下假面，真诚地，深入地，大胆地看取人生并且写出他的血和肉来的时候早到了；早就应该有一片崭新的文场，早就应该有几个凶猛的闯将!”[①] 基于此，在他自己的写作中，鲁迅当然更不能容忍“瞒”和“骗”这两样东西的存在。可以说，鲁迅的写作——从原则上说——必然是“说真话”的写作。

但问题在于，“说真话”并不容易，这一点鲁迅深有体会。“挨打”还在其次——事实上，他在写《立论》之前，已经在为“说真话”而挨“正人君子”们的打了——更重要的是“毒气和鬼气”的问题。因为自知内心的“黑暗”，深恐传染他人，所以他曾说他最担心的是“我就怕我未熟的果实偏偏毒死了偏爱我的果实的人，而憎恨我的东西如所谓正人君子也者偏偏都矍铄”[②]。因此在他看来，“说真话”也要看时机、讲方法，在很多时候，直截了当和直言不讳未必就是最正确最合适的战斗方式，这是鲁迅在多年的战斗中深刻认识和总结出来的。因此，“说真话”绝不是一种简单机械的表态，而必须通过智慧的方式。具体到文学性写作——如散文诗而非杂文——当中，如何“文学”地“说真话”更是一个事关“诗与真”的重大的艺术问题。

如何不“瞒”、不“骗”，不说假话，同时又避免简单机械地“说真话”的负面影响，这些都是鲁迅在写作中所面临的困境。更进一步说，《立论》所表达的不仅仅是这个写作中的困境，其实更已深入到如何认识世界、如何表达自我之类的写作哲学的问题。说到

---

① 鲁迅．论睁了眼看//鲁迅全集：第1卷．北京：人民文学出版社，2005：254.

② 鲁迅．写在《坟》后面//鲁迅全集：第1卷．北京：人民文学出版社，2005：300.

底，这是一个如何面对、认识、处理和表现“真实”的问题。并且，在这个“真实”当中，至少包含有“现实的真实”、“内心的真实”和“文学的真实”这三个层面。

在“现实的”、“内心的”和“文学的”三重“真实”中，作为作家的鲁迅，关注的焦点当然最终还要落在“文学的真实”上。前两种“真实”，说到底都是“说真话”的问题，也就是“写什么”的问题；而“文学的真实”，才是真话“怎么说”或文章“怎么写”的问题。确切地说，就是如何以文学的方式说出现实中和内心深处的真实，一方面让“真实”得以表达，另一方面也让说出来的“真实”成为具有艺术价值和历史意义的“文学”文本。这里，涉及了鲁迅对于三重“真实”之间的关系的理解。

在题为《怎么写》的文章中，鲁迅说：

> 尼采爱看血写的书。但我想，血写的文章，怕未必有罢。文章总是墨写的，血写的倒不过是血迹。它比文章自然更惊心动魄，更直截分明，然而容易变色，容易消磨。这一点，就要任凭文学逞能，恰如冢中的白骨，古往今来，总要以它的永久来傲视少女颊上的轻红似的。

这句话确实非常重要，因为它清晰而深刻地体现了鲁迅的文学观和写作观。即：必须以“文学的真实”来反映“现实的真实”。因为，“文学的真实”（墨写的文章）要比“现实的真实”（血写的血迹）更具有长久的历史价值，因而，也只有“文学的真实”才能真正保存“现实的真实”。这个关于文学的功用与意义的认识，应该也就是促使鲁迅当年毅然“弃医从文”、以文学为终生志业的动力之一。

虽然鲁迅曾在他最愤怒的时候说过：“墨写的谎言，决掩不住血写的事实。”① 但他同时也更清楚地知道：“造化又常常为庸人设计，以时间的流驶，来洗涤旧迹，仅使留下淡红的血色和微漠的悲哀。在这淡红的血色和微漠的悲哀中，又给人暂得偷生，维持着这似人非人的世界。”② 因此，纵然已是“实在无话可说”，甚至已“艰于呼吸视听”的他，仍在现实生活中常常“觉得有写一点东西的必要”，尤其是在发生了“血写的事实”之后。因为，能与“忘却的救主”相对抗的，只有那看似无用却终将胜于那“容易变色，容易消磨”的血迹（现实的真实）的文章（文学的真实）。是否可以这样说，鲁迅一生的写作，其实就是一种“为了忘却的记念”。他“记念”的目的就在于留住真实，对抗“忘却的救主”；为自己、为他人、为民族、为历史“立此存照”，书写“诗史”。而他“记念”的唯一方式，就是用笔墨写作，也就是将“现实的”与“内心的”真实转化为“文学的”真实。

但是，究竟应该“怎么写”呢？

在鲁迅看来，“事实”（现实的真实）并不直接等于“真实”（文学的真实），反之亦然。因为，文学作品“大抵是作者借别人以叙自己，或以自己推测别人的东西，……即使有时不合事实，然而还是真实。其真实，正与用第三人称时或误用第一人称时毫无不同”。相反，那些以日记体、书简体的方式标榜真实性的作品，反而让人觉得非常做作，读者从中看不见作者的真心，“却时时看到一些做作，仿佛受了欺骗”。因此他说：“我宁看《红楼梦》，却不愿看新出的《林黛玉日记》，它一页能够使我不舒服小半天。”究其原因，就

---

① 鲁迅．无花的蔷薇之二//鲁迅全集：第3卷．北京：人民文学出版社，2005：279.

② 鲁迅．记念刘和珍君//鲁迅全集：第3卷．北京：人民文学出版社，2005：290.

在于这类东西打着“真实”的旗号，实际上却“不免有些装腔”，反而引起读者的幻灭。因此鲁迅说：“一般的幻灭的悲哀，我以为不在假，而在以假为真”，“幻灭之来，多不在假中见真，而在真中见假”①。

鲁迅批评和否定的是对于“真实性”的机械理解，因而也就同时表明了他自己对于“文学的真实”的独特认识。在他看来，“真实”不能依赖于表面看去的“事实”，更不能依赖于自我的标榜。表面的做作或标榜只能透露出作者内心的虚假，而文学的真实依赖的是作者对于事实的把握和内心的真诚。至于是否运用虚构等文学表达方式，则是丝毫不会影响和妨害到“真实”本身的。事实上，《野草》正是这样一个“假中见真”的有力例证。由于其“真实”更多地侧重于“内心的”层面，为了找到合适的方式说出他带有“毒气和鬼气”的内心，鲁迅在《野草》中尝试了多种方式，以托物、象征、戏剧化等手法，含蓄隐晦地表达出一种极为特殊的“真实”。《野草》的真实性并不在于它是不是“血写的”，或者是不是以第一人称的、日记体的、纪实的手法写的。它的变形，它的画梦，它的象征，让人“假中见真”，甚至更深入地体现出“真实”状态的复杂性与深刻性。在这个意义上说，《野草》是鲁迅的一次写作实验，并且是一次独特的、重要的、成功的写作实验。

《野草》是鲁迅“写自己”的特殊文本，它以最隐晦的方式写出了最深切的真实，是鲁迅文学性写作中的一次“假中见真”的尝试。与他在小说和杂文中以“最清醒的现实主义”进行历史批判与社会批判的方式不同，《野草》的写作是他时时面对自己内心的过程。正因为内心有太多的矛盾、痛苦、绝望和虚无等“黑暗”的东西，所以在写作的过程中，“怎么写”的问题就必然成为一个比他在任何其他写作中都更需思考和应对的问题。或者说，对《野草》而言，“怎么写”的问题更突出、更重要，同时也更加困难。事实上，《野草》中的“真实”之所以难于直说，还不仅因为说出来以后可能有“挨打”或“传染别人”的严重后果，更重要的是，这“真实”本身就太矛盾太复杂，作家自己甚至无法用语言将之准确地表达出来。这正如鲁迅在《题辞》中所说：“天地有如此静穆，我不能大笑而且歌唱。天地即不如此静穆，我或者也将不能。”② 这足见真话之难不仅来自外部环境的压力，同时也有来源于写作内部的困难。

在《野草》的第15篇《墓碣文》中，就提出了这个有关写作内部困境的问题。与墓碣正面的生命观相比，墓碣背面的文字更集中体现了时时萦绕于鲁迅思想中的文学观和写作观：“……抉心自食，欲知本味。创痛酷烈，本味何能知？……痛定之后，徐徐食之，然其心已陈旧，本味又何由知？……”这里提出的两个问题，正是鲁迅对于挖掘和暴露内心真实的方式的思考和讨论。这里所说的“本味”，首先是“内心的真实”，而“抉心自食”也就意味着要在写作的过程中充分面对、认识和表达这一内心的真实。但问题的关键在于：如何能将“心”的“本味”如实准确地保留并传达到文本中，使之成为“文学的真实”？很显然，这是一个关乎写作内部的艺术问题。

在鲁迅看来，“抉心自食”的过程是“创痛酷烈”的，而所得到的效果却未必理想。

---

① 鲁迅．怎么写：夜记之一//鲁迅全集：第4卷．北京：人民文学出版社，2005：19-25.

② 鲁迅．题辞//鲁迅全集：第2卷．北京：人民文学出版社，2005：163.

其原因在于“感情正烈的时候，不宜做诗，否则锋芒太露，能将‘诗美’杀掉”①。这个观点的提出，完全是出于艺术（“诗美”）的角度，因为“感情正烈”的时候最易失去冷静，因而造成“锋芒太露”，失去了审美所需的距离，完全成为作者主观情绪的宣泄，失却了优秀文学作品本应具有的“永久性”和历史意义。且当作者与读者的情绪高潮都渐渐消歇之后，“情随事迁”，那种单纯宣泄情绪的作品也就“味如嚼蜡”，减损了审美与历史的价值。这正是《墓碣文》中所说的“抉心自食，欲知本味”的问题。这个问题，绝不仅仅事关狭义的诗歌文体，而是一个根本性的艺术问题。以往的研究多强调鲁迅在这段文字中所流露的“创痛酷烈”，认为这是他内心矛盾痛苦的体现。但痛不痛并不是最重要的，最重要的问题是“本味何能知?”——仍然是“怎么写”的问题。

鲁迅自己是从不在感情最烈的时候写作的，即便是那些锋利无比的杂文。正如他在“三一八”惨案发生十余天后所写的《记念刘和珍君》中所说：“……我实在无话可说。我只觉得所住的并非人间。四十多个青年的血，洋溢在我的周围，使我艰于呼吸视听，那里还能有什么言语？长歌当哭，是必须在痛定之后的。”② 但是，“痛定之后”问题就解决了吗?“痛定之后”的“长歌当哭”就能艺术地再现内心的或现实的“真实”了吗？鲁迅的回答仍然是怀疑的：“痛定之后，徐徐食之，然其心已陈旧，本味又何由知?”也就是说，当写作与现实或内心之痛拉开一定的距离之后，却又面临了另一种困境，那就是：感情渐弱，“忘却的救主”开始降临，“又给人暂得偷生，维持着这似人非人的世界”。因此，这样写就的作品又将出现由时间和情绪的“距离”所带来的损耗，因为“其心已陈旧”，所以作者的情绪力量和文本的感染力都有可能随之受损，似乎仍不能达到“欲知本味”的效果和目标。

鲁迅在这里所提出的，显然正是他自己在写作中遭遇的问题。——如何在“诗”中处理“真”？如何在“欲知本味”的写作中保留“诗美”、追求艺术？这个问题，他自己无法给出清楚的回答。他的答案——或说是他对答案的探索——都体现在《野草》等尝试性的文本之中。这让人不由得想起，鲁迅曾半真半假地承认自己“做惯了晦涩的文章，一时改不过来，初做时立志要显豁，而后来往往仍以晦涩结尾，实在可气之至”③。其实，下笔晦涩并不一定真的是积习难改，而更可能是他在某一种题材和环境的制约之下的有意识的选择，是他在“诗与真”问题上的某种尝试和应对。

我们在《野草》里看到了很多虚幻荒诞的梦，但同时又看到了最真实的鲁迅。在《野草》里，能看到鲁迅这个时期非常真实的生活和情绪，看到他的“华盖运”，看到“女师大风潮”、“新月派”诸绅士的围剿、“三一八”惨案，以及他私生活里的恋爱、兄弟失和的余波……这一切都能看到，所以也难怪有各种各样的解读。但是，更重要的是，这些并不是直接“看到”的，而是通过一种“画梦”“象征”“变形”来呈现的。《野草》，就是他在这人生最晦暗时期的一个特殊的精神产物。《野草》的重要意义绝不仅仅在于它记录了

① 这句话是鲁迅在1925年6月28日——亦即写作《墓碣文》之后的第11天——与许广平的通信中说到的。他说的是许广平投与《莽原》的一首诗作：“那一首诗，意气也未尝不盛，但此种猛烈的攻击，只宜用散文，如‘杂感’之类，而造语还须曲折，否，即容易引起反感。诗歌较有永久性，所以不甚合于做这样的题目。”（鲁迅．致许广平：1925年6月28日//鲁迅著译编年全集：第6卷．北京：人民出版社，2009：276.）

② 鲁迅．记念刘和珍君//鲁迅全集：第3卷．北京：人民文学出版社，2005：289.

③ 鲁迅．致许广平：1925年5月30日//鲁迅著译编年全集：第6卷．北京：人民出版社，2009：241.

鲁迅此时的生活与精神状态的真相，更重要的是，它体现了鲁迅在这一特殊时期中对于自我生命的一次深刻反省和彻底清理，是他对自我生命和经验的一次具有特殊美学意义的文学表达。

三

对于鲁迅来说，这样一种"真"的写作，既是符合启蒙理想与时代主潮的"为人生"的写作方式，也是他个人文学生命中最深层最真切的内在需求。综观整个《野草》，关于生命与文学的深入探索几乎无处不在。生命哲学是鲁迅关于"写什么"的探索，而文学写作观念则是他时刻关心的"怎么写"的思考。而这两者，在他的生命中是紧密交织、不可分离的。正如他在《题辞》中所强调的，"生命的泥委弃在地面上，不生乔木，只生野草"，这"野草，根本不深，花叶不美，然而吸取露，吸取水，吸取陈死人的血和肉，各各夺取它的生存"。但是，他说："我自爱我的野草，但我憎恶这以野草作装饰的地面。"在这里，鲁迅已经说得非常明确，"野草"是代表着他这部散文诗集的精神特征的。对应于所有美好的花叶和乔木而言，"野草"不"美"、不取悦于人、不具有任何装饰性，但是，它却是鲁迅以自己"生命的泥"所养育，以"过去的生命"的"死亡"与"腐朽"所换取的，它甚至可以直接等同于作家的生命。因此鲁迅说："我以这一丛野草，在明与暗，生与死，过去与未来之际，献于友与仇，人与兽，爱者与不爱者之前作证。"[①] 这句话，包含了鲁迅对于写作的最根本的看法，以及他对文学的信仰。因为这里的"写作观"，绝非一种纯文学意义上的概念，而已经深化为一种生命的方式：鲁迅以"写作"作为斗争与实践的方式、作为"生"——生命与生活——的实践方式，他的生命几乎是与他的写作完全交织在一起的。写作是他"活"的证明、"活"的动力和成果，更是支持他继续"活"下去的最大安慰。即如他在《写在〈坟〉后面》中所说的：

> 我的生命的一部分，就这样地用去了，也就是做了这样的工作。然而我至今终于不明白我一向是在做什么。比方做土工的罢，做着做着，而不明白是在筑台呢还是在掘坑。所知道的是即使是筑台，也无非要将自己从那上面跌下来或者显示老死；倘是掘坑，那就当然不过是埋掉自己。总之：逝去，逝去，一切一切，和光阴一同早逝去，在逝去，要逝去了。——不过如此，但也为我所十分甘愿的。[②]

这段动情的文字透露了鲁迅内心非常真实的一面。的确，鲁迅从来不是一个"为艺术而艺术"的作家，他的写作几乎是与他的人生同为一体的，他的写作也就是他以生命的心血进行灌溉的过程。可以说，"诗与真"的问题在他那里已不仅是一个艺术问题，而成为一个熔铸着写作者生命与写作的特殊的哲学追问。也是在这个意义上说，鲁迅对于"诗与真"的理解与实践，超越了古今中外很多艺术家的认识和理解，达到了一个更加高远的境

---

① 鲁迅．题辞//鲁迅全集：第2卷．北京：人民文学出版社，2005：163.

② 鲁迅．写在《坟》后面//鲁迅全集：第1卷．北京：人民文学出版社，2005：299.

界，也具备了更为强大而独特的生命力量与历史意义。

《野草》是鲁迅最集中讨论生命哲学的文本。“一丛野草”包含了“明与暗，生与死，过去与未来”“友与仇”“人与兽”“爱者与不爱者”[①] 等诸多人生的重大话题。而就在他最常论及的“生”与“死”之间，鲁迅创造性地引入了“活”与“行”的问题。

与“死”相对的“生”，是一种客观性的生理状态，但这种“生”并不等于鲁迅所说的“活”。在鲁迅看来，苟延残喘不是“活”，只有“行”才是“活”的方式和证明。而这个“行”，对鲁迅本人而言，则包含有写作、翻译、讲演、编刊等方式，总之即是一种与社会现实短兵相接的斗争实践。没有此类斗争实践，就不能算是“活”的状态。即如他1927年5月在广州编定《朝花夕拾》之后所写到的：“看看绿叶，编编旧稿，总算也在做一点事。做着这等事，真是虽生之日，犹死之年，很可以驱除炎热的。”这句话看似平淡却深藏着痛苦与无奈。身处“四一二”之后的广州，鲁迅即便是痛定思痛也仍然无法发声，编旧稿看似“总算也在做一点事”，但在内心之中，他却将之清醒地归为“虽生之日，犹死之年”的非“活”状态。因为在他眼里，一个写作者不愤怒、不发声、不写作，就算不上是“活”。同样的，当晚年的他在病榻上醒来，感叹“无穷的远方，无数的人们，都和我有关。我存在着，我在生活，我将生活下去，我开始觉得自己更切实了，我有动作的欲望”[②] 的时候，他的思路仍是那样一贯，即只有“切实”的“动作”和“行动”才证明了人的“存在”和“生活”。

类似的表达最集中地还是出现在《野草》中。在《过客》里，过客形象不仅在清醒、执拗、沉默、疲惫等方面体现着鲁迅本人的精神特征，更以其“我只得走”的人生哲学对鲁迅“活”与“行”的哲学做出了最好的诠释。过客的一生都在“走”，“从还能记得的时候起”，一直要“走到一个地方去，这地方就在前面”。这个看似无始无终的“走”，取消了具体的时空条件，成为一种哲学意义上的行动，即“反抗绝望”、克服虚无的“行”。这个行为显然具有哲学意义上的悲剧精神。通过“行”（行动），人才能进入一种哲学意义上的悲剧困境，并展现出人类追求的意志和力量。过客的“走”由此获得了形而上的哲学提升，表现出强烈的质询、控诉的气质，而不安于承受和悲悼。亦如《铸剑》中的黑衣人、眉间尺，《非攻》中的墨子等人物一样，他们并不像希腊古典悲剧那样最终只能证明人的有限和孤独并最终转向神的皈依，因为鲁迅的悲剧哲学寻求的不是灵魂的平安，也不是悲剧的超越或者解脱，而是一种坚持战斗、“永远革命”的精神。

“我只得走”的过客哲学正是鲁迅以“行”赋予人的生命以“活”的意义的形象性表达。《野草》时期正是鲁迅翻译厨川白村的时期，厨川白村曾说：“不淹，即不会游泳。不试去冲撞墙壁，即不会发见出路。在暗中静思默坐，也许是安全第一罢，但这样子，岂不是即使经过多少年，也不能走出光明的世界去的么？不是彻底地误了的人，也不能彻底地悟。”“俗语说，穷则通。在动作和前进，生命力都不够者，固然不会走到穷的地步去，但因此也不会通。是用因袭和姑息来固结住，走着安全第一的路的，所以教人不可耐。”[③] 这样的翻译，几乎很难分辨出究竟是厨川白村还是鲁迅本人的思想和语言。他们的观点显然

① 鲁迅．题辞//鲁迅全集：第2卷．北京：人民文学出版社，2005：163.

② 鲁迅．“这也是生活”……//鲁迅全集：第6卷．北京：人民文学出版社，2005：624.

③ 厨川白村．出了象牙之塔//鲁迅著译编年全集：第6卷．北京：人民出版社，2009：94.

非常一致，即认定只有“行动和前进”才是生命力的体现，一切无行动的空想都不能算是真正有意义的“活”。那种“因袭”“安全”的“半死不活”，才是对人生最大的“误”。这是鲁迅人生哲学的核心基础，也是决定了他本人生活与写作方式的重要因素。

与“我只得走”的过客哲学相似的还有“我不如烧完”的死火哲学，他在燃烧与冻灭之间选择燃烧，拒绝温暾的苟且，实现了如红彗星般的生命的完成，摆脱了冻僵在冰谷里的那种不烧不灭、不死不活的状态。《过客》与《死火》的写作时间虽然相隔近两个月，两篇文字的风格和写法也大有不同，但在最关键的问题——“活”与“行”的思考——上却是完全一致的。死火决定用“烧完”自己的方式助“我”走出冰谷，过客也终将以“走”的方式跨越个人的生命之“坟”，走出一条真正的“路”。这两种方式归根结底是完全一样的，它意味着一种将个人的生命与现实历史相结合的愿望，通过“行”动，将个体生命赋予“活”的意义，以融入民族与文化的未来的方式，延续生命的力量，获得生命的真正价值。

《野草》中的类似表达其实还有很多。比如《死后》对身体“死亡”而“知觉不死”状态的深深恐惧，亦即对半死不活、想动而不能动的非“活”状态的恐惧。而在《一觉》中，经历了年轻生命的被害与牺牲、目睹了无数平民在战乱中死亡之后，鲁迅却拒绝沉沦和颓唐，反而“深切地感着‘生’的存在”。这正是鲁迅特有的思路和一贯的想法，即在绝望与绝境中陡然生出最强烈的反抗，在死亡的威胁面前更焕发出“生”与“战斗”的力量。就像他在1925年元旦的深夜里写就的《希望》中所说的那样，虽然自知“身中的迟暮”，但因为“惊异于青年的消沉”，他说，“我只得由我来肉搏这空虚中的暗夜了”。他“放下了希望之盾”，要与这“暗夜”展开一场殊死战。这里，“行”的哲学又出现了。虽然“分外的寂寞”和绝望，但鲁迅还是选择放下有关希望与绝望的怀疑和挣扎，以肉搏的“行”打破暗夜，探寻“活在人间”的出路。迟暮的他不是不可以选择坐而论道、做青年的导师，但他却宁可勉力“肩起沉重的闸门”，因为他只愿以实际的“行”去引领消沉的青年，告诉他们这是唯一可能走出暗夜的方式。

从《希望》到“必读书”，从《过客》到《死火》，从《死后》到《一觉》……，鲁迅的思考与写作中始终存在着这样一条有关“行”与“活”的主线。这条主线，决定了他的写作方式，即如他在《野草》的《题辞》中所说的：“为我自己，为友与仇，人与兽，爱者与不爱者，我希望这野草的死亡与朽腐，火速到来。要不然，我先就未曾生存，这实在比死亡与朽腐更其不幸。”对于鲁迅本人来说，写作就是他的“行”，就如同过客的“走”或死火的“燃烧”，写作为他“过去的生命”“还非空虚”“作证”，也为他的人生赋予了“活”的意义。更重要的是，他所写的，就像是过客脚下的路或是死火发出的如红彗星一样的光，终将突破一己的生死悲欢，成为整个时代的声音。

这同样也就可以解释为什么鲁迅在《野草》之后离开了北京、走向了杂文。他绝不可能在“六面碰壁”的状态下苟活，必然要以实际的“行”去呼应来自时代的要求，就像他自己给出的解释：“日在变化的时代，已不许这样的文章，甚而至于这样的感想存在。”[①]他势必要以新的写作和新的行动实践来回应那个“日在变化的时代”。

（张洁宇 撰）

---

① 鲁迅.《野草》英文译本序//鲁迅全集：第4卷.北京：人民文学出版社，2005：365.

拓展与思考

1. 通读《野草》全书，对于本章未能具体分析的篇章，进行独立的理解和分析。在阅读中可以参照本章中的一些思路和解读方法，也可以尝试着提出自己的见解。可参阅孙玉石《现实的与哲学的：重释鲁迅〈野草〉》、张洁宇《独醒者与他的灯：鲁迅〈野草〉细读与研究》、汪卫东《探寻“诗心”：〈野草〉整体研究》等研究专著。

2. 可进一步参阅王世家、止庵编《鲁迅著译编年全集》，了解鲁迅在其“野草时期”还有哪些其他创作，思考一下这些写作之间的联系和差异，看看是否有助于你对《野草》的理解？比如，阅读鲁迅译厨川白村著《苦闷的象征》，思考《野草》中的“我梦见”系列与厨川的文学观念之间有什么样的联系？

3. 体会《野草》作为散文诗的特殊写法，着重分析某些重要意象，如“野草”“死火”等。

第 17 章

《伍子胥》："断念者"的生成

冯至《伍子胥》的写作经历了漫长的 16 年光阴。1926 年，刚刚 21 岁的冯至首次读到里尔克的《军旗手里尔克的爱与死之歌》，作品"色彩的绚烂，音调的铿锵""幽郁而神秘的情调"，激起他以伍子胥为主人公写作的冲动，但当时"所神往的无非是江上的渔夫，与溧水边的浣纱女"，是美丽的遇合，"昭关的夜色、江上的黄昏、溧水的阳关，都曾经音乐似的在我的脑中闪过许多遍"。[①] 这样的构思，明显属于青春期作者所钟爱的浪漫小说类型。1932 年，在柏林得悉好友梁遇春夭亡的消息，伤心的冯至出游海岛，看着海鸥的起落，再次动心要写伍子胥。由于伤逝而思考死亡，触及人生的倏忽易逝，构思中的内涵逐渐丰厚。1937 年以后，在从北到南、从东到西的迁徙流亡途中，在昆明由林场茅屋到西南联大校园的往返途中，冯至一次次起意要写伍子胥。直到 1942 年冬天，冯至终于将在心中整整激荡了 16 年的伍子胥落实成文字。这时他已经步入中年了，早年的梦想"有一部分被经验给填实了，有一部分被经验给驱散了"，他心中的伍子胥也"渐渐脱去了浪漫的衣裳，而成为一个在现实中真实的被磨炼的人"。[②] 早期神往奇遇的幻美的激情，已经让位于"真实的""磨炼着的"现实的韧性。平顺中有波折的人生历练，帮助冯至形成了比较成熟的人物观；而多年浸淫于里尔克、歌德的创作与思想，也已达到融会贯通而有所创发的程度。

一

早期冯至对里尔克的喜爱，带着很强的唯美的意味，这种唯美倾向，甚至表现在他的

① 冯至．《伍子胥》后记//伍子胥．上海：文化生活出版社，1946：108.

② 冯至．《伍子胥》后记//伍子胥．上海：文化生活出版社，1946：109.

蜜月旅行中。1935年7月，冯至和姚可昆在巴黎蜜月旅行，他特意要求担任“导游”的张凤举教授带他们到克吕尼（Cluny）博物馆，“去观看那里收藏的六幅壁毯《淑女与独角麒麟》，这是因为里尔克在《布里格随笔》里对这壁毯做过生动描写。六幅壁毯上织着一个淑女通过视觉、听觉、嗅觉、味觉、触觉和愿望与象征贞洁的独角麒麟和谐相处，想不到这与佛教的‘六根’、‘六识’（甚至排列的次序）都互相契合”①。有趣的是这种对唯美的喜爱后来在冯至的作品中并没有太多体现，作品中倒是对里尔克的“担当”观念有更多承传，后文会谈到。这与当时中国社会的战争背景有关，也与冯至本人精神的成长、多方面的整合有关。

与歌德的相遇，是冯至精神生活中的又一重要事件。1920年，冯至还在北京大学德文系就读，他接触到郭沫若译的歌德的《少年维特的烦恼》，“反复诵读”，受到较多影响，可是那时的冯至“没有，也不可能跟着歌德走入他的古典时期”。② 直到1931年，冯至才对歌德中晚期作品产生了研习的兴趣。这年7月，在德国海德堡大学留学的冯至，由于该校讲授里尔克作品的宫多尔夫教授猝然去世，于是决定转到柏林大学，因为那里有关于“浮士德”和“威廉·麦斯特”的课。在柏林，冯至曾花140马克买了一部41卷的《歌德全集》，仔细研读。1932年11月，他在给杨晦的信中说自己“数月以来，专心Goethe（歌德）”，并把自己阅读歌德的感受比喻为“仿佛坐在黑暗里望光明一般”，赞赏歌德老年的诗作“深沉，充满了智慧”。这都只是开端。十年以后，《浮士德》、《威廉·麦斯特的学习时代》、《威廉·麦斯特的漫游时代》以及《东西合集》中的思想，在冯至的写作中成为某些作品的结构框架和理念，与里尔克和雅斯贝斯的思想共同熔铸成冯至个人独特的关于“断念”与“蜕变”的思想，熔铸出具有存在哲学意味的“伍子胥”。

1939年8月冯至任聘西南联大外文系，得以继续早年宁静的读书生活。这一时期，他的读书重点是歌德和杜甫。同时，他还怀着热情读“随身带来的陆游的诗、鲁迅的杂文、丹麦思想家基尔凯郭尔的日记，德国哲学家尼采的个别著作、奥地利诗人里尔克的诗和书信”③。借助这些微量的书籍，凭着德国时期的积累，再加上长期的潜心阅读研究，冯至在西南联大先后开出了“德国抒情诗”“德国文学史”“浮士德与苏黎支”“歌德”“尼采选读”“浮士德研究”等六门外文系选修课。苦心研读使这些选题得以产生，而开课的压力又促使他把原来的感性认识系统化，系统化的直接结果是开课和写出多篇论文，间接的结果是创作构思的成熟凝定。从1939年7月到1941年底，冯至大部分时间住在昆明郊外的杨家山林场茅屋里，这段时间，是他集中深入阅读歌德的日子。他每次从学校返回杨家山时，背包里总装有两样东西，“一是在菜市买的蔬菜，一是从学校图书馆借来的书籍。书籍中最沉重的是德国科塔出版社为纪念1806年起始出版歌德著作100周年由封·德·赫伦主编的《歌德全集》”④。每次他有选择地借几本，同时自己手边还有德国岛屿出版社出版的《歌德书信日记选》、爱克曼的《歌德谈话录》等。而从1937年开始的《威廉·麦斯特的学习时代》的翻译工作一直在进行着。1941年4月，冯至开始翻译歌德研究专家俾得曼

① 姚可昆．我与冯至．南宁：广西教育出版社，1994：44.

② 冯至．外来的养分//立斜阳集．北京：工人出版社，1989：185.

③ 冯至．昆明往事//立斜阳集．北京：工人出版社，1989：137－138.

④ 冯至．“论歌德”的回顾、说明与补充//冯至学术论著自选集．北京：北京师范大学出版社，1992：376.

（Biedermann）的《歌德年谱》，这本年谱是1932年3月冯至在柏林，适逢歌德逝世百年纪念时购买的，翻译的年谱，加了详细的注释以后，在重庆出版的《图书月刊》上按期连载，冯至“以年谱为纲，读歌德的作品，对于歌德一生的转变和他的重要思想有了初步的认识和理解”[①]。以后这些思想进一步深化，形成了五篇重要的论文：《歌德的晚年——读〈爱欲三部曲〉》（1941）、《〈浮士德〉里的魔》（1943）、《歌德的〈威廉·麦斯特的学习时代〉》（1943）、《从〈浮士德〉里的“人造人”略论歌德的自然哲学》（1944）、《歌德的〈东西合集〉》。

1941年，冯至已经逐渐形成了他的“歌德观”，其标志是这一年写出的《歌德的晚年》。早在1937年，冯至就曾给《新诗》杂志翻译过歌德的《爱欲三部曲》中最长的一首《玛利浴场哀歌》，这首《哀歌》对冯至理解歌德的思想起过重要作用。1941年终于一挥而就写出了《歌德的晚年——读〈爱欲三部曲〉后记》。在柏林的时候，冯至崇拜的就是晚年的歌德，但那时还没有力量形成清晰的观点。而在将近十年之后，他终于能够回答歌德是怎样的一个人。他引用歌德给一个性格忧郁的朋友的话来表述歌德：“人有许多皮要脱去，直到他有几分把握住他自己和世界上的事物为止。你经验很多，愿你能够遇到一个休息地点，得到一个工作范围。我能确实告诉你说，我在幸福中间是在不住的断念里生活着。我天天在一切的努力工作时，只看见那不是我的意志，却是一个更高的力的意志，这个力的思想并不是我的思想。”[②] 在这篇论文中，冯至首次提出了他的“歌德观”的两个核心观念“脱皮”和“断念”，“脱皮”和“断念”这两个汉语语词，是冯至直接从德语翻译过来的，后来一直被他所用。

在冯至看来，歌德一生丰饶的背后，“随时都隐伏着不得已的割舍和情心愿意的断念”。在《爱欲三部曲》中所见到的歌德，这个“孕有《浮士德》和《威廉·麦斯特》两大计划”的激情而又节制的老人，“受了一次最艰难的试验，克制了一个最大的绝望”，“这是歌德一生中最后一次的断念，因为绝望最深，所以克制后的生活态度也就最为积极，从此只看见一个孜孜不息的老人在寂寞中不住地工作”。[③] 割舍和断念不是由于外部的压力，而是一个更高意志的引领。为了人类而工作的自觉责任，宿命一般地逼使歌德割舍断念，所有的激情、欲望以及痛苦、折磨都被弃置不顾，唯有工作是永久的生之重轭。“割舍”和“断念”在冯至成了具有人生观意义的概念，在他看来，懂得割舍和断念的，经受了脱皮痛苦的人生，才有可能“完成”。他说，歌德用“涩苦的智慧”，“度过许多濒于毁灭的险境，完成他灿烂的一生”；而不懂得割舍和断念的人生，也许美丽，却只能是破碎的断片，是不能完成的。冯至非常清楚，如果不经过断念和脱皮，一个创造力雄厚的人可能遭遇怎样的悲剧。他早年喜爱的诺瓦利斯、荷尔德林等人，“在无穷的音乐与永久的感情泛滥中已经演了一番无可奈何的悲剧”，“他们只有青春，并没有成年，更不用说白发的完成了”。[④] 冯至放弃了对这些北欧浪漫诗人的眷爱，而推崇“断念和工作”“成为生活的

---

① 冯至．昆明往事//立斜阳集．北京：工人出版社，1989：125.

② 冯至．歌德的晚年——读《爱欲三部曲》后记//冯至学术论著自选集．北京：北京师范大学出版社，1992：282.

③ 冯至．歌德的晚年——读《爱欲三部曲》后记//冯至学术论著自选集．北京：北京师范大学出版社，1992：289.

④ 冯至．里尔克——为十周年祭日作//冯至学术论著自选集．北京：北京师范大学出版社，1992：482.

原则”、成为“一种义务，一种责任”的晚年歌德，同时也肯定同样经过了蜕变、断念而转向观看万物、与万物为一的里尔克，认为他也是完成的。

“脱皮”和“断念”这两个概念确实是歌德的，但冯至如此情有独钟，是与他对自己作为诗人的使命的构想有关的。他原先的气质和才具都使他趋向北欧的浪漫诗人，可是在德国的学习，使他了解到这些诗人的局限，他们的不能“完成”，对冯至这样怀有艺术雄心的诗人来说是一个打击，一个警醒。他必须寻找一种能够完成的人生和艺术，他找到了“断念”后的歌德，找到了《新诗集》后的里尔克。冯至把《新诗集》后的里尔克理解为“断念”以后的成型——“在诺瓦利斯死去、荷尔德林渐趋于疯狂的年龄，也就是从青春走入中年的路程中，里尔克却有一种新的意志产生。他使音乐的变为雕刻的，流动的变为结晶的，从浩无涯际的海洋转向凝重的山岳。他到了巴黎，从他倾心的大师罗丹那里学会一件事：工作，工匠般地工作”[①]。“从青春走入中年的路程”，既是人生的也是艺术的“青春”向“中年”的成长、转向、定型。所以，“断念”是人生观的概念，也是艺术观的概念。当1941年冯至在《歌德的晚年》里提出他的“歌德观”的“断念”的概念时，是他比较诺瓦利斯、荷尔德林、里尔克、歌德的艺术与人生以后提出的，他自己的艺术生涯也在这一时期实现了“断念”以后的成熟。

“断念”的观念不仅糅合了他对德国艺术家的理解，而且有一定的存在哲学的意味。同是1941年，在2月份，冯至写过一篇关于基尔凯郭尔的论文《一个对于时代的批评》，通过绍介基尔凯郭尔，提出了“决断”的生存态度，认为“人要‘决断’，在‘决断’中才能体验到真实的生的意义”。昭示“人们不应该永远面对着虚无，要越过虚无，去寻求生存的本质、人的地位和价值”。深具存在哲学色彩的术语“决断”，要求人们在困境中做出选择，这种选择显然必须经过“断念”来完成，“断念”是决断的一种。“断念”之后的痛苦都得由存在者来担当。对于人的“担当”的使命，也是冯至所理解的存在哲学的一个重要方面，早在1937年，冯至在给自己翻译的里尔克的《给一个青年诗人的十封信》所写的“译序”里就郑重提出了里尔克的“担当”的命题：“谁若是要真实地生活，就必须脱离开现成的习俗，自己独立成为一个生存者，担当生活上种种的问题，和我们的始祖所担当过的一样，不能容有一些儿代替。”[②]

从“决断”“断念”“担当”这样的生存态度出发，必然会进入人对生死之变的沉思。每一次断念都是一次脱皮，都是一次变化，最高的脱皮形式就如歌德晚年在《天福的向往》里所歌咏的飞蛾，“死以求生”，飞向火焰，在死亡中求得新的生机和变化，或者像传说中东方的凤凰，每五百年就要投入烈火中自焚一次，获得新生。所以，在冯至看来，歌德的蜕变论是积极的，死亡不是结束，死亡是转变、升华的必由之路。当然，这里的“死亡”并不是肉体意义上的，飞蛾扑火只是一种比喻。“蜕变论”关心的是人的精神世界的状态。里尔克也在诗文中关注生死，但在这一点上冯至主要受歌德的影响，正如“交流理论”冯至主要受雅斯贝斯的影响一样。在1941年，当冯至融合歌德、里尔克、基尔凯郭尔等人的思想，逐步形成自己的“决断”“断念”“担当”的艺术观和人生观以后，他的文学创作也开始出现新的转机。

---

① 冯至．里尔克——为十周年祭日作//冯至学术论著自选集．北京：北京师范大学出版社，1992：482.

② 冯至．《给一个青年诗人的十封信》译者序//给一个青年诗人的十封信．长沙：商务印书馆，1937：3.

二

冯至十多年来迟迟未能动笔写伍子胥，是因为他"把不住"，既"把不住"人物的内涵，也确定不了主题，找不到合适的小说构架。当 1941 年冯至"歌德观"中"断念"和"脱皮"的概念形成后，伍子胥这个人物也逐渐开始清晰凝定。这一个"伍子胥"是冯至所阐释的歌德意义上的"断念者"。为父兄复仇是他的责任，为了这一责任的实现，伍子胥必须割舍、断念，无论是多么美好的事物或感情——他对季札人品的仰慕，对无名的江上渔夫的友情，对溧水女子所代表的爱欲的向往，他无一不为了责任而割舍了。为了成为复仇者，伍子胥不断地割舍断念，并且全部担当由割舍断念带来的痛苦、惶惑。这和古典意义上的和谐的人、完整的人还是很不同的。而且这种担当，对个人命运的勇敢承担，不仅仅是歌德的，也是存在哲学的，是基尔凯郭尔的，是里尔克的。

由冯至自述的多次创作冲动来看，总是某种体验在撞击他，或者幽郁神秘，或者哀婉伤悼，或者艰辛真实，而伍子胥复仇故事本身的快意恩仇、血腥暴力似乎对冯至没有多少吸引力，这就注定了这部小说是体验性的，而不是故事性的，它是属于诗化小说一类的。"诗化小说"是作者个人生命体验的外化，它的血肉是作者的体验与思想，人物有时成为某种思想与体验的载体，与历史、现实境遇中的人物会有相当的差距，所以不能用"现实主义"的标准来要求《伍子胥》。

当冯至把伍子胥确定为断念者以后，小说的结构框架随之采用"威廉·麦斯特"的框架。《威廉·麦斯特的学习时代》和《威廉·麦斯特的漫游时代》这两部小说被称为西方成长体小说的开山鼻祖。歌德让主人公从一个地方漫游到另一个地方，与各种各样的人遇合，在种种的迷途中得到启示，所以冯至认为这样的成长小说"多半是表达一个人在内心的发展与外界的境遇中间所演化出的历史"。《伍子胥》充分地展示了伍子胥"内心的发展与外界的遭遇中间所演化出的历史"，也采用了类似于"漫游"的结构方式。伍子胥从一地到另一地的逃亡生涯，既是历史的真实，更是为了展示他每个时期的遇合、启示，脱皮、断念、新生。伍子胥先是积累着无数的仇恨恐惧，但在楚狂的家里，他对自己的复仇首次产生了怀疑，对于楚狂和他的妻子的宁静自由自在的生活，"他心里有些羡慕"，虽然最后"还是爱惜他自己艰苦的命运"；[①] 在江上，在溧水边，与渔夫和浣纱女的遇合，"相互关情"冲淡了他的仇恨，而代之的是对友情、美、爱的向往；在季札国度里对自己的反思，以季札的价值尺度来衡量的话，则伍子胥的复仇同样是不义的，是应当放弃的。最后，他成为"畸人"，几乎放弃了仇恨，以一种优美激越的形式来准备进入复仇的正题。他的箫声吸引了人群，箫声传达的楚国的富庶丰饶："那里有取之不尽，用之不竭的水产"，"在山的深处有铜脉，有铁脉"，"还有红色的，蓝色的，绿色的宝石，在里面隐埋"。(103 页) 这些都潜在地引诱了吴国对楚国的欲望，暗示着不久将要兴起的征伐与占有、掠夺。

---

① 冯至．伍子胥．上海：文化生活出版社，1946：22. 本章所引《伍子胥》，皆出自此版。以下只标页码，不再注释。

《威廉·麦斯特的学习时代》和《威廉·麦斯特的漫游时代》，帮助冯至把住了小说的构架。冯至借用“威廉·麦斯特”的成长体的结构方式，展示一种命运性的主题，这种命运性的主题大体与《威廉·麦斯特的学习时代》的主题是相同的，即“一个并非善的动机，却有可能导致一个至善的结局”，就像圣经里说的，基士的儿子扫罗出去寻找他父亲的驴，而得到一个王国。人在一个更高意志的引领下，在遭遇的种种人事的影响下，在内心信念的支持下，是有可能从非善走入至善的。伍子胥从复仇的激情出发，最后却成为一个“畸人”。在受过多年西方文学熏陶的冯至心中，恐怕不会把单纯的复仇当作一个十分高尚的动机，而“畸人”在他的价值判断中却是一个肯定性的词。冯至把他喜爱、敬仰的尼采、基尔凯郭尔、陀思妥耶夫斯基称为“畸人”，认为他们“具有畸人所特有的慧眼来透视一切，挖掘人的灵魂到了最深秘的地方，使一切现成的事物发生不安，起了动摇”①。伍子胥的确是一个复仇者，但同时又是断念者，是“畸人”，是有强烈现实批判精神和敏锐感受力的“畸人”。

由于《伍子胥》小说结构有对《威廉·麦斯特的学习时代》的借鉴，所以，把它理解为一部成长体的小说是顺理成章的，这是一个未经磨炼的年轻人成长为复仇者的故事。不过这个复仇者的长成，标志性特点不是行动意义上的；在冯至看来，最重要的不是复仇行动实行了没有，而是主人公在经过不断的“脱皮”与“断念”以后内心的长成。昭关的夜，对伍子胥是一次最严峻的考验（在传说中伍子胥一夜愁白了头）。他听到了招魂的歌，他几乎就要皈依了。他也思念故土，他要回乡，一路多么疲乏，身体的劳顿，精神的失落，他投奔的太子建根本不值得信赖，也不可能帮助他实现复仇的理想。在这失去依托的轻飘中，皈依大地、皈依故里成了一种难以抵制的诱惑、召唤，卸去一切作为复仇者必有的精神重负，卸去恐惧、焦虑、仇恨和疲累，然后睡去。在白天的昭关，他惶惶不安地躲避着告密和追杀，夜晚的沉睡如果能够睡过去，该多么舒适惬意，在潜意识中他竟暗自祈求着死亡与结束。可是睡去与归去意味着什么呢？与父亲和哥哥一样的命运，遭杀戮。昭关一夜由恐惧、绝望、厌倦组成，伍子胥“觉得万事都像僵固了一般，自己蜷伏在草丛中，多么大的远方的心也飞腾不起来了”（62 页）；然而到了早晨，“这条因为脱皮困难几乎要丧掉性命的蚕觉得旧皮忽然脱开了”（63～64 页），复仇者的内心获得新生，复仇者已然长成。冯至不写伍子胥最后回楚国掘墓鞭尸的快意恩仇，充分证明他的兴奋点不在复仇的血腥畅快，他始终关注的是人物的内心，是人物的断念与成长。

三

小说主要为了表达“断念”这样一种思想，为这一思想展开叙事。此外，还融合着“交流理论”，融合着对人的“正当的死生”的关注，融合着“永恒的女性”形象，同时还有不少 1940 年代现实的折射，这一切都被冯至有机地组织进小说。

我们先来看“交流理论”。在小说的第五部分，“昭关”之后，伍子胥身上的仇恨的气

① 冯至．一个对于时代的批评．战国策，1941，2（17）．

氛相对减弱，在江上，他感受到“异乡”“素不相识”渔夫的“引渡的恩惠有多么博大”；在清新的延陵，他触目所及是“一个快乐而新鲜的世界”，因而他“终归没有去叩季札的门”，“忍着痛苦离开”“那个连王位都不置一顾的”令他钦佩的季札。从这个部分开始，小说的情绪发生了很大的变化，从原先仇恨凝结的紧张，转成人的“亲密交流”的舒缓。这里的音乐性，部分实现了冯至当年向往的《军旗手里尔克的爱与死之歌》的美感。“诗化小说”之“抽象的抒情”或者说“思想的叙事”，其结构都具有这种抽象的音乐性，由情绪的流动、体验的变化来推动小说的进行，而不是靠情节的演进来推进小说的发展。而这种“抽象的抒情”背后的哲思支持除了“断念”的思想，还有雅斯贝斯的“交流理论”。陌生的渔夫的两首诗，“是如何正恰中子胥的运命”，“溧水女子”感到“这一刻忽然来了一个远方的人，冲破了这里的静息，远远近近都发出和谐的乐声”（80 页）。这一切，分明是虽不相识，但能彼此澄明存在的人相互间的“爱的交流”。伍子胥昭关以后的“断念”不再如前期主要是“克服”——对阻滞自己成为“复仇者”的外部内部的恶的“克服”，而是“割舍”，对各种美好感情的割舍。

我们再来看《伍子胥》当中的“永恒的女性”。冯至回忆三四十年代“读《杜伊诺哀歌》和《致俄尔甫斯十四行》（尽管我不是都能读懂），时常想到歌德的《浮士德》最后几行‘神秘的合唱’：‘一切无常的/只是一个比喻/不能企及的/这里成为事迹/不能描述的/这里已经完成/引渡我们的/是永恒的女性’”[①]。把“永恒的女性”作为里尔克和歌德晚年不朽之作的共同主题，是抓住了两者的一个核心观念，冯至注意到了“永恒的女性”的光辉。“楚狂的妻”“一个绿衣的少妇”，她和丈夫生活在“清闲洒脱的境界里”；“专诸的老母”，能把专诸的“愤怒立即化为平静”。在小说将要结束，伍子胥已经来到吴市，复仇只是时日长短的问题了。这时，“楚狂的妻与专诸的老母忽然融合为一个人了”（97 页），这就是“宁静而朴质的”永恒的女性形象，像《威廉·麦斯特的学习时代》里的那位进行独白的“美好的心灵”，像《浮士德》中由格蕾琴转化的引导浮士德上升的女神，成为提升他的精神境界的引领的女性。

鲁迅对自己《故事新编》的说法是“有时难免油滑”，《伍子胥》当中时不时有些调侃，冯至承认把现实讽刺加入历史中是受鲁迅先生的影响。其中的一些描写常常令人忍俊不禁，比如写从鲁国游学归来的儒者，要“去调查南蛮的生活”，偶然经过楚狂的住处，非把楚狂当作西戎研究了一番，就颇得鲁迅的精髓。把现实置入历史叙述中，所产生的陌生化和反讽的效果，在一定程度上拓宽小说的内涵，使小说没有完全局限于伍子胥内心的“激烈交战”。

《伍子胥》中“油滑”的讽刺所代表的对于现实的关注与针砭，是冯至 1940 年代写作的一个共有特征，《十四行集》中也有多首从现实触动而来的诗作。冯至对自己联大后期写作上的转变也有过表述：“自从 1942 年以后，除去这里增添的三篇以外，我就很少写‘山水’这类的文字了，当时后方的城市里不合理的事成为常情，合理的事成为例外，眼看着成群的士兵不死于战场，而死于官长的贪污，努力工作者日日与疾病和饥寒战斗，而荒淫无耻者却好像支配了一切。我写作的兴趣也就转移，起始写一些关于眼前种种现实的

---

① 冯至．外来的养分//立斜阳集．北京：工人出版社，1989：193－194.

杂文，在那时成为一时风尚的小型周刊上发表，一篇一篇写下去，直到 1945 年 8 月 10 日才好像告了一个结束。”① 严峻的现实苦难，刺激着冯至作为知识分子的良心和使命感，使他不得不“即席”发言。在这些杂文里他提倡认真工作，反对社会上对事物漠不关心的“差不多”态度；他提倡说实话，反对当局者和报纸上大言不惭的空话；他提倡中国人要正视自己的弱点，反对用“外国也有”以自慰。② 而那些草木和书本依然在滋养着他的内心，甚至可以发现那些现实批判的力量和“武器”还是来源于原来的理论修养所铸成的人生信念，如“认真”、如“断念”等。在杂文中他也自如地引用哲人的话为自己立论：“任其自然，觉得事事不关重要，是走向世界从内心里破碎的道路。”③ 除了前面已经谈到过的“断念”的思想，冯至在这一时期的杂文中，最突出的一个概念是“认真”。他的“认真”包含了带一定西方色彩的“爱”和纯中国的“敬”，冯至不能容忍的是“凉薄”和“差不多”，前者针对爱而言，后者针对一般的生活态度而言。这种责任感和良知使他在最污浊的环境中仍然能够保持向上的心念，后来在“一二·一”运动中写出《招魂》这样的名篇也是很自然的了。这篇《招魂》是《伍子胥》的一个回响，是另一种类型的勇敢的牺牲者的长成。

（姚丹 撰）

拓展与思考

1. 本章结合里尔克、歌德对冯至的影响，以“断念”作为核心概念，阐释冯至 1940 年代创作的诗化小说《伍子胥》的基本内涵。如果想深入理解歌德“断念”这一概念在 1940 年代语境中的意义，可参看冯至的相关论文：《歌德的晚年——读〈爱欲三部曲〉》《〈浮士德〉里的魔》《歌德的〈威廉·麦斯特的学习时代〉》《从〈浮士德〉里的“人造人”略论歌德的自然哲学》《歌德的〈东西合集〉》。如果希望对里尔克的思想有更多了解，可以阅读：《给青年诗人的十封信》《布里格随笔》。完成上述阅读后，结合《伍子胥》文本，可再思本章将“‘断念者’的生成”作为中篇小说《伍子胥》的核心情节动力的合理处与不足处。

2. “诗化小说”是中篇小说《伍子胥》的基本类型。这种类型的小说重视人物内心的变化与发展，而不太重视小说的“故事性”。它的血肉是作者的体验与思想，人物有时成为某种思想与体验的载体。1920 年代的废名，1940 年代的沈从文、萧红、骆宾基等人都有诗化小说的追求，可以阅读他们的作品：《桥》（废名）、《边城》（沈从文）、《后花园》（萧红）、《混沌初开》（骆宾基），并尝试分析诗化小说的特征在不同作家那里的表现。

3. 伍子胥复仇的故事最早来自《吴越春秋》等史书，可参看包括《史记》在内的历史书籍，对比史书中的伍子胥形象和中篇小说中伍子胥的形象，看看冯至在哪些地方做了增删？在 1940 年代的语境中，如此处理一个复仇者伍子胥的形象，可能的现实针对性是什么？你欣赏作家这样的取舍吗？

---

① 冯至．《山水》后记//山水．上海：文化生活出版社，1947：96－97.

② 姚可昆．我与冯至．南宁：广西教育出版社，1994：100.

③ 这是冯至在《认真》一文中引述的雅斯贝斯的话，载于《生活导报》1943 年 8 月 8 日第 37 期。

第 六 编

性别之维

第18章 《伤逝》：独特的反讽

《伤逝》被公认为是鲁迅小说中最复杂、最易引起歧义的。

三十多年前，最被接受的主题之一“爱情必须时时更新，生长，创造”[①] 的思想内涵和最受称道的“我是我自己的，他们谁也没有干涉我的权利!”的子君的言说，给我们的印象是正说，但又似乎并不纯粹是正说，有一种夸张、突兀，故作信以为真。另外就是涓生和子君的故事是相当模式化的。经过反复揣摩，现在可以说，就整体而言，鲁迅是以一种反讽的观点来观照和讲述涓生与子君的故事的，尽管这种反讽是不动声色和隐性的，但几乎无处不在，甚至可以说是《伤逝》的一个结构原则。

一

以手记体写的这篇小说，一方面采取的是涓生内心独白的叙述方式，鲁迅选取涓生作为叙述者，用小说叙事学理论的分类，基本上可以说是一种不可靠的叙述。作者以副标题特别标示“涓生的手记”，就是在提醒读者要注意是谁在讲述，不是可以站在客观立场的作者，也不是爱情悲剧的牺牲者，而是悲剧的制造者“负心人”在忏悔和讲述他与子君的故事，保持距离和警觉应是题中应有之义，这是小说形式的叙述规定。但另一方面，涓生又是作者笔下的人物，其不可靠性质又决定着作者不能与他合二为一。涓生在讲述的同时，又是被作者讲述的，小说通篇并非只有涓生一人的叙述维度和声音。在相当大的程度上，《伤逝》的歧义正产生于此。由于在涓生的叙述中就潜藏着作者的声音，而透露出作者和叙述者在价值与判断上的差异，表面意义和真实意义的不同内涵，从而造成不能弥合

---

① 本章所引《伤逝》，均出自人民文学出版社2005年版《鲁迅全集》第2卷。

的叙事分裂，反讽不仅是这分裂的标识，也是其来源。

《伤逝》具有迷惑性的是，叙述者在开头和结尾处所表现出的“悔恨和悲哀”的强烈和真挚很容易征服读者，误将涓生视为作者的代理，甚而视其为可靠的叙述者，把他的讲述和评判与隐含作者的视角和准则合而为一。何况，涓生作为叙述者，即使直接反讽自己，也很可以被视为真心“悔恨”的证据，更博得同情，而使自己这个“戴罪之身”讲述的爱情悲剧真假难辨，扑朔迷离。因之，如何觉识隐含作者的声音及其反讽意识就成为理解《伤逝》的关键一环。

反讽的一个最基本的特征是表象和事实形成对照，而话语与思想、信念与事实之间的差别正是反讽活动的天地。虽然《伤逝》开篇在涓生充满感情地叙述与子君热恋的往事中，我们很难发现反讽的语调，但一进入求爱程序，涓生对自己“身不由己地竟用了在电影上见过的方法”“含着泪握着她的手，一条腿跪了下去”的描述已使自己成为嘲弄的对象。让人不解的是，涓生竟会为自己的这一姿态而“愧恧”，做出“浅薄”“可笑”甚而至于有些过分的“可鄙”的评判。是涓生在嘲笑戏谑自己吗？据涓生的陈述，子君“并不觉得可笑”，“毫不以为可笑”，因为他“知道得很清楚”，“她爱我，是这样地热烈，这样地纯真”。也就是说，在涓生看来，出于“热烈”而“纯真”的爱，不管做出多么愚蠢的举动都不可笑。那么，是涓生从没有爱过子君吗？涓生自述：“我已经记不清那时怎样将我的纯真热烈的爱表示给她。”在这里，涓生使用了和子君的爱完全相同的修辞“纯真”“热烈”，来描绘自己对子君具有的同等的爱。那么，按照涓生的逻辑，他何必要那么过分地贬损自己的真爱举动呢？从此处，我们已瞥见隐含作者的影子，尽管此时他和涓生的区别还不太明显。作者对涓生这一求爱细节的选择和评判，实际上已经和前面提到的雪莱一起，与涓生建立起一种隐喻关系，为他定下了基调：中国式的雪莱，是模拟的、浅薄的、可笑的，甚而至于可鄙的。

人们普遍认为，涓生的悔恨和悲哀并未使他放弃自我狡辩，他对子君指责的一个最重要的信念依据就是：“爱情必须时时更新，生长，创造。”对此，读者很容易信以为真，并顺此惋叹同居后的子君因为陷入家庭琐事之中，不能使爱情时时更新、生长、创造而失去涓生的爱，却忘记反观这一爱情观的信仰者自己如何呢？

在涓生对爱情这一真诚的主张和坚定的信念与其真实地流露、坦白地承认所经历的爱情事实的对照中，即信念与事实、所言与所行的矛盾中，隐含作者与小说讲述者的分道扬镳，其揶揄态度清晰可察。与相信“爱情必须时时更新，生长，创造”相反，涓生连对求爱这一最动感情的时刻，“事后便已模糊，夜间回想，早只剩了一些断片了；同居以后一两月，便连这些断片也化作无可追踪的梦影”。如果说，涓生叙述子君不断回忆他求爱的场面，旨在揭露子君爱情内容的凝固；他的坦承则暗示他的爱情内容是比“凝固”还不如的消退，转瞬即逝。同居以后，涓生更是直言不讳：不过三星期，就渐渐清醒地读遍了子君的身体和灵魂，于她“已经更加了解”，却也“真的隔膜了”。在这里，鲁迅完全没有描写子君的身体，这意味着其美丑与否不是原因所在，涓生对子君身体的真实感受恐怕也不是指向子君个人。试想：一个男人对一个女人身体的感觉能够不断更新、生长、创造吗？起码涓生的回答正相反。“读遍了她的身体”之修饰词“清醒地”的真实含义，不过是无动于衷、麻木不仁；所谓“真的隔膜了”，也不过是彻底丧失兴趣和刺激的文艺说法罢了。涓生根据自己爱情的真实经验总结出“爱情的定则”：“更加了解”，“却是更加隔膜”；“安宁和幸福是要凝固的，永久是这样的安宁和幸福”。这恰与他所说的“爱情必须时时更新，生长，创造”的信念形成矛盾和悖论，从而构成典型的反讽语境。

事实上，涓生抛出这一爱情箴言的真实动机在于指责子君，虽然指责的内容完全是老生常谈，但其方式却值得分析。比如，他抱怨子君同居以后，“管了家务便连谈天的工夫也没有，何况读书和散步”，但又加上一句“我们常说，我们总还得雇一个女工”。这一赘语看似自责，显然也在提醒读者，如果有个女佣，子君就可以摆脱家务，而过上他所向往的读书散步谈天的生活了。在男主外、女主内的家庭模式中，这句话的前半指责子君，后半却指向涓生了，因为他不能挣钱请女佣，妻子承担家务，他还抱怨就是不情之举。接着作者又让涓生继续责备子君因小油鸡而和房主小官太太暗斗，再一转：“人总该有一个独立的家庭。这样的处所，是不能居住的”。涓生失业在家译书，更加不满子君没有先前那么幽静、善于体贴，屋子里总是散乱着碗碟，弥漫着煤烟，但仍不忘又一转：“这自然还只能怨我自己无力置一间书斋”。这无疑都是在以同样的方式和逻辑暗示，如果经济允许，能有独门独户的住所、一间自己的房间，这些纠纷本是可以避免的，由此清楚地显示出隐含作者与叙述者的叙事分裂。子君终日“汗流满面，短发都粘在脑额上”，“倾注着全力”“日夜的操心”家务，换来的不是丈夫对她的感谢和爱，在涓生对她“两只手又只是这样地粗糙起来”的描述中，在他奉劝子君“万不可这样地操劳”“我不吃，倒也罢了”的忠告里，我们可以感到隐含作者讥讽的眼神：“人类有一个大缺点，就是常常要饥饿”，涓生不可能不吃，而子君也就不可能停止操劳。涓生埋怨每日“川流不息”地吃饭，“子君的功业，仿佛就完全建立在这吃饭中”，实在与涓生也无法改变自己的“铸定了”的路一样无奈：“每星期中的六天，是由家到局，又由局到家。在局里便坐在办公桌前钞，钞，钞些公文和信件”。两种同样生存境遇的并置所形成的对照，无声地反讽了涓生对爱情不现实的幻想。

涓生失业对这挣扎在生存线上小家庭的打击，无疑是压死骆驼的最后一根稻草，但涓生却说成是“这样微细的小事”，甚而子君为此变色，也成为他痛心子君由尤畏变得怯弱的一个理由。而他自己虽然嘴上说“这在我不能算是一个打击”，但他的心“却跳跃着”，终也不得不承认“仿佛近来自己也较为怯弱了”。反讽即从这话语和事实形成的对照、说出自相矛盾的意见中油然而生。

涓生另一颇具迷惑性的观点是“人必生活着，爱才有所附丽”，“人的生活的第一着是求生”。这一观点本身无疑是生活的真理，也经常被理解为《伤逝》的主题之一。但隐含作者为这一观点所构设的语境是，涓生的舍弃行为造成子君死亡的事实与这一观点形成对照，使它成为涓生为自己“求生”而“决然舍去”子君的托词。隐含作者所采取的让涓生自我暴露式的反讽手法，正像涓生自我揭露的那样，如同“一个隐形的坏孩子，在背后恶意地刻毒地学舌”。虽然涓生为自己舍弃行为的申辩理直气壮，冠冕堂皇，但在其真实用心和灾难后果的对照下，隐含作者忍无可忍的嘲讽的确可以说是“恶意”而“刻毒”的了。

小家庭面临生存危机，涓生想到的恰恰不是他所说的“携手同行”，而是像杀掉油鸡、甩掉阿随一样摆脱子君，为此而费尽心机。始则暗示子君他“大半倒是为了她”才忍受着这生活压迫的苦痛，希望子君能够“勇猛地觉悟了，毅然走出这冰冷的家”，而且“毫无怨恨的神色”。在涓生“子君的识见却似乎只是浅薄起来，竟至于连这一点也想不到了”的抱怨里，在子君“没有懂，或者并不相信”，涓生不得不进而循循善诱，“故意地”施以

“称扬诺拉的果决”的计谋中，我们可以领会隐含作者躲在涓生背后的“恶意”学舌。对于不负责任、要卸包袱地抛弃子君的小人打算，隐含作者却让涓生想象成“奋身孤往”“远走高飞”，人生的第一要义，为了奋斗者而开的活路，还未忘却的“翅子的扇动”，“新的生活的再造”，甚至让涓生为自己解脱后的自由做起了白日梦：“看见怒涛中的渔夫，战壕中的兵士，摩托车中的贵人，洋场上的投机家，深山密林中的豪杰，讲台上的教授，昏夜的运动者和深夜的偷儿”，想象自己“轻如行云，漂浮空际”。这些大词和“强有力的人们”，与涓生一再想到子君的死，还要粉饰自己，将责任推到子君身上的“卑怯的”小男人行径（用鲁迅的话来说，“这真是一钱不值的没有出息的男人”），形成刻意的反讽的对照。

与涓生形成对比，造成最大的反讽之境的力量来自子君。当涓生在图书馆里“孤身枯坐”，把同居后的生活归咎于“只为了爱，——盲目的爱，——而将别的人生的要义全盘疏忽了。第一，便是生活”“觉得新的希望就只在我们的分离”的时候，他大概忘了，子君自结婚以后的所作所为正是把生活放在第一。如他所说，“子君的功业，仿佛就完全建立在这吃饭中”，一日三餐，“川流不息”。不管涓生是一个如何“忍心的人”，子君自尊地选择离开的那一刻，最后为涓生做的事仍是“操劳”他的生活。面对子君走后“异样寂寞和空虚”的屋子，涓生看到的是“盐和辣椒，面粉，半株白菜，却聚集在一处了，旁边还有几十枚铜元”。他明白“这是我们两人生活材料的全副，现在她就郑重地将这留给我一个人，在不言中，教我借此去维持较久的生活”。涓生为了“免得一同灭亡”，选择的是“决然舍去”子君，而子君却“决然”选择“舍去”自己。两相对比，涓生居然还能以“第一，便是生活”为自己做冠冕堂皇的辩护，从这一语境的铺设，我们真可以感觉到隐含作者蔑视的反讽锋芒。

涓生另一个迷惑了不少人的观点是“人是不该虚伪的”，假如没有说真实的勇气，而苟安于虚伪，“那也便是不能开辟新的生路的人。不独不是这个，连这人也未尝有！”。话同样是不错，但这话却是当涓生无论怎样暗示，子君也“愚钝”得领会不了他能如此薄情，要明告她又不敢的时候想到的，因而也不能不说是隐含作者刻意构设的涓生强词夺理为自己制造的又一个托词。即使如他所说，我们可以试问：涓生真正做到“真实”了吗？如前所述，他一直以虚伪的托词作为自己真实意图的遮羞布，甚至一再想到子君的死，虽然立刻自责、忏悔，最终却残酷地以“说我的真实”的名义，亲口讲出“我已经不爱你了”，给予子君致命的一击。正如吴晓东所分析的，涓生试图将人们的视线转移到形而上领域以推卸责任，所强调的逻辑“正是‘真实’害死了子君，而不是他的抛弃”。隐含作者唯恐读者信以为真，紧接着又让涓生无耻地加上：“这于你倒好得多，因为你更可以毫无挂念地做事……”这难道不是对他所说“人是不该虚伪的”最尖刻的讽刺吗？他大概忘了，此时的自己正是为了找不到事做而把子君看作“很重的负担”。当涓生得知子君的死讯后，作者让涓生给他所谓的“真实”下了一个定义：“她的命运，已经决定她在我所给与的真实——无爱的人间死灭了。”破折号为涓生的“真实”所做的注释是“无爱”。

总之，涓生讲述的是他自认为的真实，他对自己的言行不一、信念和事实、显意识和潜意识的矛盾，完全无知无觉。隐含作者不动声色地稍加点染，略做铺陈而形成的反讽语境，使涓生的讲述越真诚，越加自我暴露，也越加自我反讽，从而使文本传出两种声音、双重意义。表层是涓生的话语，深层则是隐含作者对其话语的反讽。涓生的手记被题为“伤逝”，与其说他“伤逝”的是子君的死，不如说他“伤逝”的是自己的“爱”。对于涓生来说，这是一个揭示自己爱的逝去的真实的故事；但在隐含作者的讲述下，它又成了一个在“无爱的人间”发生的虚伪的故事。隐含作者以涓生“伤”爱“逝”去的故事，揭露的恰恰是他的无爱，从这个意义上说，隐含作者也在“伤逝”，但他“伤”的是爱在人间的“逝”去。

二

子君已经逝去，不再能讲述自己。同样，在“涓生的手记”中，她也不仅仅是被涓生讲述的，隐含作者也在讲述他的子君。

人们常常把涓生与子君的关系仅仅定位为启蒙与被启蒙，并为子君前后的变化之大而感到不解。其原因之一，恐怕是忽略了双重讲述中的不同声音。

在涓生的故事中，子君开始的确是被他所谈的易卜生、泰戈尔、雪莱所代表的男女平等、打破家庭专制和旧习惯等新思想启蒙，但这不过是一带而过，涓生更强调的是，一个最初比他还“透澈，坚强得多”、有着“彻底的思想”的子君。她不仅高喊“我是我自己的，他们谁也没有干涉我的权利”，而且能够坚强果敢地走出父辈的家门；具有“大无畏”的勇气，能够“坦然”面对来自社会的“探索，讥笑，猥亵和轻蔑”，敢于和“鲇鱼须的老东西”及脸上涂着“加厚的雪花膏”的小东西为代表的社会决裂，被寄托着“在不远的将来，便要看见辉煌的曙色”的中国新女性。她不仅让涓生“狂喜”，赢得了涓生“热烈的爱”，为他这棵“半枯的槐树”带来“新叶”，使他“骤然生动起来”，也“仗着她逃出这寂静和空虚”，一起创立了不合法律规范、“满怀希望的小小的家庭”。可见，涓生是把子君置于自己的拯救者的位置。但同居以后，涓生的讲述突出了子君的变化。在一小段的概述中，涓生竟用了一系列的与他所追求的爱情性质——“必须时时更新，生长，创造”——相反的词语（“读熟了一般”“滔滔背诵”“相对温习”“复述”“自修旧课”等），来突出子君守旧、凝固、因袭的爱。在生活上子君则整天忙于家务，毫无情趣可言。让花枯死，为小油鸡与小官太太暗斗。涓生失业，子君不仅从“大无畏”变得“怯弱”，更不善体贴，以致为争面子，她竟能为了不让房东太太“嗤笑”，将家里“求生”的口粮节约给小狗阿随吃，而使涓生吃不饱，觉得自己在家里的位置“不过是叭儿狗和油鸡之间”。最后为生活所迫，涓生杀掉油鸡、放掉阿随之后，子君更只剩下“颓唐”、“凄惨”和“冰冷”，成了涓生“求生”的“很重的负担”，“只知道搥着一个人的衣角”。如果对照子君出走前，还将他们两人“生活材料的全副”都收拾好，“郑重地”留给涓生一个人的行为，显然，涓生对子君的讲述是不合人物性格逻辑的。正像隐含作者躲在涓生后面所提醒的那样，“子君有怨色，……但也许是从我看来的怨色”。不过，从整体上，涓生对子君这种“先扬后抑”的手段却正符合涓生为自己离弃子君而辩护的心理逻辑。子君前后的变化越大，涓生前后的爱与不爱才越合情理。

庆幸的是，隐含作者有自己的看法，他对涓生的反讽可以提醒我们对子君的变化做出不同的判断。但隐含作者并非子君的袒护者。从子君“我是我自己的，他们谁也没有干涉我的权利!”这一豁达无畏的言论，和她的遭遇及所作所为而形成的强烈对照中，我们仍然可以看见隐含作者温和的反讽态度。

子君是两次走出家门，第一次她即使不像鲁迅在《娜拉走后怎样》里所说，“除了觉醒的心”，一无所有地走出父辈的家，却也为与涓生创立“满怀希望的小小的家庭”而倾其所有。小说的一个值得玩味的细节是，涓生能够模仿电影里的姿态向子君求爱，却没有仿照西方的礼节，送子君一枚象征承诺和誓言的婚戒，反而是子君“卖掉了她唯一的金戒指和耳环”。这似乎意味着涓生开始并没有成家的打算。如果联系子君因“不好意思”正视雪莱的“最美的一张像”，而被涓生断定“还未脱尽旧思想的束缚”，来暗示子君身体的不开放；还有涓生求爱后子君的反应——“她脸色变成青白，后来又渐渐转作绯红”，“孩子似的眼里射出悲喜，但是夹着惊疑的光”，而且子君的态度是“允许”而不是“同意”而大概可以断定涓生是在求欢，而不是求婚。子君卖掉自己的金戒指，不仅意味着涓生自始就没有责任意识，也说明他没有任何经济基础。所以，最初面对社会的“轻蔑”，子君能够依赖父辈的赡养，自负地以“目不斜视”“全不关心”“坦然如入无人之境”的骄傲予以回击，但和一无所有仅靠微薄的工资勉强维持生活的涓生同居以后，当社会以辞退来对异己者进行残酷惩罚时，她不得不低下高贵的头，变得“怯弱”。子君后来的遭遇使她开始所摆出的那种“空虚”的骄傲姿态、天真而安然笃信的无知无觉成为反讽的对象。子君也可以凭借涓生的爱，决绝地和胞叔、父亲断绝关系，但爱逝去后，她唯一可以选择的路，又只能是回到她曾“出走”的父辈的家，这又该是多么难堪的命运。如涓生所述，爱面子是子君的一大性格特征，这样的性格与她的人生真是形成了一种难堪而残酷的反讽。我们不仅可以将子君前后的不协调形象看作一种反讽情境，而且可以看到，涓生对爱情的信念和憧憬——“必须时时更新，生长，创造”，反过来也与子君只以“温习”旧日涓生求爱的场景为爱之寄托、仅以每日“川流不息”地做饭为业的爱情方式形成反讽的对比。当子君意识到情感危机，仍以自己的方式拯救爱情时，她越努力，就距离涓生越远，越使自己成为被嘲弄的对象。子君的种种遭遇恰恰与她的豪言壮语相反，说明“我不是我自己的，谁都有干涉我的权利！”。

隐含作者的反讽态度还可以从子君给叭儿狗命名为“阿随”见出。从文本看，阿随可以看作子君的隐喻。它不仅暗示了子君“嫁鸡随鸡，嫁狗随狗”的婚姻态度，也暗喻了子君在家庭中的地位。这也就难怪，涓生迫于生存的压力抛弃阿随以后，回来见到子君“凄惨的神色”令他吃惊了，冥冥中子君已经意识到，涓生下一个舍弃的将是她。这也是子君真实的处境对她“我是我自己的”“彻底的思想”的极大嘲讽。另外，在子君面对涓生的求爱，“超过她的冷漠”，以及说出“不爱”的几个感情变化的重要时刻，始终被描述为“孩子似的”“稚气的”，传达了隐含作者对子君毫无变化的真实心理状态的提示，而与她的“大无畏”言说所显示出的小孩说大话的性质同样形成对照，说明子君始终没有成年，不管被爱还是被弃，都处于被动的“无我”的状态。“她所磨练的思想和豁达无畏的言论，到底也还是一个空虚。”所言与言者身份的不合再度形成反讽。从这个意义上说，涓生讲述的子君变化之大令人生疑，隐含作者讲述的子君之不变也让人心惊。

隐含作者所讲述的子君是始终没有觉悟的中国式娜拉，即鲁迅将易卜生的娜拉引申开去的专门所指——“别人怎么指挥，他便怎么做的”傀儡。从这个角度看来，子君的毅然出走，包括将所有的“生活材料”都留给涓生，也未必不是她服从了涓生的意愿：希望“她勇猛地觉悟了，毅然走出这冰冷的家，而且，——毫无怨恨的神色”，以使自己获得“脱走的路径”，“新的生路”。事实上，涓生并没有仅仅停留于潜意识的“一闪”，从他

“更久地在外面徘徊”“照常没精打采地回来……也照常更加丧气，使脚步放得更缓”的坦白来看，隐含作者用两个“照常”的排比，是在提醒我们——涓生在刻意用行动一次次地让子君明白他的意愿。他是出于自私的目的，蓄意逼迫子君自动出走而不承担任何道义上的责任。所以，涓生将子君“毅然走出”称颂为娜拉式的“勇猛地觉悟了”，实在是隐含作者躲藏在涓生背后所发出的辛辣的讽刺。

由此可见，隐含作者所讲述的子君的故事实际上与流行的娜拉的故事形成互文和对比：如果说，娜拉因自我觉悟到“自己是丈夫的傀儡”而出走，则子君的出走是听随了丈夫的指挥，做了涓生的傀儡，是涓生希望的她的“觉悟”，而不是她自己的觉悟。娜拉因不做傀儡而出走，子君则是因做了男人的傀儡而出走。可以说，子君的两次“出走”事实上都是被迫出走：第一次因恋爱，使她的叔子“气愤到不再认她做侄女”；第二次则是涓生以言行相加的逼迫。这种“反复”的修辞手段使子君的死成为一种象征，即无论在父家还是夫家，没有经济权的女子没有属于她的家，在社会上无立锥之地。这一主题反过来正是鲁迅所说：“为准备不做傀儡起见，在目下的社会里，经济权就见得最要紧了。”为强调这一主题，鲁迅虽然从事理上推想起来，断定娜拉走后“也实在只有两条路：不是堕落，就是回来”，但他在《伤逝》中，以子君之死决然地否定了“回来”的路。

总之，涓生讲述下的子君是一个因不能使爱情“时时更新，生长，创造”而失去爱的故事；隐含作者所讲述的则是不成熟的、做男人傀儡的子君如何为男人付出却被男人牺牲的故事，是没有经济权的女子也没有家的故事。

在试图以反讽概念为《伤逝》的种种歧义做出某种程度的统合，为其合理化进行分析和阐释之后，不得不面对一个棘手的问题，即涓生在小说开头和结尾部分抒发的看似“悔恨和悲哀”的强烈而真挚的情感。这一头一尾明显和小说主体部分断裂，让人感觉隐含作者与叙述者似乎已经合二为一，涓生似乎成为作者的代理了。

从涓生的角度看来，一头一尾传达了涓生在写作这篇手记时的声音，记录的是他当下的情感，而小说主体部分是他对过去与子君一起生活的回忆，其间的偏离表现了现在的涓生与过去的涓生之别。他在为子君不是被他所杀却因他而死感到痛心和悔恨的同时，或许并不认为自己坚守爱情的信念和感情的真实有什么错，或许这本身即他推卸责任的高明手段，因而自觉不自觉地把追忆和忏悔变成了为自己的辩护。

但隐含作者显然并不这样看，这从小说结尾的处理可以见出。作者把涓生“写下我的悔恨和悲哀”的忏悔行为，与“子君的葬式”（“是独自负着虚空的重担，在灰白的长路上前行，而又即刻消失在周围的严威和冷眼里了”）进行对比；并将他在街头所见的葬式（“前面是纸人纸马，后面是唱歌一般的哭声”）与涓生“给子君送葬”的方式（“我仍然只有唱歌一样的哭声”）作类比。通过使用完全相同词语的手法，在街头葬式和涓生给子君送葬的方式之间画了一个等号，确凿无疑地表明了自己的观点：涓生为“给子君送葬，葬在遗忘中”而作的“手记”和街头所见用作葬式装饰的“纸人纸马”一样是假的、虚饰的；涓生手记中的“悔恨和悲哀”不管多么强烈和真诚，都与葬式后面的哭声一样，“我现在已经知道他们的聪明了，这是多么轻松简捷的事”。因之，涓生以“手记”祭奠子君的写作行动，恰是出于一种“为了忘却的记念”，要“用遗忘和说谎做我的前导”；隐含作者却把涓生“写下我的悔恨和悲哀”，向着新的生路跨出去的这第一步评定为——不过是在“用遗忘和说谎做我的前导”。

如果我们将涓生所抒发的“我愿意真有所谓鬼魂，真有所谓地狱，那么，即使在孽风怒吼之中，我也将寻觅子君，当面说出我的悔恨和悲哀，祈求她的饶恕”的强烈情感看作是真实的，但愿涓生真能找到子君，或者说设想另一种结局：他们没有分离，子君没有死。隐含作者的拷问似乎仍在穷究不舍：小说叙述子君死后，作为她隐喻的阿随“回来了”，涓生也“不单是为了房主人们和他家女工的冷眼，大半就为着这阿随”搬出了吉兆胡同，又回到了从前与子君相悦的会馆。但他的情感却再也回不去了——“那时使我希望，欢欣，爱，生活的，却全都逝去了，只有一个虚空，我用真实去换来的虚空存在”。涓生过去生活在“寂静和空虚”中，现在虽然和阿随一起回来了，仍然还是陷入“这样地寂静和空虚”中。这种如一只蜂子或蝇子停在一个地方，忽然飞走又回来停在原地，不过绕了一点小圈子的鲁迅式典型情节，很可能意味着不管涓生是否找到子君，他们是否分离，“使他希望，欢欣，爱，生活的”，却早晚都要逝去，“虚空存在”乃实有。在这里，我们又与鲁迅的一个侧影相遇。

三

通过以上分析可以见出，《伤逝》表层是涓生在向他的读者讲述他与子君的故事，但实际上叙述者涓生的讲述又同时被隐含作者向他的读者讲述着。也就是说，叙述者涓生的讲述成了作者整个叙事结构的构成部分。在一个层面上的讲述，在另一个层面上变成了被讲述的内容。正因为是作者在掌控着讲述的声音，它所传达的信息是讲述者涓生所不知的。作者智慧地运用受嘲弄者也许要用的语言，或者并置其自相矛盾的意见，或者以言行不一、表象和事实的对比构成反讽性事态，使叙述者的讲述反而成为嘲讽自己的来源，也使涓生为摆脱罪恶感、推卸责任的叙事成为一篇没有成功的辩词。

需要指出的是，涓生和子君虽然程度不同地处于被嘲讽的位置，却并非嘲讽的特殊对象，被嘲讽是作者所具有的反讽世界观使然。《伤逝》中涓生有一段主语不明而突兀的感慨：“就如蜻蜓落在恶作剧的坏孩子的手里一般，被系着细线，尽情玩弄，虐待，虽然幸而没有送掉性命，结果也还是躺在地上，只争着一个迟早之间。”这段话显然表现出对于人类的生存困境、爱情困境的看法：人们被一种无形的力量玩弄虐待，无论你怎样挣扎都无法摆脱毁灭性的结局，最多只是一个迟早问题。这一居高临下、洞察终了的俯视观点，只能来自隐含作者，而非天真地相信“爱情必须时时更新，生长，创造”的涓生。它表明作者不像大多数小说家那样，从读者产生共鸣的一个人物或一种观点上体现自己的主体性，而是站在他的作品之外，这正是“反讽观察者在反讽情境面前所产生的典型感觉”，是反讽观察者与他所观察到的事物所构成的一种特殊关系，正所谓“真正的反讽‘始自对整个世界命运的沉思’”。从这个俯视角度上看，涓生和子君就并不是作为独特的个体存在，而是爱情的双方——男人和女人——的代理，人类存在的两极——理想和现实、精神和肉体——的代理。两者之间具有根本性的抵触反映了隐含作者对于世界在本质上即为矛盾的反讽观点。这种反讽观点认为：在任何矛盾中，都含有两种互相矛盾的真实，在任何进退维谷的境遇中，都存在两种同样难以实现的行为过程。也许两者都是应该办到的，经验可做多种解释，而没有一种解释是绝对正确的，反讽即对这个基本对立矛盾体、对生活复杂性和价值观相对性的觉识和呈现。因而，反讽与其说是存在于反讽观察者的态度里，不如说是存在于被观察的情境里。换言之，不仅在法官，更“深隐在案例本身”。

据许钦文回忆，鲁迅曾把尚未完成的《伤逝》原稿交给他看，并告诉他：“这一篇的结构，其中层次，是在一年半前就想好了的。”鲁迅标注《伤逝》作毕于1925年10月21日，也就是说，鲁迅构思这篇小说当在1924年4月之前。这样看来，鲁迅于1923年12月26日在北京女子高等师范学校所做《娜拉走后怎样》的演讲，就具有了特别重要的意义。且不说该文在主题上与《伤逝》所形成的互文关系，分析它的行文方式会使我们更容易把握鲁迅所具有的反讽世界观和人生观。

该文通篇都贯穿着一种反讽诙谐的语调，如鲁迅所说，“我因为自己爱做短文，爱用反语”。针对社会普遍颂扬娜拉出走的“觉悟”，鲁迅却调侃地把娜拉走后不是堕落就是回来，称作“实在只有”的“两条路”；认为如果没有看出可走的路，则“惟有说诳和做梦”，“便见得伟大”。你以为鲁迅是在说“梦是好的”吗？他一转告诉你“钱是要紧”的；如果你接受了鲁迅所说为补救人类“常常要饥饿”的大缺点，“为准备不做傀儡起见，在目下的社会里，经济权就见得最要紧了”的观点，他又一转告诉你，即使在经济方面得到自由，“也还是傀儡”。“不但女人常作男人的傀儡，就是男人和男人，女人和女人，也相互地作傀儡，男人也常作女人的傀儡，这决不是几个女人取得经济权所能救的”。鲁迅在认定“苦痛是总与人生联带的”“‘黑暗与虚无’乃是‘实有’”的同时，又反过来说“我终于不能证实：惟黑暗与虚无乃是实有”。这种对人类渴望自由而又无法摆脱沉重的肉身和社会制约的洞察，对各种人生态度和价值观的不确定性和相对性的觉识，使鲁迅采取了如他自己所说的中国老法子：“骄傲”与“玩世不恭”，一种“近于游戏，不像步步走在人生的正轨上”的态度。鲁迅作品所弥漫的那种嘲讽的锋芒正是这种世界观和人生姿态的自然流露，是他对人类理想与现实、精神与肉体之类不能解决的根本性对立物本身所处的反讽地位的反讽式呈现。

也许有人会提出，当时人们还不知道反讽的概念，鲁迅也从未使用过这一词语，他在《伤逝》中是自觉还是不自觉地使用了这种技巧？事实上，即使在反讽已经成为文论的一个重要概念，并被新批评推举为诗歌语言的基本原则、基本思想方法和哲学态度的今天，人们也很难把这一概念定义清楚，但这一概念的前身就曾被使用为“讽刺”“嘲弄”，新批评派又使这一概念扩大化为“语境对一个陈述语的明显歪曲”，实际意义与字面意义对立。在历史和现状这样一个宽泛的把握中，来理解和阐释《伤逝》中的反讽性质当不为太过冒险。而且，由于《伤逝》的手记体形式全部是涓生的讲述，其反讽性主要来自受嘲弄者的人物和作为观察者的隐含作者，这正是一种典型的“不含反讽者的反讽”，或也可称为“情境反讽”“无意识反讽”，是现代文论批评所致力挖掘的不那么“明显”、容易为读者所忽略的反讽类型，而被“当作反讽概念由此进而囊括迄今为止尚未命名的种种情境反讽的桥梁”。《伤逝》所形成的人物自身言行、命运，相互之间的种种对立的反讽网络，不仅反映了作者敏锐发现反讽对照事物的能力，也表现出高超的构造这些对照事物的能力。

（李今 撰）

拓展与思考

1. 联系胡适《终身大事》，阅读鲁迅《娜拉走后怎样》，谈谈鲁迅对于妇女解放有着怎样深刻和透彻的观点。

2. 《伤逝》“长歌当哭”的叙述方式，使其语言呈现出一种修饰性和音乐性，与他大部分小说语言形成对比。谈谈《伤逝》语言的独特性，分析为何鲁迅要选择这种风格的语言。

第19章

《生死场》："民族"书写中的性别身份

萧红曾说："鲁迅的小说的调子是很低沉的。那些人物，多是自在性的，甚至可说是动物性的，没有人的自觉，他们不自觉地在那里受罪，而鲁迅却自觉地和他们一起受罪。"和自己的人物"自觉地""一起受罪"，这其实也是作为写作者的萧红的态度。虽然她自谦地认为"我的人物比我高"，"觉得我不配悲悯他们，恐怕他们倒应该悲悯我咧"，但对于这些"自然的奴隶，一切主子的奴隶"[1]，萧红满怀同情。置身于自己的和作品人物的痛苦中，并认为这样的痛苦并不是"人"所应该承受的，这是萧红创作的基本命意所在，也是其批判锋芒之所向。我们完全可以从萧红《生死场》的书写中理解她对鲁迅的致敬与超越，理解她对国民特别是女性国民生存非人性的体认，以及她们的觉醒与反抗。

《生死场》是萧红的跨域作品，起笔于东北沦陷区，完稿于青岛，出版于上海。沦陷区时期的起笔，并没有以侵略作为背景；而于和平区的终笔，才将反抗侵略作为结局定调。1934年初，萧红在哈尔滨开始动笔写作，其时题名是《麦场》；6月，她和萧军离开哈尔滨来到青岛；9月，《麦场》完稿。但直到1935年12月，经过一些波折后，改名为《生死场》的《麦场》，才作为"奴隶丛书"中的一本在上海出版。[2] 小说的出版，一举奠定了萧红在上海文坛的地位。

《生死场》是一篇内部有着10年时间跨度的中篇小说。小说共17章，1～9章写的是1922年8月到1923年夏天之间的事情，12～17章写的是1933年春到秋半年的事情。前半部是农民们备受摧残的现实生活，这里有传统农业生产所具有的艰辛和困厄，也有城市工业化和商业化对农村的侵蚀、诱惑和挤压，其中重点书写了女性的苦难。后半部分，更多

---

① 聂绀弩．回忆我和萧红的一次谈话．新文学史料，1981（1）．

② 《生死场》的出版颇费周折。1934年12月，生活书店有意出版，送审半年后，国民党中央宣传部书报检查委员会不予批准出版。鲁迅又介绍到《文学》杂志，希望能够连载。不久稿子被退回来，理由是"稍弱"。鲁迅又让胡风拿到《妇女生活》试试。（萧军．鲁迅给萧军萧红信简注释录．北京：金城出版社，2011：210．）

的笔墨用来描写日本侵入中国之后农民们的反抗，也兼及女性的成长。

《生死场》出版至今，比较典型的解释模式有两种。一种，是以作品发表之初即做出精彩回应的鲁迅、胡风的评价为基调的民族主义解释模式；另一种，是 1980 年代孟悦、戴锦华揭橥，至 1990 年代由刘禾理论升级的女性主义解释模式。在 1930 年代上海的历史语境中，萧红的《生死场》被做出民族主义的阐释，是有着自然的合理性的。即便在今天，按照其中的内容，我们仍然可以把它当作一篇民族主义和爱国主义的作品来阅读。正如胡风当年所言，《生死场》真实写出了像蚂蚁一样生活的愚夫愚妇们由混沌而 "野生的奋起"："这些蚁子一样的愚夫愚妇们就悲壮地站上了神圣的民族战争的前线。蚁子似的为死而生的他们现在是巨人似的为生而死了。这写的只是哈尔滨附近的一个偏僻的村庄，而且是觉醒的最初的阶段，然而这里面是真实的受难的中国农民，是真实的野生的奋起。"①八九十年代兴起的女性主义批评阐释框架，很好地修正了被民族主义框架所忽视的《生死场》所揭示的性别压迫、性别不平等的问题。更有些论者的观点相当激进，认为《生死场》写作的唯一立足点是性别主义的，萧红的民族主义书写只具有戏仿的性质。这方面刘禾的观点比较有影响力。刘禾认为，"萧红拒绝将女性身体升华或者置换，这便导致了一种性别化的立场，该立场介入了小说表面上建立起来，而实际上予以颠覆的民族主义话语。民族主义似乎是一种深刻的父权制意识形态，他将主体位置赋予到男人身上，促使他们为领土、所有权以及宰制的权利而战。这篇小说中的女性却因为自身被男性所占有，所以并未自动的共享着那种男性中心的领土感"②。

虽然民族主义和女性主义的阐释框架对《生死场》都是有效的，但依然有一些问题还未得到充分的阐释。或者说，萧红写作的某些优长依然没有得到充分的彰显，而她写作的 "缺点" 也无法得到有效的解释。本章将借用最新研究成果，讨论萧红写作的 "缺点" 可能具有的正向意义；同时，从女性人物的个体成长史入手，并将几个女性形象作为 "互文" 看待，从而提取出萧红关于女性思考的独特之处。并再次论及她既在民族主义脉络中，又超越于民族主义的写作特征。

一

有很好的艺术感觉，但是没有结构和章法，这是一般男性批评家愿意赐给女性天才作家的评价。不少批评家也是这么看待萧红的，胡风对于萧红《生死场》的评价，至今还广为引用，具有代表性。胡风对萧红最大的批评就是结构散漫，其次是人物不够 "普遍"（典型），以及句法锤炼不够，我们先引录如下：

> 第一，对于题材的组织力不够，全篇显得是一些散漫的素描，感不到向着中

---

① 民族主义的阐释框架是长时间内具有权威性的，王瑶《中国新文学史稿》中关于《生死场》的论述也是这个类型："一切善良朴实的人都站起来了，走上了民族战争的前线。这是农民们在最初阶段的觉醒反抗的纪录，从这里我们真切地看到了中国人民的不可征服的力量。"

② 刘禾．跨语际实践：文学，民族文化与被译介的现代性（中国，1900—1937)．宋伟杰，等译．北京：生活·读书·新知三联书店，2002：285.

> 心的发展，不能使读者得到应该能够得到的紧张的迫力。第二，在人物底描写里面，综合的想象的加工非常不够。个别地看来，她底人物都是活的，但每个人物底性格都不凸出，不大普遍，不能够明确地跳跃在读者底前面。第三，语法句法太特别了，有的是由于作者所要表现的新鲜的意境，有的是由于被采用的方言，但多数却只是因为对于修辞的锤炼不够。我想，如果没有这几个弱点，这一篇不是以精致见长的史诗就会使读者感到更大的亲密，受到更强的感动罢。①

没有章法，意味着作家的写作几乎是盲目的，没有成熟的整体写作框架；然而，写作毕竟是一项智力结晶活动，既要将思考和想象落实为文字，还要使这文字具有可被理解的叙事逻辑和情感逻辑，因而，作为成品的小说“没有章法”是不可能的，“没有章法”可能只是作家独立经营了另一种“章法”。正如日本学者平石淑子所言，“过分放大”萧红写作中“无意识部分”，是“看轻她作为作家有意进行创作活动的部分，进而降低对作家萧红的评价”；萧红的写作“不是由感情驱使随意写作而成，而是为了感染读者有意为之”。她甚至认为萧红以自己的写作技巧骗过了鲁迅和胡风。②

根据目前最新研究，《生死场》并不是散漫没有中心的，研究者指出“萧红建立一种多重视角结构小说的意图”在《生死场》第一、二章中就表现得很明显：“小说开篇写二里半寻羊的故事”，“整个村庄的空间结构伴随着二里半找羊的过程得到了自然的呈现”。③在接下来的描写中，“城乡结构、性别维度、人与动物、自然与历史等范畴都得到了凸显”，而“这意味着萧红在放弃以阶级为主要的叙事框架之后，其实是要建立一种多重的观照模式”。④ 我们可以做一点进一步的阐释。小说以麦场为核心的空间架构，自然地带出与乡村生活相关的器物、牲畜等，空间转换中各个家庭的经济状况也得到了很好的体现。麻面婆一家的土屋，连围墙都是篱草搭的，门前没有麦场，是村里相对比较穷的，虽然也还有一只山羊。而王婆赵三家，门前是平整的麦场，家里有头大青牛、一匹老马和一匹小马，牲畜麦场齐全，可说是佃户里面的殷实之家。成业（福发）家里也有一头青牛，但整个家庭条件似乎不太好。麦场，无疑是萧红有意选择的表现空间。它是村民劳作、交流的空间，也是展示各自体力、智力乃至经济实力的空间。“麦场”为中心的小说架构，是萧红精心安排的，萧红所具有的出色的组织构想能力，是对胡风第一条批评意见的有力反驳。

胡风的第二条意见，提到萧红的人物都没有什么典型性。胡风说：“第二，在人物的描写里面，综合的想象的加工非常不够。个别地看来，她底人物都是活的，但每个人物底性格都不凸出，不大普遍，不能够明确地跳跃在读者底前面。”⑤ 这评价，是以阶级视角要求阶级意义上“典型人物”，而萧红则自觉突破这“规范”，并灵活地写出了人物的阶级意识；胡风批评《生死场》人物“不够典型”，他所取的同时还是男性视角。《生死场》男性人物言语、个性模糊，的确不够“典型”，但萧红作品中的女性人物，其集中性、典型性是足够的。无论是王婆、金枝还是打渔村最美的女人月英，乃至金枝的母亲、麻面婆，都

---

① 胡风．《生死场》读后记//胡风评论集：上．北京：人民文学出版社，1984：398.

② 平石淑子．萧红传．崔莉，梁艳萍，译．北京：中国人民大学出版社，2017：155.

③ 刘东．跨域·“越轨”·诠释——重读《生死场》．文学评论，2020（3）.

④ 刘东．跨域·“越轨”·诠释——重读《生死场》．文学评论，2020（3）.

⑤ 胡风．《生死场》读后记//胡风评论集：上．北京：人民文学出版社，1984：398.

给人留下至深的印象。女性形象是立体的；胡风所苛责的，是男性形象的暧昧不彰。王婆形象是这几个女性形象中最为丰满的，她的生活史乃至心灵史都有清晰的勾勒和书写。而王婆、金枝、月英之间，无论是人生境遇、经历，还是外表、性格变化，又构成一定的互文性。她们都漂亮而都有不幸的遭遇。王婆和金枝一样，都有在三岁惨死的女儿；王婆又和月英一样，曾经遭遇丈夫的暴力。有所不同的是，王婆在十年的时间中成长、沉淀而坚强老辣；金枝则迫于生存的压力而不得不"堕落"成暗娼，月英则早早地因疾病无钱医治无人照料在困苦中死去。后两者都为社会所吞噬，而王婆则以勇敢的反抗者的状态活下去。

二

王婆，无疑是小说的核心人物。在作为小说过度的第十章，交代人物的话只有短短的几句，但都包含着王婆："什么都和十年前一样，王婆也似没有改变，只是平儿长大了，平儿和罗圈腿都是大人了"，"王婆被凉风飞着头发，在篱墙边听从山坡传来的童谣"。[①] 这样的交代，显然是将王婆作为小说中心人物的。王婆是"麦场"的主事人，也是这个以麦场为中心的乡村的主事人。首先，麦场，是王婆讲述、构建自己个人史的地点。她是有着在麦场讲述故事的地位和能力的人，而这样的位置，不是所有女性都能够拥有的。其次，她对于麦场周围人家的家庭事务有干预的热情和能力。在她自己服毒自杀刚刚醒转，听说金枝的孩子死了，她就要赶去看金枝；月英生病，是她带着一群女人去看望和慰问，并且帮助料理了后事。第三，她是一个有着男子同等劳作能力的强劳力。她体力好，能够自己耕种土地，自己养牲畜。这种自主而强劲的劳动能力，也促使她在家庭事务中占据着主导地位。第四，也是最重要的，是在各种危机的关头，王婆表现出来的果敢、决断力。她支持儿子、鼓动女儿以及丈夫先后走上武装抗争的路。

王婆的生命史有一部分是通过她的讲述能够了解的，如她的第一次婚姻的不幸，她的小女儿的夭折。但萧红叙述的复杂之处在于，王婆的故事，在她的讲述背后还有没有讲述的那部分，也许比她讲过的孩子的夭折更令她痛苦的。这个暧昧的叙事发生在去屠宰场的描写中。这一段很特别：

> 她努力镇压着自己，不让一些年青时所见到的刑场上的回忆翻动。但，那回忆却连续地开始知张：——一个小伙子倒下来了，一个老头也倒下来了！挥刀的人又向第三个作着式子。（64 页）

这回忆是在充满血腥气的屠宰场被唤醒的。被杀戮的是她的父兄，还是她的前夫？萧红隐晦的笔触没有交代，但那一定是与王婆有极重要关系的人，旁观不相干人的被杀戮，她不可能"快要变成一块铅""沉重而没有感觉"，不会有这样强烈的冲击。而到这一节的最后，当王婆把马送去屠宰场换来钱抵了房租，钱马上被管家拿走之后，小说写道："王婆半日的痛苦没有代价了！王婆一生的痛苦也都是没有代价。"（65 页）乍一看，这是写的

---

① 萧红．生死场//萧红全集：第 1 卷．哈尔滨：黑龙江大学出版社，2011：99. 本章所引《生死场》，均出自此版。以下只标注页码，不再注释。

送老马进屠场，王婆经受了半日的心理折磨，但换来的钱没有一点惠及自己的生活，马上被盘剥而去。因此这代价的付出几乎没有收获，但后一句“王婆一生的痛苦也都是没有代价”，指的是什么呢？难道是萧红的夸张说法吗？萧红并不是喜爱夸张修辞的作者，因此这里“一生的痛苦”，实指的是王婆从记忆中那场屠杀开始到现在为止，她内心持久地保持着那痛苦的记忆。而那痛苦没有价值，这意味着她无法为死者复仇，如能通过复仇使自己的痛苦有所交代，这也是有价值的；如果复仇是不可能的，那么她的痛苦就是没有价值的。而这就在心理逻辑上解释清楚了她为什么支持儿子、女儿、赵三武装反抗，这是她“一生”念兹在兹的一处心结，是她赞成复仇的心理基础。这是萧红人物塑造暗藏逻辑之处。当赵三想闹镰刀会起事的时候，王婆不像普通的农妇缄默不言或者絮叨担心，而是以镇静的口气、详备的考虑来帮助赵三并为赵三鼓劲，她劝赵三“能下手便下手”，还秘密地为他们提供一把枪——可以合理揣测是从闹胡子的儿子那里得来的。这既可以说是为冬天的围猎做准备——她也是这么应付村里的女人们的猜疑的，也可以是为“造反”做准备。她沉着冷静，因为她早就想“造反”。

王婆在中国现代文学女性谱系中是如此独特，自然是一种典型。王婆差不多和赵树理笔下的三仙姑同龄，她也和三仙姑一样健谈，善于将自身的经历传奇化，也都具有吸引年轻人的能力。不同的是，在赵树理的笔下，三仙姑多少是被妖魔化了的，而在萧红笔下，王婆是传奇化和英雄化的。而这英雄化是有一个类似于“成长”的过程的，王婆的性格，在前后十年中有一个从“勤勉能干”到“消极怠惰”再到“奋起反抗”的变化和发展。最初出现的王婆，勤快、能干，操持着家务，管理着家里的麦场，督促着男人收割；而其时王婆丈夫赵三的心是“野”的、动摇的，看到农村的劳作无法养家糊口，赵三打算到城市通过商业交换获取更多金钱，因而干农活总是三心二意，心猿意马。而王婆是坚守于土地的，她操持家务，也负责扬场等重活。

王婆性格出现变化，是在听说已经成年的儿子，由于参加“胡子”而死去之后。她承受不住打击而随之服毒自杀；服毒自杀未果醒转后，这一次王婆变得怠惰：“王婆家今年没种麦田”，“王婆的性情更恶劣了！她又酗酒起来。她每天钓鱼。全家人的衣服她不补洗，她只每夜烧鱼，吃酒，吃得醉疯疯的，满院、满屋她旋走；她渐渐要到树林里去旋走”。（93 页）失掉的是已经长大成人的儿子，好像颗粒饱满的麦穗被割倒了。再加上不久前赵三因为误伤小偷，而卖了家里的大青牛去让少东家斡旋以免牢狱之灾，家中已无牲畜，赵三更无农业劳动的热情。可以说，整个家庭没有“未来”，看不到希望，再加上年纪大了，所以她也没有了发奋的动力。

但即便遭此打击，王婆还是重新在心理上站立起来。她鼓动赵三成立秘密组织抵抗日本人的统治。赵三他们商量秘密起事，她就在窗外站岗放哨：“王婆的尖脚，不住的踏在窗外，她安静的手下提了一只破洋灯罩，她时时准备着把玻璃灯罩摔碎。她是个守夜的老鼠，时时防备猫来。她到篱笆外绕走一趟，站在篱笆外听他们的谈论高低，有没有危险性？手中的灯罩她时刻不能忘记。”（107 页）还为他们保管枪支和宣传品。女儿的牺牲再次冲击她本来就千疮百孔的心，但她没有像前两次失子之后发狂，而是表现得淡定，默默忍受。在农村习见的妇女的被奴役与压迫，王婆也是身受者，但她表现出来强劲的“忍受”与“反抗”并存的能力，这是鲁迅笔下的麻木国民所少有的。当然，王婆并非具有完整的“阶级意识”“性别意识”，但在具体的行为中，她既反抗男权——不断改嫁，又反抗阶级压迫——支持家人武装反抗地主，最终也反抗异族野蛮的侵略。因而，从客观效果上看，萧红塑造了一个努力于个人解放、性别解放、民族解放的强力的女性形象。在这个意义上说，王婆的典型性是很高的。

三

几个女性人物的故事之间，有着很强的互文性。首先是王婆和金枝的故事的互文性。她们都有三岁的女儿惨死的痛苦经历。

王婆没有看护好自己三岁的女儿，放在草堆上去喂牛，孩子跌下来，正好扎在铁犁上，死了。王婆在麦场跟众人讲完这个经过，她说自己本来要哭的，但后来反而因为劳作而使悲伤得以冲淡：

> 你们以为我会暴跳着哭吧？我会嚎叫吧？起先我心里觉得发颤，可是我一看见麦田在我眼前时，我一点都不后悔，我一滴眼泪都没淌下。以后麦子收成很好，麦子是我割倒的，在场上一粒一粒我把麦子拾起来，就是那年我整个秋天没有停脚，没讲闲话，像连口气也没得喘似的，冬天就来了！到冬天我和邻人比着麦粒，我的麦粒是那样大呀！到冬天我的背曲得有些厉害，在手里拿着大的麦粒。可是，邻人的孩子却长起来了！……到那时候，我好像忽然想起我的小钟。（48页）

王婆第一个孩子三岁意外逝去，王婆在麦场跟众人分享自己的痛苦，与鲁迅笔下的祥林嫂反复述说自己失去阿毛，有相似之处；但她的述说并不在于唤起众人同情怜悯之热泪，因为讲到末尾，她自己做了果断的“翻转”处理。她说自己没有暴跳痛哭，而是转向了疯狂没有停息的劳作。这不得不看作是萧红天才的转笔，既是对鲁迅写作的致敬，也是对鲁迅笔下祥林嫂个性和人格的超越，王婆在这里显示出了她更强的主动性，即她不是被动地寻求着人们的怜悯和同情，而是主动地翻转人们的心理预期。

萧红塑造了王婆这样成熟、坚毅甚至有时候让人感到豪横的女性形象，但她也同时塑造了优美温柔的月英、单纯天真的金枝。这几个人物之间互相亲近的关系，也让我们看到她们之间的互文性。“月英是打鱼村最美丽的女人。她家也最贫穷……她是如此温和，从不听她高声笑过，或是高声吵嚷。生就的一对多情的眼睛，每个人接触她的眼光，好比落到绵绒中那样愉快和温暖。”（69页）这样的个性，不也是金枝没有被成业诱惑之前的样子吗？我们也可以合理设想王婆年轻时候或许也是如此温和、多情，让周边的人们愉快和温暖。

同时，萧红也洞察到其时多数女性身份的卑微，处境的艰难，她们所背负的生存苦难。萧红的笔对女性的痛苦并无丝毫隐晦，而是有着大胆近于残酷的发露。其中最首要的是性别身份所负载的生育之痛。萧红笔下女性的生育如同动物一样的无意识，无意义，亦无尊严。这个过程让女性陷于疼痛的折磨、血污的侵扰而无所逃避，常常使女性降于动物性的存在。最原始的肉体的挣扎、呼号，没有“人”应该有的尊严感。早在萧红第一篇小说《王阿嫂的死》中就淋漓尽致地书写了这种惨状：

> 等到村妇们挤进王阿嫂屋门的时候，王阿嫂自己在炕上发出她最后沉重的嚎声，她的身子是被自己的血浸染着，同时在血泊里也有一个小的、新的动物在挣扎。
>
> 王阿嫂的眼睛像一个大块的亮珠，虽然闪光而不能活动。她的嘴张得怕人，像猿猴一样，牙齿拼命地向外突出。①

而在《生死场》当中，当麻面婆艰难地生了第二个孩子，作者写道："等王婆回来时，窗外墙根下，不知谁家的猪也正在生小猪。"（84 页）这里是直接将女性的生育与猪的生育等同的。萧红"创作一开始就高于其他的左翼作家，在阶级意识中还包孕着生殖和死亡的永恒主题内核"②。正是通过对女性生育痛苦与卑贱状态的揭露，萧红指向了女性在整个社会结构中的被侮辱与损害的命运。这样的命运是共同的，因此萧红的人物也有着很强的互文性。

人物的互文性，也体现于萧红的"打趣"性的命名，她经常以各种动物来比喻女人。在动物的喻体里，同样展露了人物的特征。小说第一章《麦场》中，麻面婆是被比喻为"猪"的："麻面婆的性情不会抱怨。她一遇到不快时，或是丈夫骂了她，或是邻人与她拌嘴，就连小孩子们扰烦她时，她都是像一摊蜡消融下来。她的性情不好反抗，不好争斗，她的心像永远贮藏着悲哀似的，她的心永远像一块衰弱的白棉。"（47 页）这就是萧红观察到的女性生存状态里面的猪性。猪性既包括外表的肮脏肥胖，也包括性情的软弱懒惰，任人宰割，无从自主。这无从主宰的自我也是"生死场"女性所共有的命运。无论多么年轻，都有走向衰败的一天，而个人的身体几乎从来都不能完全由自己做主。金枝在未婚前就被情欲冲动的成业强行在河边完成性交，甚至在怀孕快要生产时还被成业泄欲而流产，几乎丧命。到城里做缝穷妇，被迫变相卖淫，此时身体是被力气比自己大或者经济比自己略好的男人所控制。这样的现象也不是金枝一个人的。麻面婆也是一再地怀孕，尽管智力低下的她，未必有金枝那样敏感的痛觉，但其身体的不能自主也是显见的。月英，当病体腐烂一半是蛆的时候，我们看到的不是她一个人的身体，而是整个生死场中女性之腐烂无人照拂的命运的写真。可以说，女人之间是有着很强的互文性的，特别是王婆、金枝、月英三人之间。

王婆被村里的孩子叫为"猫头鹰"。我们也可以把这猫头鹰当作生命后期月英的形象看待。王婆外表、行动有像猫头鹰之处："她的眼睛是大大圆形。有时她讲到兴奋的语句，她发着嘎而没有曲折的直声。邻居的孩子们会说她是一头'猫头鹰'。她常常为着小孩子们说她猫头鹰而愤激：她想自己怎么会成个那样的怪物呢？像啐着一件什么东西似的，她开始吐痰。"新文学"谱系"里的猫头鹰象征着警醒、聪慧，为鲁迅等所喜爱，然而这是西学的脉络。而在中国民间，猫头鹰——鸮，是恶鸟，是吃人或动物的尸肉的，脏而贪婪。孩子们叫她"猫头鹰"，是她气势中那种狠劲令他们畏惧，同时那阴鸷的外形也可能酷肖。王婆"腮骨很高，眼睛和琉璃一般深嵌在好像小洞似的眼眶里"，而且"眉峰是突出的"。后期月英夜里因无人照料，被病痛折磨而呼号，不也是一只病得令人害怕的猫头

① 萧红．王阿嫂的死//萧红全集：第 1 卷．哈尔滨：黑龙江大学出版社，2011：10.

② 季红真．萧红全传·呼兰河的女儿：修订版．北京：现代出版社，2012：442.

鹰么。

但萧红同时将病中缺乏照料，因而身体腐败溃烂而发臭，但仍有健旺的一口精神气的月英比作“佛”，这既不是动物，甚至不是人类，而是高于人类的“神”：

> 月英坐在炕的当心。那黝黑的屋子好像佛龛，月英好像佛龛中坐着的女佛。(70 页)

这段描写是有着黑暗的智慧的，也是我们理解《生死场》的一个关键的入口。在何种意义上，月英的“佛性”是真实的；而又在何种意义上，她的“佛”像是反讽性的，与她目前遍身是蛆，眼睛“白眼珠完全变绿，整齐的一排前齿也完全变绿”的狰狞形象构成一种尖锐的对比。月英最后也因在镜中看到自己这如鬼的形象，而迅速地死去。她是首先在来看望她的女伴的表情和目光中感受到了自己的非人性，而最后在镜中证实了自己不祥的预感。这位大渔村最美的、性情最好的女人，她的病与死，是《生死场》中女性悲剧最动人也最无望之处。

（姚丹 撰）

拓展与思考

1. 本章提到的萧红研究的论著和论文，有助于加深对萧红人格、写作特点的理解，也有助于对《生死场》的全面理解。建议阅读：鲁迅《生死场·序》，胡风《〈生死场〉读后记》，聂绀弩《回忆我和萧红的一次谈话》，刘东《跨域·“越轨”·诠释——重读〈生死场〉》，［日］平石淑子《萧红传》，季红真《萧红全传·呼兰河的女儿》（修订版）。完成上述阅读后，请你谈谈《生死场》评价史经历了怎样的变化。

2. 本章将《生死场》作为女性成长史来解读。在中国现代文学史上，还有哪些女性作家有为中国现代女性写“生命史”的追求，请举出一二例子，与《生死场》展开对比阅读，看看中国现代女性形象中的“王婆”系列都有哪些鲜明特征，她们的生存际遇，她们面对男性的压迫所展开的反抗，她们的胜利与衰败。

3. 请阅读萧红另一部代表作《呼兰河传》，对比《生死场》，看看萧红对于女性命运的思考，在前后两个文本中有什么不同。萧红的写作上的自觉性，亦发生了哪些变化。她对于小说的自主的组织力是表现得更为明显还是更加曲折？

第 20 章

《我在霞村的时候》：性别的政治与自我的革命

丁玲的创作，既呈现着与其他左翼作家相近的时代意识和革命意识，也具有自己独特的风格，这尤其体现在她对女性问题的一贯关注上。女性话题的择取、女性视角的运用、女性意识的凸显，构成丁玲文学的重要表征。赴延安之后的丁玲，在女性书写上迎来了新的挑战，战争与革命主导下的新型政治话语对丁玲产生了前所未有的冲击。《我在霞村的时候》即这一冲击之下的产物。如果说《莎菲女士的日记》是五四启蒙影响下女性个性主义的代表，《韦护》是大革命时期知识分子思想斗争的反映，那么《我在霞村的时候》则是抗战时期丁玲对解放区女性—革命问题的新的思考结晶。

《我在霞村的时候》（以下简称《霞村》）发表于 1941 年 6 月出版的《中国文化》第 3 卷第 1 期。同年发表的还有另一名篇《在医院中》。第二年春天，《“三八”节有感》《风雨中忆萧红》又相继问世。尤其是《“三八”节有感》，激起的政治浪潮超乎作者想象。敏感而率真的性别意识使丁玲成为延安政治文化生态中的异数。虽然在延安文艺座谈会之后，丁玲对自己的思想与写作进行了较大程度的修正，但以《霞村》为起始，以《风雨中忆萧红》为终末，这一系列女性书写开辟了延安文学一个虽然短暂，但是独特而重要的空间。

《霞村》取材新颖，讲述的是一个女地下工作者的故事。然而，与《在医院中》的女护士、《风雨中忆萧红》的女作家不同，主人公贞贞并不是知识分子，而是一个有些个性的解放区农村青年女性。准确地说，她的活动区域不是核心的解放区，而是较为边缘或脆弱的解放区，敌我双方在此经常拉锯撕扯。她就是在一次日军的“大扫荡”时不幸被掠。虽然小说没有正面直写，但依然可以看出其在敌占区沦为慰安妇的悲惨遭遇。然而，人物命运的戏剧性在于，贞贞的这一不幸为我方所注意，于是她被训练成搜集和运送情报的地下工作者，移动于后方与沦陷区之间，经历被掠—逃回—主动前往敌营—送情报—再次前往敌营—再逃回的反复轨迹。传奇性经历使其成为霞村最著名的人物。来霞村休养的“我”（来自延安的女作家、文化官员）与回来治病的贞贞，命运不同的两个人相遇了。各自群体中的两个异数，很快成为几乎无话不说的朋友，互相倾诉和倾听。最终贞贞决定放弃爱情，和“我”一起奔赴延安。双重身份的交织、张扬的个性，加之复杂的个人情感纠结，贞贞成为丁玲小说又一著名的女性形象。

一

小说是以“我”——霞村的闯入者的视角展开叙事的。前半部分花了相当笔墨渲染贞贞回村之后的气氛。贞贞的回归，引发的主要不是村民对敌人的仇恨，更不是对贞贞的尊敬，而是对其“不洁”的坏名声的议论和避之唯恐不及的态度。小说通过“我”在散步中的观察，审视了霞村各类人群对“贞贞”的态度。这一审视延续了丁玲的女性敏感和国民性批判的特点。阿桂、杂货铺老板夫妇、刘二妈、夏大宝等相继上场，没有直接出场的人物还包括米铺小老板、贞贞的上级领导等。贞贞的遭遇成为他们兴趣浓厚的谈资，街头巷尾的议论评点将贞贞与霞村人区隔为两个群体和空间，贞贞被视为特殊的病人。霞村人的傲慢和鄙夷超过了有限的怜悯，显示了贞操观念在霞村（中国农村的典型）的根深蒂固和广有市场。霞村不再是一个普通的后方村庄，而是作者笔下性别政治的表演舞台。

其中作者有意用心刻画的，是村民们对贞贞性遭遇的评点和态度。《霞村》中贞贞的“不洁”，近似于《祝福》中祥林嫂的“不祥”，被人们以“一种神秘的神气”议论和感喟着。比如：

> 那杂货铺老板听说我住在刘二妈家里，便挤着那双小眼睛，有趣地低声问我道：
>
> “她那侄女儿你看见了么？听说病得连鼻子也没有了，那是给鬼子糟蹋的呀。”他又转过脸去朝站在里边门口的他的老婆说：“亏她有脸面回家来，真是她爹刘福生的报应。”
>
> …………
>
> “谣言可多呢，”他转过脸来抢着又说。这次他的眼睛已不再眨动了，却做出一副正经的样子：“听说起码一百个男人总‘睡’过，哼，还做了日本官太太，这种缺德的婆娘，是不该让她回来的。”①

作者不吝笔墨写了“我”在散步时一路听闻的议论，充分展示了解放区农村的愚昧落后的性别观念。这一对“人民群众”，对解放区内部问题的暴露，是需要一定勇气的。

霞村的女性是作者重点描绘的。这是一些柳妈似的人物。她们一方面痛斥贞贞“比破鞋还不如”，另一方面通过这一批判建立起道德优等感，“因为有了她才发生对自己的崇敬，才看出自己的圣洁来，因为自己没有被人强奸而骄傲了”（28页）。作者介入感极强的这几句话，虽然在叙事上有失节制，但更直接地揭示出这一现象：女性的贞操观念，以及与之相应的认命观，在霞村极为普遍和突出。宣传员阿桂就一再感叹“我们女人真作孽

---

① 丁玲．我在霞村的时候．中国文化，1941，3（1）：26．本章所引《我在霞村的时候》，均出自此版。以下只标注页码，不再注释。

呀”“做了女人真倒霉”。

对于这些直接或间接的疾病的隐喻话语，“我”的反应是极为愤懑的。这一情绪既是对贞贞的同情，也是对启蒙在中国乡村——哪怕是解放区，仍未展开的失落感。

二

与自居道德高位的大部分霞村妇女相反，贞贞完全是另一形象，一个作者笔下的新人。

“我”是听闻了关于贞贞的各种传说之后才见到真人的，未见其人先闻其事，这一情节上的处理与《祝福》中“我”和祥林嫂的相见类似，凸显了小说主人公的神秘感，也预示了“我”与主人公的必然的遭遇。“我”的到霞村与贞贞的回霞村是同时的，棋逢敌手的对话即将展开。

对话的双方互为陌生人，保有对对方的新鲜感。比如，“我”身上的“延安”“南方”“知识分子”等因素对贞贞产生了一些吸引力。但对话得以展开的首要条件则是“我”不是以一个知识分子或延安干部身份，而是以普通女性的身份与贞贞相处。交流因此而开启，并且有敞开和深入的可能。

> “你是南方人吧？我猜你是的，你不像咱们省里的人。”倒是贞贞先说了。
> “你见过很多南方人吗？”我想最好随她高兴说什么我就跟着说什么。（27 页）

贞贞以本乡本土人的态度自自然然地待客，谈话就开始了。贞贞的主动打消了“我”可能伤害其自尊心的担忧。“随她高兴说什么我就跟着说什么”，这种基本的尊重，却是回到霞村的贞贞所难得遇见的。“以后贞贞每天都来我这里闲谈”，“闲”字显示了二人成为朋友的过程之自然，说明二人的投缘。“我”也乐于成为贞贞理想的倾诉对象。其中很重要的一点在于，贞贞契合了作者的女性观、人生观和交际对象标准［“我喜欢有热情的，有血肉的，有快乐、有忧愁又有明朗的性格的人，而她就正是这样”（28～29 页）］。

互相讲自己故事的倾诉之外，贞贞“也常常好奇地问我许多那些全不属于她的生活中的事，有时我的话说得很远，她便显得很吃力地听着，却是非常之要听的”（28 页）。“我”成为贞贞感兴趣的学习对象。学习的内容虽然在小说中没有过多的透露，但从贞贞的问话可以看出主要指“我”的经历、学识、思想等方面，即“那些全不属于她的生活中的事”。贞贞是去过远方也向往远方的人，也是为了理想可以奋不顾身的人。但她以往的生活毕竟受限于霞村的人情世故和机械被动的间谍生活，而“我”的出现，等于在她眼前展示了这一“远方”和“理想”的现实例证和样板，打开了她对未来图景的憧憬。

随着闲谈次数的增多，双方的关系发生了一种微妙的反转：由一开始“我”对贞贞的同情、小心翼翼唯恐触及其痛苦，到贞贞主动倾诉，并且不断询问“我”的情况，“我”也喜欢和期盼与贞贞聊天。贞贞不仅实现了与“我”地位的对等，成为“我”的朋友，而且在某些方面也深深吸引了“我”，潜移默化改变着“我”。

小说的题目并不叫“贞贞”或“一个霞村女子的故事”之类，而是“我在霞村的时候”。这个命名提醒着我们“我”在小说中的意义，这一角色对小说主旨的丰富性有直接的影响。

“我”是霞村的闯入者，不过是以一种“休养”者的身份到来的。“我”之需要休养，并不是，或者说主要不是出于身体原因。小说开头第一段就强调“我的身体已经复元了”。“我”到霞村休养的原因恐怕是精神方面的。这从开头部分的“政治部太嘈杂”“我精神也不大好”，以及“我”初到霞村的“心里有些困”“显得有些疲乏”等语词略微可以看出。“整理一下近三月来的笔记”，作者希望对自己某一阶段思想与精神进行一次总结或反思，从而重新出发。

但是，当作者试图开展这一总结或反思的时候，其精神和心理受到霞村环境极大的影响。“这散步于我是不愉快的”，“我把一块活动的窗户纸掀开，看见一片灰色的天，（已经不是昨天来时的天气了）和一片扫得很干净的土地，从那地的尽头上，伸出几株枯枝的树，疏疏朗朗地划在那死寂的铅色的天上”，“冬天的日子本来是很短的，但这时我却以为它比夏天的还长呢”。境由心生，触景生情，这些语段表明一种萧瑟、寂寞、沮丧的心境。

> 我努力地排遣自己，思索着这次来的目的和计划，我一定要好好休养，而且按着自己规定的时间去生活。于是我又回到房子里来了，既然不能睡，而旧笔记又是多么无聊呵！（26页）

的确，“我”对霞村不满，对阿桂不满，甚至对自己也不满，这一切使“我”愤懑不已。休息不好，又没心思整理笔记，“休养”也就无从谈起。“旧笔记”让作者感到“无聊”，意味着总结、反思的无从开展。

这一切在贞贞的来访之后才得以改观。“我”的精神和思想状态的变化轨迹，可以以二人谈话为界分出前后。

> 见到贞贞之前：我的休养计划怕不能完成了，为什么我的思绪这样的乱？我并不着急于要见什么人，但我幻想中的故事是不断的增加着。（27页）
>
> 和贞贞闲谈之后：我们的闲谈常常占去了很多时间，我总以为那些谈天，于我的学习和休养，就是非常有帮助的。（29页）
>
> 小说的结尾，贞贞表明要去延安之后：我觉得非常惊诧，新的东西又在她身上表现出来了。我觉得她的确值得我研究，我当时只能说出我赞成她的打算的话。

这一变化是清晰的，“闲谈”之于革命干部“我”的休养的作用十分明显。“我”的“休养”与贞贞的“治病”都带有疗救、康复、新生的意味。对于“我”，象征性更强。事实上，在二人相处中，“我”得到的可能比贞贞得到的更多。贞贞身上极强的个人意识和权利观念、能反抗家庭选择喜欢夏大宝、能关注自身的文化水平和思想观念的提升、能抗拒他人的眼光和价值评判，这一切让“我”赞叹不已。从贞贞身上，不仅可以看出霞村这一封闭落后空间中一粒罕见的强大革命火种，更可以看出作者丁玲对自己青年时期革命精神的追忆和怀念。贞贞代表了丁玲心中理想的革命与解放时代的新女性形象，也寄托了作者对一种怀疑一切和反抗一切的冲决精神的传承。“我”最终是以一种振奋的情绪离开霞村的，一定程度显示了“疗养”的成功。这样，“我在霞村的时候”才画上了一个句号。

三

“解放”问题，既勾连着国民性批判传统，又指向新型时代政治话语。作为抗战时期根据地一部分的霞村，贞贞的故事涉及两种含义不同而密切相关的“解放”。

外在地看，霞村是民族解放战争中敌后根据地下属的一个村庄。抗日战争这一民族解放事业是小说的大的时代背景。各种标语、组织、人员都在表征这一点：“村公所的大门墙上，贴了很多白纸条，上面写着农民救国会办事处，妇女救国会霞村分会，民众武装自卫会……”（24 页）当然，作者对其中的形式主义是不满的：有标语却没有人、送条子的人办事很不耐烦等等。但霞村依然代表了当时中国较为先进和革命的农村形态。贞贞逃而复归的轨迹，以及她为了传送情报九死一生的经历，也是牺牲个人、服务集体的时代性极强的行动体现。

但与贞贞勠力于民族解放事业的英雄行为构成反讽的，也是作者用笔最多的，却是贞贞回霞村后的世态人情。因此，作者选取霞村为典型，更能凸显中国农村的性政治问题：即便在共产党领导的抗日根据地，女性的地位依然低下，歧视妇女的性别观念依然根深蒂固。如果说政治上的形式主义对根据地基层政治建设有显在的危害，那么伦理观念作为一种民族性和人性的反映，其彰显出来的问题更可能从根本上危及民族和人民的真正解放。在《霞村》中，妇女解放作为与民族解放相对又相关的另一面向的话语，被丁玲空前地突显了出来。

晚清五四时期，女权问题是人权问题的一部分，也是社会启蒙最重要的突破口。走出家庭、男女平等、婚恋自由、社交公开等，是其时最著名的几个性别政治口号。从胡适的《终身大事》、鲁迅的《娜拉走后怎样》《伤逝》，到庐隐《海滨故人》、巴金《家》等，构成了现代中国道德革新的一个轰轰烈烈的传统，极大推进了中国社会的开放和进步。丁玲的《莎菲女士的日记》亦属于这一序列。

三十年代后，丁玲成为著名的左翼作家。即便如此，阶级意识增强的同时，她的女权观念并未消散。抵达延安后，特殊的环境反而再次刺激了她的女权意识的勃兴，因而诞生了在广度和深度上都超越于她早期作品的一系列杰作。以《霞村》为例，丁玲深刻揭示了内外两种解放的互动而紧张的关系。

在丁玲笔下，解放区农村的女性解放是消极的、滞后的。霞村人对贞贞的（再）观看、（再）凝视，以及贞操观念、婚恋观念，让作者失望和不满。

即便是革命干部，也可能带着长长的封建伦常思想尾巴。阿桂是“我”与贞贞谈话中的第三者。这个“我”的同伴是个传统道德观念极强的文化干部。她对现实的生活（如行军走路、战争、妇女解放）兴趣索然，却乐于参与各种街谈巷议。向来精神不振的她，只在谈到贞贞时，才迸发出生机和活力。她以一种高等人和幸运者的语气感叹着贞贞的不幸，代表着有别于大部分村民的另一种对他人痛苦的消遣方式。

> 看得出阿桂是比她显得更难受，阿桂大半的时候是沉默着，有时说几句话，她说的话总只为的传达出她的无限的同情，但她沉默时，却更显得她为她的话所

震慑住了，她的灵魂在被压抑，她感受了她过去所受的那些苦难。

…………

后来阿桂倒哭了，贞贞反来劝她……老是翻来覆去地睡不着，一声一声地叹息着。（28 页）

丁玲花了不少笔墨，对阿桂的表情和神态进行了细致生动的描写，衬托出女性解放的更深层的困境：知识分子、革命干部的身份与落后蒙昧的性别观是可以并存在一个人身上的。阿桂还是一个宣传科的干部，对村里的宣传工作起直接作用。她的道德观念的影响更引起作者的担忧。小说透露了这么一层意思：革命者解放底层农民，要从解放自身做起。

此外，发生在贞贞身上的故事就像一面镜子，映照出宏大叙事的虚伪、残忍的一面。维系贞贞生存的，除了她自己倔强不屈的性格和坚定自主的人生观、价值观，还有隐含的官方意识形态：贞贞是英雄，是民族解放战争中有重要贡献的英雄。村里的年轻干部是这样向“我”介绍贞贞的：

“刘大妈的女儿贞贞回来了。想不到她才英雄呢。”即刻我感到在他的眼睛里多了一样东西，那里面放射着愉悦的、热情的光辉。（25 页）

“想不到”的语气和神态表明一种意味深长的情感。贞贞的经历已经足够神奇，其得到官方（贞贞所说的“他们”）的褒奖也是部分霞村的青年们羡慕的。这一定程度说明，在解放区农村，“民”的传统伦理道德观念固然依旧无处不在，但“官”“政府”的力量之强大和直接也是存在的。围绕贞贞，这两种力量维持了一种微妙的脆弱的暂时平衡。可以想象，倘若没有强有力的官方的支撑，倘若故事发生在别一历史语境，那么贞贞的命运定然要比祥林嫂更为悲惨。

贞贞最后的选择其实也离不开“他们”的支持，不过，小说思想和人物最出彩的地方恰恰在于，无论是贞贞还是“我”，都在努力表明一种姿态：自我的建设不靠官方的力量。甚至她们还对这一力量有所怀疑和嘲讽。

小说总共出现了四处与延安话语有关的“他们”。这看似漫不经意的安排，实际与贞贞的命运息息相关（因为一再派去执行任务而染上重病，同时因为是执行任务而成为英雄与不幸者的混合体）。

后来我是被派去的，也是没有办法，现在他们不再派我去了，听说要替我治病……

硬着头皮挺着腰肢过下去，难道死了不成？……所以他们说要替我治病，我想也好，治了总好些，这几天病倒不觉得什么了，路过张家驿时，住了两天，他们替我打了两次药针，又给了一些药我吃。（28 页）

“真的！”在她的脸上那种特有的明朗又显出来了。“他们叫我回××去治病。”

这次他们既然答应送我到××去治病，那我就想留在那里学习。听说那里是大地方，学校多，什么人都可以学习的。大家扯在一堆并不会怎样好，那就还是分开，各奔各的前程。（31 页）

贞贞与“他们”之间构成一种悲哀的反讽关系：贞贞执行任务，而“他们”给贞贞治病。她之所以会被挑选为军事情报员，主要并不是因为她是专业间谍，而恰恰是因为她被鬼子掳去的惨痛经历。这一经历在“他们”看来具有可操作性。执行这一任务是不是贞贞主动的呢？“我是被派去的，也是没有办法”，表明了答案。“他们”是冷酷的。

贞贞这一角色和情报员工作的联系实在奇特，以至于构成后来丁玲批判运动中的罪证之一：

> 稍有一点常识的人便会知道，侦察敌情的工作是极重要的工作，绝对不会让一个没有一点认识和觉悟的人去做，更不会让这样一个女人用这样的方式去做。……
>
> 退一步设想：即使贞贞后来确实是替我们做了侦察工作，那她原来的失节行为仍然是应该受到谴责的，不可原谅的。[①]

批判者一方面将情报员工作神圣化，另一方面也批判了贞贞面对日寇未能做出主动牺牲（如自杀）的选择。这是政治和道德的双管齐下的批判。

这一批判恰恰衬托出丁玲对两种解放的深入思考。贞贞的选择和经历说明民族解放战争是充满痛苦和曲折的，日寇对像霞村这样位置的地方的进攻不会只有一次，那么人民所受的伤害也不可能只有一次。面对战争的残酷，必须保持持续性的而非一次性的反抗。小说中贞贞惨遭鬼子无数次蹂躏，同时也多次九死一生的送情报，就是对这种侵害与反抗重复性和多次性的象征感极强的叙事。它更真实地反映了战争的面貌，批判了战争初期不少知识分子的战争浪漫主义。

同时，丁玲也通过这一书写对女性独立问题展开了新的思考。女性的独立，要摆脱男性（《“三八”节有感》），也要摆脱更深层的文化传统的束缚和政治权力的压迫。无论是相对阴柔婉约的“昨天文小姐”，还是更为英武阳刚的“今日武将军”，都不是丁玲所满意的角色。女性的真正解放，要摆脱这些由外部力量赐予的头衔名号，摆脱他人对自己命运的安排，直面自己，做出决断并为自己负责。这也需要持续的坚韧的抗争。在《霞村》中，贞贞抗争的行为包括：不顾一切追求夏大宝，拒绝牺牲而在敌营活下来，出生入死多次送情报，拒绝婚姻。这些行为既有战时非常性的，也有日常性的，体现了贞贞性格的完整。贞贞也成为丁玲妇女解放叙事中一个光辉灿烂的人物形象。这些思考及叙述显示丁玲作为革命知识分子中的一员一以贯之的对基本人性的探析和对妇女本位的坚持。前有《在医院中》的陆萍，后有《太阳照在桑干河上》的黑妮，丁玲都没有把她们写死，哪怕笼罩在她们头上的是战争、革命、阶级这些宏大的词语和话语。

《霞村》的结尾，贞贞选择奔赴延安，开启新的生活，试图说明：女性解放与民族解放（或阶级解放）是并存不悖、不可偏废的。但真正的女性解放能凭借民族解放或阶级解放而自动获取吗？女性问题应该先让位于民族问题和阶级问题而后再解决吗？“他们”对于贞贞是冷酷无情的，但贞贞的超拔自我，又只有去远方寻找“他们”才能实现。这些困惑丁玲的问题，后来在《“三八”节有感》中又一次集中爆发。

---

① 陆耀东．评《我在霞村的时候》//文艺报编辑部，编．再批判．北京：作家出版社，1958：95.

四

即便小说的整体气氛是沉闷压抑的，作者依然试图传达一种希望。夏大宝和村里一些年轻人身上，被寄予了这一希望。

小说的后半部分，用了约 3 000 字笔墨讲述贞贞与夏大宝的婚姻问题（其中贞贞从家里的吵闹到逃往山上约 2 600 字，“我”与贞贞最后的对话约 400 字），占全篇四分之一左右。

贞贞的遭遇与其婚姻问题表现在三个方面：首先，造成大部分霞村看客的看法，以贞贞曾“被糟蹋”为据看低其嫁人的可能性；其次，突出夏大宝对贞贞的不离不弃，始终如一；最后，贞贞面临一种选择的困境及最终突破这一困境的行动。

贞贞选择放弃婚姻，离开霞村，奔赴延安。这一选择既超逸了霞村俗人们以贞洁为核心的女性观念，也超逸了夏大宝（此一时刻）的爱情与婚姻许诺。夏大宝对贞贞的感情是真挚的，这是贞贞感到痛苦和愧疚的原因；但夏大宝这一追求恰好发生在霞村人普遍看低贞贞的时刻，这是贞贞所拒绝的。家人唯恐她嫁不出去的催促更激起贞贞对婚姻可能性的否定。这一选择无关夏大宝，只关乎贞贞强大的内心。这是丁玲所希望的新女性形象。

丁玲不仅是想表达“延安”这一光明与希望的场域象征，她更想表现贞贞、夏大宝他们身上呈现的代际性的“新人”特征。夏大宝及村里的民众武装自卫队队员们对贞贞是友好的。他们构成了与杂货店老板为代表的村里顽固派相抗衡的力量。这一力量是少数派，但被作者赋予了前景。夏大宝对贞贞的不离不弃，贞贞的自主选择，象征着新的一代正在崛起。诚然，他们暂时并没有强大的理性力量和清晰的世界观，但丁玲安排贞贞去延安学习，正是理性种子培养的开始。考虑到抗战的特殊语境和边区的偏僻落后，这几乎是唯一一条女性思想提升的路径。当然，如前所述，女性解放必须依附延安话语为象征的民族解放及阶级解放这唯一的路径，说明其还不是本体性的解放。

最后，有意思的是，丁玲后来谈到《霞村》写作动因的时候，特别指出：

> 我并没有那样的生活，没有到过霞村，没有见到这一个女孩子。这也是人家对我说的。……他说：“我到医院去看两个女同志，其中有一个从日本人那儿回来，带来一身的病，她在前方表现很好，现在回到我们延安医院来治病。”他这么一说，我心里就很同情她。一场战争啊，里面很多人牺牲了，她也受了许多她不应该受的磨难，在命运中是牺牲者，但是人们不知道她，不了解她，甚至还看不起她，因为她是被敌人糟蹋过的人，名声不好听啊，于是，我想了好久，觉得非写出来不可，就写了《我在霞村的时候》。这个时候，哪里有什么作者个人的苦闷呢？无非想到一场战争，一个时代。想到其中的不少的人，同志、朋友和乡亲，所以就写出来了。①

这段回忆主要表达了丁玲对自己文学的社会性的强调。《霞村》虽然源于个体生命的

---

① 丁玲．谈自己的创作//丁玲全集：第 8 集．石家庄：河北人民出版社，2001：87－88.

遭遇，但丁玲试图将之纳入“战争”“时代”之中。这一动因是较为狭隘、单纯的，但作品完成后的意义显然逸出了作者意图不少。贞贞的形象焕然一新，“我”与贞贞的关系也并非简单的同情与被同情的关系。《霞村》没有成为对战争与人关系的机械的图解。“我”在小说中的分量，使得小说充满了互观与对话的张力。《霞村》的主题并不围绕贞贞展开，而是突出了当时文坛所忽视的解放区性政治话题。

丁玲在朋友简单讲述的一个小故事的基础上加入了多少内容？这不仅体现了丁玲作为一个优秀小说家出色的想象能力和虚构能力，更可以印证：这并非一部写实的作品，而是作者的寄托之作。借助这一故事，丁玲深刻揭示了女性解放和个人精神的双重困境。它既是对外敞开的，也是向内掘进的。在这种富有张力的叙事中，故事和人物的传奇性被淡化了，性政治问题的日常性成为更恒久的话题。

（严靖 撰）

拓展与思考

1. 丁玲并没有到过“霞村”那样一个地方，却以“我在霞村的时候”为小说题目，你觉得作者用意何在。小说的纪实与虚构对叙事效果起了怎样的作用？

2. 二十世纪八十年代，李泽厚提出过“启蒙与救亡的双重变奏”说，对二十世纪思想史与文学史特征进行高度概括。《我在霞村的时候》是否也存在这种双重变奏？

3. 学习鲁迅提出的“娜拉走后怎样”，想象“贞贞到延安之后怎样”。

第 21 章

《无字》："女性化"写作与宏大叙事

张洁，这个伴随改革开放登台的女作家，初出茅庐时年届中年，这使得她在人生经历上积累颇丰而在文学修炼上尚欠火候。从张洁的人生履历和文学道路看，她受惠于 1949 年之后妇女解放这一点是不言而喻的，但是，张洁在 1978 年之后与这一制度若即若离的暧昧却很少被人提及。

一

张洁出身贫寒，青少年时代在陕西宝鸡及辽宁抚顺度过。二十世纪五十年代后期到北京的中国人民大学上学，学的专业是与文学毫无关系的计划统计学，毕业后被分配到当时的机械工业部做一名机关干部，她既不喜欢她的专业，也不热爱所从事的工作，只是将其作为养家糊口的手段。

1949 年后的中国妇女上至年轻学生下至家庭妇女，在社会化的大趋势中，几乎所有妇女都享有自食其力、男女同工同酬的权利，这对张洁那一代女性来说是至关重要的安身立命之本——如果没有这种政策性或制度上的保障，那一代女性甚至包括她们的后代女性仍将会像她们的母辈那样挣扎在家庭妇女与抛头露脸的"不良妇女"之间。有关这一点将在后面再展开论述。

张洁的青少年时代正是中国妇女处于"翻身"和"解放"的时代，受益于这个时代风气她上了大学、拥有了一个有保障的公职，虽然收入微薄、生计艰辛，但对于张洁这个出身卑微的女子以及她那个三代女性的家庭而言，无疑拥有了一种基本的生存保障及尊严，而且在当时的中国社会享有着比较优越的社会地位。据张辛欣的描述，二十世纪七十年代末她见到过在机关办公室上班的张洁："在那些抱着杯子喝茶、聊天、看报、溜溜达达走来走去的人中间，守着自己那张办公桌，拉开半个抽屉，聚精会神地在悄悄看什么。关上抽屉之前，她给我看了一下，《安徒生童话故事集》。”[①] 一个与俗世格格不入的特立独行的文学“女青年”或业余女作家的形象跃然纸上。

五十到七十年代在各行各业都有那么多独立自主、在工作上堪比男性的女强人，比如“三八红旗手”“铁姑娘”等等；男女两性至少在政策层面和话语层面是相差无几的。张洁一方面得益于1949年妇女解放国策的扶持和保护，另一方面却也受“男女都一样”的钳制——千篇一律的着装、男性化的言谈举止，尤其是后来被称作“封建的”意识形态和禁欲主义等等，令像张洁这样有一定女性意识的人感到压抑。因此，当1979年张洁初出茅庐时急急地以女性身份、从女性的角度讲述了《爱，是不能忘记的》这一爱情故事。所谓的“女性身份”很简单，故事的讲述者是钟雨的女儿，而女主人公则是钟雨。然而，“女性角度”则有点扑朔迷离：严格说来，《爱，是不能忘记的》是一篇爱情小说，与女性意识乃至于女权/女性主义没什么关联，但是如果从一个更为广泛的背景来看则有其独特的意蕴。

1985年底，当时张洁的好友张辛欣曾在一篇专门写张洁的散文中记述年过四十的张洁在日常生活中开始注重外表打扮和修饰：戴戒指、烫头发，甚至于整容，这些在如今司空见惯的私人行为在八十年代却颇有意味，它带有一种让自己更具女人味或更加女性化的取向，这至少是在外表上对作为女性的自己做一种“补偿”——对张洁而言，她在做女人方面始终处于一种匮乏状态，青少年时代因为家境贫寒物质匮乏；成年后由于整个社会生产和生活水平的低下，她又承担着较为沉重的养家糊口的责任，依然无法摆脱生活的拮据及婚姻的不美满，在八十年代之前她处于物质和爱情的双重匮乏之中。而在内心深处，正如张辛欣所言：“做一个女人最好的时日几乎已经快过去了，她还在像小女孩儿一样，眼巴巴地期待着人世从来没有肯真正地、平稳地降临给她的一点点可靠的温存……”[②] 所谓的人间“温存”包含着诸多内容，但它首先是爱情。如今还能从张洁自己或别人的文字中看到她在写出《爱，是不能忘记的》以后所经历的“百罹”[③]，经过了“上刀山、下火海、波澜壮阔、九死一生”[④] 的恋爱和再婚，与此同时，张洁靠着机缘和自己的勤奋不断有新作问世并获得各类文学奖项，1980年从机械工业部调入北京电影制片厂，不久又调入北京市文联成为专业作家。可以说，八十年代的张洁是一个社会地位和生活水平都处于快速上升之中、具有一定女性意识的异性恋者。

在1949年之后很长一段时期的日常生活中，爱情、优雅、趣味以及女人味都是被贬斥的，是需要藏匿和掩饰的特性，而这些特性却又是张洁长年向往和憧憬的。所以，当1978年整个国家的政治和社会生活有所松动后张洁就急不可待地讲述了《爱，是不能忘记的》这一爱情故事，这是一部顺势而为之作。首先，主人公钟雨是一个优雅而有趣味的女性，她与老干部之间前后在一起的时间总共不超过24小时、连手都没有握过，却爱得“镂骨铭心”。这种奇特的爱情与其说是“柏拉图式”的，不如说是因为时间、空间及肉体的过度

---

① 张辛欣．撕碎，撕碎，撕碎了是拼接．中国作家，1986（2）.

② 张辛欣．撕碎，撕碎，撕碎了是拼接．中国作家，1986（2）.

③ 《沉重的翅膀》最初发表在1981年第四、五期《十月》杂志，文末有“一九八一年四月十六日脱稿于百罹之中”的落款。

④ 张洁．人家说我嫁了个特权//何必当初．珠海：珠海出版社，1994：151.

限制和压抑而导致想象的过于奇幻和偏执。

美国人类学学者罗丽莎在二十世纪八十年代中期对杭州丝织厂女工生活进行考察后曾指出："这种极度女性化的具体渴望被官方和通俗表现打造为对被'无性的社会主义'所埋没的自然社会性别的'恢复'。她们工作足够勤奋，但她们对于如何'成为'女人更有兴趣。"① 这个描述同样适合同时期的张洁，虽然张洁与那些女工在文化、政治等层面有着很大的差异，但罗丽莎用"极度女性化"概括的是当时中国各阶层女性的一种普遍倾向，作为一个长期关注和同情中国革命的美国学者，她非常敏锐地抓住了八十年代改革开放中妇女问题的节点。正是这种"极度女性化"的时代风气助长了张洁的女性意识，从而极其细腻而又偏执地追寻和描摹爱情的"真谛"，这种高涨的热情时隐时显，似乎一直延续到九十年代中期。

张洁留在人们记忆里的一直是一个"女战士"的形象，② 强悍而粗粝，但这也许是某些方面或某些时候；在另一些时候和另一些语境中她有普通女性的柔软和温情，也有大多数女人都有的虚荣心和矫情，甚至歇斯底里。所有这些都极其紊乱地缠绕在她的性格、言谈举止和文学写作中。

可能很少有人关注九十年代上半期张洁为数不多、篇幅很短的一些谈及她的第二次婚姻和丈夫孙友余的散文，例如《人家说我嫁了个特权》《无可奈何花渐落》《无地自容》《难得潇洒》《最后一个音符》《天地悠悠》《可怜天下女人心》《吾爱吾夫》等，这些散文掺杂在她怀念母亲的散文之间，似乎显示着她挣扎在母爱与情爱之间——从《世界上最疼我的那个人去了》中我们得知母亲和女儿都不"看好"张洁的这场婚恋。这段时间她偶尔甚至于还显露出对爱情或婚姻的不满和失望，比如写于1994年2月、后来广为流传的《这时候你才算长大》，但在关于孙友余的散文中却可以看出张洁对自己的婚姻非常满意，对孙友余充满了眷恋和敬重甚至崇拜，她相当高调而直白地"秀"他们之间的恩爱、甜美，包括孙友余的早年经历、儒雅博学、不凡气度，有些描写甚至带进了《无字》中。据张洁的那些散文透露，他们相恋于"文革"后期，由于孙友余是有妇之夫，打了长达5年的官司后才离婚，1986年与张洁结婚。在经过如此漫长的相恋和磨难之后，张洁笔下的老夫少妻依然如此钟情、缠绵，充满着柔情蜜意。然而，张洁类似的散文写作在1994年6月以后戛然而止，因为此年的7月张洁再次"出走"美国康涅狄格州，也许还有不得而知的更深层原因。而且，更为引人关注的是，这些散文只被1997年3月由作家出版社出版的《张洁文集》收入，而2012年4月人民文学出版社出版的《张洁文集》则将之全部隐去，不仅如此，在那部文集中连《爱，是不能忘记的》也未被选入，张洁似乎有意要将孙友余完全从她的文学写作及人生轨迹中抹去，究其原因很可能是九十年代后半期张、孙的离异，以及1998年孙的去世。但吊诡的是，《无字》却又以孙友余为原型塑造了胡秉宸这个对张洁而言五味杂陈的形象。

---

① 罗丽莎．另类的现代性．黄新，译．南京：江苏人民出版社，2006：19.

② 于丽丽．张洁：毕生都是"出走者"．南都周刊，2013（41）.（2013年10月30日）

二

在《爱，是不能忘记的》之后，张洁写出了她的第一部长篇小说《沉重的翅膀》，这两部作品的写作时间仅相距一年半。细心的读者应该不难发现小说主人公与《爱，是不能忘记的》中的男女主角有许多重合。首先，郑子云的形象里明显带有“老干部”的痕迹，当然要丰富厚重些，但从人物举手投足之间仍能感觉到他的单薄；虽然没有婚外情，但小说正面描写了郑子云与妻子夏竹筠的隔阂，似乎是《爱，是不能忘记的》中那匆匆几笔带过的老干部不和谐婚姻的详写。钟雨的形象分成了几个人物：叶知秋、郁丽文、万群……都可以看成是钟雨的不同侧面，她们有的是从未有过婚姻的独身，有的是寡居多年的单身，有的则是幸福地生活在梦幻般美满婚姻中的“少妻”。这些女性形象都寄寓着张洁对女性、爱情及婚姻的理解和期待，也许是篇幅和结构的扩张，《沉重的翅膀》明显显露出作者直抒胸臆的痕迹——不仅对爱情婚姻大发感慨，那时的张洁对此有太多的感慨须倾泻；也对当时的改革开放有许多教条式的议论。公允地说，写作《沉重的翅膀》时的张洁似乎还未能对长篇写作做充分的储备，无论是叙事结构还是人物对话都颇为粗糙，而相对来说，《爱，是不能忘记的》要精致和含蓄得多，虽然当年读者大众和文学评论界对《爱，是不能忘记的》颇多非议，但从文学叙事上看它相当地内敛和节制，这种内敛和节制又与它所讲述的爱情悲剧相统一、相呼应，达到了一种叙事上的完美。这正是张洁后来的写作所缺乏或者说被丢失的。

虽然《沉重的翅膀》被某些著述称为“反映改革的力作”“中国第一部政治小说”等等，但我们现在可以直言不讳地指出，它属于一种“应景”之作——在1981年的短短几个月时间里写出了发生于1980年一整年的故事，缺乏对社会生活乃至改革开放的基本积淀，如此近距离地“表现生活”“贴近时代”真可与当时风靡一时的纪实性的报告文学相媲美，这注定了它是一部经不起时间考验、如今难以卒读的作品。另外，这部被视作“改革文学”的力作在叙述主线——宏大叙事方面，连篇累牍展示的是作品人物在马拉松式的会议中概念化的乏味发言，甚至连人物心理描写也往往充斥着类似的话语。与作品问世之初在文坛上引起的热闹、两次问鼎茅盾文学奖而最终获奖，尤其是作品在八十年代被13个国家翻译和出版的盛况相比，这部作品在文学史上的边缘位置及被遗忘的处境令人诧异。

其实，那时的张洁与1942年以后的丁玲有着某种相似，虽然表面上张洁与丁玲恰似两个南辕北辙的作家，丁玲是一个从个人主义的女性走向追随主流意识形态的革命者；而张洁则是一个从体制内走向新启蒙的自由主义作家。但她们却在一个节点上相似：丁玲由于当时延安的大氛围由关注女性个性转而成为一个关注时代、关注底层民间的女作家，写出了《太阳照在桑干河上》这样的“长篇巨著”，从而受到体制及主流意识形态的高度认可和肯定——获得斯大林文艺奖；张洁则在八十年代初在完成了《爱，是不能忘记的》后进入了“改革文学”《沉重的翅膀》的写作，并在1985年获得第二届茅盾文学奖。虽然，八十年代以后的时代及张洁本人都越来越“去政治化”，然而在八十年代初期也即改革开放的初期张洁还是非常政治的——或者说，她非常敏锐地抓住并书写了这种政治。

张洁不止一次地说过她之所以写《沉重的翅膀》“不过是爱屋及乌，奋力而为，并非我对体制改革、经济腾飞、国家大事、一个理想完善的政治构架有多少研究"，"想当初，我正是为先生的忧国忧民意识；为他对党肝脑涂地的忠诚；为他对事业的兢兢业业；为他面对恶势力宁折不弯的高尚品格；为他一生清廉、两袖清风；为他的党性原则所倾倒"。[①] 虽然这只是她后来"去政治化"的一面之词，但我们却能透过这些话语推断：她与丁玲不同，并非因为听从主流意识形态的召唤而倾心于重大题材，而是因为"爱情"被裹挟着写出了这部"改革文学"作品，正如她的爱情造就了她的《爱，是不能忘记的》，她的再婚造就了她的《无字》一样。

从《爱，是不能忘记的》到《沉重的翅膀》，张洁似乎在做一种飞跃：从爱情这样一种"狭小"的格局一跃而为改革这样的"宏大叙事"。这样的"套路"在1942年以后的延安文学及"十七年文学"中司空见惯，具有浓厚的归顺体制、归顺主流意识形态的特色。张洁毕竟是一位从五十到七十年代体制内成长起来的人，虽然在七八十年代有强烈的"女性化"倾向，却同时秉持着更为强烈的介入社会政治的热情，秉持着一种与丁玲相似的要摆脱"小女子"格局、进入大叙事格局的心胸，尤其在改革开放的八十年代，她绝不甘心以专写爱情和女性故事被归入女作家之列，因而急于在"宏大叙事"框架内求成。这令我想起王蒙九十年代为我的一本论述女性文学的书所作的序言，王蒙不无调侃地描述道：

> 一些年前，我与一些男女作家一起出国访问。我们的女作家被问及关于女性文学、女权主义等问题。我们的男女作家的脸上都显出了麻木、困惑、讥讽、无可奈何与不感兴趣的表情。没有一个女作家承认自己关注女权问题（似乎我们这里早已没有什么女权问题或者女权问题是一些低层次的不值得我们的优秀女作家去关心的问题），承认女作家与男作家有什么重要的不同，承认性别问题在自己的创作中具有重大的意义，更不要说是承认自己是女权主义者了。我当时的绝对主观的感觉是，她们不愿意承认这些的心情恰如不愿意承认自己是妇联的工作干部。当然不会有哪一个才高九斗的正在看好的强力型女作家愿意调到妇联去搞婆婆妈妈的那一套"妇女工作"。她们爱搭不理、支支吾吾地回答着外国女性的提问。[②]

这就是八十年代女作家的真实处境和她们的态度。不知道那些出访的女作家里是否包括张洁，但可以肯定的是她同样不看好女性题材，虽然她在八十年代文学史的框架中被定格在"女性写作"之列，但与她大量的"现代派"或"后现代"的探索性写作相比，《方舟》《祖母绿》等女性写作只能说是非常稀疏的写作，她对女性出路的探索只处于一种浅尝辄止的阶段。实际上，在写出了《方舟》《祖母绿》等所谓的女性题材作品后张洁就华丽转身去做"现代主义"甚至是"后现代"的"探索"和"实验"了。八十年代中后期中国文坛掀起了一股"现代主义"热潮，以王蒙的"意识流"小说、刘索拉等人的"现代

---

① 张洁．可怜天下女人心//张洁文集：2．北京：作家出版社，1997：542.

② 王蒙．说《走出男权传统的樊篱》．读书，1995 (1).

派”小说为代表，① 张洁在这个潮流中也未能“免俗”，写出了一批运用“现代派”或“后现代”手法和形式的小说，徜徉在荒诞、夸张、变形的题材和故事中，关注的是较为抽象和普泛的话题。张洁本人非常看重这一阶段的探索和转型，以至于到她晚年对那些作品还是如数家珍，这与她谈及“女性写作”的口吻形成鲜明对比。② 那时的风格一直延续至今，也影响着她写作《无字》，与此同时，在公众及私下的谈话里张洁对“女性写作”或曰女性文学语焉不详，甚至完全否定自己是女权主义者。③

洪子诚曾对女性写作中的矛盾和游离有过中肯和深入的分析：

> 在80年代，女作家的创作呈现出一种矛盾的状况。一方面，由于当代的“时代不同了，男女都一样”的观念，社会生活和文学表达都普遍忽视、也有意遮蔽男女性别上的差异，女性参与写作不再是一种需要争取的权利。女作家写作上的“非性别化”倾向，一般也会受到鼓励；她们大多也热衷于“重大”社会题材，倾向淡化性别特征的表达方式。但另一方面，在80年代的整体文化心理上，出于对“激进文化”的反拨，潜在着向“传统”文化倾斜、退却的倾向。……在80年代女作家的创作中，存在着一种“悖论”的情境；女作家被读者认可和欢迎的“女性化”风格是她们的优势，但她们的社会地位和文化经历，以及当代文学评价标准，又促使她们“超越”性别的特征，追求一种“普遍化”的风格。④

可以说，这个论述将王蒙非常感性化的表述做了一种提炼，不仅指出很多女作家存在的矛盾、悖论、游离，而且推断出女作家们热衷重大社会题材、在文学写作中淡化性别特征的深层原因。这里的超越和普遍化可以读成“中性化”或“男性化”的文学风格——虽然1949年以后实行了“时代不同了，男女都一样”，但那是一种女向男看齐而非男向女看齐的时代，那是一个刻意掩饰、遮蔽女性特征和女性特质的社会，一个将女性中性化或男性化的社会。因此，从那个时代和体制一路走来的八十年代的女作家虽然在那个时间节点上极力向往回归女性的自然属性，但仍然难以彻底摆脱这种制度化和意识形态化的惯性和束缚，张洁只是个案。

三

在张洁晚年作品《无字》中依然有这种“女性写作”与“宏大叙事”的搭配。《无字》所写的故事实际上是一个女性家族的故事：墨荷、叶莲子、无为、禅月四代女性的人生历程。文学评论界及当代文学史也基本这么为其定位，然而这一定位似乎掩盖和抹杀了另一

① 洪子诚．中国当代文学史．北京：北京大学出版社，2014：366-368.（洪著回顾了八十年代中后期的“文学创新和‘现代派文学’”，罗列了这一实践活动的主要代表人物，而这个名单里并没有张洁，张洁这种转型和实践，颇为耐人寻味。）

② 荒林．存在与性别，写作与超越——张洁访谈//张洁．张洁文集·无字：第三部．北京：人民文学出版社，2012：433，436-438.

③ 包括与笔者的一个对谈《女人，并非特殊》，载于1989年6月25日香港《文汇报》。

④ 洪子诚．中国当代文学史．北京：北京大学出版社，2014：385-386.

条叙事线索：胡秉宸、顾秋水这两个男性主人公参加革命、参与公共事务的故事，如果说女主人公们的人生历程是一种"小叙事"，那么胡、顾所经历的则是一种"宏大叙事"——与女主人公不同，他们直接参与了二十世纪三四十年代的中国革命和重要事件：西安事变，国共合作，东北军被拆分、收编以及中共的地下工作，等等。《无字》中的"宏大叙事"与《沉重的翅膀》不同，主线是女性故事或爱情婚姻故事，"宏大叙事"是作为副线——由男女两性关系而带出，由叶莲子的身世带出了顾秋水、由吴为的婚恋带出了胡秉宸。

王蒙对张洁的女性叙事部分（尤其是吴为与胡秉宸的故事）相当地不看好，而对宏大叙事部分则大加赞赏：

> 吴为努力从社会、历史、政治、人生沧桑的各个方面去分析去追根溯源那些令她失望已极的男人，力图从一切方面找原因，找理解的钥匙，从历史的动荡与扭曲来分析那些本来应该可爱的男人的变形与冷酷。她入木三分地层层解剖着胡秉宸与顾秋水，甚至连包天剑这样的旧军人将领也写得活现。此书一唱三叹，高屋建瓴，且叙且议，气势恢宏，……写到了东北军、张学良、抗日、二方面军、四方面军与党的地下工作，写到了军事、政治、党务与社会变迁，写到了北京、西安、东北、上海与延安，颇有力透纸背与令人拍案叫绝的高论与俏皮及黑色幽默——当然也有皮毛之见与信口开河，反正没有什么人要求这本书成为党史读本。这方面的书写令人肃然起敬，给人面貌一新之感，而作者的纤细的笔触也变得雄浑如椽起来。……女主人公也许应该感谢她所极其不满的那父亲与后来的丈夫吧，正是他们引起了她对这些大事的兴趣，使她接触了也多少了解了这一百年来至少是几十年来中国发生的大事，使她的飘忽的、时而天才时而天真的头脑得到了不仅在私人事情上而且在国家大事上一试身手的机会。[①]

王蒙对《无字》中"宏大叙事"的偏爱溢于言表，他甚至将张洁在这方面的成功归功于那些被吴为撕裂和痛批的男性，因为他们，吴为（实指张洁）才有可能有兴趣去接触和了解那些大事件、大历史，才有讲述那些事件和历史的机会。此言差矣！吴为的生长年代已非墨荷、叶莲子的时代，如果说墨荷从未获得过自立的话，叶莲子"是被逼上独立之路的"[②]，而吴为则是生长在"男女都一样"的社会体制里，她从小所接受的教育和训练与男性几乎没有差别，长大成人后她理所当然地成为一名职业妇女或曰"女作家"，这一切都像水到渠成般自然。她不像叶莲子，更不像墨荷那样与"宏大叙事"相隔绝，她对那段历史的生疏与其说是因为性别的原因不如说是年龄的原因，顾秋水是她的父亲，而胡秉宸则是"老夫"，在年龄上可算她的父辈。吴为在《无字》中既是以女性身份拷问男性，也是以晚辈身份拷问父辈，以一个女性后辈的身份观察和叙写她未能亲历的历史。

在王蒙的这段话里还有一个问题应该澄清：他将私人事情与国家大事，即女性主义一直关注的"内"与"外"对立起来，吴为以及叶莲子、墨荷的故事和人生经历都是"私人事情"，而与胡秉宸和顾秋水相关的才是"国家大事"，张洁写了这些"国家大事"因而才

① 王蒙．极限写作与无边的现实主义．读书，2002（6）.

② 荒林．存在与性别，写作与超越——张洁访谈//张洁．张洁文集·无字：第三部．北京：人民文学出版社，2012：436.

使《无字》"一唱三叹，高屋建瓴，且叙且议，气势恢宏"，"颇有力透纸背与令人拍案叫绝的高论"，这一思路明显带有 1949 年（也许应该从 1942 年算起）体制内文学教条的烙印——"宏大叙事"高于私人故事或情感。其实，张洁在这方面还是比王蒙显得更为开放和先锋：《无字》开篇的题辞用了《老子》中的"大音希声，大象无形"，表达了作家试图将女性故事与宏大叙事连接起来的初衷，具有将女性经历建构成宏大叙事的"雄心"，至于她是否成功则是另一个问题。显然，张洁心目中的"大"与王蒙所理解的宏大叙事已是不能混为一谈的概念，《无字》中的大叙事与《沉重的翅膀》里的宏大叙事也绝对不是一回事。虽然"大音希声，大象无形"作为题辞放在《无字》的显著位置，且张洁本人努力"夸大"这一女性叙事，它却遭到包括王蒙在内的文学批评界大多数人的忽略。

其实，《无字》中吴为从小所经历的四处逃难和飘零岂不是直接与抗日战争有关？如果没有战争她们母女会从天津出发，走过东北、上海、香港、桂林、柳州、重庆、西安等等大半个中国吗？当然，这里的主要动因是叶莲子梦想家庭团聚，为了寻找顾秋水这个不称职的丈夫和父亲，但从根本上来说是战争迫使吴为母女浪迹天涯。正是这种浪迹天涯使叶莲子见识了世界、被迫走上了独自谋生之路；也使吴为见识了世界，从小站在了与男孩相同的起跑线上。

吴为曾反复"拷问"自己的奴性，最终她将这种奴性的根源归结为顾秋水对她们母女的抛弃——由于顾秋水将她们母女托付给了包家，从此杳无音讯，叶莲子只能变相成为包家的女佣，而吴为则从小过着寄人篱下、仰人鼻息的日子。被逼上独立之路的叶莲子如果是生于墨荷那样的"太平"年代、如果不是遇人不淑，她很可能就像自己的母亲那样，虽然日子过得不如意，却始终会是一个"家庭妇女"而无须抛头露面去挣钱养家。

对叶莲子那代女性来说，迈出家门是一件太过于艰难的事，这是中国妇女命运的转折点，无异于一场革命。罗丽莎在考察第一代中国女工命运时指出，传统中国女性是以家庭为中心，这并不意味着她们完全不参与生产性劳动，她们中的不少人参加家庭作坊劳动，既为家庭创造财富，又是受人尊敬的"良家妇女"。而那些走出家门从事社会化劳动的妇女却遭人歧视，被视为与娼妓同类，从而"蒙羞"，原因就在于她们是在一个被男性外人随意"凝视"的社会化环境中谋生。中国传统视这样的女性为不贞洁的，哪怕她们与男性没有任何的性关系，仅仅因为她们在家庭之外的社会化环境中抛头露面，就被视为"不良妇女"，"没有人会要这样的女人作为受人尊敬的婚姻对象。她们是被损害了的货物，不再具有性美德，因为她们僭越了适当的关于女人应该在哪里工作的性界限。而且，问题并不在于她们所做的工作而在于工作的地点。这些女人被暴露在男性的凝视之下，这将成为污点而使她们不再是正经女人"。[①] 这对于二十一世纪的中国人来说是不可思议的，但在二十世纪上半叶却是一种真实而严苛的社会现实。叶莲子肯定也深受其害——她在包府做女佣、在香港街头卖饭、在柳州小学校帮工后来又做代课教师，一个没有丈夫所"养"的女性只能凭着自己的体力劳动而获取一点微薄酬劳养活自己和幼小的女儿。她一直都坚持单身，固然因为她对顾秋水有幻想，另外是否还有自己心底及别人目光投射过来的"羞耻感"？《无字》对此语焉不详，并将此完全归咎于顾秋水，他是吴为毕生的痛恨；而吴为对

---

① 罗丽莎．另类的现代性．黄新，译．南京：江苏人民出版社，2006：74.（罗丽莎对此问题的论述篇幅较长，可参见此书第 67～76 页。）

母亲的最高赞美是，她没有出卖自己的美貌而是凭借自己的劳动养活了她们母女俩。可见，当时不仅是社会的目光，就连吴为自己都非常看重母亲是否"贞洁"。吴为在潜意识层面接受了社会对母亲的裁判：顾秋水对她们母女的抛弃不仅令她们备尝生活艰辛，更使叶莲子因为"抛头露面"而不得不遭受男性的"凝视"，从而失去"贞操"并倍受白眼和蒙羞。这才是叶莲子和吴为真正的痛。

其实，叶莲子母女真正得到"翻身"是在1949年以后，当时全社会风靡"劳动光荣"的口号，它不仅仅是一个口号，更是一种全民的社会意识。从那一刻起叶莲子与罗丽莎笔下的那些女工一样才真正没有了羞耻感，才开始了扬眉吐气的日子。但在《无字》里这些是被遮蔽的——这些被"十七年文学"反复讴歌的主题是张洁不屑也无暇顾及的，作家在二十世纪八九十年代"去政治化"的道路上义无反顾地越走越远，使得其作品遮蔽了历史纵深处的某些面向。

虽然张洁说《无字》写作起始于1989年，花了12年的心血，但实际上真正开始写作的时间是在1994年，"真正感到顺利"的是在1998年，最终完成于2001年9月。① 这实际上是张洁的老年之作，一部完成于她64岁时的长篇巨著。按常理，它应该是一部对世态炎凉充满了宽容、淡定的超然之作，就像张洁自己在散文《无字我心》中所说，她对人生有了新的"觉悟"：在她"落地之后才生长出来的东西都渐渐地远离。不再烦恼我，不再忧伤我，不再在乎我，不再计较我，不再激动我"②。然而，似乎是但又似乎不是：在《无字》的字里行间我们分明能够感受到的是吴为那撕心裂肺的痛和恨，是对那些伤害过自己的男人的不依不饶以及反复"拷问"和清算，张洁式的"女战士"风格一览无遗——所有这些与女权主义或女性意识已经没有什么关联，尤其是吴为和胡秉宸的关系。其实又岂止是对与自己有血脉之源、肌肤相亲的人是这样，即使对某些相当疏远的社会关系，包括对她的同行似乎也耿耿于怀。

2014年张洁曾在中国现代文学馆举办过一个个人的绘画展览，那实际上是她与故土、与中国文坛的一个告别仪式。她在那本画册的后记里有这样一段话：

> 可直到现在，我也不认为我在文学创作上有多大的才能。我心目中崇拜的那些大师，人家那才叫文学。我算什么，包括有些跟我一样扮演文学的人，您又算什么！好在文学已近消亡，我也不必勉为其难地扮演文学。您也不必了，对吧？

老而弥坚的张洁依然故我：浑身带刺。

（刘慧英 撰）

拓展与思考

1. 阅读张洁《爱，是不能忘记的》《方舟》，理解和分析其"女性"体验与立场。
2. 《无字》题名有何含义？
3. 从长篇小说艺术的角度，谈谈《无字》的成就与缺陷。

---

① 参见《张洁文集·无字（第三部）》文末落款："一九八九年—二〇〇一年九月二十八日"；另可见附录：《存在与性别，写作与超越——张洁访谈》（荒林）。

② 张洁．无字我心．文艺争鸣，1994（4）.

第七编

革命与历史

第22章
《白洋淀纪事》：战争与革命中的“诗”与“美”

《白洋淀纪事》是孙犁前期小说和散文的合集，收入了孙犁创作于1939年至1950年的绝大多数作品，包括短篇小说《荷花淀》、中篇小说《春歌》和若干散文、特写，体现了孙犁早期创作风貌。该书由康濯编选，初版由中国青年出版社1958年出版，1962年再版，1978年重版；再版和重版时作者孙犁对篇目分别进行过少量调整。2000年，该书入选“百年百部优秀中国文学图书”并再版，该版在原版基础上，将过去再版时删掉的篇目重新归位，将囿于极左思潮环境而做的修改还原，并收入过去不曾入选的小说《琴和箫》。《白洋淀纪事》中的作品，大多以孙犁所经历的抗日战争和土地革命为背景，描写了冀中平原人民的生活与精神风貌，赞美他们质朴、善良、正直、乐观和富于牺牲精神的高贵品质，富于乡土气息。

从文体看，《白洋淀纪事》中小说和散文大致各居一半，但短篇小说在孙犁的笔下，却有着情节淡化的特征，叙事趋于诗化。原本，通过情节讲述故事是小说这一体裁的特征，然而孙犁的短篇小说，相当多篇什缺乏情节，没有讲述什么故事，常常只是一些生活现象或印象的记录，像随笔或速写，正如著名孙犁研究专家郭志刚先生指出的，“大多数没有紧张的戏剧冲突和曲折的故事情节，它们就像白洋淀里的荷花和冀中平原上的庄稼那样，以清香、美丽的花实和新鲜、活脱的气息吸引着读者”①。它们以抒情的笔墨，与散文一起，构成了1940年代冀中平原特有的时代画卷。

---

① 郭志刚．谈孙犁的《白洋淀纪事》//孙犁创作散论．太原：山西人民出版社，1986：249.

一

孙犁短篇小说代表作《荷花淀》《芦花荡》，1945年发表于延安《解放日报》副刊《文艺》，两篇的副标题均为“白洋淀纪事”，是孙犁的成名作，也是《白洋淀纪事》中的重要篇目，在叙述方式与语言风格上，呈现了孙犁创作的典型特色。以《荷花淀》为例，小说一开始，是水生嫂月下织席等待丈夫回家的场景——

> 月亮升起来，院子里凉爽得很，干净得很，白天破好的苇眉子潮润润的，正好编席。女人坐在小院当中，手指上缠绞着柔滑修长的苇眉子。苇眉子又薄又细，在她怀里跳跃着。
>
> 要问白洋淀有多少苇地？不知道。每年出多少苇子？不知道。只晓得，每年芦花飘飞苇叶黄的时候，全淀的芦苇收割，垛起垛来，在白洋淀周围的广场上，就成了一条苇子的长城。女人们，在场院里编着席。编成了多少席？六月里，淀水涨满，有无数的船只，运输银白雪亮的席子出口，不久，各地的城市村庄，就全有了花纹又密、又精致的席子用了。大家争着买：
>
> “好席子，白洋淀席！”
>
> 这女人编着席。不久，她的身子下面，就编成了一大片。她像坐在一片洁白的雪地上，也像坐在一片洁白的云彩上。她有时望望淀里，淀里也是一片银白世界。水面笼起一层薄薄透明的雾，风吹过来，带着新鲜的荷叶荷花香。①

这一生活场景，也是诗的意境。月下织席的水生嫂，既是质朴可感的普通农妇，又是一个带有几分缥缈若仙轻灵美感的艺术形象，那一派由月光之皎洁、秋水之静穆、苇眉子之柔顺、荷叶荷花之清芬所构成的超绝意境，使女性的纯洁、宁静、深沉、温柔、优美得到独特而生动的刻画。

相较而言，《荷花淀》是孙犁短篇小说中较富于情节性的一篇，有戏剧性十足的场景：水生嫂与村里四个青年妇女，在丈夫参加游击队离家四天后，“到底有些藕断丝连”，彼此相约划船去探望。可抵达游击队驻地时，队伍已开拔。她们失望地划船回家之际，遇到一艘日本兵的大船，于是飞快划船逃跑，却无意间将鬼子大船引进了游击队的伏击圈，游击队打了个漂亮的歼灭战。她们意外遇险，又在惊魂甫定之际与丈夫会面，原本劫后余生、兴奋不已，哪知战斗结束，丈夫们并不搭理她们，水生还一个猛子扎得远远的，调侃她们是“一群落后分子”。她们灰溜溜打道回府，抱怨着男人，却也难掩欣喜和满足。对这段有趣而富于戏剧冲突的事件，作者并未像一般小说那样作为情节的中心事件来处理，如强化悬念、渲染其一波三折，相反，冲突在紧张的高潮处以自嘲化为乌有，虽喜剧感十足，其作用却并不是加强情节的张力，而是使情节舒缓，幽默的情调和明快的节奏使抒情性得以突出。“这一年秋天，她们学会了射击。冬天，打冰夹鱼的时候，她们一个个登在流星一

---

① 孙犁．荷花淀//白洋淀纪事．北京：中国青年出版社，2000：82. 本章所引《白洋淀纪事》正文，均出自此版。以下只标页码，不再注释。

样的冰船上，来回警戒。敌人围剿那百顷大苇塘的时候，她们配合子弟兵，出入在那芦苇的海里。”留白式的结尾，为小说构成一个完整优美的抒情结构，小说的重心便不再是情节，而是情调了。

以诗意笔墨描写单纯可爱的年轻女性，是孙犁早期创作的突出特征。他笔下的女性形象，性格扁平却富于诗意。他以充满爱与诗意的心灵，赋予他笔下的乡村女性轻幻、灵动、脱俗的美；而她们的气质，则体现了刚健清新的时代气息。

散文《女人们》由三篇组成，每篇都似速写。《红棉袄》记述“我”与害疟疾的小战士顾林借宿在一个农户家里。顾林衣裳单薄，疟疾发作时冷得厉害，没有什么可以御寒，姑娘毅然将她身上的红棉袄脱下给顾林盖上。正是姑娘这一举动，引起了作者的感动与联想：

> 我来不及惊异，我只是把那满留着姑娘的体温的棉袄替顾林盖上，我只觉得身边这女人的动作，是幼年自己病倒了时，服侍自己的妈妈和姐姐有过的。（20 页）

叙述者“我”对姑娘这一小小举动的感觉与联想，充满爱与感激，将平淡的叙述升华为艺术之美。这一场景，令人想到十多年后茹志鹃的《百合花》，后者有着相似的主题和抒情视角，只是故事更完整。

《吴召儿》中，女孩吴召儿做向导，带领一队战士前往神仙山。她在前面带路，战士们在后跟随。山路嶙峋，不断攀登，不曾发生什么事，但叙述者的眼睛，却在“发现”着诗意：

> 她爬得很快，走一截就坐在石头上望着我们笑，像是在这乱石山中，突然开出一朵红花，浮起一片彩云来。（299 页）

这是一颗纯真的心灵所捕捉的平凡生活中的美。孙犁笔下的女人们，往往是美与善的化身，他“常常以崇拜的心情写到她们”①，而作品的诗意，多由此出。孙犁不止一次说过，女性身上更集中体现了人类美好的品质。在肯定和赞美女性上，他与贾宝玉心灵颇多相通。1944 年至 1945 年，他在延安鲁迅艺术文学院讲《红楼梦》时，毫不掩饰对贾宝玉的推崇。《白洋淀纪事》中写得最多的，是年轻的女性，无论《荷花淀》《嘱咐》中的水生嫂、《吴召儿》中的带路女孩、《“藏”》中的少妇浅花、《碑》中的少女小菊，还是《春歌》中的双眉、《秋千》中的大娟，这些女子，年龄和性格并不相同，但都具有相似的品性：单纯、善良、乐观和美好。她们成为孙犁感受生活诗意的来源，也成为他诗意描写生活的艺术形象。

二

《白洋淀纪事》中的作品，从题材看，主要写战争和革命（土地改革）。然而由于生活经验所限及革命文化规范，他的笔触较少正面描写战争，他悉心捕捉的，是战争和革命背景下日常生活中的有意味的瞬间或某种美好的情致。他关注的不是战争本身，不是有关战

---

① 孙犁．自序//孙犁文集：1. 天津：百花文艺出版社，2002：4.

争的“事件”，而是因战争而更显崇高的精神和更加美丽的人性，是人们在艰苦岁月中对于生活执着的爱和信念。

小说《碑》写了滹沱河边一家三口：赵老金，他的老伴，他的十六七岁的女儿小菊。小菊像含苞待放的花朵，恬静清纯，热情伶俐。她青春的生命正随时间成熟，心中隐藏着一个朦胧的秘密：她暗恋着八路军连长老李。一天深夜，老李带着一群战士匆匆来到她家，又匆匆离去。就在这个晚上，发生了一场残酷的战斗，老李和十几个战士牺牲在河中。这一个冬天，赵老金天天到河中撒网，试图打捞英雄的尸体。小菊则“一刻不停地织着自己的布”，拼命想排解内心的悲痛。

> 有时她到岸上去叫爹吃饭，在傍晚的阳光里，她望着水发一会呆，她觉得她的心里也有一股东西流走了。(119 页)

一位受三口之家共同爱护的战士不幸牺牲，一份尚未发生便戛然而止的朦胧的爱情，没有被孙犁渲染成一出悲剧故事，他也不直接写战斗，一切都是偶然的、淡淡的，却又是永恒的、动人的。小菊的哀伤，与她的爱恋一样，朦胧而单纯，一缕淡淡的忧伤，升华成艺术之美。

短篇小说《秋千》，写抗战结束、土改开始时，一个家庭成分被划成富农的女孩子大娟心灵所经受的痛苦。土地改革是中国现代社会的一场巨大变革，它带来中国社会经济形式和社会关系的巨大变化，它的历史必然性和道德合理性，在延安文艺座谈会以后的解放区文学及建国以来“十七年文学”中，已得到大量的表现。孙犁的《秋千》，没有像众多土改文学那样正面书写土改运动，而聚焦于土改这一历史巨变对个人命运与心灵有怎样的影响。主人公大娟单纯善良，积极向上，可在家庭成分被划为富农后，她原本活泼的眼睛霎时黯淡，“好像有两盏灯刹的熄灭了，好像在天空流走了两颗星星”；几天下来，姑娘就显得“人也瘦了”，并“比平时矮了一头”。所幸小说结尾，“工作组重新学习了一九三二年两个文件”（任弼时的讲话），重新讨论了成分，大娟家被错划的富农成分得到了纠正。小说以党的政策正确贯彻落实，矫正了土改工作的失误，给小说带来光明结尾，寄寓了孙犁对人的关怀和对人生的善良愿望。

中篇小说《春歌》，塑造了一位个性鲜明的女孩双眉的形象。双眉因家庭出身中农，本人又是一个爱唱戏的“方圆闻名的人物”，因此被周围人嫉妒和歧视，被所有互助组拒之门外。以妇救会干部王同志为首的一群妇女，是排斥双眉的主要势力，她们说双眉“个人主义”，“有男女问题”，但双眉除了曾在村里村外与人结伙唱戏外，并没有什么“个人主义”或“生活作风”问题。孙犁带着同情和欣赏描绘双眉那泼辣真率、独立不羁的个性，描写她的不屈不挠。小说写道：当双眉终于争得组织互助组的权利后，“王同志带着讽刺的口吻，称呼这个组叫‘模范组’”，而其“出心用意上，这就是一个‘流氓组’”。双眉“觉到了这一点”，可她全无气馁，而是勇敢地向歧视宣战，“在会场上她那弯弯的眉毛一直簌簌地挑动”，出人意料地“在会上和全村认为顶棒的李三的互助组挑了战，使全场的人都吃了一惊”。

孙犁的不少短篇小说流于“琐记”，但几乎都运用诗的意象“点铁成金”，并因此形成自己的风格。在缺乏故事的叙事中，叙述者总是在用充满爱的眼睛四处探寻，生活现象中那些与“真诚”“善良”等美好品性相关的稍纵即逝的事物，都会被敏锐地捕捉。《邢兰》

描写的是一个身材矮小、营养不良、并不具备特出才能的农民。他的生活相当艰辛，家徒四壁，孩子三岁还未穿过裤子，但是他却经常将仅有的一点粮食、柴禾拿去接济别人，凡是别人不愿干的工作他都默默地承担。这种忠诚善良的品性使作者感动，使他将这一毫无传奇色彩的普通农民写成主角。让作者由衷赞赏并使这个人物具有诗意之美的，是邢兰珍藏着一只花一块七角钱买来的口琴。作者由此发出感慨，使平淡的叙述有了一个诗意的结尾："只有从小在冷淡里长成的人，他才爬上树梢吹起口琴。"作者从这个平凡的农民身上发现了美，那是由善良和爱铸就的美。

无论在人物的描写上，还是语言的使用上，孙犁的小说和散文都体现出一种单纯明丽的抒情作风，如《嘱咐》一文中的描写——

> 孩子睡着了，睡得是那么安静，那呼吸就像泉水在春天的阳光里冒起小水泡，愉快地升起，又幸福地降落。(157 页)

《白洋淀纪事》中，处处可见这种单纯优美的文字，体现了作家孙犁对诗意和"美"的不倦追求。1942 年写就的短篇小说《琴和箫》，叙述的是部队一对善弄音乐的年轻夫妻和他们的一双小女儿先后在战争中罹难的故事。这原本是一个相当沉痛的故事，在小说的末尾，当叙述者"我"听闻两个孩子——大菱、二菱姐妹俩——继她们的父母牺牲后，也双双遇难的消息，内心极为悲伤。但叙述至此，作者却离开对悲剧故事的叙述和对悲伤的表达，焦点从人物转向渺远的想象空间，以一段温暖的抒情收束小说：

> 我遥望着那漫天的芦苇，我知道那是一个大帐幕，力量将从其中升起。忽然，我也想起在一个黄昏，不知道是在山里或是平原，远远看见一片深红的舞台幕布，飘卷在晚风里，人们集齐的时候，那上面第一会出现两个穿绿军装的女孩子，一个人拉南胡，一个人吹箫……(42 页)

孙犁自己坦陈，他不愿写残酷的事。他的抒情，有时便成为绕过现实残酷真相的审美策略，在早期小说创作中一再使用。这种抽象的抒情，使叙述回避"感伤"，获得"讴歌"和"鼓舞"的调性，以汇入革命文学的主旋律。

（杨联芬 撰）

拓展与思考

1956 年，孙犁勉强完成中篇小说《铁木前传》后，精神和身体陷入空前危机，其后经历"文革"，"十年荒于疾病，十年废于遭逢"（孙犁《晚华集·信稿（二）》），停笔达二十年之久。"文革"结束，孙犁复出文坛，文风已然大变，追怀故人，反思历史，笔调沧桑沉郁，语言简雅。1977—1995 年，孙犁以几乎一年一本的速度创作散文十种：《晚华集》《秀露集》《澹定集》《尺泽集》《远道集》《老荒集》《陋巷集》《无为集》《如云集》《曲终集》，逾一百万字，为中国当代文学贡献了一批精品。革命作家中，经历十年浩劫而仍笔耕不辍的，并非少数，但能保持水准甚至超越前期的，则凤毛麟角。孙犁在当代文坛赢得崇高地位，并非偶然，值得研究。

1. 毛泽东《在延安文艺座谈会上的讲话》曾论述文学艺术普及与提高的辩证关系。赵树理和孙犁是四十年代解放区文学中最有原创性的代表作家，请比较这两位作家在叙事方式和语言风格上的差异，具体理解“普及”与“提高”的关系。

2. 自鲁迅开始，中国现代小说便有一种“抒情化”倾向，情节淡化，语言叙事性减弱，主观化的描写、议论与抒情程度不同地增加。此倾向有时也被称为小说的“散文化”。请联系中国现代小说具体例证，及所阅读过的外国小说，谈谈对这种小说创作倾向的看法。

3. 阅读孙犁后期散文《童年漫忆》《母亲的记忆》《父亲的记忆》《报纸的故事》《青春余梦》《吃粥有感》《乡里旧闻》等，感受孙犁散文前后期的差异与联系，并对研究界“老孙犁”“新孙犁”的说法进行分析和判断。

4. 阅读孙犁长篇小说《风云初记》，中篇小说《铁木前传》，散文《书衣文录》《〈善闇室纪年〉摘抄》《文学和生活的路》，诗歌《希望——七十自寿》，杨联芬论文《孙犁：革命文学中的“多余人”》，谈谈你对孙犁的理解。

第23章
《百合花》：“十七年文学”中的“奇葩”

以《百合花》成名，又以柔美的抒情与温婉的风格见称，这常让茹志鹃在文学批评的视域里与诗共誉、与花结缘。有人说她的作品是散文诗，如“纯洁秀丽的鲜花，色泽雅致，香气清幽”[①]；有的人则直接以“百合花风格”[②] 相赠。以花为喻，在中国当代文学批评的修辞中并不少见，有时自然是出于感性的联想，但更多的时候则与对文艺生态、文学体制的想象有关，这些想象常有“园艺”的原型，暗含“治理”的深意。茹志鹃“十七年”时期的创作及其评价与上述思维背景和话语方式关系密切，作为这一时期文学中“极为难得、具有特殊风格的花朵”[③]，它挟带时令的风云露雨，留下了供人探幽寻芳的线索。

一

1979年，茹志鹃携《剪辑错了的故事》（《人民文学》1979年第2期）、《草原上的小

① 欧阳文彬．试论茹志鹃的艺术风格．上海文学，1959（10）．二十年之后，一篇对上文持“修正”立场的茹志鹃专论也说：“在我国社会主义的文艺百花园中，茹志鹃的创作是一株幽香沁人的艺术之花。”［李官元．论茹志鹃的创作．新文学论丛，1980（1）．此文收入《茹志鹃研究专集》（孙露茜，王凤伯，编．茹志鹃研究专集．杭州：浙江人民出版社，1982）］

② 安丽．坚持百合花风格的茹志鹃．新晚报，1980－04－01．

③ 魏金枝．也来谈谈茹志鹃的小说．文艺报，1961（12）．

路》（《收获》1979年第3期），亮相新时期文坛。[1] 在本年度"全国优秀短篇小说"评奖中，两部作品双双入围。最终，《剪辑错了的故事》在获奖作品中名列第三。[2] 茹志鹃获奖的这一年，正是"新时期文学"自我建构的一个重要年份。那些共和国文坛的"流放者"纷纷归来，构成了写作的主力阵容。

"新时期文学"的构建是以其与"文革"文学乃至"十七年文学"的区别、对立为基础的，因此也形成了其与后者的微妙而复杂的关系。洪子诚曾指出，"新时期文学想象"与"重写文学史"是有内在关联的，"对文学历史的'改写''重写'，是文学'转折'实现的条件之一。以新的历史图景取代原有的居主流地位的历史描述，为'新时期文学'提供历史依据，也提供建构'新时期文学'的思想艺术资源"[3]。他还分析了在中国当代文学的历史实践过程中，那些具有不同身份、经历的作家在参与"新时期文学"时不尽相同的立场与姿态，他认为，新时期（他使用"八十年代"这个概念）作家的"主体"，主要由两部分人组成：一是"在五十年代因政治或艺术原因受挫者"（又被称为"复出作家"或"归来作家"）；一是有"知青"身份的写作者。

置身于新时期文坛的这群"归来者"之中，茹志鹃的身份似乎是有些特别的。她的经历、观念和艺术构成与洪子诚所描述的那个"复出"作家群体存在很大的差异。那些作家惨遭"放逐"之时，恰是茹志鹃这颗文坛新星冉冉升起的时候。当时被打成"右派"、"发配"南疆的作家王蒙，在将近五十年之后，这样回忆当时的印象："那个时代我最着迷的是茹志鹃与李准，后来才知道了浩然。在万马齐喑的年代，他们是少数能歌唱的天之骄子，他们明媚春光，他们欢声笑语，他们紧随时代，他们宣扬先进，他们独领风骚，他们是文学的骄子，时代的宠儿。""而从阅读上给我以满足和亲切感的是茹志鹃，她仍然多情，她语言如歌如诗，她变成了我的唯一，既符合'大跃进'精神，也保持着语言与人物、题材与叙述的细腻的艺术感。"[4] 王蒙所记不虚，他的这些印象大都可以在茹志鹃的经历与作品中得到验证。

从"新时期文学"的立场观察，茹志鹃的"被承认"必然是需要代价的，这便是她不可避免地被深深卷入了一个"跃进"的时代，甚至如王蒙所说，她还是这个"跃进"时代的"文学的骄子，时代的宠儿"。与当时大多数"复出"作家的历史情感与历史想象不太相同，茹志鹃的"反思"既要为过去的光荣历史正名[5]，也要为"大跃进""文革"浩劫造成的"不连贯"找到一种历史叙述的方法，以成功摆脱"错乱"的尴尬。这种历史"剪辑术"的双重效应，是她在当时获得普遍接纳和好评的基础。

---

① 如果以"震撼世界的十月"（贺敬之《中国的十月》）作为"文革"结束的标志，茹志鹃的"复出"是在"文革"的末期，她相继发表了《凉亭漫话》（1975年11月2日《文汇报》）、《小小山歌大寨音》（1976年2月1日《文汇报》）、《大寨的……》（1976年2月8日《光明日报》）。进入新时期以后，茹志鹃的《出山》（《上海文艺》1977年9月号）、《冰灯》（《人民文学》1978年1月号）等作品，已获积极反响。但这些作品在一定程度上还延续着"大跃进"时代的写作基调（典型如《反映伟大的跃进时代》，载《文汇报》1977年12月31日），不足以确立一个鲜明的新时期文坛形象。

② 涂光群．五十年文坛亲历记：上、下．沈阳：辽宁教育出版社，2005：256-258，491.

③ 洪子诚．中国当代文学史：修订版．北京：北京大学出版社，2007：206.

④ 王蒙．王蒙自传·半生多事．广州：花城出版社，2006：194.

⑤ 小说借老寿之口发出呼喊："回来呀！跟咱同患难的人！回来呀！为咱受煎熬的人！回来啊！咱们党的光荣！回来啊！咱们胜利的保证！"

《剪辑错了的故事》借助一个电影学术语（剪辑，即“蒙太奇”），巧妙地暗示了历史“连贯”（如同电影胶片的“剪接”一样）的可能和希望。它既为主流意识形态“拨乱反正”的历史清理提供了一个颇具“艺术性”的解决方案，又有力地呼应了那个时期亟欲摆脱噩梦、迎接未来的普遍的社会心理。值得留意的是，对于这个故事背后的历史的“错乱”（断裂）与“连贯”（延续）问题，茹志鹃有着坚定、一贯的立场，她把这种“错乱”理解为“非正常”的、暂时的偏离（“掺了假”），而对未来、对历史的“剪辑”“缝合”则依旧满怀乐观、热情。小说在用“真刀真枪”的革命来反衬、批判“掺了假”的革命时，其实是在拯救革命的真义，维护其合法性。这显然是当代左翼文学传统在新时期的一种强有力的延续方式，尽管施行了“剪辑术”的历史叙事未必能够彻底摆脱复杂的纠葛。

茹志鹃本人的文学履历就无法摆脱历史的纠缠：那个出现了“错乱”的历史年代，正是她文学成长与收获的季节，她的文学业绩又如何能够脱离这段历史而独存？茹志鹃在新时期的这种文学境遇，也正是整个“十七年文学”面临的境遇。新时期的文学史“重写”采用了一种去政治化的策略，它借助美学/政治的二元区隔，试图去发掘潜在的或受到压抑的文学主题，去分化或重构某些文学现象，并以“新时期文学”的标准去增饰或贬抑不同的文学史对象，由是，“十七年文学”的格局、阵营、主题和风格等都被重新予以描画，予以艺术性的重审。茹志鹃是这次去政治化的文学史重写中幸存下来且被重点重构的文学史景观之一，这是因为茹志鹃本人的情况给文学史的重新阐释提供了某些便利，比如她的小说在形式和技巧上的明显特点，以及历史上由她的创作引发的批评和讨论中的风格主题等，正是文学史重写可以借重的资源，是审美主义的文学史策略亟欲猎取的对象。与此同时，在否定“文革”的前提之下，茹志鹃在对此一时期的文学评论和回忆性文字中，也逐渐凸显、强调自己的创作与“十七年文学”的分歧与裂痕，并且，隐约表达了自己在“十七年”时期创作的内在紧张和心理焦虑。[①]

从实际效果看，正是基于茹志鹃新时期的文学活动与批评活动，基于其文学立场的某种调整和变化以及此一时期文学研究对其“艺术性”的发掘和阐扬，她的文学史形象发生了重要变化：一个由“新时期文学”发现和重塑的茹志鹃修正、替代了“十七年文学”中的茹志鹃。这一变化从二十世纪八十年代至今，一直对文学史研究产生着决定性的影响。在很多情况下，茹志鹃成为中国当代文学中某种艺术性观念和实践的代表，而被抽离于“十七年文学”的具体的历史背景，相应地，其作品序列随着阐释策略的变化而被重新分化、编组，差异性元素和对抗性主题成为着意开发、申述的重心，而其中所包含的时代信息与政治性内涵则被不同程度地过滤和掩抑。在茹志鹃前后相续且具有内在精神联系的作品系列中，独独《百合花》被反复提及并且在阐释上屡屡升级，甚至在最近十余年间出版的一些重要的文学史撰述中，它几乎成为支撑茹志鹃文学史形象的最关键的作品。

在《中国当代文学史》(修订版）中，洪子诚将叙述孙犁、茹志鹃、刘真的章节，定名为“革命的‘另类’记忆”。所谓“另类”，是与王愿坚、峻青的或许可以称为“正统”或

---

① 见茹志鹃《〈百合花〉后记》（载《光明日报》1978年9月17日）、《我写〈百合花〉的经过》（载《青春》1980年11月号）、《漫谈我的创作经历》（载《新文学论丛》1980年第1期）、《〈草原上的小路〉的创作及其他》（载《新疆文学》1980年第6期）、《我对创作的一点看法》（载《语文教学通讯》1981年第1期），以及访谈《女作家茹志鹃谈短篇小说创作》（载香港《开卷》杂志1979年第17期）等。当时的大多数评论和研究，如李官元的《论茹志鹃的创作》、安丽的《坚持百合花风格的茹志鹃》，也都在一定程度上凸显了茹志鹃小说在“十七年文学”中的异质性和“对抗性”。

"标准"的记忆类型相对而言的。后者"强调的是创造'幸福的路'的过程的艰苦与残酷，并在这样的背景上刻画经历血与火考验的英雄"。而前者的"带有抒情性的作品，传达了更多的个人经验，显现了某种'另类'色彩"①。书中这样谈到茹志鹃以《百合花》为代表的一类写战争生活的作品："她的有关战争生活的小说与现实生活并不发生直接关联。不过这种'封闭'的方式，只能在结构、叙述的层面上理解，'回忆'的动机和叙述的内在依据，不难辨识与现在时间的关联；它们是作为参与生活'统一性'的组织而被索取和重新构造的。"② 能够感受得到，这段文字还是颇为审慎的。因为洪子诚也已清楚地看到，八十年代以后，"出于对'政治性主题'的厌弃，它的主题的阐释发生变化"③。但他本人也似乎仍然试图找出书写历史记忆的两类作品的超乎风格或艺术个性的差别。事实上，这种有些矛盾的文学史诉求，显示了变化情境中多种"重写"动机的复杂影响。

作家在新的文学环境中自觉进行身份调整是完全可以理解的，而且，《百合花》投稿遭遇的挫折，以及在"十七年文学"背景下有关茹志鹃小说的题材选择和人物类型的讨论确曾发生。但是，这些都不足以改变茹志鹃的创作与"十七年文学"，尤其是与"大跃进"之后中国当代文学环境的精神联系，从某种意义上说，茹志鹃的小说正是在"大跃进"的激进政治实践和文化实践中所产生的"极为难得、具有特殊风格的花朵"。这株别具风格的"百合花"，扎根于"十七年"的土壤，也在其中找到了一吐芬芳的环境与条件。它的"别创一格，出奇而制胜"（魏金枝语），虽然也面临时间与环境变化的考验，但这种考验与其说是淡化其"十七年"背景的理由，不如说正是重新认识"十七年文学"的契机。简单地说，茹志鹃创作中所包含的独特文学经验和历史信息，不应随时代的领"异"标"新"而被轻易地"剪辑"处理。捍卫一个艺术的茹志鹃毫无问题，但理解一个"十七年"风云变幻中的"政治的"茹志鹃却更需要文学与历史的智慧。

二

王蒙说茹志鹃是"大跃进"时代文学的"骄子"和"宠儿"，并非只是他个人的印象。在反右派运动之后的中国当代文坛，茹志鹃确有若干独享的殊荣：第一，自《百合花》发表以来，她是茅盾持续关注并多次予以褒扬的作家；第二，对于她的文学评价启用了"风格""创作个性"等"十七年"文坛惜于使用的概念和标准；第三，她是在中国当代文学政策调整时期作为创作范例而与"题材"问题一起加以讨论的作家。当然，后二者既显示了其与"十七年文学"中流行标准的复杂关系，也说明"十七年文学"本身的复杂构成。

茹志鹃创作的"准备期"开始于建国前后的军队文化氛围，在以《百合花》引起广泛关注之前，她的写作虽也约略显示了某些后来得以延续和发展的主题与叙事特点④，但总

---

① 洪子诚．中国当代文学史：修订版．北京：北京大学出版社，2007：101－107．在此书1999年的版本中，这一节标题为"另一种记忆"。标题和论述上的些微变化似乎也显示了近年来文学史研究气候的影响。

② 洪子诚．中国当代文学史：修订版．北京：北京大学出版社，2007：104．

③ 洪子诚．中国当代文学史：修订版．北京：北京大学出版社，2007：105．

④ 这里指的是《鱼圩边》《妯娌》《新当选的团支书》等，这些作品已触及"转变和成长"的主题；在叙事上，"横断面"或今昔穿插的手法也已出现。

体上还处于跟风和模仿的水平，甚至她所受到的直接文学影响都不难指认。从小说《百合花》的发表开始，茹志鹃的创作，进入了一个旺盛而且富于挑战的时期。在仅仅三年左右的时间里，她相继完成并发表了十余篇作品，这些最能代表她创作水准与特色的作品，使她迅速成为“十七年文学”时期的重要作家之一。

《百合花》发表于《延河》1958 年第 3 期。这个创刊于 1956 年 4 月的西部刊物，与这个地区当时已崭露头角的青年创作群体不无关系，他们包括诗人戈壁舟，小说家杜鹏程、王汶石，等等。但在 1957 年反右派斗争开始后，这个刊物的阵脚被打乱，自这一年第 8 期直至年底，重要版面均被连篇累牍的大批判文章占据。在反右派运动的延续中，1958 年的文学刊物在面临“稿荒”的同时，也战战兢兢地观望着环境的变化。经历过退稿的《百合花》就在这样的背景之下被《延河》接纳，刊发于“特写·小说”栏的一个并不十分显眼的位置。

据涂光群《五十年文坛亲历记》的有关回忆，正是在这样特殊的背景之下，茅盾接受了《人民文学》副主编陈白尘的约请，为《人民文学》撰写年度小说的评论。这使他得以为中国当代文坛“发现”了《百合花》与作家茹志鹃。茅盾在新中国成立以后，身兼文化部部长与文协（后改称“作协”）主席两职，但似乎并非处在文艺政策和规范制定的最前沿，这或许与他的国统区文学背景有关。他对文学界的领导工作大致体现在两个方面：一是政策的宣讲、解释或“表态”；一是从艺术或技巧的角度对文学创作的评析和“辅导”。① 此时的茅盾在某种特定意义上类似于他在新文学运动初期扮演的角色：积极热情地观察文学现象，耐心细致地发现和培养文学的新生力量。尤其是在 1956 年之后，从一般意义上的艺术技巧、创作主题问题，到短篇小说的创作和艺术问题，这些都成为他持续谈论的对象。② 在发现了《百合花》之后的数年间，伴随着茹志鹃创作的持续“攻坚”和风格的逐渐稳定、成熟，茅盾对她的创作始终保持关注，并且多有奖掖。③ 综合各方面情况来看，茅盾对《百合花》和茹志鹃小说的关注和赞赏，一方面出自茅盾一贯的艺术批评标准，这就是基于现实主义小说艺术观念的现实表现力和艺术完整性④；另一方面，反右派运动之后的文坛，显见萧条、冷落，亟须重理文脉、振作士气，以形成新的写作格局和写作方向。茹志鹃的小说没有特别尖锐的批判锋芒，又显露出艺术上较为成熟的个性，适成为此一时期比较理想的推介对象。

在《百合花》受到茅盾的赞赏并被《人民文学》转载之后，茹志鹃的创作进入了一个紧张的加速期，仅在随后的一年内，她先后发表《高高的白杨树》《如愿》《澄河边上》《春暖时节》《里程》等作品，将自己的写作推向了当代文学的腹地。在她身处其中的那个“跃进”的时代里，她几乎是以清晰可见的步伐，在短短的时间里，紧紧追赶着时代观念

---

① 新中国成立后，茅盾的写作活动几乎主要在这个范围展开，收入《鼓吹集》（作家出版社 1958 年版）、《鼓吹续集》（作家出版社 1962 年版）和《读书杂记》（作家出版社 1963 年版）的文章都涉及这两个主题。只有《夜读偶记》（百花文艺出版社 1958 年版）具有特别的重要性。

② 茅盾这个工作重点的选择，除掉政治等方面的原因外，似乎还与当代文学初创时期文学创作的艺术状况有关。此外，早在二十世纪三四十年代，短篇小说就是谈论较多的话题，尤其是四十年代沈从文、汪曾祺等人的短篇小说论，沉积了比较丰厚的艺术经验。现代文学中的这些资源，是此时可以向略显稚嫩的当代文学建议推荐的部分。

③ 茅盾在《读书杂记》（载《新港》1962 年第 12 期）、《一九六〇年短篇小说漫评》（载《文艺报》1961 年第 5 期）中，都有非常细致的评论，充分肯定了茹志鹃小说的艺术特色。

④ 茅盾说《百合花》是“结构谨严，没有闲笔的短篇小说”，称赞它“前后呼应”“通篇一气贯穿，首尾灵活”，这些评价都是从现实主义小说创作的艺术经验出发的。[茅盾．谈最近的短篇小说．人民文学，1958（6）.]

的变化，并不懈地刷新着自己的文学高度。但是，这并不意味着茹志鹃的创作已完全满足了这个时代更为流行的艺术要求。茅盾的艺术肯定也并未解除其与主流艺术标准之间可能存在的某种紧张关系。就在茹志鹃的创作渐入佳境的1959年，欧阳文彬的《试论茹志鹃的艺术风格》一文就非常明确地指出了她的创作与时代要求之间的距离。需要特别注意的是，茹志鹃本人此时对这样的批评还是有所认同的，但是，她的积极回应并不表现为对流行主题的顺应和风从，而是体现在她的小说叙事与时代的革命和斗争哲学产生越来越深的联系，这一努力至《静静的产院》而达高峰。[①] 1961年底，在文学与政治气候的又一轮变化中，围绕茹志鹃创作风格的批评和讨论相对密集[②]，涉及京沪两地的若干重要批评家，发表的重要论文有侯金镜《创作个性与艺术特色》（载《文艺报》1961年第3期）、细言（王西彦）《有关茹志鹃作品的几个问题》（载《文艺报》1961年第7期）、魏金枝《也来谈谈茹志鹃的小说》（载《文艺报》1961年第12期）、洁泯《有没有区别?》（载《文艺报》1961年第12期）等。这些论文大多长达万言，从创作个性与时代要求的关系这个角度出发，对茹志鹃的创作展开了全面深入的分析和讨论，这种情况在中国当代的“十七年”文学史上并不多见。

欧阳文彬的《试论茹志鹃的艺术风格》是第一篇全面评价茹志鹃创作的文学批评文字，由于其持论的“正统性”和“规范性”，“十七年”时期关于茹志鹃创作的所有讨论无不投射着它的影子，直至二十年之后，新时期的另一篇“茹志鹃论”[③] 才对它进行了全面的回应和根本的颠覆。欧阳文彬肯定了茹志鹃的小说在取材、结构、人物塑造以及语言和文体等方面的特点，称作者已经形成了自己独具的艺术风格，同时她依据时代的主流文学标准，向作者提出了更高的要求和希望：“深入生活，去发掘现实的主要矛盾，反映时代的本质”，刻画“最能代表时代精神”的英雄形象。基于这样一种大时代的“规范性”标准，她严肃地指出了茹志鹃创作中存在的“题材狭窄”和太钟爱“小人物”的问题。[④]

对茹志鹃创作的最集中的讨论，发生于1961年文艺政策调整的背景之下。创作题材的扩大是这次调整的主要议题之一，茹志鹃的小说创作被当作典型案例，受到特别的关注。就在《文艺报》发表专论《题材问题》的同期，刊出了侯金镜评论茹志鹃创作的长篇论文《创作个性与艺术特色》。紧接着，同一刊物又在当年发表了细言、魏金枝、洁泯的讨论文章。这些评论总体上对茹志鹃的创作进行了肯定，包括曾不乏争议的“小人物”与题材问题。但是，在创作风格与创作思想、生活经验及创作才能的关系，在特殊风格与创作方向的关系，以及茹志鹃小说主题的阐释等方面，讨论存在明显分歧，综括起来大致包含三种意见：

第一，强调创作与性格、才能、特长之间的关系，提倡扬长避短、发展艺术个性。认为茹志鹃的小说是“生活激流中的一朵浪花，社会主义建设大合奏里的一支插曲”，并从“选择重大题材和创造英雄人物与文学艺术作品多样化的关系”角度，论证了茹志鹃的艺术个性在社会主义文学中的存在理由。（侯金镜《创作个性和艺术特色》，这也是新时期的

---

① 茹志鹃．追求更高的境界．文汇报，1962-05-24．茹志鹃在此文中表达了她这一时期的文学认识和艺术理想。

② 作协上海分会曾就茹志鹃的创作举行过四次讨论会，见1961年8月5日《文汇报》。

③ 此处指李官元的《论茹志鹃的创作》，载《新文学论丛》1980年第1期。

④ 类似的问题既曾让“十七年”时期的茹志鹃久久不能释怀，也成为后来新时期茹志鹃形象重构的一个重要依据。（茹志鹃．今年春天．解放日报，1962-05-17.）

茹志鹃反复申明的立场）

第二，认为茹志鹃的创作个性背后有其独特的创作思想，她小说中转变、改造、成长的主题并不输于所谓尖端题材，因为“我们的社会是一个正在经历着巨大改造和迅速发展的社会，伴随着社会生活日新月异的改变，人们的思想认识和精神面貌也在发生日新月异的改变”。面对一个“正在创造中发展的社会”，“人们的精神世界、任何人的关系、人们对待各种事物的态度，都起着空前剧烈的巨变”。茹志鹃的独特之处，正在于她“把自己的努力放在那些正在成长或正在改造中的人物，去刻画他们的心理变化，去描绘他们精神品质的提高”。（细言《有关茹志鹃作品的几个问题》）

第三，把茹志鹃的小说作为一种“特殊风格”的创作予以承认，但更强调思想水平、生活经验对于创作的制约。主张“把生活基础的坚厚和宽广结合起来”，“特别要在提高思想，积累更多更广的生活经验方面打下基础，以培养他的所谓‘创作个性’和创作‘才能’”。（魏金枝《也来谈谈茹志鹃的小说》，在要求茹志鹃的创作“提高”和“拓宽”的立场上，与欧阳文彬、洁泯是一致的）

这次讨论是在社会主义文学所设定的问题框架之下来探讨创作、艺术个性与时代、社会、生活的关系的。从这样的角度对茹志鹃的创作展开观察，或许有明显的时代局限，但在批评与作品之间的精神互证方面，它较之于后来的“阐释”则显然要多一些“同情”，而且，它还为我们探察茹志鹃的风格、创作个性以及与此相关的花之喻的兴起提供了原初语境。这个语境当然并不单纯，也存在不同的阐释路径和批评话语的协商、角力。比如茅盾和魏金枝这些熟悉现代小说传统的作家，可能更看重茹志鹃在小说构思、结构、人物描写方面的特点；而欧阳文彬、洁泯以及侯金镜、细言，则或是积极重申时代对文学的迫切要求，或是寻找更具综合性的评价尺度。在魏金枝的“百花园”想象里，茹志鹃的作品是珍稀的“具有特殊风格的花朵”，但他对这“特殊风格”的理解基本是沿着茅盾开辟的路径，落入了技术主义的窠臼。这也是对茹志鹃作品的研讨中经常出现的情况，即把语言、文体、结构等技术手段从作为整体的艺术再现方式中剥离出来，充为茹志鹃创作个性的等价物。

侯金镜的批评也以艺术分析为主，高度赞赏茹志鹃小说的抒情性，从“委婉柔和和细腻而优美的抒情”的叙事基调着眼，用“浪花”与“插曲”去比拟其对时代的艺术再现，但他在全面审核茹志鹃创作的时候，还是精准地抓住了那些与时代精神相契合的作品。他对茹志鹃小说的分类和判断，显然体现着“十七年文学”批评所特有的时代特点和政治敏感性。可以相互映照的是，细言一反当时对茹志鹃小说的主题和题材的众多质疑，他高度肯定了这类所谓狭窄题材的处理和“小人物”书写所具有的深刻性和严肃性，他从中发现了“另一种惊心动魄的场面——发生在人们思想及灵魂深处的惊心动魄的场面”。他认为，“在轰轰烈烈的革命斗争的风暴里，人们的灵魂深处也在经历着剧烈的风暴”①。而这也正是茹志鹃创作的时代价值之所在。

侯金镜和细言都曾在评论中对茹志鹃小说采取了分类的策略，并且只对其中的某一类作品给予了高度评价。细言将茹志鹃小说分为“描写过去的战争生活”与“描写当前现实

① 细言．有关茹志鹃作品的几个问题．文艺报，1961（7）．

生活"两类，这是根据题材进行的简单划分；侯金镜则分为甲、乙、丙三类，甲类为《妯娌》《如愿》《里程》《春暖时节》《静静的产院》；乙类为《在果树园里》《新当选的团支书》《百合花》《高高的白杨树》；丙类为《关大妈》《澄河边上》《三走严庄》。在由多种话语资源参与构建的"十七年"社会主义文学想象中，判断茹志鹃文学重要性的关键步骤，就是要去考察她的哪一类作品和什么样的个性特质，能充实和丰富这个"创造新世界的文学"的内涵。这是他们对茹志鹃作品进行分类的缘由，而且，从分类的结果看，这也是他们采用的标准。从分类形式上看，两者之间似有很大差别，但实质上也有共享的评价尺度。他们都把目光指向茹志鹃演绎改造（转变）与成长主题的叙事。侯金镜肯定这类作品，是因为"它们的主人公都已经被卷在生活的激流里面，大时代的变化影响了她们，推动了她们的进步。可是作者在表现她们的时候，并不是正面地描写她们的劳动或斗争，却用沸腾的生活做背景，抒写她们在家庭关系间或共同工作的伙伴间所引起的一段感情上的波澜"。而且，"作者没有停留在这些素材的表面，她向人物心理活动的纵深去发掘，在小小的生活横断面上找出过去和今天的生活在人物性格年轮上所烙下的痕迹"①。这与细言所推重的"描写现实生活"的作品实际上是同一个范围、同一个主题，所不同的只是他们分析的角度和文学评价的侧重点，在提倡"两结合"的时代，侯金镜多一些革命的浪漫主义，侧重对其抒情性的肯定；而细言则根植于现实主义传统，在新旧时代搏战的视野中，看到了茹志鹃小说主题的尖锐锋芒。

通过对两位批评者分类标准的仔细考察，我们不难发现，他们对茹志鹃小说的艺术评价与新时期流行的艺术标准显然不同。在那个时代的文学批评视野中，作品的价值是由其参与时代"文学大合唱"的方式、位置、声部和效果综合决定的，而他们用批评的理性和直觉捕捉到了茹志鹃作品中那些最能回应时代生活和观念变化的部分，那些在艺术个性之下潜藏着的独特的文学话语方式。那是文学与一个变革时代之间的精彩互动，也是茹志鹃在"大跃进"时代的文学界得以自立的资本。从侯金镜等人对作品的选择和阐释中可以看出，茹志鹃在"十七年文学"中的"被承认"及其所拥有的重要性，似乎并非源于当时的"规范"对其"艺术性"的青眼有加、网开一面，而是其本身价值和时代"竞争力"的一个印证。

按照侯金镜和细言的评判标准，不只《关大妈》《澄河边上》《三走严庄》《在果树园里》《新当选的团支书》等作品有明显瑕疵，即使《百合花》这样在技术上已臻优秀的作品，也不能跻身时代文学的前沿，也就是说，真正为茹志鹃确立文坛重要性的，只是那些成功地揭示了变革时代人的改造和成长主题的作品。这个看法显然会让许多人感到不满，但我们不妨由此来考察茹志鹃对这样一个时代文学命题的回应情况，以便积累论辩与反驳的事实和理据。新时期以来，有关茹志鹃小说的讨论就一直被放在风格、个性阐释的技术主义脉络之下，并且多强调其静与美之一方面②，称赞其清新俊逸，比之为"花朵""诗篇""浪花"。③ 在对茹志鹃文学史形象的这种去政治化的重构中，批评谱系中的这一类资

---

① 侯金镜．创作个性与艺术特色．文艺报，1961（3）．

② 欧阳文彬在《试论茹志鹃的艺术风格》中称茹志鹃的描写方法近于"静物写生"，这个说法后来多被强调。

③ 其实，茹志鹃曾明确表达过，在"十七年"时期，她对此类评价并不认同。她说："我是一个党员，怎么可以不上劲呢，怎么光去写浪花呢。人家评我是一朵浪花，我心里很难受。我也要去写大海……"［茹志鹃．漫谈我的创作经历．新文学论丛，1980（1）．］

源被不加检视地反复援用，以至于“百合花风格”几乎变成了一个纯然“艺术的”命题，批评遗产中那些涉及时代、政治的惊心动魄的部分被无情过滤掉了。在这样的背景下，对茹志鹃作品的去取和阐释就必然带有明显的倾向性，《百合花》以其多重解读的可能性而成为首选篇目。[①] 在新时期人道主义论争的语境里，它的人性美主题还在军民关系的前提下得到了的申说[②]，及至后来，论说者甚至完全舍弃小说叙事内容的具体的历史规定性，而独倡其人性美的内涵。[③]

三

与“十七年文学”中“创造新英雄人物”这个更强大、更流行的主题相比，“改造”和“成长”看似失色很多，它属于一个被跨越了的时间等级，在“革命”和“跃进”的道路上慢了半拍。但是，茹志鹃“十七年”时期涉及这一主题的创作，却正是以其对充满政治内涵的“时间”形象的修辞处理而获得它独特个性的。“十七年”时期的许多评论希望茹志鹃去发掘现实中的主要矛盾，去反映时代的本质特征。提出这样的要求并非毫无道理，茹志鹃的小说叙述确实没有追逐和直接拥抱具有“时代本质”的“先进时间”，它展开在“时代本质”对时间的渗透、规训过程中，展开在现代性时间政治的内在张力之中。这样一种小说叙事实践，让茹志鹃与一个“革命”和“跃进”的时代产生强烈共振，也让她的小说具有了超乎时间限制的讨论价值。阿伦特在《论革命》一书中说，革命“开辟一个全新的时代”，它是“以设定革命历法的方式表示出来”的。[④] “革命历法”的设定，质而言之，就是对时间的政治书写。

茹志鹃创作谈中以下一段文字被人经常引及：

> 我写《百合花》的时候，正是反右斗争处于紧锣密鼓之际，社会上如此，我家庭也如此。啸平处于岌岌可危之时，我无法救他，只有每天晚上，待孩子睡后，不无悲凉地想起战时的生活，和那时的同志关系。[⑤]

在这里，在这“岌岌可危之时”，一段逝去的时间——“战时生活”——唤回的是一种精神自救，是对当前时间的拒绝。正是这次自我救赎产生了中国当代文学名篇《百合花》，只是《百合花》中的时空穿插，还没有获得后来作品中那种饱满的政治内涵，那偶一浮现“绿雾似的竹海”是描写性的，表达的是对生命的珍惜。到了《如愿》《春暖时节》

---

① 新时期的茹志鹃就说它“实实在在是一篇没有爱情的爱情牧歌”（我写《百合花》的经过//孙露茜，王凤伯，编．茹志鹃研究专集．杭州：浙江人民出版社，1982：45.）。洪子诚也曾分析过《百合花》负有“盛名”的原因：一是因为它在短篇小说的艺术上达到了当时“示范性的成绩”，符合某些批评家（如茅盾、魏金枝等）的理想；一是因为它在“规范性主题”的表达上获得了成功。（洪子诚．中国当代文学史：修订版．北京：北京大学出版社，2007：104-105.）但新时期的阐释同时越出了以上两者的范围。

② 茹志鹃小说的人性美、人情美主题自新时期开始逐渐受到关注，但它最初还是在“血肉相连”的军民关系之下被阐释的。[李官元．论茹志鹃的创作．新文学论丛，1980（1）.]

③ 陈思和．中国当代文学史教程．上海：复旦大学出版社，1999：68-72.

④ 阿伦特．论革命．陈周旺，译．南京：译林出版社，2007：18.

⑤ 茹志鹃．我写《百合花》的经过．青春，1980（11）.

《里程》《静静的产院》，时间，成为茹志鹃小说的一个至关重要的角色。

从叙事表象看，茹志鹃的小说确实没有踏着"跃进"的鼓点，在英雄时间的一体化狂欢中陶醉，但它们以颇具"个性"的叙事策略在另一个更深的层面参与了当代的意识形态实践。她的小说的深刻政治内涵，在于它以特有的"革命历法"收编和规训那些散落民间的时间碎片，在于它对那些磨损、变质或者遭受污染的时间的维护和清理。它为人称道的抒情特质，也同样可以在这一维度上得到理解，抒情姿态在这里是对革命精神的策励，是对衰退可能性的一种防抑。

（孙民乐 撰）

拓展与思考

1. 阅读茹志鹃《春暖时节》和《静静的产院》，分析其中对时间的书写有什么意味，与《百合花》的处理有什么异同。

2. 如何理解茹志鹃说《百合花》是"一篇没有爱情的爱情牧歌"？

第 24 章

《林海雪原》：英雄如何“传奇”

“三红一创”“青山保林”，是由八部重要的中国当代文学红色经典首字缀成的联语，进入这副联语的八部经典是《红旗谱》《红日》《红岩》《创业史》《青春之歌》《山乡巨变》《保卫延安》《林海雪原》。这些作品既有描绘中国共产党从创建伊始，经抗日战争、解放战争而最终取得全国胜利的波澜壮阔的历史的，也有书写新中国成立之后土改、合作化运动中的艰难曲折与人心人情变动的。其中最动人的往往是英雄人物的故事。位居八部末位的《林海雪原》，是红色经典里风格比较特殊的一部。相较其他七部作品偏于“欧化”的叙事方式，《林海雪原》的写法更接近中国古典英雄小说如《水浒传》《三国演义》的“传奇”特点——英雄人物往往具有超于常人的智慧、勇气，其故事也有特定的模式。或许由于与中国古典小说这种割不断的千丝万缕的联系，《林海雪原》这部小说经历了极为多样的改编。经由改编，它的英雄人物杨子荣在中国家喻户晓，变成如诸葛亮、林冲那样为普通人所熟知的智慧、忠勇的符号。

1957 年 9 月，原中国人民解放军军官，此时在一机部某单位担任领导的曲波，利用业余时间完成的长篇小说《林海雪原》在作家出版社出版，旋即引起轰动。1958 年，北京人民艺术剧院选取主要情节改编的话剧《智取威虎山》上演，在观众中获得好评。同年，上海京剧院前来取经，后袭用话剧基本情节架构排演京剧《智取威虎山》；1963 年，江青开始介入上海京剧院的改编，对之进行“脱胎换骨”的“京剧革命”，经过“千锤百炼”，该戏于 1967 年 5 月 31 日被《人民日报》社论确定为“革命样板戏”，位列八部样板戏之首。1970 年样板戏电影《智取威虎山》拍摄完毕，在全国和世界各地公演。随着电影在全国的放映，以及各种形式的表演团体——各省市的演出团体直至农村人民公社宣传队——对样板戏的排演，样板戏中的英雄人物形象开始进入千家万户。

有意思的是，1970 年代，后来成为香港大导演的徐克正好在纽约学习，他在时代广场附近看了很多次电影《智取威虎山》，赞叹不已；过了将近四十年，2014 年，他拍摄了 3D

电影《智取威虎山》，纪念自己年轻时候的梦；由于《智取威虎山》原有广泛的观众基础，再加上电影使用大量数字技术手段且由大牌硬汉明星主演，电影票房过七亿，创下了商业奇迹。

历经五十多年的岁月，《林海雪原》以及它的主人公杨子荣、少剑波、白茹等人，仍然不断地通过各种艺术形式出现在新的观众面前，保持着其活跃的生命力和吸引力。这是很有意思的历史现象。这些人物的主要特点及其接受史是值得探讨的。

一

《林海雪原》所叙故事的历史地理背景是抗日战争胜利之后的东北。其时，中国共产党领导的人民军队，在日寇投降后，与盘踞在当地“权力真空”的黑暗势力展开你死我活的战斗。这些黑暗势力由惯匪盗寇、地痞流氓、土豪恶霸、伪满警特组成，在政治上隶属于国民党，他们从投降的日本军队获得大量精良武器，烧杀抢掠，无恶不作。1945年底，中共东北局做出紧急决定，从东北各地调集部队展开剿匪工作。曲波所在部队参加了剿匪战斗。长篇小说《林海雪原》就是曲波根据这段经历写成的。

《林海雪原》描写一支由三十多人组成的中国人民解放军小分队跨林海、过雪原，与号称“中央先遣挺进军”的国民党匪徒周旋作战，并最终全歼敌人的故事。小说共写了四个惊险奇绝的战斗故事：(1)“奇袭奶头山”，剿灭许大马棒匪帮；(2)杨子荣假扮土匪、深入威虎山匪穴，在大年夜“盛布酒肉兵”，与少剑波率领的小分队里应外合，歼灭座山雕匪帮；(3)“林海雪原大周旋”，解放军依靠老百姓，以机智挫败敌人的奸计，在三面受敌的情况下反败为胜，歼灭匪徒大部；(4)“大战四方台”，追击逃遁的敌匪首，在李鲤宫前将匪首侯殿坤、马希山、谢文东等共三十余名残匪一网打尽。杨子荣手刃蝴蝶迷，刘勋苍斜劈郑三炮，佯装投降实则负隅顽抗的“光杆司令”马希山、侯殿坤则分别被少剑波、姜青山射杀，谢文东狼狈不堪地被孙达得从李鲤宫李鲤姑娘的石像下揪了出来。

《林海雪原》以其所写的四个惊险、曲折的战斗故事吸引读者，也以东北特殊的地理气候特点吸引读者，茫茫林海、冰天雪地，自有一种“域外”美感；而两个传说故事的渲染，又带出民间美学所独有的质朴与狂放。尤其是，少剑波和白茹的爱情故事、杨子荣假扮土匪以假乱真的故事，最为吸引人。当时不同层次的读者——中学生、大学生、工人、军人、机关干部等等，都能从书中找到自己感兴趣的内容而沉迷。

二

按照作者曲波最初的设想，《林海雪原》的一号主人公并不是后来家喻户晓的杨子荣，而是年轻的团参谋长少剑波，这从小说的整体布局可以看出。四场大型战斗的指挥者和设计者，是被战士们尊称为“二〇三首长”的少剑波；小说以少剑波在练兵场检阅部队开篇，以新任团长少剑波率部投入新的斗争结尾，显而易见，少剑波是贯穿小说的主导性人物。少剑波“精悍俏爽、健美英俊”，他才二十二岁，年轻有为，在一群农民出身的战士中显得格外出色，战士们都服他，他到操场上检阅早操，战士们鸦雀无声。在后来的每一场战斗之前，都是他运筹帷幄，与杨子荣、孙达德、刘勋苍等战友切磋琢磨，共同定出作战方案。在第一场激烈而血腥的剿灭许大马棒的战斗中，挚爱的姐姐刚刚被许大马棒杀害，他能够“理智战胜情感”，强忍悲痛果断地安排战斗，及时剿灭了匪徒，并没有因为个人心理创痛影响对于战斗情势的整体判断。第二场对座山雕匪徒的战斗，杨子荣申请深入虎穴，少剑波反复为之推演乔装入虎穴的“流程”，把所有的问题通盘提前考虑；他还主导夹皮沟的小型土改，从而保障粮食、物资的供应，为小分队最后歼灭土匪奠定坚实的群众基础。这都显示了作为独立领导者的全盘统筹能力。尤其是在绥芬草原展开的大周旋，少剑波充分调动智慧，施行了三十六计中的“将计就计”“调虎离山”，巧妙地将敌人引出匪巢，有步骤有策略地指挥部队神出鬼没，杀回敌老巢，消灭了匪徒的主体部队。这场战斗情况比较特殊，少剑波被敌人暗杀未遂但受了伤，部队也曾经一度处于敌人三面包围之中，在这关键时刻，少剑波表现得尤其突出，他像“巨浪中的灯塔”“天昏地暗中的太阳”。

> 剑波在这种危机的情况下，这个年青的指挥员，在四倍以上的敌人面前，在几乎是四面包围的情况下，在密集的火网笼罩下，他像一座坚固难破的岩石，像一株冰霜不惧的青松，像狂风巨浪中的灯塔，像天昏地暗中的太阳，他不慌不忙地指挥着。因为他知道：在这个时刻里，他任何一点慌张都会使战士们失去斗志，失去沉着，失去胆量。他要作战士们心目中的泰山，他要作狂风巨浪中的舵手，他要作烈火中的真金。只有这样才配称是一个人民解放军的指挥员，也才配称共产党员。①

没有多少写作经验的曲波，认为少剑波就是党的象征，把最高规格的赞美都用在他身上。作者并没有意识到“灯塔”“太阳”“泰山”“舵手”这种至高级别的修辞，运用到一个年轻的军官身上，是有僭越的意味的。在他朴素的理解中，这就是一名“人民解放军的指挥员”应该具有的品格，因为，“在这里，他是党的任务的寄托者，小分队全体生命的决定者”②。在1959年人民文学出版社推出修订版时，这些内容尽数删去了。今天通行本的《林海雪原》也不再保留“灯塔”“太阳”“泰山”“舵手”这四大修辞，而只沿用了“岩石”“青松”这两个意象。

作者曲波如此重视对少剑波的塑造，是有其个人原因的。他写作长篇小说，最主要的动力来自怀念战友，想建立一座流动的纪念碑来纪念他们。但同时，他也有为自己解除心中郁结的想法。此前，他由于在东北工作期间发表了对“一长制”的不同意见，而被迫转到北京工作。写作，对于曲波个人也有“疗伤”的意义，因此在小说中，他塑造了经历、年龄与自己都有几分相似的文武双全的指挥员少剑波，赋予他众多优秀的品格。

在后来《林海雪原》传播过程中，杨子荣越来越有名，而少剑波逐渐淡出了人们的视野。究其原因，一方面，小说出版之后，批评家对少剑波这个人物有异议，像何其芳、侯

---

① 曲波．林海雪原．北京：作家出版社，1957：457－458. 新时期以来，《林海雪原》作为红色经典的一种，由人民文学出版社根据1959年的修订版出版，考虑到红色经典接受的广泛性，因而本章所依托的版本主要是1981年人民文学出版社版，但有些文字在修改版中被删去，则引用1957年作家出版社版。

② 曲波．林海雪原．北京：作家出版社，1957：420.

金镜等人都有对少剑波“个人英雄主义”的批评意见，这就压制了改编者以其为主人公的热情；另一方面，可能也是更重要的原因，杨子荣的故事“有戏”，改编者能对应出相应的舞台模式，改起来比较得心应手，对观众的接受点也可以清晰预判。

三

曲波塑造的少剑波英俊俏拔、识文断字、文武双全，而他塑造的杨子荣在外形上则并不出众，文化程度也不高。杨子荣的特点是淳朴、诙谐，战斗中机智勇敢，有超人的胆量和神准的枪法，还有利索的嘴皮子和一点江湖流气。小说中引人入胜的场面是他深入座山雕匪穴的一些关键桥段。杨子荣化妆成被打败的许大马棒匪徒的联络副官胡彪，上威虎山“投靠”座山雕，上山前打死一只老虎作为见面礼；而真正的大礼则是一张“中央先遣挺进军联络图”，就以这张图，得到了座山雕的青睐，被封为“八大金刚”之外的老九。这段故事当中最惊险的是两处：一处是杨子荣上山献礼时与座山雕对黑话；一处是战斗将要打响前，知道杨子荣真实身份的栾平突然上山，指认杨为“共军”，杨子荣与其斗智斗勇，巧辩之后将栾置于死地。这些故事桥段，都与传统戏曲里面的三国戏、黄天霸戏等有相近之处，因而有利于改编。

最初将小说改编搬上舞台的是北京人艺的总导演焦菊隐，他明确借用了京剧里天霸拜山的模式来演绎杨子荣上山见座山雕时候的场景；同时，话剧以“无巧不成书”这个传统戏曲常见的情节模式来构建栾平与杨子荣在匪窟的相遇。通过话剧的演绎，一身草莽气的杨子荣成为一号男主角。首先，话剧只选取了“智取威虎山”这一部分的故事，而这部分最出彩的本来就是杨子荣。其次，原来小说里的少剑波年轻有为战功彪炳这条主线，也被大大削弱；而他与白茹之间的爱情这个粗重的分枝，则全部删除，不予表现。于是杨子荣成为中心主人公，他的戏份最多，最吸引观众。

由话剧改编开始，杨子荣成为《智取威虎山》，也就是《林海雪原》改编剧的主角。但这个主角还带有很强的草莽气息。在话剧中，杨子荣威虎山出场时，“一身匪衣，一顶狗皮帽”，“蒙着黑布眼罩，被小匪用树枝牵着走上”，向座山雕献完礼，跟匪徒们称兄道弟，“胸膛一挺，脖子一抖”，确实“匪气十足”。[①] 杨子荣的草莽气息让观众感到亲切，而他的灵活机智，大胆无畏，“在匪徒的刀丛中巍然挺立”的光辉形象，更让观众由衷喜爱、敬佩。1950 年代后期从北京人艺取经的上海京剧院的《智取威虎山》，1960 年代早期拍成的电影《林海雪原》，其中的杨子荣形象都沿袭了话剧的草莽气息和英雄气概，而深受观众喜爱。

杨子荣的脱颖而出，与 1950 年代语境中“劳动人民”主体位置的凸显密切相关。1949 年之前的小说、电影、戏剧，基本上劳动人民不会是主角，特别是在戏剧中。而杨子荣却以能言善辩、机智勇敢、乐观诙谐等气质和精神品格，实现角色翻新，新中国早期杨子荣

① 这些舞台提示是北京人艺演出本的提示，记录在一份批判稿中。这份批判稿是《两个根本对立的〈智取威虎山〉——批判斯坦尼的“从自我出发”》，存于人艺《智取威虎山》档案。（姚丹．“革命中国”的通俗表征与主体建构．北京：北京大学出版社，2011：118.）

这种农民出身的英雄得到人们普遍认可的最重要的社会心理和文化心理，是劳动人民成为主体。话剧当中杨子荣衣服破烂，是符合其时“乔装”处境的，同时，也与人们刚刚过去的战争苦难记忆相吻合。

四

话剧中，杨子荣的舞台造型追求的是尽力贴近实际生活状况的“真实”，杨子荣上山见座山雕，是假扮兵败流亡数月的匪徒许大马棒副官，因而自然狼狈不堪，胡子拉碴，衣服破烂。上海京剧院1958年从北京人艺取经排演的同名京剧，在人物造型上并无太大差别。但1963年1月，江青在上海“发现”了这部戏，认为该戏“在某种意义上提供了京剧表现现代生活的可能”，从此开始对此剧“进行脱胎换骨的改造”。至1967年5月该戏成为八部样板戏之首，杨子荣的造型趋于纯净化、唯美化，是超现实的。杨子荣打虎上山，在舞蹈动作上，杨子荣的马舞和打虎舞蹈，是富有创造性的艺术成果。音乐上则为杨子荣设计了“成套唱腔”，其中“深山问苦”“共产党员”“胸有朝阳”“迎来春色换人间”至今仍为人所传唱。

1960年代后半期，人们的战争记忆相对较远，其时社会又要求对于“工农兵”的审美化、本质化呈现，而京剧本来就是程式化和象征化的。将杨子荣从具体的“真实”情境中剥离出来，而用人物作为某种“精神”本质的载体，这就是样板戏时期形象超现实化、趋于象征化的根本原因。但这种超现实的努力，要压制的娱乐元素就极多。而无论是小说《林海雪原》还是改编的话剧《智取威虎山》，都有着紧张、惊险、浪漫、传奇等多种娱乐元素。这些娱乐元素，在样板戏电影中基本都被压制了。样板戏电影中的杨子荣亮相伴随着一个长的空镜头，“朝霞万道，映照着挺立云端的青松，光焰万丈的红太阳逐渐推向画面中心，构成阳光雨露育青松，毛泽东思想育英雄，这样一个含意深刻的意境，鲜明、深刻地点出杨子荣的智慧和勇敢的源泉”①。

改革开放之后，1980年代重新拍摄电视剧《林海雪原》时，那些被样板戏电影压抑的娱乐元素、传奇因子开始报复性反弹，反弹的极致是2014年出现徐克电影《智取威虎山》。从1980年代开始，至2017年，根据小说《林海雪原》改编的电视剧至少有三种。其中2004年王洛勇主演的电视连续剧比较有影响力，徐克电影不少情节也是从这版电视剧移花接木而来。王洛勇版的杨子荣已经不是样板戏的“油亮”、单一的光辉形象，除了胆识过人、硬朗果敢、心思缜密，杨子荣还体现出“粗鄙化”的特点，这本来在小说中是有所体现的；另外，还增加了他和女匪“蝴蝶迷”若有若无的情感纠葛。这可以说是时代心理和审美发生变化的自然结果。人们厌倦了样板戏英雄的“伟光正”，希望看到英雄平凡而接近“人性”的一面。

徐克拍摄3D电影《智取威虎山》是在2014年，其时，与曲波、杨子荣等人有着共同战争记忆的人要么离世要么已经进入暮年，对于观众市场的影响力已经很小。而当年“革

① 于洲洪．满腔热情千方百计——赞彩色影片《智取威虎山》．人民日报，1970-11-04.

命样板戏”最主要的观众，那些出生于 1930—1960 年代，成长于新中国的人们，对于杨子荣的理解基本上以样板戏所塑造的超现实的本质英雄为标准。由于个人经历和思想状况的不同，有些人对于这种本质英雄已经没有兴趣，那么他们也就不会有怀旧情绪去观看电影；能成为电影潜在观众的，是那些对杨子荣的革命理想主义和英雄主义依然怀有热情的人。而徐克电影却是“解构”英雄的，电影的风格是暧昧和分裂的。首先，如上面提到的，解构英雄是从解构英雄形象的完美开始的，杨子荣不再“永远正确”，而会出现动摇和错失。其次，电影情节的逻辑演进中抽走了样板戏“阶级斗争”的主动力，匪徒之恶没有以血腥暴力画面展现，因而解放军剿匪之“正义性”就有所削减。从市场和徐克的角度而言，抽走“阶级斗争”这一主轴有其合理性。但对于在既定历史中形成精神和审美定式的那些“样板戏”观众来说，这样没有足够恶行的土匪和没有足够坚定意志的英雄形象是难以接受的。所以，电影虽然票房不错，但还是引起了不少争议。

有意思的是，徐克的电影在去“斗争化”——还原他所认为的历史的同时，在布景上并不还原“真实”——不是将威虎山平凡化，反而更加华丽化。这当是从视觉效果上考虑的。这时候，徐克所关心的，当是出生于 1980—2010 年代的更为年轻世代的审美愉悦了，而七亿的票房也证明了他商业上的成功。但这并没有弥合“意识形态”的裂缝。

五

这里不得不谈一下小说写作的真实与虚构的问题。

1957 年 9 月，长篇小说《林海雪原》由作家出版社出版，扉页上印着作者曲波的题献：“以最深的敬意献给我英雄的战友杨子荣、高波等同志”。两个月后，曲波在《北京日报》发表创作谈《关于〈林海雪原〉》，在文章中陈述自己最大的写作动力来源于“让杨子荣等同志的名字永垂不朽，传给劳动人民，传给子孙后代”。同时明确表示小说只是在“事实基础上”，“加了一点综合剪辑和塑造”。[①] 1950 年代，作者曲波与读者之间“签订”的是“自传契约”。

而到了 1980 年代，情况发生了不少变化。不断有人展开“纪实”调查，指出杨子荣英雄事迹的“传奇化”是曲波艺术加工的结果，曲波也不得不出来回应，并主张自己作为作家“虚构”的权利。他承认四个战斗故事是他“采取了聚而歼之的概括”，即把自己当时所在的牡丹江军区二团打过的七十二次战斗“概括为四战，集中塑造了几个人物”，曲波同时也承认，四次战斗的地点“不但威虎山的名字过去没有，奶头山、四方台的名字过去也没有，那都是我的艺术创作”。[②] “‘舌战小炉匠’是我对英雄人物创作的理想化；威风的滑雪飞山是我渴望我军能有此本领”[③]。曲波曾经在自述文章中说，自己少年时代阅读《三国演义》《水浒传》等英雄传奇小说时，“对书中之英雄人物，我个个信以为真”，对这些

① 曲波．关于《林海雪原》．北京日报，1957-11-09.

② 曲波，口述．秋风，记录整理．从《二〇三首长话当年》谈起．中国法制文学，1987（4）.

③ 曲波，口述．秋风，记录整理．从《二〇三首长话当年》谈起．中国法制文学，1987（4）.

英雄人物充满了崇敬，“敬仰他们的精神，到了与天地星斗同辉的境地”。[①] 他写小说，其实也是希望读者们能“崇敬、敬仰”他的战友们的英雄品格。所以我们可以理解他的传奇化、神奇化的处理手段。

下面这篇报道已经很能说明写作与“真实”之间的差距。1947 年 2 月 19 日的《东北日报》，发表一篇标题很长的报道《以少胜多创造范例 战斗模范杨子荣等活捉匪首座山雕摧毁匪巢 贼匪全部落网》。从这篇报道可以看出，这场战斗的规模并不大，摧毁敌匪窝棚，“缴获步枪六支，子弹六百四十发，粮食千余斤”，这场战例的特点正如报道标题所提示是“以少胜多”，我方只有六名战斗人员，而活捉了座山雕在内的二十五名敌匪。就是这场有点惊险但不波澜起伏的战斗，被曲波演绎出了打虎上山、拜山献联络图、对黑口、舌战小炉匠等精彩惊险的情节。由上面介绍的小说写作的内容和实际报道之间的差距，我们可以确定，曲波的写作是“渲染”和“夸张”的。

同样，对地理环境和敌人实力的夸张也是常用的手段。就以最广为人知的威虎山为例。在曲波小说中，威虎山是这样的：

> 高大的威虎山前怀，抱着⁙形的五个小山包，名叫五福岭。这五个山包的大小一样，外貌相同，间隔距离排列得非常均匀。四角上的山包与山包之间不过五百米，如果用中央的一座相连的话，那就只有三百米。四角的四个小山包上，每个山包修了九个地堡窝棚，九个又分成了三组，每组三个，组成交叉火力。它们修得特别结实，都是顺山坡挖下，用圆木盖顶，前面的射界特别开阔。在地堡外五十米处，有丛丛的鹿砦，地堡与地堡之间，组与组之间，山包与山包之间，有交通沟相连。这交通沟又是暗的，像都市里巨大的下水道一样。地面上盖着圆木，圆木上层披上土衣，土衣上遍生野草，现在是盖满了大雪。匪徒们把五福岭修得在外表上丝毫也看不出有什么军事设备。[②]

这一段描写，熟悉《水浒传》的读者，很容易联想到林冲初上梁山时所见：“四面高山，三关雄壮，团团围定，中间里镜面也似平地，方可三五百丈。”每个关隘，“关前摆着刀枪剑戟，弓弩戈矛，四面都是擂木炮石”。[③] 从曲波描写的威虎山的关隘重重防备森严与《水浒传》所写梁山的相似，以及上面论及的情节设计的渲染和夸张，我们大致可以得出结论，小说那些惊险的场面和细节，多是依凭对于中国古典小说的模仿而展开的虚构。《林海雪原》不是一部纪实作品，而是一部天马行空驰骋想象的英雄“传奇”。不但小说的故事是虚构的，小说大量的风景描写和在冰天雪地中小分队的种种行动，也都是虚构的。而虚构之中的虚构，就是美丽的女卫生员白茹了。

六

《林海雪原》整部小说是男性征战的世界，但在这个世界中，却有一个十分突出的女

---

① 曲波．卑中情．山西文学，1983（6）．

② 曲波．林海雪原．北京：人民文学出版社，1981：246．

③ 施耐庵．水浒：上．北京：作家出版社，2006：122．

性形象，这就是女卫生兵白茹。白茹有着出众的外表：

> 她很漂亮，脸腮绯红，像月季花瓣。一对深深的酒窝随着那从不歇止的笑容闪闪跳动。一对美丽明亮的大眼睛像能说话似的闪着快乐的光亮。两条不长的小辫子垂挂在耳旁。前额和鬓角上漂浮着毛茸茸的短发，活像随风浮动的芙蓉花。①

白茹除了外表美丽，还“善歌又善舞，舞起来体似轻鸟，唱起来委婉如琴”。她给人们带来美和欢乐，“她走到哪里，哪里便是一片歌声一片笑”。作者直率地夸奖她“真是人们心中的一朵花”。对于白茹这个人物的“真实性”，曲波 1950 年代和 1980 年代的说法也是不同的，正如他在这两个时代关于杨子荣、少剑波的说法一样。在 1950 年代，他坚持白茹实有其人；而到 1980 年代以后，他则坚持白茹是自己的虚构，并且解释了设置这个人物的双重原因。

> 在茫茫的林海中，我们面对的是极其凶残的敌人，恶劣的环境根本不允许小分队带女兵作战。为什么我要写一个女卫生兵呢？我想，我们的战争是为了和平，在森林里除了大雪就是野兽和土匪，单纯地记叙这些觉得太残酷了、太单调了。所以我有意识地创造了一个“小白鸽”。鸽子象征着和平，象征着我们今天的战争是为了明天的和平。②

一方面，白茹是一个随军医护人员，正如她的外号“小白鸽”所昭示的，“鸽子象征着和平，象征着我们今天的战争是为了明天的和平”。他用这个人物的言行，表达“战争，为了和平”这一共产党人的希望。另一方面，由于小说描写的多是“极其凶残的敌人”“恶劣的环境”，因此用“小白鸽”的活泼、美丽，可以冲淡战争的“残酷”“单调”。这是曲波自己解释的写作因由。

然而，白茹在小说中的出现还有更为丰富的意义。她是整个战争丑陋、血腥的对立面，同时她还掌握着科学的救护知识和技能，能够在战争中担负起救死扶伤的责任。她不是一只“花瓶”。这样的女性形象在整个中国现代小说的序列中是崭新的，“新女性”拥有科学知识和技能，独立、自主，有工作能力；同时还兼有女性的美丽、温柔甚至柔弱。这就使整部小说的思想性都呈现出更为丰富的面向。可惜这个面向在最初的批评中就被压抑了，后来人们也都更注重白茹对少剑波的爱情，而没有真正意识到白茹作为中国共产党领导的人民军队中出现的新型独立女性形象的意义。《林海雪原》这部小说虽然在英雄人物的塑造中模仿了古典英雄传奇，但它并没有受这两部小说“厌女”倾向的影响。在这一点上，小说表现出它特有的进步性。小说对女性在革命、战争中的作用，有充分的肯定。

除了白茹，小说开篇出现的鞠县长，也是令人印象深刻的女英雄。她面对敌人的拷打威胁，毫不畏惧，视死如归，最后壮烈牺牲。同时，曲波还通过少剑波的追忆，在日常活动中表现鞠县长这个姐姐对弟弟的爱心。他的姐姐，总是在夜晚为他操劳，缝补衣服、袜子，更为弟弟的未来家庭生活操心：“她设想到战斗部队可能蹲山头，可能露营，肚子最容易受寒，因此妈妈留下的那张小羊羔皮，本来已经裁开给剑波缝在领子上，她又亲手一

---

① 曲波．林海雪原．北京：人民文学出版社，1981：54.

② 文军，林生．在“林海雪原”深处——记曲波与刘波的爱情生活．老年时报，2000-01-29.

块块地拼缝起来，给剑波做了一个护肚子的兜兜。这兜兜的带，是姐姐当教员时，年年月月省吃俭用积蓄下来的钱买来的一条银项链。这项链是准备将来剑波订婚时送给他的一件珍贵的礼品。年轻的姐姐在多年前已经为幼小的弟弟做了终生的打算。”①

经过半个多世纪的沉淀，杨子荣、少剑波、白茹等形象已然成为中国文学文艺长廊中的一员了。他们的身上，有着中国革命军人特有的为了人民的幸福勇于牺牲个人利益的高贵品质，在今天和平时期，激励着我们以无私的奉献投入伟大祖国的复兴事业中。这些形象传播着中国革命最基本的价值信念：“战争，为了和平。”

（姚丹 撰）

拓展与思考

1. 联系古典小说《三国演义》《水浒传》《西游记》，谈谈《林海雪原》这部小说的“传奇性”“童话性”。

2.《红日》《保卫延安》也是描写中国共产党领导的人民军队的红色经典，请阅读这两部小说并比较同为解放军指挥员，《红日》中的沈振新、《保卫延安》中的李成与《林海雪原》中的少剑波在个人精神品格、才能等方面之异同。

---

① 曲波．林海雪原．北京：人民文学出版社，1981：20.

第 八 编

历史与创伤

第 25 章
《波动》：死去了的小资时代

“肖凌是个小资。”①

李陀在《〈波动〉序》里给主人公肖凌做了一个非常明确的阶级定位。为了突出这一点，李陀在文中再三强调：“女主人公肖凌就是一个典型的小资，不过她是个‘文革’时代的小资，是当代小资的一位前辈。”李陀的这个判断其来有自，在李陀看来，肖凌作为当代小资的前辈，其身上有典型的小资气质，这一小资气质尤其表现在她的审美趣味上：《月光奏鸣曲》，洛尔加的诗歌，雪白的连衣裙，还有红茶和葡萄酒。而在另外一个层面上，作为一个特殊时代的小资，肖凌又呈现出特别的向度，那就是“强烈的不安全感”和“坚韧又十分简单幼稚的虚无主义”。

李陀抓住了一个非常重大的理论问题，就是小资产阶级在中国的历史性和当下性问题，实际上，在李陀的整篇文章中，他一直试图从这两个角度——历史性和当下性——对中国小资阶级的起源、发展和当下迁延进行全面的分析。李陀显然意识到中国的小资产阶级已经发生了重要的变化，这种变化在一定程度上突破了经典理论框架，并将改变我们的文化构成，也就是说，小资阶级已经从藏匿之所现身并凸显于我们面前——小资产阶级构成了一个问题。

一

让我们继续抓住肖凌这个典型小资不放，或许可以展开不同向度的讨论。首先要追问的是，除了肖凌之外，《波动》中还有没有别的小资？如果按照上述李陀的标准，至少另

① 李陀为《波动》写的序言中语。该序又以《“新小资”与文化领导权的转移》之名发表于《天下》2012 年第 3 期。

外两个女性也可以放到小资的行列里：林媛媛和发发。这两个女性在小说中占了不少篇幅，尤其是林媛媛，她最后离家出走的情节构成了小说一个小小的高潮。这两位女性身上的小资趣味甚至比肖凌还要重，发发的出场伴随的是几个非常小资的动作：吐出一个又浓又大的烟圈，扭着屁股，同时还关心地打听北京的流行服饰（裙子的长短问题）。而林媛媛则与发发形成鲜明的对比：天真、不谙世故，是一个还生活在父亲保护下的女学生模样。如果我们将这三个女性并列来看，会发现一个有意思的现象，在某种程度上，这三个女性构成了《波动》对于小资女性的三种不同的想象：林媛媛是还在成长中的小资女性，发发是一个在道德上显得非常暧昧带有一点堕落色彩的小资女性——她让人不由地想起茅盾笔下的孙舞阳。而肖凌，从整个小说的叙述来看，是一个呈现出复杂"内面"的小资。在这个意义上，北岛选择肖凌为作品的主人公颇有深意，同时，李陀指认肖凌——而不是林媛媛和发发——为该时期小资的典型代表显然也值得琢磨。也就是说，同样具有小资气质，为什么肖凌具有优先权？除了李陀提出的"强烈的不安全感"和"坚韧又十分幼稚的虚无主义"之外，还有没有什么别的东西？

实际上，如果从"不安全感"来说，《波动》中的任何一个人似乎都生活在强烈的不安全感中，这种"不安"对应了"文革"这个特殊历史时期的心理氛围；如果从"虚无主义"这个角度来看，发发和白华的虚无主义似乎比肖凌更为彻底和绝望，至少在肖凌这里，她最后还是相信了爱情，尽管这场爱情是一个悲剧。肖凌最为独特之处不在于这种虚无主义，而恰好是意识到了这种虚无主义之后的一种自觉抵抗。小说中有一段对话至关重要：

> （肖凌）"请你告诉我，"她掠开垂发，一字一字地说，"在你的生活中，有什么是值得相信的呢？"
>
> 我想了想。"比如，祖国。"
>
> "哼，陈词滥调。"
>
> "不，这不是个用滥了的政治名词，而是咱们共同的苦难，共同的生活方式，共同的文化遗产，共同的向往……这一切构成不可分的命运，咱们对祖国是有责任的……"
>
> "算了吧，我倒想看看你坐在宽敞的客厅是怎么谈论这个题目的。你有什么权力说'咱们'？有什么权力"她越说越激动，满脸涨得通红，泪水溢满了眼眶。"谢谢，这个祖国不是我的！我没有祖国。没有……"①

这段对话的意义不仅仅是展示了肖凌的虚无主义思想以及她和杨讯之间的重要分歧，更重要的是作为一种"言说方式"和"行为方式"暗示了肖凌的与众不同，也就是说，她是通过对一些重大问题（不仅仅是生活上的小情小绪）的思考和辩论来凸显其小资产阶级身份和意识的。肖凌与文中的另外两个小资林媛媛和发发的最大不同正在于此：肖凌经历了一种非常重要的小资产阶级自我意识觉醒的过程。而这一自我意识的觉醒，在林媛媛、发发甚至是杨讯的身上都没有发生，这是第一点。第二点是，通过文中类似的对话，我们可以看出来，肖凌的虚无主义是多维度的，她的虚无主义处于"相信—幻灭—希望"的历

---

① 北岛．波动．南京：译林出版社，2019：23．本章所引《波动》，皆出自此版。以下只标注页码，不再注释。

史链条中，也就是说，在肖凌的身上集中体现了中国“文革”后一代小资的成长史，这部成长史，与中国当代史的变化密切相关。我们应该还记得在五十年代有“可不可以写小资产阶级”的批判运动，中国的当代想象很大程度上建基于对小资产阶级的改造、排斥、压抑，而“文革”的终结，使得这种小资产阶级的想象找到了一个可以重新浮出历史地表的契机。

小资产阶级的自我意识是如何觉醒的，这对于肖凌，对于我们分析整个中国当代小资产阶级的生成和书写都非常重要。因此，有必要梳理肖凌的个人历史，追问其意识发生的根源。正是在这一点上，我们发现了一个非常有意思的现象，如此重要的一个人物，其历史起源居然是模糊不清的。在整个小说的叙述中，对肖凌个人历史的叙述并不多，只有很有限的几处，通过这几处，我们大致了解到肖凌出身高知家庭，接受过良好的教育，母亲在“文革”中被逼自杀，她下乡后遇到另外一个知青谢黎明，并生了一个孩子。这些零碎的叙述大致勾画出一个受侮辱与受迫害的人物形象，但与其时流行的伤痕文学相比，很显然，这并不是一个泄愤的让人仅仅停留在同情的表层的人物。相反的是，肖凌在这些遭遇中升华出一种可贵的反思和质疑精神，她不仅试图保留和书写自我的历史（她的日记是最好的记录），同时也以其实际的行为与历史保持可贵的互动和辩诘。这是肖凌最典型的气质特征——她的虚无主义是建立在清醒的历史理性主义和批判的基础之上，并隐约指向一种积极的个人主义。

肖凌的小资产阶级意识的觉醒是某种结构性的产物。中国七八十年代的巨大社会变动激活了小资阶级的想象，小资产阶级在对既有的道德价值批判的基础上，产生了新的自我意识。在八十年代另外一部被广泛阅读的小说《新星》中，同样出现了这样一个肖凌式的人物——林虹，她的家庭出身、生活经历和言谈举止都与肖凌有高度的相似性。林虹的形象，代表了一种以个人为本位的人生观价值观，与以集体为本位的革命价值观形成一种鲜明的对抗。[①] 现在如果把肖凌和林虹放在一个历史序列来看，会发现这其实就是一种小资产阶级的价值观。正是这种小资产阶级的价值观，构成了八十年代改革想象的重要组成部分。特别需要提到的是，在八十年代其实存在着一个重要的历史契机，就是通过对小资产阶级的想象和书写，中国当代文学可能会产生出非常典型的资产阶级个人形象（如巴尔扎克笔下的那些人物形象一样），但非常遗憾的是，这种可能性似乎就终结在肖凌和林虹这里。

二

肖凌和林虹的终结与其说是一种小资产阶级想象的终结，还不如说是另外一种小资产阶级想象的开始。在文学领域，这一想象转变的最典型代表当属王安忆，在九十年代初的中篇小说《我爱比尔》中，主人公阿三就是一个小资，这个小资形象可以说是《波动》中林媛媛和发发的结合体，一方面显得文艺而单纯，另一方面又有道德失控后的欲望堕落。

① 杨庆祥．《新星》与体制内改革叙事．南方文坛，2008（5）.

在上海的另外两位作家卫慧和安妮宝贝那里，小资完成了其想象形态的彻底转变，小资成为这样一种符号化的存在：文艺腔，出入于夜店、咖啡屋，有莫名其妙的收入供其消费，陶醉于暧昧的情欲和放纵之中。很有意思的是这两位作家都与“宝贝”一词有关（前者的代表作为《上海宝贝》，后者的笔名中含有宝贝），这充分显示了九十年代关于小资想象矫情造作的一面。现在我们看到的是，如果按照小资的谱系进行历史梳理，会发现《波动》中的典型小资已经不见了，而《波动》中另外两个非典型小资——林媛媛和发发——则被充分放大、强化，成为九十年代以后典型的小资想象。

如果要将九十年代以后产生的小资与肖凌这一类小资进行区隔，需要注意以下几点。第一，肖凌所代表的小资是有历史意识的小资。虽然肖凌的个人历史在《波动》中并不清晰，但是肖凌对于整个大的历史进程有一种高度的敏感和自觉。而在九十年代以后的小资那里，历史已经被“阉割”（最典型的隐喻是《上海宝贝》中的男主角天天，他被塑造成一个完全没有性能力和生活能力的人），无论是个人的历史还是家国的历史，都被身体的感觉和情绪所代替。在“有历史”的小资那里，白裙子、钢琴、诗歌都有其明确的历史所指，而在“脱历史”的小资那里，这些都已经成为消费的符号。第二，正是在这个意义上，肖凌所代表的小资是一种政治化的小资，虽然这种政治化以一种排斥政治的面目出现；而九十年代以后的小资则是一种去政治化的小资，或者用李陀的话来说，是一种消费化的小资，历史、道德、身体等等这些都失去其具体含义，变成一团混沌的消费物被小资拿来消费。第三，在这种娱乐化、消费化的小资想象中，有主体自我的小资产阶级变成了无主体自我的小资产阶级。正如上文中指出的，在肖凌那里，虚无主义是一种反抗（不管这种反抗是否有姿态的东西在里面），肖凌正是通过这种剧烈的反抗建立了自我意识和历史意识。而在九十年代小资这里，这种反抗消失了，个人与历史、社会变成了一种含情脉脉的关系，小资由此变成了一个流行的文化符号，任何人都可以通过符号的消费把自我归置到这个“群体”中，在这个意义上，“小资”已经被自动化和程序化，也可以说已经瓦解了自己的阶级属性。

从《波动》《新星》中的小资到《我爱比尔》《上海宝贝》中的小资，这其中既有一定的延续，但更多的是让人触目惊心的断裂和变化。可以这么说，“文革”催生的小资和九十年代催生的小资处于完全不同的历史逻辑和历史想象中。在肖凌那里，小资的趣味和想象是保存自我的一种方式，并通过这种保存，与历史进行对话和互动，无论如何，在肖凌、林虹那一代小资身上，我们看到的是更多的道德克制和自我反省。而在九十年代的小资那里，小资的趣味和想象变成了自我逃逸历史的手段，更多的是借助这种逃逸来获得放纵和享受。也就是说，在肖凌那里，小资是一种别样的生活的可能，这种可能恰好是革命的原动力。而在九十年代的小资这里，无论是在文本还是在现实的层面，小资似乎是一种预定的生活，尤其对于80后、90后的中国青年来说，这种生活似乎是必然如此的，它是一种成规和惯例。

一个关键问题是，小资产阶级在文化生产中究竟处于一种什么样的位置。回答这个问题需要详尽的分析研究。在中国当下文化的生产和传播中，小资产阶级确实发挥了非常重要的参与作用，但是从最终来看，他依然只是一个参与者，是既定的文化秩序的一部分，他更多的是服从而不是改变既有的文化秩序，最终也无法改变文化的资本与意识形态属性。好莱坞大片《蝙蝠侠之黑暗崛起》，哥谭市在贝恩的控制下进入了一种革命嘉年华状态，但是毫无疑问，这个嘉年华并非是为无产阶级或者小资产阶级所准备的，他是为“蝙蝠侠”——代表了资本以及“普世价值”的力量——所准备的。也就是说，哥谭市的革命不过是一种假象，它印证的只是资本主义永远胜利的神话。“新小资”的文化领导权是否也会遭遇这样的悖论？

尤其需要提醒的是，九十年代以来的中国“新小资”，是在对肖凌这种代表了反抗和严肃思考的“旧小资”的拒绝的基础上生成的，他具有前所未有的软弱性，他以“搞笑”——而非肖凌式的反思和辩驳——作为其文化的主要参与方式，已经暗示了这种小资文化严重的平面和浅薄。小资产阶级如果不从自我的迷梦中苏醒，改变文化想象和文化参与的方式，就产生不出开辟新历史和新文化的可能性。

最后再回到《波动》的结尾上，肖凌在泥石流的灾难中死里逃生：

> 醒来，一棵小草轻拂我的脸颊。在头顶的峭壁之间，迷雾浮动着。不久，天放晴了，月亮升起来。
>
> 一位酷似我的姑娘。飘飘地向前走去，消失在金黄色的光流中……
>
> （155 页）

肖凌以“死去”的方式获得了“重生”。这个结尾对于我们当下同样具有寓意，肖凌所代表的小资时代已经死去了，但我们真正渴望的小资时代并没有如期来临。也许只有再经过一个死去了的小资时代，历史才会在反复中呈现新的转机。

（杨庆祥 撰）

拓展与思考

1. 拓展阅读文本：

北岛：《回答》；礼平：《晚霞消失的时候》；靳凡：《公开的情书》。

2. 思考：

（1）批评家李陀从“小资产阶级”这个角度去解读北岛的小说《波动》，你同意他的观点吗？为什么？

（2）《波动》是 1970 年代末“地下文学”的代表作品，呈现了转折时期中国人的生活和思想，请联系该时期其他作品思考这一时期文学的美学特色。

第26章

《废都》：颓废的“文人”取代“知识分子”

《废都》作为一部鬼气森然的小说出现在1990年代初的文坛。主导1980年代文坛的“人的文学”，如何转化为高度欲望化的“鬼的文学”？在这一过程中，同时发生着“知识分子”向“文人”的转化。上述的张力，也激发出当年声势浩荡的《废都》批判。本章通过一系列的文本细读，比较细密地在这一转变中理解《废都》。《废都》的“颓废”，有其深刻的历史性，既标志着一个时代的终结，又预示着一个时代的开始。

一

如研究者所指出的，《废都》这部小说是一个“鬼魅横行的舞台”[①]。小说由反常的天象写起，盛夏的“西京”，拥堵混乱的街头，行人忽而发现自己的影子不见了，天上现出四个太阳。小说就在这样大乱将至的烦躁不安中开始叙述，作为主人公，西京四大名人之首、大作家庄之蝶的生活笼罩着深深的鬼气。他的岳母习惯睡在棺材里，“尽说活活死死的人话鬼语”[②]，有着“人一老，阴间阳间就通了”的本领，能够和周遭“鬼的世界”交流。在老人的眼中，“废都”似乎显露了它的真相，某种程度上，“废都”是一座“鬼城”。

颇具象征意味的是，小说开端，“呜呜如夜风临窗”“古墓鬼哭的埙声”，深深吸引了庄之蝶。作者进一步暗示，庄之蝶喜欢的是“哀乐”。“鬼气”直抵庄之蝶的内心深处。毕竟，对于所面对的生活，庄之蝶无法克服内在的苦闷与颓废，“感到自己活得太累，太窝囊，甚至很卑鄙了”。然而，庄之蝶不同于魏连殳式的“孤独者”，或是罗亭式的“多余

---

① 王宏图．后“文革”时代的欲望复苏．当代作家评论，2003（6）．

② 本章所引《废都》，皆出自北京出版社1993年版。

人”，他在这座“鬼城”里，熟稔地逢迎着鬼魅的伎俩。如当时的评论者分析的：“庄之蝶在‘名士风度’的幌子下，也会为了金钱答应给卖假农药的黄厂长写东西，也可以为了古董字画百般逼迫龚小乙，还可以假借挽救龚靖元的冠冕堂皇的理由而巧取豪夺，并实际上成为致龚靖元于死地的凶手；为了高攀市长，他可以不假思索地将柳月许给市长的跛足儿子而在柳月和柳月的原情人赵京五面前，又换另一种说法，虚伪地两面讨好，八面玲珑。”① 庄之蝶逼死龚靖元的一幕，尤其暴露了他的狠毒与虚伪。龚靖元因此精神失常，自杀身亡。② 西京的其他名流，也没有一个得以善终：孟云房练气功瞎了一只眼睛，魔障般地以为儿子是气功大师，一起远走新疆；阮知非被抢劫刺瞎了眼睛，换了一双“滴溜溜地闪着黑光”的狗眼；汪希眠伪造字画，面临牢狱之灾。庄之蝶百般腾挪，难逃同类的命运——和景雪荫的官司最终以败诉告终，牛月清提出离婚，经历了唐宛儿、柳月、阿灿的性爱，依然无处安妥他破碎了的灵魂。

诚如当时的评论家所分析的，整部小说密布着“古寺重建、天书自观、鬼神仙佛、谶纬宿命、气功巫医……”③，展示了一副鬼气弥漫的社会画卷：“毒不死人的农药，名作家的风月官司，庸市长的政绩努力，危墙塌死了顺子娘，王主任强奸了设计员，清虚庵监院打了胎，潼关工人性虐待老婆，还有与主人性交的小保姆，吸大烟的败家子，神道道的文史馆研究员。”④ 如研究者的概括，“这是一部‘关于城市的小说’，但全书充满了陵墓的气息”⑤。

不难发现，百鬼狰狞的《废都》，与八十年代所塑造的美学风尚有巨大的差异。在寻思人文精神的话语场域里，《废都》一度被视为基于文化市场、“百万稿费”的怪胎，甚或是抄袭《红楼梦》《金瓶梅》的“装神弄鬼”之作。然而，某种程度上，《废都》的“鬼魅叙事”，恰恰是八十年代文学传统合乎逻辑的伸延。在余华、莫言这一时期前后的作品里，锋刃抵骨、血气淋漓，混沌中一样人鬼难辨。诚如研究者的疑问：“残雪及韩少功早期即擅处理幽深暧昧的人生情境，其他如苏童、莫言、贾平凹、林白、王安忆及余华，也都曾搬神弄鬼。新中国的土地自诩无神也无鬼，何以魑魅魍魉总是挥之不去？当代作家热衷写作灵异事件，其实引人深思。”⑥

“鬼魅叙事”一个重要的向度，就是对抗、消解“社会主义现实主义”的叙述成规，以及其所推重的正气、崇高、雄浑的革命美学。正如贾平凹的夫子自道：“二十多年来，我认为主要是思维变化，当然现在文学思维还没有彻底变过来。现在出版者、写作者、读者、文学管理者，对文学的观念变化得各种各样，最基本的还是五六十年代的看法：时代的镜子呀，社会的记录员呀，人民的代言人呀，文学的几大要素呀，典型环境中的典型性格呀。这种对文学的看法，形成集体无意识的东西。这二十年来基本上是在改变这一方面做的斗争特别大。”⑦

---

① 陈旭光．一锅仿古杂烩汤//多维，主编．《废都》滋味．郑州：河南人民出版社，1993：115.

② 尤为讽刺的是，龚靖元临死前大骂儿子龚小乙：“你这是在救我吗？你这是在杀我啊！”庄之蝶吊唁的时候，却似乎忘记了龚靖元的死因：“庄之蝶用手拍龚靖元的脸，也掉下泪来，说：‘龚哥，你怎么就死了！怎么就死了！’”

③ 李炜东．蝼蚁之歌——《废都》印象//刘斌，王玲，主编．失足的贾平凹．北京：华夏出版社，1994：56.

④ 成官泯．雕琢的艺术和死亡的性//刘斌，王玲，主编．失足的贾平凹．北京：华夏出版社，1994：62.

⑤ 孟繁华．拟古之风与东方奇观//刘斌，王玲，主编．失足的贾平凹．北京：华夏出版社，1994：50.

⑥ 王德威．魂兮归来//现代中国小说十讲．上海：复旦大学出版社，2003：356.

⑦ 贾平凹，谢有顺．最是文人不自由//郜元宝，张冉冉，编．贾平凹研究资料．天津：天津人民出版社，2005：11-12.

一般来说，“鬼魅叙事”与八十年代知识界的规划是契合的，至少是亲密的“同路人”。在宽泛的意义上，我们能列出纠葛于这一概念的近似的能指：“寻根文学”“现代派”“先锋派”等等——就八十年代获得相对自足性的知识场域而言，“现代”始终像一个巨大的航标，牵引着知识界“走向未来”。然而，作为契合的“前提”，知识界有意无意地忽视了作为现代派的“鬼魅叙事”所包含着“反现代性”的面向。诚如研究者指出的，八十年代特定的理解“现代”的方式，是在“现代派”与“现代化”之间建立直接的关联。在八十年代的语境里，“这种‘悲观’、‘玩世不恭’、‘颓废’和‘荒诞感’，在一些作品那里，被纳入‘人’与‘非人’的启蒙主义叙述结构当中，作为控诉当代政治暴力的一种手段，比如宗璞的《我是谁》和王蒙的《蝴蝶》。而在《你别无选择》和《无主题变奏》中，‘颓废’的表达被纳入‘秩序’与‘反秩序’的结构，成就一个有关‘主体’反叛或皈依的故事。一方面，小说的主人公尖刻地嘲笑着启蒙主义的观念和价值，而另一方面他们通过这种‘嘲笑’和‘叛逆’使自己成为一个‘反文化英雄’。可以说，恰恰是‘现代派’的‘反现代性’”的呈现，使其表达出一种与新启蒙主义构成张力但又被其包容的声音”①。

并不意外，近乎误会的蜜月难以持久。随着“八十年代”的终结，历史语境发生了剧烈的变化，“现代化”的叙事与想象，逐步丧失“包容”内部“杂音”的力量，二者的“张力”渐次绷紧。《废都》在这样一个敏感的历史时刻，大张旗鼓地讲述了“知识分子之死”，淘空了这一知识谱系的政治性。悲凉之雾，遍被华林，刚刚经历沉重打击的知识界，能否在压抑与愤懑中，接受一份颇富象征意味的“知识分子”的房中秘史？

二

诚如研究者对贾平凹的分析，“平心而论，他确实抓住时代潮流，九十年代初的问题就是知识分子问题”②。《废都》之所以激起知识分子的暴怒，某种程度上，在于它在这样一个过于敏感的历史时刻，讲述了“知识分子之死”。我们熟悉的八十年代知识分子的形象，接近于萨义德所谓的“为正义、公理、自由而奋斗”的“文化英雄”；但是，《废都》撕裂了这一层温情甚或悲情的想象，如评论者指出的，“小说主人公是一个作家，一个中国社会的‘知识分子’。然而，他跟五四以来所谓的启蒙者、人民的良心和‘灵魂的工程师’的知识分子相距甚远”③。或可以说，在八九十年代的社会转型中，《废都》近乎“刻薄”地叙述了“知识分子”从“巨人”到“病人”的转变。

细心的读者自会发现，小说的叙事时间从闷热难耐的盛夏开始，于萧索荒凉的秋天结束。④ 在万物骚动的季节里，庄之蝶反讽式的以“病人”的形象登场，面临着内在的焦

---

① 贺桂梅．后/冷战情境中的现代主义文化政治——西方“现代派”和 80 年代中国文学．上海文学，2007（4）．

② 陈晓明．本土、文化与阉割美学——评从《废都》到《秦腔》的贾平凹．当代作家评论，2006（3）．

③ 鲁晓鹏．世纪末《废都》中的文学与知识分子．季进，译．当代作家评论，2006（3）．

④ “冷”“热”的季节变换与人物的盛衰聚散在中国古典小说中常常以“反讽”的方式编织在一起，呈现出中国古典小说独特的美学。诚如浦安迪对《金瓶梅》的分析：“激发人们狂热行动之冷与给人以冷落之感的热，不断交替变换终于形成一种鲜明的讽嘲，使小说含义深远，意味无穷。”张竹坡也就此称《金瓶梅》为“炎凉书”。（浦安迪．明代小说四大奇书．沈亨寿，译．北京：生活·读书·新知三联书店，2006.）

虑——他在妻子牛月清面前，几乎丧失了男性的性能力，被迫服用王婆婆的密药甚或从亲戚家领养一个孩子。在景雪荫那桩名誉官司的表层线索下，庄之蝶沾惹起鬼气森森的风月孽债的自我救赎，构成了小说真正的线索。

对庄之蝶而言，唐宛儿提供了的救赎的可能。“性”既然不是单纯的肉体之欢，而是重新确立“主体”的仪式，那么并不意外，作为“客体”的女性难以奢求性关系中的平等，势必沦落到被狎玩的地位。甚至于，这种“狎玩”越是将女性不断下压到“物化”的地步，越有助于主体病态的满足。

饶有意味的是，庄之蝶身边的女人们，不仅甘于供其狎玩，而且无比仰慕庄之蝶的“四大名人”的身份。一个近乎隐喻的细节是，庄之蝶结识唐宛儿后，先后送了两件礼物：鞋与镜。如果说“鞋”意味着一系列狎玩的程式的话，那么“双鹤衔绶鸳鸯铭带纹铜镜”近乎一面引导着女性文化想象的魔镜，唐宛儿等女性迷失在重重镜像之中。[①] 就此我们似可理解，为什么《废都》的“性”有一股古怪的“文化”气氛，“妇人”们常常沉浸在“我在屋子里听下雪的声音，庄之蝶踏着雪在院墙外等我”等烂俗的意境里，按着董小宛的样子想象自己，动辄征引“所有古典书籍中描写的那些语言”，等等。

“狎玩”与“仰慕”的缠绕，引向了文本的秘密：知识分子的身份与想象，成为“性”的支点与动力。唐宛儿比较三个男人的内心独白，集中在“有知识和没知识的差别”甚或“城乡差别”[②]，这暴露出《废都》中“性”与“知识分子”融洽贯通的真相。正如当时的评论家的看法，“性”在《废都》中是一个转喻，庄之蝶的“自我确认”的过程，某种程度上象征着“知识分子”在社会转型期渴望重返历史主体的虚假满足：“与其说个人的白日梦在这里找到了它的历史起源，不如说，破损的历史在这里开始了它的衍生过程。然而，一个历史主体重新崛起的神话，其实不过是一个性欲焦虑者的心理补偿。”[③] 在这个意义上，如研究者指出的，“废都的确是一本显示了九十年代文化的特色的小说。它最好地表现了知识分子在文化话语中地位的沦落以及对这种沦落的极度的恐惧。”[④]

既然“性”作为知识分子重建历史主体的转喻，从“行”再次回落到“不行”，预示着知识分子最后的失败。庄之蝶与唐宛儿的关系被牛月清发现，两个人在苦楚中借着柳月婚礼的机会最后一次约会，近乎报复，唐宛儿选在庄之蝶与牛月清的卧室里。然而，“家”似乎不是一个合适的地点，庄之蝶的“老毛病”犯了。作为日常生活与秩序的象征，“家”对知识分子虚弱的意淫而言，代表着无比坚硬的现实世界。诸神归位的后新时期，仓皇失措的知识分子，在徐徐展开的庸常生活面前早已脆弱不堪。“性”的象征性的征服之旅逼近“现实世界”的时刻，势必面临着被粉碎的命运。并不意外，小说的结尾重启了我们熟

---

① 有趣的是，唐宛儿与庄之蝶的最后分别，是在“电影院”。唐宛儿被丈夫设计引出“电影院”，塞进车里绑回了潼关。唐宛儿幻想中的纷繁镜像，被现实重重击碎，自此和庄之蝶天各一方。

② 某种程度上，废都的性确实存在着另一个层面的“城乡差别”，庄之蝶“性征服”的过程，内在地受阶层地位所制约，包含着颇为微妙的权力关系。如江帆指出的：“在小说中，两个女人没有和庄之蝶发生性关系，她们对庄之蝶来说是可望而不可即的一类女人。她们都是大学毕业生，景雪荫又是高干子女。”庄之蝶只得到了小县城来的唐宛儿、农村来的小保姆、下层人阿灿。（江帆．性爱与自卑//刘斌，王玲，主编．失足的贾平凹．北京：华夏出版社，1994：62.）

③ 陈晓明．废墟上的狂欢节——评《废都》及其他//郜元宝，张冉冉，编．贾平凹研究资料．天津：天津人民出版社，2005：182.

④ 易毅．《废都》：皇帝的新衣．文艺争鸣，1993（5）.

悉的模式：庄之蝶离家出走。然而，如果说巴金的“家”意味着封建制度与腐朽的历史，别处的生活是“现代性”的美丽新世界；《废都》的“家”则是窒息的日常生活与现实秩序，“历史”已然终结为无限的创痛，往昔“我以我血荐轩辕”的激情与抱负，换来的是“现代性”以令知识分子瞠目结舌的方式展开。世纪末的重复，不再是五四青年的悲情大戏，而是知识分子人到中年的仓皇出逃，暮色里牛皮大鼓神秘自鸣，为另外一个自己呜咽送葬。[①] 充满象征色彩的是，庄之蝶在“车站”溃然倒下，知识分子以“中风”的方式谢幕。基于此，堪称“心灵的真实”的《废都》，在“八十年代”的终点，第一次讲述了“知识分子之死”。如果说，贾平凹以挽歌或史诗的方式，按照知识界的自我期许，讲述一个忧伤的普罗米修斯之死的故事，《废都》或许将是别样的遭遇。然而，诚如贾平凹在若干年后所追述的：“《废都》没有顺从和迎合，它有些出格，也就无法避免灾难。”[②] 当时评论家的看法，直接揭示了双方的抵牾：“重返历史主体位置的梦想终至于破灭，如果说贾平凹是有意全面书写知识分子的精神颓败史，书写这个时代的文化溃败史，那倒是值得赞赏的伟大举措。然而，这个破败的主体却在破败的现实中找到了恰当的支点——性欲（女人）。”[③] 重建历史主体的努力，是通过女性来实现且失败的；主体的自我迷恋表现为阳具的迷恋，形而上的“再造中国”的理想与悲情，化约成男性性能力的“行”与“不行”——这对知识界无疑是一个巨大的反讽与冒犯，甚或是向“文化市场”献媚的更为严重的亵渎与背叛。[④] “八十年代”可以接受“失败”的知识分子，无法接受“堕落”的文人，一场天怒人怨的大批判，已然可以预见。

三

《废都》的出版及其激起的强烈的反响与批评，成为1993年最热的文学事件之一。“中国当代文学史中事件频仍，但只有《废都》是文学界自发性的事件，其他的力量不过推波助澜而已。”[⑤] 经历八九十年代的巨变，失语中的知识界，某种程度上因为对《废都》的共同批判，完成在九十年代的集结与再次出发。

对《废都》的批判，基本上是我们熟知的“道德”批判，集中在《废都》的“性描写”以及向“文化市场”献媚。多年之后，撰稿人之一的陈晓明对当年的批判有了不同的

① 《废都》中的“哲学牛”绝非闲笔，与“庄之蝶”其实是“一体两面”，小说多处有清楚的暗示：“阮知非喜出望外，当下就从墙上要揭了牛皮，庄之蝶去帮忙，牛皮哗啦掉下来，竟把庄之蝶裹在了牛皮里，半天不能爬出来。”牛的悲哀与庄的悲哀一致，丧失了往昔的生命力，在“现代性”的城市里不断变得虚弱，最后沦为歌颂甜腻腻的“大熊猫”的一面牛皮大鼓。

② 贾平凹，黄平．贾平凹与新时期文学三十年．南方文坛，2007（6）.

③ 陈晓明．废墟上的狂欢节——评《废都》及其他//郜元宝，张冉冉，编．贾平凹研究资料．天津：天津人民出版社，2005：183.

④ 作为新时期的代表作家，贾平凹因《废都》被视为叛徒，当时的诸多批评中，“背叛”这个词频频出现。当时一个中文系女生的看法，颇能代表被八十年代所“喂养”的读者的判断：“读《废都》使我强烈地感受到贾平凹作为一个作家对社会良知的遗忘与背叛。”（夏林，采访．贾平凹“废”了自己//刘斌，王玲，主编．失足的贾平凹．北京：华夏出版社，1994：72.）

⑤ 陈晓明．本土、文化与阉割美学——评从《废都》到《秦腔》的贾平凹．当代作家评论，2006（3）.

看法，“整个九十年代上半期，人们对贾平凹的兴趣和攻击都有一定程度的错位，其主导势力是道德主义话语在起支配作用，那些批判不过是恢复知识分子话语的自言自语。”陈晓明颇为坦率地承认：“因为贾平凹唤起的是道德记忆，道德话语是知识分子最熟悉的话语，是在他牙牙学语时就掌握的语言。贾平凹不幸中又是万幸，这样的攻击其实太外在，并没有抓住贾平凹的实质。那时对贾平凹的批判集中于露骨地写了性，而批判者也无法自圆其说。”[①] 毕竟，姑且不论陈晓明列举的《金瓶梅》等等“经典”，欲望化的书写在八十年代本来就被认为是“人的文学”的题中应有之义。比如《男人的一半是女人》，“这种用女性来确认男性回归自我（性、主体、历史等等）的做法，并非贾氏首创，张贤亮早在八十年代中期就已经滥用过”[②]。然而，就八十年代“预设”的文学“成规”而言，知识界“消化”了这一文本的异质性，将其纳入“人”与“非人”的启蒙主义叙述结构当中：“张贤亮的中篇小说《男人的一半是女人》不仅写了章永璘对女人的渴望，而且写了这个性饥渴者面对女人活生生的裸体而产生的性欲冲动，甚至写了他性功能丧失时的窘态和性功能恢复时的兴奋。小说的主题仍然是反思文学中已多次表现的中心主题——对极左政治路线的控诉与批判，不同之处是它为这种控诉提供了一个新的生命视角。”这一语境中谈论“道德”其实是不合时宜的，往往被轻蔑地指认为“道学家”。“在一大批作家的笔下，使道学家们惶惶不可终日的情欲之火成了健全人性中不可缺少的珍贵元素，因为它常常是与生命力的自由状态连在一起的。”[③]

某种程度上，知识界对《废都》的批判，争论的核心并非“什么是好的文学”，关键点在于“谁是‘知识分子’”。所谓“性描写”带来的道德沦丧等一系列巨型能指，提供了情绪的宣泄与对精英立场的自我印证；究其根本，作为八十年代这“第二个五四时期”的“历史之子”，知识界不能承认庄之蝶这样的一个“典型形象”，无法接受“知识分子之死”。并不意外，知识界熟稔地以“新/旧”“人/非人”等五四的框架，划清彼此的界限，指认对方为“他者”。有的研究者表述得颇为清楚：“废都中的人物，没有知识分子，只有坐井观天的旧文人。”[④] “文人”与“知识分子”显然联系着不同的姿态、立场、价值观、话语方式，把“庄之蝶”写成“知识分子”，贾平凹的视野是有“局限”的，“而这种视野，导致了《废都》的‘非城市化’与‘非知识分子化’”[⑤]。基于此，《废都》被认为是旧小说、《废都》的趣味是旧文人的趣味，不过是苍白的历史回声，不属于我们这个“时代”。在这里，“知识分子”尤其是“现代”意义上的“知识分子”，无疑是一个压抑、排斥“他者”的概念，如当时的评论家的看法：“活动在《废都》中的也并非现代意义上的知识分子，他们只是传统社会所遗留下的‘文人’甚至也不是‘王纲解纽’时代那种以天下为己任的‘士’，而只是苟活在一统、承平时代的某类帮闲、清客。更要命的是，在他们身上，甚至也找不到几千年士大夫文化涵养出来的那种风雅气节，而只剩下一些来自市井社会的鄙俚的趋时附势。”[⑥]

---

① 陈晓明．本土、文化与阉割美学——评从〈废都〉到〈秦腔〉的贾平凹．当代作家评论，2006（3）。
② 陈晓明．真“解放”一回给你们看看//多维，主编．《废都》滋味．郑州：河南人民出版社，1993：36.
③ 李新宇．重返“人的文学”——1980年代中国文学的知识分子话语之四．吉林大学社会科学学报，2005（6）.
④ 吴亮．城镇、文人和旧小说——关于贾平凹的《废都》．文艺争鸣，1993（6）.
⑤ 吴亮．城镇、文人和旧小说——关于贾平凹的《废都》．文艺争鸣，1993（6）.
⑥ 邵宁宁．转型期现象与无家可归的文人——关于《废都》的文化分析．甘肃社会科学，2004（1）.

知识界对“文学”与“知识分子”的“规定”，隐含着我们并不陌生的排斥与压抑的机制。《废都》与知识界的决裂，值得我们再思八十年代知识界所预设的“文学成规”以及宰制知识界的对“文学”的“共识”。① 对于知识界而言，穿越八十年代的众声喧哗，“人的文学”成为统治性的“成规”。借用坚守“启蒙”的文学史家所描述的文学史图景，“以科学、民主为核心的‘五四’启蒙精神的回归，以个性解放、文学自觉为要义的‘人的文学’的复兴，随着大陆思想解放与改革开放的大趋势，始于七十年代末，至八十年代达到高潮”②。在这一脉络里，研究者曾不无沧桑地追本溯源，从“‘人的文学’到钱谷融的‘文学是人学’，再到刘再复的‘文学主体性’，真可谓一路风雨、几经沉浮”③。就此，如研究者指出的，“1976年以前的‘当代文学’被统统抽象为‘非人化’的文学历史”。“新时期文学”以“断裂”的叙述策略赋予自我“人的文学”的内涵：“如果说‘当代文学思潮史’是要修复‘五四文学’—‘左翼文学’在当代文学历史过程中的‘正宗’地位，‘新时期文学’则是通过对‘当代文学’的替代赋予其‘人的文学’也即‘世界文学’的新的内涵。某种意义上还可以说，‘当代文学’的‘错误’（1979年以前），正是为‘新时期文学’提供了新的生成机遇和发展的空间。”④

值得申明的是，笔者所关注的“人的文学”，不在于这一概念的内涵、外延或是演变，而在于这一“统治性”的概念所内在的“知识分子”与“文学”二者之间“合谋”与“紧张”的权力关系。在“现代”的“知识分子”的标准下，规定了什么是“人/非人”或者说“人/鬼”。⑤ 合乎逻辑的是，在这样的等级秩序中，“知识分子”所规定的特定的“思想”、“意义”与“立场”高于“文学”的“艺术形式和表现技巧”：“1980年代文学知识分子话语回归的过程，同时也是一个重返‘人的文学’的过程。一个畸形的时代结束之后，文学呈现的新光彩首先并不在于它的艺术形式和表现技巧，而是在于它以空前的热忱呼唤着人情、人性、人道主义，呼唤人的价值、尊严与权利。”⑥

不无吊诡的是，基于新时期对抗“社会主义现实主义”的语境，呼唤“纯文学”反而成为“人的文学”的内在冲动；但是“纯文学”被结构在“现实主义”的对立面上，“将‘反现实主义’作为文学的非意识形态化过程的意识形态”⑦。就这一问题而言，笔者并不是再一次呼吁“纯文学”，重弹“自主论/工具论”的老调——在坚持本质化的八十年代的评论者那里，“自主论/工具论”是分析文学现代化进程的重要框架，但这一框架是值得反

---

① 当然，这一追问的前提不容回避，我们在追问“谁”预设的成规，或者说，在讨论“谁”的“共识”？限于论述的侧重，笔者暂且搁置对主流意识形态预设并且失效的以“社会主义新人”为代表的这一成规的分析，也粗略地回避知识界与主流意识形态基于“现代化”这一同一的“国族想象”的互动与密约，将八十年代获得相对的自足地位的知识界作为分析的对象。

② 董健，丁帆，王彬彬，主编．中国当代文学史新稿．北京：人民文学出版社，2005.

③ 李新宇．重返“人的文学”——1980年代中国文学的知识分子话语之四．吉林大学社会科学学报，2005（6）.

④ 程光炜．历史重释与“当代”文学．文艺争鸣，2007（7）.

⑤ 在胡适那里，以颇能“捉妖”“打鬼”自负，以“国故”为代表的“现代性”的“他者”，被叙述为“无数无数的老鬼”。诚如王德威在《魂兮归来》中的分析：“为了维持自己的清明立场，启蒙、革命文人必须要不断指认妖魔鬼怪，并驱之除之；传统封建制度、俚俗迷信固然首当其冲，敌对意识形态、知识体系、政教机构，甚至异性，也都可附会为不像人，倒像鬼。”

⑥ 李新宇．重返“人的文学”——1980年代中国文学的知识分子话语之四．吉林大学社会科学学报，2005（6）.

⑦ 贺桂梅．先锋小说的知识谱系与意识形态．文艺研究，2005（10）.

思甚或无效的。[①] 一个不容遮蔽的事实是，宰制这一个框架的思维方式，是“政治/文学”可疑的“二元结构”。如研究者的分析：“文学/政治的对立固然宣判了‘纯文学’反叛的对象为非法，不过同时它也以‘政治’的方式返身定义了自身。可以说，‘纯文学’的强大历史效应并不在于它如何表述自身，而是在于它替代自己所批判的对象而成为新的政治理想的化身。”[②] 在这个意义上，笔者所谓的“知识分子的文学”，尝试超越“自主论”与“工具论”这一八十年代式的分析框架。就“知识分子的文学”而言，其既是“文学”的，也是“政治”的，只不过说，不是我们所熟悉的“社会主义现实主义”意义上的“文学”与“政治”。但是，和“社会主义现实主义”惊人或并不意外的一致是，同样是一个包含着等级、压抑、排斥机制的“现代性装置”。

毫不奇怪，作为新时期所“喂养”出的“不肖之子”，以《废都》为代表的“文学”的失败，必然激起这一机制的反思与调适。合乎逻辑的是，《废都》之后随即兴起的，是“人文精神大讨论”。如研究者指出的：“《废都》成为‘人文精神的危机’最精确的文学见证。‘人文精神的危机’的讨论，是九十年代初期最为热烈的全国范围的论争。似乎没有哪部重要作品比《废都》更好地契合了这场全国性论争的主题：知识分子的边缘化、英雄主义和理想主义时代的终结、价值的混乱和精神的困惑。”[③] “在新时期的现代性话语中，知识分子始终扮演着代言人的角色，居于话语的中心地位，陶醉于掌握话语的力量之中。”[④] 然而，如佛克马、蚁布思指出的，历史语境的更迭，意味着“经典”的变动与“成规”的转移，“新的历史环境会产生一个新的协作问题而且需要一个新的成规性的解决方案”[⑤]。作为“八十年代”与“九十年代”一场充满焦虑的对话，“人文精神大讨论”恢复“知识分子”历史主体地位的尝试，意料之中地以失败告终。诚如王晓明在后记中转引他人看法时所透露的无奈，“‘人文精神’的讨论竟然弄成了这个样子，知识界也太让人失望了”[⑥]。是终结的时刻了，“鬼的文学”霍然撕破了“人的文学”天鹅绒一般的帷幕，决绝地独自面对欲望横流的旷野。在剧烈的围剿后，知识分子无奈地向学院撤退，“知识分子”自此与“文学”断裂；昔日的同路人，从此自说自话，两不相望。回首八十年代的理想抱负，谁人不是梦蝶的庄生，栩栩然，戚戚然，只落得白茫茫大地真干净。

（黄平 撰）

---

① 董健、丁帆、王彬彬主编的《中国当代文学史新稿·绪论》认为：“‘当代文学’这一文学时段，是五四启蒙精神与五四新文学传统从消解到复归、文学现代化进程从阻断到续接的一个文学时段。文学史走了一条‘之’字形的路。”在这个复杂的过程中，文学工具化与文学自觉的对立，成为贯穿始终、影响巨大的三个问题之一。

② 贺桂梅．“纯文学”的知识谱系与意识形态——“文学性”问题在1980年代的发生．山东社会科学，2007（2）.

③ 鲁晓鹏．世纪末《废都》中的文学与知识分子．季进，译．当代作家评论，2006（3）.

④ 易毅．《废都》：皇帝的新衣．文艺争鸣，1993（5）.

⑤ 佛克马，蚁布思．文学研究与文化参与．俞国强，译．北京：北京大学出版社，1996：128.

⑥ 王晓明，编．人文精神寻思录．上海：文汇出版社，1996：274.

拓展与思考

1. 拓展阅读文本：

陈忠实：《白鹿原》；贾平凹：《浮躁》《高老庄》《秦腔》。

2. 思考：

(1) 除了本章讨论的原因外，你觉得有什么其他原因导致《废都》长销不衰？

(2) 从《废都》开始，贾平凹逐渐展现出他的乡土文化立场，你怎么理解这一文化立场？

第27章

《故乡面和花朵》：话语的飞升与意义之虚无

似乎有一种倾向，刘震云拒绝对他的作品进行价值判断，尤其拒绝用知识分子的意义系统对他作品中所描述的平民世界的精神状态进行意义阐释。他曾在不止一个场合强调“精神想象的过程”对于平民生活的意义和价值，而不对其内容进行意义判断。他饶有兴致充满激情地写夫妻吵架、乡间的阴谋与圈套、菜市场上菜贩之间的插科打诨逗贫嘴，他强调民族语言的想象力和生命力恰恰来自于此。他认为，正是这种对语言的激情和由此而产生的快感支撑着平民精神世界和生活的大部分时间，它对他们的存在本身而言具有重要价值，而这些是不能用外在的意义系统来加以判断的。刘震云把底层人这种语言方式和生活方式称之为“精神想象”，是我们的作家为之忽略的但却占了生活80%的那一部分，而这一“精神想象”的过程对我们的日常生活具有重要意义。

一

用“吵架”这一颇具贬义色彩的民间词语来概括刘震云庞大丰富的语言体系的美学特征似乎有点大不敬，但是，却是一个很有趣也很有说服力的角度。

吵架特征之一：语言具有强烈的“爆炸性”，吵架双方的思维具有无限的发散性和放射性。在吵架过程中，最丰富的是语言的存在，语言可以摆脱通常的逻辑自由飞升，不需要虚词、转折词的铺垫，也不需要考虑语法的合适与否，因为，吵架的语言是在激切的情境下发生的，只要与自己有利，过去、现在、未来，家事、国事、天下事，古今中外，古往今来，所有话语在那一刻都如电光火石，轰然迸发，于是，星星之火，得以燎原，并且以迅雷不及掩耳之势蔓延。语言被赋予最大的灵活性和反讽性，各种文化形式的语言都可以被拿来运用，因此，吵架的过程其实是解除语言枷锁的过程，它通过游戏的方式实现了重新回到本我的飞升过程。《故乡面和花朵》中“打麦场”上“主观和客观”的相互转换、脏人韩对“历史”发表的高见和刘震云小说中随处可见的对时代话语的重新使用等等都充满了解构和创化意味，语言在这样一个“爆炸性”思维语境下充满了灵感和新鲜的活力。从这一角度讲，《故乡面和花朵》是对语言的本原意义的一次深层的挖掘和再现，在洗去了重重污垢和铁锈之后，语言恢复了它最初的自由度和生命力。

吵架常常是以点代面，牵一发而动全身。《一地鸡毛》中小林和妻子的吵架是从“一块馊豆腐”开始的，这正是生活和语言的起点，也是小说的所有起点。从“馊豆腐”开始，到一只花瓶，到一只热水瓶，然后到小林的农村出身，等等，“馊豆腐”其实只是一个火引子。吵架的过程是“设圈套”和“上圈套”的权力转换过程，是一个不断升级、由小到大、由游戏到认真、由量变到质变的过程。因此，也是一个“敌退我进、敌进我退”的战斗过程。在这其中，“上当”一词就具有了战略地位，它在《故乡面和花朵》和《一腔废话》中频繁出现，“这傻帽果然就上当了”“他又上了一当”“这阴谋立即圈住了……”，圈套之后有更大的圈套，上当背后是上更大的当，每一人物在偷偷设圈套的时候，其实已经进入别人的圈套之中。正当你得意洋洋、为之四顾之时，地雷在你脚下炸响了。这正是刘震云小说语言的基本美学特征。他从来不让他的阅读者偷懒，他把你领进一个没有出口的迷宫，然后扔下你，走了。按照通常的思维惯性，你寻找着出口，刚看到希望，可随之而来的是更大的圈套和话语系统，你不得不继续往下走。《故乡面和花朵》中刘老孬和他的外甥小刘儿不断地斗智斗勇，你以为小刘儿被老舅的谜语难倒了，可是小刘儿会出奇制胜，反败为胜，于是，双方大战几百回合。虽然他们每一回合都充满着智慧、精彩和曲径通幽的妙处，可是，太多了你也就疲倦了，听来听去头都听晕了，你还没有一个明确的线索，最后，你的头脑是黑压压的一片繁乱和沉重，但是，吵架还刚开始。还有二百万字在等着你呢！

吵架特征之二：对话性。吵架其实是两方之间的虚拟对话。它具有一种张力，这种张力在于吵架双方的语言既充满着自我辩解，又暗含着对对方的指责并制造一个陷阱，在确认自我意义的同时否定对方的意义让对方上钩。双方都站在自己的立场上为自己寻找真实的理由，形成一个完整的历史言说和世界，每个人在自我的意义上都是完满的，但是，从对话双方来看，又都是片面的、残缺的，意义不断地复合、分离、扩大、转向，小说由此形成诉说、思辨又充满着民间阴谋的对话式的结构方式。因为对话起源于“吵架”，目的是要打倒对方，因此所有关于哲学的、历史的和个人意义的言说都不是一种严肃意义上的理性言说，而充满着游戏和戏仿的意味，这也使所有的理论都呈现出被讽刺和被解构的态势。可以说，《故乡面和花朵》前三卷都建立在这样一个“吵架对话”基础之上，无论是“同性关系”还是“异性关系”，人与人之间都是在这样一种虚拟的“吵架对话”中和别人建立关系，它最能体现个人进入历史的迫切性，在这一过程中，双方所陈述的都是自己对世界、对自我历史位置的想象，它只与个人的利益和当前的语言处境有关。“基挺·米恩与袁哨”“俺爹和白蚂蚁”“一块石头、一副剃头担子和一只猴子的对话”等等，“我故乡的人们”就是这样在“阴谋和反阴谋、打倒和被打倒”的吵吵闹闹中走到了历史的舞台上。而归根结底，他们都只是为了获得个人的话语权。

阅读《故乡面和花朵》的时候，有一种非常明显的感觉：即使人物自己在叙说，也仍用一种对话口气和某个东西“争辩、解释、反抗”着什么，这仿佛意味着，在他们的心中，始终有一个巨大的对立面存在，它作为一个固定的形象阻碍着他进入世界或进入言说，为了超越它，便有了虚拟的“吵架对话”，因此，这种对话与其说在自我辩解，倒不如说人物在想象着如何争取自己可能的历史位置。刘震云经常讲的“个人情感与想象世界的通道”可能正是指个人对世界的这种想象方式，他要他的人物摆脱通常意义的时代话语和历史话语，而回归个人的世界之中，是个人和世界的关系，而非时代与世界的关系。

吵架特征三：看似吵架双方在寻找一个胜利的结果，其实存在的只是一个过程，它是一种生活方式。或者更确切地说，它尤其是乡村生活和平民日常生活的一种重要的生活思维。吵架其实就是一种无结果的不断循环的辩论，无论最后是和解了还是继续吵下去，都无关紧要。它不涉及意义，但却涉及时间。它是精神的一次飞升和洗涤，无论是吵架的人还是听吵架的人最后都获得某种释放，在一个又一个回合中，双方不断获得自我的意义，不断寻找着新的位置和出发点，尤其是，吵架者从日常生活的被忽视位置一下子站在舞台的中央，这种意义的反差和存在的突现对个人的存在来说具有重要的放大的作用。因此，我们看夫妻吵架、街上斗嘴，往往都是鸡毛蒜皮的小事，谁听了都不值，但是，对于他们个人存在的那一瞬间来说，却是至关重要的。或者把吵架的意义放大一点，可以说他们就在那一刻“意识到”自己对世界的参与，他们通过对方的错误来求证自己的存在，简言之，吵架就是为自己创造历史。因此，“吵架”是一种仪式，是一种战胜无休无止的虚无感的方式，它不是一劳永逸的，因此，它只能是一个过程。而这是底层人才有的精神特征，与他们微不足道的社会地位相辅相成。刘震云正是从这个意义上来强调普通人的精神想象过程对他们生活的意义，这一点后面还会详细论述。

但是，当我们阅读《故乡面和花朵》卷四时，世界突然变了。从前三卷“吵架对话”的繁复、嘈杂，到卷四的舒缓、平静（尽管它仍有前面的语言痕迹），天空、大地和生活的细节再一次回到了小说文本之中，世界又一次以形状、色彩、感觉、气味的整体方式存在，那是一个似曾相识却又转瞬即逝的体验世界。在经历了前三卷语言的冲击和挑战之后，一切归于一种尘埃落定之后的纯净和繁华之后的寂静。一个11岁的少年骑着自行车在1969年的中国乡村大地上感受着成长的躁动和世界的“真相”，这“真相”是残酷的，他对世界的每一个惊喜和惊奇都被随之而来的丑陋打击得无影无踪，但却又因为一个少年的眼光而变得富有情感，因为一个满怀着往日回忆的成人的叙述而变得幽默、意味深长。

看《故乡面和花朵》时，一直有一个巨大的疑团（也许不只是我一个人的迷惑），为什么前三卷和最后一卷反差如此之大，作者的用意何在？他用这种方式所表达的是一种什么样的思想？刘震云曾说：“前三卷是三个成年人的大梦当然出现了这种形式，但是到了第四卷，作为正文好像是一个铅砣要坠住天上飞升的三个大气球不使其毫无目的地在空中乱飞，开始出现一个少年对一个固定年份的深情回忆和顾盼的时候，它在文体上突然又开始返璞归真地自然流淌了……”① “铅砣”之说虽然形象，但只是一个比喻，换言之，卷四在某种意义上是对前三卷的一次救赎，它既是小说形式的救赎，也是对心灵的一次救赎。我们早已忘了自己曾是一个惊奇地看着世界的多愁善感的少年，在人类从少年走向成人的过程中，逐渐丧失了和天空、大地的亲和力，而成为《小王子》里面那没有一个臣民却梦

① 陈戎．“为什么我的眼中常含泪水……”——关于《故乡面和花朵》：刘震云访谈．北京日报，1998－10－13．

想着权力的国王，那日夜不停地算着占有多少星星的商人，那个因为喝酒而羞愧、因为羞愧而喝酒的永远无可救药的醉鬼；我们已被漫天飞舞的“话语”“权力”所左右，失去了体验世界的能力和心灵，正如埃皮克蒂塔所说：“使人扰乱和惊骇的，不是物，而是人对物的意见和幻想……”通过 11 岁少年的眼睛，前三卷成人世界的“白日梦”“阴谋和圈套”是多么无趣而乏味，一个少年的伤心、高兴和敏感显得那么纯洁、真实，他让我们摆脱了乡村话语对太阳花嫂的恶意涂抹，感受到她的善良、性感和生命存在的全部美丽和玄妙，他的叙述让我们意识到历史“真相”的每一细节对于个人存在的重要性，历史重又恢复了它的时间性和叙述性，大地重又升起千万种美妙的声音、气味和色彩。这是生命成长的黄金阶段，在这一阶段里，每一件事情都蕴含着强烈的情感力量，每一个生命在 11 岁的少年眼中都充满着奥妙和神秘的气息，而每一个小小的动作和语言都藏着无限的意味。它们像神灵一样居住在人的最深处，为人类做一次次无望的救赎。

可是，当笔者再次提起这一问题时，刘震云又换了一种说法：“三个虚拟的世界，一个真实的世界，这种结构方式比较符合我们村里人的叙述方式、思维方式。这种结构可能触及中国乡间文化的核心所在。”这句话让我吓了一跳。因为我从来没有想到过把这样一个具有无限奥秘的文本结构和一个村庄的叙述思维联系起来，而经他这样一解释，《故乡面和花朵》就更充满歧义性，更加扑朔迷离。

也许都只是阐释之一，而非它的全部。

二

几乎可以说，刘震云的所有创作考察的是人在以何种方式存在着，而不是人应该是什么样子，“理想、正义、对错”之类的词不在他的考察范围之列。《故乡面和花朵》也是如此。换言之，刘震云从来都不是一个理想主义者，而是一个生存主义者。《塔铺》是刘震云少有的以正剧的笔调描写“温情”和“感情”的小说，但随之，他否定了他的这种创作倾向。他说：“《塔铺》是我早期的作品，里面还有些温情。这不能说明别的，主要说明我对故乡还停留在浅层认识上。到了《新兵连》《头人》，认识就加深一些。”[①] 此后，“摒弃情感”成为刘震云小说此后的明显特征，他开始考察人性真正的存在维度。

《一地鸡毛》中的小林经历了从一个“个性人”到“群众人”（mass-man）的过程，[②] 终于淹没到芸芸众生之中，开始了他的面目模糊、精神委顿的生命历程。看到“人”的这一退化过程的刘震云并没有过多地责备小林，因为他看到小林背后是一个无法超越的巨大网络，小林的每一次挣扎反抗换来的都是网的进一步收紧和生存的狭仄。他对小林有一种自然的认同和理解，或者说，作者和小林之间是一种零距离的关系，在思维深处，他和小林达到了情感的和谐、一致，他们以非情感的态度来对付这个巨大的网络。但是，在某种意义上，也正是因为叙述者和主人公之间太一体化了，反而限制了小说意义的延展，作品

---

① 刘震云．故乡的整体和具体的故乡．文艺争鸣，1992（1）.

② 雅斯贝斯．时代的精神状况．王德峰，译．上海：上海译文出版社，1997：32. 他认为，“‘群众人’（mass-man）通常性质表现于大多数人的举止行为中”。

的整体意味未能上升到对“人”的整体存在的悲剧性观照上，而对社会的指涉也显得软弱无力。刘震云也可能已经意识到这一点，到了《官场》《新闻》，刘震云的小说人物开始被漫画化、夸张化并且丑化，《一地鸡毛》里面对小林的宽宥被作者极为严厉的否定甚至一种厌恶的情绪代替，作者不遗余力地嘲笑、入木三分地刻画他们的丑态。我们几乎可以把它看作《一地鸡毛》的续篇，里面人物的性格是小林性格进一步发展的必然结局。它似乎在告诉我们，刘震云对小林生活的情感认同随着小林的变异已经结束，他意识到随着小林对“人”的信念的坍塌，人性的黑洞会越来越大。

也正是从此时起，刘震云对“人是什么”这一古老的问题产生了形而上的兴趣和怀疑。苏格拉底把人定义为“一种理性的动物”，他说，“一种未经审视的生活还不如没有的好”。我想，苏格拉底在这里更多地是指人应该对自己的存在有清醒的“批判意识”，经过这样审视和选择之后的存在才是“真正的人的存在”。然而，随着近代工业社会和现代世界的来临，古典主义的人的理论遭到了全面的质疑和挑战。“人是什么”再次成为一个迫切需要回答的问题。德国哲学家卡西尔认为，“靠着这个定义（人是理性动物）他们所表达的毋宁是一个根本的道德律令。对于理解人类文化生活形式的丰富性和多样性来说，理性是个很不充分的名称。但是，所有这些文化形式都是符号形式。因此，我们应当把人定义为符号的动物（animal symbolicum）来取代把人定义为理性的动物”①。“人是符号的动物”，它意味着我们无法摆脱环境的既定性（这一环境包括政治环境和文化环境），无法真正认识到人的本真存在，它意味着我们永远只能生活在“历史”之中，并且“不能超越”，应该说这是进入现代世界以来对“人的存在”的极为悲观的判断。

也许的确是这样。作为一个有理想有抱负的大学生，小林的生活不能说没有经过自我的理性审视（虽然这一审视只是作为一个大学生的理想冲动），但在这一审视过程中，他所遭受的是社会的挤压、心灵的窒息、情感的萎缩，如果他还保持他的理性存在，他将被弃之于社会门外，他将仍然不得不住在两家合住的房子里和别人吵架，他将仍然不得不含泪把自己的老师推到门外，他将失去孩子上好学校、失去换房的机会等等，而一旦放弃自己的“审视”和“批判”，进入此前不遗余力批判的“关系网络规则”，一切问题均可解决，换言之，当小林放弃了一个“个性人”存在进入“群众人”的存在之后，他才能存在，而“尊严、理想、自由”在此时是非常轻飘、无意义的。在这里，就出现了尼采所说的“为了生存，我们需要谎言”，尼采在写完这句话后，情不自禁地感叹：“为了生活而需要谎言，这本身是人生的一个可怕又可疑的特征。”② 可是，这又是一个多么真实的“人”的生存场景！如果小林要保持他的“经过审视的生活”，他最终将失去的不仅是他的思想、情感，还有他的饭碗；而他选择谎言，则意味着作为“人的纯粹存在”来讲，他已经被“降格”了。纯粹的理性主义在人类社会的符号王国面前举手投降。刘震云通过他对普通人尴尬生活的两难处境的情感考察告诉我们，小林对社会的认同、蜕变是一个“群众人”的必然选择，他别无选择，因为他必须活着，并且想活得更好。但是，他也必然退化着，必然从最初的“被迫”走向一种“自觉”的行为，最后退化成《新闻》里面那样的存在。

从《故乡相处流传》和《故乡天下黄花》开始，刘震云对“人的存在性”进行更为深

① 卡西尔．人论．甘阳，译．上海：上海译文出版社，1985：34.

② 尼采．悲剧的诞生．周国平，译．北京：生活·读书·新知三联书店，1986：384.

广的思考和探查，当然，这是一次注定没有希望的探险。如果说在《一地鸡毛》《单位》中，刘震云把小林们从“个体人”到“群众人”的蜕变更多地归结到整个中国“关系”文化的不合理和丑陋上，这个时候的刘震云，对“人性”之本质存在还存有幻想，那么，在《故乡相处流传》和《故乡天下黄花》中，刘震云把目光投向更为广阔的民间众生相，他绝望地看到，“人根本没有本性，他所有的是……历史”①。《故乡相处流传》中“我故乡的人们”一会儿跟着曹操一会儿跟着袁绍，谁在上风口就信谁，只要能让他们活着；《故乡天下黄花》中孙、李两家争当村长，也无关乎“道德、正义”，而是一种活着和生存的方式；在不同的历史条件和现实要求下，他们根据自己的实际需要去选择，而不是根据“道德、宗教或人性”的要求，这是基于生存层面的选择。因为涉及生存，也就是生命存活本身，就显得更为不容辩驳。此时的人，是仅限于生存层面的人，没有真正的历史意识，没有一种对时代的判断意识、怀疑意识和批判意识，他们只能说是“乌合之众”。《故乡相处流传》把这种中国民众的“乌合性”表达得淋漓尽致。

但是，也正是因为“生存”本身对于民众的迫切性和自在性而使民间力量显示了另外一层意义。这一意义不是就民众“个体”本身而言（相反，他们仍然是“群众人”的形象并且更被强化），而是指在意识形态和民间力量的夹缝中，“民间生存文化”（包括其他形态的民间文化）以一种整体的固化力量显示了它的威力，它与所谓的时代主潮和意识形态力量形成微妙的均衡和对抗之势，从而有效地消解了时代话语，使我们看到在宏大的主题下面并不宏大的存在和个体生命意义的消弭。许布袋为什么破口大骂，是因为没有真正关心他们怎么活着，在这其中，民众是一个被完全忽略的存在，他们只是作为一个对象被利用，也正是在这时候，产生了真正的民间力量，它以它的不合作的利己主义和生存规则上演着自己的历史，形成了官方话语、知识话语之外的第三种话语力量：民间话语力量。因此，刘震云把《故乡天下黄花》的“第四部分”命名为“文化”，这是一个村庄和民族的潜文化，它在任何时代潮流下都以自己的方式恒定地存在着，不容忽视。就这一问题，刘震云一语中的：“民间文化的力量是线性的，而时代主导思想只是断面。前者是剑，后者只是一张纸。剑能轻易穿破纸。在民间文化力量的影响下，时代主潮很快会变形、妖魔化。宗教也是如此，佛教、天主教也好，很快在农村被吃掉，成为家长里短的东西，中国民间文化胃的消化能力是非常可怕的。”民众和民间的力量就是以这样矛盾的形象出现。一方面，他们作为“历史情境”中的存在极易冲动、易受暗示，具有极大的劣根性；另一方面，他们也吞噬、消解着每一个时代主潮，使正统力量面目全非。

意识到“人的生存性”的刘震云在《故乡面和花朵》《一腔废话》中转向对人的存在的另一层面的考察，即人的内部精神世界的存在状态。在这一世界，语言的飞升、对话和想象占据90%，正是它们支撑着芸芸众生的生命过程；在这一世界里，人可以重新安排“关系网络”，自由地选择自己的历史位置，尽管他们仍然陷入“阴谋和反阴谋”的圈套之中，但是，这只是游戏。于是，人，成了一个“游戏者”，而时代，则成为一个大的游乐场。所有的东西开始呈现出一种新的面貌，笑声充满着这一世界，而笑声，意味着解放，意味着事件失去了道德判断的重压而以喜剧和荒诞的方式出现。他们摆弄着“同性关系异

① 此系奥尔特加·伊·加塞特语，可参看卡西尔《人论》。

性关系”“生灵关系灵生关系”，他们调侃、逗闷，讲黄色笑话，再没有比此更接近真实的人生和真实的时代精神了，再没有比对此种境况的描写更让作家辛酸、绝望和虚无了。正如雅斯贝斯在《时代的精神状况》中所说：“毫无疑问，存在着一种普遍的信念，认为人的行动是毫无结果的，一切都成为可疑的，人的生活中没有任何可靠的东西，生存无非是一个由意识形态造成的欺骗与自我欺骗不断交替的大漩涡。这样，时代意识就同存在分离了，并且只关注其自身。持有这种信念的人只可能产生关于他自身之空无的意识。他关于毁灭的结局的意识，同时就是关于他自己的生存之虚无的意识。时代意识在空虚中完成了一个大转向。”① 刘震云正是在这样一个虚无的“时代意识和历史意识”的支配下，在《故乡面和花朵》和《一腔废话》中写下了他关于“人”的新命题：人，游戏者。

三

通往故乡的路在姥娘面前停住了。

不管刘震云如何绝望地描述着历史、文化、人性，在他思维的另一极，始终有姥娘的形象稳固地存在着。姥娘是刘震云所有狂欢、所有绝望、所有思索、所有愤怒和玩世不恭的终结点，人类声嘶力竭、百般卖弄的表演在永恒的姥娘面前都显得异常浅薄、滑稽。姥娘才是刘震云所有作品的一个沉沉的铅砣，她使刘震云不至于在人性的荒野之中迷路和害怕，她存在着，“故乡”才存在着，人类才有可能得到真正被救赎的机会，因此，还有希望，还有温情，还有生命的自尊和尊严，它们昭示着人类某种本质的存在方式。姥娘就像一堵墙，挡住了千里之外的孙子不断向人性、社会的黑洞探望下去的眼光，在姥娘慈祥的注视下，刘震云收回了疲惫、绝望的目光。如果没有姥娘，他的作品该是怎样一种可怕的荒凉、荒谬和冷酷啊！因此，姥娘又成为一个巨大的历史象征物和原型存在，她的形象给刘震云提供了一个可能的完美理想的人性和世界。“故乡，你在我心中的印象模糊呢。故乡只是一个背景，前边是一个活动的巨大姥娘。可蔼可亲、慈眉善目。你是这个世界的希望。……俺姥娘身体健康，故乡就长存不衰。”②

但是，姥娘去了。姥娘物质形体的消失带给刘震云的不只是情感的伤痛，更重要的是，他失去了精神的支撑点，“故乡”彻底坍塌了，没有了姥娘的“故乡”是一片巨大的精神废墟，或者说，随着姥娘的去世，刘震云也失去了他作品最基本的禁忌，再没有什么有资格作为他作品中生命纯粹本质的象征物和人类灵魂最后的栖息地。

在某种意义上，《一腔废话》体现了刘震云在“姥娘去了”之后对世界的感知和对时代精神状况的新的认识，它的主题所流露出的气息和《故乡面和花朵》之间有明显的断裂痕迹，在成年人的“精神想象”领域和“白日梦”中，我们再也感受不到《故乡面和花朵》中个体的幽默张扬、自由自信和作者对“故乡”的承担意识，我们看到的是电子时代大众对现实生活的惊人复制和强化，看到的是在笼子里像小丑一样无望地挣扎的“人”。“通过卫星每一个电视机变成一个木头或塑料笼子，所有现场或电视机前的观众都变成了

① 雅斯贝斯．时代的精神状况．王德峰，译．上海：上海译文出版社，1997：13.

② 刘震云．故乡面和花朵：卷一．北京：华艺出版社，1998：225－226.

小白鼠，现在自动吸入到水泥、木头或塑料笼子，接着又通过卫星线路的回收摆放到了老冯和女主持人面前。”[①] 读到这里的时候，我们只有号啕大哭。在这之前，我们还不知道我们在历史的时段中已经变成了“笼子里的小白鼠”，我们还不知道我们只是这样“上别人的当和让别人上当”卑劣地存在。我们忽然明白，这是刘震云设下的一个骗局。他说要带你去一片美丽的湖泊，结果却带你到一片散发着臭味的沼泽地，他说让你去当一个观众去看别人的笑话，结果你却发现自己像小丑一样坐在舞台上让别人看着笑话，这不是世界上最恶毒的人所做的事吗？他让我们看到，人类的这 80％的“精神想象”受着现实秩序的更为严格的制约，并且它经过“阿 Q 精神”的改头换面，让我们自觉自愿地上钩，听其摆布。这就是他所谓的“我们每一个人在每一天时间的比重上要占百分之七十到八十的情绪的翻腾和精神的游走”的内容吗？刘震云在唤醒人们对自己所忽略掉的 80％注意时，却又紧接着告诉我们，你这 80％更无意义更加荒谬，是臣服在现实之下的更具派生性的生活！他的用意何在？盐就放在五十街西里，我们却拼命找盐，还下了“机密文件”，并且还放在头发里，这就是成年人在现实生活之外的“白日梦”？这就是“我们走在大街上让我们不自觉地笑一下”的内容？刘震云曾经不止在一个地方说过：“我觉得作家不是下判断的人，他提供了一个想象的基础、一个世界，他永远没有止境，这是一个无形的空间。”[②] 可是，他给我们“想象”的是怎样一个黑暗和绝望的空间和世界啊！他对汉语言语种想象力所做的努力与他所描述出的人类生活场景的无意义性构成极大的反差，一个民族最富有创造力的语言不是用来表达向上的精神意念和生命的尊严价值，却折射出民族最为虚无和委顿的一面，这不是一件人类最具悖论性和悲剧性的存在吗？

姥娘去了。刘震云成熟了，也老谋深算了。“1995 年 3 月 24 日 8 时 25 分，小刘儿的姥娘去世。……小刘儿心中的故乡因此断裂。从此他再说自己是孤儿和在这个世界上无依无靠，就不是一种说法和矫情了。”[③] 这是真正的断裂。从此以后，他开始了从少年的恶作剧到成年人的有意设局的蜕变，摆脱了由于姥娘的存在而产生的思维盲点，他给我们设下一个又一个圈套，让我们绝望、流泪、难堪，不得不从自我陶醉中清醒，他却毫不留情地扬长而去。也许，这对于小说精神来说，是一次超越，是刘震云更为彻底的否定和怀疑精神真正诞生的时刻。“姥娘的去”给了刘震云新生的机会和可能，他可以毫无顾忌地走下去，走到姥娘的身后，去触摸人类冰冷的存在真相；他可以超越通常意义的“故乡情结”，洞透乐观时代镜像背后的虚无和真相，彻底摆脱“道德”“启蒙”之类的词语对中国作家的精神束缚，摆脱对乌托邦主义情不自禁的幻想，从而进入更深层次的关于中国文化精神和人类存在本质状况的描述。但是，对于作为小说家的刘震云来说，也可能正是需要警惕的时刻，过多的抽象场景可能会破坏感觉世界的浑然天成和丰富细微，枯燥的情感可能会导致小说命脉的逐渐衰弱，这将是致命的。因此，我仍然怀念“姥娘”在时的刘震云，有“姥娘”在，即使乌云满天，即使“各种正当不正当的关系”在“故乡”上空乱云飞渡，我们仍然能感受到乌云背后阳光的存在，仍然能感受到作者于漩流之中“我自岿然不动”的镇静、幽默和信心；我仍然怀念那个在《故乡面和花朵》第四卷中的 1969 年 11 岁的

---

① 刘震云．一腔废话．北京：中国工人出版社，2002：121.

② 张英．刘震云：写作向彼岸靠近//文学的力量——当代著名作家访谈录．北京：民族出版社，2001.

③ 刘震云．故乡面和花朵：卷二．北京：华艺出版社，1998：993.

“我”，当我们随着那个11岁的少年骑着心爱的自行车，上面挂着一块新鲜的猪肉，兴奋急切地往家赶的时候，当我们随着他上坡下坡去30里外接煤车的时候，关于时光的记忆、大地的记忆、路边每一棵树的记忆和那碗面条的记忆都流回到了我们的心中，那是一个充满着时光的声音和色彩的世界，你怦然心动而且为之会心微笑，那是一种很久远的、湿润的感觉。它不再属于“关系”和“意义”的范畴，也不属于“绝望”和“希望”的范畴，它把个体生命引入了时间、空间和大地的存在，人正是在这样一个交叉点上寻找到自己的存在位置和生命痕迹的，并且由此开始对世界做出判断。“故乡”也正是在此意义上存在于刘震云的情感世界中。

因此，“姥娘”是“故乡”存在的理由和根据。有姥娘在，刘震云自由放纵地抒写、发掘故乡和世界的冰冷存在，但是，却仍然充满着激情，因为他知道，“姥娘”站在那里！他可以失望、批判、臭骂故乡和在故乡生存着的人而不真正绝望，因为他还可以看到姥娘亲切、安详而又充满尊严的目光，这目光赋予了世界永恒的温暖和意义！有了姥娘，他可以像希腊神话中的西西弗一样，尽管日复一日地无望地往山顶上推着巨石，但是，毕竟他还怀着对“大地的无限热爱”①，他胸中还有一股不息的激情让他不断前进不断寻找。

可是，姥娘去了。这位世纪末最后一位充满着人类天然尊严的老人去了。失去了她，我们失去了一个世界，失去了对世界的希望和想象的方向，也失去了最后的被救赎的机会。留在这绝望的黑暗之中的我们怎么办？刘震云没有说，他的作品也没有说，一切都归于无涯的黑暗和沉默，并且戛然而止。

戏该收场了。

（梁鸿 撰）

拓展与思考

1. 阅读刘震云小说《故乡天下黄花》《温故一九四二》《一腔废话》《一句顶一万句》，感受刘震云小说的幽默与乡村场景。

2. 思考《故乡面和花朵》中话语的逻辑方式，思考小说话语和表达人物性格之间的关系，思考刘震云对乡村世界的理解。

3. 思考中国现当代文学中乡土文学传统的承继和变化。

① 加缪．西西弗的神话．杜小真，译．北京：生活·读书·新知三联书店，1998：142.

第28章

《受活》：招魂、轮回与历史的开启

相对于西历“连续性”的时间观，农历的“天干地支年”是循环性的，“六十一甲子”，所依据的原理并非耶稣的诞生和宗教，却是自然界的花开花落、四季变迁，它是植物性的、自然性的，与天地互为一体。阎连科试图在《受活》中建构一个中国式的时间观和时间感，这一时间的生成与东方的农业生活方式、哲学思考，与东方的天地观、生命观相一致。儒、道、释，尤其是前两者，是产生这一时间观念的最根本原因。《受活》有意拒绝西方的时间观念，在某种意义上，也是拒绝从“世界史”的角度去理解受活庄，理解中国革命史，而试图把思维拉回到中国的时间观中，以此角度重新思考近代以来的中国变革和中国生活。《受活》把“时间”从具体的历史时段推开，变为中国的任意一段历史，这一时间观和“六月飞雪”一起构成一个充满象征意味的文本世界。它们本身就是种结构，一种具有“反抗”意味的结构。

一

你看哟，炎炎热热的酷夏里，人本不受活，却又落了一场雪。是场大热雪。

一夜间，冬天又折身回来了。也许是转眼里夏天走去了，秋天未及来，冬天紧步儿赶到了。这年的酷夏里，时序乱了纲常了，神经错乱了，有了羊角风，在一天的夜里飘飘落落乱了规矩了，没有王法了，下了大雪了。

真是的，时光有病啦，神经错乱啦。

……你看哟，酷夏里落了一场大热雪，茫茫白白的一片哩。

洁洁素素一世界。

不消说，农历属龙的庚辰年，癸未六月，耙耧山脉的这场雪，让整个山脉和山脉间的受活庄人遭了天灾了。[①]

(剑子云)你还有甚的说话?此时不对监斩大人说,几时说那?(正旦再跪科,云)大人,如今是三伏天道,若窦娥委实冤枉,身死之后,天降三尺瑞雪,遮掩了窦娥尸首。(监斩官云)这等三伏天道,你便有冲天的怨气,也召不得一片雪来,可不胡说!(正旦唱)

【二煞】你道是暑气暄,不是那下雪天;岂不闻飞霜六月因邹衍?若果有一腔怨气喷如火,定要感的六出冰花滚似锦,免着我尸骸现;要什么素车白马,断送出古陌荒阡!

(正旦再跪科,云)大人,我窦娥死得委实冤枉,从今以后,着这楚州亢旱三年!(监斩官云)打嘴!那有这等说话!(正旦唱)

【一煞】你道是天公不可期,人心不可怜,不知皇天也肯从人愿。做甚么三年不见甘霖降?也只为东海曾经孝妇冤,如今轮到你山阳县。这都是官吏每无心正法,使百姓有口难言!

(剑子做磨旗科,云)怎么这一会儿天色阴了也?(内做风科,剑子云)好冷风也!(正旦唱)

【煞尾】浮云为我阴,悲风为我旋,三桩儿誓愿明题遍。(做哭科,云)婆婆也,直等待雪飞六月,亢旱三年呵,(唱)那其间才把你个屈死的冤魂这窦娥显!

(剑子做开刀,正旦倒科) (监斩官惊云)呀,真个下雪了,有这等异事!(剑子云)我也道平日杀人,满地都是鲜血,这个窦娥的血都飞在那丈二白练上,并无半点落地,委实奇怪。(监斩官云)这死罪必有冤枉。早两桩儿应验了,不知亢旱三年的说话,准也不准?且看后来如何。左右,也不必等待雪晴,便与我抬他尸首,还了那蔡婆婆去罢。(众应科,抬尸下)[②]

没来由的,一场罕见的六月飞雪降落到了耙耧山脉深处的受活庄里。受活人忐忑不安,不明白这漫天飞雪为何而来,"时序乱了纲常",这是不祥的事件,"麦熟季节落了大热雪,耙耧山脉间的许多地处儿,都皑皑白出了一隅冷世了。……你站在山脉上,站在田头上,还能闻到一丝的麦香味,就像抬走棺材后灵棚里的一丝香火味儿"。

这天地如"灵棚"一样的死亡之感,这"棺材的香火味儿"来自哪里?这六月的飞雪为什么会让受活人(包括作者)联想到"棺材""乱了纲常"这些指向人的毁灭和社会道德失范的词语呢?一切都很怪异,但如果我们把"六月飞雪"放在中国文化的语境中,把它指向我们的思维记忆和经验的深处,就会发现,它背后蕴藏着独特的文化心理结构和象征性。

"六月飞雪"最初出自六月霜的典故。《太平御览》记述:"邹衍事燕惠王尽忠,左右谮之王,王系之狱。仰天哭,夏五月为之下霜。"后以"六月霜""六月雪"来比喻人所遭到的冤屈。而在中国文学史,也包括民间精神史中,最富于激情的"六月飞雪"事件是窦

① 阎连科.受活.沈阳:春风文艺出版社,2003:3.本章所引《受活》,皆引自此版。

② 关汉卿.感天动地窦娥冤.长春:吉林出版集团,2010:11-12.

娥之冤——它早已超越了文学文本，而成为一个民族内最日常化的象征。作为善良的女子，她遭遇了社会所有层面给予她的不幸：从小被父亲卖掉，嫁人不久即丧夫，后遭遇恶人张驴儿欺凌婆媳两人，受到冤屈后又遭遇政治腐败，审判不公正，因此被判死刑。在临死之前，遭受了冤屈的窦娥许下三个惊天地泣鬼神的愿，以证明自己的清白：六月飞雪，亢旱三年，血溅白练，让“不可能”变为“可能”，以无比愤怒的内心激情来达到和“天地”共感应的存在。“六月飞雪”意味着对人世间不公正的巨大控诉，“天空异象”“万物歉收”“血脉倒流”昭示冤屈的存在。这一不公正包括人伦颠倒，道德沦丧，也包括政治的不公正。卢梭在谈到语言的起源时讲，“最早呈现于我们眼前之物，是因激情而产生的幻象，与此相应的语言便是原始语言。只是到了后来，人类摆脱了蒙昧状态，意识到原因的错误，并且仅仅是在因所形成的同样的激情的感动下，才使用这种最初语言的表达方式，此时，它就成为隐喻”[①]。“因激情而产生的幻象”，这句话能够最恰当地解释“六月飞雪”所蕴含的内在能量。当巨大的冤屈无以诉说，命运被推到绝境时，窦娥无法在现实之中找到对应的词语和存在来申诉自己的苦难，只有骂天咒地，因为在她的文化经验中，“天、地”和“政治”“道德”是有某种对应的。因此，她心中和口中的“六月飞雪”是一种比喻和象征，“激情是使人开口说话的始因，比喻则是人的最初的表达方式。最初的语言是象征性的，而本义或字面义是后来才形成的。只是当人们认识到事物的真实形式，这些事物才具有真正的名字。最初人们说的只是诗”[②]。在此意义上，我们可以说，《受活》是以原始的诗和隐喻的方式开始讲述的。

天灾和人祸，在中国人的思维里面，一直都存在着神秘的因与果的关系。以天象的“常”与“异”来衡量政治的好坏在中国文化史上非常久远。战国时期有《五行始终》，用五行说来解释政治的更替，认为皇帝的行为一旦不符合五行，就会发生政治变动。西汉时期，董仲舒首次完善天谴论，《春秋繁露》中所谈到的全是天谴异象，用来解释政治的好与坏，这对君主有一定的约束和暗示作用。“天地之物有不常之变者，谓之异，小者谓之灾。灾常先至而异乃随之。灾者，天之谴也；异者，天之威也。谴之而不知，乃畏之以威。《诗》云：‘畏天之威。’殆此谓也。凡灾异之本，尽生于国家之失。国家之失乃始萌芽，而天出灾害以谴告知；谴告之而不知变，乃见怪异以惊骇之，惊骇之尚不知畏恐，其殃咎乃至。以此见天意之仁而不欲陷人也。……楚庄王以天不见灾，地不见孽，则祷之于山川曰：‘天其将亡予邪？不说吾过，极吾罪也。’”[③]

君王不德，天以异象告之，故“灾异之本，尽生于国家之失”。在民间精神史中，这一思维方式已经转化为一种抽象的原型结构浸透于人的情感体验和生活方式之中。如人为了证明自己是清白的，就会下诅咒，说“天打五雷轰”。反过来，如果做了亏心事，天空恰好起了响雷，会不自觉恐慌，恐遭了“天谴”。此时，“天象”成为一种隐喻和象征，和人类社会的政治、道德、具体行为有了直接的对应和因果关系。

---

① 卢梭．论语言的起源．洪涛，译．上海：上海人民出版社，2003：19.

② 卢梭．论语言的起源．洪涛，译．上海：上海人民出版社，2003：18.

③ 董仲舒．春秋繁露．郑州：中州古籍出版社，2010：94. 依据这一版本，这段话的大致意思如下：灾害是上天对人的责备，怪异是上天威严的表现。所有灾害变异的本源，都是国家的失误。一开始，上天会用灾害来谴告他，谴告之后仍不知改变，就以异象使之害怕。若还不知因害怕而改变，大的祸患就会出现。楚庄王曾经向上天山川祈祷，认为上天不降灾祸是因为放弃了他。由此看出，上天的灾害是为回应人的过错而出现的，而显明怪异情况的出现也是应当畏惧的。

恰如窦娥的“誓愿”，“六月飞雪”既是物理意义上天空的“异象”，同时，也暗含着某种这一族群中所有人都明白的象征性。按照索绪尔的语言和言语的理论区分，“六月飞雪”既是一个物理的存在，是自然界异常行为的一部分，是在某天某时发生的，是一次言语行为，是不可逆的；但同时，它又是语言系统的一部分，它是有结构的，在时间上是可逆的，可以在过去的时间中寻找到原型。这一结构是由中国过去的文化事件、文学事件和多次叙述而形成的，“是一连串过去的事件，可以在一种社会结构中发现”，它属于神话的范畴，蕴含着一个民族特殊的情感经验和政治指向。在这里，可以把“六月飞雪”称为一个民族的“原型话语”，因为它包含着为这一文化族群所共知的象征性意义。

《受活》中有多处这样的人灾与天灾共时共应的描述，茅枝婆被强奸时的大雨，受活庄人辛苦挣来的钱被抢时的天象。天、地、人，形成一个浑然的象征体，共同感应，倾诉着冤屈，反抗着不公。小说一开始所出现的“六月飞雪”相当于巫师开始施法之初所施放的烟雾，制造一种异于常态的“形式”和“仪式”，是一种超出常态经验的预兆，天地加入其中，使得文本呈现出一种象征结构。

受活庄的历史就是在这样一个巨大的“颠倒”的象征结构和神话结构中展开的。

二

那一场“六月热雪”把受活庄放置于一个深具象征意味，而非纯粹现实的世界中去。在这当口，胸怀野心的柳县长也来到了受活庄，名曰“救灾”。从表面上看，柳县长的到来和这场六月飞雪没有任何关系，但是，当阅读到柳县长进入受活庄，进而读到柳县长的政治野心时，我们似乎嗅到了那如“棺材”一样危险的和不祥的气息。在“柳县长”和“六月飞雪”的指称之间，模糊地呈现出了关联性。在此之后，集中了各式残疾人的受活庄，技惊世人的绝术团，如过狂欢节般的都市，那匪夷所思的购买列宁遗体的发财梦，那气势磅礴的列宁纪念堂，纷纷登场，如汇集了世间所有奇异人和奇异事件的狂欢节、庙会，一场声势浩大而又怪诞粗鄙的表演开始了。

于此，阎连科以象征的而非现实的结构，以怪诞的、夸张的甚至华丽的，而非朴素的、真实的叙述开始塑造世界，吹出了如梅瑞狄斯、康拉德、亨利·詹姆斯以及哈代那样的“巨大的内容丰富的缤纷的气泡”，并且人物“只有在那气泡的世界中他们才能获得充分的真实性”。[①]（从这个角度来看，受活庄的残、怪、荒诞就不足为奇了），并以此方式展开对中国当代生活巨大矛盾和危机的叙述。

从自20世纪初开始的现代性想象来看，从晚清丰富繁荣的小说种类到现代文学逐渐走向以现实主义中心这一流变来看，中国文学也在以自己的方式接受并实践着启蒙思想的要求，其中，对“现实世界”叙述的渴望战胜了对“想象世界”的塑造，“启蒙主义在摒弃以前的那种迷人的充满未知领域色彩的文学（一种理想和乌托邦世界的光怪陆离的文学）时，它使18世纪的想象世界贫瘠，它压缩削弱了这个想象的世界，使它干枯了。但是这种

① 韦勒克，沃伦．文学理论．南京：江苏教育出版社，2005：249.

奇思幻想的减少有它‘积极的生产性’，这我们尤其可以从歌德的作品中看到，在新的现实主义中，这个世界的图像清晰了，它变得“真切”而完整。到了18世纪下半期，在具体的地理意义和历史意义上，有了一种新的‘真正的时间’感和空间感”[①]。“现实”对文学的强大规约性使得文学充满了“新质”：“真正的时间”感，在真实世界可以找到映照，因此强调“常识”、严肃的教谕、“再现”式的表述、揭示世界总体存在规律和人生意义的强大愿望等等。但是，同时也使“文学”被局限于“地面”，局限于具体的时间、空间和常识之中。

“正如巴赫金所说的，启蒙主义倾向于使这个世界贫瘠，它坚持‘真实的世界’，却牺牲了古风、白日梦和奇思幻想。启蒙主义作家忙于删改和削减过去的伟大作品，特别是像莎士比亚、塞万提斯和拉伯雷这样激进作家的作品。”[②] 的确，那种富于神话意味的“奇思幻想”的逐渐退场是自18世纪以来世界文学的最大特征。《哈姆雷特》《堂吉诃德》《巨人传》被作为一种富于古典意义的过去被尊崇并“搁置”起来，取而代之的是《人间喜剧》《战争与和平》这样具有道德律令和“真正的时间感”的作品。这并非说后者不如前者，而是说，在此转换过程中，那种夸张、荒诞、想象所带来的文学诗性逐渐丧失了。

实际上，自人类文明诞生以来，文学就越来越走向想象力的“贫乏”，如《圣经》《荷马史诗》《诗经》《山海经》这样充满诗性语言和奇思妙想的神话越来越少，这也符合人类认知的基本规律。当科学、技术日益把人类的存在及与自然的关系变得越来越清晰化和实在化时，由蒙昧而产生的象征性和诗性，包括语言、思维、艺术的诗性也在逐渐丧失，卢梭的《论语言的起源》、维柯的《新科学》从人类语言、神话故事、宗教符号等角度论述了诗性语言的诞生和消失，它是与人类社会结构、政治体制的变化是相一致的。在文学的发展历史上，从17世纪开始，世界文学也经历了从神话主义、浪漫主义到现实主义、现代主义的变化（就宽泛意义而言），文学的轨迹与人类认知的规律相一致，虽然在很多时候它是以反向的批判为起点的。

就中国20世纪文学传统而言，在启蒙主义的影响下，作家把目光投向了一直被遮蔽的“现实”——关注社会，关注“普通人的悲欢离合”，发掘人的内心生活，发掘人的复杂性及存在的怀疑性，而在美学结构上，也要求与之相符的“现实主义”叙述方法，要符合人类认知和社会存在的基本“常识”。如《西游记》《聊斋志异》那样的夸张叙述和怪异世界被逐渐遗弃或压抑。当代的文学批评者也更接受启蒙主义的批评观，而对莫言、阎连科式的狂欢和怪诞倾向则始终不适应。

从这个意义上看，《受活》撇开20世纪以来中国现代文学的启蒙传统——真实的世界、社会的教谕和严谨的现实，而接续中国传统小说的“志怪”传统——异象、异人、异景。它也绕过19世纪启蒙主义的理性，重续18世纪怪诞、离奇的小说传统——夸张的人物和情节。在《受活》中，实在意义的时间感和空间感消失，狂欢、戏谑、夸张，充塞天地的蒙昧再次回到文学的视野中。“文明”和“愚昧”的冲突既被清晰化，又被无限模糊，因为双方都身处无边无际的时间荒野之中，作者打破20世纪以来对社会共同体和现代性的想象，超越之上，建立一个新的意义秩序。

---

① 多克．后现代主义与大众文化．吴松江，译．沈阳：辽宁教育出版社，2001：256.
② 多克．后现代主义与大众文化．吴松江，译．沈阳：辽宁教育出版社，2001：252.

从“原型话语”进入，即意味着从民族最原始的文化史和心灵史进入，它展示出来的是一个被遮蔽的方言世界——与它相对应的是“西方”“全球化”“普通话”“理性主义”等等，这一方言世界是历史的，有具体的时间和空间。因为语言的不断流转和旅行，词语的内容和含义在不断增减，因此，它既包含着历史，又涵盖当下，过去和现在包裹在一起，混杂互生，使得“六月飞雪”和它意指下的受活庄既古老又崭新，它的命运并不是突然的某一现实政策的转折结果，也不是过去的逻辑所致。“爱默生在说到语言时，称它是‘远古的诗歌’，‘事实上，要求我们顺从的那些社会形式和文字形式，本身就是在反抗早先的惯例中创造出来的。甚至在现在看来陈腐或死亡的言辞中，我们也能够发现曾经鼓舞它们进行转型的欲望。任何言词，在其意义的变换甚至矛盾中，证明了早先的相反的用法；而正是这一点，鼓励我们再次开启它们，使它们产生更进一步的变化或转折、比喻。’”①

再次“开启”，意味着重新打开历史，词语的转折本身包含着顺从或反抗的过程，尽管它可能是未完成的反抗。《受活》作者采取“絮语”和“正文”方式以形成某种互文，它们之间既是形式的，也是时间的相互观照，把语言变迁的历史给展示出来。就像窦娥的“六月飞雪”，这一词语是对中国这个民族过去所有巨大冤屈和内在世界观的“招魂”，同时，也是对未来所有可能的“诅咒”和“预言”。

果然，在受活庄，一场前所未有的“六月热雪”降落了。

三

关于“时间”。

也许很多读者都对《受活》的时间形式感到不适，甚至认为作者可能有点“故弄玄虚”。一改“西历公元多少年”的时间方法，《受活》把叙事时间放回中国农历时代，“农历属×”的天干地支年，“丙午马年到丙辰龙年”“过了己丑牛年到了庚寅虎年”“朱德乙巳蛇年二十三岁”，即使写到马克思逝世，也是“癸未羊年不到七十三岁，于雨水与惊蛰间逝世”……甚至，作者以一种顽强的，几乎有些偏执的笔触不断让西历时间回到农历时间：

> 发现在斯大林的塔格的底层里写着己卯兔年斯大林生于格鲁吉亚一个穷人家里，父母都是农奴，一家人靠父亲做鞋为生的字下面画了三条红；在顶层塔格写着甲子鼠年、民国十三年列宁病逝，斯大林接班成为苏联共产党总书记的下面也有三条红；发现在毛泽东的塔格的底层里写着癸巳蛇年毛主席出生于韶山冲一户农家的字下面画着两条红，而在第九格里写着丁卯兔年蒋介石发动反革命政变，全国处于一片白色恐怖，共产党在汉口召开八七会议，毛泽东被补选为中央政治局候补委员的字下面画着两条红；在第十层格里写着秋收起义四个字的下面画着三条红，在乙亥年毛主席过了四十一岁就在遵义会议上确立了他在中央的核心领

① 萨义德．人文主义与民主批评．朱生坚，译．北京：新星出版社，2006：69.

导地位的字下画了四条红，在乙酉年毛主席刚过五十一岁就当选为中共中央主席的字下画了六条红线；在顶格里写着壬子年成为党的主席、国家主席、军委主席一行字下画着九条红……

这样的叙述有点太突兀，太不“和谐”，中国的读者对共和国的这段历史应该都非常熟悉，但作者却刻意加入这样的纪年方式，让人产生一种陌生感，甚至有一种遥远的模糊感。习惯了以西历计算时间的现代人根本无法认知这农历年到底是什么样的时间。我相信，没有读者明白“农历属龙的庚辰年”是什么年，因为作为当代的读者，对农历的时间早已没有概念，也不会费心去换算它到底是哪一年。并且，我大胆猜测，作者也并不认为读者会清楚或会去仔细推敲他所书写的那些年份。

那么，作者的用意在哪里？这样的时间记述试图达到一个什么样的效果？或许，我们首先要追问的是，在中国生活中，“时间”，或者关于时间的感觉，关于时间的意识是在什么时候发生的改变？这背后意味着什么？

自有文字记载以来，史书关于时间的记录基本上都以皇帝的年号为起始，如“周多少年”“贞观多少年”，每个皇帝都有自己的年号，这样，每个朝代的开始，每个皇帝的登基都意味着时间的重新开始。在这样的时间观中，蕴含的是“时间从我这里开始”，它不是连续性的，而是非连续性的，或者说，这里的时间不是进化式的、演进式的，而是循环式的。每一次都是新的开始，而每一次又都被更替，历史、时间因皇帝和朝代的不断更替而反复。即使国民党统治时期也还用的是“民国多少年”。近代以来，西方的公元纪年开始进入知识分子的写作和叙述之中，面对中国古代这种较难统一的纪年方法，也产生了焦虑，梁启超在《中国历史研究法》中专门讲中国“纪年”方法在与西方相遇时所遭遇的困境和现代史书如何“纪年”。

> 吾中国向以帝王称号为纪，一帝王死，辄易符号。以为最野蛮之法（秦、汉以前各国各以其君主分纪之，尤为野蛮之野蛮），于考史者最不便。……故此法必当废弃，似不待辨。惟废弃之后，当采用何者以代之，是今日著中国史一紧要之问题也。甲说曰：当采世界通行之符号，仍以耶稣降生纪元。……泰东史与耶稣关系甚浅，用之种种不合。且以中国民族固守国粹之性质，欲强使改用耶稣纪年，终属空言耳。乙说曰：当用我国民之初祖黄帝为纪元，以唤起国民同胞之思想，增长团结力之一良法也。虽然，自黄帝以后，中经夏、殷，以迄春秋之初年，其史记实在若茫若昧之中，无真确之年代可据，终不能据一书之私言，以武断立定之。是亦犹有憾者也。……于无完备之中，惟以孔子纪年之一法，为最合于中国。孔子为泰东教主、中国第一之人物，此全国所公认也，而中国史之繁密而可纪者，皆在于孔子以后，故援耶教回教之例，以孔子为纪，似可为至当不易之公典。司马迁作《史记》，既频用之，但皆云孔子卒后若干年。是亦与耶稣教会初以耶稣死年为纪，不谋而合。……但取对勘之便，故本书纪年以孔子为正文，而以历代帝王年号及现在通行西历分注于其下。①

面对“时间”产生焦虑，这可能是中国面对庞大的西方和西方文明时的初始焦虑，这

① 梁启超．中国历史研究法．北京：中华书局，2009：169－170.

恰是中国“近代”的开始，可谓是“现代性的潜焦虑”。“时间”从何开始？如何与“世界史”对接？在这段话里，有一个非常明显的信息，就是梁启超试图以孔子的出生年为民族时间的起点，希望以此作为现代中国纪年的开始，因为孔子之于中国文明，恰如耶稣之于西方文明，都有“起始”和“源头”之意。颇具意味的是，梁启超最终在他的历史研究中做了一个折中：以孔子为正文中的时间，而以“历代帝王年号及现在通行西历分注于其下”。也就是说，梁启超既不愿意完全以西方的时间作为中国历史的时间，但同时，却又无法摆脱现实中西历的通行性和便捷性。

如今，我们看到的结果是，无论是历史研究还是其他学科的研究，“孔子纪年”的方法都没有被采用，当代史家在写作时多是正文采用“公元多少年”，在接下来的具体叙述中，才会用到如“万历多少年”这样的表述，而中国政治史也从1949年开始正式采用“公元”作为通行的纪年方式，“中国”的时间被“西方”的时间所代替，这其中自然有博弈之后的妥协和认同在内，也有“强/弱”之分。“统一于西历”意味着完全被“纳入”，中国正在不可避免地走向“近代”，走向一个“发展”的“连续”的时间，并以此被纳入“世界史”的范围之中。

我们再回到《受活》文本中的时间。《受活》所采用的是中国传统的农历时间，采用的是“天干地支”纪年法（简称“干支”）。天干有十：甲、乙、丙、丁、戊、己、庚、辛、壬、癸。地支有十二：子、丑、寅、卯、辰、巳、午、未、申、酉、戌、亥；十干和十二支依次相配，组成六十个基本单位，故称“六十一甲子”。“天干地支”与“五行”相一致，即天地之气的一种反映。因此，“天干”寓意为“干者，犹树之干也”，其中每一干是按照一年之中树木生长之状态记录的。如“甲”，许慎《说文解字》认为其含义为“东方之孟，阳气萌动”①，“孟”指“初春”，意为“万物复苏”，“草木破土为萌，阳在内而被阴包裹”。“乙”含义为“草木初生，枝叶柔软屈曲而长”。依此，到“癸”，《说文》释为“冬时水土平，可揆度也”，意指“万物闭藏，再次萌芽”。“地支”寓意为“支者，犹树之枝也”，与此相对应，它的每一支是枝条生长的状态，到最后的“亥”，“十月微阳起，接盛阴”，意为“荄也，阴气荄杀万物，到此为极点”②。

相对于西历“连续性”的时间观，农历的“天干地支年”是循环性的，“六十一甲子”，所依据的原理并非耶稣的诞生和宗教，却是自然界的花开花落、四季变迁，它是植物性的、自然性的，与天地互为一体，同时，却也是周而复始的。如果我们再结合作者在目录里所使用的“毛须”“根”“干”“枝”等，作者的确试图在《受活》中建构一个中国式的时间观和时间感，这一时间的生成与东方的农业生活方式、哲学思考，与东方的天地观、生命观相一致。儒、道、释，尤其是前两者，是产生这一时间观念的最根本原因。天、地、人互为一体，自然更替，各自依照生命的成长阶段萌芽、发枝、盛开、衰败。从天地到人类制度，各个朝代的更替也被看作“天下之势，分久必合，合久必分”，它是自然哲学的一部分。在这一周而复始的过程中，“时间”“生命”“政治”都是循环往复、交替更生的，而不是递进式的、不断进步的，虽然在物质层面的发展是不断积累的。

---

① 许慎．说文解字．北京：中华书局，1963：308.

② 许慎．说文解字．北京：中华书局，1963：308－314.；邹晓丽．基础汉字形义释源．北京：中华书局，2007：218－224.；中华万年历．北京：华文出版社，2010：10.

关于“轮回”。

联系梁启超在20世纪之初对“时间”的反复思量及历史最终的选择，就会发现，《受活》有意拒绝西方的时间观念，在某种意义上，也是拒绝从“世界史”的角度去理解受活庄，理解中国革命史，而试图把思维拉回到中国的时间观中，以此角度重新思考近代以来的中国变革和中国生活。作者似乎试图塑造一个浑然于历史之中的时间段，所有的人物、故事和事件是在此时间的观照下发生的，他也希望读者能够以此时间观来重新审视他所记述的这一段实在的历史。

在某种意义上，这样过于粗暴生硬的使用方法破坏了《受活》文本在美学上的统一，也最容易引起非议，会被认为“故弄玄虚”。但从另外一个层面来看，这种“长驱直入”的方法确达到了他想要的效果：他把读者拉回到中国思维内部，从“现代性思维”拉回“中国原始思维”中，以此视角，模糊、混淆那些在脑海中已经被固定化了和确定化了的认知——尤其是关于现当代政治史、经济史、思想史方面的知识，我们已经把这一世纪在各个方面的追求、发展、奋斗给本质化了，很有“时间从此开始”的意味。通过这种方式，作者把这一世纪的历史与发展放回阔大无边的中国历史的长河之中，放置于中国式思维的背景中，这样，许多确定的事物呈现出了不确定性，许多被本质化的认知再次呈现出了它的阶段性和生成性，重新质疑如“现代性”“革命”“发展”等已经完全控制我们生活的词语。

反过来，即使我们生活在现代性的时间之中，但是，我们经验深处的时间感、时间观是否与此一致？这一问题还涉及中国现代生活的内在生成到底来自哪里？《阿Q正传》中阿Q在上刑场时喊的是“二十年后又一条好汉”，土改成功后农民所做的是把地主的财产归自己所有，自己也过一把地主瘾，即使是社会主义政治下培育出来的干部如柳县长，所想的也仍然是升官、发财、永垂不朽。循环的时间观所产生的是循环的历史观和政治观，彼此之间具有同源性。这一历史观影响并塑造着中国现代生活，同时，中国当代政治体制的根本性矛盾也决定了这一历史循环将会继续下去：一个柳县长回到了受活庄，会有另外的柳县长前仆后继去做原来的柳县长。

所以，即使到了21世纪的今天，中国的时间及历史仍有“轮回”的潜在诱因，或者说从来就没有摆脱过。从政治制度、农民思维、官员理想和整个发展模式中处处可以看到东方思维的特点，但这一东方思维是以扭曲的形象呈现出来的，这一扭曲形象与整个社会思想对传统文化观念、与现代性时间对东方轮回时间观的压抑有一定的关系。《受活》把故事放置于东方“轮回”式的时间观内，既有反现代性叙事的因素在里面，更重要的是，它把被遮蔽的历史空间重新打开，让我们看到历史内在生成的复杂性。

以此，我们发现，柳县长虽然身居现代社会的官场，所摆弄的词语、所掌握的方法、所推行的政策是最为现代的、全球化的东西，但那只是浮于表面的思维，真正支配他的行为、动作的仍然是那在中国时间深处生长出来的柳鹰雀，他所有现实中的表演都正在被另一个柳鹰雀观察、嘲笑或强行拉回。更广泛一点说，从表面上看受活庄和受活人所遭遇的当代生活、中国当代政治的发展史是被具有先进的西方文明和现代性发展所催生的，在这个时代具有先天的正确性和合法性，但是，当我们把目光投回中国“时间”之中，就会看到那依然强大的原始思维所具有的支配性，看到了“现代性”的模糊不定的另一面，“这是‘仿神话’，写作者如同一个邪恶残忍的上帝，他把人从日常经验的安全地面上拉起来，让他们变得简洁庞大，让他们的一举一动都具有神话般的光芒、力量和影响，这个作家不再与生活斤斤计较地竞争，在他的笔下，生活不过是‘诸神’的戏剧散漫模糊的投影”①。是的，美学上的柳县长、受活人无疑具有“简洁庞大”的特性和“神话般的光芒”，但这一光芒来自文本那沉落于无边无际的过去的时间、那漫天飞舞的愤怒的雪花、那充满野心的英雄般的柳县长、那残疾的受活人永无救赎之日的生活，它们组合在一起，可以对应文学史上最为悲壮的悲剧。

《受活》作者是否对“中国的近代发展”或“现代性发展”持如“天干地支”那样的“轮回”观点：中国历史再次回到原点，回到循环之中？这在文本中似有肯定的展现，如锐意改革的柳县长不惜自断双腿回到受活庄，而受活庄人在经历一番劫难之后，终于退社，重又回到“自然状态”的存在，这些情节似乎都暗示着某种“轮回”的东西。但是，这并不是作者的实在结论（有论者这样认为，但这种误解来自论者对《受活》象征秩序的忽视），这只是精神层面的某种回归。对于一个具有象征性的文本而言，作者更着重的是把“时间”从具体的历史时段推开，变为中国的任意一段历史，给文本留下更宽阔的空间，让读者自己思考。它达到一种美学上的效果，这一时间观和“六月飞雪”一起构成一个充满象征意味的文本世界。它们本身就是种结构，一种具有“反抗”意味的结构。“六月飞雪”只是“天干地支”中的一次不断发展的事件，只是历史的形成过程之一，没有任何特殊性或先进性，它不是“历史的终结”，还会循环再现。这样，叙事就可以摆脱“现实”的束缚，把视野放置于整个民族的初始时期，在那里，人神共生，人们对世界的理解还是混沌的、象征式的，因此也是诗性的。从这个意义上讲，受活庄既是现实的村庄，也是历史上任何时期所存在的村庄。

（梁鸿 撰）

拓展与思考

1. 阅读阎连科长篇小说《日光流年》《坚硬如水》和中篇小说《耙耧山脉》《耙耧天歌》，感受阎连科小说语言风格的变化，思考作者在处理不同题材时语言的使用及其所达到的效果。

2. 阅读《受活》，思考《受活》中“受活庄”的命运和时代的关系。

3. 思考阎连科小说和莫言小说的异同之处。

---

① 李敬泽 . 2003 年小说之短长 . 南方周末，2003 - 12 - 25.

第 九 编

先锋与寻根

第29章

《山南水北》：韩少功的文化焦虑和文化宿命

讨论韩少功是有难度的。从某种意义上说，韩少功是一个复杂的作家。这不仅仅是指他在近三十年的写作历史中，一次次给中国当代文学界以期待和冲击，本身已经构成了“一部小小的文学史”①；更重要的是，他的写作史始终与中国当代思想史和社会史紧密地纠缠在一起，他的文学行为学和他的文学写作互为话语，讲述着一个有着多样面孔的韩少功。正因为如此，讨论韩少功也是有风险的，因为对于他任何一方面的描述都可能失之偏颇，而不能见出一个完整的个体。之所以选择《山南水北》为讨论的起点，固然是因为《山南水北》集中体现了新世纪以来韩少功文学姿态和文学写作的互文关系，更重要的是，在这些文体不明、意图暧昧的叙述中泄漏了韩少功这一代人太多的隐痛。这种“痛”，不仅是韩少功个人生活或者写作的“痛”，更是一代人焦虑的“痛”，救赎的“痛”，更“可怕”的是，这种“痛”如此具有穿透力，它所蕴含的复杂的文学和社会学意义对批评提出了新的挑战，对于它的把玩赏析和赞誉有加的文字透露了当下文学批评在历史分析上的无力。它使我们意识到，一切非历史的、树立文学史标杆和精神偶像式的批评可能都是不痛不痒的。批评同样需要“痛感”，批评的“痛”，就是在细细剔清一个作家与他的时代、社会、历史的血肉关联时候的“痛”；这种痛，就是要破除个体作家“独自成蛹”的神话，“揭穿文本的秘密性、私人化的现象，(发现) 这些文本与历史场景有着深厚及共谋性的关联”②，从而在个体写作中发现更具有普遍意义的问题甚至命运。

---

① 谢有顺．第五届华语文学传媒大奖终审评委语．南国都市报，2007－04－12.

② 薇思瓦纳珊，编．权力、政治与文化——萨义德访谈录．单德兴，译．北京：生活·读书·新知三联书店，2006：36.

一

我们注意到，在八十年代，通过投身于某一种文学潮流（如伤痕文学、反思文学、改革文学、寻根文学等）来获得在文学场相对优先的位置成为一种主要的文学生成机制。这是中国当代文学生成的一种很特殊的方式，从来没有一个时期出现过如此密集的文学思潮并造就了一批经典作家作品。在很大程度上，韩少功也是这种文学生成机制的受益者，他进入当代文学史正是与“寻根文学”紧密捆绑在一起的。但是，当“寻根文学已经是当代文学史上一个巨大的无法逾越的神话”或者成为一些“抽象的历史形式、文学术语和概念”① 的时候，它已经对我们重新认识具体的问题形成了阻碍。可能正是出于这种考虑，陈晓明在 1994 年左右就小心翼翼地认为“韩少功是唯一可以从寻根的布景中剥离出来的作家”②，在陈晓明看来，这种“剥离”是为了进入一个更具有个人性和连续性的韩少功，但是他最后的结论却非常奇怪，他把莫言的《红高粱家族》作为“寻根”这颗“疯狂的石榴树”结出的最后的果实，并认为至此“寻根文学”不仅“埋葬了自己，也埋葬了当代中国最后所具有的巨大历史冲动”③。但韩少功的接下来的写作证伪了陈晓明的判断，在《马桥词典》、《暗示》以至《山南水北》一一呈现在我们面前时，我们不禁要问，“寻根”终结了吗？或者说，是“寻根”的哪一部分终结了？而哪一部分还继续顽强地保存了下来？

从“寻根文学”一开始，韩少功就一直在辩白他的“无意识”和“无心之举”④，但事实是，1985 年左右出现的“寻根思潮”是一个建立在对当时中国文学（文化）深刻认识基础上的深谋远虑的行为。当时中国的文学环境是，一方面，随着文化热的兴起，大批的西方著作被翻译进来，大大拓展了人们的文化视野，求新求变成为文化思想界的潮流；而另外一方面，所谓主流文化还在竭力维持着其文化领导权，努力规范着文化思想界的发展方向，并在 1983 年左右发起了声势浩大的“清污运动”。这种特殊的历史语境给当时的文化界带来了双重的焦虑：一方面必须借助异质的文化来打破所谓主流文化一统的局面；另一方面，这种异质文化如果仅仅是局限于西方文化则可能丧失民族文化的主体性。“寻根文学”的提出实际上是应对这两个焦虑的产物。韩少功认为：“五四以后，中国文学向外国学习，学西洋的、东洋的、俄国和苏联的；也曾向外国关门，夜郎自大地把一切洋货都封禁焚烧。结果带来民族文化的毁灭，还有民族自信心的低落……但就在这种彻底的清算和批判中，萎缩和毁灭中，中国文化也就能涅槃再生了。”⑤ 实际上，无论是韩少功对所谓“楚文化”的追寻，还是阿城对所谓的“老庄”的迷恋，都有一个隐藏的目的，那就是努力打破当时“革命文化”一统天下的局面，同时又不迷信于当时的西方文化，而是回到文化的“根”，发掘本民族文化上的多样性，从而重建已经发生巨大断层的民族文化和民族文学。只是在当时特殊的历史语境下，很多问题还相当敏感，所以对这一目的的表达非常

① 陈晓明．个人记忆与历史布景——关于韩少功和寻根的断想．文艺争鸣，1994 (5).
② 陈晓明．个人记忆与历史布景——关于韩少功和寻根的断想．文艺争鸣，1994 (5).
③ 陈晓明．个人记忆与历史布景——关于韩少功和寻根的断想．文艺争鸣，1994 (5).
④ 林伟平．访谈韩少功：文学和人格．上海文学，1986 (11).
⑤ 韩少功．文学的“根”．作家，1985 (4).

隐讳和含蓄，阿城就曾经坦言："当时写《文化制约着人类》，题目还好，可是内容吞吞吐吐，那时候还怕牵连我父亲。"① 而韩少功也在文章中使用一个比较中性的"规范文化"来指称当时需要改变的"革命文化"。但无论如何，"寻根文学"作为一种寻找"异"的历史冲动，其出发点虽然是"文学的"（文学的创新），但其最终的目的却是"文化的"（寻找多样的文化）。这正是韩少功所谈到的："寻根就是根据这两个问题：一个是创作实践状况，两代作家的成长道路，怎样继续提高一步；第二个就是怎么样看待东方文化，东方文化的前途和现在面临的迫切需要改造的任务。"② 在 2005 年，阿城更是以过来人的身份再次强调了"寻根"的文化面向："从文化构成来看……1949 年是最大的一个坎儿，从知识结构、文化构成直到权力结构，终于全盘'西化'，也就是唯马列是瞻。"这种转型带来的直接后果就是生活方式、情感模式、话语表达上的高度集体化，所以"寻根派"就是"要去找不同的知识构成，补齐文化结构，（这样）你看世界一定就不同了"③。

那么，关键问题是，"寻根"需要解决的两个问题完成了吗？我们先来看第一个问题，也就是作为文学的"寻根"成功了吗？这个问题基本上不需要论证，文学史已经证明，"寻根文学"不仅是在审美意识、主体观念和语言表达上都为中国当代文学贡献了一个高度，"它实际完成了一次文学观念和审美风格的变异"④，从这一点看来，作为文学的"寻根"实际上是成功的，但是也正是这种成功过于"巨大"，它反而掩盖了"寻根"的另外一个向度，正如陈晓明所指出的"寻根文学的动机与效果未必相符，那些'文化之根'其实转化为叙事风格和美学效果，一个文学讲述的历史神话结果变成了文学本身的神话"⑤。这里就涉及第二个问题，作为寻找另一种"文化构成"的"寻根"完成了吗？

韩少功在 1985 年的代表作品回答了这个问题，我们在《爸爸爸》和《女女女》等"寻根文学"的经典作品中读到的不是韩少功所谓的"绚丽的楚文化"，而恰恰是一个需要被改造的落后的丑陋的文化"异类"，而在寻根文学的另外一个代表人物王安忆的《小鲍庄》里面，"仁义"所代表的儒家文化也被描述为类似于鲁迅式的"吃人"的虚伪的礼教。这是一种让人惊讶的名不符实，"寻根"本来是为了寻找一个足够强大的可以救赎整个民族的文化，最后却回到了"批判国民性"的老路子上了。阿城对此有非常深刻的体察："寻根，造成又回到原来的意识形态，而不是增加知识和文化的构成。这是比较烦的。""你不管是找传统也好，找西方也好，这样你的知识结构和文化构成才会丰富一些，你就会从原来的那个意识形态离开，或者看得开一些。唉，怎么结果它回来了！"⑥ 阿城的失望之情在这里表露无余。但是问题可能并没有这么简单，实际上，"寻根"的确寻找到了一些文化之根，如楚文化，道家文化，吴越文化，等等，这些文化类型的发现也确实突破了"革命文化"一统天下的局面。但问题的关键是，这些寻根者们对于这些文化的态度却停留在五四的水平上，文化的确认再一次成为文化的批判，这或许正是阿城指责"寻根"失败的主要原因。而韩少功，作为寻根文学最早的发起人，他对此的认识可能比其他人更为深刻，

① 查建英．阿城访谈录//八十年代访谈录．北京：生活·读书·新知三联书店，2006.
② 林伟平．访谈韩少功：文学和人格//吴义勤，主编．韩少功研究资料．济南：山东文艺出版社，2006.
③ 查建英．阿城访谈录//八十年代访谈录．北京：生活·读书·新知三联书店，2006.
④ 陈晓明．个人记忆与历史布景——关于韩少功和寻根的断想．文艺争鸣，1994（5）.
⑤ 陈晓明．个人记忆与历史布景——关于韩少功和寻根的断想．文艺争鸣，1994（5）.
⑥ 查建英．阿城访谈录//八十年代访谈录．北京：生活·读书·新知三联书店，2006.

他早就预言了寻根“早产”的性质，在1986年，他已经意识到“寻根”是一个分层次的“文学/文化”实践，它不可能毕其功于一役①，在所谓的“寻根文学”的运动中，“寻根”只不过完成了其最“表面化”的任务。

因为“寻根”的这种“未完成性”，实际上可以说“寻根文学”之后有一个“再寻根”，而韩少功，无疑是这一个“再寻根”的身体力行的实践者。《山南水北》只有置于这样一个历史的链条中才凸显出其不一般的意义。随着《山南水北》在他隐居六年之后的出现，韩少功再次把“寻根”这样一个话题推到了我们前面，山还是那个山，水还是那个水，当韩少功一头扎进那一方小小的山水，这再一次的“寻根”对于韩少功有何意义？它与这二十年急剧变化的当代中国历史之间构成了何种复杂对话的关联？

二

一个很明显的事实是，《山南水北》在写作上无疑在继续自《马桥词典》和《暗示》以来的路子。但是，有一个事实提供了一个新的话题，那就是，与以往“返乡者”身份不同，这一次，韩少功是以一个“隐居者”的身份出现在《山南水北》之中。我们注意到，虽然在《马桥词典》和《暗示》中“我”频繁出现，但这个“我”却始终外在于他所描写的生活，他仅仅是一个“旁观者”，并且随时准备着离开（返乡的另外一个意义就是离乡）。但是在《南山北水》中，“我”第一次开始以唯一确定的现实的身份出现，这个身份就是当年的知青，曾经的农民，现在的作家、城里人、海南省作协主席——韩少功。

很多人忽视了这一变化，而恰恰是这一变化至关重要，它至少涉及两个与当代文学史密切相关的重要问题，一个是作家叙述视角的再一次变换，一个是与这种视角变换密切关联的自我意识的迁延。在很多的研究者看来，韩少功在1985年的写作有一个很大的变化，那就是从一个“不平则鸣”“为民请命”的“功利性写作”转换到以《爸爸爸》为代表的“冷峻严肃”的“文学性写作”②，但是我们发现，如果从叙述视角来看，这种变换并没有改变韩少功“疗救者”和“启蒙者”的视角和自我意识。他只不过是把“疗救”和“启蒙”的对象从现实转移到了历史中去而已，虽然《月兰》中的热切激愤的“我”已经隐遁在《爸爸爸》和《女女女》的冷静叙述中，但是，一个“全知全能”的叙述者的形象却丝毫没有改变，反而得到了加强。有评论者认为：“如果说1985年之前，韩少功认为文学与现实之间主要是一种模仿关系，……那么在1985年之后，他则悟到这两者是一种对话式的关系。”③ 但因为叙述视角和自我意识没有发生改变，这种“对话”关系并没有在其作品中体现出来，其实依然是一种由作者全部控制的单向度的“训话”，它导致的直接后果是，“把中国传统保守愚昧的那一面又给拎出来，作为一个靶子，而又变成一个自我否定了”④。可能韩少功本人也意识到了这种情况，在经过较长时间的搁笔后，他在《马桥词典》中对

① 林伟平．访谈韩少功：文学和人格．上海文学，1986（11）．

② 李庆西．他在寻找什么？——关于韩少功的论文提纲．小说评论，1987（1）．

③ 玛莎琼．论韩少功的探索型小说．田中阳，译．当代作家评论，1993（5）．

④ 查建英．阿城访谈录//八十年代访谈录．北京：生活·读书·新知三联书店，2006．

这种“启蒙意识”和“全能视角”进行了反思，有意思的是，这种反思同样来自对所谓小说美学的重新定位，在《马桥词典》的“枫鬼”这一词目中，韩少功有一段“自白”：

我写了十多年的小说，但越来越不爱读小说，不爱编写小说——当然是指那种情节性很强的传统小说。那种小说里，主导性人物、主导性情节、主导性情绪，一手遮天地独霸了作者和读者的视野，让人们无法旁顾。即便有一些偶作的闲笔，也只不过是对主线的零星点缀，是专制下的一点点君恩。必须承认，这种小说充当了接近真实的一个视角，没有什么不可以。但只要稍微想一想，在更多的时候，实际生活不是这样，不符合这种主线因果导控的模式。①

“主导性人物、主导性情节、主导性情绪”，这一切都源于那个高高在上的，全知全能的，以“启蒙者”和“拯救者”为己任的叙述者。而在《马桥词典》中，我们发现一个“旁观者”的视角已经出现，他随处游走于人群之中，打量着各色各样的表演和景观。他不动声色，也不担负任何责任，好像一个被突然放逐的史官，默默地编撰着一部“文化密码”似的词典，但是，这种转变并不完全彻底②，在很多时候，他残存的“启蒙者”的意识不时会冒出头来，用一种貌似现代化的观念去“启蒙”那些非现代的农民。在《碘酊》中，这一意识以反讽的形式被表达出来：

我出生在城市，自以为足够新派，一直到下乡前，却只知道有碘酒而不知道有碘酊。……我完全没有料到，这里的男女老幼都使用一个极为正规的学名：碘酊。他们反而不知道什么是碘酒，很奇怪我用这种古怪的字眼。即使是一个目昏耳聩的老太婆，也比我说得更有学院味。③

“启蒙”在这里遭到了嘲笑，“启蒙者”和“人民”之间的关系似乎被颠倒过来。从《马桥词典》再到《山南水北》，韩少功关于“自我”的确信越发孱弱，在1996年，作为第一人称的“我”已经开始受到韩少功的深刻质疑：

从某种意义上说，我从来只是历史和社会的某种代理，某种容器和包装。没有任何道理把我的心智单独注册为“我”，并大言不惭地专权占有它。④

“旁观者”一次次蜻蜓点水似的路过已经不足以释放这种深刻的焦虑，在此情况下，“隐居”才成为一种必要的实践，“隐居”意味着完全进入山水，与土地人民打成一片，和他们生活在一起共同成为主体。

从“启蒙者”到“旁观者”再到“隐居者”，叙述视角的变化和自我意识的迁移几乎同时发生。与这种变化相伴随的是中国当代知识分子与“人民”之间关系的调整，正如祝东力所指出的：“人民尤其是英雄的人民，并不是一种恒定的‘实体’（固定的社会群体），而宁勿是一种‘功能’，一种价值和精神。”⑤ 从1949年到2006年，伴随着知识分子地位

① 韩少功．枫鬼//马桥词典．上海：上海文艺出版社，1997.

② 洪治纲认为《马桥词典》依然是“结构性”的，也就是说，韩少功还没有完全放弃“主导”叙事的企图。[洪治纲．具象：秘密交流或永恒的悖论．当代作家评论，2003 (3).]

③ 韩少功．碘酊//马桥词典．上海：上海文艺出版社，1997.

④ 韩少功．完美的假定．北京：作家出版社，1996：35.

⑤ 祝东力．精神之旅．北京：中国广播电视出版社，1998：179.

的沉浮，“人民”的功能也在不断地发生着变换，从知识分子接受贫下中农的改造，到“朦胧诗”“伤痕文学”“改革文学”一呼百应，再到市场经济改革后“人民”的一部分变成“中产阶级”，另外一部分成为不需要“精神领袖”的“大众”，[①] 知识分子似乎已经失去了与“人民”进行有效对话的途径和能力。在 1992 年之前，主体的建构被想当然地理解为知识分子个人主体意识觉醒的问题，而忽视了这样一个事实：主体意识的建构实际上是一个社会的系统工程，它不但涉及知识分子的经济地位、政治地位、文化地位，它同时也关涉“对象的主体性”，当“对象主体”（人民大众）突然绝尘而去，所谓知识分子的“主体”也不过是一个空洞的“镜像”。从 1985 年中国文化界高扬“主体”的大旗，到 1994 年底“人文精神大讨论”的出现，一个完整的主体死亡故事得到建构。

只有在这样的历史语境中，我们才可以理解韩少功自《爸爸爸》到《马桥词典》再到《山南水北》的转变。如果说在《马桥词典》中，韩少功还小心翼翼地守护着自己的“姓名权”（一种主体意识的符号化），还在不停地用各种身份进行“狡辩”和“掩护”，还在把“人民”和“农村”作为一个客体来进行“对象化”。那么，在《山南水北》之中，他已经放弃了这种对“自我”的守护，“韩少功”成了一个可以被人任意指认、任意对话的非个体存在。他醉心于山南水北那些充满“巫术”色彩的“人民”，他们的劳动、智慧，他们对于生命的耐力和抗争，他甚至因为一个盲人小姑娘神奇的“听音”能力而自惭形秽。由此韩少功更加谨小慎微，他越接近文化的“根部”，越感到了个人其实是一个靠不住的存在。对于韩少功来说，“隐居”完全不同于古代士大夫的政治避祸或者归隐田园，“隐居”是一次带有悖论色彩的文化实践：一方面，它是基于主体意识瓦解后的一种“撤退”；而另一方面，只有把自己完全纳入山水和山民之中，他的自我焦虑才可能得到释放，一个新的精神主体才有可能生成。只不过让我们感到疑惑的是，如果连自我都已经靠不住了，那些山水是否还有疗伤的功效？如果自我如韩少功所言都不过是“历史和社会的容器”，那山水又岂能是一片纯净的自然天地？

三

且让我们先来看一看韩少功对他隐居地山水的描述：

> 几年前我回到了故乡湖南，迁入乡下一个山村。这里是两县交界之地，地处东经约 113.5 度，北纬约 29 度。洞庭湖平原绵延到这里，突然遇到了高山的阻截。幕阜山、连云山、雾峰山等群山拔地而起，形成了湘东山地的北端门户。它们在航拍下如云海雾浪前的一道道陡岸，升起一片钢蓝色苍茫。[②]

> 巴童浑不寝，夜半有行舟。这是杜甫的诗。独行潭底影，数息身边树。这是贾长江的诗。云间迷树影，雾里失峰形。这是王勃的诗。野旷天低树，江清月近

① 祝东力．精神之旅．北京：中国广播电视出版社，1998：178.

② 韩少功．地图上的微点//山南水北．北京：作家出版社，2006.

人。这是孟浩然的诗。芦荻荒寒野水平，四周唧唧夜虫声。这是《阅微草堂笔记》中俞君祺的诗。……机船剪破一匹匹水中的山林倒影，绕过一个个湖心荒岛，进入了老山一道越来越窄的皱折，沉落在两山间一道越来越窄的天空之下。我感觉到这船不光是在空间里航行，而是在中国历史文化的画廊里巡游，驶入古人幽深的诗境。①

这两段描写意境之美、文字之雅让我刹那之间恍兮惚兮，以为置身于陶渊明笔下的桃源圣地。但这不过是错觉罢了，实际上，这种对山水客观的描摹不仅在整部作品中非常少见，而且，即使在短暂的沉醉中，韩少功也清醒地意识到“历史的怪兽”就隐藏在山水之后：

当时这里也有知青点，其中大部分是我中学的同学，曾给我提供过红薯和糍粑，用竹筒一次次为我吹燃火塘里的火苗。他们落户的地点，如今已被大水淹没，一片碧波浩渺中无处可寻。当机动木船突突突犁开碧浪，我没有参与本地船客们的说笑，只是默默地观察和测量着水面。我知道，就在此刻，就在脚下，在船下暗无天日的水深之处，有我熟悉的石阶和墙垣正在飘移，有我熟悉的灶台和门槛已经残腐，正在被鱼虾探访。某一块石板上可能还留有我当年的刻痕：一个不成形的棋盘。

米狗子，骨架子，虱婆子，小猪，高丽……这些读者所陌生的绰号不用我记忆就能脱口而出。他们是我知青时代的朋友，是深深水底的一只只故事，足以让我思绪暗涌。三十年前飞鸟各投林，弹指之间已不觉老之将至——他们此刻的睡梦里是否正有一线突突突的声音飘过?②

一切恍如旧梦，但对知青生活如此清晰的记忆却提醒了我们，山水在韩少功的面前，绝对不是一幅审美的水墨画，而是缠绕着种种历史的欢欣和痛苦。对于韩少功他们这一代人来说，“山水/山川”一直承担着独特的历史功能，在他们人生的不同时期发挥着不同的效用。韩少功生于1953年，十六岁时（1969年）离家插队，那可能是他第一次如此亲切地与山川面对：

那是连钢铁都在迅速消熔的一段岁月，但皮肉比钢铁更经久耐用。耙头挖伤的，锄头扎伤的，茅草割伤的，石片划伤的，毒虫咬伤的……每个人的腿上都有各种血痂，老伤叠上新伤。但衣着褴褛的青年早已习惯。朝伤口吐一口唾沫，或者抹一把泥土，就算是止血处理。我们甚至不会在意伤口，因为流血已经不能造成痛感，麻木粗糙的肌肤早就在神经反应之外。

……从那以后，我不论到了哪里，不论离开农村有多久，最大的噩梦还是听到一声尖锐的哨响，然后听到走道上的脚步声和低哑的吆喝：“一分队！耙头！箢箕！”③

---

① 韩少功．扑进画框//山南水北．北京：作家出版社，2006.
② 韩少功．扑进画框//山南水北．北京：作家出版社，2006.
③ 韩少功．开荒第一天//山南水北．北京：作家出版社，2006.

任何一个有过知青经历的人可能对这段描写都心有戚戚，山水在“改天换地”的宏大叙述中变成结结实实的体能和精神折磨。在“革命青年”改造山水的同时，山水也毫不容情地改造了他们，这种历史的辩证法通过韩少功对“劳动”的态度体现了出来，昔日让人痛不欲生的体力劳动在四十年后的今天已经成为一种资本：“坦白地说：我怀念劳动。坦白地说：我看不起不劳动的人，那些在工地上刚干上三分钟就鼻斜嘴歪屎尿横流的小白脸。”而在另外一个同样是当年的知青那里，“劳动”已经成为一种“生存方式”，他只有在不停“劳动”中才能确认到生命的存在[①]，虽然韩少功毫不费力地把这种对“劳动”的迷恋与海德格尔对现代化的批评嫁接在一起，并一再声明他对于城市生活的厌倦，但让我们怀疑的是，这究竟是一种怀旧还是对现代化的批判？

提出这样一个疑问来自这样一种文学史的事实，那就是，在八十年代，当“改革”和“现代化”的意识形态成为潮流的时候，正是山水承担着对现代民族国家的想象认同。我们或许还记得张承志在《北方的河》中对山水的呼唤和拥抱：

> 陕北高原被截断了，整个高原正把自己勇敢地投入前方雄伟的巨谷，他眼睁睁地看着高原边缘上一道道沟壑都伸直了，笔直地跌向那迷蒙的巨大峡谷，千千万万黄土的山峁还从背后像浪头般滚滚而来。他激动地喃喃着，“嘿，黄河，黄河。”
>
> 他沿着黄河踱着，大步踏着咯响的卵石。河水隆隆响着，又浓又稠，闪烁而颤动，像是流动着沉重的金属。这么宽阔的大峡都被震得摇动啦，他惊奇地想着，也许有一天两岸的大山都会震得坍塌下来。真是北方第一大河啊。远处有一株带有枝叶的树干被河水卷着一沉一浮，他盯准那落叶奔跑起来，想追上河水的速度。他痛快地大声叫嚷着，是感到自己已经完全融化在这暄腾声里，融化在河面上生起的、掠过大河长峡的凉风中了。
>
> 她看见了一幅动人的画面：一条落满红霞的喧嚣大河正汹涌着棱角鲜明的大浪。在构图的中央，一个半裸着的宽肩膀男人正张开双臂朝着莽莽的巨川奔去。[②]

在一些研究者看来，张承志这种对山水的极其夸张的热情表达是利用“一种地域观念、‘血统’关系、一种文化关系来重构一个中国的概念。民族国家想象开始依托于一种文化地理学式的现代化理论，以新的面目被建构起来”[③]。最重要的是，这种民族国家认同是建立在对现代化美好前景的想象中来完成的，山水在此如同张承志那个笔下的热血青年，在经过“文革”的毁灭后再一次走在现代化的康庄大道上。

这一对比或许能让我们理解韩少功们的痛苦，无论是对“东方文化”的寻根，还是对“黄河文化”的拥抱，现代化始终是一个梦绕魂牵的“乌托邦”。但是，当现代化突然以一种暴虐的方式展开的时候，他们如何安顿自己的理想和灵魂？毫无疑问，韩少功对此有痛苦的幻灭，当他在1988年毅然南下海南，创办类似于“人民公社”的《海南纪实》杂志社，身体力行于现代化的“伟大实践”之中，他或许没有料想到，仅仅不过十多年时间，

① 韩少功．农痴//山南水北．北京：作家出版社，2006.

② 张承志．北方的河．北京：十月文艺出版社，1987.

③ 张凡珊．认同重建于“山川”之中．当代作家评论，2007（4）.

他就要“打道回府”，重归山水。

只是山水也不过是历史的“造物”，历经“上山下乡”的改造，市场改革的“掳夺”，这山水之中的文化之根还残存多少？这眼前的“景观”到底是知青的“桃源旧梦”还是经“现代化”冲击后的残山剩水？韩少功似乎已经意识到了，就算是怀旧，在市场化的语境中，也需要付出昂贵的代价。[①] 而昔日借助“乌托邦”的宏大叙述建构起来的“山川人民”也已经在历史的流变中杂糅相成，构成一幅让人啼笑皆非的“后现代奇观”，请看《意见领袖》中绪非爹的言论：

> 绪非爹后来得知此事，听说来访的都是作家，也觉得十分可惜，失去了一个与作家深入讨论台湾问题的机会。“中国就是一个人，一个男人呵。”他愤愤地痛陈国是：“台湾就是中国胯里的一粒弹子。这粒弹子如今捏在美国手里呵。他不时捏你一下，不时又捏你一下，痛得你没办法。你看恼不恼火？原来还有一粒弹子捏在英国手里，两边夹着你捏。英国那个婆娘居然还想得出，上一回还要出钱来买弹子。”
>
> 大概是对退休生活不大满意，绪非爹火气更大，越来越像个愤青，开口就骂乡政府：“一年吃了一二十万，哪来那么多死尸要招待？说是招商引资！钱呢，引来的钱呢？钱毛也没有一根！还不如拿去喂猪，一二十万买饲料，总要喂出几百斤肉吧？”
>
> 骂完官员又骂日本右翼势力：“参拜，参拜，参他娘的尸！真要搞得中国人火了，好，什么事也不做了，一人出十块钱，做两个原子弹。老子把火柴一划，嘭嗵！”
>
> “你是放原子弹还是放鞭炮？”我没听明白。
>
> “当然是原子弹！”[②]

或许这才是更原生态的山水人情，它没有张承志的山水那么激情澎湃，没有路遥的山水那么脉脉深情，也已经在现代的观照中失去了《爸爸爸》中的诡秘神奇，但是，这是真实的，这是一部与历史不屈不挠进行对话的山水，它与那些隐秘的自然风物一起，构成了我们真正赖以生存的山河大地。对于它的认可，意味着韩少功已步入中年，他的怀旧，他的暧昧，他的自嘲，既有无可奈何的“天命”之感，也有一颗看淡一切的“平常心是道”。

四

韩少功最后寻找到了什么？如果非要给出一个确定的答案，可能会是比较遗憾的，至少从目前来看，他还没有给我们提供一个解决问题的方案，他无疑确实在努力寻找一个新的“文化构成”来重构精神主体和现代文化图景，并以此来安顿自己疲倦的个体生命。但

---

① 韩少功．怀旧的成本//山南水北．北京：作家出版社，2006.

② 韩少功．意见领袖//山南水北．北京：作家出版社，2006.

是，因为他们这一代人特殊的精神构造，这种努力可能还有待时日。韩少功的文化姿态并非代表了他一个人的困境，而是代表了一代人的困境。我们会发现一个有意思的现象，与韩少功相似，包括李锐、李陀、张承志、北岛等人都有这种情况发生，即，从最初的对“现代化”和“现代派”的热情肯定到对其产生怀疑和犹豫，比如李陀在1999年开始反思“纯文学”的说法[①]，而后又对“工农兵文学”的历史合理性进行了肯定[②]；而北岛，居然对自己当年写出的《回答》深表不满[③]；韩少功的隐居不过是其中比较极端的一个例子。为什么会出现这种情况？阿城在一篇文章中认为这是因为他们没有办法超越自己的“知识模式”和“情感模式”，他回忆了一个小小的细节，就是北岛一旦在喝醉的时候，总是慷慨激昂地大声唱起《东方红》，在阿城看来，他们这一代人受到革命的熏陶太深了，已经没有办法超越这种革命情结，以及与之相伴随的“激情”“责任”“理想主义”“乌托邦理想”等等。[④] 因此他们在一个世俗的、彻底商品化的现代化进程中感到不适应，甚至回到“文化相对主义”的立场就在情理之中了。实际上这种“不适应”和“回到现代之前”一直是中国近百年来现代文化史中经常出现的现象。Rey Chow（周蕾）在讨论中国现代性生成的过程中，特别谈到主体欲望爱憎交织的反应。她认为中国现代文人在遥念中国的始源的时候，产生着一种既迷恋又排斥的征候。[⑤] 而正是这种征候，造成他们相对应的对现代化的患得患失的矛盾心理。

韩少功身处这样的历史进程中，当然也无法避免这种“焦虑”，虽然他的一系列写作和行为可能会暂时救赎他的个体生命，“他把一个知识分子的生存焦虑，释放在广大的山野之间，并用一种简单的劳动美学，与重大的精神难题较量，为自我求证新的意义”[⑥]。但是，对于韩少功们以及更多的中国人文知识分子来说，历史的“暴虐”其实不过刚刚展开，在一个可以估量的时段和范围内，现代化的世俗化、去魅化、商品化的进程不会终止也难以逆转，因此在一个相当长的历史时期内，中国的人文知识分子可能还要深刻的纠缠在这样的“迷恋排斥”“爱憎交织”的焦虑和痛苦之中，他们会一次次重构自己的历史、传统，一次次返乡和归隐，叩问山河大地，直到寻找到属于自己安身立命的文化和经典，这或许就是韩少功目前给我们提供的最实在的启示和意义。

（杨庆祥 撰）

拓展与思考

1. 拓展阅读文本：

韩少功：《爸爸爸》《马桥词典》《日夜书》《文学的“根”》。

---

① 李陀，李静．漫谈“纯文学”．上海文学，2001（3）.

② 李陀，阎连科．《受活》：超现实写作的重要尝试．南方文坛，2004（2）.

③ 查建英．北岛访谈录//八十年代访谈录．北京：生活·读书·新知三联书店，2006.

④ 查建英．阿城访谈录//八十年代访谈录．北京：生活·读书·新知三联书店，2006.

⑤ REY CHOW. Primitive Passions：Visuality，Sexuality，Ethnography，and Contemporary Chinese Cinema. N. Y.：Columbia UP，1996.［王德威的《当代小说二十家》（生活·读书·新知三联书店2006年版）第331页中有相关论述。］

⑥ 谢有顺．第五届华语文学传媒大奖2006年度杰出作家韩少功“授奖词”．南国都市报，2007-04-12.

2. 思考：

（1）韩少功是八十年代“寻根文学”的重要倡导者和践行者，请思考“寻根文学”这一文学思潮的历史背景和文化诉求。

（2）韩少功是非常典型的思辨型作家，他的作品往往带有很强的思想性，请考察并思考韩少功自八十年代以来的思想谱系。

第30章
《小鲍庄》：语言洪水中的坝与碑

王安忆的《小鲍庄》，在“正文”之前有两段文字，分别标为“引子”和“还是引子”。标题“引子”宣告了叙述本身的开始和所述的故事的开始，“还是引子”却延宕了这双重的开始，或者说重复了这双重的开始——“还是”二字有点恶作剧意味，暗示了好戏的迟迟不开场或迟迟不开场的准是好戏。“引子”和“正文”的悖论关系在这里暴露无遗，“正文”的开始被一再延缓却使我们得以滞留于作品的开始之中。“引子”通常被视为无关紧要的可以跳过不读的“闲话”（“闲话休提，言归正传”），却又因其置于篇首且具有先导作用（引者，导也）而不容忽视。“引子”时刻意识到与“正文”的不平等关系，意识到来自量（篇幅）、位置（被排挤到边缘）、身份（“闲话”）等方面的压力，因而摆出一副伪谦卑的高傲姿态。“还是引子”是“引子”的自我强调，“引子”的后援，因而扩大了它与“正文”之间的暧昧的裂痕，使自身的重要性增值。然而，当它这样做的时候，却暴露了自身的分裂和内讧。“引子”被“还是引子”挤到了更加远离“正文”的边缘，成为“闲话的闲话”。“还是引子”则因其对“正文”的僭替而冒犯了阅读的期待，夹在“引子”和“正文”之间左右为难。这样，《小鲍庄》采用了使叙述充分延宕和分裂的策略来开始，实际上显示了自身的“可重读性”——在“引子”、“还是引子”（以及后来的“尾声”“还是尾声”）与“正文”之间，无数缝隙和空白为生产性阅读创造了可能。我们的解读便从这里开始。

一

“引子”和“还是引子”是两则“拟神话”（或不妨称之为“伪神话”）。它们叙述了一般神话所包含的那些主题因子：天灾（洪水），家族的起源，地貌的形成，罪与罚与救赎，等等。神话是凝聚一家族一部落一民族之大希望和大恐惧的一整套象征体系。有关起源的神话解释了人们的来源、生存的合理性、活下去和繁衍下去的根据。有关罪与罚与救赎的神话则解释了人们所面对的种种困境、必须在这些困境中生存的理由和必将摆脱困境的允诺。无论原始神话还是当代神话，都具有这两方面的功能，以维系一个社会体系的运转。《小鲍庄》的拟神话采用了匿名的叙述角度，王安忆解释说："我想讲一个不是我讲的故事。就是说，这个故事不是我的眼睛里看到的，它不是任何人眼睛里看到的，它仅仅是发生了。发生在那里，也许谁都看见了，也许谁都没看见。"（《我写〈小鲍庄〉》）神话的匿名叙述赋予自身一种神秘的、自然的和理所当然的性质，从而拥有令人敬畏的、毋庸置疑的权威。小鲍庄的村民们不自觉地被笼罩在这个权威的阴影下，用这一套象征体系的符码来解释他们的生老病死、婚丧嫁娶、天灾人祸、仁义道德、善恶美丑。然而正是王安忆自己戳穿了拟神话的匿名叙述性，她在上述引文后紧接着说："也许，事情从一开始就注定了不会有结果，全是徒劳，因为一个人是永远不可能离开自己的眼睛去看世界的。"

这讲的是作家自身的叙述困境，倘若从生活在拟神话权威阴影下的小鲍庄村民的角度来看，那么，一个"拟"字便已昭示了这套符码的人为性，它是否那么天经地义，那么"自然"，都是值得质疑的。当然，只有在受到另一套符码的撞击时，质疑才可能产生，这点我们放在稍后讨论。两个"引子"自行揭示了"神话"或"类神话"的虚构性和人工制作过程：只要我们使用匿名的叙述角度，使用"九百九十九天""七七四十九天"一类神秘的数字以及别的习用语汇，来讲述有关起源、罪与罚与救赎的"历史"，就足以建立起一套自行运转的象征体系，来规范人们的言行举止、恐惧和向往。人工创造的神话当然也会被人工改变，"还是引子"里说："这已是传说了，后人当作古来听，再当作古讲与后人，倒也一代传一代地传了下来，并且生出好些枝节。"又说："自然，这就是野史了，不足为信，听听则已。"神话在传承过程中受了历史的污染，产生了裂隙，所谓"枝节"、所谓"野史"，都是对符码的溢出和挑战。正如我们重读"正文"时将要发现，这些溢出和挑战无不与"性"有关，又无不带来了"惩罚"，因此，拟神话不仅是关于生存合理性的符码，而且是关于性规范的符码，关于权力结构的符码。但是，目前让我们先来看看另一套与这两则拟神话相纠缠的符码，即关于叙述本身的符码。

作家试图用她的两段"引子"和两段"尾声"筑一道"鲍家坝"，在语言的滔天洪水中围起这一段被命名为《小鲍庄》的文字孤岛。如前所述，这道堤坝绝不是"固若金汤"的，在"引子"与正文之间，"引子"与"还是引子"之间，已然存在诸多裂缝，语言的洪水无可阻遏地渗将进来。这就产生了叙述的"罪过"的问题，写作"与生俱来"的原罪便是：我只有写一篇与众不同的作品才合"法"，这从"抄袭""模仿""雷同"等词的贬抑色彩上可以见出，但既然这作品赖以生存的基础是与其他作品的差异，便也把其他作品的存在包含在了自身内部。作品只有寄生般地依赖于不断排斥其他作品才能确立自己，却证明了其他作品恰恰是它的组成部分，它才会如此急切地驱逐它们于自身之外。它如此警惕地巡视这条界线，然而一旦我们谈论或意识到这条界线，就已经同时涉足界线的两边，就已经超越了这条界线。用语言是不可能在语言的洪水中筑坝的，符码的纠缠宿命地跟随我们这些以写作为生的人。你看到《小鲍庄》这块文字低洼地里，正有多种语言符码的激流在震荡冲撞。

这样，《小鲍庄》至少讲了两个互为隐喻的故事，两个关于人与洪水的故事：自然的洪水与语言的“洪水”。

二

“鲍彦山家里的，在床上哼唧，要生了。”

正文再次以“起源”开始，以一个重要人物的诞生开始。这起源却毫无神话色彩，若硬要叫它“神话”的话，也只能称之为“反神话”。现实主义的、麻木的鲍彦山丝毫没有意识到儿子降生的重要性。“不碍事，这是第七胎了，好比老母鸡下个蛋，不碍事，他心想。早生三个月便好了，这一季口粮全有了，他又想。不过这是作不得主的事，再说是差三个月，又不是三天，三个钟点，没处懊恼的。他想开了。”占据他的意识的，是另一套符码的逻辑：口粮（物资分配）和“作不得主”（权力关系）。这使得故事中的英雄人物，大号鲍仁平小名捞渣的降生黯然失色——“就那样”，鲍彦山说。

然而，这种平平无奇的起源很快就得到了补偿：在捞渣诞生的同时，鲍五爷唯一的孙子社会子病死了。一死一生，捞渣与鲍五爷之间的神秘的“仁义”关系就此缔结。正是这一关系的发展使得捞渣不仅成为“拟神话”体系的人格化象征，体系的凝聚点，而且成了与另一强有力的体系（我们姑且称之为“当代神话”体系）的连接点、纽结点。

捞渣的形象其实是颇有点模糊不清的。“一脸厚道相”“稀稀拉拉的黄头毛”“这孩子仁义呢”“第一个学期，就得了个‘三好学生’的奖状”，如此而已。他的降生是模糊的，被掩在屋门之后。他的死也是模糊的，“捞渣是为了鲍五爷死的哩”，这只是人们事后的推断。唯一能告知我们他怎么死的鲍五爷，也只是手指着树下喃喃地说：“捞渣，捞渣！”不久就咽了气。有关打捞捞渣的嘈杂的叙述遮掩了他的英雄行为，愈到后来，越来越多的宣传媒介的介入，这行为的“本来面目”就愈模糊了。一事物作为他一事物或一整套事物的表现符号时，就被抽象化、模糊化了。神秘化带来的敬畏感，却是“拟神话”得以运作的需要。“小鲍庄是个重仁义的庄子，祖祖辈辈，不敬富，不畏势，就是敬重个仁义。小鲍庄的大人，送一个孩子上路了。”捞渣的死，使他成为“拟神话”的人格化体现，成为“仁义”的化身。

“仁义”符码的运作下，小鲍庄的村民们日子过得安分、知足、平和，当然也伴随着贫穷、蒙昧和封闭。然而一套符码无法自行说明自身，它必须在与他种符码的差异中确证自己。作品是用小鲍庄的几个“外来者”在村中的遭遇来表现这种差异的。

来自小冯庄的小伙子拾来，是外来者中的外来者。他在小冯庄时就在“蹊跷”中长大，最终因这“蹊跷”而出走。在小鲍庄，这“蹊跷”又促使他与大他十几岁的二婶相结合。熟悉弗洛伊德的精神分析理论的读者，自会用“俄狄浦斯情结”一类符码解释拾来的心理和行为：那个货郎鼓不就是男性生殖器的象征么？大姑给他一耳巴子不就是一种“阉割”行为么？他摇着货郎鼓离开大姑不正意味着他离开“男孩”的角色走向“父亲”的角色么？二婶不正提供了使他的压入无意识的恋母欲望得以释放的可能么？他在二婶家中的被虐狂式的勤快不正标明了他的再度被“阉割”么？如此等等。但是生活在“仁义”神话中的小鲍庄村民并不晓得这一套神乎其神的现代理论，鲍彦川（二婶已故的丈夫）的本家兄弟们就知道用扁担和拳脚交加来阐释这一切。连村长也觉得："这是小鲍庄百把年来头一桩丑事，真正是动了众怒。"当然，在弗洛伊德主义与"仁义"神话之外，还有第三套解释系统，那就是乡里的"公断"："照婚姻法第几第几条，寡妇再嫁是合法的，男方到女方入赘也是合法的。从此，拾来在小鲍庄有个合法的身份，不用躲着人了。"法管住了扁担，这是两套符码的权力关系，但是拾来在小鲍庄里的地位仍然不佳，仍然有待新的转机来临。

小鲍庄的第二个外来者是小翠子："这丫头太聪明了"，她会凄凄切切地唱《十二月》，又拒不与已经二十六七岁的老大建设子圆房，倒跟排行老二的文化子好上了。这对收养了她的鲍彦山家里的来说，颇有点"不仁义"。倘若要被"仁义"神话的规范所容纳，她就得重复村里众娘们已经重复了千百年的同一个老故事。而且，首要的代价是她的能说能唱的能力的被剥夺——"甭唱了，没脸没皮的，唱什么!"渐渐的，小翠子便不唱了。嗓子也像喑了似的，哑哑的，连说话都懒得说了。这是"仁义"符码的一大特点：单词的贫乏。尤其是男人们，全都笨嘴拙舌，少言寡语："就那样""哪能""管"，几乎就足以应付一切日常会话。妇女们在其余方面的地位卑下，却仿佛在语言能力方面得到补偿，伶牙俐齿，风风火火，享受着一种口腔快感。当然，小翠子必须在成为"建设子家里的"之后，她的伶牙俐齿才能合法化，因此，她跟文化子的"一句去一句来的拌嘴"，就无疑属于越轨。小翠子也只好出走了事，直到"重读"古老故事的时机来临。

第三个外来者是鲍秉德家里的——武疯子。说她是外来者可能有点牵强。"这娘们中看却不中用。……怀了有三四胎，胎胎是死的。暗地里就有人说怪话：兴许是做姑娘时不规矩来着，生下第五个死孩子时，疯了。疯了以后，那怪话才没有了。说疯子的怪话就太不厚道了。"娘们之"用"是繁衍鲍家子孙的，否则，再"仁义"的语言系统里，也难免有"怪话"。也许，"怪话"原是这套符码的有机组成部分。逃出这"怪话"的途径有二：失去理智，或者自杀。武疯子的悖论是：当她恢复理智时，她只好在"怪话"的无名重压下自杀；当她浑浑噩噩天真无邪地活着时，她以失去理智获得人们的"厚道"相待。她的存在昭示了"仁义"神话有关"中看/中用""正传/怪话""清泠/疯"等二元对立的标准，昭示了其中的正价值对负价值的排斥或容忍。鲍秉德说："一日夫妻百日恩，到这份儿上了，我不能不仁不义。"他不仅繁衍子孙无望，而且背负起"仁义"的枷锁，"一日比一日话少，成了个哑巴"。语言能力的剥夺乃是重读能力的被根本"阉割"。

三

其实，这几位"外来者"相对来说并不那么"外"，充其量也不过是生存在、辗转在"仁义"神话的边缘而已。真正以自己的叙述行为从符码层面来重读小鲍庄的拟神话的，是与武疯子相对的"文疯子"鲍仁文。"我不能像众人那样过下去。"他下决心用写作来打开一条路。面对着村民们善意的讥讽，他不动声色，心里想着记在本子上的一句话："鹰有时飞得比鸡低，而鸡永远也飞不到鹰那么高。"这格言显然就是我们前面略略提到的"当代神话"里的一部分。"当代神话"以它有关革命起源的经典性回忆、有关阶级斗争的警告、有关美好社会的允诺为当代现实的存在提供合法性解释。鲍仁文的路正是从"拟神话”符码通向“当代神话”符码的路。但是，就连革命的参加者，老革命鲍彦荣，尽管吸着文疯子孝敬的烟卷，也无法理解革命的叙述者所用的那套语言：

> “我大爷，打孟良崮时，你们班长牺牲了，你老自觉代替班长，领着战士冲锋。当时你老心里怎么想的?”鲍仁文问道。
>
> “屁也没想。”鲍彦荣回答道。
>
> “你老再回忆回忆，当时究竟怎么想的?”鲍仁文掩饰住失望的表情，问道。鲍彦荣深深地吸着烟卷：“没得工夫想。脑袋都叫打昏了，没什么想头。”
>
> “那主动担起班长的职责，英勇杀敌的动机是什么?”鲍仁文换了一种方式问。
>
> “动机?”鲍彦荣听不明白了。
>
> “就是你老当时究竟是为什么，才这样勇敢！是因为对反动派的仇恨，还是为了家乡人民的解放……”鲍仁文启发着。
>
> “哦，动机。”他好像懂了，“没什么动机，杀红了眼。打完仗下来，看到狗，我都要踢一脚，踢得它嗷嗷的。我平日里杀只鸡都下不了手，你大知道我。”
>
> “这是一个细节。”鲍仁文往本子上写了几个字。

“当代神话”的叙述主要由两部分语汇构成，一部分是关于叙述对象的（“英勇杀敌”“对反动派的仇恨”“为了家乡人民的解放”等等），另一部分是关于叙述本身的（“动机”“细节”“段落”“题目”等等）。小鲍庄的村民们似懂非懂地半是讥嘲半是敬畏地看待这一套。文疯子把鲍秉德不离弃武疯子的事冠以“阶级感情深似海”或“阶级情义比海深”一类的题目，写了一篇广播稿给公社广播站播了一下。鲍秉德却从“心底深处，很奇怪的，暗暗的，总有点恨着鲍仁文”。“而鲍仁文，隐隐的，也有些畏着鲍秉德，似乎觉着自己欠了他些什么。总之，有些尴尬起来。”另一篇广播稿是关于拾来和二婶的，题目叫作《崇高的爱情》：“白日辛勤地劳动，夜里在灯下制订‘致富计划’”等等。然而，拾来和二婶还是把门关得更严地在屋里打架。两套符码就这样尴尬地纠缠在一起，发生龃龉，又颇有点相安无事似的。然而，两套符码各自的优势是显而易见的：“仁义”神话的优势来自悠久的历史，来自与生俱来的“集体无意识”，来自与农业生产方式的同构性，来自它那仿佛是“自然的”“天经地义”的叙述方式；而“当代神话”的优势则主要来自它所处的意识形态中心位置，来自它与权力结构的密切关联，来自它所获得的物质资源（包括传播媒介）的支持，来自它那“理性的”“科学的”和激昂明亮理直气壮的叙述方式。至少在《小鲍庄》里，我们可以看出“当代神话”更占上风，尽管这种上风始终受到一种隐隐的嘲讽，因而始终是可疑的，可重读的。

鲍仁文到县城去求见“作家”时受到的冷遇和委屈，投稿之后的忐忑不安和焦急的期待，以及地区《晓星报》嫩生生的记者也被尊称为“老胡同志”等等，无不显示了“当代神话”与权力的共生带来的一切。最重要的是，不是捞渣的死本身，而是对捞渣的死的“当代”叙述，不仅使鲍仁文的“作家梦”得以实现，而且使得拾来、小翠、鲍彦山全家，都迎来了新的转机：倒插门女婿地位提高了，有情人可成眷属，新屋上梁，大儿子转吃商品粮，等等。奇迹就发生在这一语之转，即不再说“捞渣这孩子仁义”，而转为说：“小英雄鲍仁平同志舍己为人。”能指的威力绝对压倒了所指，所指成了一片空白，淹没在能指的耀眼光辉里。当然，这光辉的人为性和虚幻性依然无法遮掩。“老胡同志”睡觉打鼾如雷贯耳，酒喝多了发牢骚；四十多岁的矮个子作家有严重的气管炎，喉咙里一直咕噜作响……这些琐碎细节当然使“有关人类灵魂的崇高事业”的光彩大打折扣，却都可以忽略不计——对“小英雄事迹”的层层加工过程不厌其烦地铺叙，就足以昭示“当代神话”的运作机制了。宣传媒介自得其乐地沉浸在自己制造出来的语言虹霓之中，自信并且以为人们也相信用这套能指编织的彩锦的永久性，用它来凝聚当代人的恐惧和希望。它只愿倾听自己的声音，拒绝对它那一套语汇的任何重读。

小鲍庄淳朴的村民们却似乎无意地亵渎了它——

县里要在捞渣墓后盖纪念馆，收集遗物时犯了难。小英雄生前用过的穿过的，所有的东西都烧了。后来二小子发现，他家茅房泥墙上，有着捞渣写的字，写的是自己的名字——鲍仁平。

问他，确实是小英雄写的吧？他说：

“没错。那天，我和捞渣一起拉屎，各人写各人的名字玩哩！”

当然，边上还有二小子写的字：鲍兆和。

可那墙一碰就烂，起不了。只能放那儿了。

四

捞渣的死成了两套符码的相切点：“仁义”和“礼貌月”叠合在一起。符码的转换在作品里以捞渣的迁坟，构建了空间性的象征物的转换：“捞渣的棺材从大沟边起出来，迁到了小鲍庄的正中——场上。……砖砌的，水泥抹了缝，再不会长出杂草来了，也不会有羊羔子来啃草吃了。”自然的长了青草的土坟转换成人工的庄严的纪念碑，符码的纠缠和撕掳终成定局。人们用水泥的碑完成了对土坟的重写。

《小鲍庄》的“尾声”讲的便是这墓、这碑。既是故事的尾声，也是叙述本身的一个结局。当我们无法筑坝以阻拦语言的洪水时，能否建一个高出于“村东头的柳树”的碑，来铭记我们“理水”的努力和牺牲呢？能否以此救赎我们写作的“原罪”呢？能否借此凝聚我们从一套符码转向另一套符码时付出的挣扎和代价呢？碑的意象以挺拔于空间的实体铭刻历史，企图超越时间之流，汇聚事实、价值和权威的永恒性。然而，铭记便是一种书写，一种神话的诠释，它不仅被语言的洪流所播散，而且被时间的雨水所侵蚀。定局或定本不可能存在，重读将一再进行。

于是，“尾声”之后“还是尾声”，它提醒我们注意另一套历史叙述——鲍秉义的花鼓戏：

有二字添一竖念千字，
秦甘罗十二岁做了宰相。
有一字添一竖带一勾念丁字，
丁郎又刻苦孝敬他的娘。
一二三四五六七八九十，
十九八七六五四三二一，

珍珠卷帘那么一小段。

这贯穿作品诸段落的坠子曲，是神秘的汉字、语言游戏、真假难辨的信史野史等等杂乱无章的连缀，却仿佛道出了历史叙述的真相：人们用语言之网与时间之流纠缠不休。坝和碑的实体意象反而显出了虚幻，网的意象也许反倒逼真。问题在于：在人们的叙述实践中试图固定和打捞的是什么？

《小鲍庄》是值得反复阅读的文本。重读，即在坝和碑虚幻地存在着的地方下了一次网。或许，倒是因为坝蜿蜒着，碑耸立着，叙述和重读才不得不一再进行……

（黄子平 撰）

拓展与思考

1. 阅读《小鲍庄》，体会王安忆这篇小说在语言和修辞上的独特性。

2. 仔细体会小鲍庄“仁义”与“革命”两套话语的关系，思考作者对两套话语关系的描写，在小说中具有怎样的隐喻？

3. 王安忆这篇小说通常被视为八十年代“寻根文学”思潮的产物。请联系其他作家作品，谈谈为什么八十年代中期产会产生文化“寻根”现象？

第31章

《棋王》：知青小说如何“寻根”

《棋王》发表于《上海文学》1984 年第 7 期，在如今通行的文学史叙述中因其对传统文化精神的自觉认同被视为寻根文学的代表作。然而事实上，《棋王》曾被《北京文学》以“写了知青生活的阴暗面”为由退稿，《上海文学》虽然发表，又要求阿城修改原本不太积极的结尾。与后来批评家们自信满满地用“道家美学”“民族文化”等词赞赏《棋王》不同，集中于 1984 年末在《棋王》发表后迅速跟进的几篇批评文章中，新时期以来的知青题材小说仍被作为评价《棋王》的重要参照。

1985 年 3 月 21 日，后来同样被追认为“寻根文学”源头的汪曾祺在《光明日报》上发表了《人之所以为人——读〈棋王〉笔记》。在汪曾祺看来，阿城的贡献在于他写出了知青在经历那段特殊历史后“老老实实地面对人生，在中国诚实地生活”的共同心态，比起老一代，“他们是清醒的现实主义者”“较少教条主义”“这一代没有被生活打倒”“是一些悲壮的乐观主义者”。汪曾祺从另类知青王一生身上发掘出了一种在“吃”中乐天知命，又能在“棋”中倾力一搏、为社会主义新人所需的精神气质。然而这个并不寻根的结论却没有进入文学史，反倒是汪曾祺的这句话——“《棋王》写的是什么？我以为写的就是关于吃和下棋的故事”，被后来带有“寻根”意图的批评积极引用。在同年一篇总结 1984 年小说成就的文章中，批评重点已经转移到其“道可道，非常道”的文化深意，更有批评家指出“把《棋王》列入知青文学是不得要领的”。

随着上述结论成为后来文学史教材表述的基本方向，《棋王》被重新命名为“寻根”意义上的经典，而这段批评前史——即从有问题的知青题材写作到为知青文学锦上添花的作品，俨然被当作一次愚笨的误读被遗忘。作为“寻根文学”的文化特质是被批评家从原作中发现的，还是被移入的？带有寻根意识的批评又是如何将汪曾祺认为尚有话可说的“作为知青文学的《棋王》”剥离出去的？“经典化产生在一个累积形成的模式里，包括了文本，它的阅读、读者、文学史、批评、出版手段、政治的等等。”[①] 如果说《棋王》被经典化为今天形态的过程是由寻根批评最终完成的，那么如何认识这种批评的性质与根本意图，它如何与作家对话，它与作品的差异性何在？只有解决这些问题，才能重新打开《棋王》的意义。

一

1984年7月16日，阿城的父亲钟惦棐在给批评家仲呈祥的信中迫不及待地力荐刚刚发表的《棋王》：“这种文学，不是一阵风能吹跑的，作为处女作，起点是好的，文学要注意题材的开拓，不能‘一条路走到黑’，《霍元甲》《白发魔女》就是钻了这个空子。”[②] 钟惦棐将《棋王》的价值突兀地与《霍元甲》《白发魔女》的大卖联系起来，不仅是对通俗文学勃兴挤压高雅文学的反应，更流露出他在阅读《棋王》时的独特体验，即《棋王》具备了与后者相似的与传统现实主义文学有别的某种“奇文”特征。

然而，在仲呈祥不久后发表的《棋王》论中，他还是将《棋王》首先放入新时期以来知青题材的写作序列中：阿城的贡献在于他对知青生活的独特描写，“既不像孔捷生那样，先写‘伤痕’，再写‘追求’，从《在小河那边》走到《南方的岸》；也不像叶辛那样，重在展示当代青年从浩劫之初的狂热到‘九一三’事件前的消沉、从消沉到在现实的启迪下学会思考、从思考到投身于‘振兴中华’的时代洪流；更不像王安忆那样，用《本次列车终点》把笔触延伸到知识青年回城后的就业生活，深沉地喊出找寻人生‘终点’的课题……他就是他，在驾驭自己所熟悉的题材上，另辟蹊径，以奇制胜”[③]。一旦以被编入“伤痕”“反思”文学的知青文学简史为参照，就要小心注意不让《棋王》的“奇”胀破新时期初期现实主义的文学成规。于是，仲呈祥努力在批评中维持一种平衡，既突出《棋王》相较其他知青小说的异质性用以说明其文学史价值，又不忘从小说的三个基本构成——人物塑造、情节和背景上突出《棋王》的写实性与时代性：小说中车站送别、农场劳动等典型场景被特别拣选出来用以说明小说之于知青上山下乡运动这一真实历史事件的认识价值，而“棋呆子”那看似纯属虚构的奇人奇事则被特意解释为“荒诞的年代怪事太多”具备了历史合理性。

这种论述策略同样出现在其他将《棋王》作为知青小说来考察的早期批评中。当批评家略显别扭地用强调细节真实的方式弥合《棋王》的破格之处、并努力将其纳入“知青文学”范畴来考量时，他们实际上为《棋王》赋予了双重使命：在尝试为八十年代中期已经丧失活力的知青文学寻找新型写作模式的同时，以知青文学为载体重新激活现实主义文学正逐渐衰弱的历史能量。

韦勒克曾用“小说”和“传奇”区分散文叙述体小说的两个血统：“小说是现实主义的，传奇则是诗的或史诗的，或应称之为‘神话的’。……小说由非虚构性的叙述形式即

---

① 托托西．文化研究的合法化．北京：北京大学出版社，1997：44.

② 仲呈祥．钟氏父子素描——记钟惦棐与阿城．青年作家，1987（4）.

③ 仲呈祥．棋王．当代文坛，1984（9）.

书信、日记、回忆录或传记以及编年纪事或历史等一脉发展而来，因此可以说它是从文献资料中发展出来的，从文体风格上看，它强调有代表性的细节，强调狭义的模仿。另一方面，传奇却是史诗和中世纪浪漫传奇的延续体，它无视细节的逼真，致力于进入更高的现实和更深的心理之中。”① 参照韦勒克的观点，如果说《棋王》在与知青文学若即若离的关系中兼具“小说”与“传奇”的素质，那么围绕《棋王》形成的第一轮批评正是从“小说”的意义上去理解它的，而后来的批评恰恰选择放大作为“传奇”的《棋王》。

1985 年阿城小说集《棋王》由作家出版社出版，季红真的“序”集中体现了这种批评重心的转移：“他对细节的写实极少满足社会层次上的典型概括，而更倾向于对现实的超越，达到对世界人生整体的哲学了悟。这是他的创作个性，我们因此而难于以写实文学的一般规律去阐释评价他的作品。”而从“小说”到“传奇”，“杭州会议”无疑是重要的历史转折点。在最早由《上海文学》编发的会议纪要中，《棋王》成为会上提倡文学“当代性”的范本，“作者通过一个底层青年在‘文化大革命’那个疯狂年代对中国传统文化的痴迷，表现了作者自己对中国传统文化精华的重新发现与重新认识，而这种发现与认识正是今天我们搞经济改革与对外开放的立足点之一”②。这段简短的表述较之此前的批评明显出现了两点变化：首先，以“追求文化”与“反文化”勾勒人物与时代语境间的冲突，实际上是以对“文革”的文化反思替代政治反思去理解作为小说重要背景的知青运动史；其次，批评对作者创作意图的归纳也不再局限于知青题材层面的时代记录，而是更倾向于考察作者在超历史层面对民族传统这一深层文化心理结构的主题性思考。批评一旦摆脱现实主义文学成规的约束，原本需要以写实性或时代性纠偏的王一生那多少有些不务正业的知青生活，自然迅速剥离开知青文学依赖于特定人群与特殊历史阶段的评价系统，在韦勒克所谓“更高的现实和更深的心理”层面获得了新的意义。

1985 年后关于《棋王》的大量批评正具体实践了上述观点。随着寻根意识的渗透，王一生作为城市底层出身的知青身份渐渐模糊，他的社会属性或阶级属性变得无关紧要。寻根批评中的王一生更接近于一个没有个性的符号：“《棋王》中的王一生，是传统民族精神的造型”③，“他几乎没有个人意义上的历史，而是完全负着民族的历史”④。随着主语的消失，“吃”或“下棋”的行为也摆脱了知青集体记忆的共时性束缚，反而在一套以“文化寻根”为理论预设关于五四与“文革”的历时性表述中获得了超现实的象征意义：阿城对王一生令人心酸的吃相的描写，不仅是以饮食之道讽刺“十年内乱既提倡苦行僧式的生活又压抑人们的文化情感的畸形政治”，更呈现出“作者对人类物质生活与精神世界内在扭结的深刻洞察与理解”⑤；阿城写棋道之兴衰，暗示了自五四新文化运动以后，强调“天人合一”“儒释道内在一统”的传统精神在西方文化冲击下的衰弱，而王一生受捡破纸老头启蒙自觉承担起弘扬中华棋道的责任，恰恰接续起了失落于民间的文化血脉⑥。

不难看出，一种结构主义的文学新思维正潜入批评。“结构主义是对常识的有意冒犯，

---

① 韦勒克．文学理论．南京：江苏教育出版社，2005：252－253.

② 青年作家与评论家的对话．上海文学，1985（2）.

③ 辛晓征．读阿城小说散论．当代作家评论，1985（5）.

④ 郭银星．阿城小说初论．当代作家评论，1985（5）.

⑤ 李运转．饮食后面的心灵．小说评论，1985（6）.

⑥ 郭银星．阿城小说初论．当代作家评论，1985（5）.

它拒绝这篇小说的‘明显’意义，却试图去分离出其中表面上隐而不彰的某些深层结构。它不从其表面价值理解本文，却将其‘换’成一种完全不同的对象。”[①] 在这种“正确”的理论眼光下，阿城笔下那些并未完全脱知青文学痕迹的素材自然丧失了再解读的价值，因为他们是显而易见的。人物身上明确的身份或社会角色也不重要，因为人物只是作为文本结构中的一个功能单位来获得意义。而对于小说中明确的时代烙印更无须再在政治或社会学的意义上去理解，因为批评家“在文学中发现了一个具有历史自身的全部跨度和集合结构的‘替代的’历史”[②]。从某种意义上说，迈向寻根的《棋王》批评其实是一种主题先行的批评，正如季红真的序题为《宇宙・自然・生命・人——阿城笔下的“故事”》，打引号的“故事”已经先天判决了原来批评中题材决定论的失效，因为不管王一生身上是否真实体现了知青群体分享的共同经验，不管此后阿城写的是《树王》《孩子王》，还是别的王，这些故事在批评家眼中其实都将只是基于同一主题的一组变化。

事实上，主题是什么并不重要，它更像是一个功能性的装置，被用以结构一种新的批评范式，将作为知青文学的《棋王》剥离出去，而只有在《棋王》的批评实践中实现这种剥离后，才能使有关“什么是文学”的知识迅速脱离社会主义现实主义文学成规的控制与影响。《棋王》迈向寻根的途径暴露出这样一个事实，随着作为知青文学的《棋王》被批评剥离出去后一同消失的，是现实主义文学资源与小说题材所蕴含的隶属于社会主义实践的当代史记忆。当作家与批评家合力生产出一套“寻根”知识时，“寻根”的根本焦虑并非仅仅来自西方强势话语中本土经验的匮乏，相反，它的最直接动因是“除根”。正如程光炜所说，“‘剥离式’研究是要脱离左翼文化所垄断的沉重历史，让中国社会真正与‘走向世界’的历史大趋势完成最后的接轨”[③] ——这句话才真正道出了寻根文学的发生学秘密。

二

关于批评为何在 1985 年后倾向于从“文化寻根”的意义上对《棋王》进行重命名，除了探讨批评家知识谱系的重构外，还应注意批评中作者形象的变化。与 1984 年末尚在知青文学范畴内讨论《棋王》的批评相比，除了有意剥离《棋王》在题材层面的写实性意义外，在迈向寻根定位的批评中，如何认识阿城的作者形象，开始成为能否正确解读《棋王》的重要前提：

> 我听说过一则阿城的轶事：一次阿城出外，回来后发现小屋被偷，失钱一千多。但他到其父处诉说时，竟然像讲别人的事情，自己超然于外，还说很可怜那个小偷——他只知道偷钱，而那部更值钱的旧版《金瓶梅》却只是翻了翻，见里边没存折，又放了回去……从这件事情上我们可以看到，阿城的生活态度和性格是独特的；而他又能把自己这种个性映射在作品之中，所以，这就决定了他的小

① 伊格尔顿．二十世纪西方文学理论．西安：陕西师范大学出版社，1987：101－102.

② 伊格尔顿．二十世纪西方文学理论．西安：陕西师范大学出版社，1987：101－102.

③ 程光炜．孙犁“复活”所牵涉的文学史问题//文学史的兴起．开封：河南大学出版社，2009：68.

说的独特个性和风格。《棋王》发表时，人们曾为它的冷峻所惊异。知识青年上山下乡，其中有多少离愁别绪曾被许多浓墨渲染过。但是，阿城似乎对这类情绪缺少兴趣，这就使他一扫别人的情调，写出了自己的境界。列车就要启动了，“车厢里靠站台一面的窗子已经挤满各校的知青，都探出身去说笑哭泣”，而“我”却平静自如；别人都把这一离别当成“风萧萧兮易水寒”，而“我”却认为“此去的地方按月有二十几元工资，我便很向往”，甚至担心“每月二十几元，一个人如何用完?”王一生比“我”还要超然物外，他蛮有兴致地找“我”下棋，对眼前的情境视而不见。在这种情调和人物性格的描写中，体现出阿城对世态人生的庄谐并作的理解。①

在这位批评家看来，只有先从阿城轶事中认识作家其人，即阿城遭窃后那种淡泊名利、任真自适的道家之风，才能理解他为何能写出“我”或“王一生”这两个另类知青形象。虽然知人论世的批评方法与此前的批评并无差别，但是我们可以想象，对没有强烈寻根意识的批评家来说，作者形象其实并不是个需要在哲学精神高度予以透彻剖析的问题，他们显然会更直接地想到要从阿城的知青身份与知青经验出发去解读作品：作为1957年就被批为“大右派”的钟惦棐之子，本来就是“多余人”的特殊身份使他不可能有“红卫兵—知青”在历史震荡中命运突转时的感怀流涕，先到山西插队，后因听闻内蒙古有“风吹草低见牛羊”的景色，便以写生为名靠关系转到内蒙古，之后又到云南生产建设兵团农场，小说中“我”之所以为了按月二十几元的工资“争了要去”，无奈中多少带有阿城的自传色彩；而“王一生”的反应在王蒙看来也有其现实原因，“出身于中上层人家，才把上山下乡看得如此之重，看得如此之可怕或如此之伟大壮烈。其实广大农民家庭的子弟，包括其中上过学的子弟，是不会也无法这样看的”②。

在最早跟进《棋王》的批评家看来，与通常知青题材小说中的人物相比，“我”与“王一生”在车站一幕的“超然物外”，其实根源于特殊家庭出身的他们在整个知青群体中的边缘位置。为什么后来的批评家偏偏要忽略这种更显而易见也值得继续追问的解释，去舍近求远地认识另一个不仅仅拥有知青身份的阿城呢，这个新的作者形象又来源于何处?

不同于静态的、本质化的“作者”概念，我使用“作者形象”一词是为了强调其后天制作的痕迹：一方面，作者本人可以通过一系列文学创作或理论实践去塑造与改变批评家视野中的作者形象，从而影响到批评家阐释作品的路径；另一方面，批评家也可以通过文本分析、作家评传等方式反过来巩固与再生产有关这种作者形象的权威知识，并将其直接作为阐释作品的依据。

我们先来看看阿城本人在《棋王》发表后对自我形象的改写。阿城关于《棋王》最早的创作自述其实出现在致仲呈祥的一封信中：

《棋王》里有我的哲学，即普遍认为很苦的知青生活，在生活水准低下的贫民阶层知青看来，也许是物质上升了一级呢！另外就是普通人的“英雄”行为常常是历史的缩影。那些普通人在一种被迫的情况下，焕发出一定光彩。之后，普

① 罗强烈．关于阿城小说的三点思考．文艺研究，1985（6）．

② 王蒙．且说《棋王》．文艺报，1984（10）．

> 通人又复归为普通人，并且常常被自己有过的作为所惊吓。因此，从个人来说，常常是从零开始，复归为零，而历史由此便进一步。这种历史观与社会观未知成立否？还望指点。中国历来要解决“吃”这个首要问题，衣食足，方知荣辱，我也力图在《棋王》中铺上一层这个基础。以上都是设想，以小说形式渗透出来，我仍认为不算太成功。大家说好，增强信心，但今后的路还要自己走，倒不如把《棋王》忘了好。[①]

这段自述指出了阿城在构思《棋王》时的三点设计。第一点佐证了王蒙的判断，《棋王》的创作起点，是要从此前常被忽视的知青的不同出身阶层出发，去反思以往知青文学所塑造的“一代人”的苦难记忆。第二点可以看作是对“十七年”文学成规要求写“最能体现无产阶级革命理想”的“新英雄人物”的反拨，呼应新时期“告别革命”的国家意识形态回到普通人的日常生活叙事，这实际上延伸了第一点对知青文学写作中英雄主义、理想主义情结的怀疑。第三点关于“吃”，有些突兀却也给后来的批评留下了最大的阐释空间。非常有趣的是，这三点的顺序在阿城此后公开发表的创作自述中被完全颠倒过来。1984 年第 6 期《中篇小说选刊》（双月刊，单月 1 日出版，即 11 月，“杭州会议”之前）全文转载《棋王》，后附阿城的创作谈《一些话》，原本排在最后的“吃”被大力渲染占据了开篇位置，甚至被叙述成《棋王》的创作源起：阿城说，“《棋王》可能很有趣。一个普通人的故事能有趣，很不容易。我于是冒了一个想法，怀一种俗念，即赚些稿费，买烟来吸。……等我写多了，用那稿费搞一个冰棍基金会，让孩子们在伏天都能吃一点凉东西，消一身细汗”[②]。阿城后来在很多场合都喜欢“躲避崇高”，宣称自己写作的功利性，这种坦白是否真实并不重要，值得注意的是，阿城的知青经验在这篇由五段文字构成的创作谈里只被保留在结尾处一个容易被遗忘的角落，次序的调整很可能潜移默化地改变文学批评进入《棋王》的通道。“入世近俗，不耻于言饮食男女，在这些人类基本的生命活动中，体察芸芸众生的甘苦，探索历史沉实的脉搏，也汲取着普遍人生的营养”，当批评家在《棋王》中读出阿城的这种人生态度时，他们更愿意将它抽象地归因于一种“博大的人道精神与现代人的生存意识”的有机结合，或者“承袭了中国古代静察默观的审美态度”[③]，这种判断不仅没有考虑阿城返城后的现实生存焦虑及他渴望重返北京文化阶层遭遇挫败后的对抗情绪[④]，更遗忘了造成这种人生观的根本历史诱因——“知青上山下乡运动是一种特殊情况下的扭曲现象，它使有的人狂妄，有的人消沉，有的人投机，有的人安静。除了极少数人，多是一有机会便努力离开所在之地。我当然未能免俗。但那一段生活毕竟使我

---

① 仲呈祥在八十年代撰写了多篇阿城传记，其中曾多次摘录《棋王》发表后他与钟氏父子往来的几封书信。1984 年 7 月 21 日钟惦棐致仲呈祥信中提及对阿城的家训，望他在《棋王》发表后“千万不要成为‘文学新贵’。‘新贵’也是自绝于文学之路。要求他还像过去一样，一个破挂包，夜宿车站长凳”。仲呈祥称自己谨遵师命很快将这段话转寄阿城，“不到一周”阿城就回信自述了《棋王》的创作意图，并称“《现代作家》上将有我一篇《卧铺》，届时请指点”。《卧铺》发表于《现代作家》1984 年第 11 期，由此可以推断这封信大约写于 8 月到 11 月间。［阿城之谜．现代作家，1985（6）．；钟氏父子素描——记钟惦棐与阿城．青年作家，1987（4）．；阿城印象记略．人物，1989（3）．］

② 阿城．一些话．中篇小说选刊，1984（6）．

③ 季红真．宇宙・自然・生命・人——阿城笔下的“故事”//文明与愚昧的冲突．杭州：浙江文艺出版社，1986：136．

④ 阿城在云南插队时由范曾推荐回城，并在《世界图书》以工代干，当时月薪仅 30 元。

开始老老实实地面对人生，在中国诚实地生活”[①]。阿城的这段自我反省不仅成为后来批评的盲点，也再没有出现在他此后的创作谈中，与前述发生在批评中的剥离相似，他似乎有意要将自己从出道时的知青作家身份中剥离出来。

“杭州会议”后，“文化”成为阿城口中的高频词，给本来仅仅以知青身份为主要标识的作者形象附着了更多新的信息。1985 年 4 月 22 日《文汇报》刊登“1983—1984 年全国中篇小说奖获奖作家感言”，阿城在题为《话不在多》的短论里自谦道：“以我陋见，《棋王》尚未入流，因其还未完全浸入笔者所感知的中国文化，仍属于半文化小说。若使中国小说能与世界文化对话，非要能浸出丰厚的中国文化。”[②] 与之前的《一些话》相比，《棋王》的创作意图已经变成了尽力展示自己对中国文化的理解，而小说所包含的文化信息量也成为他判断其成功与否的标准。在 1985 年第 4 期《中篇小说选刊》上的《又是一些话》中，阿城更直接声明“创作谈多属妄言”，指出包括“去年承贵刊转载《棋王》写过‘一些话’”只是“写些题外话，小心翼翼地兜圈子”，仿佛是要提醒批评家忘了自己从前对《棋王》的解说，重新从“文化”上去定位作品。在这篇“伪创作谈”里，阿城显然有了更大的野心，面对掌握裁判权的批评家，与其发表创作自述仅供参考，不如直接从根本上质疑现存文学体制所规范的“文学”本质及其意义评价系统：“艺术所能显现的，即人类的心态。人类的心态何以形成？我认为是文化积淀的结果”，“中国的小说，若想与世界文化进行对话，非能体现自己的文化不可，光有社会主题的深刻是远远不够的”，“不关联文化的文学，文字而已，社会学材料而已”。[③] 1985 年 7 月 6 日《文艺报》发表了阿城《文化制约人类》一文，观点几乎就是《又是一些话》的重复，但已完全脱去了“创作谈”的形式束缚，不仅摆出了认为五四以虚无主义态度造成民族文化断裂这一极易引起争论的话题，更明确推荐韩少功《文学的根》一文，将汪曾祺、贾平凹、李杭育等列为自己所谓文化小说的典范。同期《文艺报》“理论动态”栏目编发了《他们在寻根》，阿城俨然已被定位为“注意民族情感的独特表达和民间口语的运用”的寻根作家。

新的作者形象很快成为批评家的共识。寻根作家的创作谈俨然具备了抢注“商标”的效果，随着“寻根文学”在 1985 年成为文艺界集中关注的焦点，批评家要对其进行任何评价与讨论都不可能绕过作家自己的诗学主张去直接面对他们的作品。一组奇怪的颠倒随之而来，在这一阶段的种种“阿城小说论”中，批评家开始花更多篇幅介绍阿城就“文化”与小说之关系发表的理论见解，批评对象不再是原作意义上的作品，而是阿城有意“‘浸入中国文化’的试验”，批评结论也不再是解答作品独特的审美价值或社会价值，而是对阿城所谓“文化”究竟为何物的破解。在这样的批评思路中，《棋王》的写作时间自然被模糊，它仿佛成为阿城在明确了寻根意图后的创作成果，“《棋王》的出现，呼应了当时文学界刚刚自觉起来的‘寻根’意识，并促使其成为一股创作和理论几乎同时成熟的强劲的文学思潮”[④]。批评家并没有意识到，他们实际上是带着与“这一个”阿城对话的印象去阅读“另一个”阿城早已创作在先的作品，他们因而也不可能意识到“被阿城遗忘的阿城”

---

① 阿城．一些话．中篇小说选刊，1984（6）．

② 阿城．话不在多．文汇报，1985－04－22．

③ 阿城．又是一些话．中篇小说选刊，1985（4）．

④ 郭银星．《棋王》和《孩子王》．文艺评论，1986（4）．

之于《棋王》的意义。

在1985年后关于阿城的多篇作家小传、人物专访中，作为寻根作家的阿城形象被添加了更多真实可感的细节。一方面，他是沉迷于民间文化与庄禅哲学的“痴人”，他的家夜不闭户，任何人进出必然被一地的“碎坛子破瓦罐烂空的牛头虫蛀的鹿角还有女人洗澡的油画”① 震到，“房前有一小块似小院般的空旷，很像打坐念经晨扫的圣地”②，“听阿城说话，就是像参禅，而我们又都缺乏慧根，只感到有光明透来，却觉悟不得”③，“1986年，阿城在聊天时已喜欢竖起一根手指移来移去的动作”④。另一方面，他又是不耻于谈饮食男女、为生计奔波的手艺人，赵玫细致地描绘了阿城的用心于“吃”：“从极洋的沙发背后的一个极土的水缸里舀水煮面，又用一只极大的蓝花海碗盛了，俨然一个行家。煮熟的面条重重叠叠，盈于碗上且冒着热气，阿城便竟自蹲在极洋的沙发上，吃将起来，且吃得专注，旁若无人。”⑤ 在这些描述中，“这一个”阿城已经完全被洗去了知青一代的历史烙印。我们不能据此说阿城是为了获取更高的文学地位“装神弄鬼”，但这种形象的确满足了寻根文学热潮中人们在文化感上的想象。

当批评家将《棋王》作为寻根小说来分析时，他们对“王一生”形象的认识越来越趋同于“这一个”阿城，他们愿意相信《棋王》是这个对禅宗有很高修为的阿城考问读者的一道公案，只有接近阿城，才能悟出他笔下的深意。在后来的批评或文学史叙述中，阿城形象与王一生形象的同构被认为是不证自明的，当我们在此基础上去认识寻根作家阿城及其代表作《棋王》时，其实已经不自觉地继承了八十年代批评的选择性记忆，我们并没有意识到，批评中的作者形象是被重新塑造的，正是它最终促成了寻根批评对作为知青小说的《棋王》的剥离。

三

在前面的论述中，我反复用到“剥离”一词，意图是要说明在《棋王》被经典化为“寻根”小说之前，无论是当时的批评家还是阿城本人都没有强烈的文化寻根意识，阿城的写作缘起是他对自己一段知青经历的人生体悟，而批评家也是在知青文学的范畴内思考它对知青运动史的历史认识，并力图发现它对于如何重建新时期改革语境中知青主体位置的正面意义，只不过这种思考还没有深入下去，就被“寻根文学”的讨论阻断了。指出这一点，并不是要完全否定批评将《棋王》读作“寻根文学”的价值，也不是要将《棋王》简单判定为一篇标准的知青小说，不可否认，《棋王》的确有它溢出传统知青小说写作及现实主义文学成规的部分，因此，值得追问的是，当阿城采取这套另类表述方式去书写自己的知青记忆时，它与以往知青文学对一代人历史经验的态度有何不同？只有在文本分析中重新发现《棋王》之于知青文学的意义，才能进一步思考将《棋王》追认为“寻根”小

---

① 范小天．牛眼鹅眼看阿城．青春，1987（5）.

② 赵玫．瞧，这个阿城．文学自由谈，1987（4）.

③ 王安忆．寻根二十年忆．上海文学，2006（8）.

④ 朱伟．接近阿城//作家笔记及其他．南京：江苏人民出版社，2006：64.

⑤ 赵玫．瞧，这个阿城．文学自由谈，1987（4）.

说的过程中存在的问题。

阿城在明确其“文化小说”的主张后常发表一些对于当时文学批评的看法，他一面肯定“好批评也是一种创作”，“不应该用我的小说去要求批评”，一面又认为“他们在说自己的话”，没有真正读懂他的作品：“《棋王》发表以后的评论，我多多少少看过一些，几乎都没有提到第一人称‘我’，……《棋王》里其实是两个世界，王一生是一个客观世界，我们不知道王一生在想什么，我们只知道他在说什么，在怎么动作，对于一些外物的反应，至于他在想什么，就是作者自己都不知道，怎么体会呢？另外一个就是我，‘我’就是一个主观世界，所以这里面是一个客观世界跟主观世界的参照，小说结尾的时候我想这两个世界都完成了。”“王一生和叙事者是两个元，最后这个主观叙事者‘我’，他是悟到了。他已经进入一个新的状态了。”[①] 虽然阿城有意要将自己的小说描绘为禅宗公案，因而没有解释“我”与“王一生”在小说中的具体意义，但这段有些拗口的表白，确实也提示我们去注意《棋王》中这个带有复调性质的结构设置。

阿城曾在自述中强调：“普遍认为很苦的知青生活，在生活水准低下的贫民阶层知青看来，也许是物质上升了一级呢！”[②] 阿城在小说一开场就借王一生之口明确了这种特殊视角的存在，当“我”质疑王一生面对知青离别场景的无动于衷时，王一生说：“你哪儿知道我们这些人是怎么回事？你们这些人好日子过惯了，世上不明白的事儿多着呢！”由于出身差异决定的不同生活态度，很快在“我”与“王一生”关于“吃”的几次对话中体现出来：“吃”对于王一生来说是第一位的，他的信条是“人要知足，顿顿饱就是福”，知青生活有钱有粮因而“不错”；而“我”却耻于谈论自己因饥饿腐蚀理想的过去，抱怨知青生活没书、没电、没电影、闷得无聊，认为“人吃饭，不但是肚子的需要，而且是一种精神需要”。有意思的是，如果说“我”一开始还试图通过讲述杰克·伦敦的《热爱生命》去启蒙“王一生”，更看重对生命崇高意义的追索，那么随着故事的发展，“我”反而开始认同王一生的人生哲学，“不做俗人，哪儿会知道这般乐趣？家破人亡，平了头每日荷锄，却自有真人生在里面，识到了，即是幸，即是福。衣食是本，自有人类，就是每日在忙这个”[③]。

在叙述“我”对“王一生”从不理解到认同的过程中，阿城实际上也记录下了他自己对于知青经历的态度转变。如果说此前的知青文学主要还是以“我”的叙事视角试图为知青上山下乡运动中那段青春虚度寻找意义，关心的是如何肯定知青一代的自我价值，那么阿城显然开始倾向于从“王一生”的平民子弟视角，去质疑前者对同一历史经验的自恋式描述，用王一生们必须将关心生计问题摆在第一位的知青生活的凡俗性，去消解前者主要试图为知青史赋予的或英雄化或苦难化的历史想象。可以说，《棋王》之于知青文学的意义正在于此，阿城在原本具有同一性的知青文学话语内部区分出了“我”与“王一生”的不同视角，这实际上暴露出此前知青文学叙述很少反思“谁在讲述”这一问题时可能存在的话语失衡，有可能推进知青文学的历史反思深度。阿城曾在第四次作代会上遇到让他极佩服的作家贾平凹，并请他对刚刚发表的《棋王》提提意见，贾平凹说：“知青的日子好

---

① 施叔青．与棋王作者阿城的对话．文艺理论研究，1987（2）．

② 阿城．一些话．中篇小说选刊，1984（6）．

③ 在小说的发表版本中，这段话之后还有一句：“可困在其中，终于还不太像人。”阿城曾因编辑意见修改过结尾，对比李陀回忆中《棋王》的原版结尾，这句有些光明的尾巴显然是后来添加的。

过。他们没有什么负担，家里父母记挂，社会上人们同情，还有回城的希望与退路。生活是苦一些，但农民不是祖祖辈辈这么苦么？”① 贾平凹的读后感将知青话语外部的农民视角呈现出来，其实正延续了阿城创作《棋王》的最初意图，即重新打开已被知青文学写作定型化了的知青史的复杂性与多面性。从这个意义上说，《棋王》的写作的确是“非知青化”的，正如阿城自己所说，在听了贾平凹一席话后“更坚定了我写人生而不是写知青的想法”，但这并不意味着可以将《棋王》从知青历史中剥离出来去理解，因为即使是后来被批评家大力渲染的阿城入世近俗的文化寻根意识，它最初也源起于作为知青作家的阿城对如何认识知青一代历史经验做出的具体回应。

然而正如前文所述，接受了寻根正典意识的批评家恰恰忽略了这一点。之所以会出现阿城所说的无视小说中双重视角的批评盲点，正是因为他们有意要将作为知青文学的《棋王》及其写实性内容剥离出去。当他们着力从文化象征层面以儒道精神诠释王一生的“生道”“棋道”时，他们自然不会再从历史真实层面去比较小说中的其他人物，从他们虽共享知青身份却存在着出身差异的情节设置上追问造成这种人生态度的根本原因。虽然许多批评家都曾指出《棋王》与以往知青文学不同之处在于一种“局外人”式的平淡叙述，但他们不再愿意花力气在知青文学范畴内解释这种叙述风格的生成机制与文学史价值，而是直接将这种叙述风格归因于阿城对中国传统文化中道家思想的领悟。

最为吊诡的是，在这种剥离式批评中，“我”与“王一生”的等级关系被颠倒过来。如果说作为知青作家的阿城通过寄居于“我”的视角，在对“王一生”所代表的民间话语的认同中破除了知青一代的知识分子话语权威与历史主体想象，以“老老实实地生活”接受自己在历史进程中的平凡位置，暂时缓解了“文革”创伤与返城后“多余人”体验导致的意义焦虑；那么在后来“文化寻根”的理论倡导中，他又借助对这种世俗生活之文化价值的阐发与命名，进入精英知识生产的中心圈层，重新获得了讲述历史的权力。在王晓明看来，这种悖论可能一开始就隐藏在阿城的创作中，“单单肯定王一生们的平凡普通是远远不够的，他更要进一步从这平凡普通中发掘出真正的深奥和卓拔。就像是一个好胜心极强的小孩子，他非要证明自己最富于教养不可……似乎有两个阿城，一个是力求朴素，一五一十地讲述那些貌似平淡的故事，另一个却面露骄色。刚刚描绘出一个生动的场面，立刻就矜持地刹住话头，只莫测高深地竖起一个手指”②。正如本章所示，后一个阿城很快将前一个阿城遗忘了，他不再愿意将《棋王》单纯地当作他知青生活记忆的诚实记录，而是像其他寻根批评家对《棋王》的阐发路径一样，竭力在“王一生”身上发掘一个文化传统。问题是，不管这个被寻回的传统是被五四与“文革”以“现代”为名中断的民族文化，还是被“十七年”社会主义实践与“工农兵文艺”破坏的“世俗之眼”③，被追认为寻根文学经典的《棋王》都已经不再具备叩问真实历史的能力。

通过批评重心的转移与作者形象的修改，无论是寻根文学思潮还是阿城本人，都完成了一次“华丽”的蜕变：一方面，与《棋王》的经典化过程相似，许多后来被追认的寻根

① 阿城．一些话．中篇小说选刊，1984（6）.

② 王晓明．不相信的和不愿意相信的——关于三位“寻根”派作家的创作．文学评论，1988（4）.

③ 阿城在1985年后的许多访谈或文集中对文化传统的解释，基本就是这两点：一是被五四激进反传统主义破坏的传统民族文化，二是有别于“十七年”工农兵气的民间世俗文化。

文学代表作其实都有一个居于知青小说题材移动期内的写作前史，但寻根批评却以告别现实主义为名，抹去了它们与此前隶属于伤痕、反思等文学思潮的知青文学写作的内在联系，以表面的断裂将寻根文学置于思潮演进的高峰；另一方面，正是借助于寻根文学思潮制造的文坛变局，像阿城一样，其他寻根作家也在理论倡导与创作实践的来回穿梭中实现了身份转换。知青文学本质上隶属于“青年文学”，正如对《棋王》第一轮批评中的现实主义成规所示，它怎么写，直接牵涉到国家对青年一代的意识形态规训，然而早在1983年左右，因为返城就业等问题，知青写作中暧昧不明的情绪表达就已经无法应对主流批评的期待了。因此，“寻根作家”之名，实际上使得知青作家从以代际或集体记忆辨识的知青群体中区分出来，从“被教育者”成为拥有较高艺术修养的“文化启蒙者”。就像甘阳在《八十年代文化意识》里所说，“八十年代堪称是最后的‘文化人时代’，其中的主体是知青一代中的文化人”[①]，“寻根”在某种意义上使他们获得了知青一代中的绝对先进性与正当性，使他们不再需要面对文学写作上应当承担的历史包袱。

寻根文学的真正书写主体是知青一代作家，像韩少功、郑万隆等人都曾有过一段知青小说的写作前史。在贺桂梅看来，知青文学始终面对的写作焦虑是“这一代人在如何被纳入新时期社会秩序这一问题上存在的主体认同困境”：作为曾经的“革命接班人”，他们有着强烈的主体意识，但“红卫兵”身份的历史原罪与“接受贫下中农再教育”的那段青春“虚度”，又使他们无法在主流秩序中获得相应的主体位置，返城后的“多余人”生活更加剧了他们为知青历史经验寻找一种合法表述的迫切需要。“寻根”因而“成为一次打破也是重建主体的象征行为”，他们通过对诗意“乡村生活”或其中“永恒的民族生存状态”的发现和书写，“为知青一代人构筑了一种超越性的精神归属”[②]。然而问题在于，这种新的主体重建其实是以遗忘真实的知青历史经验为前提的，抽象的文化想象在为他们实现文学体制变革走向世界与文学现代化的同时，可能也阻断了他们对作为知青运动发生地的广大农村的客观认识，使他们不再尝试去反思自己曾亲历的那段作为中国社会主义革命实践一部分的当代史记忆。正如程光炜所说：“寻根小说的历史是虚幻的穷乡僻壤和原始边地……这些‘历史’即使有所指涉，但都不关涉活在历史中的人们最深刻难耐的痛苦。也就是说，新时期文学发展到这里已经将主人公与当代史的血缘纽带人为地剪断了。”[③]

最后借用一段话来概括本章力图完成的工作：“很多人在处理原本内在于我们历史和现实的真问题时，习惯上把其只在某一观念架构中或某一理论、知识脉络中定位，结果，很快这一真问题就被封闭于一理论和知识氛围中，被脱历史脉络和脱现实情境了。这样原本鲜活的问题，就变得抽象和封闭，不再具备向历史和现实直接开放的能力。”[④]《棋王》被批评经典化为寻根小说就是这样一个“脱历史化”的过程，因此，只有重新激活被批评剥离出去的知青文学的历史记忆，才能再次打开被固化的《棋王》的意义。

（杨晓帆 撰）

---

① 甘阳，编．八十年代文化意识．上海：上海人民出版社，2006：4.

② 贺桂梅．“叠印着（古代与现代）两个中国”：1980年代“寻根”思潮重读．上海文学，2010（3）.

③ 程光炜．新时期文学的“起源性”问题．当代作家评论，2010（3）.

④ 贺照田．制约中国大陆学术思想界的几个问题//当代中国的知识感觉与观念感觉．桂林：广西师范大学出版社，2006：13，9.

拓展与思考

1. 拓展阅读文本：

阿城：《树王》《孩子王》《遍地风流》《闲话闲说——中国世俗与中国小说》。

2. 思考：

（1）《棋王》中的“我”与王一生形成了怎样的对话关系，如何理解王一生对“吃”和“下棋”的态度？

（2）如何评价八十年代寻根文学兴起的意义与局限？

第32章

《山上的小屋》：恐惧和救赎中的历史讲述

残雪的短篇小说《山上的小屋》发表于1985年。这一年正是先锋文学思潮蔚为大观之时，一大批先锋文学作品登上了历史舞台。《山上的小屋》抽离了具体的历史语境和现实环境，将小说的背景安置于一个“非历史”和“非社会化”的空间，主要通过人物的心理状态来书写一代人的精神性疾患。第一人称叙述使得作品带有自传体的色彩，但是疏离和冷漠的叙述语气又带有峻切的历史审视和历史反思，总的来说，这篇作品用非常个人化的书写方式建构了一个历史化的寓言，在其中，既有特殊时代留下的阴影，但也在拆解中窥见了黑暗闸门外的光亮和生机。

该作品被视作先锋文学的代表性作品，今天对于它的解读，需要注意的不仅仅是形式的突破和创新，同时也要注意形式的意识内容，以及这一意识内容对当代文学构成的对话和挑战。

一

> 在我家屋后的荒山上，有一座木板搭起来的小屋。

这是残雪1985年发表于《人民文学》上的短篇小说《山上的小屋》中的第一句，这一句构成了这个短篇的第一自然段。这是一个陈述句，表面上看很客观，不带有任何情感地向读者描述了一种存在的“现实”。对于这一陈述句的解读，将带着我们进入残雪这个女作家诡异的小说世界。

我们注意到，这个陈述句由几个重要的名词组成。这几个词分别是：家、荒山、木板、小屋。家的前面有个定语“我”——这个家是叙述者“我”之家，这一点没有什么疑问，但是当叙述者说“在我家屋后的荒山上”时，一种奇怪的气氛就呈现出来了。在“我家”和“荒山”之间几乎没有距离，一般来说，人不会把自己的房子建立在荒山野外，人实际上是群居之动物，只有在群居之中，人才能通过交流和交换获得生活和存在的各种资料。这是一个社会学的常识，但是很明显的是，这种常识在这里失效了。残雪通过这样一个简单的陈述，立即把我们带入一个非同一般的世界里，在这个世界里面，常识不能解释任何情况，相反，正是通过对常识的拒绝，叙述者获得了某种自由。“荒山”代表了人迹罕至之所在，这种地方，偶尔去一次，或者待一段时间或许是可以的，但是却不适合长久生存。非常有意思的是，在 1985 年前后，把人物和故事的背景设置为这种非社会化的“环境”，似乎是一种潮流。王安忆在其时创作的“三恋”系列，其中有一篇即名《荒山之恋》，好像只有在那种纯粹的空间里面，人物的性格才能得到最大限度地爆发。但是比王安忆更极端的是，残雪不是把单个的人放置在“荒山”中，而是把“家”整个搬到了荒山上，“家”在传统中国所具有的温暖、团结、和谐的隐喻意义因为置于“荒山”的对比中而更让人触目惊心。1985 年是中国城市改革大幕拉开的时候，城市的发展规划着中国人关于现代化的种种想象，但是在残雪这里，我们看不到一丁点灯红酒绿的生活世界的气息，残雪的气息是完全“去社会化”的，她选择的只是一间位于荒山僻壤的“小屋”来表达她对这个世界的想象。①

小屋位于荒山上，小屋是用木板搭起来的。但是我们发现，这个小屋是没有主格的，“有一座木板搭起来的小屋”，谁搭起了这座小屋？搭这座小屋的目的是什么？有什么用途？一切都没有交代，小屋就冰冷地矗立在那里。“家”—荒山—小屋，好像是一个横拍过去的镜头，一一呈现在我们眼前。如果这是一张风景照片，分明有两处风景藏在其中，即“家”和小屋。很显然，小屋是外在于家的，这种外在，不仅仅是指“家”与小屋处于不同的空间位置，更重要的是，因为这种互为存在，家和小屋构成了一个有趣的对位关系，在家里发生的一切，必然与小屋密切相关，如果没有小屋的存在，或者家也就不存在了吧。② 虽然残雪一再强调小屋之“小”，但是在部分读者看来，这小屋却是一个庞然大物，它不仅占据着小说叙述的中心，而且简直就是一个标志性的建筑，所有的争夺和讲述都或多或少地与“小屋”发生着关系。然而残雪好像并不急于立即展开陈述，而是开始调试自己讲述的态度和情绪，这一态度、情绪的建立，却是通过另外一个有趣的道具——抽屉——来展开的。

二

我每天都在家中清理抽屉。

---

① 残雪在 2001 年的一次访谈里面谈到自己的这种写作倾向：“我只对内在的世界感兴趣，我要在我所有的作品中排除表面世界的干扰。现在中国文学界有种说法叫‘世俗关怀’，什么是世俗关怀呢？那就是关怀表面的东西。很多人认为表面的东西能够使他们充分满足，中国人不重精神。我要搞的是‘深层关怀’。”（残雪．中国人不重精神//残雪文学观．桂林：广西师范大学出版社，2007.）

② 比如近藤直子就分析指出，小屋不过是另外一个家，是叙述者主观情感的外化。（近藤直子．有狼的风景．北京：人民文学出版社，2001：33.）

这是小说第二段的第一句。这依然是一个陈述句。这个陈述句首先完成了叙述空间的转换，视点从“外部”转向了“内部”，现在，叙述者回到了“家”里。其次，这个陈述句完成了一个动作的叙述，一个不断重复的动作——清理抽屉。接下来，母亲出现了，同样是以“抽屉”为展开的，母亲说的是“抽屉永生永世也清理不好”。这句话听起来像一个巫师的诅咒，极其阴险恶毒。实际上，在残雪的小说世界中，母亲一直是一个非常负面的形象，这一点也许可以从弗洛伊德的精神分析去解释。① 但是本章无意索隐作者的“意图”，也不愿意拘囿于作者的身世经历，既然残雪要把小说建构在一个如此“非社会化”的背景之中，我们也就只能从文本出发来解释这一切的修辞和设置。无论母亲代表了多么邪恶的形象，毫无疑问的是，她并非现实中的母亲，而是一个文本的符号。现在需要注意的是，母亲是通过何种方式与“我”发生了关系。这恰好就是残雪设置的一条重要线索，在这个看似混乱的小说文本中，残雪却非常理智地安排了种种可供我们踏入的路标。②

我们发现，母亲的每一次出现都与“抽屉”有关：第 11 自然段“我心里很乱，因为抽屉里的一些东西遗失了”，母亲则对此报以冷笑；第 19 自然段第一句是“我一直想把抽屉整理好，但妈妈老在暗中与我作对”；第 21 段妹妹告诉我，“我开关抽屉的声音使她（指母亲——引者注）发狂”；第 23 段“我在抽屉侧面打上油……她被我蒙蔽了……抽屉眼看就要清理干净一点儿，但是灯泡忽然坏了，母亲在隔壁房里冷笑”。清理抽屉—阻止清理抽屉，构成了“我”和“母亲”之间最尖锐的矛盾。抽屉里面究竟有什么呢？为什么大家都要对这个抽屉耿耿于怀？小说对于抽屉里面的内容一直讳莫如深，只在一处提道：“我发现他们趁我不在的时候把我的抽屉翻得乱七八糟，几只死蛾子、死蜻蜓全扔到了地上。”蛾子和蜻蜓是唯一明确的抽屉里的物事，叙述者接着说：“那是我心爱的东西”。抽屉里肯定不止这些小动物的尸体（标本），即使它们代表了童年的某种记忆。因此，“心爱的东西”才是“抽屉”主要的承载功能，抽屉里面装满了叙述者试图一直保护的东西，“抽屉”在这里具备了回忆、保存、整理等等的功能——抽屉由此具有了讲述的能力。我们甚至可以大胆地猜想，抽屉是否是一个沉默的讲述者，历史因为抽屉的“存在”（讲述）而得以保存。抽屉代表了一种极其私人化的讲述历史的方式，在这个意义上，抽屉和“日记”似乎构成一体的关系。也许就在这个抽屉里，藏着一本本关于个人生活和历史的“日记”，叙述者试图清理、回溯自己的历史，而母亲等人则不顾一切地阻止这一事件的发生。这种尖锐的矛盾，是否暗示了残雪这一代人某种文化上的境遇呢？在中国当代另外一个女作家遇罗锦的《一个冬天的童话》里，“日记”作为最重要的一个事件嵌入叙述者的命运中去，个人保存和讲述历史的权力被更庞大的力量终结并处刑。那么，在残雪这里，是否也存在这种两难之困境，讲述历史——尤其是个人的历史——总是伴随着巨大的压力和风险，但是，如果放弃这种讲述，则自我就难以完成精神上的更新。因此，关键问题不是讲述（清理）历史，而是用什么样的方式去讲述（清理）历史。

在前面的分析中，都提到了“陈述句”的叙事句式，这种句式给人一种貌似客观的印

---

① 近藤直子在《有狼的风景》一书中对残雪的“仇母”情结进行了比较细致的分析，但是笔者依然认为这与其说是一种社会的后果，不如说是残雪作为一个有意识的叙述者所热衷的一个修辞结构。

② 残雪认为自己的写作实际上是“理性和感性合一的产物”，并以为“最丰富的潜意识（中国）同最强大的理性（西方）一旦结合，将会结出意想不到的果实”。见残雪的《中国人不懂精神》和《答〈灵魂的城堡〉译者近藤直子问》。（残雪．残雪文学观．桂林：广西师范大学出版社，2007.）

象，但是因为“抽屉”这一“私人化”道具的出现，这种客观的陈述变得面目可疑起来。“抽屉”式的讲述类似于日记式的讲述，它暗示了叙述者是一个完全主观化的自我，普实克曾认为中国新文学的三个最基本的特点是主观性、个人主义和悲观主义。他论证说，从主观的、个人的甚至悲观主义的角度看，五四小说背离了传统小说形态，却近于古典的散文和诗歌传统。[①] 从这个意义上说，《山上的小屋》有点类似于五四早期的那些自我抒发式的作品，通过个人主观性的陈述来完成一个隐喻的能指。这个隐喻的内容关涉到陈述的内容和陈述的权力。

三

围绕着“小屋”和“抽屉”，小说中的人物展开了不同的陈述。首先是“我”的叙述，占了较大的篇幅：

> “所有的人的耳朵都出了毛病。”我憋着一口气说下去，“月光下，有那么多的小偷在我们这栋房子周围徘徊。我打开灯，看见窗子上被人用手指捅出数不清的洞眼。隔壁房里，你和父亲的鼾声格外沉重，震得瓶瓶罐罐在碗柜里跳跃起来。我蹬了一脚床板，侧转肿大的头，听见那个被反锁在小屋里的人暴怒地撞着木板门，声音一直持续到天亮。”
>
> “我听见了狼嗥，”我故意吓唬她，“狼群在外面绕着房子奔来奔去，还把头从门缝里挤进来，天一黑就有这些事。你在睡梦中那么害怕，脚心直出冷汗。这屋里的人睡着了脚心都出冷汗。你看看被子有多么潮就知道了。”

这两段陈述的对象分别是母亲和妹妹。在第一段陈述里面，出现了一个关键内容，即“被反锁在小屋里的人”。这个人暴怒地撞击着木板门，声音一直持续到天亮。但是很奇怪的是，木板门似乎并没有被撞坏，在小说的第一句中，已经交代了小木屋是用木板搭起来的，这种木板搭起来的房子一般来说很容易被破坏，尤其对一个暴怒中的人来说。但是木板门一直到天亮都没有坏，由此也许可以推断，那是因为“反锁在小屋里的人”受到的束缚非常严重，因此使不出正常的力气。如果小屋是某种人格化的象征，那么，这个人就是自我意识的一种化身（也许就是残雪津津乐道的潜意识），它得受到多么严格的控制，才不至于破门而出。在第二段陈述中，出现另外一个重要的角色——狼。不是一只狼，而是一群狼，这一群狼似乎不是侵略者，而是漫游者，因为它们并不吃人，而是作为一种恐惧的象征存在于那里。之所以把这两段陈述挑出来予以分析，是因为这两段陈述满足了某种文学史研究的癖好。只有那些可以放入文学史结构中予以分析的文本和陈述，才会呈现出不一样的意义。上面的两段陈述，对应了鲁迅作品中的核心内容。“小屋中的人”是否就是鲁迅所言的“铁屋中沉睡的人”呢？鲁迅的铁屋中的人可以呐喊，却担心醒后无路可逃，只能徒增清醒者的悲哀，而这个小屋中的人，无论其如何暴怒、呐喊，都不会惊醒别

① 普实克．中国现代文学中的主观主义和个人主义//普实克中国现代文学论集．李燕乔，等译．长沙：湖南文艺出版社，1987.

人（除了“我”），也不能惊醒历史。在《狂人日记》中，狂人看到周围的人眼睛里面有狼的“绿光”，他于是觉得周围都是吃过人的人，“没有吃过人的，大概是没有的吧”。狂人因此确认了自己作为“本质”的人的特性。在《山上的小屋》中，“狼”并没有被拒斥，而是成为“我”的一个武器，用于吓唬别人，其原因可能在于“狼性”和“人性”已经没有办法有效地区别，人和狼原来是可以互相变化的，于是叙述者说：“原来父亲每天夜里变为狼群中的一只，绕着这栋房子奔跑，发出凄厉的嗥叫。”

但是，父亲是一只“狼”可能只是叙述者我的一厢情愿的指认，父亲并不甘心于这样的指认，他没有放弃自己陈述的权力：

> “每次你在井边挖得那块麻石响，我和你妈就被悬到了半空，我们簌簌发抖，用赤脚蹬来蹬去，踩不到地面。”父亲避开我的目光，把脸向窗口转过去。窗玻璃上沾着密密麻麻的蝇屎。“那井底，有我掉下的一把剪刀。我在梦里暗暗下定决心，要把它打捞上来。一醒来，我总发现自己搞错了，原来并不曾掉下什么剪刀，你母亲断言我是搞错了。我不死心，下一次又记起它。我躺着，会忽然觉得很遗憾，因为剪刀沉在井底生锈，我为什么不去打捞。我为这件事苦恼了几十年，脸上的皱纹如刀刻的一般。终于有一回，我到了井边，试着放下吊桶去，绳子又重又滑，我的手一软，木桶发出轰隆一声巨响，散落在井中。我奔回屋里，朝镜子里一瞥，左边的鬓发全白了。”

这一段是父亲关于一个奇怪的梦的陈述，对于这一段里面出现的很多意象，比如剪刀、井、井绳等等都可以做多义的读解。在此想提出两个问题，第一个问题是，这段话陈述的宾格是谁？也就是对谁说的？第二个问题是，此段陈述的内容在小说中起到了什么功能性的作用？首先我们来看第一个问题，父亲说这一段话的时候，“我”和“母亲”都在场，似乎是对我们说的这一番话，但是小说中又特别提道：“父亲避开我的目光，把脸向窗口转过去。”也就是说父亲的陈述对象是非常暧昧的，既可能是对我和母亲，也可能是对一个空无一物之处。但是小说又提道：“窗玻璃上沾着密密麻麻的蝇屎。”这个细节的描写暗示了漫长的时间的沉淀，父亲的陈述由此立即从“当下”转入“过去”。原来，这是一个有几十年历史的梦境。在这样一个“回溯”的视角里面，其实对象是谁已经不重要了，关键是，通过这种陈述，父亲希望获得某种为自己的历史辩解的权力。我们不要忘记，正是因为“我”“指认”父亲是群狼中的一只后，父亲才开始讲述这么一个西西弗式的故事。这个西西弗的故事在这里不再承担有悲剧净化的功能，父亲讲述这个故事或许是为自己的历史和行为进行辩解，但是，他似乎并没有取得成功。因为“我”听到这个故事的反应是“我的胃里面结出了小小的冰块”。这是一个非常残忍的反应，对于父亲的讲述不是认真地倾听和热烈地回应，而是冷冰冰的“冰块”，而且这个冰块居然藏身于能消化一切的“胃部”，完全无法融化。这该是对父亲所陈述的内容多么激烈的否定和不予谅解。可是从另外一个角度来看，父亲在乎这种反应吗？似乎也没有，父亲的陈述连对象都是不确定的，他宁愿选择对着“粘着密密麻麻的蝇屎”的窗玻璃说话，也不愿意面对“我”的目光。而“我”，宁愿自己的胃部结了冰块，也不愿意去倾听或者理解父亲。

围绕着这些凌乱陈述的，是一种阴冷的氛围，这种氛围与其说是由这些陈述的古怪的内容引起的，不如说是由陈述本身（语气，修辞）引起的。每个人都在陈述自己的感受、故事，而丝毫不顾对方的感受，每个人都试图通过陈述为自己的行为找到合适的理由，但是最后却堕入更大的恐惧之中去。这些陈述以它自身的凌乱暗示了它们的特质，它们是完全自私的陈述，因为自私，所以内容并不重要或者说没有意义，重要的是这种陈述的指向。陈述的指向不是交流和沟通，也不是对自我的历史进行有效反思，而是争夺历史阐释的权力，并以此权力去否定对方的历史，当这种否定走到极端时刻，就只有通过恐怖主义来达成。在小说中，叙述者“我”不断通过“狼”来强化自己的叙述，狼现在成为一个武器，要么掌握狼，要么直接变成狼，唯有如此，才能垄断陈述的权力。

从“铁屋中的人”到“小屋中的人”，从“狼一样的眼睛”到直接变成狼，这是一个饶有意味的变化。“铁屋中的人”面对的是一个群体，他对这一群体还持有一定的希望，因此不惜牺牲自己去唤醒他们，所谓“肩住了黑暗的闸门，放他们到宽阔光明的地方去”，这是对中国历史一种启蒙式的想象。但是在残雪这里，“小屋中的人”面目不清，既不能认识到自己的历史位置，也不能去想象他者的历史位置，所以他完全丧失了重建历史的能力。在这样的情况下，对于“他者”的想象完全成为一个任意的指认，也就是把“他者”的历史无限“罪恶化”，从而达到自己“出逃”的目的。从鲁迅到残雪，这里有一个叙述的“颠倒”：历史讲述从一个拯救行为变成了一个“攻击”行为。

四

抽屉永远都整理不好，但好像也没有被彻底弄得不可收拾。

家里每个人都在陈述，都在抗辩，但是既没有人认真去听，也没有人愿意去理解。

一切都处在僵持的状态。只剩下小屋了，小屋是最有可能和解与获得救赎的地方。小屋代表了一种可能的出口。在 1985 年前后，文学所面对的最大问题就是重建历史的信仰和整体性问题。对于残雪这个年龄层的作家①来说，对历史的强烈的质疑和不信任构成了写作的基本动力。但是即使如此，他们对历史的重建依然保持非常丰富的维度。比如在张承志的《黄泥小屋》中，历史的罪恶最后被博大的母爱所救赎，最终，主人公在山川大地中重新归整了自己的历史，完成了主体的更新和重生。但是，在残雪这里，“归整”成为一个异常困难之事。这一困难——至少从《山上的小屋》这篇作品中——大概缘于两个原因。第一是，叙述者没有办法讲述一个完整的故事，讲述故事能力的丧失意味着自我疗愈的失效②。我们发现一个有趣的现象，1985 年后中国的现代派文学一度风靡，但很快就进入低潮，其中的原因大概有许多，但是一个根本的问题是，现代派文学不会讲故事，更不会讲一个具有中国意味的故事。这种讲故事能力的丧失，从表面上看是一个小说技巧的问题，其实更深层的原因在于无法有效地理解当代的历史。残雪是一个执着的写作者，但是

---

① 残雪生于 1953 年，其父亲在 1957 年被打成“右派”，她由外婆带大。1966 年“文革”开始时，残雪刚刚小学毕业，并从此中断学习，从事装配工、赤脚医生等工作。

② 于丽娅·克里斯特娃在《反抗的未来》中寄予小说书写极大的疗愈功能：“通过对于自由联想的叙述，通过使人重获新生的对旧的律法（家庭禁忌、超我、理想、俄狄浦斯和喀西斯心理障碍，等等）的反抗，每个人独特的自主性以及他与他人的新型关系得以产生出来。”（克里斯特娅．反抗的未来．桂林：广西师范大学出版社，2007：12.）

她对于历史的理解毫无疑问是偏执的，这种偏执使得她的作品呈现其个人的特色①，但是却无法放置到更大的社会进程中去，失去“社会化能力”的作品最终不得不起源并终结于主观的书写。第二点是，小屋作为一个空间和另外一个可能社会的象征，却没有办法建构起一个有意义的主体，在小说中，叙述者不断提到“小屋中的人”，但是我们发现，这个人在通篇叙述之后，依然是模糊不清的一个影子、一个幽灵，不能说话，缺乏行动，跟在所有其他叙述者的背后。这个影子当然有其存在的意义，但是如果残雪试图通过这样的影子来完成历史的抵抗，她也许是徒劳的。这让人联想到鲁迅的《影的告别》：“然而我不愿彷徨于明暗之间，我不如在黑暗里沉没。”这里有鲁迅式的绝望主义，“小屋中的人”似乎也就是这样一个醉心于黑暗中的影子，这个影子无所依附，完全是一个无根之物，它能像鲁迅“铁屋子里的人”那样跳起来呐喊吗？至少在残雪这篇作品里面难以看到这种可能性，那么，这样的影子，大概也就只能为叙述所湮灭了。

但这些可能恰恰是残雪所希望达到的效果，她既不愿意完成“故事”的讲述②，也不愿意完成主体的构建，而是偏执地提供了一条独特的路径，这一路径就是不寄希望于任何外在于自我的事物，把自我完全拘囿于意识的内部空间。家庭、抽屉、小屋、父亲、母亲、妹妹都作为外在的事物构成内心的障碍，通过对这些障碍的排斥，历史变成一种单一的纯粹主观的陈述，这种主观的陈述又以客观的面貌出现，于是，重整历史的整体性变成了对整体性历史的再一次彻底地解构：

> 那一天，我的确又上了山，我记得十分清楚。起先我坐在藤椅里，把双手平放在膝头上，然后我打开门，走进白光里面去。我爬上山，满眼都是白石子的火焰，没有山葡萄，也没有小屋。

这么彻底地清除以后，残雪似乎心满意足了。

（杨庆祥 撰）

拓展与思考

1. 拓展阅读文本：

鲁迅：《呐喊》；王安忆：《荒山之恋》；残雪：《苍老的浮云》《黄泥街》。

2. 思考：

（1）从鲁迅到残雪，中国现代文学中的“个人性”是如何发展变化的？

（2）残雪的美学观与八十年代的历史语境之间有何隐秘的关系？

---

① 邓晓芒曾提出一个很有意思的观点，认为作家的根在作家内心的敏感性精神中。残雪非常认同这个观点。（邓晓芒．作家的根在哪里？//残雪．残雪文学观．桂林：广西师范大学出版社，2007.）

② 残雪在很多地方表示自己对“故事”的不信任，比如她曾经激烈批评王安忆在九十年代以后的创作，认为：“她九十年代以后的写作是非常讨巧的。在大的‘回归’的氛围的助长下，她越写越觉得中国传统高明，越写越觉得只有所谓‘讲故事’才是文学，西方现代主义是胡闹。……一位作家，如果要讨得大家的喜欢，庸俗化是最为便捷的道路，她的不自觉来自她的守旧，以及社会对于她这种倾向的推波助澜。”（残雪．中国人不重精神//残雪文学观．桂林：广西师范大学出版社，2007：17.）

第 十 编

“新诗”的创造

第 33 章

语言的革新与解放：从胡适、郭沫若到艾青

中国是一个有着深厚、悠久诗歌传统的国度，但是自近现代以来，中国古老的传统经受着前所未有的内在危机，文言的生命变得衰竭和僵硬，旧体诗的语言和形式与现代生活严重脱节，因此，白话新诗成了新文学运动的先声。1917 年 2 月，《新青年》第 2 卷第 6 号首次刊登了胡适还带有旧体诗痕迹的八首白话诗，1918 年 1 月，《新青年》第 4 卷第 1 号又刊登了胡适、刘半农、沈尹默的九首白话诗，这是新诗运动中第一批“报春的燕子”，标志着新诗的正式出场。

一

作为白话新诗的倡导者，胡适 1913—1916 年在美国留学期间就开始写诗，他在最初仍沿用五、七言形式，为了合乎这种形式，他颇费了一番周折，比如他有一句诗“辟克匿克到江边”[①]，正好七言，但是什么意思呢？原来就是到江边野餐，他把英语“Picnic”变成了四个汉字。后来他也觉得别扭，痛感于“无论怎样大胆，终不能跳出旧诗的范围”[②]。

这种困境，到 1918 年早春他翻译美国意象派女诗人莎拉·缇丝黛尔的“Over the Roofs”（他放胆把它译为“关不住了”）一诗时被打破了。通过该诗的翻译，他知道新诗该怎么写了。他不必再拘泥于中国旧诗那一套，新的活生生的语言、感受和节奏涌至他的笔下，他“自由”了：

我说：“我把我的心收起，

① 胡适．赠朱经农．通俗周报，1917（6）．

② 胡适．我为什么要做白话诗．新青年，1919，6（5）．（此文系《尝试集》自序）

像人家把门关了，
叫爱情生生的饿死，
也许不再和我为难了。”

但是屋顶上吹来，
一阵阵五月的湿风，
更有那街心琴调，
一阵阵的吹到房中。

一屋里都是太阳光，
这时候爱情有点醉了，
他说：“我是关不住的，
我要把你的心打碎了！”①

这首《关不住了》，全用活生生的口语道出，新鲜而活泼，洋溢着五四时代“少年中国”的精神。胡适自己非常看重这首带有创造性的“译作”，视为他自己白话新诗创作真正的开端，而以前他写下的那些诗，“不过是洗刷过的旧诗”，因而他把这首《关不住了》收在《尝试集》（1920）中，称它是“我的‘新诗’成立的纪元”②。

由这个例子，可见语言表达形式的突破之于五四新文学和新诗的重要意义。在历史上，文学和诗歌的变革往往首先是语言形式的变革，尤其是在五四前后，文言和旧体诗的束缚需要被打破，而新的语言力量挣脱和涌动之时，胡适等人的勇敢“尝试”，正起到一种“催生”的作用。

不仅是胡适那一代五四知识分子，更为年轻的一代诗人，如穆旦，也曾在一首《玫瑰之歌》中表达过这种历史痛感和对语言文化变革的渴求：“我长大在古诗词的山水里，我们的太阳也是太古老了/没有气流的激变，没有山海的倒转，人在单调疲倦中死去。”诗的最后是：“一颗冬日的种子期待着新生。”③ 这颗期待着新生的“冬日的种子”，也就是中国新诗语言的种子。

关于百年前的白话新诗运动，著名诗歌评论家谢冕《在中国新诗百年纪念大会上的致辞：一百年来一件大事》④ 中给予了这样的高度评价：

> 距今一百年前，与鲁迅笔下的狂人发出“救救孩子”呐喊的同时，中国的新诗人也满怀激情地立在地球边上狂歌五千年古国的凤凰涅槃……中国新诗是中国诗人的一个时代梦。……新诗生于忧患，也成于忧患。由此看来，一百年前进行的新诗运动不仅是一场文体革命和艺术革命，也是一场思想革命。这是百年来的一件文化建设的大事。
>
> 胡适“尝试”新诗的贡献在于，他勇敢地确立以白话代替文言，以自由代替格律，实行诗体的大解放。……因为冲出了格律束缚的大障碍，于是获得了新诗

---

① 胡适．关不住了．新青年，1919，6（3）.

② 胡适．《尝试集》再版自序．上海：亚东图书馆，1920：2.

③ 穆旦．玫瑰之歌//穆旦诗文集：增订版：第2卷．北京：人民文学出版社，2018：29－30.

④ 谢冕．在中国新诗百年纪念大会上的致辞：一百年来一件大事．长江学术，2018（3）.

发展的大生机。一百年来，因为有了白话写作的自由体新诗，我们于是能与世界诗歌“对接”，从而拥有了表达现代人情感和思想的最理想也最亲民的抒情方式。新诗的诞生实现了中国人的百年梦想。

谢冕先生以回望百年的高瞻眼光，充分肯定了五四新诗运动的重大历史意义。

二

五四前后时代精神和新诗语言所发生的剧烈振荡，在郭沫若1921年出版的诗集《女神》中得到了更充分的体现，其中《凤凰涅槃》《炉中煤》《笔立山头展望》《地球，我的母亲!》《天狗》《晨安》《立在地球边上放号》等诗作，以一种“发了狂似的”惊人创造，不仅强烈表达了对于个人和民族再生的渴望，也以中国诗歌中前所未有的想象力、狂放不羁的气势和绝对自由的形式与节奏，标志着一个新的诗歌时代的来临。

在这一系列“火山爆发式”的诗作中，《笔立山头展望》是一个至今仍让人惊异的例证：

大都会底脉搏呀!
生底鼓动呀!
打着在，吹着在，叫着在，……
喷着在，飞着在，跳着在，……
四面的天郊烟雾蒙笼了!
我的心脏呀，快要跳出口来了!
哦哦，山岳底波涛，瓦屋底波涛，
涌着在，涌着在，涌着在，涌着在呀!
万籁共鸣的Symphony，
自然与人生底婚礼呀!
弯弯的海岸好像Cupid底弓弩呀!
人的生命便是箭，正在海上放射呀!
黑沉沉的海湾，停泊着的轮船，进行的轮船，数不尽的轮船，
一枝枝的烟筒都开着了朵黑色的牡丹呀!
哦哦，二十世纪底名花!
近代文明底严母呀![①]

郭沫若（1892—1978），四川乐山人，1913年底赴日本留学，1920年前后，受国内五四精神的感召和美国诗人惠特曼诗歌的激发，他开始了一个诗的爆发期，写下了《女神》中的大部分篇章，这首《笔立山头展望》，即为诗人登临日本海港城市门司市笔立山后所作。

这真是一种惊人的诗的喷发，诗人以一种前无古人的想象力、气势和语调，以在中国

① 郭沫若．笔立山头展望//女神．上海：泰东图书局，1920：97-98.

诗中从未出现过的词汇、意象，以一种喷发的、调跃的语言节奏，对现代工业文明和现代城市“生底鼓动”进行了热情礼赞：“打着在，吹着在，叫着在，……/喷着在，飞着在，跳着在……”因为这种“生底鼓动”，连都市四面的天郊都“烟雾蒙笼了!”。由此，诗人感到了整个宇宙的律动，山岳的波涛、瓦屋的波涛，都“涌着在……涌着在呀!”，宇宙中的一切，像“万籁共鸣的Symphony”；这是生命的庆典，是“自然与人生底婚礼”，因为这巨大的感召，诗人甚至想象远处的海岸像是丘比特的“弓弩”，“人的生命便是箭，正在海上放射呀!”。

而接下来对黑沉沉海湾里现代海轮的赞颂，也是全诗惊人的一笔，诗人以“进行的……数不尽的……”来状写船队的气势和力量，甚至想象它们的烟筒里喷出的不是浓烟，而是“开着了朵黑色的牡丹呀!”，最后，他要把热情的赞颂献给它们，因为它们是“二十世纪底名花！近代文明底严母呀!”。

该诗最初发表于1920年7月11日上海《时事新报·学灯》上。可以想象这样的诗在当时问世后给人们带来的巨大冲击，闻一多发表于1923年的《〈女神〉之时代精神》就曾列举到这首诗：“若论新诗，郭沫若君底诗才配是新诗呢，不独艺术上他的作品与旧诗词相去最远，最要紧的是他的精神完全是时代的精神——二十世纪底时代的精神。”①

多年之后，著名诗人、翻译家王佐良则这样评价这首诗：“这不是译诗，而是创作，然而这气派，这重复的叫喊，这跳跃的节奏，这对于语言的大胆革新……这在现代城市里发掘新的美的努力（多么新鲜的形象：海岸如丘比特的弓弩，烟筒里开着黑色的牡丹）……在五四以后的几年里……在一切奔腾、开放的思想气候里……汉语这个古老的文学语言也在他的手上活跃起来。”②

王佐良主要是从对中国语言的大胆革新和激活的角度来看问题的。的确，郭沫若这首诗的语言节奏不仅“打着在，吹着在，叫着在……”还带出了两个扎眼的外文词“Symphony”（交响乐）及“Cupid”（即丘比特，古罗马小爱神）。这不仅因为当时还没有出现相应的汉语词汇，可能更在于诗人有意要把一种陌生的外来语纳入诗中。这体现了诗人对自身语言文化匮乏性的认识，也体现了某种对“语言互补性”的向往。它出自一种新的诗歌语言“强行突围”和建构自身的需要。

这就是《笔立山头展望》的历史意义。虽然在郭沫若之前，胡适等人已开始了白话诗的“尝试”，但真正为新诗奠基的是这样的诗。它不仅更强烈地体现出五四时代的精神，而且以那种“把一切旧套都摆脱干净了的诗风”，在一个古老的诗国重新唤起了自由创造的活力。

遗憾的是，诗人在《女神》之后的几部诗集，已失去了这种新鲜、巨大的创造活力，如诗人自己所说，它们只是“潮退后的一些微波，或甚至是死寂”③，除了少数诗作尚可读外，大部分诗作已失去诗的特质，流于空洞的抒情和喊叫。

总的来看，五四时期是一个伟大的开放年代，也是一个语言的封闭性被打开，多种语言文化相遇、相互映照和激发的年代。有着数千年历史的中国诗歌，到了二十世纪前后，

① 闻一多．《女神》之时代精神．创造周报，1923（4）．
② 王佐良．汉语译者与美国诗风//论诗的翻译．南昌：江西教育出版社，1992：99-100．
③ 郭沫若．序我的诗．中外春秋，1944（3/4）．

又在酝酿着一次“凤凰涅槃”。早在五四新文化运动之前，已有梁启超等人“诗界革命”的倡行。胡适等人对“诗体大解放”的鼓吹及其“白话诗”实践，则进一步打破了旧的束缚。到了郭沫若的“怒号”，中国现代新诗不仅以“异军突起”的姿态和气势出现，也迎来了一个自由创造的年代。

现在来看，五四一代不仅是新文化运动的“闯将”，也是语言形式的革命家和“pioneer”（拓荒者，先驱，这是郭沫若一诗①中用到的一个“外来词”）。鲁迅的《野草》即是一个突出的、特异的例证。

鲁迅于1927年出版的散文诗集《野草》（收有1924年至1926年间所作散文诗23篇，书前有《题辞》1篇），不仅为鲁迅最重要的作品之一，今天看来，对整个中国现代诗歌也有着非凡的意义。

鲁迅曾在《〈中国新文学大系·小说二集〉导言》中说自己的作品之所以搅动了那个时代，在于其“表现的深切”和“格式的新颖”②。《野草》对于中国新诗的重要意义和深远影响，也正可以从这两个方面看。它不仅是鲁迅在那个黑暗年代作为“精神界之战士”的最深刻写照，其新颖的格式、奇特的想象、陌异的表现、象征、隐喻、悖论、反讽的运用，姿纵遒劲、富有节奏感和内在张力的语言，都大大拓展了也提升了中国文学和诗歌在思想和艺术上的表现力。鲁迅从不以诗人自居，但他为我们带来了最深刻和奇异的诗性。的确，读《野草》，那时读者的“第一感觉”，定如梁启超在谈翻译时所说的一句话“初展卷必生一异感，觉其文体与他书迥然殊异”③。这不仅在于其“表现的深切”，也在于鲁迅在文体和诗性语言上卓绝的创造力。顾彬在论述鲁迅的语言文体风格时就这样赞叹：“在恐怖暴政之下，鲁迅成功地在开口和沉默之间发展了中国语言的各种可能性，他所采用的方式迄今无人能及。他偏爱重复句式、悖论和辛辣嘲讽。他调遣着不同的语言层次……构成了一种需要反复阅读的独特风格。”④

人们称《野草》为“散文诗集”，其实“散文诗”这个概念也很难用来概括《野草》中的作品。它们像是“地火”的“运行，奔突”（《题辞》），来自最深刻、强烈的诗性冲动，而又打破了惯有的文类界线，像《野草》中的《题辞》《秋夜》《影的告别》《希望》《雪》《好的故事》《过客》《死火》《失掉的好地狱》《墓碣文》《颓败线的颤动》《这样的战士》《淡淡的血痕中》等篇章，不仅各具形态和章法，它们的艺术表现也都到了令人惊异的程度。法国哲学家德勒兹曾指出：“作家在语言中创造了一种新的语言，从某种意义上说类似一门外语的语言，令新的语法或句法力量得以诞生。他将语言拽出惯常的路径，令它开始发狂。”⑤ 鲁迅在《野草》中从事的，也正是这样的语言的创造。

早期新诗从白话诗运动到郭沫若“狂飙突进”式的诗作，到小诗运动，到冰心、徐玉诺、朱自清等文学研究会诗人群，到鲁迅奇崛冷峻的《野草》，再到闻一多、徐志摩等人的“新月派”诗群，李金发、王独清、穆木天等人的象征主义诗风，冯至、何其芳等人的

---

① 郭沫若．晨安//女神．上海：泰东图书局，1920：94.

② 鲁迅．《中国新文学大系·小说二集》导言//赵家璧，主编．中国新文学大系：第四集．上海：良友图书公司，1935：1.

③ 梁启超．翻译文学与佛典//佛学研究十八篇．北京：商务印书馆，2014：193.

④ 顾彬．二十世纪中国文学史．范劲，等译．上海：华东师范大学出版社，2008：165.

⑤ 德勒兹．批评与临床．刘云虹，曹丹红，译．南京：南京大学出版社，2012：212.

青春抒情，卞之琳、戴望舒等人的早期现代派诗歌，等等，诗坛上出现了多种探索和众多各具风格和特色的诗人。而艾青在三十年代中期的出现，使中国新诗迎来了一个新的发展阶段。

三

艾青，原名蒋海澄，1910年生于浙江金华一个地主家庭，出生后即被送到一个称为“大堰河”的农妇家寄养，这也使他很早养成了自由叛逆的个性。1928年考入西湖国立艺术学院学习绘画，几个月后赴巴黎留学。巴黎的艺术氛围，莫奈、梵高等印象派画家，法国诗人阿波利奈尔、兰波，苏俄诗人马雅可夫斯基、叶赛宁，比利时未来主义诗人凡尔哈伦的诗作对他的一生都产生了重要影响。1932年诗人回国，在上海参与左翼艺术社团并因此被关押。也正是在狱中，艾青从绘画完全转向了诗歌。铁窗生活让他怀念起他在法国波希米亚式的自由岁月，同时也对自己身处的黑暗现实有了更痛切的认识。他的诗，也由早期印象派式的光与影、流浪艺术家“饥饿的火”，转向了“挣扎的人间”。

1933年初一个下雪的早上，艾青在狱中写出了他纪念碑式的力作《大堰河——我的保姆》。这首一百余行的抒情诗，通过对乳母“大堰河”的追忆和生死对话，抒发了对贫苦农妇的怀念和感激之情以及对黑暗世界的诅咒。这是一首哀歌兼赞歌，诗人以忏悔、感激的厚重笔调写出了养育他长大的乳母“大堰河”悲苦、善良的一生，并以满怀的爱，把这首“赞美诗”呈献给了一个“黄土下紫色的灵魂”。全诗充溢着一种巨大的、真实而感人的抒情力量。该诗于次年发表时，诗人第一次使用了“艾青”这个笔名。

这首悲歌对诗人本人的早期创作，对整个中国新诗都是一个重要突破。通过该诗的写作，艾青进一步确立了他为一切“被侮辱与被损害”的沉默灵魂代言、以民族的忧患为己任的写作立场，而且在诗歌的语言形式和节奏上也十分大胆，富有开创性和冲击力。那种口语化的自由表达，不拘一格而又带着饱满内在张力的诗歌叙事和抒情，既与二十年代诗坛上对“新格律诗”的刻板追求判然有别，也与同时代那种感伤、矫饰的苍白抒情区分开来。正是以这种方式，诗人充分调动了自己的经验、情感和艺术能量，不仅超越一己悲欢朝向了整个苦难的世界，也带出了一种更为质朴、旺盛的“原始生命强力”。可以说，《大堰河——我的保姆》一诗的出现，不仅显现了艾青作为一个大诗人的气象，在郭沫若式的“放”与闻一多式的“收”[①]之后，在中国新诗史上达成了一次新的“语言的解放”。

1935年，艾青出狱。第二年出版的第一本诗集即为《大堰河》。1937年抗日战争全面爆发后到1941年间，作为诗人的艾青，如他自己所说“是作为一个悲苦的种族争取解放、摆脱枷锁的歌手而写诗”[②]。因为他连续创作出的《太阳》《向太阳》《雪落在中国的土地上》《手推车》《吹号者》《我爱这土地》《火把》等一系列富有影响的力作，三十年代中后期到四十年代初中期的中国新诗，被许多论者视为“艾青的时代”[③]。

---

① 程光炜，吴晓东，等主编．中国现代文学史．北京：中国人民大学出版社，2000：124.

② 艾青．诗与宣传//诗论．上海：复旦大学出版社，2005：63.

③ 程光炜，吴晓东，等主编．中国现代文学史．北京：中国人民大学出版社，2000：311.

就对诗坛的广泛影响而言（例如对“七月诗派”和穆旦、杜运燮等诗人早期创作的影响），这一时期的艾青的确“开了一代诗风”。他从耽于个人抒情的“吹芦笛的诗人”转变成为时代的“吹号者”，但他拒绝了“幼稚的叫喊”。土地与太阳、苦难与希望、光明与阴影、寒冷与燃烧构成了他诗歌叙事的基本范畴，他由此深入到现实的血肉和一个民族深重的苦难之中。他将现代主义与现实主义的诗学表现综合起来，增强了个体生命与时代和民族之间的联系，从而使他的创作具有了一种现代史诗和“大地哀歌”的性质。他对民族的痛苦与希望的歌唱，唤起了一个时代的巨大共鸣。

同时，艾青是一个语言与形式的解放者和创造者，他曾说，“我最嫌恶一个诗人沿用一些陈腐的滥调来写诗。……我们应该把‘语言的创造者’作为‘诗人’的同义语”①，例如“若火轮飞旋于沙丘之上/太阳向我滚来……”（《太阳》②）这样的惊人诗句，《大堰河——我的保姆》这样的融抒情、叙事为一体的雄浑篇章，等等，艾青以不拘一格的自由书写，给中国新诗带来了一种新的创造活力。他对诗歌的“散文的美”的追求，带着他自己的特有语调和节奏，在变化中有节制，在奔放中有协调，如诗人牛汉所说，“具有整体的浑厚的流动感，是一条河的生命的起伏和节奏”③。当然，在这个过程中，他的有些作品也失之于直露、单调、庞杂和松散，对此我们也应该看到。

（王家新 撰）

拓展与思考

1. 拓展阅读胡适的《尝试集》，找出他早期写下的那些带有明显旧体诗痕迹的诗和真正意义上的白话新诗，从中辨认出其语言形式蜕变的过程，并进一步思索为什么胡适称《关不住了》为“我的‘新诗’成立的纪元”。

2. 拓展阅读郭沫若《女神》中的《凤凰涅槃》《地球，我的母亲!》《天狗》《立在地球边上放号》等诗作，进一步思索为什么说诗人以一种“发了狂似的”的创造，在白话诗运动后进一步实现了“语言的解放”，这种“语言的解放”对于新诗的确立和唤醒一个民族诗歌创造力的历史意义何在？在今天看来，这种绝对的语言反叛和自由又有什么弊端？

3. 拓展阅读鲁迅《野草》中《题辞》《秋夜》《影的告别》《雪》《好的故事》等篇章，并思考为什么说《野草》为我们带来了最深刻和奇异的诗性？

4. 为什么说《大堰河——我的保姆》对整个新诗都是一个重要突破？拓展阅读艾青之前和他同时代诗人的一些新诗创作，进行对照和思索。另外，艾青本人早年学绘画并受到印象派画家影响，所以他能写出“黄土下紫色的灵魂”（《大堰河——我的保姆》）这种富有色彩感的诗句；他在早年受到“未来主义”的艺术影响，所以他能写出“若火轮飞旋于沙丘之上/太阳向我滚来”（《太阳》）这样的惊人诗句。你对这两句诗是怎样具体感受的？

---

① 艾青．我怎样写诗的//诗论．上海：复旦大学出版社，2005：93.
② 艾青．太阳//艾青诗选．北京：人民文学出版社，2002：130.
③ 牛汉．《艾青诗选》前言//艾青诗选．北京：人民文学出版社，2002：5.

第34章
"戴着脚镣跳舞"：闻一多、徐志摩、卞之琳

二十世纪二十年代，是新诗运动方兴未艾、蓬勃发展的阶段。在经过了初期白话诗的尝试之后，诗坛出现了更为丰富和深入的艺术探索。其中，闻一多、徐志摩等人为代表的新月诗人群的新格律实验最为引人关注。

一

闻一多（1899—1946）是一位有着重要影响的诗人。他不仅以他《死水》（1928）中的一系列诗篇，也以他的诗学理论和美学趣味影响了一个时代。

闻一多富有中国古典诗歌的功底，又深受西方唯美主义、浪漫主义、象征主义诗歌及艺术的影响，早期诗作辞藻繁丽，感情如泣血般浓烈，如在留美期间所写的《忆菊》："我要赞美我祖国的花！/我要赞美我如花的祖国！"1925年归国后因巨大的失望，感情日趋激愤、冷峻，同时在艺术上日趋内敛，写出了《发现》《死水》《一个观念》《一句话》等格律谨严、富有内在张力的诗作。1926年，针对新诗那种过了头的"自由""浪漫"和散文化倾向，他发表《诗的格律》一文，要给新诗以艺术的限制和规范，认定"越是有魄力越是要戴着脚镣跳舞"，并提出了新格律诗建设的具体方案："诗的实力不独包括音乐的美（音节），绘画的美（辞藻），并且还有建筑的美（节的匀称和句的均齐）。"[①]

这种被称之为"三美"的新格律诗设想和闻一多本人的实践，在当时对一个时代的诗歌风气甚至起到了开创和引领作用（徐志摩就曾说他读到《诗的格律》后才意识到自己的

---

① 参看闻一多《诗的格律》，本文原载于《晨报·诗镌》1926年5月第7号。

"野性"，而之前的诗不过是不分方向的"乱撞"①)。虽然一些人对"新格律诗"的追求过于刻板和流于表面（人们讥之为"方块诗""豆腐干诗"），但这不是闻一多本人的问题，我们看到的是一位功力过人且富有创造性的诗人：

一个观念

你隽永的美丽，你美丽的谎，
你倔强的质问，你一道金光，
一点儿亲密的意义，一股火，
一缕缥缈的呼声，你是什么？
我不疑，这因缘一点也不假，
我知道海洋不骗他的浪花。
既然是节奏，就不该抱怨歌。
啊，横暴的威灵，你降伏了我，
你降伏了我！你绚缦的长虹——
五千多年的记忆，你不要动，
如今我只问怎样抱得你紧……
你是那样的横蛮，那样美丽！

闻一多是一位具有强烈、深沉爱国情感的诗人，在他的心目中，一直存在着一个"华夏中国"的文化幻象。在这首诗中，一种永恒的文明被诗人神话化了：她有着"隽永的美丽"，她是一个让人难以捉摸的"美丽的谎"，她不停地"质问"，直逼诗人的内心，同时她带来一道金光。但无论她是什么或她意味着什么，有一点不可怀疑，那就是诗人自己和她的"因缘"。写到这里，诗人的情感被进一步调动起来，具有强大威力的几千年文明像"横暴的威灵"一样，不由分说就"降伏了我"。当她像长虹般曼舞而来时，诗人恳请她"不要动"，"如今我只问怎样抱得你紧……/你是那样的横蛮，那样美丽!"。

"横蛮"一词用在这里极有分量：祖国几千年的文明，具有强大、悠久而神秘的慑服力，因而是"横蛮"的，正因为这种"横蛮"，更增添了她的魅力。

在这样的诗中，闻一多可谓"戴着脚镣跳舞"，他以简练、整饬的语言形式来熔铸强烈复杂的情感，意象密集并富有张力，因而更具有爆发力。

可以说，闻一多对语言和节奏形式的苛求和倾心锻造（他在《诗的格律》中就引证了杜甫的"老去渐于诗律细"），使他的创作具有了某种"新古典主义"的品质。他是一位"时代之子"（众所周知，后来他在昆明因奋勇投身民主运动被害），但又是一位属于文明、为了文明的"文明之子"，如这首《一个观念》所显示。但我们还应看到，闻一多又是一位有着充分的"现代性"自觉的诗人。他要做的，不是复制那些传统的诗意，而是往往通过某种"逆诗意化"的写作策略来获得自身的现代"诗性"：

口供

我不骗你，我不是什么诗人，
纵然我爱的是白石的坚贞，

---

① 徐志摩.《猛虎集》序//猛虎集.天津：百花文艺出版社，2006.

青松和大海，鸦背驮着夕阳，
黄昏里织满了蝙蝠的翅膀。
你知道我爱英雄还爱高山，
我爱一幅国旗在风中招展，
自从鹅黄到古铜色的菊花，
记着我的粮食是一壶苦茶！

可是还有一个我，你怕不怕？——
苍蝇似的思想，垃圾桶里爬。

显然，出现在闻一多这首诗最后的，已不是传统的“诗人”形象。虽然从诗的第二句形成了一个转折，指向中国读者都很熟悉的古典的“诗意”世界（诗人还特意在第三、四句化用了古诗中常见的意象，如韩愈《山石》中的“黄昏到寺蝙蝠飞”等），它几乎就要惹起我们诗意的乡愁，然而，诗的本意到了结尾才真正揭示出来。

而这个逆转性的结尾会使每一个读到它的人受到震动：它不仅陡然显现了一种真实，也完全颠覆了人们对诗意和诗人形象的期待。这样一个结尾，真有一种“语不惊人死不休”之感。尤其是“苍蝇”这种事物，在过去是被排除在传统诗意之外的，但在这首诗中，闻一多居然以它来作为精神自况。这不仅显示了恶劣环境（“垃圾桶”）下思想的艰难，它显然还是一种审美冒犯，它挑衅着、也颠覆着公众对诗歌和诗人的习惯性认知。

闻一多十分推崇杜甫这样的古典大师，这首诗的锤炼、转折和特殊句法（例如“自从鹅黄到古铜色的菊花”），都使我们想到杜甫。和杜甫一样，他也更偏爱现实中那些“艰难苦恨”的事物，并以此作为自己思想和艺术的养料（“记着我的粮食是一壶苦茶!”）。但闻一多对一个诗人在现时代的处境和艺术使命又有着高度清醒的认识。他的“逆诗意化”实践正显示了这种自觉。他那些“戴着脚镣跳舞”的诗篇，无不带着一种新的诗意产生时所伴随的阵痛。

耐人寻味的，还有这首诗的题目“口供”。它显然出自一种内在的拷问和招认。在一个有着数千年审美规范的国度，要道出这种“口供”是需要勇气的。但这就是闻一多。他深入传统而又能抛开那些陈腐和虚伪的东西。他要做的，也就是要像他欣赏的波德莱尔那样，“返回到存在的本质层次，以艺术家的身份去面对真正的命运”①。

闻一多的《死水》，更让人想到了一种波德莱尔式的“审美怪癖”。《死水》发表于1926年4月，同年3月18日，即鲁迅所说的“民国以来最黑暗的一天”（三一八惨案）。诗人通过这首诗表达了对现实的激愤，对政治黑暗、腐败，像死水一样波澜不起、窒息一切生机的历史及现状的无情批判。《死水》发表后，“这是一沟绝望的死水”几乎成为中国现代知识分子的某种口头禅。

但是，对这首已成为经典的诗作，一些读者理解起来仍有一些困难。首先，这首诗的情感表现方式十分特殊。这是一首冷峻的诅咒之歌，从一开始的“这是一沟绝望的死水”，到“不如多扔些破铜烂铁”，乃至到最后的“不如让给丑恶来开垦”，诗人的厌恶、嘲弄和否定之情层层推进，达到极致，但我们在读这首诗时，分明又感到一种在爱与恨、冷与

① 法国七人诗选．程抱一，译．长沙：湖南人民出版社，1984：26.

热、希望与绝望之间所形成的强烈张力。因此我们在阅读时不能仅仅停留在字面上，例如“不如让给丑恶来开垦”，这显然是一种“反语”，诗人不过借此表达了对现实的激愤之情，表达了物极必反、要彻底改变现实也许最好加速其腐败的理念。这种暗含机锋、正话反说式的情感表现方式，产生了异常强烈和辛辣的反讽性艺术效果。

《死水》令人惊异的另一点是，它是一种“审丑”的艺术。在中国，诗歌历来被视为“雅”的艺术，然而闻一多不仅不避俗，而且以罕见的艺术勇气和才能，向现实的丑恶和腐朽开掘。在《死水》中，诗人以浓丽的意象和极富色彩感的辞藻状写死水，从破铜绿成的“翡翠”到铁罐锈出的“桃花”，从油腻织就的“罗绮”到霉菌蒸出的“云霞”，不仅极尽反讽和嘲弄之意，而且起到了一种化腐朽为神奇的惊人的艺术效果。如此绚烂夺目的“死水”，真有一种“可怕的美”，它令人想起波德莱尔的“恶之花”，它成为中国新诗史上最独特的一道风景。

二

在中国新诗史上，徐志摩（1897—1931）是一位与闻一多往往相提并论的诗人。当然，在一般公众那里，徐志摩更负盛名，不仅因为他的生平（明星般的诗人，公众人物，婚姻、恋爱和隐情，还有他那突然的伊卡洛斯般的死），还因为他那些“浪漫多情”、充满“自由的灵性”的诗，如《再别康桥》《沙扬娜拉》《雪花的快乐》等。

但是，作为徐志摩和闻一多的弟子，卞之琳却认为徐志摩最好的一首诗是《偶然》，它写于1927年：

> 我是天空里的一片云
> 偶尔投影在你的波心——
> 你不必讶异，
> 更无须欢喜——
> 在转瞬间消灭了踪影。
>
> 你我相逢在黑夜的海上，
> 你有你的，我有我的，方向；
> 你记得也好，
> 最好你忘掉
> 在这交会时互放的光亮！

这首诗出现了徐志摩诗中常用的一些意象，如“云”“波心”等，只不过它们被带入了一个更具有彻骨寒意的宇宙中。在这首诗里，人生就如同处在“黑夜的海上”，一切都是黑漆漆的，无常的，身不由己的。正因为人生的偶然和卑微，因为“命”的力量，“在转瞬间消灭了踪影”。这里，诗人没有用“消失”而是用了“消灭”一词，这真是沉痛之极。这是一个对人生有着至深创痛的人才可能写出的诗句。

因为对人生已有如此的洞观，所以在诗的第二节，诗人要进一步说出自己的劝导（这不禁使我们想起了鲁迅小说《伤逝》的结尾：“我要将真实深深地藏在心的创伤中……用遗忘和说谎做我的前导”。)，因为人生如梦，因为“你我相逢在黑夜的海上”，而且各有各的方向，“你记得也好，最好你忘掉”，忘掉什么呢？忘掉“在这交会时互放的光亮！”。

富有意味的是，诗写到这里，恰恰出现了反对它自身的东西：诗人要人忘却，但他这样一说，反而是忘不掉了！因为这“互放的光亮”是如此奇异美丽，它才是人生最隐秘、最值得珍惜的时刻。它的迸放，在一瞬间照彻了黑漆漆的海面，给漂泊无常的人生带来了光亮和意义。不然，这人生怎么可以忍受？

“道是无晴却有情”，这说明诗人看上去很洒脱，但骨子里还是放不下。显然，这种徐志摩式的潇洒不过是一种“故作潇洒”。

这也说明像徐志摩这样的诗人还有待于我们进一步发现。《再别康桥》一直被视为诗人的代表作，也是各种选本及教材的“必选诗”，但我们也不能因此而遮蔽了诗人其他更有深度、更有艺术价值的诗。现在我们来看徐志摩写于1925年的《为要寻一颗明星》：

我骑著一匹拐腿的瞎马，
向著黑夜里加鞭；——
　　向著黑夜里加鞭，
　　我跨著一匹拐腿的瞎马！

我冲入这黑绵绵的昏夜，
　　为要寻一颗明星；——
　　为要寻一颗明星，
我冲入这黑茫茫的荒野。

累坏了，累坏了我胯下的牲口，
　　那明星还不出现；——
　　那明星还不出现，
累坏了，累坏了马鞍上的身手。

这回天上透出了水晶似的光明，
　　荒野里倒著一只牲口，
　　黑夜里躺著一具尸首。——
这回天上透出了水晶似的光明！

这首诗有一种至深的、超出了一切言语的悲哀。它让我们想起了诗人1922年离婚后给他的严师梁启超复信中的那些话：“我将于茫茫人海中访我唯一灵魂之伴侣；得之，我幸；不得，我命，如此而已。”“我尝奋我灵魂之精髓，以凝成一理想之明珠，涵之以热满之心血，朗照我之深奥之灵府。”①

而从一个大的背景来看，这种理想受挫的至深创痛不仅是徐志摩个人的，也折射出五四以来中国现代知识分子的悲剧性命运。

耐人寻味的是诗中那不无反讽意味的急切语调。那种堂吉诃德式的骑着瞎马奋不顾身地“向著黑夜里加鞭”“向著黑夜里加鞭”以及“我冲入这黑绵绵的昏夜”“我冲入这黑茫

① 周黎明．徐志摩图传．武汉：湖北人民出版社，2005：40.

茫的荒野”，到后来都无限地加深了这种悲哀。

这种对“理想之明珠”的最后冲动，到后来我们看清了——它同时也正是一种死亡的冲动。

这才是最徐志摩式的诗，用诗人自己的一句话来说，“有它独自知道的悲哀与伤痛的鲜明”①。这是他思想和艺术的最深刻和神秘的结晶。也正是这样的诗，使他突破了笼罩着他的那种甜腻的氛围。

诗人跨骑的那匹“拐腿的瞎马”，使我们想起了哈代笔下那些瘦弱、老衰的鸫鸟和老马，但徐志摩的马不仅是“拐腿”的，而且是盲目的。至于后来的“这回天上透出了水晶似的光明”，它产生了极为辛酸也更难把握的反讽意味。这从天上透出的“水晶似的光明”犹如出自神启，只不过已是倒下的骑手不配领受的光明。徐志摩曾称哈代这样的人物不简单，因为他们扛着思想的重负，扛起它还得不至“在中途颠仆”②。但在这首诗里，他以他的“在中途颠仆”，招认了他的惨败。诗的最后给人以不胜悲凉的“寂灭”感——而它正是所有伟大悲剧艺术最终显现的元素。

正是这样的诗，使我们看到了诗人徐志摩“浪漫多情”背后最严肃的东西。

至此，我们可以看得更清楚了：徐志摩自己那些最为成熟的诗，不仅“更艰难”、更复杂，也更感人。它们已是简单的“希望”或“绝望”难以阐释的了。它们带来了一种彻骨的寒意，但同时也显示了诗人不屈服于生命的虚无的一面。他在现实的打击下几近幻灭时，也要用永存不灭的理想的一线光辉来反衬人生的卑微和无常，正像这首诗所显示的那样——在那看似徒劳、荒谬的追求中，天上毕竟透出了水晶似的光明。的确，这是一位受过“圣灵感动”的诗人。这也说明徐志摩如同他推崇的哈代一样，不仅要道出人世残酷的真相，还要努力彰显出人生真正的安慰所在。

这也是为什么朱自清会这样评价徐志摩：“他是跳着溅着不舍昼夜的一道生命水。”③

三

现在我们来看曾被视为“新月派”后起之秀的卞之琳（1910—2000）的创作，这是一位出自徐志摩、闻一多、叶公超等人门下而又自成一格的诗人。据张曼仪撰写的《卞之琳小传》④，卞之琳早在上中学期间就尝试译诗，1929 年入北京大学英文系，这之后他又修读了法文，开始阅读、翻译法文诗。就在读书和翻译的同时，卞之琳“开始写新诗寄感”。这也是卞之琳和戴望舒以及后来的穆旦、陈敬容等诗人为中国新诗所确立的“诗人作为译者”的“现代传统”。

卞之琳的第一本译文集《西窗集》出版于 1936 年，这是一个以“现代性”为目标的译

① 徐志摩．《猛虎集》序//猛虎集．天津：百花文艺出版社，2006.

② 徐志摩．汤麦司哈代．新月，1928，1（1）.

③ 朱自清．《中国新文学大系·1917—1927 诗集》导言//赵家璧，主编．中国新文学大系：第八集．上海：良友图书公司，1935：7.

④ 张曼仪．卞之琳小传//袁可嘉，杜运燮，巫宁坤，主编．卞之琳与诗艺术．石家庄：河北教育出版社，1990：253.

本，曾影响一时。卞之琳自己在不同阶段所体现的诗艺，正可以说“窗含西岭千秋雪”。他创作的早期，可明显见出旧体诗和法国早期象征派诗人的影响，如1933年写的《秋窗》，诗中“初期肺病者”的联想，“暮色苍茫的古镜”的意象，既有着魏尔伦式的感伤和恍惚，也带着中国古诗那种“怀旧怀远”的调子。

而在后来，英国现代派诗人艾略特和法国晚期象征派诗人瓦雷里，给卞之琳带来了更深刻的艺术影响。1934年，他译出了艾略特的重要诗论《传统与个人才能》，他那“安于在人群里默默无闻，更怕公开我的私人感情”① 的个人气质，使他本能地和艾略特的“非个人化”诗学一拍即合。他对艾略特所推崇的玄学派诗人的“机智”（wit）的领悟，使他形成了一种往往令人惊异的诗的联想、玄思和隐喻的能力。

《断章》为卞之琳最广为人知的诗作（据诗人自己讲，《断章》是他当年即兴写出的一首诗，没想到居然成了他最有名的一首诗）。人们一般是把它作为哲理诗来读的，认为它表现了事物的相对性，但也有人独具慧眼，把它作为言情诗来读。但无论从什么角度读，我们都应留意到它那微妙的反讽意味。这种反讽有别于一般性的讽刺和自嘲，它源于对人类处境及自身存在的更高一层的观照和认识（英美新批评派甚至把这种“反讽性观照”上升为一种诗的结构原则）。《断章》就透出了这种对人生的反讽性眼光。

的确，比起同时代其他诗人，卞之琳更具有一种现代心智。正是借助于艾略特和瓦雷里的影响，他形成了一种和浪漫派迥然不同的冷静、复杂的智性诗风。有不少论者认为在中国新诗史上，卞之琳的创作体现了由“主情”到“主智”的艺术转变。张曼仪认为，卞之琳在诗坛确立的，是一个“生命的玄思者”的形象。

不过，卞之琳并没有因为他的“玄思”而放弃对人生和世道的关怀。《寂寞》（1935）这首诗就是一个例证：

乡下小孩子怕寂寞，
枕头边养一只蝈蝈；
长大了在城里操劳，
他买了一只夜明表。

小时候他常常羡艳
墓草做蝈蝈的家园；
如今他死了三小时，
夜明表还不曾休止。

比起卞之琳的其他诗，《寂寞》看上去不事雕琢，但其内里仍体现了一种卞之琳式的心智运作。诗人以他特有的极富跳跃性的结构艺术，把乡下与城里、童年与成年、“蝈蝈”与“夜明表”、生与死这些不同时空、不同层面的经验和感受组织成一个高度浓缩的艺术整体。他以这种“三言两语、点到为止”的方式，就写出了一个乡下孩子的命运。

“我写诗，而且一直是写的抒情诗，也总在不能自已的时候，却总倾向于克制，仿佛故意要做‘冷血动物’”②。在这首诗中，卞之琳以他特有的风格，克制诗人自己的抒情，

① 卞之琳．《雕虫纪历》自序//雕虫纪历．北京：人民文学出版社，1984：4.
② 卞之琳．《雕虫纪历》自序//雕虫纪历．北京：人民文学出版社，1984：1.

只让人物、事件和细节在一种冷静的叙述中出场，让事物本身演出它们自己。尤其是诗的结尾，看似一种客观、冷静的陈述，甚至像一种事实报告，然而它对人的心灵的冲击是如此强烈！

当然，该诗的意义还不限于人道同情的层面。“如今他死了三小时，/夜明表还不曾休止”，这让我们想到了古诗中以“动”写“静”的传统。诗人精心选择的“夜明表”在孩子死后仍嗒嗒行走这个细节，不仅显示了死亡所带来的静止，写出了对人生荒唐、命运不公的至深感慨，也加倍写出了人生的“寂寞”。诗最后留下的，就是这种天荒地老般的寂寞之感。

此外，“如今他死了三小时”还使人想起了诗人的代表作《距离的组织》中的名句“友人带来了雪意和五点钟”。诗人对数字的运用，把对生命的玄思与一种钟表般的语言精确结合起来，这恰好又是卞之琳诗艺的一个独到之处。

同闻一多一样，卞之琳很讲究艺术的锤炼，如他自己所说“喜爱淘洗，喜爱提炼，期待结晶，期待升华”[①]。这一点上，他也和瓦雷里惊人地一致。在他的一些诗中，他不仅化用了一些瓦雷里的诗思，他也像瓦雷里一样，专注于诗艺和语言本身。他希望达到的，正是一种瓦雷里式的智性与感性的交融。

鱼化石

我要有你的怀抱的形状，
我往往溶化于水的线条。
你真象镜子一样的爱我呢。
你我都远了乃有了鱼化石。

这首《鱼化石》，张曼仪等人把它作为一首爱情诗来读解，“鱼既成化石，正好作浮生的一个证明”[②]。其实，这首诗也可以看作是诗人在对那赋予生命的大海讲话。诗人投身于海的怀抱，那最后显现并存留下来的“鱼化石”，就是语言的神奇的结晶！

“你我都远了乃有了鱼化石”，卞之琳的诗学就体现在这一句诗里。这里不仅有中国古人的“生生之谓易”，还有马拉美、瓦雷里的“纯诗”理念，有一种诗人对语言的“造化”之功的信念和追求，有“非个人化”的艺术奉献和牺牲……卞之琳作为一个诗人的一生，都在趋向这种绝对的“结晶”——虽然在这个过程中，他的一些诗也留下了过于雕琢的痕迹。

“若要强立名目，这十年来的诗坛就不妨分为三派：自由诗派，格律诗派，象征诗派”。[③] 朱自清在《〈中国新文学大系·1917—1927诗集〉导言》中如此概括。在二十世纪二十年代，以“诗怪”李金发为代表的“象征诗派”，也曾给诗坛带来很大冲击。现在来看，李金发《弃妇》中的名句“弃妇之隐忧堆积在动作上/夕阳之火不能把时间之烦闷/化为灰烬……”不仅狂野、奇崛，它那文白夹杂的句法也富有语言张力。但是，在那一时期

---

① 卞之琳．《雕虫纪历》自序//雕虫纪历．北京：人民文学出版社，1984：1.

② 张曼仪．当一个年轻人在荒街上沉思//袁可嘉，杜运燮，巫宁坤，主编．卞之琳与诗艺术．石家庄：河北教育出版社，1990：124.

③ 朱自清．《中国新文学大系·1917—1927诗集》导言//赵家璧，主编．中国新文学大系：第八集．上海：良友图书公司，1935：8.

最具有广泛影响和“创作实绩”的，还是以徐志摩、闻一多为代表的“新月派”。除了这两位主将外，“新月派”尚有朱湘、饶孟侃、孙大雨、陈梦家、林徽因、方玮德、卞之琳、刘梦苇、孙毓棠等诗人。

如果说卞之琳的创作体现了从“新月派”到“现代派”的演变，闻一多于 1930—1932 年在青岛任教期间带出的另一个艺术门徒臧克家，则在一开始就打上了现实主义的“烙印”（臧克家于 1933 年出版、由闻一多作序的第一本诗集就叫《烙印》）。臧克家早期的代表作为《老马》：“总得叫大车装个够，/他横竖不说一句话，/背上的压力往肉里扣，/他把头沉重地垂下！”而全诗的最后两句为：“眼里飘来一道鞭影，/他抬头望望前面。”

关注现实苦难，语言富有力度，这就是闻一多为什么会欣赏这样的诗。在艺术与现实之间，闻一多也一直有着他的矛盾，在他于 1931 年发表的长诗《奇迹》中，诗人反复恳求着给他“一个奇迹”：“给我一个奇迹，/我也不再去鞭挞着‘丑’，逼他要/那份背面的意义”。他渴望着一种绝对的诗的存在，“我只要一个明白的字，舍利子似的闪着宝光”“我要的是整个的、正面的美”“半启的金扉中，一个戴着圆光的你！”。

然而在现实中，“奇迹”并没有出现。到了三十年代初、中期，国家和社会充满了巨大的动荡和危机，诗人们也在寻找新的艺术出路，闻一多干脆以这首诗给他自己一生的创作打上了一个句号。

（王家新 撰）

拓展与思考

1.《死水》为新格律诗的典范之作，每节四行，每行九字，实现了“节的匀称和句的均齐”，有一种“建筑的美”；在修辞状物即“辞藻”上，极富色彩和画面感，有一种“绘画的美”；在音律节奏上，各诗节均押 abcb 二四韵脚，而且有意运用“音尺”（节奏单元）形成诗的节奏，每一节奏单元都是由三个“二字尺”和一个“三字尺”组成，读来音节铿锵，有一种“音乐的美”。对照闻一多的“三美”理论，阅读《死水》一诗，并思考诗人为什么会说“越是有魄力越是要戴着脚镣跳舞”。

2. 细读徐志摩的《再别康桥》《偶然》《沙扬娜拉》等诗，思考为什么说徐志摩同样加入了新格律诗运动，但在语言形式和创作上更富有“自由的灵性”？诗的创造是否具有更多的甚至无限的可能性？

3. 结合卞之琳艺术成熟期和浪漫派迥然不同的冷静、复杂的智性诗风，思考为什么人们会说在中国新诗史上，卞之琳的创作体现了由“主情”到“主智”的艺术转变？阅读一些艾略特和瓦雷里的作品和诗论，并考察他们对卞之琳的深刻影响。

第 35 章

从“青年”到“中年”：冯至、戴望舒等人的诗歌历程

很多年前，闻一多曾这样说过“我们的新诗好像尽是些青年，也得有一些中年才好”。冯至的《十四行集》（1942）出来后，朱自清引述了闻一多的这句话，称赞之余这样说：“冯先生这一集大概可以算是中年了”①。

显然，“青年”“中年”都是一种说法。如果说一个诗人的成熟有赖于时间，冯至和其他一些现代诗人的创作历程，正体现了这种从“青年”到“中年”的成长和成熟过程。

一

冯至（1905—1993），河北涿州人，中学时期即受到五四新文化运动影响，1921—1926 年在北京大学学德语期间，参加浅草社，后来又和朋友们一起创办沉钟社，受到鲁迅的支持。1926 年出版《昨日之歌》，1927 年赴哈尔滨一中学任教，次年返回北京，1929 年出版《北游及其他》。1930—1935 年间留学德国。1941 年在西南联大任教期间写出《十四行集》，把他的创作推向了一个令人惊异的、成熟而有光辉的境地。

现在我们来看冯至早期的代表作《蛇》：

我的寂寞是一条蛇，
静静地没有言语
你万一梦到它时，
千万啊，不要悚惧！

① 朱自清．诗与哲理//新诗杂话．北京：生活·读书·新知三联书店，1984：27.（据作家书屋 1947 年版排印）

它是我忠诚的伴侣，
心里害着热烈的乡思：
它想那茂密的草原——
你头上的、浓郁的乌丝。

它月影一般轻轻地
从你那儿轻轻走过；
它把你的梦境衔了来，
像一只绯红的花朵。

诗人何其芳曾这样评价冯至早期的诗作：“文字并不太加修饰，然而却表达出来了一种沉重的浓郁的感情，好像就是这种感情本身构成了它的艺术魅力。在他同时和稍后的诗人中，有比他写得奔放的，有比他写得清新的，有比他写得绮丽的，然而用浓重的色彩和阴影来表达出一种沉郁的气氛，使人读后长久为这种气氛所萦绕，却不能不说是这个作者的特长了。鲁迅称他为‘中国最为杰出的抒情诗人’，大概正是有取于此吧。”①

何其芳的评述，道出了冯至早期创作的特质。读《蛇》这首诗，我们首先惊异的，是“蛇”这个比喻。“寂寞”一直是中国历代诗人书写的主题，但是用一条安静无言的蛇来比喻自己的寂寞，这恐怕还是第一次。这个比喻不仅新奇、大胆（因此诗人会说“你万一梦到它时/千万啊，不要悚惧”），更显现出情感的深度。而在诗的最后，还有更为奇异的想象——“它把你的梦境衔了来，/像一只绯红的花朵”，诗写到这里，全诗由朦胧的情调落脚到一个具体的意象，色调也一下子加重了。

的确，“用浓重的色彩和阴影来表达出一种沉郁的气氛，使人读后长久为这种气氛所萦绕”，这就是这首诗给我们的感受。它写出了无言的寂寞，也写出了爱的深沉；它有着奇异的想象（“它想那茂密的草原——你头上的、浓郁的乌丝”），也刻画下它投下的浓重阴影。

《蛇》收在诗人的第一本诗集《昨日之歌》里，同诗集还收有《吹箫人的故事》《帏幔》《蚕马》三首叙事诗，它们同样有着忧郁而动人的抒情音调。三年后，诗人的第二本诗集《北游及其他》，更多了些人生的阅历和现实的激愤，但也有在冰冷的北方对南方的热切向往，如《南方的夜》中这样的诗句：

燕子说，南方有一种珍奇的花朵，
经过二十年的寂寞才开一次——
　　这时我胸中忽觉得有一朵花儿隐藏，
　　它要在这静夜里火一样地开放！

不过，对于自己的早期诗作，纵然鲁迅等人曾给予过极高的评价，但冯至后来并不满意。他在1955年出版的诗文选集序中这样说：“诗里抒写的是狭窄的情感、个人的哀愁，如果说它们还有些许意义，那就是从这里边还看得出‘五四’以后一部分青年的苦闷。”②

① 何其芳．诗歌欣赏//冯至与他的世界．石家庄：河北教育出版社，2001：51.

② 冯至．《冯至诗文选集》序//冯至诗文选集．北京：人民文学出版社，1955：1.

冯至这样说，并不全是出自思想内容方面的反省。冯至是一位从来就很清醒和谦卑的诗人。也许在他的心目中，真正伟大的艺术和诗歌，正如一种“珍奇的花朵”，要“经过二十年的寂寞才开一次”。因此，自《北游及其他》后，有近十年期间，冯至没有怎么写诗，而是在“沉默”中默默地准备着。这一切，正如他译介和推崇的里尔克的诗所说：

……他们要开花，
开花是灿烂的，可是我们要成熟，
这叫做居于幽暗而自己努力。①

“居于幽暗而自己努力”，这就是为什么冯至会于1931年间一封一封地翻译里尔克《给青年诗人的十封信》，这促使他把他的人生和创作放在一个更坚实和深刻的基础上。他翻译的里尔克的书信，几乎每一句都带着他自己深深的领悟和共鸣：“没有人能够帮助你。……请你走向内心。探索那叫你写的缘由，考察它的根是不是盘在你心的深处；……这是最重要的：在你夜深最寂静的时刻问问自己：我必须写吗？你要在自身内挖掘一个深的答复。若是这个答复表示同意，而你也能够以一种坚强、单纯的‘我必须’来对答那个严肃的问题，那么，你就根据这个需要去建造你的生活吧……”“……它也许告诉你，你的职责是艺术家。那么你就接受这个命运，承担起它的重负和伟大……”②

1930—1935年间的留德经历对于冯至是如此重要。歌德、里尔克的影响，使他由青春期的感伤和苦闷，进入更为严肃、深沉的生命与艺术的领域。在1936年12月发表的《里尔克——为十周年祭日作》中，他在谈到德国十八世纪末期浪漫派诗人们的“悲剧”后这样说：“他们只有青春，并没有成年，更不用说白发的完成了。但是里尔克并不如此，他内心里虽然也遭逢过那样的命运，可是他克制了它。……也就是在从青春走入中年的路程中，里尔克却有一种新的意志产生。”③

显然，这也是冯至从自己生命中产生的一个“新的意志”。1935年9月，冯至留学归来后受聘于同济大学。在这期间，他更多地接触到中国的现实。而更大的考验也接踵而至，1937年“七七事变”后，抗日战争全面爆发。1937年9月，在上海沦陷前夕，冯至夫妇携幼女随同济大学内迁，辗转经浙江、江西、广西，取道河内，于1938年底才到达昆明。这一路的艰苦经历对冯至十分重要，那时他随身带着一本杜甫诗选，民族危亡的苦难现实，颠沛流离的个人行旅，使他真正读懂了杜甫，并萌生了全面研究杜甫的念头，也可以说，在歌德、里尔克之外，另一个伟大的生命尺度从此为他展现出来。

也正因为经历了这么多年的准备和磨砺，“工作而等待”④，冯至才有可能在西南联大任教期间迎来一生创作生涯的一个最重要时期，才有可能在他的创作中实现一次奇迹般的精神跨越——这就是他在1941年间写下的《十四行集》（包括二十七首十四行诗）⑤。这部丰碑式的杰作，不仅把他的创作推向了一个更高的境界，也是中国新诗达到成熟的一个标志。

这是一个超越的时刻，是精神和艺术经历生死蜕变达到再生的光辉见证。袁可嘉曾用

---

① 冯至．工作而等待//冯至全集：第四卷．石家庄：河北教育出版社，1999：96.
② 里尔克．给青年诗人的十封信．冯至，译．北京：生活·读书·新知三联书店，1994：3，5.
③ 冯至．里尔克——为十周年祭日作//冯至全集：第四卷．石家庄：河北教育出版社，1999：84.
④ 冯至．工作而等待//冯至全集：第四卷．石家庄：河北教育出版社，1999：94.
⑤ 杨庆祥．《新星》与体制内改革叙事．南方文坛，2008（5）.

“仿佛目睹一颗彗星的突现”，来形容当年他在西南联大教室里读到它时的振奋之情。[1] 的确，那里面的许多诗，让人不能不惊异，如它的第一首《我们准备着深深地领受》的第一节：

我们的生命在这一瞬间，
仿佛在第一次的拥抱里
过去的悲欢忽然在眼前
凝结成屹然不动的形体。

一瞬与一生、有形与无形、个人与世界，就这样相互作用，使某种东西穿透时空出现在我们面前，历历在目，而又无限深邃。这真是一个“出神入化”的时刻。我们再来看《我们听着狂风里的暴雨》这首诗：

我们听着狂风里的暴雨，
我们在灯光下这样孤单，
我们在这小小的茅屋里
就是和我们用具的中间

也有了千里万里的距离：
铜炉在向往深山的矿苗，
瓷壶在向往江边的陶泥，
它们都象风雨中的飞鸟

各自东西。我们紧紧抱住，
好象自身也都不能自主。
狂风把一切都吹入高空，

暴雨把一切又淋入泥土，
只剩下这点微弱的灯红
在证实我们生命的暂住。

这样的诗，已远远不同于青春期忧郁而感伤的抒情了。它切入当下人生际遇而又完成了“对存在的敞开”。诗人终于找到了一种言说方式，把“诗与思”完美地结合为一体。他从个人的内心与宇宙、自然、历史的关联中，确定了一种精神的在场；从大自然的山川、树木和季节循环那里，从狂风暴雨之夜，找到了一种言说精神的语言；他有力地避开了那种老套的抒情，不仅创造性地运用了十四行体这一外来形式，而且以对“经验”的开掘和艺术转化，呈现出既熟悉又陌生、既亲切朴素又令人惊异的诗的境界。

的确，《十四行集》体现了一种历经风霜雨雪而达成的精神和艺术的成熟。它的“脱颖而出”，不仅摆脱了弥漫于二三十年代诗坛上的那种阴郁、沉闷、颓废的氛围，也把新诗的语言带入一种诗的光辉中。

---

① 袁可嘉．一部动人的四重奏：冯至诗风流变的轨迹．文学评论，1991（4）．

回顾冯至作为一个“生长者和完成者”[①] 的历程，也让我们想到了他所译介的里尔克关于“诗是经验”的诗观：

> 啊，说到诗：是不会有什么成绩的，如果写得太早了。我们应该一生之久，尽可能那样久地去等待，采集真意与精华，最后或许能够写出十行好诗。因为诗并不像一般人所说的是情感（情感人们早就很够了），——诗是经验。为了一首诗我们必须观看……必须能够回想……如果回忆很多，我们必须能够忘记，要有很大的忍耐力等着它们回来。……等到它们成为我们身内的血，我们的目光和姿态，无名地和我们自己再也不能区分，那才能以实现，在一个很稀有的时刻有一行诗的第一个字在它们的中心形成，脱颖而出。[②]

今天看来，冯至自己为他的“成熟”和《十四行集》的诞生所做出的长久准备，也正包含了这个“要有很大的忍耐力等着它们回来”！

二

和冯至同年出生、晚几年成名的诗人戴望舒（1905—1950），其一生的创作历程，也可视为一个从“青年”到“中年”的例证。

戴望舒的成名作为《雨巷》（1927 年创作）。它不仅写出了“在这个时代做中国人的苦闷”[③]，它对音乐性、对“音色交错的美”的追求，在当时也极受赞赏，叶圣陶甚至称它“替新诗底音节开了一个新的纪元”[④]。

然而，戴望舒是一个具有高度艺术敏感的诗人，在《雨巷》写出后不久，他就以《我的记忆》这首诗，对“音乐的成分”勇敢地反叛了。对这首诗，杜衡这样回忆：“竟使我有点不敢相信是写了《雨巷》之后不久的望舒所作。只在几个月以前，他还在‘彷徨’‘惆怅’‘迷茫’那样地凑韵脚，现在他是有勇气写‘它的拜访是没有一定的’那样自由的诗句了。”[⑤]

有别于《雨巷》对韵脚和“音乐旋律”的刻意追求，在《我的记忆》这首诗里，戴望舒运用了一种看似散漫、随意的日常口语，形成了一种更为自由和亲密的叙述风格和语调。同时，有别于《雨巷》对意境的刻意营造，该诗回到了一种叙述而非抒情上来，并通过这种叙述，使过去那种很难入诗的事物和生活细节，如“燃着的烟卷”“喝了一半的酒瓶”出现在了诗中。这不仅使读者感到亲切，也达成了诗歌对真实生活的敞开。艾青早期诗的风格以及他对“诗的散文的美”的追求，就受到《我的记忆》的启发；卞之琳也十分赞赏《我的记忆》，称它“在亲切的日常生活调子里舒卷自如，敏锐，精确，而又不失它

---

① 冯至．重印前言//里尔克．给青年诗人的十封信．冯至，译．北京：生活·读书·新知三联书店，1994：3.

② 里尔克．布里格随笔．冯至，译//冯至全集：第十一卷．石家庄：河北教育出版社，1999：331－332.

③ 杜衡．《望舒草》序//梁仁，编．戴望舒诗全编．杭州：浙江文艺出版社，1989：52.

④ 杜衡．《望舒草》序//梁仁，编．戴望舒诗全编．杭州：浙江文艺出版社，1989：52.

⑤ 杜衡．《望舒草》序//梁仁，编．戴望舒诗全编．杭州：浙江文艺出版社，1989：52.

的风姿”①。

《我的记忆》这种风格和语调，也并非“原创”，它明显受到戴望舒自己翻译的法国后期象征派诗人果尔蒙和耶麦的影响（如同人们看到的，在戴望舒那里有一种创作与翻译同步和“共生”的关系）。不过，正是这种影响，使戴望舒进一步地接近了他自己。他在三十年代前后的创作，正是这么一个不断地“为自己制最合自己的脚的鞋子”② 的艺术过程。

而到了四十年代前后，戴望舒的诗又有所变化，一方面他的诗艺日益精进和成熟，另一方面，民族苦难的加剧又使他日趋内敛，忧患深广，写出了《我用残损的手掌》《萧红墓畔口占》这样的沉痛之作。

萧红墓畔口占

走六小时寂寞的长途，
到你头边放一束红山茶，
我等待着，长夜漫漫，
你却卧听着海涛闲话。
1944.11.20

戴望舒于1938年携全家到香港，和萧红一样，同是在那个“灾难的岁月”（这是戴望舒后期一部诗集的题目）“落难”到香港的作家。萧红于1942年因肺病去世，骨灰一半被埋在香港南边的浅水湾。

而来到萧红墓畔的诗人，已不再是那个撑着油纸伞在雨巷中寻梦的文学青年了，而是一位饱含忧患、日趋深沉凝重的诗人。因此读该诗时，诗中的每一个字甚至标点符号我们都不能轻易放过。“走六小时寂寞的长途”，这不仅指路途的遥远，还暗示了诗人的内心，是什么力量把他一步步推向了这“寂寞的长途”？“到你头边”（而不是墓边），则一下子拉近了诗人与被悼念对象的距离，仿佛萧红并没有死去，一个“头边”，表达了亲人般最深沉、默契的感情；“红山茶”也是不可置换的，萧红是大地的女儿，是最质朴的生命，所以只能献上一束“红山茶”。也因为这束“红山茶”，诗的色调开始加重了。

该诗的后两句更感人，也更耐人寻味，“我等待着，长夜漫漫”，请留意这一句中的逗号，正是这个逗号，不仅使全篇的句式和节奏发生了变化，也极尽等待的漫长。可以说，正因为这个逗号，漫长的苦难、无尽的等待和沉默都被引入这首诗中。

诗人以他的全部生命等待着，然而等来的却是沉默：“你却卧听着海涛闲话”。这与第二句中的亲近感形成了一种反差，使生死之间的距离一下子又无限地拉开了。而“卧听”，也与诗人凝神等待的状态形成对照，不仅如此，它还喻示萧红并没有死去，不过是躺在那里“卧听着海涛闲话”——她已超越了生死，也超越了现实中一切的是是非非。她已属于永恒。

这样的诗，真是“含不尽之意见于言外”。这种漫漫长夜中生与死的无言对话，最终把我们引向了一种对沉默的聆听。

① 卞之琳．《戴望舒诗集》序//人与诗：忆旧说新．合肥：安徽教育出版社，2007：193.
② 戴望舒．诗论零札//梁仁，编．戴望舒诗全编．杭州：浙江文艺出版社，1989：692.

三

在我们看来，中国新诗“现代性”的确立有两个主要标志，一是“现代心智”的成熟，一是语言的成熟。如果说戴望舒的早期创作还夹杂着太多的旧体诗辞藻的痕迹，到了后期的《萧红墓畔口占》，他的情感不仅日趋深厚，语言也更为精湛和凝练。同时期，就在四十年代前后，诗人还致力于翻译波德莱尔和洛尔迦的诗，尤其是在他翻译洛尔迦时，语言变得纯粹而又富有生机，对此后中国新诗的发展和复苏产生了深远的影响。

但是，并非所有诗人都能像冯至、戴望舒这样在艺术上持续发展。这里，我们不妨以何其芳（1912—1977）的创作为例。何其芳成名甚早，1936年与卞之琳、李广田合出诗集《汉园集》，以后出版的诗集有《预言》（1945）、《夜歌》（1945）等，他早年的散文集《画梦录》也带有浓郁的诗的性质（何其芳因此有“画梦诗人”之称）。

何其芳早期的创作，如诗人自己所说，既“沉迷于晚唐五代那些精致的冶艳的诗词，蛊惑于那种憔悴的红颜上的妩媚”，又在西方唯美主义和象征派那里找到同样的迷醉：“我喜欢那种锤炼；那种彩色的配合；那种镜花水月。我喜欢读一些唐人的绝句。那譬如一微笑，一挥手，纵然表达着意思但我欣赏的却是姿态。”①

何其芳的成名作为《预言》，书写一种热烈、痛苦而无望的爱情，从诗一开始的“这一个心跳的日子终于来临”，到最后给人以无限惆怅的命运感，《预言》达到了一种青春抒情的极致。他的《花环——放在一个小坟上》也十分动人：

开落在幽谷里的花最香，
无人记忆的朝露最有光。
我说你是幸福的，小玲玲，
没有照过影子的小溪最清亮。

你梦过绿藤缘进你窗里，
金色的小花坠落到你发上。
你为檐雨说出的故事感动，
你爱寂寞，寂寞的星光。

你有珍珠似的少女的泪，
常流着没有名字的悲伤。
你有美丽得使你忧愁的日子，
你有更美丽的夭亡。

这种哀怨凄美的诗风，自诗人1938年到延安后有了很大改变，只不过这种变化多少已超出了诗歌艺术的内在限定。人们印象最深的还是他早年的诗。所以在新诗史上有“半个

① 何其芳．梦中的道路．大公报·诗刊，1936-6-19.

何其芳”[①] 之说。

在新诗史上，像这样被历史洪流卷走或“半途而废”的诗人还有不少。甚至像李金发那样的“怪杰”，在1925—1927年三年内连续出版《微雨》《为幸福而歌》《食客与凶年》后，就不再写诗了。这正应了冯至在《里尔克——为十周年祭日作》中的那句话：“他们只有青春，并没有成年，更不用说白发的完成了。”

因此，在反思百年新诗的历程时，我们要看到它的成就，但也应汲取前辈留下的教训。奥登在《十九世纪英国次要诗人选集》的序中曾提出“成为大诗人”的五个条件，而最后一个是“持续到老的成熟过程”，是在创作的不同阶段包括最后阶段，“总能写出不同于以往的好诗”。这样的“大诗人”在中外诗歌史上都有范例，像爱尔兰诗人叶芝，像我们的杜甫。“庾信文章老更成，凌云健笔意纵横”（《戏为六绝句·其一》）、“庾信平生最萧瑟，暮年诗赋动江关”（《咏怀古迹五首》），这是杜甫对庾信的称颂，实际上正是他自己在其“暮年”所达到的惊人境界。

因此，我们在研究一些中国现当代诗人时，还要看他们是否有一个“持续到老的成熟过程”，这对他们个人的发展、对整个中国新诗能否达到足够的高度都十分重要。不仅如此，如按照奥登的标准，我们只是考察一个诗人“从‘青年’到‘中年’”还不够，还应把他能否进入“晚期风格”、有一个“白发的完成”也包含进来——不过，这已是另一个话题了。

（王家新 撰）

拓展与思考

1. 阅读冯至早期和后期更多的诗作，并考察其变化和发展的具体历程。了解“十四行体”这一外来诗歌形式，思考里尔克“诗是经验”的诗观与浪漫派诗观的不同，并考察其对冯至艺术转变的影响。

2. 拓展阅读《我的记忆》和戴望舒翻译的法国后期象征派诗人果尔蒙和耶麦的诗作，考察其创作与翻译的关系。扩展阅读戴望舒中后期的诗作，考察他是怎样在语言和诗艺上日益精进和成熟的。

3. 结合更多的中国现当代诗人的创作历程，思考“持续到老的成熟过程”对于诗人个人和整个中国现代诗歌的重要意义。

① 李杨．“只有一个何其芳”——“何其芳现象”的一种解读方式．中国现代文学研究丛刊，2017（1）.

第 36 章

“现实的荒野”：穆旦等诗人在四十年代的追求

二十世纪三十年代后期到四十年代，是一个民族危亡但又充满了精神激荡的年代（“七七抗战使整个中国跳出了一个沉滞的泥沼，一洼‘死水’”[①]），在全民抗战救亡的巨大感召下，诗人们也在探索进入现实的新的途径。穆旦就崛起于这样一个时代。

一

穆旦（1918—1977），生于天津，本名查良铮，祖籍浙江海宁。据《穆旦（查良铮）年谱》[②]，穆旦生性敏感、多思，上高中期间就在《南开高中生》上发表诗文，显露出早慧的诗才和爱国忧患意识。1935 年 9 月，穆旦以优异成绩考入清华大学，主修英国语言文学专业，同时投身于创作和校园文学活动，在《清华周刊》及其他刊物上发表多篇诗作。

1937 年 7 月抗日战争全面爆发。同年 10 月，穆旦随校南下，在长沙期间选修英籍教授、著名诗人兼批评家燕卜荪的当代英诗课，开始接受西方现代主义诗歌的影响。该年 11 月，穆旦写出《野兽》一诗，以“一只受伤的猛兽”来表现一个民族的觉醒与抗争。

1938 年 2 月，长沙陷入危机，穆旦随数百名师生由长沙步行前往昆明，跋涉数千里，历时六十八天。在这场跨越湖南、贵州、云南的行军中，他不仅与诗人闻一多教授等同行，获益良多，沿途也更多地体验到一个古老民族的艰辛生存，“但我走过，站在路上踟蹰”“我踟蹰着，为了多年耻辱的历史，仍在这广大的山河中等待”（《赞美》）。

西南联大期间，是穆旦在诗歌创作上迸发出夺目光彩的时期。在当时活跃的校园文学

---

① 穆旦．慰劳信集——《从鱼目集》说起//穆旦诗文集：增订版：第 2 卷．北京：人民文学出版社，2018：60.

② 李方．穆旦（查良铮）年谱//穆旦诗文集：增订版：第 2 卷．北京：人民文学出版社，2018：366 - 413.

气氛下，穆旦进一步接受了叶芝、艾略特、奥登的影响。他在这期间写的《防空洞里的抒情诗》《蛇的诱惑》等诗作，就突出体现了他在艺术上的进展。在这一时期，除在昆明《文聚》杂志发表诗作外，穆旦还在香港《大公报》连续发表评论艾青和卞之琳的文章，表现出敏锐的诗学见识和锋芒。

1940年8月穆旦毕业后留校，并积极参与西南联大文学社冬青社的活动，“如果你是醒了，推开窗子，/看这满园的欲望是多么美丽”（《春》）。他在留校后一两年内写下的《五月》《春》《诗八首》《出发》《赞美》等一系列力作，把他的创作推向一个令人惊异的境界。

1942年2月，穆旦满怀报国热情，从西南联大加入中国远征军赴缅甸对日作战，任随军翻译。同年5月，远征军被日军切断退路，穆旦随部进入缅甸最北部胡康河谷的密林。在暴雨浇灌下，在传染病、毒蛇猛兽、饥饿和死亡的威胁中，穆旦经历了他一生中最惨烈的、九死一生的考验。几年后他写下这样一首著名的挽歌《森林之魅——祭胡康河谷上的白骨》：“你们的身体还挣扎着想要回返/而无名的野花早已在头上开满”。

从缅甸回到昆明后，穆旦曾数易其职，过着不稳定的生活，但在创作上依然十分活跃。1945年1月，他的第一本诗集《探险队》在昆明出版，同年5月，在第二次世界大战结束前夕，他写下了那首让人难忘的《旗》：

我们都在下面，你在高空飘扬，
风是你的身体，你和太阳同行，
常想飞出物外，却为地面拉紧。

是写在天上的话，大家都认识，
又简单明确，又博大无形，
是英雄们的游魂活在今日。

你渺小的身体是战争的动力，
战争过后，而你是唯一的完整，
我们化为灰，光荣由你留存。

1945年8月15日，日本投降。1946年春，穆旦回到北平，在这期间认识了他的同学周珏良的妹妹周与良。后来他在沈阳创办《新报》，抨击时政，并自印《穆旦诗集：1939—1945》（1947）。1948年又在上海出版诗集《旗》，时有作品在上海的《中国新诗》《诗创造》上发表。1949年8月穆旦赴芝加哥大学研究生院留学，与先期赴美的周与良相会并完婚，开始了他人生的另一个阶段。

二

穆旦崛起于一个充满了历史危机和动荡的年代。从1937年到1948年这十余年间，是他作为一个新锐诗人崭露头角，充分展现其创作才华和能量并达到令人瞩目的高度的时期。闻一多在西南联大期间编选的《现代诗钞》，就曾破例选入穆旦诗十一首，数量之多，仅次于徐志摩。

现在看来，穆旦不仅是继闻一多、徐志摩、冯至、戴望舒、卞之琳、艾青等人之后最优秀的现代诗人，他还代表着新诗史上的一个时代，代表着中国新诗对“现代性”的追求及其成就。他那些交织着现代意识、民族忧患和时代批判性的杰作诗篇，给中国新诗带来了一种新的强有力的突破。

对穆旦的诗歌，这么多年来，人们已有较充分的认识，虽然也伴随着种种争议，比如对他创作中的“西化”问题。在穆旦开始创作时，中国古典诗歌的传统已经式微，新诗也有了一段时间的历史。他充分吸收了新诗的经验，尤其是受到艾青等人的影响，但这一切并不能使他满足。正如他的第一本诗集《探险队》(昆明《文聚》，1945 年）所暗示，他是以“探险”的姿态出现于诗坛的。只不过他不同于那些徒具先锋姿态的诗人，他也不是那种为艺术而艺术的诗人。他一直对现实和民族的命运有一种深切的痛感和参与的热情，他需要找到进入现实的方式。他从艾略特、奥登、叶芝等诗人那里发现了这种方式，因此他的写作和他的“中国经验”发生了一种切实的摩擦。他也只有通过这种更“现代”的方式，才能把强烈尖锐、矛盾复杂的经验带入诗中，使写作成为一种对现实人生的艺术承担。

对此，我们来看《五月》。该诗的创作，显然受到《荒原》的启发。艾略特在《荒原》中创造了一种在引用、对照、戏仿和拼贴中不断产生诗歌含义的结构和叙述方式，穆旦在《五月》中也采用了不同文体的拼贴，一种别出心裁的“正文”与“副歌”的对照：“副歌”由五首旧体诗的仿作构成，“正文”则是一种穆旦式的诗，语言富有现代肌理和内在张力，高度浓缩到要爆开的程度，甚至有意识地用了一些充满暴力的军事用语和工业性比喻，极尽现实痛感和战争期间的残酷荒谬。这样，在“正文”与“副歌”之间，正好形成一种对照，并产生了强烈的思想艺术的张力。

这就不是在简单地模仿《荒原》了，而是透出了自觉的写作意识。有人曾批评穆旦嵌入诗中的五首旧体诗仿作，“居然没有一首平仄妥帖”，“这种音调听起来确实别扭极了”①。但是批评者没有觉察到，穆旦想要的，恰恰就是这个“别扭极了”的效果。穆旦的本意并不是要写几首漂亮的旧体诗，而是有意以这种方式进行“戏仿”，确切地说，他要戏仿的并不是古典大师，而是那种在现实中流行的半瓶子醋式的“旧体诗”，到了第四首仿作“良辰美景共饮酒/你一杯来我一盅”时，这种“对模仿的模仿”便达到其最大的讽刺效果。

如果这样来看，写作《五月》的穆旦，就不仅要找到有效的切入现实的写作方式，还要讽刺那种对现实的无视和逃避。在《五月》中，这种自作多情的、才子佳人式的、风花雪月式的“旧体诗”，一经和“勃朗宁，毛瑟，三号手提式/或是爆进人肉去的左轮”这样的正文所凸现的严酷现实相对照，便立即暴露了它自身的滑稽可笑，最后还化为云烟，“一飞飞上九层云”——全诗最后留下的，就是这种讽刺的语调。

《五月》中这种别出心裁的“戏仿”以及“一个封建社会搁浅在资本主义的历史里……”这样的诗句，透出的正是穆旦对新诗创作出路的清醒认识和高度自觉，并且和鲁迅的摆脱“瞒和骗”“睁开眼看”的精神一脉相承。他以戏仿的方式与旧式的吟唱做了最后的道别，而开始了一种更为艰巨的现代艺术历程。

---

① 江弱水．伪奥登风与非中国性：重估穆旦．外国文学评论，2002（3）．

穆旦同时代的翻译家杨宪益曾译有叶芝的一首诗《雪岭上的苦行人》，诗中写道：“文化是被多端的幻觉圈起，/在一范围，和平的外表下。/但人的生命是思想，虽恐怕/也必须追求，经过无数世纪，/追求着，狂索着，摧毁着，他要/最后能来到那现实的荒野。/别了，埃及和希腊，别了，罗马……”①

穆旦当年经历的，也正是这样一个历程。他只有摆脱文化的“幻觉”和传统的因袭，摆脱那种无关人生痛痒的吟唱，才能重新抵达“现实的荒野”。王佐良在谈到《五月》时这样说：“那概括式的‘谋害者’，那工业比喻（‘紧握一切无形电力的总枢纽’），那带有嘲讽的政治笔触，几乎像是从奥登翻译过来的。然而又不是。它们是穆旦自己的诗句，写的是中国的现实。”②

的确，穆旦接受了艾略特、奥登等人的影响，抵达的却是他自己的“现实的荒野”。他的写作始终是面对中国现实的写作。

尤其是从奥登那里，穆旦学到了一种面对时代和处理当下经验的能力。人们称奥登一身兼备了“对语言的爱与对公众世界的体己观察”，穆旦的可贵，也正在于他同时具备这两种禀赋。这似乎是一个悖论，穆旦是一个专注于自我分析的诗人，但同时又是一个最关注“公众世界”的诗人，或者干脆说，最具有“政治性”的诗人。他在《五月》中颇耐人寻味地写到“是你们教了我鲁迅的杂文”，这使他的诗带上了政治嘲讽的笔触和强烈的社会批判意义。他没有因其艺术探索而淡忘苦难、矛盾的时代人生，他的诗向现实的全部领域敞开，举凡战争诗，时事诗，政治诗，甚至通货膨胀诗，他都能一一写来。他的写作真正切入现实的血肉之中，这就是那个时代的读者尤其是青年知识分子会对他的诗产生强烈共鸣的主要原因。

穆旦创作的意义还在于，他不仅重新获得了对现实“发言”的能力，还给新诗带来了一种深刻的内省性质和敏锐的思辨性。在他的许多诗中，他深入自身的内在世界中，充分揭示了一个现代心灵的全部敏感性和矛盾复杂性，他还能跳出来，对其进行观照和批判。这也是为什么他的诗会和曾弥漫于诗坛的那种自伤自怜的诗风不同。他的诗不仅更具思想深度，也透出了更多的反讽意味。即使是写爱情，在《诗八首》里，感性和知性、肉体的经验和形而上的思也结合在一起，其深邃、新奇和玄奥都令人难以置信，它不仅有一种令人惊异的美，还可以上升到哲学层面进行解读。再比如《赞美》，那里面不仅有着深沉感人的对民族苦难的叙述，还有着对历史的“超越时间的关照”。至于他的《神魔之争》等诗，则更深刻也更令人惊异地体现出他对生命存在的追问。

正是以这样的创作，穆旦他们和同时代的“七月诗派”有了明显的区别。在胡风“主观战斗精神”影响下的“七月派”诗人，强调对现实的拥抱，这种追求自有其重要意义，但他们的不少作品往往流于过于直接和单调。但是穆旦不一样，他投身于现实而又不屈服于它的重力，他把对时代的介入与一种反讽的心智结合起来，往往体现了一种超然的思的能力。

穆旦对“现代性”的追求，也许更体现在语言的锐意革新上。他的《探险队》的第一

---

① 近代英国诗钞．杨宪益，译．北京：人民文学出版社，1983：27.

② 王佐良．穆旦：由来与归宿//杜运燮，袁可嘉，周与良，编．一个民族已经起来：怀念诗人、翻译家穆旦．南京：江苏人民出版社，1987：3.

首诗为《野兽》："那是一团猛烈的火焰……它是以如星的锐利的眼睛，/射出那可怕的复仇的光芒"。这种充满生命锐气和能量的诗，一扫诗坛上那种感伤、沉闷、颓废的调子。《春》一诗一开始则是"绿色的火焰在草上摇曳"，意象新奇，富有动感和活力；"看这满园的欲望是多么美丽"，强烈而又奇异，恰如袁可嘉所说"肉感中有思辨，抽象中有具体"[①]；而到了最后，"啊，光，影，声，色，都已经赤裸"，又以其敏锐的知觉，特意把光影声色分开，不仅突出了每一个意象的质地性，而且有一种锋利有力的现代主义式的语言质感。

至于诗人的《诗八首》，如放在新诗发展的脉络上看，其语言的新奇和玄奥更是令人惊异。王佐良就曾引证该诗的第一节"静静地，我们拥抱在/用言语所能照明的世界里，/而那未成形的黑暗是可怕的，/那可能和不可能的使我们沉迷"，然后这样说："一种玄学式的思辨进来了，语言是一般口语和大学谈吐的混合。十年之隔，白话诗更自信了，更无取旧的韵律和辞藻。"[②]

我们还应注意的，是这种语言并不是从传统诗意中而来的，却是"用钢铁编织起亚洲的海棠"（见穆旦《合唱二章》）。像奥登一样，穆旦吸收了大量"非诗"的、与传统诗意相异的词汇，有意要把一些现代工业社会和战争时期的语言材料转化为诗，其句法也具有一种更复杂的整合性。在他的诗中，知性与感性、抽象与具象相互纠结，异质性的语言材料也往往被强行组合，充满了张力和悖论。他不仅追求一种高度浓缩的语言，以此来加大诗的容量，而且节奏突兀多变。诗人唐湜很早就这样描述过他对穆旦诗歌的感受："那些特别的章句排列与文字组合也使人得不到快感"，然而"竟也能产生一种原始的健朴的力与火的摩擦，使你感到一些燃烧的力量与体质的重量，有时竟也会由此转而得到一种'猝然，一种剃刀似的锋利'（王佐良语）"。[③]

这样的语言文体，已被视为新诗"现代性"的一个标记（当然，它也成为争论的一个焦点）。穆旦的探索，总的来看，给新诗带来了一种更强烈、奇异、复杂的语言。这不仅和他对英语现代诗的接受有关，更和他执意走一条陌生化、异质性的语言道路有关。可以说，他一生都在探索一种更适合他自己和现代知识分子的诗的言说方式，"如果说他的语言尚不成熟，那也是一种充满了生机的不成熟。他的不成熟，那是因为他在经历着一种语言降临时的剧痛和混乱"[④]。

最后，我们还应看到，穆旦不仅是一位锐意革新的诗人，也是一位具有宏大追求，具有深广创作潜能和气象的诗人。他的很多诗，如《防空洞里的抒情诗》《五月》《赞美》《神魔之争》《小镇一日》《隐现》《森林之魅——祭胡康河上的白骨》，都突破了所谓"纯抒情诗"的限制，而把叙事、史诗、戏剧、文本拼贴、多声部对白和合唱等因素纳入诗的结构和表现方式中来，体现了非同寻常的艺术创造和整合能力。

现在我们来看《赞美》这首史诗般的力作。《赞美》（1941 年 12 月）写于民族苦难加剧的时日，因而这首诗先是一首哀歌。诗的第一段是宏观的、带有历史纵深感的对民族苦

---

① 袁可嘉．诗人穆旦的位置//杜运燮，袁可嘉，周与良，编．一个民族已经起来：怀念诗人、翻译家穆旦．南京：江苏人民出版社，1987：15.

② 王佐良．谈诗人译诗//论诗的翻译．南昌：江西教育出版社，1992：4.

③ 参看唐湜的《穆旦论》，原载于上海《诗创造》1948 年 6 月号。

④ 王家新．翻译与中国新诗的语言问题．文艺研究，2011（10）.

难的叙述。不仅是烽火连天、山河破碎的现实，还有更悠远的民族生存的艰辛记忆在调动着诗人的感情。正是面向这一切，诗人有“太悠久的感情”要抒发；他不仅感到了“在忧郁的森林里有无数埋藏的年代”，而且还感到了“它们静静地和我拥抱”。正是通过这种诗的感受力，诗人把我们带入了一个富有历史纵深感的诗的空间：我们在感受这广大土地上无尽的苦难的同时，还感到了一种与它相称的诗歌情感的幅度、深度和力量；感动我们的，正是诗人所满怀的爱和悲悯：“我要以荒凉的沙漠，坎坷的小路，骡子车，/我要以槽子船，漫山的野花，阴雨的天气，/我要以一切拥抱你……”

第二段，诗由宏观的视域转向一个具体的形象：农夫。显然，诗人意在通过这个形象复活我们对土地、对一个民族的命运的历史记忆。这农夫承受着世代相传的希望和失望，苦难和屈辱，然而他却是无言的（用一句话来说，他属于“沉默的大多数”），他甚至“从不回头诅咒”。这里，渗透着诗人对民族历史、民族性格的深刻理解，也正是在这巨大的忍受和无言中，诗人懂得了承受和牺牲的意义，并感到了一种死里求生的意志。因此，诗人把这首诗命名为“赞美”：也正是这种意志和潜在的力量，必将推动一个民族起来。

为什么一首抒写民族苦难的诗却要以“赞美”来命名？这正是这首诗不同寻常之所在。穆旦早年曾写过一首《哀国难》（1935），极其悲哀，到了写《赞美》时，他却把哀歌变成了赞歌。这种“哀歌兼赞歌”的复调结构，恰恰体现了全民悲壮抗战对诗人情感的巨大升华，也体现了诗人要像叶芝那样把民族的受难和牺牲上升到命运悲剧和神话的意图。

第三段，继续写“农夫”这个形象，而他的“离去”，有一种以悲壮的牺牲换取民族再生的“献祭”的意味，因此他在诗人这里引起了巨大的悲痛。诗的抒情也在此达到一个高潮。不过我们还应注意到，正如诗人的“赞美”绝不廉价一样，他在这里的抒情冲动不仅十分强烈，而且深刻复杂，他所抒发的是一种混合着感动、悲伤、负疚和升华的悲剧式情感。

第四段，诗人又回到了自己，回到了类似于诗一开始时的广漠而荒凉的场景。历史一再重复，苦难没有尽头，这给诗人带了痛苦，也带来了一种巨大的徒劳感和矛盾心理，因此他会“站在路上踟蹰”。正如有人所说，在新诗的发展中，是穆旦把诗歌有力地带入了现代人那种内在的省思和冲突之中，使它处在一种自我追问的灵魂状况之中。① “但我走过，站在路上踟蹰”，这里出现的，就是一个“现代的哈姆雷特”（穆旦当年的同学对他的评语）。“踟蹰”，这不仅是外在形态上的，也是内在心理上的，它意味着一种有距离的观看，内在的矛盾、痛苦与决断。但是，纵然诗人在“踟蹰”，他的良知已被唤起，因为民族的苦难就是一种巨大的感召，因为“一个民族已经起来”。

就这样，全诗以情感的抑扬起伏来结构全篇，第一节是对民族苦难的叙述，第二、第三节以“农夫”的形象来象征觉醒、受难和再生，第四节更为深沉地书写了诗人的信念。诗的每一节以“一个民族已经起来”结尾，不仅在结构上前后呼应，而且层层推进，最后通过两次坚定有力的重复，达到一种最终的肯定，成为一首如袁可嘉所说的“深沉雄健”的力作。

穆旦的这首诗，让我们想到了艾青的一些作品。但是穆旦的艺术追求显然更为复杂。

---

① 程光炜，吴晓东，等主编．中国现代文学史．北京：中国人民大学出版社，2000：331.

正如王佐良所指出，“在穆旦身上有几种因素在聚合”。哪些因素在聚合？深沉的民族忧患与复杂的自我意识，现代的感受力与历史的纵深感，抒情、叙述、象征与形而上的思辨，等等。在《赞美》中，诗人把这些不同的精神和艺术因素整合为一个整体，更厚重也更具有包容性。通过这种整合和包容，穆旦也展示了他作为一位大诗人的潜力。再比如《森林之魅——祭胡康河上的白骨》，不仅是一次史诗般的祭奠，还充满了对自然、历史、人的生命意义的思索，诗人满怀悲痛，但又能把惨烈的牺牲纳入一个更高、更广大的视野中来观照。总的来看，穆旦的追求与艾青已有了明显区别，他的这些诗篇同样具有现代史诗和“大地哀歌”的性质，但不再是单纯的情感的抒发，而是在熔铸一种如袁可嘉所说的“现实、象征、玄学的新的综合传统”①。

的确，穆旦和他同时代诗人的创作，在同是西南联大“出身”的诗人袁可嘉于1946—1948年间发表的一系列评论中得到了有力的总结和阐释（这些评论多年后结集为《论新诗现代化》出版）。在《新诗现代化——新传统的寻求》这篇带有诗学总纲性质的文章中，袁可嘉开篇即提出，“四十年代以来出现了一种‘现代化’的新诗”（他所指的就是穆旦、杜运燮、郑敏、陈敬容、唐祈、唐湜、王佐良等人的诗），而“隐在这个改革行动后面的理论原则”首先是，“绝对肯定诗与政治的平行密切联系，但绝对否定二者之间有任何从属关系”②。

袁可嘉这样说是有“背景”的，因为在那个年代，正如女诗人陈敬容所说，新诗史上已有了“两个传统”：“一个尽唱的是‘梦呀，玫瑰呀，眼泪呀’，一个尽吼的是‘愤怒呀，热血呀，光明呀’，结果是前者走出了人生，后者走出了艺术。”③

这就是为什么袁可嘉在坚持艺术独立性的同时强调诗歌“来自广大深沉的生活经验领域”④。他着力于建立一种富有张力的诗学，在《诗的新方向》中，他这样称穆旦等人的创作：“在现实与艺术间求得平衡，不让艺术逃避现实，也不让现实扼死艺术，从而使诗运迈前一步。”⑤

更可贵的是，对于新诗论争中的种种“对立项”，诸如反映论和表现论、社会性与个人性，政治性和艺术性，袁可嘉不仅有透彻的理论分析，也给出了他的诗学解决方案，那就是“有机综合论”。他坚持认为诗是“有机综合的整体”，而他所认同的诗的“新倾向”“最后必是现实、象征、玄学的综合传统；现实表现于对当前世界人生的紧密把握，象征表现于暗示含蓄，玄学则表现于敏感多思、感情、意志的强烈结合及机智的不时流露”⑥。

正因为袁可嘉的有力阐发和总结，“现实、象征、玄学的综合传统”在今天已被视为二十世纪四十年代中国现代主义诗歌的主要诗学标志。

而对于他这一代诗人，袁可嘉也看得很清楚，在《诗的新方向》中他称穆旦“是这一代的诗人中最有能量的、可能走得最远的人才之一”⑦。

---

① 袁可嘉．新诗现代化——新传统的寻求//论新诗现代化．北京：生活·读书·新知三联书店，1988：4.

② 袁可嘉．新诗现代化——新传统的寻求//论新诗现代化．北京：生活·读书·新知三联书店，1988：3-4.

③ 默弓（陈敬容）．真诚的声音——略论郑敏、穆旦、杜运燮．诗创造，1948（12）.

④ 袁可嘉．新诗现代化——新传统的寻求//论新诗现代化．北京：生活·读书·新知三联书店，1988：4.

⑤ 袁可嘉．诗的新方向//论新诗现代化．北京：生活·读书·新知三联书店，1988：219.

⑥ 袁可嘉．新诗现代化——新传统的寻求//论新诗现代化．北京：生活·读书·新知三联书店，1988：7.

⑦ 袁可嘉．诗的新方向//论新诗现代化．北京：生活·读书·新知三联书店，1988：221.

遗憾的是，正如我们所知，由于历史和个人生活的巨大变化，穆旦在四十年代末期赴美后基本上停止了诗歌创作。他的命运，他对于后来中国现代诗歌的意义，让我们不由得想起了他在1945写下的《甘地》一诗中这样的诗句：“甘地以自己铺路，印度有了旅程，再也不能安息。”

1981年，在时代的巨大变化下，由江苏人民出版社出版的《九叶集》，堪称是新诗史上一个重大的“考古发现”，它不仅发现了穆旦等九位“被埋葬”的优秀诗人，而且将二十世纪四十年代中国新诗对“现代性”的追求及其艺术成就令人惊异地展现出来。

从很多意义上，中国当代诗人们仍走在穆旦他们当年铺出的诗的“旅程”上，并且“再也不能安息”。由于多种历史原因，穆旦被视为“未完成的诗人”。但是，他对我们的意义也就在于“未完成”。正因为如此，穆旦不仅属于四十年代。在今天看来，似乎也没有其他任何现代诗人像穆旦那样对我们深具“现实意义”。他们当年要抵达的“现实的荒野”，仍在那里，仍在今天对我们发出无言的呼唤。

（王家新 撰）

拓展与思考

1. 阅读穆旦的《五月》，并用不同的声部来朗诵或表演其“正文”与“副歌”，体会这种精心的诗歌结构所达成的艺术效果，并思考穆旦为什么会在该诗中说“是你们教了我鲁迅的杂文”，这里的“你们”指的是谁？体会这句诗丰富而又辛辣的意味。

2. 对照穆旦的《赞美》和他自己翻译的叶芝《一九一六年复活节》，考察他从叶芝的这首纪念碑式的名作中所受到的精神激励和具体艺术影响。

3. 对照阅读穆旦的《诗八首》和早期新诗史上的一些爱情诗或青春抒情之作，从语言和诗思这两个方面，思考穆旦的追求为中国现代新诗带来了什么。

第 十 一 编

当代诗歌：见证与愉悦

第37章
“运杨柳的骆驼”与“悬崖边的树”

在二十世纪五十年代，出现了一批富有才华、对时代生活充满了热情的诗人，如闻捷、公刘、孙静轩、邵燕祥、白桦、李瑛等人。最有影响的，是以郭小川、贺敬之等人为代表的政治抒情诗人。贺敬之、郭小川都以时代的“代言人”和“革命战士”的姿态在诗中出现，他们的一系列作品，强烈地突显了诗的政治功能，富有激情和气势，在那个时代有着极大的鼓动性。贺敬之的《放声歌唱》等一系列作品，以宏大的笔调抒写时代的重大主题，郭小川的《向困难进军》则侧重于时代生活的严峻性，他的《望星空》及一批叙事诗，具有更复杂的思想色调，在这些诗中，诗人力求思考个人与历史的复杂关系，也袒露了个人在融入时代洪流过程中内心的矛盾和苦闷，这使他的诗比起同时代流行的诗更真实，也更有艺术个性。

一

公刘（1927—2003）是一位在富有才华和创作潜力的诗人。本名刘耿直，江西南昌人，曾在南昌大学就读，1950年作为随军记者进入云南，任西南军区创作员，著有诗集《边地短歌》《在北方》等。他在五十年代创作的一些诗作，诗风尖新、严峻，技艺娴熟，富有功力。更难得的是，在一个大合唱的时代，从他的一些诗中仍透出了一种难掩的艺术个性的锋芒，如《西盟的早晨》那个为人们所称道的开头：

> 我推开窗子，
> 一朵云飞进来——
> 带着深谷底层的寒气，
> 带着难以捉摸的旭日的光彩。

这样的诗至今读来仍能让人着迷，它保留着为那个时代所“难以捉摸”也无法规范的诗性的东西。在五十年代，为配合国家建设，许多诗人都写有热情高亢的和边疆开发或边地风情有关的作品，但公刘的《运杨柳的骆驼》（1956），不仅避免了那种空洞浮泛的抒情，也体现了他一贯注重构思、意境和韵律节奏的创作个性。诗人没有回避现实的艰辛和苦涩，而又从中透出了执着的信念和希望：

大路上走来一队骆驼，
骆驼骆驼背上驮的是什么？
青绿青绿的是杨柳条儿吗？
千枝万枝要把春天插遍沙漠。

明年骆驼再从这条大路经过，
一路上把柳絮杨花抖落，
没有风沙，也没有苦涩的气味，
人们会相信：跟着它走准能把春天追着。[①]

在时代高亢的主旋律下，仍有着痛苦的潜流。一些因历史原因退居到人们视线以外的诗人，如曾卓、穆旦、蔡其矫，牛汉、绿原、昌耀等，在那些年代里都默默写有一些感人的诗篇，尤其是诗人曾卓（1922—2002），正如牛汉所评价“他的诗即使是遍体伤痕，也给人带来温暖和美感”。[②] 曾卓在1970年写下的《悬崖边的树》，成为一代受难者的象征：

不知道是什么奇异的风
将一棵树吹到了那边——
平原的尽头
临近深谷的悬崖上

它倾听远处森林的喧哗
和深谷中小溪的歌唱
它孤独地站在那里
显得寂寞而又倔强

它的弯曲的身体
留下了风的形状
它似乎即将倾跌进深谷里
却又象是要展翅飞翔……[③]

正因为像《悬崖边的树》这样的被历史掩埋，但又具有感人力量和持久文学价值的作品，陈思和《〈中国当代文学史教程〉前言》中这样称：“这些潜在写作实际上标志了一个时代的真正的文学水平”[④]。

---

① 公刘．公刘诗选．南昌：江西人民出版社，1987：136.
② 牛汉．一个钟情的人——曾卓和他的诗：代序//曾卓．曾卓抒情诗选．北京：中国文联出版公司，1988：3.
③ 曾卓．曾卓抒情诗选．北京：中国文联出版公司，1988：70.
④ 陈思和．《中国当代文学史教程》前言//中国当代文学史教程．上海：复旦大学出版社，1999：12.

二

昌耀（1936—2000）也是一位在五十年代显露头角并因诗而受难的诗人。二十世纪八十年代复出之后，他进入了一个创造力勃发、思想和艺术都走向成熟的时期。他的落款为“1962.9.14于祁连山”的《良宵》一诗，如同他后来收入集中的许多“早期作品”，显然经过了他后来的修改甚至“重写”。[①] 纵然如此，它也显现了一个饱经磨难的诗人对他生命的回溯：

放逐的诗人啊
这良宵是属于你的吗？
这新嫁娘的柔情蜜意的夜是属于你的吗？
…………
不，今夜没有月光，没有花朵，也没有天鹅，
我的手指染着细雨和青草气息，
但即使是这样的雨夜也完全是属于你的吗？
是的，全部属于我。
但不要以为我的爱情已生满菌斑，
我从空气摄取养料，经由阳光提取钙质，
我的须髭如同箭毛，
而我的爱情却如夜色一样羞涩。
啊，你自夜中与我对语的朋友
请递给我十指纤纤的你的素手。[②]

这首诗看上去像是一首爱情诗或是渴望爱情的诗，但在内里是诗人对自身命运的揭示。“放逐的诗人啊……”诗一开始，就把写这首诗的人和千百年来诗人的命运联系在了一起。从屈原到杜甫到昌耀所熟悉的普希金，中外历代流放诗人都有一种在艰难逆境中“咏怀”的传统，而《良宵》一开始对这种身份的认领，不仅确定了全诗的音调，也将自己归属到更伟大也更不甘沉沦的那一类诗人之中。

也正因为这种归属，诗人接下来一连来了一个干脆的“不”和三个“没有”：“不，今夜没有月光，没有花朵，也没有天鹅”，对浪漫的想象做了否定。只不过紧接着的“我的手指染着细雨和青草气息”，却又显示了否定之中的肯定。诗人承受着放逐和劳役，但他并没有诅咒，因为他知道这正是命运对诗人的造就，这使他有可能接受大地的全部赠予：“但即使是这样的雨夜也完全是属于你的吗？/是的，全部属于我。”在这样的问答中，是一个诗人自信、顽强的回答。一个对命运的全部馈赠能够从容接受的人才可以这样回答，

① 关于昌耀对其早期作品的重写，可参看王家新《论昌耀诗歌的“重写”现象及“昌耀体”》（《文学评论》2019年第2期）。

② 昌耀．昌耀诗文总集．西宁：青海人民出版社，2000：47.

一个能够承受苦难的更高傲的诗人才可以这样回答。正因为如此，接下来诗人会这样描述自己：“但不要以为我的爱情已生满菌斑，/我从空气摄取养料，经由阳光提取钙质，/我的须髭如同箭毛”。经历了难以想象的生死磨难，却又能在古老而新鲜如初的空气和阳光中获得新生，“我的须髭如同箭毛”，这样的自画像多少有点出人意料，但又出自必然。在昌耀那里，其实一直有一种对“力”的崇拜，也只有一个野性的、强悍的自然之子才可以和命运抗衡。

而接下来却又有了转折，“而我的爱情却如夜色一样羞涩”，这种夜色般的羞涩，这种难以表白的萌动的爱，不仅显现出强悍生命的内面和诗人本质上的某种“脆弱性”，也给下文做出了铺垫：

啊，你自夜中与我对语的朋友
请递给我十指纤纤的你的素手。

就这样，在一种想象的生命对话中，“被动”的回答最后化为了主动的祈求，这不仅强化了全诗的情感和愿望，也显现了最终的神秘：这个“自夜中与我对语的朋友”是一种怎样的存在？没有面容，也没有身份的点明，我们听到的只是诗人的祈求：“请递给我十指纤纤的你的素手。”

这最后一句，显然出自古诗中的“纤纤擢素手”，而用到这里再妥帖不过。这是成熟时期昌耀对古典的纯熟化用。那么，全诗最后这个显现出来的对话者，我们已可以更多地揣摩了：这不仅是一位满怀友情的对话者。她可被视为命运的安慰者，但也可被视为“作为汉语诗歌的缪斯”。全诗由放逐生涯中对爱情的想象，最后转向了这种对诗神庇护的更高吁求。

从文学史的角度，我们不一定把这首诗看作是完全属于六十年代的作品。这样的诗显然出自诗人后来对自身命运的回溯和“重写”。它所体现的成熟，也是经过了历史“回炉”和淬炼才达到的成熟。但是，这样的诗包括对它的修改乃至重写，都显现了一个诗人在漫长艰辛的历史中所走过的真实历程。

三

不用多说，二十世纪五十年代末期以后的穆旦，也是一棵被历史的飓风吹到“悬崖边的树”。在穆旦的后期，他基本上停止了诗歌创作，只能在翻译中“幸存”，直到多少年后，诗人的一颗诗心从漫长的痛苦和沉默中醒来，从一只“半饥半饱”、飞来“歌唱夏季”的苍蝇那里又开始了艰难的诗的“飞翔”（见穆旦《苍蝇》一诗，1975），这就是我们看到的诗人在生命的最后一两年里（1975—1976）写下的近三十首诗。这让我们不能不惊异于一颗诗心的迸放和一个受难的中国知识分子在那个年代所能达到的成熟：

把生命的突泉捧在我手里，
我只觉得它来得新鲜，
是浓烈的酒，清新的泡沫，
注入我的奔波、劳作、冒险。

仿佛前人从未经临的园地
就要展现在我的面前。
但如今，突然面对着坟墓，
我冷眼向过去稍稍回顾，
只见它曲折灌溉的悲喜
都消失在一片亘古的荒漠，
这才知道我的全部努力
不过完成了普通的生活。①

这是《冥想》(1976) 一诗的第二节。穆旦的晚期诗不像早年的诗那样刻意求新求奇，而是更为率性、质朴和悲怆，也更深切地触及一个受难的诗人对人生、岁月的体验，该诗的第一节即是对人生的"冷眼回顾"："我傲然生活了几十年……实则在它们长久的秩序下/我只当一会小小的演员"，仿佛岁月本身就是对人的虚妄、人的雄心壮志的一种惩罚和嘲弄。

更让人感叹的是诗的第二节，"把生命的突泉捧在我手里"这一意象十分动人，使诗人在生命中所曾领受的神奇赐予重现眼前，有一种历历在目之感，然而又怎样呢？"但如今，突然面对着坟墓"（穆旦式的"突兀"），"只见它曲折灌溉的悲喜/都消失在一片亘古的荒漠"。"曲折灌溉的悲喜"，这真是穆旦式的诗句，既具体又抽象，既悲又喜，既可见又不可见，但不管怎么说，它们都消失在一片荒漠之中——而它才是一种"亘古"的存在。

这真是感慨万千的领悟，是一个人晚年才能写出的诗，它不仅把"随时间而来的智慧"与一种反讽的艺术结合在一起，也与一种悲剧的力量结合在了一起。使读者无不受到震动的，更是这最后两句："这才知道我的全部努力/不过完成了普通的生活。"这是一种怎样的"冥想"？它不仅出乎意外，有一种难言的苦涩，也带出了一种更高的觉悟。

"人的一生从没有彻底完成过"（奥登《在战争时期》第二十一首，穆旦译），但这也是一种完成，而且是那个年代极少有诗人能够达到的真实而感人的"完成"。

除了这近三十首诗，穆旦的"潜在写作"，其实还应把他在1973—1974年间对英国现代诗歌的翻译包括进来。穆旦在当时没有任何发表出版前景的境况下全身心投入翻译英国现代诗歌，不仅显示了他自己在多年的迷惘之后重又回到了"早年的爱"，也体现了他对他一生所认定的诗歌价值的高度认同和心血浇铸。穆旦1977年逝世后出版的遗著《英国现代诗选》，共收入译作八十首，其中艾略特十一首，奥登五十五首，叶芝虽然只有《一九一六年复活节》和《驶向拜占庭》这两首，但都是名篇力作。一颗苦难的灵魂并没有沉沦，穆旦不仅通过翻译远渡重洋来到拜占庭那"神圣的城堡"里，也通过翻译找到了一种提升他、拯救他的力量。他对《一九一六年复活节》这篇带有巨大悲悯和"招魂"意味的纪念碑式的作品的翻译，不仅以有如神助的韵律节奏，深刻传达出来自汉语世界的共鸣，也比其他任何译本都饱含了一种让人泪涌的力量。

这里不能不提及的，是穆旦对奥登《悼念叶芝》一诗的翻译。这篇译作之所以在后来影响了众多中国诗人和读者，不仅在于其深刻的感受力和语言创造力，还在于它出自一个

① 穆旦．冥想//穆旦诗文集：增订版：第1卷．北京：人民文学出版社，2018：328.

诗人译者对自身命运的艰辛辨认。正是在苦难的命运中，穆旦把这首诗的翻译，作为了一种对诗歌精神的寻求、发掘和塑造。从开头的悲痛哀悼，到最后他所译出的“靠耕耘一片诗田/把诅咒变为葡萄园”，穆旦最终完成了、也献上了一首他自己迟来的伟大挽歌。

而这一切，如放回到那个特定时代，就显得更为难得和珍贵。在那个年代，绝大多数作家和诗人都停止了写作，而穆旦在那时的创作和翻译，不仅体现了莫大的精神勇气，也体现了一种罕见的“把诅咒变为葡萄园”的诗歌创造力。这使他的一生不仅是悲剧的一生，也是不断承担和奉献的一生。他在那种境遇下对诗人自身职责的坚守，对艺术独立和诗歌尊严的维护，他的创作和翻译所显示的对“现代性”的重新追求，成为留给后人的最珍贵的精神遗产。

四

二十世纪三十年代以来中国新诗对“现代性”的追求，虽然经受了历史的冷落和遗忘，但在台湾五六十年代的诗坛上却得到了富有成效的回应。纪弦于 1953 年创办的《现代诗》季刊，覃子豪、余光中等人于 1954 年创立的“蓝星诗社”，洛夫、痖弦、张默同年所创立的“创世纪”诗社，构成了台湾现代诗运动的主要阵地。台湾五十年代以来的现代诗运动，既充分吸收西方现代诗歌的影响，又整合了中国现代新诗的艺术经验。他们的艺术追求，为中国现代诗歌的发展和探索开辟了新的空间。

对台湾五六十年代以来的现代诗的研究已有很多，人们已惯于从“横的移植”（对西方现代诗歌的吸收）和“纵的继承”（对中国古典传统的回归）这两方面来考量，但是对中国新诗的“现代传统”如何在台湾诗坛得以继承和重写却关注不够。实际上，在台湾五六十年代以来的现代诗中，我们能频频见出徐志摩、闻一多、李金发、卞之琳、戴望舒、废名、何其芳等人的影子，如痖弦等人的一些诗，就让我们想到了废名写于 1936 年的一首名诗《十二月十九夜》：

深夜一枝灯，
若高山流水，
有身外之海。
星之空是鸟林，
是花，是鱼，
是天上的梦，
海是夜的镜子。
思想是一个美人，
是家，
是日，
是月，
是灯，
是炉火，

炉火是墙上的树影，
是冬夜的声音。[1]

在三十年代以来的中国新诗中，废名的诗独具一格，他把现代派的诗艺与禅的顿悟和中国古典诗的神韵结合起来，如这首《十二月十九夜》，运用跳跃性的奇思异想和干净利落的语言创造诗的意象和意境，"星之空是鸟林"，"海是夜的镜子"，思想是"炉火"，而炉火"是墙上的树影，/是冬夜的声音"，不仅富有诗意，而且营造出一种非现实的虚幻感，有一种中国古典诗论中所说的"镜花水月"之美。废名曾称同时代诗人林庚的诗"在新诗里很自然，同时也是突然的，来一份晚唐的美丽了"[2]。而废名自己的诗，同样也是在以一种现代的方式重新发明晚唐。在台湾五六十年代的现代诗中，我们颇能见出这种诗学实践的影响。

而郑愁予（1933— ）的诗，在化用古典意象、意境和韵味方面，也让我们想到了戴望舒、卞之琳、废名，其风格的优美和委婉，又和早期的何其芳一脉相承。他于1954年发表的名诗《错误》，风格优美、潇洒，不仅以其"乡愁"，也以其动人的韵律感和古典美，深受普通读者喜爱。从一开始的"我打江南走过"，到"季节里的容颜如莲花的开落"，到"恰若青石的街道向晚"，使人读起来有"如归故里"之感；而最后的"我达达的马蹄是美丽的错误"，诗人巧用拟声技巧，使某种东西一下子变得明亮、清脆起来；"美丽的错误"，是一种典型的现代主义式的矛盾修辞，"我达达的马蹄是美丽的错误"，既具体又抽象，留下更丰富的意味。耐人寻味的是，这首诗还像卞之琳的一些诗一样，容纳了一个颇富有戏剧性的情境：一方在等待，容颜如季节里的莲花开落，另一方在归来，那达达的马蹄令人心跳，但最终却是个过客。这种古典而又现代的写法，使它具有了一种陌生而奇异的美感。

至于台湾五六十年代现代诗的"老将"纪弦（1913—2013），本来就是一座中国新诗与台湾现代诗的"桥梁"。纪弦在二十世纪三十年代就曾与戴望舒、杜衡、徐迟等一起在上海创办《新诗》杂志，并用笔名"路易士"发表诗作。1948年赴台后，从事过编辑和中学教师等职，1953年他在台湾率先创办《现代诗》季刊。著有诗集《火灾的城》《摘星的少年》《饮者诗抄》等。

狼之独步

我乃旷野里独来独往的一匹狼。
不是先知，没有半个字的叹息。
而恒以数声凄厉已极之长嗥
摇撼彼空无一物之天地，
使天地战栗如同发了疟疾，
并刮起凉风飒飒的，飒飒飒飒的：
这就是一种过瘾。[3]

在评价台湾现代诗时，奚密曾这样说"在他们最杰出的作品中成功地塑造了一种深入

---

① 废名．十二月十九夜//废名集：第三卷．北京：北京大学出版社，2009：1585.
② 冯文炳（废名）．林庚同朱英诞的新诗//谈新诗．北京：人民文学出版社，1984：185.
③ 纪弦．狼之独步//纪弦诗选．北京：中国友谊出版公司，1993：151.

探索人类处境的独特语言”[1]，此诗即为一例。这是诗人的一首名诗。诗人以“我乃旷野里独来独往的一匹狼”自喻，但这已是一匹“存在主义的狼”了，它有一种孤绝的生命意识，又有一种李白式的狂放，还有着一种极“酷”的冷幽默，它不以先知自居，也不会发出浪漫主义的叹息，它所有的，只是“数声凄厉已极之长嗥”，它所要“摇撼”的，也是“空无一物之天地”，是一个虚无的、冷寂的宇宙，因而诗人也只能这样来形容它的“战栗”：“如同发了疟疾”，更令人叫绝的，是它还刮起了凉风，并且“飒飒的，飒飒飒飒的”。诗人写到这个份上，我们只能叹为观止了。

而诗的结尾“这就是一种过瘾”，这就是这匹“狼”所能拥有的“满足感”。它使贯穿全篇的反讽在此达到一种极致。

短短一首诗，我们不仅从中见出诗人独具的个性，它在语言上的功力也令人叹服，它是从古典的精髓中锤炼出来的一种语言，绝非白话的浅显平易和散漫可比，但同时，它也引入了“飒飒的，飒飒飒飒的”和“过瘾”这样的活生生的口语，这样，在它的文言句法和口语的说话之间，就形成了一种独具的饱满的张力。在中国现代诗人中，李金发、卞之琳也有着类似的语言追求。但是纪弦的这首诗，更具有一种“当下”的活力与语感。还需要指出的，这并不是在“玩语言”，如“飒飒的，飒飒飒飒的”这句“名句”，诗人发明了一种拟声词，并有意把它拖长、断开，但这并不是无意义的语言游戏，细心体会吧，正是这种“飒飒的，飒飒飒飒的”，把我们引向了一种诗的倾听。

（王家新 撰）

拓展与思考

1. 拓展阅读贺敬之的《西去列车的窗口》，并对照公刘的《运杨柳的骆驼》，考察这两首诗之间的联系及在风格和创作基调上的区别。

2. 细读曾卓的《悬崖边的树》（1970），并扩展阅读牛汉的《悼念一棵枫树》（1973）等诗，并思考为什么说这样的诗成为那一代受难诗人的象征。

3. 阅读穆旦晚年的《智慧》《冬》等诗和他对英国现代诗的翻译，考察他是怎样通过创作和翻译，在那个年代体现了一种罕见的“把诅咒变为葡萄园”的诗歌创造力。

4. 阅读更多台湾五六十年代的现代诗，考察诗人们是怎样“以一种现代的方式重新发明晚唐”。

---

① 奚密．《二十世纪台湾诗选》导论//二十世纪台湾诗选．北京：中国社会科学出版社，2003：29.

第38章

“新的转机”：七十年代前后“创造之手的传递”和新诗潮的兴起

1968年12月，一个叫郭路生（笔名“食指”）的下乡知青，在告别北京之时写下了这样的诗句：

这是四点零八分的北京
一片手的海浪翻动
这是四点零八分的北京
一声尖厉的汽笛长鸣

北京车站高大的建筑
突然一阵剧烈地抖动
我吃惊地望着窗外
不知发生了什么事情
…………

这便是在七十年代前后的那些年月，在“上山下乡”的知识青年中到处传诵的《这是四点零八分的北京》一诗的开头两节。在那一刻，不是北京车站高大的建筑在“抖动”，是年轻诗人的心在抖动。而现在看来，在那一刻，不仅是命运的列车驶出、一代人告别自己的青春，也是中国现代诗歌在经过多年的荒芜后又开始了“新的转机”的时刻。

一

2010年，也就是在食指写出这首诗四十多年后，他同时代的另一位诗人多多在美国接受纽斯塔特文学奖的受奖辞中这样宣称：

当初次听到波德莱尔、洛尔迦、茨维塔耶娃……的音节，一代中国诗人已经在感谢——这严厉岁月里创造之手的传递。词语，已在接受者手中直接成为命运。①

这里，多多首先提到了（或在感谢）波德莱尔、洛尔迦、茨维塔耶娃这三位诗人，提到了“严厉岁月里创造之手的传递”。也许，这就是他在那个年代不仅成为一个诗人而且最终选择了现代主义这个艺术方向的秘密。

现在，我们首先来看洛尔迦——戴望舒翻译过其作品的西班牙杰出诗人。美国诗人W. S. 默温在谈到洛尔迦时曾这样说：“对我而言，现代诗不是从英语开始，而是从西班牙语开始的。”② 对多多、北岛这一代人来说，情形可能正相同。

早在1933年，戴望舒就开始译介洛尔迦的诗。洛尔迦于1936年被法西斯势力杀害后，戴望舒更真切地听到了从他诗中传来的爱与死的声音，并决定更系统地翻译这位悲剧性的天才诗人的作品，这就是北岛、多多他们有机会看到的在戴望舒先生逝世后经施蛰存整理出版的《洛尔迦诗钞》（作家出版社1956年版）。

更重要的是，这不仅是中国读者第一次读到的洛尔迦，还是一个令人惊异的洛尔迦：

绿啊，我多么爱你这绿色。
绿的风，绿的树枝……

这是《梦游人谣》的开头。这样的诗一读就会令人战栗，这样的声音在那个荒凉年代对心灵的开启、唤醒和慰藉，是任何力量都难以比拟的。这就是为什么多多在纽斯塔特文学奖受奖辞中会这样说，“诗，以其瞬间就能击中的力量袭击我们”。

戴望舒先生的翻译，以他作为一个杰出诗人的敏感和生命体认，致力于传达洛尔迦的声音，他也以此为汉语中的洛尔迦“定了调”。像《梦游人谣》开头的这个主题句“绿啊，我多么爱你这绿色”，译得多好！既饱含感情，又使全诗获得了它动人的音调。这是对声音奥秘的进入，是用洛尔迦的西班牙谣曲的神秘韵律来重新发明汉语。当然，这也是相互发明，如“在远方/大海笑盈盈/浪是牙齿/天是嘴唇”（《海水谣》），多么神异的画面，多么奇妙的韵律！一个来自汉语的“笑盈盈”，顿时赋予一切以生命！

当然，不仅是音乐性，洛尔迦诗中那些奇异的意象和超现实主义式的隐喻，也令人迷恋，它打开了中国年轻一代对诗的感知和想象力，如“繁星似的霜花/和那打开黎明之路的/黑暗的鱼一同来到/……山象野猫似的耸起了/它的激怒了的龙舌兰”“千百个水晶的手鼓/在伤害黎明”（《梦游人谣》），等等。而这一切，同样有赖于一位译者精确的翻译，像“无花果用砂皮似的树叶/磨擦着风”，多么富有语言的质感！

北岛多次提到洛尔迦这样的诗句“黑橡胶似的寂静”“细沙似的恐怖”（《西班牙宪警谣》）。即使是叙述性的诗，那语言的力量也令人战栗：“她的浆过的短裙/在我耳朵里猎猎有声”（《不贞之妇》）。从此，这样的诗在中国年轻一代的耳朵里“猎猎有声”了——它不仅在当时的“地下文学圈”和知青中到处流传，在北岛、芒克、多多、方含、顾城等人的早期作品中，我们分明听到了洛尔迦的回声。

---

① 多多．边缘，靠近家园——2010年纽斯塔特文学奖受奖辞．名作欣赏，2011（13）.

② 默温．从洛尔迦开始//死于黎明：洛尔迦诗选．王家新，译．上海：华东师范大学出版社，2016：316.

这就是戴望舒所翻译的洛尔迦。这样优异的翻译，使洛尔迦诗歌的魅力和汉语的神奇同时展现在中国读者面前。它成为唤醒中国年轻一代的不可抗拒的声音，也使他们如梦初醒般地体会到什么才是诗。我们知道，北岛、多多、芒克他们并非生来就是“现代派”诗人。他们的创作大都经历了从旧体诗、时代的主流诗歌和革命诗歌模式，到受外国浪漫主义诗歌影响下的青春抒情，到最后转向现代主义这样一个历程。他们在戴译洛尔迦诗歌中接受的，正是一种现代性的艺术洗礼。

至于多多在受奖辞中首先提到的波德莱尔，对他们可能产生了更为深刻、也更重要的影响。

多多所说的波德莱尔，毫无疑问，是女诗人陈敬容翻译的波德莱尔。虽然一些中国现代诗人和译者早就开始译介波德莱尔，但是陈敬容的翻译，包括刊登陈敬容译文的《译文》1957 年“波特莱尔专辑”（今通译波德莱尔），对多多、北岛他们那一代所起到的“开天眼”般的影响，已远远超过了此前一切的翻译。

为纪念波德莱尔《恶之花》初版一百周年，《译文》1957 年第 7 期以专辑形式刊出陈敬容选译的九首波特莱尔的诗，还刊登有苏联评论家列维克的《波特莱尔和他的“恶之花”》、法国著名诗人阿拉贡的《比冰和铁更刺人心肠的快乐——〈恶之花〉百年纪念》（该文由沈宝基译）。在文中，阿拉贡像当年的雨果那样，极力为波德莱尔辩护并高度称赞其诗：“只有波特莱尔能给我们这样的东西：‘比冰和铁更刺人心肠的快乐’……”

这一期《译文》上陈敬容翻译的九首波德莱尔诗，曾以手抄本的形式在北京“地下文学圈”里流传。它也注定会在那个苦闷、压抑的年代激发“新的战栗”（这是雨果对《恶之花》的盛赞，称它给法国诗歌带来了“新的战栗”①）。在小说《波动》（1974）中，北岛就借主人公之口说：“我喜欢诗，过去喜欢它美丽的一面，现在却喜欢它鞭挞生活和刺人心肠的一面。”②

显然，这来自波德莱尔的“比冰和铁更刺人心肠”的语言刺激和震撼，搅动了那一批中国年轻诗人的血液，引发和促成了他们更彻底的美学蜕变。

对此我们先来看多多的早期创作。在多多写于 1972 年的《当人民从干酪上站起》中，就有“八月像一张残忍的弓”这种强有力的隐喻（对照陈敬容翻译的波德莱尔《秋》一诗：“爱情，在它的岗位上张着命运的弓”）；不只是意象创造上的启迪，在多多早年的一组情诗《蜜周》中，有一种戏剧性对话体的插入：

你的眼睛在白天散光
像服过药一样
我，是不是太粗暴了？
“再野蛮些
好让我意识到自己是女人！”

走出树林的时候
我们已经成为情人了③

---

① 参见陈敬容译诗集《图象与花朵》译者题记。（图象与花朵．陈敬容，译．湖南人民出版社，1984：5.）

② 北岛．波动．北京：生活·读书·新知三联书店，2015：76.

③ 多多．蜜周//诺言：多多集 1972—2012. 北京：作家出版社，2013：5.

再来看波德莱尔《秋》一诗的片段：

你水晶似的明眸向我说：
“我对你有什么好处，奇怪的爱人？”
——乖些，别作声；一切都使我的心
激怒，除了原始野兽的真诚；

这不是一般手法上的借鉴，这是语言的亲密性的达成。至于多多《蜜周》最后那个惊世骇俗的结尾，也仿佛是带着波德莱尔的调子：“不错，我们是混账的儿女/面对着没有太阳升起的东方/我们做起了早操——”。这种叛逆性的自嘲和对社会审美趣味的冒犯，明显带着一种波德莱尔式的挑衅意味。

所以多多会这样坦承：“我很早就标榜我是象征主义诗人，因为我读了波德莱尔，没有波德莱尔我不会写作。”①

波德莱尔之所以彻底唤醒了多多这样的年轻诗人，因为正如著名翻译家、诗人程抱一所指出的那样，在波德莱尔“颓废”的背后，是“懔然不可犯的决心：拒绝把生活空虚地理想化，拒绝浮面的欢愉与自足。他要返回到存在的本质层次，以艺术家的身份去面对真正的命运。如果生命包孕了那么多大伤痛、大恐惧、大欲望，那么，以强力挖掘进去，看个底细，尝个透彻。所以诗到了他手里，不再是浪漫似的幻想和怨叹，而是要把至深的经历、战栗、悔恨、共鸣，用凝聚的形式再造出来”②。

除了陈敬容的译诗，《译文》上沈宝基翻译的阿拉贡的文章《比冰和铁更刺人心肠的快乐》中，也有若干很精彩的波德莱尔诗歌片段：

“我们在路上偷来暗藏的快乐，
把它用力压挤得像只干了的橙子……”

“啊，危险的女人，看，诱惑人的气候！
我是不是也爱你们的霜雪和浓雾？
我能不能从严寒的冬季里，
取得一些比冰和铁更刺人的快乐？”

“我独自一人锻炼奇异的剑术，
在各个角落里寻找偶然的韵脚，”

王佐良在《中国新诗中的现代主义——一个回顾》中，曾首先引用了王独清的名句“我从Café中出来/身上添了/中酒的疲倦”③，但是多多他们对波德莱尔的感应，显然比二十世纪三十年代的诗人们要更深一层：“我们在路上偷来暗藏的快乐”，这似乎就是他们那时秘密接受“创造之手的传递”时的一种写照，他们贪婪地榨取着他们读到的所有东西，“把它用力压挤得像只干了的橙子”；他们知道了还有一种“危险的美”，有一种“比冰和铁更刺人”的语言快乐，他们从波德莱尔那里感到的，不仅是一位“身上添了中酒的疲

① 凌越．我的大学就是田野——多多访谈录．书城，2004（4）．
② 法国七人诗选．程抱一，译．长沙：湖南人民出版社，1984：26．
③ 王佐良．中国新诗中的现代主义——一个回顾//风格和风格的背后．北京：人民日报出版社，1987：57．

倦”的巴黎街头上的“游荡者”，更是一位集现代地狱的挖掘者和语言的炼金术者为一身的诗人形象——“我独自一人锻炼奇异的剑术”，不仅是多多独自一人，他和在同一个村子插队的芒克、根子（本名岳重）也一起锻炼着这诗艺的剑术！

而在这“白洋淀三剑客”中，芒克写现代诗较早，据多多在《被埋葬的中国诗人（1972—1978）》中回忆，在1971年夏季芒克就写出了令岳重大吃一惊的诗句“那暴风雪蓝色的火焰……”①。他在后来的一些诗，显然受到过波德莱尔的影响，如《秋天》（1973）中的“秋天，/你这充满了情欲的日子。/你的眼睛为什么暴露着我?”如《天空》（1973）中的“太阳升起来，/天空，/这血淋淋的盾牌”。而他的《十月的献诗》（1974）中的“那冷酷而又伟大的想象/是你在改造着我们生活的荒凉”，从某种意义上看，就像是献给波德莱尔的致辞。

当然，波德莱尔诗对根子和多多的影响要更深刻，他们也比芒克写得更“狠”。根子1971年夏写下的名诗《三月与末日》的首句为“三月是末日”，人们惊叹一位中国年轻诗人在那时居然写出这样惊人的诗句，并由此联想到艾略特《荒原》一开头的名句“四月是最残酷的月份”，但根子和同代人在那时都无缘读到《荒原》（赵罗蕤在二十世纪三十年代翻译出版有《荒原》，但印量极少，且由于历史原因，在五十年代后鲜有人能够读到）。显然，这与他读到的波德莱尔有关。陈敬容翻译的波德莱尔的《薄暮》的第一节：

迷人的黄昏到了，它是罪恶的帮凶；
像个同谋犯似的蹑足走来；天空
有如巨大的卧室慢慢合上，
人，心烦意乱，野兽般疯狂。

波德莱尔居然把“迷人的黄昏”与“罪恶的帮凶”联系起来，而根子的“三月是末日”同样是一种悖论修辞，并且通过这样的诗句，一下子在白洋淀春暖乍寒的三月打开了一个波德莱尔式的世界。

所以多多会在《被埋葬的中国诗人（1972—1978）》中这样总结根子的诗人形象：“叼着腐肉在天空炫耀”。这其实也正是他自己的自画像。当然，对于波德莱尔，他们并不是简单的模仿，多多一开始的诗就那么“神似”于波德莱尔，我们只能说，在他自己的身上就带着一个波德莱尔，而陈敬容的翻译唤醒了他。陈敬容翻译的波德莱尔来得也真是时候，它恰好在一个饥饿年代传到了中国又一代敏感的年轻诗人的手中。

的确，波德莱尔的诗对多多这一代人是一种唤醒。他对社会和公众审美趣味的冒犯，他的审美“怪癖”和反讽意识，他对感官的狂热与对某种超验性的迷恋，他对语言的“震惊”效果的追求，都在多多等人的早期诗中有所反应。正是从波德莱尔这样的诗人那里，他们唤起了一种自我意识并形成了一种“现代的感受力”。这样的影响，使他们彻底摆脱了那个时代那一套虚假的思想话语，“返回到存在的本质层次，以艺术家的身份去面对真正的命运”。

① 多多．被埋葬的中国诗人：1972—1978．开拓，1988（3）．

二

而对茨维塔耶娃、曼德尔施塔姆等俄苏诗人的了解，北岛、多多那一代人是通过爱伦堡的《人，岁月，生活》。苏联作家、诗人伊利亚·爱伦堡（1891—1967）于二十世纪五六十年代解冻时期写下的这部长篇回忆录，在苏联《新世界》上连载后引起强烈反响。从1962年12月至1964年1月，人民文学出版社陆续出版了该回忆录的前四部，当然，是把它作为一份“供批判用的反面教材”（即“黄皮书”）“内部发行”的。在北岛的回忆中，他说他大约是在1971年读到它的，“这书我不知读了多少遍”，“这套四卷本的回忆录，几乎是我们那代人的圣经”。①

作为前苏俄文学的历史见证人，爱伦堡回忆了他与曼德尔施塔姆、阿赫玛托娃、茨维塔耶娃、帕斯捷尔纳克等诗人的交往，这应是最吸引北岛、多多他们的地方。在追忆中，爱伦堡也不时引证了他们的诗（如曼德尔施塔姆《列宁格勒》一诗：“……彼得堡啊，我还不想死——你有我的电话号码/彼得堡啊，我还有一些地址，根据它们，我找得到死者的声音”），这些诗歌片段也像种子一样落在了中国年轻一代的心中。通过这些生动的、也饱含情感的回忆，爱伦堡给人们带回了那些不朽的诗的声音，使普希金之后俄罗斯诗歌又一个神奇的、苦难而光荣的时代展现在中国读者面前。

在对众多俄罗斯作家、诗人的回忆中，爱伦堡对曼德尔施塔姆、茨维塔耶娃的讲述最为亲密、吸引人并耐人寻思。这两位诗人在回忆录中各占两章：《生来不是蹲监狱的曼德尔施塔姆》《钟情而坚贞的茨维塔耶娃》。他对“可怜”的天才诗人曼德尔施塔姆“争取诗人的社会尊严和地位而进行的纯普希金式的、低级侍从的斗争”的回忆和讲述，读了让人感叹不已。他称曼德尔施塔姆生前“怕喝一杯未开的水，但是他身上却有真正的勇气，这股勇气陪伴了他一生”②。在北岛后来富有英雄殉道精神的《回答》等诗中，难道就没有传来那来自冻土地上的永恒回声？

而对于茨维塔耶娃这位天才性的女诗人，爱伦堡也生动地描述了她的性格和悲剧性命运。他引用了茨维塔耶娃这样的话：“我爱上了自己生活中的一切事物，但是以永别，而不是以相会，是以决裂，而不是以结合去爱的”。他还着重讲述了茨维塔耶娃与诗歌“复杂而痛苦”的关系，说她“始终怀疑艺术的权力，同时又离不开艺术”。他讲到有一次茨维塔耶娃对勃柳索夫关于诗歌为词语与韵律的纯粹结合感到“愤怒”（“词能代替思想，韵律能代替感情吗”），但同时“她又是诗歌的俘虏”，为此他引用了她这样的诗：“我知道维纳斯是手的产物/我是手艺人——我懂手艺。”③

不独是《人，岁月，生活》，1962年，中国的《世界文学》编选了《爱伦堡论文集》，作为“参考资料”内部发行，文集中收入了爱伦堡写于1956年的《〈玛琳娜·茨维塔耶娃

---

① 北岛．曼德尔施塔姆：昨天的太阳被黑色担架抬走//时间的玫瑰．北京：中国文史出版社，2005：40.

② 爱伦堡．人，岁月，生活：上卷．冯江南，秦顺新，译．海口：海南出版社，2008：266－267.（该版本为人民文学出版社最初内部发行版的校译版）

③ 爱伦堡．人，岁月，生活：上卷．冯江南，秦顺新，译．海口：海南出版社，2008：194－195.

诗集〉序》（张孟恢译）。这一切，尤其是对早年的多多产生过某种重要影响。洪子诚教授在《当代诗中的茨维塔耶娃》① 一文中，在比较多多与茨维塔耶娃的诗作时，就曾引出了爱伦堡在这篇序言中所列举的茨维塔耶娃 1913 年写的《我的诗……》中的片段：

我写青春和死亡的诗，
——没有人读的诗！——
散乱在商店尘埃中的诗
（谁也不来拿走它们），
我那像贵重的酒一样的诗，
它的时候已经到临。

现在，我们来看多多于 1973 年写的《手艺——和玛琳娜·茨维塔耶娃》一诗：

我写青春沦落的诗
（写不贞的诗）
写在窄长的房间中
被诗人奸污
被咖啡馆辞退街头的诗
我那冷漠的
再无怨恨的诗
（本身就是一个故事）
我那没有人读的诗
正如一个故事的历史
我那失去骄傲
失去爱情的
（我那贵族的诗）
她，终会被农民娶走
她，就是我荒废的时日……②

显然，没有爱伦堡在回忆录中对茨维塔耶娃的讲述和她关于"手艺"的诗，没有张孟恢的翻译所"传递"的茨维塔耶娃的"音节"和独特句式，就不可能有多多这首诗。洪子诚教授很敏锐，他在文中指出张孟恢的译文是"我写青春和死亡的诗"，而后来谷羽、苏杭等译者大都译为"我那青春和死亡的诗"，"假设当年多多读到的不是这篇序言，而是另一种译法，《手艺》可能会是不同的样子"。

但是，多多这首诗，又具有了高度独立的意义。多多写这首诗是"和玛琳娜·茨维塔耶娃"而不是"致玛琳娜·茨维塔耶娃"。他受到茨维塔耶娃的激发，但他同样具有一个天才年轻诗人的傲气，他这首诗显示的两者的关系也是平行式的。不仅如此，他这首诗还更多了些波德莱尔式的精神，他要比茨维塔耶娃写得"更狠"。茨维塔耶娃"写青春和死

① 洪子诚．当代诗中的茨维塔耶娃．文艺争鸣，2017（10）．
② 多多．手艺//诺言：多多集 1972—2012．北京：作家出版社，2013：30．

亡的诗”，他写“青春沦落的诗”；同样写诗人和诗歌孤独的命运，但在他那里还多了一种反讽的调子：他写的是被诗人自己“奸污”的诗。它是“冷漠的”，但又是“再无怨恨的诗”。而到了“我那失去骄傲/失去爱情的/（我那贵族的诗）”，诗又回到与茨维塔耶娃的惺惺相惜（爱伦堡在回忆录中还曾引证过茨维塔耶娃这样的诗：“啊，你是我那贵族的、沙皇的苦恼……”）。但是，更有分量也更耐人寻味的，是多多这首诗的结尾：“她，终会被农民娶走”，在这里，诗人不仅回到了他的“立足之地”，也暗示了他要写的诗在这片土地上的命运。（这里还有一个和这句诗不无相关的细节，据多多讲，同和他、芒克等一起插队的知青中，就有一女知青嫁给了当地的农民）

这就是多多这首诗，从与一位俄罗斯女诗人的对话开始，最后又回到了这片诗人所在的、也造就了他的土地。这显示了多多诗歌的另一面：一方面，同代人的诗中没有谁比他的诗更富有“异国情调”了；另一方面，正如他的很多诗（如《当人民从干酪上站起》）所显示，诗人又是一位“（中国）北方之子”。他对这片土地爱恨交加，他也从这片土地深处汲取了一种近乎神秘的能量。这也是多多这样的诗人既能充分接受外来刺激和影响但又能“自成一格”的根本原因（对此还要补充一点，茨维塔耶娃的《我的诗……》是一首抒情诗，而多多的《手艺》创造了一种很个人化的叙述语调）。

三

发生在七十年代前后那些“严厉年月”里的，就是这种最隐秘的“创造之手的传递”。如用鲁迅在《野草》中的说法：“地火”仍在运行。这个“地火”，就包含了多少年来翻译所积聚的语言的能量。正是这种影响，唤醒了“文革”中后期的那一批年轻的中国诗人，他们不仅从中获得了自己的声音和语言，也使新诗现代性的历程被中断多年之后，又出现了令人激动的“新的转机”，或者说，在封闭了多年之后，中国现代诗歌又回到了“世界文学”的怀抱之中。

“吉他琴的呜咽/开始了。/黎明的酒杯/破了。/吉他琴的呜咽/开始了……”这是戴望舒译洛尔迦《吉他琴》的著名开头。就在这种奇异的声音中，那暗中涌流的一切，又带动了一种被压抑的语言力量的复苏，又找到了中国的一代诗人。多多的名诗《春之舞》，虽然写于1985年，但也完全可以视为他们这早醒的一代的一份诗歌宣言：

雪锹铲平了冬天的额头
树木
我听到你嘹亮的声音

我听到滴水声，一阵化雪的激动：
太阳的光芒像出炉的钢水倒进田野
它的光线从巨鸟展开双翼的方向投来

巨蟒，在卵石堆上摔打肉体
窗框，像酗酒大兵的嗓子在燃烧

我听到大海在铁皮屋顶上的喧嚣

啊，寂静
我在忘记你雪白的屋顶
从一阵散雪的风中，我曾得到过一阵疼痛[①]
…………

“雪锹铲平了冬天的额头”“我听到滴水声，一阵化雪的激动”，在某种意义上，《春之舞》正宣告了一个新的诗歌时代的来临，因此我们会读到“巨蟒，在卵石堆上摔打肉体”这种惊人的意象，还有“窗框，像酗酒大兵的嗓子在燃烧”这种新鲜、强烈而又富有刺激性的比喻（“酗酒大兵”，这显然也是诗人早年读外国小说或诗歌得来的形象）。

而要谈到这“崛起”的一代，北岛著名的诗歌《回答》也绕不过去。该诗的初稿写于1973年3月15日，最初的诗题是《告诉你吧，世界》，据北岛同代人齐简回忆，诗的第一节原是这样的：“卑鄙是卑鄙者的护心镜，/高尚是高尚者的墓志铭。/在这疯狂疯狂的世界里，/——这就是圣经。”[②] 后来经过多次修改，这一节诗定为：“卑鄙是卑鄙者的通行证，/高尚是高尚者的墓志铭。/看吧，在镀金的天空中，/飘满了死者弯曲的倒影。”

“卑鄙是卑鄙者的通行证，/高尚是高尚者的墓志铭”，这两句名诗很可能受到食指1967年写的《命运》一诗开头两句的影响：“好的荣誉是永远找不开的钞票，/坏的名声是永远挣不脱的枷锁。”[③] 至于改定后的后两句“看吧，在镀金的天空中，/飘满了死者弯曲的倒影”，显然也来自北岛早年对国外现代主义诗人的阅读。

好在北岛是一位敏感、冷峻、具有强烈艺术整合力的诗人。《回答》这首诗，既有着中国古典诗歌严谨对仗的功力（如开头两句），又有着早醒一代启蒙主义、英雄主义的色彩，也吸收了超现实主义、象征主义的艺术表现手法。它立足于北岛早期那种典型的“二元对立叙事”（诸如光明/黑暗、正义/非正义、人性/非人性，等等），但相对于它的时代也恰如其分，并充满了悖论般的语言张力。更难得的是，北岛比他的许多同代人更能准确地感知他那个时代（如“镀金的天空”这个隐喻），更有概括力去命名一个时代（“卑鄙是卑鄙者的通行证，/高尚是高尚者的墓志铭”），也更具有一种先醒者的悲愤、激越和“挑战”的力量。虽然诗中有“纵使你脚下有一千名挑战者，/那就把我算作第一千零一名”这样的“过于悲壮”、在今天可能让北岛自己有点难堪的诗句（这就是为什么他后来会否定这首诗），但在诗的最后，却透出了一种难得的先知般的穿透了深远时空的历史感和命运感，这便是这首七节诗的最后一节：

新的转机和闪闪星斗，
正在缀满没有遮拦的天空。
那是五千年的象形文字，
那是未来人们凝视的眼睛。

这就是北岛、多多他们那一代人。借助于“严厉年月里创造之手的传递”，他们推动

---

① 多多．春之舞//诺言：多多集1972—2012．北京：作家出版社，2013：119．
② 齐简．诗的往事//刘禾，编选．持灯的使者．桂林：广西师范大学出版社，2009：12．
③ 食指．命运//洪子诚，程光炜，主编．中国新诗百年大典：第十一卷．武汉：长江文艺出版社，2013：23．

了、实现了中国诗歌的一次重大的“新的转机”，他们自己也来到了一个历史的临界点上。的确，这一切不仅在当年，在今天，中国诗人仍处在“五千年的象形文字”和“未来人们凝视的眼睛”的注视之下。

（王家新 撰）

拓展与思考

1. 阅读戴望舒翻译的洛尔迦《梦游人谣》《海水谣》《哑孩子》等诗，并阅读北岛、芒克、方含、顾城等人的早期作品，看他们是怎样受到洛尔迦的影响，并思考这种影响的意义的。

2. 阅读“白洋淀三剑客”芒克、根子、多多的早期诗作以及稍后江河、杨炼的早期诗作，考察他们各自所受到的陈敬容翻译的波德莱尔诗的影响，他们在接受这种影响后所经历的艺术转变。

3. 细读食指的《这是四点零八分的北京》、北岛的《回答》、多多的《春之舞》，并思考为什么说他们那一代人在那个年代推动了、实现了中国诗歌的一次重大的“新的转机”？

第39章
“八十年代”与“九十年代诗歌”

二十世纪八十年代，中国新诗史上迎来了又一个青春时代，而在这之后，又一次迎来了重大的考验与挑战。在时代迅疾的变化中，“九十年代诗歌”做出了其独特的回应。

一

大河

在那个时候我们驾着大船驶过河流
在清晨
在那个时候我们的衣领陈旧而干净
那个时候我们不知疲倦
那是我们年轻的时候
我们只身一人
我们也不要工钱
喝河里的水
迎着天上的太阳
蓝色的门廊不停开合
涂满红漆的轮片在身后挥动
甲板上拥挤不堪
陌不相识的人们倒在一起沉睡
那时候我们没有家
只有一扇窗户

我们没有经验
我们还远远没有懂得它
生着老绣的锋利的船头飘着水沫
风吹得面颊生疼
在天蓬上入睡的时候眼帘像燃烧一样
我们一动不动地
看着在白天的绿荫下发黑的河湾
浓烈的薄荷一闪而过
划开肉体
积雪在大路上一下子就黑了
我们仰首喝水
饮着大河的光泽①

这是诗人骆一禾的一首诗。骆一禾（1961—1989），上大学期间开始写诗，为海子生前最好的朋友之一，毕业后从事编辑工作。这是一位立志“修远”、有着宏伟壮烈的诗歌抱负的诗人，在其诗学自述《美神》他声称：“我在辽阔的中国燃烧，河流像两朵白花穿过我的耳朵，它们张开在宽敞的黑夜当中……”② 可以说，二十世纪八十年代的“诗歌精神”，在他身上体现得最为充分。

在该诗中，诗人以回忆的方式讲述了一个神话般的诗歌年代：“在那个时候我们驾着大船驶过河流”。诗人在抒发他的豪情壮志时没有流于空洞，而是用了一系列新鲜、动人的细节和富有质感的语言，如“在那个时候我们的衣领陈旧而干净”“陌不相识的人们倒在一起沉睡”“生着老绣的锋利的船头飘着水沫/风吹得面颊生疼”，等等，这样的描述把我们再次带到那条“大船”上，带回到那些为了理想而“燃烧”的一代人中。诗的最后部分也十分动人，并富有力度：“浓烈的薄荷一闪而过/划开肉体/积雪在大路上一下子就黑了”；而“我们仰首喝水/饮着大河的光泽”。这样一个结尾，不仅写出了那种热气腾腾的氛围，也恰到好处地达到了一种诗的升华。

诗人最后留给我们的，也正是这种“仰首喝水”的豪迈形象——他永远留在那条诗歌拓荒者的大船上了。

在许多人的讲述和怀念中，二十世纪八十年代是一个春雷滚滚的诗的年代。以艾青为代表的“归来的一代”在“文革”结束后复出，同时，那个年代又是“朦胧诗”之后一代年轻诗人的摇篮。那是一个饥饿的年代，一个富有精神诉求和巨大的诗歌冲动的年代。就在八十年代初中期，正当“朦胧诗”在与诗坛“保守势力”的角力中刚刚站稳脚跟时，“第三代诗歌运动”已烽火四起了。一批年轻诗人以反文化、反崇高、反英雄的姿态出现，并喊出了“Pass 北岛”的口号。1986 年，《诗歌报》和《深圳青年报》联合举办“现代诗群体大展”，似乎一夜间就冒出了好几十个“流派”，其中一些诗人自称是“腰间挂满诗篇的豪猪”，他们就用这种方式来反叛正统文化和朦胧诗的美学观念。

---

① 骆一禾．大河//张玞，编．骆一禾诗全编．上海：上海三联书店，1997：242-243.

② 骆一禾．美神//世界的血．沈阳：春风文艺出版社，1990：1.

“第三代诗歌运动”的兴起，一时间给诗坛带来了新的活力，促进了诗歌的多元局面和实验主义倾向。在今天看来，“他们”“非非”“莽汉”这几个流派较能代表“第三代”诗人反英雄、反文化，乃至反隐喻、反语义方面的追求。这种追求体现了以极端的方式来摆脱意识形态话语和朦胧诗影响的企图，也出现了一些很有特色的作品，如于坚的《尚义街六号》、韩东的《有关大雁塔》等。

在“第三代诗歌运动”之外，还存在着很多有着各自追求的诗人和写作倾向，也应包括在“八十年代诗歌”这个范畴内。这是一个召唤人们为之献身的、充满了蓬勃朝气的诗歌年代。1987 年夏在山海关的青春诗会上，年轻诗人们在山坡上散步，西川随口就说出了一句“把玉米地一直种向大海边”！欧阳江河则连夜写下了他的名诗《玻璃工厂》。在同年出版的《中国当代实验诗选》的“作者的话”中，欧阳江河还这样宣称：“除了伟大他别无选择”[①]！

这是一个燃烧的向着诗歌所有的向度和可能性敞开的年代。海子的诗正是这样一个时代的产物。他把它的痛苦和寻求，把它的精神冲动和诗歌狂热都体现到一种令人惊异的程度。这就是诗歌界许多人都讲过的一句话：八十年代（的青春抒情）到海子为止。

二

海子（1964—1989），本名查海生，安徽安庆人，出身于农民家庭，1979 年考入北京大学法律系，在大学期间开始诗歌创作，1989 年 3 月 26 日，赴山海关卧轨自杀，年仅 25 岁。在生前不到七年的时间里，海子以惊人的创造力，写下了大量诗歌。在他死后，在青年读者中很快兴起了“海子热”。

因为海子书写麦地的诗篇，海子被称为“麦地诗人”，但海子并不是一个表面意义上的乡村诗意的描绘者。这首先是一个从生命内部来承担诗歌并以诗为全部信仰的诗人。因此他的诗和传统的诗意有了深刻的区别。它已由叶赛宁式的乡村抒情转向了现时代意义上的思与诗，它融合了生命的苦痛、对贫乏的意识和一种信仰冲动：

> 麦地
> 别人看见你，觉得你温暖，美丽
> 我则站在你痛苦质问的中心
> 被你灼伤
> 我站在太阳，痛苦的芒上
>
> ——《答复》[②]

这就是海子的诗歌自白。不进入这个“痛苦质问的中心”，海子就无法把他的“麦子”变成中国的“向日葵”。现在我们来看海子生命最后时期的诗作之一《九月》：

---

① 唐晓渡，王家新，编选．中国当代实验诗选．沈阳：春风文艺出版社，1987：132.

② 海子．答复//海子诗精编．武汉：长江文艺出版社，2014：65.

目击众神死亡的草原上野花一片
远在远方的风比远方更远
我的琴声呜咽　泪水全无
我把这远方的远归还草原
一个叫马头　一个叫马尾
我的琴声呜咽　泪水全无

远方只有在死亡中凝聚野花一片
明月如镜 高悬草原 映照千年岁月
我的琴声呜咽　泪水全无
只身打马过草原①

“我走到了人类的尽头”，海子作于1985—1988年的诗剧《太阳》的开头和结尾都是这句诗。而“走到了人类的尽头”的诗人“忍受着烈火/也忍受着灰烬”。正是在对“灰烬”的忍受中，海子逐渐接近生命和诗歌的奥义。在他死前那一年内写出的一批抒情诗中，他愈来愈深入地进入了他精神内部的那些艰难命题之中，这使他的诗带上了一般诗歌中很少有的令人战栗的力量。

这些正是我们读解这首诗的背景。“目击众神死亡的草原上野花一片”，诗一开始，就定下全诗的音质。诗人走向的草原是一个“目击者”，它目击了众神的死亡，并把这一切化为“野花一片”。只有风在吹，只有野花在风中开成一片，诗人面对的就是一个如此神秘、不可言说的草原。

在诗人同期写下的《花儿为什么这样红》中，他也写到了这样一个草原：“一夜之间，草原如此深厚，如此神秘，如此遥远/我断送了自己的一生/在北方悲伤的黄昏的原野。”一夜之间，草原——那生存的根基、上苍的赠予，已变得是如此深厚、神秘，而且——如此遥远！这里，诗人表达的已是一般的悲伤，请注意“断送”这个字眼，它带出了一个时代将尽时的哀音。

现在，海子又来到这样一个草原前，不仅草原不可言说，而且“远在远方的风比远方更远”！在海子的诗中，“远方”是一个多次出现的词，如“我要做远方的忠诚的儿子/和物质的短暂情人”（《祖国，或以梦为马》），正像有人所解读的那样：对于海子，“远方”不是图像而是传说，不仅是一个地理概念，它代表一种神秘的终极性。然而，在这首诗里，在浑茫无际的草原，诗人却感到“远在远方的风比远方更远”，一种更伟大的尺度向他展开了。

因此，在这“目击众神死亡”的草原上，诗人所能做的，只是“把这远方的远归还草原”。这里，海子表达的不仅是绝望，还带出了一种更高的觉悟。一个恰切的“归还”，使他达到了个体有限存在对无限的敞开。

感动我们的，是这首诗那种直达本源的抒情力量。“我的琴声呜咽　泪水全无”，诗人以这一句贯穿全诗（它出现了三次），直到最后让我们也“泪水全无”！在这样的抒情音调中，我们又听到草原上那世代相传的马头琴的呜咽声了，“一个叫马头　一个叫马尾”，海

① 海子．九月//西川，编．海子诗全编．上海：上海三联书店，1997：177.

子把它拆成了两个词，这就是他生命中最后留存的两件破碎乐器，他带着它“只身打马过草原”，留下了不绝如缕的余音……

读这样的诗，真如海子自己的诗所说“悲痛时握不住一颗泪滴”（《日记》）。

海子去了，但大地和草原永存。

三

海子的死以及那一年巨大的历史震荡，标志着中国新诗史上又一个青春时代的结束。而在这一场命运的震撼下，诗歌回到了历史之中。那些在时代压力和一种前所未有的荒凉中坚持下来的诗人，不仅要面对他们的现实处境，还不得不痛苦地反省他们自己作为一个诗人在中国的角色和命运：

蜡烛在燃烧，
我们怎能写作？
当语言无法分担事物的沉重，
当我们永远也说不清，
那一声凄厉的哀鸣
是来自屋外的雪野，还是
来自我们的内心……
——王家新《瓦雷金诺叙事曲》[①]

诗歌的“内”与“外”，一个诗人想要从事的“纯粹艺术”与良知的更严酷的拷问，使这首诗迸发出一阵阵激颤。但不管怎么说，这就是命运对一代人的造就。叶芝在他的一首诗中曾写道：“现在我的梯子移开了/而我必须躺在所有梯子开始的地方，/在内心那肮脏、破败的杂货铺里”[②]。这也正是九十年代以后发生在许多中国诗人那里的“故事”。历史之手移开了他们在早年所借助的梯子，使他们不得不从自身的惨痛中重新开始，虽然这并不意味着他们对“高度”的放弃。在经过了一段时间的沉默之后，诗人西川写下了《夕光中的蝙蝠》这首诗：

在戈雅的绘画里它们给艺术家
带来了噩梦。它们上下翻飞
忽左忽右；它们窃窃私语
却从不把艺术家吵醒

说不出的快乐浮现在它们那
人类的面孔上。这些似鸟

---

① 王家新．瓦雷金诺叙事曲//塔可夫斯基的树：王家新集 1990—2013．北京：作家出版社，2013：4-5.

② 叶芝．马戏团动物的逃弃//带着来自塔露萨的书：王家新译诗集．王家新，译．北京：作家出版社，2014：187.

而不是鸟的生物，浑身漆黑
与黑暗结合，似永不开花的种籽
似无望解脱的精灵
盲目，凶残，被意志引导
有时又倒挂在枝丫上
似片片枯叶，令人哀悯

而在其他故事里，它们在
潮湿的岩穴里栖身
太阳落山是它们出行的时刻
觅食，生育，然后无影无踪

它们会强拉一个梦游人入伙
它们会夺下他手中的火把将它熄灭
它们也会赶走一只入侵的狼
让它跌落山谷，无话可说

在夜晚，如果有孩子迟迟不睡
那定是由于一只蝙蝠
躲过了守夜人酸疼的眼睛
来到附近，向他讲述命运

一只，两只，三只蝙蝠
没有财产，没有家园，怎能给人
带来福祉？月亮的盈亏退尽了它们的
羽毛；它们是丑陋的，也是无名的

它们的铁石心肠从未使我动心
直到有一个夏季黄昏
我路过旧居时看到一群玩耍的孩子
看到更多的蝙蝠在他们头顶翻飞

夕光在胡同里布下了阴影
也为那些蝙蝠镀上了金衣
它们翻飞在那油漆剥落的街门外
对于命运却沉默不语

在古老的事物中，一只蝙蝠
正是一种怀念。它们闲暇的姿态
挽留了我，使我久久停留
在那片城区，在我长大的胡同里①

① 西川．夕光中的蝙蝠//大意如此．长沙：湖南文艺出版社，1997：24－26.

西川，生于1963年，在八十年代也曾写下《远游》那样的与海子、骆一禾相呼应的长诗。但是，“当历史强行进入我的视野，我不得不就近观看，我的象征主义的、古典主义的文化立场面临着修正”①。历史的“强行进入”，使生存的真相暴露在一个诗人面前：我们仍生活在一种古老命运的循环之中。

这就是为什么诗人会留意到“蝙蝠”这种古老的事物。蝙蝠一直在中国古诗中飞来飞去，但在这首诗里，蝙蝠不仅是一种古老诗意的关联物，诗人还要通过这种“似鸟而不是鸟的生物”来讲述一种古老、沉默的命运。

诗中的许多句子都耐人寻味，它们不仅出自对命运的体验，还体现了一种智者的观照：“说不出的快乐浮现在它们那/人类的面孔上。这些似鸟/而不是鸟的生物，浑身漆黑/与黑暗结合，似永不开花的种籽”，这样的诗句，真正开始把握到了东方民族的命运之谜！

感人的还在后面。诗一开始由“在戈雅的绘画里它们给艺术家/带来了噩梦”展开，但这只是“引子”，在后来诗人终于把这一切和自己的生活联系了起来，当他路过那片老城区，路过有着“油漆剥落的街门”并看到更多的蝙蝠在一群孩子头顶上翻飞时，他被“挽留”了下来。在此，诗人不仅与自己的童年，更是与一种从小就伴随着我们的命运相遇了。

孩子与蝙蝠的关系也十分耐人寻味。命运之难以抵御，正在于它比我们更狡猾也更有耐心，它会躲过“守夜人酸疼的眼睛”（“酸疼”用在这里极好！），一次次来到一个孩子的梦境中。命运之让人敬畏，也正在于它一次次把我们变成了它的孩子。诗中那些玩耍的孩子听凭蝙蝠在头上翻飞，他们自己对此却浑然不知。这正是人类存在的某种隐喻。

但是一个路过的诗人却看到了这一切。他把这归功于夕光中的蝙蝠：“它们闲暇的姿态/挽留了我”。蝙蝠的姿态也许是“闲暇的”，面对它的诗人也能保持自己的从容沉思。而读了这首诗，我们也被“挽留”了下来——因为这样一首诗，我们也回到并久久地停留在我们“从小长大的胡同里”……

四

这样一首诗也印证了，正是在对历史的承受和反思中，一代诗人在走向成熟。欧阳江河也曾经这样描述：“对我们这一代诗人的写作来说，1989年并非从头开始，但似乎比从头开始还要困难。一个主要的结果是，在我们已经写出和正在写的作品之间产生了一种深刻的中断。诗歌写作的某个阶段已大致结束了。许多作品失效了。就像手中的望远镜被颠倒过来，以往的写作一下子变得格外遥远，几乎成为隔世之作……”②

的确，进入九十年代后，早年的那些文学反叛和“青春期”写作已显得异常遥远和苍白，一场“诗歌的纠正”也势在必行。正是在如耿占春所说的“一场诗学与社会学的内心

---

① 西川．90年代与我//王家新，孙文波，编．中国诗歌：九十年代备忘录．北京：人民文学出版社，2000：264.

② 欧阳江河．1989年后国内诗歌写作：本土气质、中年特征与知识分子身份//王家新，孙文波，编．中国诗歌：九十年代备忘录．北京：人民文学出版社，2000：182.

争论”[①] 中，诗人们渐渐发出了不同于以往的声音。他们试图以语言“分担事物的沉重”（《瓦雷金诺叙事曲》），他们已由“纯诗”的学徒试图成为历史和现实的见证者。“纯诗”写作在八十年代初中期非意识形态化的文学潮流中自有意义，但问题在于，这种对“语言本体”“不及物写作”的崇拜是建立在一种“二元对立”逻辑上的，因此它会致使许多人的写作成为一种“为永恒而操练”却与自身的真实生存相脱节的行为。九十年代诗学的意义，就在于它自觉消解了这种“二元对立”模式；它在根本上并不放弃文学的独立和自律，但它却有效地在写作与语境、伦理与审美之间重建了一种张力关系，从而使写作成为一种对现实有所承担而又向诗歌的所有精神与技艺尺度敞开的艺术。

不过我们还应看到，九十年代的诗歌，一方面继承了早期朦胧诗的某种精神，另一方面又显示了深刻的区别：朦胧诗曾激动了一个时代，但是随着社会、文化和诗人们自身的变化，早期朦胧诗那种对社会历史发言的模式已成为历史，时代“代言人”式的姿态显得空洞，那种宣告式、对抗式的声音也日益显得大而无当。因此到了后来，诗人们包括朦胧诗人们面对的任务就是修正这种写作。正是在这种自我修正中，一种更为个人化也更接近文学本身的写作立场得以确立。如果说北岛他们早期的某些写作行为体现了一种集体对抗，诗人们在九十年代更倾向于以个人的方式来承担历史赋予的重量，甚至是以反讽的眼光来打量他们自己。即使那些看上去富有现实感和批判意识的诗歌，也往往不再直接对公众讲话，它已把一个时代的沉痛化为深刻的个人经历，把对历史的承受化为一种对个人内在声音的挖掘。这已不再是一种“英雄的诗”，但也不是那种曾在八十年代中期盛行的“反英雄”的诗，而是一种“没有英雄”但却具有更深刻的个人意识和更真切的时代感的诗。

此外，九十年代诗歌还消解了那种流派标榜与文学反叛运动的神话。“九十年代诗歌”与“八十年代”当然有一种相互纠缠的关系。九十年代的主要诗人也大都是从八十年代过来的，他们中有些人也曾被划入“第三代”，只不过他们在当时就和一种集体的喧嚣拉开了距离。他们中的一些诗人，比如西川、陈东东、王家新等，在后来还提出了“知识分子写作”“知识分子精神”这类主张，以区别于同时代人中的那种诗歌运动和粗俗化写作倾向。九十年代以来，主要是这样一批在艺术准备上更为充分的诗人以及第三代中那些继续保持创作活力的诗人（如于坚、韩东等人），在推进着诗歌的发展。

正是在他们的努力下，诗歌承受住了历史震荡所带来的考验，一个在大体面貌上明显不同于八十年代的诗歌时代开始形成，一种更为独立、沉潜，对历史和现实更具有承担意识，也更具有知识分子精神和文化视野的写作受到关注。无论怎样看，诗歌写作在九十年代被推向了一个更为成熟、开阔的境界。正是基于这种创作实绩、诗学倾向和发展态势，“九十年代诗歌”被有些论者作为一个有待认识的诗学概念和诗歌史概念提了出来。[②]

重要的是创作本身。九十年代诗歌以它的个人承担意识和叙事策略，以它不断推进的探索，不仅有效地确立了诗歌与时代的关系，也大大扩展了写作的多种可能性。从欧阳江

① 耿占春．一场诗学与社会学的内心争论//王家新，孙文波，编．中国诗歌：九十年代备忘录．北京：人民文学出版社，2000：268.

② 程光炜．90 年代诗歌：另一意义的命名．山花，1997（3）.；洪子诚．序“90 年代中国诗歌”//洪子诚，主编．“90 年代中国诗歌”丛书．北京：文化艺术出版社，1998.

河的《傍晚走过广场》到于坚的《零档案》，从肖开愚的《向杜甫致敬》到王家新的《回答》，从西川、陈东东、王寅、孟浪、王小妮、钟鸣、翟永明、张枣、柏桦、韩东、杨黎、周伦佑、吕德安、张曙光、孙文波、臧棣、宋琳、朱朱、黄灿然、西渡、桑克、胡续冬等人的创作中，九十年代诗人们以各不相同的个人叙事方式和诗歌技艺写作，更深切地介入到他们的生命境遇中。他们的写作，不仅有效地确立了一个时代动荡而复杂的现实感，拓展了中国诗歌的经验广度和层面，还深刻地折射出一代人的心灵史。

当然，考验还在后面。1992 年以后，中国经济走向市场化，诗人们又面对着新的挑战。也正是在这种情形下，在诗歌界"个人写作"提了出来，它并不意味着一种封闭写作，而是表明了诗人们在商业文化、大众文化和集体主义意识形态语境下对个人精神存在的坚持。它像楔子一样切入了时代喧嚣的话语场中，也为诗歌写作提供了一个更为确切的角度。当然，在九十年代中后期"后现代诗"和伊沙等人的"口语诗"也比较活跃。值得注意的是，九十年代诗人们在发展他们各自的艺术个性的同时，还提出了诗歌的"叙事"问题，它体现了打破早期朦胧诗那种"象征、隐喻"的模式，在诗歌写作与现实经验之间重建一种关系的尝试。正是这种努力，使他们的写作成为一种回到个人内心而又不断向着现实和历史敞开的写作。

1965 年

张曙光

那一年冬天，刚刚下过第一场雪
也是我记忆中的第一场雪
傍晚来得很早。在去电影院的路上
天已经完全黑了
我们绕过一个个雪堆，看着
行人朦胧的影子闪过——
黑暗使我们觉得好玩
那时还没有高压汞灯
装扮成淡蓝色的花朵，或是
一轮微红色的月亮
我们肺里吸满茉莉花的香气
一种比茉莉花更为冷冽的香气
(没有人知道那是死亡的气息)
那一年电影院里上演着《人民战争胜利万岁》
在里面我们认识了仇恨和火
我们爱看《小兵张嘎》和《平原游击队》
我们用木制的大刀和手枪
演习着杀人的游戏
那一年，我十岁，弟弟五岁，妹妹三岁
我们的冰爬犁沿着陡坡危险地
滑着。突然，我们的童年一下子终止

当时，望着外面的雪，我想
林子里的动物一定在温暖的洞里冬眠
好度过一个漫长而寒冷的冬季
我是否真的这样想
现在已无法记起[1]

《1965年》是人们谈论当代诗歌的“叙事性”时常提到的一首诗。的确，这和人们过去常见到的“抒情诗”不大一样。诗一开始就指向了早年，指向了“记忆中的第一场雪”：雪后提前来到的夜色，去电影院朦胧的路上，兄妹们兴奋地绕过一个个雪堆，诗人在充满温情回忆的同时还穿插着对现在的讽刺：“那时还没有高压汞灯/装扮成淡蓝色的花朵”诗人以这种方式展开叙述，并捕捉那些对一生都有意义的经验，比如一阵被吸入肺部的、但又因为雪而变得“比茉莉花更为冷冽的香气”，这暗示了“死亡”对生命的进入。

而接下来叙述的孩子们和革命电影的关系，也非常耐人寻味。孩子们爱看电影，这在那个年代几乎是他们唯一的快乐，而他们从中学到了什么呢？“那一年电影院里上演着《人民战争胜利万岁》……我们用木制的大刀和手枪/演习着杀人的游戏”。这从一个侧面写出了一代人在那个年代的成长史，让人感到亲切，但又不能不去反思！

而孩子们是无辜的，“没有人知道那是死亡的气息”，他们只是尽情地玩着，直到冰爬犁的场景出现：它本来是北国冬天常见的情景，但在这里成了诗的隐喻：“我们的冰爬犁沿着陡坡危险地/滑着”，就在这种快乐和危险中，“突然，我们的童年一下子中止”，诗人以这种出乎意料的方式使他的童年永远定格在那里。

这一句看似突如其来，像绳子绷断似的，但却十分耐人寻味：想一想诗题“1965年”，想一想接下来在中国大地和每一个家庭里发生的一切，想一想从电影里认识的“仇恨和火”，就不难理解诗人为什么这样写。1965年冬，意味着一个童真时代的结束，而诗的叙述者从此进入人生的另一个阶段。

因而，诗的最后一部分也就显得分外感人：“当时，望着外面的雪，我想/林子里的动物一定在温暖的洞里冬眠”。这不仅写出了一个“脱轨”的孩子在那一瞬对温暖的渴望，同时也寄寓了诗人对永远失去的童年的怀念。

从诗的结构上来看，从一开始对“第一场雪”的回忆，到对革命电影的模仿，到快乐而又危险的“冰爬犁”细节，等等，这有点类似于电影的叙事手法：闪回、特写、切换、过去与现在交错并置，等等。尤其是诗人在时间的长流中所“定格”的那个瞬间，正是在那一瞬，童年被永远留在一个永恒的世界，而诗的叙述人只能与之远远地张望，其间隔着已无法逾越的深渊。

在诗的最后叙述人又回到了现在：“我是否真的这样想/现在已无法记起”，但这并不重要，重要的是通过这种方式，诗人不仅表达了他的迷惘，也在一种更开阔、深远的视野中看到了他自己和一代人的早年。

（王家新 撰）

---

① 张曙光．1965年//徐敬亚，主编．中国诗典1978—2008．长春：时代文艺出版社，2009：477.

拓展与思考

1. 为什么说二十世纪八十年代是中国新诗史上又一个青春时代？为什么说海子的诗是这样一个时代的产物？

2. 阅读欧阳江河、西川、柏桦、王家新、张枣、韩东、于坚等诗人更多的作品，考察每个诗人各自的风格和艺术追求。阅读翟永明等人的“女性诗歌”，考察它们与舒婷诗歌的联系与区别。

3. 为什么张曙光的《1965 年》会成为当代诗歌的“叙事性”的一个标志？你对这样的诗是否感到亲切？在二十世纪九十年代的诗人中，还有哪些不同的艺术追求？

第40章
“从这里，到这里”

如果说，二十世纪八十年代的中国新诗中，会经常见到一种“从这里，到远方”式的青春写作或乌托邦写作，那么，二十一世纪开始之后，中国当代诗歌则呈现了一种新的创作探求、面貌和态势。当代诗歌当然有着它无限的多样性和丰富性，但怎样抵达“现实的荒野”，怎样进入“我们未曾在场的当下”，这可能是很多不同风格、不同年龄段的诗人都在关注的问题。

一

2010年，当代女诗人蓝蓝新出了一本诗集《从这里，到这里》（河南文艺出版社），集名出自该诗集中《火车，火车》（2007）一诗。那些年，蓝蓝因为她生活的变化，经常在北京与郑州之间奔波。但她的这首诗，不仅把我们带到那列普通火车（不是现在的高铁）上，穿过华北平原和中原大地，更给我们带来了一种诗的现场感：

> 火车越过田野，这页删掉粗重脚印的纸。
> 我们晃动。我们也不再用言词
> 帮助低头的羊群，砖窑的滚滚浓烟。①

这样的诗，不仅写出了一种无言的爱和悲哀。当诗人目睹着这个社会的巨大差异和裸露的真实时，那从车窗外闪过的，就不单纯是一般意义上的风景了。因此，当诗人穿越这片她所生活的土地（“头顶不灭的星星/一直跟随”），她喃喃地重复着这句话“从这里，到

① 蓝蓝．火车，火车//唱吧，悲伤——蓝蓝抒情诗集．南京：江苏凤凰文艺出版社，2017：269.

这里”——它在该诗中出现了两次，一次比一次更深刻地体现了她对自身命运和写作的认知。

如果我们这样来看，这首诗叙述的，就不仅是大地上的一段旅程了，这还是一种从语言到现实的永不终结、循环往复的艰难行旅。

更应该留意的是，这种“从这里，到这里”，已远远不同于我们在二十世纪八十年代常见到的那种“从这里，到远方”式的青春写作或乌托邦写作，也深刻有别于现今文化消费时代的所谓“诗与远方”。诗人已完全知道了她作为一个诗人的责任，她要“从这里”出发，经由诗的创造和想象，经由痛苦战栗的词语，再回到“这里”，回到一种如哲人阿甘本所说的“我们未曾在场的当下”[①]，回到一种诗的现场。

不仅仅是蓝蓝，很多当代诗人的诗学努力也就体现在这里。这么些年来，一些人不断指责当代诗歌“脱离现实”，然而，什么是“现实”呢？仅仅是指那些“重大”的社会题材？或是指那些生活的表象？诗人策兰说：“现实并不是简单地摆在那里，它需要被寻求和赢回。”[②] 对此，我们再来看蓝蓝于 2004 年写下的《矿工》一诗：

> 一切过于耀眼的，都源于黑暗。
>
> 井口边你羞涩的笑洁净、克制
> 你礼貌，手躲开我从都市带来的寒冷。
>
> 藏满煤屑的指甲，额头上的灰尘
> 你的黑减弱了黑的幽暗；
>
> 作为剩余，你却发出真正的光芒
> 在命运升降不停的罐笼和潮湿的掌子面
>
> 钢索嗡嗡地绷紧了。我猜测
> 你匍匐的身体像地下水正流过黑暗的河床……
>
> 此时，是我悲哀于从没有扑进你的视线
> 在词语的废墟和熄灭矿灯的纸页间，是我
>
> 既没有触碰到麦穗的绿色火焰
> 也无法把一座矸石山安置在沉沉笔尖。[③]

这首书写矿工的诗篇，让我们受到一种真正的震动，那不是一般的对社会底层的同情，是诗歌的良知在词语间颤抖！而且它也不单是一首哀歌，在它的语言中有一种错综的、逼人的光芒！在它那些极富张力的诗行之间穿行，我们读者的心，也如同那钢索“嗡嗡地绷紧了”。

这样的诗，让我们不仅感到了一种难得的社会关怀，一种真实感人的内省的姿态，也为诗人在这首诗中所显现的语言功力而惊异（比如“作为剩余”这个短句所显现的抽象隐

---

① 阿甘本．何谓同时代人．王立秋，译．

② 策兰．对巴黎福林科尔书店问卷的回答//带着来自塔露萨的书：王家新译诗集．王家新，译．北京：作家出版社，2014：320.

③ 蓝蓝．矿工//唱吧，悲伤——蓝蓝抒情诗集．南京：江苏凤凰文艺出版社，2017：192－193.

喻能力)。从这个角度看，蓝蓝仍像二十世纪九十年代的诗人们那样，在美学与伦理之间，致力于实践一种富有张力的诗学。

重要的仍是“真实”。在一个看上去已进入消费社会的时代中，蓝蓝这样的诗人的良知，正在于她对真实的诉求。而要“活在真实中”，就必得对我们所生活的“当下”有更深刻的洞察：“死人知道我们的谎言。在清晨/林间的鸟知道风”“喉咙间的石头意味着亡灵在场/喝下它！猛兽的车轮需要它的润滑——”。[①] 这样的诗句，真是令人惊异！语言在这里已触及我们生活中最灼热的秘密。

这样的写作之所以值得信赖，还在于它是一种真实而“完整”的写作。“完整”，是指对生存的触击面和穿透力，更指心灵的完整、深邃和丰富。正像蓝蓝自己在谈诗时所说，它充满“语言的意外”，而又“不超出心灵”。同样，这也是一种不可简化的写作。正如耿占春指出的那样，即使她的“批判”，也是一种“从爱出发的批判”。[②] 因而她会超越那种二元对立式的叙事，在写作中把批判与反讽、哀歌与赞歌、崇高与卑微等等，熔铸为一个相互作用、不可分割的艺术整体。她的《永远里有……》(2006) 就是这样一首诗作：

> 永远里有几场雨。一阵阵微风；
> 永远里有无助的悲苦，黄昏落日时
> 茫然的愣神；
>
> 有苹果花在死者的墓地纷纷飘落；
> 有歌声，有万家灯火的凄凉；
>
> 有两株麦穗，一朵云
>
> 将它们放进你的蔚蓝。[③]

诗最后的一个词“蔚蓝”，让我们联想到诗人给自己起的“蓝蓝”这个笔名。但是，这首诗虽然不无感伤，却和自伤自恋无关。它和一个诗人的永恒仰望有关。可以说，这里的“蔚蓝”是一个元词，是一切的总汇和提升。它指向一种永恒的谜、永恒的纯净和“永远”的美。而写这首诗的诗人已知道她不可能从纯净中获得纯净，正如她不可能从美中获得美，她要做的，就是把那几场雨、一阵阵微风、无助的悲苦、黄昏时的愣神、死者墓地飘落的苹果花、万家灯火的凄凉……，一并带入这种“蔚蓝”，她要赋予她心目中的美以真实的内涵、以真实的伤痕和质地，不然它就不可能“永远”。

二

我们之所以首先引出蓝蓝的创作，因为这也正是近些年来中国当代诗歌所呈现的一种主要的创作探求、面貌和态势。当代诗歌当然有着它无限的多样性和丰富性，但怎样抵达

---

① 蓝蓝．真实——献给石漫滩75·8垮坝数十万死难者//世界的渡口．北京：新星出版社，2018：130.

② 王家新．永远里有……——读蓝蓝诗歌//在一颗名叫哈姆莱特的星下．北京：中国人民大学出版社，2012：73-74.

③ 蓝蓝．永远里有……//唱吧，悲伤——蓝蓝抒情诗集．南京：江苏凤凰文艺出版社，2017：265.

“现实的荒野”，怎样进入“我们未曾在场的当下”，这可能是很多不同风格、不同年龄段的诗人都在关心的问题。

正因为如此，前些年人们所关注的“打工诗歌”“底层写作”，也都不尽是和文学无关的社会学现象。像郑小琼、许立志、郭金牛等打工诗人，他们的诗虽然往往指向了一个“命运共同体”，但他们不是那种脱离了个体生命经验的集体代言人。他们的写作和当代诗歌中那种坚持以个人存在为视角和立足点的写作也都是相通的。他们的一些作品之所以真实感人，首先就在于它们是有血有肉的个体生命的言说。我们来看许立志（1990—2014），这位富有才华，但在深圳打工期间最后选择“坠楼身亡”的打工诗人，其诗有一种强烈、直接的抗诉性，有一些甚至充满了血泪，但有时他也能“拉开距离”，以一种旁观的眼光，冷静地审视自身与现实，如《他们说》这首诗：

这机械的厂区盛满了多少工人的汗血
游走其中，我时常听到他们笨重的交谈
他们说，三年了，我没回过一次家
他们说，我老家在河南，四川，海南，广西……
他们说，等钱攒够了，我就和女友回家生娃
他们说，按年头算，我儿子今年也该有九岁了
……
我像一个窃听者，在角落里记下他们说的
字字鲜红，然后洇开，凋谢
手上的纸和笔，叭嗒落地

他们说……①

在这首诗中，诗的主人公是“他们”，而诗人自己只是一个“窃听者”和记录者（而且是在一个“角落里记下”），但这个旁听者却是一个与他们休戚与共并默默地承受着冲击的记录者，而且他也很会选择，比如说他把“他们说，按年头算，我儿子今年也该有九岁了”这最令人心酸的一句放在第一节的最后，效果就很强烈；而全诗的最后两句“手上的纸和笔，叭嗒落地/他们说……”不仅真切地传达出一种在场感、一种冲击力，其实也暗含了“见证是否可能”或“语言能否分担事物的沉重”这样的对整个当代诗歌都具有普遍意义的诗学问题。如果这样来看，全诗最后那个意犹未尽的“他们说……”也就太好了！它是结束，但又是开始，它创造了一个“永无终结的现时”：一切仍在进行，命运仍在进行，对诗人的拷问也仍在进行，而无论我们能否记录、见证或承担。

这也说明，只要是从事诗的写作，到最后在不同程度上都会面对中国当代诗歌的一些基本问题。二十年前，诗人翻译家黄灿然翻译有爱尔兰诗人希尼的《诗歌的纠正》及海伦·文德勒关于希尼诗歌的《在见证的迫切性与愉悦的迫切性之间徘徊》等诗论随笔。② 其中“诗歌的纠正”“见证与愉悦”都已成为中国当代诗学的重要话题。希尼的创作和思考之所以让中国诗人们认同，就在于他的诗学是一种深入困境的诗学，又是一种富有张力

① 许立志．他们说//秦晓宇，选编．我的诗篇：当代工人诗典．北京：作家出版社，2014：355.

② 见证与愉悦：当代外国作家文选．黄灿然，译．天津：百花文艺出版社，1999.

的诗学——这正如他自己的诗所提示：“挑两个水桶比挑一个容易。/我在两者之间成长。”[①] 显然，这么多年来，当代中国诗歌也正是在“见证”（对现实和时代的见证）与“愉悦”（美学的要求与语言的愉悦）这“两个水桶”之间成长和壮大。

当然，每个人的具体追求都不一样。新世纪以来，从二十世纪八九十年代走过来的老将们壮心不已，依然在各显身手，有人立志于“大河拐大湾”，有人想要达到薇依式的结晶，有人倾向于成为“儒家诗人”，有人则专事互文编织，有人愈写愈老练，有人“变老而又变得年轻”。而比他们更年轻一些的诗人也十分活跃，他们充分吸收了当代诗歌的艺术经验，如四川诗人哑石（1966— ）、浙江诗人蒋立波（1967— ），他们的诗富有敏锐的现实感和批判的力度，而又和诡异的心智、独到的隐喻熔铸为一体。

在台湾二十世纪五六十年代的现代诗运动中，许多诗人“从传统出发走向现代，复又深入传统”。八十年代中后期的大陆诗坛，一些诗人在经历了现代主义艺术洗礼后，也显示了这种倾向。这本身就体现了诗歌现代性的一种维度。在这方面，张枣（1961—2010）动身较早，他的《镜中》（1984）之所以受到读者喜爱，原因也在于它的那些古典意象，那种“此恨绵绵无绝期”式的余音，有一种令中国读者“如归故里”的美。张枣意识到他要写的应是一种纯正、典雅的汉语诗歌，但又必须是一种现代诗，像他这样的诗句：“板桥霜迹，我礼貌如一块玉坠”（《十月之水》），古典的东西被化用在语言中，但这组合方式却是现代的。

在这方面，昌耀（1936—2000）对汉语言古典传统的重新熔铸，更是一个有力的例证。随着时间的进程，人们现在看得更清楚了：在中国新诗史上，昌耀最重要和独特的，是形成了一种和他的美学追求相称的文体，这种孤绝超拔、沉雄遒劲、具有“新古典”性质和青铜般色调的文体，有论者称为“昌耀体”。[②] 它不仅见证了我们民族的苦难，更彰显出我们语言的光荣，向人们昭示着什么是时间无法磨灭的东西。因此，在昌耀逝世后，他的诗愈来愈受到人们重视和推崇。他所呕心沥血锻造的“昌耀体”，他那“回到青铜”的美学诉求，对许多当代诗人的写作也产生了启示。

近一二十年来，在当代诗坛的多种诗学向度中，就显现着这种美学和文体上的追求，如女诗人翟永明的近作，就引入了许多古典诗歌和戏曲的因素，其语言风貌已远远不同于她早年的《女人》组诗了。陈先发富有古典功力，且具有一颗自觉的“写碑之心”（这是他 2011 年出版的一部诗集的集名），南京诗人胡弦，云南诗人雷平阳，湖北诗人李建春，浙江诗人潘维、泉子、飞廉，等等，也致力于在传统文脉的上下文中书写当下的命运，他们的创作比同代人都多了些经典的质感和蕴藉。

杨键的诗看上去颇具古风，但那是另外一种意义上的，我们来读他的《江边》：

“同我在一起吧”，
江水的浑浊浩瀚，
要熄灭我的肉体，

---

① 王家新．“要打出真铁，让风箱发出吼声”——希尼的诗歌及其翻译//黄昏或黎明的诗人．广州：花城出版社，2015：54.

② 王家新．论昌耀诗歌的“重写”现象及“昌耀体”．文学评论，2019（2）.

展开我的心。

市郊的尖顶教堂，
松林中的大雄宝殿，庄重的石狮
仿佛死，颠沛流离，病痛
压迫而成的。

点点墨斑，
那是寒酸的麻雀
像一群民工
挤上火车——冷清的老柳树上。①

杨键（1967— ）现居安徽马鞍山。这样一位诗人的悲怆、仁爱和孤绝都超出了我们的想象。他曾是马鞍山钢铁厂的一名工人，那高炉的滚滚浓烟，古老文明的嬗变，世道人心在今天的溃散，都加剧着他的悲痛和忧患，甚至使他的语言也发出了痉挛——“仿佛死，颠沛流离，病痛/压迫而成的。”

“同我在一起吧”，诗一开始就是这句震动心人的吁请，这究竟是谁在发出呼喊？是诗人，还是那条有着古老生命、饱经沧桑的大江？

而诗人要展开和披露的“心”，也绝非现代人那个可怜的自我，而是天地良心，是古人所说的“赤子之心”。而这样做的代价，却是“要熄灭我的肉体”！必须如此吗？必须如此。作为一个诗人，他对大地的爱，他的奉献和牺牲，他“明心见性”的艰苦历程，只有最虔诚的僧人或使徒可与之相比。

“哭泣，是为了挽回光辉”（《啊，国度》），这是杨键诗中让人难忘的一句。不仅为大地上芸芸众生的苦难（“那是寒酸的麻雀/像一群民工/挤上火车……”），还要为那被摧折的文明；不仅哭泣，还要挽回它的光辉。这就是杨键的诗。作为一个汉语诗人，他要把他的一生奉献给养育他的文化母体。

读这样的诗，我们再次感到了那种在老杜诗中才有的“歌哭”般的力量。不同于那种“新古典主义”的文体追求，杨键的语言非常质朴，却能恰好道出他的切身体验和至痛感受。从他的全部创作来看，他不仅要使一个民族的苦难史通过他讲述出来，在他的诗中还贯穿着一种文化追忆和哀悼的力量：

如果这时有人说出了憧憬
就把它归于江水上的暮色吧，
因为大地本是梦幻，
何必追忆，何必悲痛呢……

无名无姓地浪游吧，
远山含混的轮廓，
在这里，在那里，

① 杨键．江边//古桥头．上海：上海文化出版社，2007：35.

又倏忽不见。
——《在江边》①

那些“在这里，在那里，/又倏忽不见”的事物，是远山含混的轮廓吗？是，但更是某种永恒的注视和期待。漂泊的诗人就这样浪游在天地间。他要做的，就是去感应，去辨认，去披露；就是在一种流离失所的命运中，完成他最终的回归。

三

当代社会是一个充满了各种文化纷争、人们的选择和姿态不尽相同的社会，诗歌界同样如此。汉语言文化当然是我们的宝贵财富，李白、杜甫也会永远活在我们中间。但我们同时需要一个他者，需要某种自我审视、自我更新和超越的力量。多年前，多多在纽斯塔特文学奖受奖辞中，在感谢了波德莱尔、洛尔迦这样的诗人和“严厉岁月里创造之手的传递”后，最后这样说：“自此，我的国界只是两排树。”② 今天看来，这仍是一个当代诗人的语言位置。不仅是中国诗歌，如今任何一个国家的诗歌都不可能只在自身单一、封闭的语言文化体系内发展，如果离开了另一排树，我们不仅听不到语言对我们的召唤，我们迎来的也将是枯萎和死亡。

这也就是为什么在今天许多当代诗人会把一个“译者”携带在自己身上（“诗人译诗”“诗人作为译者”，这本来就是卞之琳、戴望舒、冯至、穆旦等诗人为中国新诗所确立的“现代传统”）。他们不仅通过翻译不断给当代诗歌带来新的艺术参照和语言新质，也在通过翻译从事一种最深刻的生命辨认。在一位当代诗人翻译的阿赫玛托娃诗选中，我们读到这样一首短诗：

对你，俄语有点不够，
而在所有其他语言中你最想
知道的，是上升与下降如何急转，
以及我们会为恐惧，还有良心
付出多少代价。③

这就是为什么中国诗人在把传统重新引入当下的同时，依然保持着对翻译和“语言的异乡”的关注，依然保持着与世界文学的对话。我们来看池凌云的《玛丽娜在深夜写诗》一诗：

在孤独中入睡，在寂寞中醒来
上帝知道你是什么样的人，玛丽娜
你从贫穷中汲取，你歌唱

① 杨键．在江边//古桥头．上海：上海文化出版社，2007：24.
② 多多．边缘，靠近家园——2010 年纽斯塔特文学奖受奖辞．名作欣赏，2011（13）.
③ 阿赫玛托娃．对你，俄语有点不够//王家新，译．没有英雄的叙事诗：阿赫玛托娃诗选．广州：花城出版社，2018：170.

让已经断送掉的一切重新回到椅子上。
你把暗红的炭火藏在心里
像一轮对夜色倾身的月亮。
可是你知道黑暗是怎么一回事
你的眼睛除了深渊已没有别的。
没有魔法师，没有与大海谈心的人
亲爱的，一百年以后依然如此
篝火已经冷却。没有人可以让我们快乐
“人太多了，我感到从未有过的寂寞”
为此我悄悄流泪，在深夜送上问候。
除此之外，只有又甘甜又刺痛的漆黑的柏树
只有耀眼的刀尖，那宁静而奔腾的光。①

这是一位中国当代女诗人献给玛琳娜·茨维塔耶娃的哀歌兼赞歌。和多年前多多的《手艺——和玛琳娜·茨维塔耶娃》不同，女诗人一开始就勾画了茨维塔耶娃是一个“什么样的人”，展开了对一种共同命运的辨认。到了第三句，不同寻常的东西出现了，玛琳娜一生孤独、不幸，但她竟可以从中“汲取”！这里，物质的贫穷、辛酸的人生被视为命运的馈赠。在一篇创作谈②中，池凌云就曾这样坦言她的写作始于“饥饿”（而不是“过剩”），现在，当她免于物质的饥饿，她仍需要“从贫穷中汲取”。正因为这种对自身的忠实，使她和她的俄罗斯诗歌姐妹走到了一起，献身诗歌，并属于诗歌。

细细体会，这种“从贫穷中汲取”，还意味着一种“内倾”（“像一轮对夜色倾身的月亮”，多么动人的意象!），意味着不依从于任何外界事物而从自身中发掘“存在的理由”。正因为如此，歌声获得了它真实而神圣的力量，它会“让已经断送掉的一切重新回到椅子上”。

这种对诗歌姐妹的赞赏，也正是对精神本身的赞美。而在现实中，“没有魔法师，没有与大海谈心的人”，诗人一语就点出了现实的平庸、慰藉的缺乏。但是，对一个早已洞悉命运的诗人，这还用得着去多说吗？因此接着的会是这一句：“亲爱的，一百年以后依然如此”！

这话是多么亲密，又是多么痛彻心扉！就凭这一句“暗语”，玛丽娜要向她的中国姐妹诡秘地一笑了。

这种对命运的洞观，不仅使诗的对话变得更为默契，也意味着一种承担。耐人寻味的是“篝火已经冷却”这一句，它隐喻着曾有的幻想、热情和青春的燃烧，但燃烧之后呢？就这样，诗人转向了对自身内在热量的开启。这里，词语因为寒冷而燃烧，诗人也不得不从篝火的灰烬中、“从贫穷中汲取”，她还能有别的指望吗？

于是我们在诗的最后部分，看到的是一种相互的慰藉，是对生命更深的信念。篝火已经冷却了吗？篝火已经冷却，黎明时分的那一阵寒战已透入“深夜写诗人”的骨髓。但正是在这样的孤独而深入的写作中，“暗红的炭火”被永久珍藏，甚至那棵漆黑的柏树也显

① 池凌云．玛丽娜在深夜写诗//池凌云诗选．武汉：长江文艺出版社，2010：16.
② 池凌云．向低处的声音致敬//潜行之光．武汉：长江文艺出版社，2013：213－214.

得“又甘甜又刺痛”，从我们汉语的刀锋上，涌出了宁静而奔腾的光。

正是通过这样的诗，一位中国女诗人来到了那些让她流泪的精神亲人们中间。篝火冷却之后，她把自己的写作和人生都建立在了一个更可靠的基础上。

“前辈还在发光，只是不再照耀/少年，已变为雕像眼中的晚霞”（《从一场盛大的感谢》）[①]，这是多多近年写下的诗句。从近半个世纪前北岛、多多他们那一代人的最初发声，到波澜跌宕的八九十年代，到新人辈出的现在，数代诗人走过了可堪铭记的历程，中国诗歌被推向了一个更开阔、更有活力和发展前景的境界。当然，这一切仍处在那些永恒的“雕像”的注视下。一切，仍需要接受时间的筛选和检验。

在近一二十年来新一代实力诗人中，朵渔（1973— ）、毛子（1964— ）等人，是比较突出的，不仅在写作立场上毫不妥协，而且在艺术上日益精进的诗人。在一个浮躁的年代，朵渔把他的现实痛感、人性关怀、对真理的追求与一种综合的诗艺结合起来，不仅发出了他个人的富有勇气的声音，他的许多诗篇也富有深度、锐度和语言的张力。在人们印象中，这是一位在艺术上坚定、彻底、决绝的诗人，他自己也曾写有“只有伟大的爱情/才会爱上灾难”（《最后的黑暗》）这样的诗句。但是他近来的一些诗，如《雪意与满盈》，也从他常写到的“旷野”转向了“日常”，并流露出温情的一面。这不一定意味着与世俗的和解，而是显现了一个诗人的成熟，是又一代诗人进入“中年写作”的深刻而感人的写照。最后，我们来读朵渔的这首《雪意与满盈》：

天空在下雪，很小的雪粒
你脸上的微笑像瓷器上的光
心里也是满盈的
雪粒像你的舞伴

从酒馆出来后，雪已铺满一地
我们还要沿着这条积雪的小路
走过一段距离，才能回到
我们的家。在温暖的灯光
亮起之前，我们都很感激

这短暂的距离，让嘴唇缄默
只在内心歌唱。小巷里
一个男人冒着雪往家赶

昏昧的路灯照着他，像一头
温和的兽。我们都很熟悉
这种疲惫，在长长的、被情感
啃噬的岁月里[②]

（王家新 撰）

---

① 多多．从一场盛大的感谢．钟山，2018（1）．
② 朵渔．雪意与满盈．今天，2019（2）．

拓展与思考

1. 请找出在二十世纪八十年代常见到的“从这里，到远方”式的诗作，对照当代诗人“从这里，到这里”、力求抵达当下现实所做出的诗学努力。

2. 细读蓝蓝的《矿工》一诗，并阅读更多的当代诗歌中富有现实和社会关怀的作品，思考美学与伦理、见证与愉悦之间的关系。

3. 在当代诗坛的多种向度中，除了那种“回到青铜”的“新古典主义”式的追求，还有哪些值得关注的创作倾向？为什么说“诗人译诗”构成了当代诗歌的一个重要现象？

4. 从北岛、多多、舒婷他们那一代人的最初发声到波澜跌宕的八九十年代，到新人辈出的现在，中国诗歌已走过了近半个世纪的历程，你是怎样来看当代诗歌的发展成就的？

图书在版编目（CIP）数据

中国现当代文学作品精读/杨联芬，张洁宇主编. --北京：中国人民大学出版社，2022.2
新编21世纪中国语言文学系列教材
ISBN 978-7-300-29742-2

Ⅰ.①中… Ⅱ.①杨… ②张… Ⅲ.①中国文学-现代文学-作品综合集-高等学校-教材②中国文学-当代文学-作品综合集-高等学校-教材 Ⅳ.①I216.1

中国版本图书馆CIP数据核字（2021）第153295号

中国人民大学"十三五"本科规划教材
新编21世纪中国语言文学系列教材
中国现当代文学作品精读
杨联芬　张洁宇　主编
Zhongguo Xiandangdai Wenxue Zuopin Jingdu

出版发行	中国人民大学出版社		
社　址	北京中关村大街31号	**邮政编码**	100080
电　话	010－62511242（总编室）		010－62511770（质管部）
	010－82501766（邮购部）		010－62514148（门市部）
	010－62515195（发行公司）		010－62515275（盗版举报）
网　址	http://www.crup.com.cn		
经　销	新华书店		
印　刷	北京宏伟双华印刷有限公司		
规　格	185 mm×260 mm　16开本	**版　次**	2022年2月第1版
印　张	23.25 插页1	**印　次**	2023年6月第3次印刷
字　数	541 000	**定　价**	59.00元